组织委员会

主　任：李宇明

副主任：韩经太

成　员：杨尔弘　刘晓海　田列朋

专家委员会

主　任：袁行霈

委　员：蔡宗齐　高　昌　顾　青　李宇明
　　　　陶文鹏　吴思敬　詹福瑞　周绚隆

北京语言大学
语言资源高精尖创新中心 组编

韩经太 主编

中国名诗三百首

人民文学出版社

图书在版编目（CIP）数据

中国名诗三百首/北京语言大学语言资源高精尖创新中心组编；韩经太主编；赵敏俐等选. —北京：人民文学出版社，2020（2022.1重印）
ISBN 978-7-02-015419-7

Ⅰ.①中… Ⅱ.①北… ②韩… ③赵… Ⅲ.①诗集—中国—当代 Ⅳ.①I227

中国版本图书馆 CIP 数据核字（2019）第 155204 号

责任编辑　高宏洲
装帧设计　崔欣晔
责任印制　任　祎

出版发行　人民文学出版社
社　　址　北京市朝内大街 166 号
邮政编码　100705

印　　刷　三河市宏盛印务有限公司
经　　销　全国新华书店等

字　　数　727 千字
开　　本　680 毫米×1000 毫米　1/16
印　　张　39.75　插页 3
印　　数　5001—8000
版　　次　2020 年 5 月北京第 1 版
印　　次　2022 年 1 月第 2 次印刷

书　　号　978-7-02-015419-7
定　　价　95.00 元

如有印装质量问题，请与本社图书销售中心调换。电话:010-65233595

目 录

"诗三百"精神的发掘与传承
　　——序《中国名诗三百首》 …………………… 韩经太 1

【先秦两汉诗】

《诗经》
　　关雎 ……………………………………………… 1
　　桃夭 ……………………………………………… 3
　　芣苢 ……………………………………………… 4
　　摽有梅 …………………………………………… 5
　　静女 ……………………………………………… 6
　　木瓜 ……………………………………………… 7
　　君子于役 ………………………………………… 8
　　溱洧 ……………………………………………… 9
　　陟岵 ……………………………………………… 10
　　蒹葭 ……………………………………………… 11
　　鹿鸣 ……………………………………………… 12
　　采薇 ……………………………………………… 13
　　生民 ……………………………………………… 15
　　载芟 ……………………………………………… 19
屈 原
　　湘君 ……………………………………………… 21

  湘夫人 …………………………………… 23

  橘颂 ……………………………………… 26

刘　邦

  大风歌 …………………………………… 29

刘　彻

  秋风辞 …………………………………… 30

刘细君

  悲愁歌 …………………………………… 32

李　陵

  良时不再至 ……………………………… 34

乐府诗

  有所思 …………………………………… 36

  上邪 ……………………………………… 37

  江南 ……………………………………… 38

  陌上桑 …………………………………… 39

  东门行 …………………………………… 42

  十五从军征 ……………………………… 43

古诗十九首

  行行重行行 ……………………………… 44

  西北有高楼 ……………………………… 45

  涉江采芙蓉 ……………………………… 46

【魏晋南北朝诗】

曹　操

  却东西门行 ……………………………… 48

王　粲

  七哀诗 …………………………………… 51

刘　桢
　　赠从弟 …………………………………………………… 54
徐　幹
　　室思 ……………………………………………………… 56
曹　丕
　　燕歌行 …………………………………………………… 58
曹　植
　　名都篇 …………………………………………………… 61
　　杂诗 ……………………………………………………… 63
嵇　康
　　赠兄秀才入军 …………………………………………… 66
阮　籍
　　咏怀(其一) ……………………………………………… 69
　　咏怀(其十九) …………………………………………… 70
张　华
　　情诗 ……………………………………………………… 73
潘　岳
　　悼亡诗 …………………………………………………… 75
陆　机
　　婕妤怨 …………………………………………………… 78
左　思
　　咏史八首(其一) ………………………………………… 80
　　咏史八首(其五) ………………………………………… 82
张　协
　　杂诗(其一) ……………………………………………… 84
郭　璞
　　游仙诗十九首(其六) …………………………………… 86
陶渊明
　　归园田居五首(其一) …………………………………… 89

3

饮酒二十首(其五) …………………………………… 91
无名氏
　西洲曲 ……………………………………………… 94
谢灵运
　登池上楼诗 ………………………………………… 97
鲍　照
　代东门行 …………………………………………… 100
　拟行路难(其一) …………………………………… 102
谢　朓
　暂使下都夜发新林至京邑赠西府同僚诗 ………… 105
柳　恽
　江南曲 ……………………………………………… 108
何　逊
　从镇江州与游故别诗 ……………………………… 110
阴　铿
　江津送刘光禄不及 ………………………………… 112
庾　信
　拟咏怀二十七首(其十七首) ……………………… 114
　寄王琳诗 …………………………………………… 115
薛道衡
　昔昔盐 ……………………………………………… 117

【隋唐五代诗】

王　勃
　送杜少府之任蜀州 ………………………………… 120
张若虚
　春江花月夜 ………………………………………… 122

杜审言
和晋陵陆丞早春游望 …………………………… 125

王 湾
次北固山下作 …………………………………… 127

贺知章
回乡偶书(其一) ………………………………… 129

孟浩然
过故人庄 ………………………………………… 131
春晓 ……………………………………………… 132

王 维
山居秋暝 ………………………………………… 134
终南山 …………………………………………… 135
使至塞上 ………………………………………… 136
皇甫岳云溪杂题五首·鸟鸣涧 ………………… 138
相思 ……………………………………………… 139
九月九日忆山东兄弟 …………………………… 140
送元二使安西 …………………………………… 141

崔 颢
长干曲四首(选二) ……………………………… 143
黄鹤楼 …………………………………………… 144

朱 斌
登鹳雀楼 ………………………………………… 146

王之涣
凉州词二首(其一) ……………………………… 147

王 翰
凉州词二首(其一) ……………………………… 149

王昌龄
出塞 ……………………………………………… 151

高 适
别董大二首(其一) …………………………… 153

岑 参
白雪歌送武判官归京 …………………………… 155

李 白
子夜吴歌(其三) …………………………… 158
月下独酌四首(其一) …………………………… 159
将进酒 …………………………… 161
静夜思 …………………………… 162
早发白帝城 …………………………… 163
黄鹤楼送孟浩然之广陵 …………………………… 164

杜 甫
望岳 …………………………… 166
前出塞九首(其六) …………………………… 167
自京赴奉先县咏怀五百字 …………………………… 168
春望 …………………………… 172
春夜喜雨 …………………………… 173
登高 …………………………… 174

刘长卿
逢雪宿芙蓉山主人 …………………………… 177

韦应物
滁州西涧 …………………………… 178

张 继
枫桥夜泊 …………………………… 180

韩 翃
寒食 …………………………… 182

刘方平
夜月 …………………………… 184

卢 纶
和张仆射塞下曲六首(其三) …………………………… 186

孟 郊
　　游子吟 …………………………………………………… 188
韩 愈
　　早春呈水部张十八员外二首(其一) ………………… 190
柳宗元
　　江雪 ……………………………………………………… 192
刘禹锡
　　西塞山怀古 ……………………………………………… 193
　　金陵五题·乌衣巷 ……………………………………… 194
李 绅
　　古风二首(其二) ………………………………………… 196
白居易
　　赋得古原草送别 ………………………………………… 197
　　琵琶行 …………………………………………………… 198
李 贺
　　李凭箜篌引 ……………………………………………… 203
杜 牧
　　泊秦淮 …………………………………………………… 206
　　山行 ……………………………………………………… 207
李商隐
　　无题 ……………………………………………………… 209
　　乐游原 …………………………………………………… 210
　　夜雨寄北 ………………………………………………… 211
张志和
　　渔歌子(西塞山前白鹭飞) ……………………………… 213
温庭筠
　　菩萨蛮(小山重叠金明灭) ……………………………… 215
无名氏
　　忆秦娥(箫声咽) ………………………………………… 217

韦　庄
　　菩萨蛮(人人尽说江南好) …………………………… 219
冯延巳
　　谒金门(风乍起) …………………………………… 221
李　璟
　　山花子(菡萏香销翠叶残) ………………………… 223
李　煜
　　浪淘沙(帘外雨潺潺) ……………………………… 225
　　虞美人(春花秋月何时了) ………………………… 226

【两 宋 诗】

王禹偁
　　村行 ………………………………………………… 228
范仲淹
　　渔家傲(塞下秋来风景异) ………………………… 230
柳　永
　　八声甘州(对潇潇暮雨洒江天) …………………… 232
　　雨霖铃(寒蝉凄切) ………………………………… 233
晏　殊
　　浣溪沙(一曲新词酒一杯) ………………………… 235
梅尧臣
　　鲁山山行 …………………………………………… 237
欧阳修
　　春日西湖寄谢法曹歌 ……………………………… 239
　　蝶恋花(庭院深深深几许) ………………………… 240
苏舜钦
　　中秋夜吴江亭上对月怀前宰张子野及寄君谟蔡大 …… 242
王安石
　　明妃曲 ……………………………………………… 244

示长安君……246

苏　轼
游金山寺……248
饮湖上初晴后雨……250
书王定国所藏烟江叠嶂图……251
八月七日初入赣，过惶恐滩……253
水调歌头(明月几时有)……254
念奴娇(大江东去)……255
八声甘州(有情风万里卷潮来)……256
蝶恋花(花褪残红青杏小)……258

晏几道
临江仙(梦后楼台高锁)……260

黄庭坚
寄黄几复……262
老杜浣花溪图引……263
题落星寺……265
书摩崖碑后……266

秦　观
满庭芳(山抹微云)……269
鹊桥仙(纤云弄巧)……270
踏莎行(雾失楼台)……271

贺　铸
青玉案(凌波不过横塘路)……273

陈师道
示三子……275
春怀示邻里……276

张　耒
海州道中……278

周邦彦
兰陵王(柳阴直) ……………………………………… 280
满庭芳(风老莺雏) …………………………………… 281

王庭珪
送胡邦衡之新州贬所 …………………………………… 283

李清照
醉花阴(薄雾浓云愁永昼) …………………………… 285
声声慢(寻寻觅觅) …………………………………… 286

陈与义
雨 ……………………………………………………… 288
伤春 …………………………………………………… 289

张元幹
贺新郎(梦绕神州路) ………………………………… 291

陆 游
剑门道中遇微雨 ……………………………………… 293
长歌行 ………………………………………………… 294
沈园二首 ……………………………………………… 296

范成大
四时田园杂兴(选二) ………………………………… 298

杨万里
小池 …………………………………………………… 300
初入淮河绝句 ………………………………………… 301

朱 熹
观书有感 ……………………………………………… 303

张孝祥
六州歌头(长淮望断) ………………………………… 305
念奴娇(洞庭青草) …………………………………… 307

辛弃疾
水龙吟(楚天千里清秋) ……………………………… 309

摸鱼儿(更能消几番风雨) …………………………… 310
破阵子(醉里挑灯看剑) …………………………… 312
贺新郎(甚矣吾衰矣) ……………………………… 313
永遇乐(千古江山) ………………………………… 314

姜　夔
扬州慢(淮左名都) ………………………………… 316
暗香(旧时月色) …………………………………… 317

吴文英
莺啼序(残寒正欺病酒) …………………………… 319

谢枋得
武夷山中 …………………………………………… 322

蒋　捷
虞美人(少年听雨歌楼上) ………………………… 324

【辽金元诗】

萧观音
伏虎林应制 ………………………………………… 326

萧瑟瑟
讽谏歌 ……………………………………………… 328

宇文虚中
在金日作 …………………………………………… 330

吴　激
题宗之家初序潇湘图 ……………………………… 333

高士谈
不眠 ………………………………………………… 335

蔡松年
念奴娇(离骚痛饮) ………………………………… 337

11

完颜亮
　　南征至维扬望江左 ·················· 340
元好问
　　颖亭留别 ·························· 342
　　岐阳三首(其二) ···················· 344
　　摸鱼儿(恨人间) ···················· 345
　　摸鱼儿(问莲根) ···················· 347
耶律楚材
　　过阴山和人韵 ······················ 349
王和卿
　　【仙吕·醉中天】咏大蝴蝶 ·········· 351
郝　经
　　后听角行并序 ······················ 353
关汉卿
　　【南吕·一枝花】不伏老 ············ 356
白　朴
　　【仙吕·寄生草】饮 ················ 360
王实甫
　　【中吕·十二月过尧民歌】别情 ······ 362
卢　挚
　　【双调·沉醉东风】闲居 ············ 364
刘　因
　　观梅有感 ·························· 366
马致远
　　【越调·天净沙】秋思 ·············· 368
睢景臣
　　【般涉调·哨遍】高祖还乡 ·········· 370
张养浩
　　【中吕·山坡羊】潼关怀古 ·········· 375

张可久

　　【中吕·卖花声】怀古 ················· 377

虞　集

　　挽文丞相 ························· 379

萨都剌

　　念奴娇（石头城上） ················· 381

乔　吉

　　【中吕·山坡羊】寓兴 ················· 383

张　翥

　　多丽（晚山青） ···················· 385

王　冕

　　墨梅 ···························· 387

杨维桢

　　鸿门会 ·························· 388

倪　瓒

　　题郑所南兰 ······················· 390

【明　代　诗】

高　启

　　青丘子歌 ························ 392
　　清明呈馆中诸公 ···················· 395
　　送沈左司从汪参政分省陕西汪由御史中丞出 ··· 396
　　登金陵雨花台望大江 ················· 398

张　羽

　　题陶居士像 ······················· 400

刘　基

　　梁甫吟 ·························· 401

感兴 ……………………………………………… 403
题太公钓渭图 ………………………………… 404
古戍 ……………………………………………… 405

林 鸿
夕阳 ……………………………………………… 407

杨士奇
发淮安 …………………………………………… 409

于 谦
咏煤炭 …………………………………………… 411

李东阳
寄彭民望 ………………………………………… 413

李梦阳
秋望 ……………………………………………… 415

何景明
秋江词 …………………………………………… 417

唐 寅
把酒对月歌 ……………………………………… 419

祝允明
秋宵不能寐 ……………………………………… 421

王守仁
龙潭夜坐 ………………………………………… 422
山中漫兴 ………………………………………… 423

杨 慎
丙午除夕口占 …………………………………… 424

徐 渭
葡萄五首(其一) ………………………………… 426

李攀龙
岁杪放歌 ………………………………………… 428

王世贞
　　哭梁公实十首(其四) …………………………………… 430
　　登太白楼 ………………………………………………… 431
谢　榛
　　大梁冬夜 ………………………………………………… 433
李　贽
　　初到石湖 ………………………………………………… 435
汤显祖
　　听说迎春歌 ……………………………………………… 437
袁宏道
　　横塘渡 …………………………………………………… 439
　　戏题飞来峰二首(其一) ………………………………… 440
袁中道
　　张相坟 …………………………………………………… 442
钟　惺
　　秋海棠 …………………………………………………… 444
陈子龙
　　小车行 …………………………………………………… 446
夏完淳
　　别云间 …………………………………………………… 448

【清代诗】

钱谦益
　　金陵后观棋绝句六首(其三) …………………………… 450
吴伟业
　　过淮阴有感(其二) ……………………………………… 452
黄宗羲
　　山居杂咏 ………………………………………………… 454

顾炎武
    海上(其一) ……………………………………… 456
龚鼎孳
    上巳将过金陵三首(其二) …………………… 458
朱彝尊
    玉带生歌并序 ………………………………… 460
屈大均
    旧京感怀(其二) ……………………………… 464
王士禛
    再过露筋祠 …………………………………… 466
王　慧
    海上观潮日出 ………………………………… 468
查慎行
    中秋夜洞庭对月歌 …………………………… 471
纳兰性德
    浣溪沙(谁念西风独自凉) …………………… 473
沈德潜
    刈麦行 ………………………………………… 475
郑　燮
    竹石 …………………………………………… 477
袁　枚
    同金十一沛恩游栖霞寺望桂林诸山 ………… 478
蒋士铨
    万年桥筯月 …………………………………… 481
赵　翼
    论诗(选二) …………………………………… 483
黎　简
    夜酌 …………………………………………… 485
黄景仁
    杂感 …………………………………………… 487

16

宋　湘
　　黄鹤楼题壁 …………………………………………………… 489
王　昙
　　项王庙 ………………………………………………………… 491
张问陶
　　芦沟 …………………………………………………………… 493
舒　位
　　杭州关纪事 …………………………………………………… 495
龚自珍
　　己亥杂诗(其一二五) ………………………………………… 499
汪　端
　　夜坐 …………………………………………………………… 501
郑　珍
　　荔农叹 ………………………………………………………… 503
江　湜
　　哀流民宁化道中作 …………………………………………… 505
黄遵宪
　　登巴黎铁塔 …………………………………………………… 507
谭嗣同
　　狱中题壁 ……………………………………………………… 512
朱祖谋
　　鹧鸪天(野水斜桥又一时) …………………………………… 514
王国维
　　鹧鸪天(列炬归来酒未醒) …………………………………… 516

【现当代诗】

刘半农
　　教我如何不想她 ……………………………………………… 518

郭沫若
　　天上的街市 …………………………………… 521
徐志摩
　　再别康桥 ……………………………………… 523
　　偶然 …………………………………………… 525
闻一多
　　死水 …………………………………………… 527
冰　心
　　春水(一〇五) ………………………………… 530
李金发
　　弃妇 …………………………………………… 532
林徽因
　　别丢掉 ………………………………………… 535
戴望舒
　　雨巷 …………………………………………… 537
　　烦忧 …………………………………………… 540
冯　至
　　我是一条小河 ………………………………… 541
臧克家
　　老马 …………………………………………… 544
艾　青
　　雪落在中国的土地上 ………………………… 546
郭小川
　　祝酒歌 ………………………………………… 551
卞之琳
　　断章 …………………………………………… 559
何其芳
　　预言 …………………………………………… 561
田　间
　　假使我们不去打仗 …………………………… 564

穆　旦
　　赞美 …………………………………………… 566
陈　辉
　　为祖国而歌 ………………………………… 570
闻　捷
　　苹果树下 …………………………………… 576
贺敬之
　　桂林山水歌 ………………………………… 579
洛　夫
　　边界望乡 …………………………………… 583
余光中
　　乡愁 ………………………………………… 586
郑愁予
　　错误 ………………………………………… 588
食　指
　　相信未来 …………………………………… 590
北　岛
　　回答 ………………………………………… 593
舒　婷
　　致橡树 ……………………………………… 596
杨　炼
　　诺日朗 ……………………………………… 599
顾　城
　　远和近 ……………………………………… 605
海　子
　　面朝大海，春暖花开 ……………………… 607

"诗三百"精神的发掘与传承

——序《中国名诗三百首》

韩经太

呈现在读者面前的这本书，无论就其最终出版时的命名《中国名诗三百首》而言，还是回味其最初命名《新编"诗三百"》之初心，都包含着自觉传承"诗三百"核心精神的价值追求。

对于中国读者来说，"诗三百"是一个极富于经典意义的词语。从作为"五经"之首的《诗经》三百五篇，到家喻户晓的《唐诗三百首》，以及世间层出不穷的"三百首"选本系列，千百年来，伴随着经典的大众化普及，同时也伴随着普通受众对文学的经典化诉求，一种堪称"三百首"诗学精神建构史的历史进程，在历代诗词选家的自觉推动下，无形而又有序地一直延伸到新世纪的今天。今天的时代，是一个高度关注中华传统文化核心精神之阐发弘扬的时代，但同时也是一个过度的市场化开发和迎合应试教育的文化传播策略不谋而合的时代。身处此时，在顺物自然的从容不迫中，保持几分对诗意美感的人文性灵的纯爱，更保持几分对悠远深沉的中华诗词抒写主题的敬重，并因此而注重于对经典诗词之情思韵味的熟参妙悟，最终将有助于发掘和传承中华文化精神的当代文化事业。正因为如此，我们这样一个"学者群"——相信读者已经从封面上看到了这些熟悉的姓名，更相信工作和学习在高校或者研究机构的读者早已熟知他们在各自领域的学术贡献——本着同样的诗意的性灵，各美其美而又美人之美，将自身人格和学识融入经典名诗的编选和阐释，期待着与同样热爱中华诗词艺术的读者诸君展开审美心灵的对话。

审美心灵的对话需要一个基本的前提,在我们看来,这应是一种穿越古今而找寻中华民族诗性思维特质的探询意识。的确,"通古今之变"而在浩如烟海的中华诗词作品中精选出"三百首",其中包括跨越"五千年"传统文化与"一百年"现代文化鲜明对峙的历史界限,这一行为本身就需要一定的勇气,而这种勇气的精神源泉,应该说恰恰来自于我们对"诗三百"精神实质的进一步探询。尽管围绕"诗三百"的《诗经》学已经自成体系,尽管社会大众也都大致了解"诗三百"所以发生的历史生态环境,但作为这本《中国名诗三百首》的主编者,仍觉得有些非说不可的话要写在前面,希望不会被读者诸君视为多余的话。

如果从《礼记》引孔子话语所谓"诵诗三百,不足以一献"出发来作古今通观性的考虑,就会发现,包括《墨子》所谓"或以不丧之间诵诗三百,弦诗三百,歌诗三百,舞诗三百"等情形在内,中华先贤关于歌诗舞咏的讲求,是要服从于政教礼乐的国家制度文明建设的。这一点,《尚书·尧典》"诗言志,歌永言,声依永,律和声"的系统论述,已经做出了正面的经典阐释。长期以来,我们的文学史、艺术史和文艺美学史也不缺少这方面的介绍和阐发。然而,问题又在于,其中总有一些实质性的问题,既不曾被揭示出来,更不用说展开深度的思考了。譬如,我们这个有着悠久的即兴赋诗传统的古老民族,为什么不具备那种原生的能歌善舞的民族性格?是早熟的理性智慧改变了我们的性情,还是礼制的规范约束了我们的性格?或者,是"兴于诗,立于礼,成于乐"的"乐感文化",使我们的歌舞天资历史地沉淀在诗性语言的艺术哲学自觉之中了?无论如何,当我们习惯于强调诗歌作为文学创作的独立价值时,不妨追问这是否意味着丢弃了"诗三百"原生的精神特质——诗歌文学与音乐、舞蹈的艺术共同体特质,以及艺术与礼乐政教一体化的古典文明特质。与此直接相关,人们都记住了朱自清把"诗言志"确认为中国诗学"开山的纲领",却不曾注意到,在"诗言志,歌永言"这一原始文本的整体语境中,"诗歌"的整体自觉已然规定了"言志"与"永言"的一体共生,正因为如此,"诗言志"的"永言"

形态,也正是"情志"的歌吟舞咏形态。由此联系到当今社会的诗歌朗诵、诗词吟诵以及歌诗演唱、歌舞表演,我们应该重新思考诗歌文学与诗歌艺术的本质属性问题,由此再进一步,我们也应该重新思考诗意的人格养成对于社会文明发展的特殊意义。

相对于"诵诗三百","诗三百,一言以蔽之,思无邪"的经典判断,更是先贤对"诗三百"核心价值的原创阐发。据专家研究,这或者是"以马喻人"之"兴象"喻说,而其宗旨在于颂美鲁僖公承继周公辅佐周室之意志;或者是儒家讲求"性情之正"以及"中和之美"的形象喻说。两种解说,各自成理,前者深得原始儒家之心,后者具有心性儒学旨趣。此外,还有种种解释,今天想来,同样引人入胜。有鉴于此,人们自然需要在一个开放的思想空间里展开多维度的思考讨论。而在今天,我们应该特别注意的,则是将"诗三百,一言以蔽之,思无邪"的诗学判断,放在《论语》所载述的孔儒师生问答讨论的整体语境之中。一旦如此,自会发现,孔子诗学思维固然是一种体现礼乐文化精神的诗学思维,但同时也是一种智慧启蒙和人格养成的人文关怀。不管是"绘事后素"和"如切如磋"的讨论,还是"兴观群怨"的阐述,或者是"不学《诗》,无以言"的教诲,都关系到人性本真的发现和社会良知的开发,而这其中自然也包括美感的培育和艺术价值观的生成。否则,又该如何理解其"吾与点也"的独特襟怀呢!

众所周知,作为中华元典的有机组成部分,道家庄子的"逍遥"精神和"齐物"观念的影响力,至今毫无衰减。《庄子》有"物物而不物于物"的名言,哲学研究界将其与荀子的"君子役物,小人役于物"联系起来,以为其共同点在于超越世俗功利的超越精神。毫无疑问,所有这种类型的思想阐释,莫不遵循一种反物质主义的推理逻辑,譬如"人为物役"的反面必然是"重己役物"。殊不知,作为先哲庄子之理想境界的"物物",实质上是一种《齐物论》开篇所讲述的"今者吾丧我"的境界,其中又包含着《齐物论》篇终寓言"庄周梦蝶"故事所得出的"周与蝴蝶,则必有分矣,此之谓物化"的大道理。今日重新启动这些弥久日新的思想话题,我们不妨参照"鱼相忘于江湖,人相忘乎道术"的理想诉求,来重新解读"吾丧我"的深刻含义,最起码也要树立起万物平等各自由的核心价值观,然后在此基础上建立超越世俗功利,继而又超越主宰万物之唯意志论的双重超越精神。倘能如此,就能赋予"思无邪"这一孔儒经典命题以更加丰富的思想内涵,就能使朱熹所谓"其用归于使人得其性情之正"的"守正"阐释主题,在理想人格的养成实践中与宋儒所倡导的"民胞物与"精神和"光风霁月"人格彼此融汇为一,然后聚焦于"吾与点也"之意的诗性发挥。

当然,任何围绕"思无邪"来阐释"诗三百"精神的阐释学努力,都应该意识到,"民胞物与"的君子人格,固然契合于"吾与点也"的诗意栖居,但同时也通向悲悯天下的圣贤襟怀。也就是说,"诗三百"精神的历史生成,当然与后世白居易所向往的古代"采诗官"制度建设直接相关。白居易《新乐府·采诗官》曰:"采诗官,采诗听歌导人言。言者无罪闻者诫,下流上通上下泰。周灭秦兴至隋氏,十代采诗官不置。"陈寅恪《元白诗笺证稿》指出:"乐天《新乐府》五十篇,每篇皆以卒章显其志。此篇乃全部五十篇之殿,亦所以标明其作五十篇之旨趣理想者也。"《唐宋诗醇》亦曰:"末章总结。'言者无罪闻者诫'一语,申明作诗之旨,隐然自附于《三百篇》之义也。"沿着这样的历史脉络去追询,"诗三百"精神的核心支撑,可以说就是乐府诗精神——尤其是中唐"新乐府"精神。关于上古时代是否有白居易他们所向往的"采诗"制度,以及这种制度的实际性质究竟若何,学界的讨论还在进行中。今天值得提出来与大家共同思考的问题,是《汉书·艺文志》"古有采诗之官,王者所以观风俗、知得失、自考正也"的论述,与《毛诗序》所谓"上以风化下,下以风刺上。言之者无罪,闻之者足以戒"之间的同构关系。应该认识到,这种史书记载与经典解说之间的价值同构,实际上又与《后汉书》所载朝廷指派"观风使者"的制度建设竟然导致地方"诈为郡国造歌谣"的"伪造民歌"现象形成鲜明对照。尽管我们不能因为汉代有"伪造民歌"现象而连带地去怀疑周代"采诗""献诗"之"诗"的民歌真实性,但缘此而生成的质疑精神,却是非常必要的。一直以来,当代学术界对于古代历史上的"采诗"制度以及"乐府诗"传统,都曾给予极高评价,并在现实主义文学精神为主导的批评时代,将其概括为"古典现实主义"。"古典现实主义"的文学精神实质,是"批判现实主义"。在古代君主制度的历史条件下,自汉代以来的文人士大夫,明确地将文学艺术创作分为"歌颂"与"讽刺"两大类,而有识之士之所以要提倡"讽刺",是因为其置身其中的具体而真实的历史生存环境,如白居易诗所描述:"郊庙登歌赞君美,乐府艳词悦君意。若求兴谕规刺言,万句千章无一字。不是章句无规刺,渐及朝廷绝讽议。"从诗章之"讽喻"到朝廷之"讽议",文学精神直接体现着政治文明程度的高低。在这个特殊的意义上,与"乐府诗"传统融为一体的"诗三百"精神,显然具有与现代民主政治实现价值同构的思想潜质,也因此而具有当代阐释的深刻意义。

《中国名诗三百首》是一部贯通古今的诗歌经典选集。唯其贯通古今,"古典现实主义"的现代传承与创新发展,便成为编选集体之主体自觉的核心内容之一。回首往事,现当代文学研究领域围绕着"现实主义"问题所展开的讨论和论争,实质上涵涉了文学的"人学"本质论和文学的"社会"本质论两大课题。其中,主张"以人为本"的现实主义诉求,在二十世纪百年探索历程中的推进轨迹,为我们留下了十分宝贵的历史经验。认真总结这些经验,有益于培养具有时代担当的文学情怀,而这种文学情怀理应是"古典现实主义"精神的当代"人学"传承。或许有人会说,二十世纪以来古代文学理论批评史论述体系中的"古典现实主义",某种程度上,是现代学人基于现代人文价值而对古代社会历史总体上的一种批判性描述,正因为如此,其所阐发的现实主义传统,未见得就是古代文学传统本身所固有的精神传统。譬如,"古典现实主义"理当起源于"诗三百"精神的原创基因,否则,便成为一种缺乏思想内涵的无根之木;而如此这般的推理逻辑,必然意味着原始儒家就"诗三百"而阐发的思想精神,从一开始就具有"古典现实主义"所要求的"讽刺"批判精神。而事实究竟如何呢?首先,从《汉书·艺文志》阐发"采诗"制度的"自考正"说,到朱熹《四书章句集注》解释"思无邪"的"归于性情之正",虽然着眼于外在社会制度设计之用心的思想视野转换成了内在性情修养的考量,但一千年上下贯通的那个"正"字,分明凸显出了儒家思想的终极价值追求。不无遗憾的是,一直以来人们在关于儒家终极价值追求问题上的认识,因为受制于"仁"学为本的思维规范,总是忽略规范外壳包裹着的内在灵魂,就像人们习惯于强调"温柔敦厚"的诗教规范,而忘却了汉人已然申说过的"温柔敦厚而不愚"的"不愚"人格一样。

不仅如此,即便是就儒家"仁"学来说,见于《论语》的以下两则记载,都关乎"必也圣乎"的最高理想,但其所涵涉者,是否完全被我们所认识了呢?其一为《论语·雍也第六》:"子贡曰:'如有博施于民而能济众,何如?可谓仁乎?'子曰:'何事于仁,必也圣乎!尧舜其犹病诸!夫仁者,己欲立而立人,己欲达而达人。能近取譬,可谓仁之方也。'"其二为《论语·宪问第十四》:"子路问君子。子曰:'修己以敬。'曰:'如斯而已乎?'曰:'修己以安人。'曰:'如斯而已乎?'曰:'修己以安百姓。修己以安百姓,尧舜其犹病诸。'"上引两条材料非常清楚地告诉我们,"君子"修齐治平之道,原是一个永远没有止境的终极理想。不仅如此,最终之所以得出"尧舜其犹病诸"这一批判性话语的内在根据,亦即儒家"仁"学与"君子"人格的内在价值规定,恰恰是一种可称之为终极民生主义的价值观。如果把"博施于民而能济众"看作是"仁"的理想境界,那尧舜还没有达到这种境界,也就是说,尧舜仍然处在"仁之方"的发展道路上。求其言外之意,是在说"圣"作为君子人格理想的完美实现,作为儒家仁政理想的完美实现,永远存活在人类的理想之中。若要以这种完美理想为标准来衡量现实中的人格典型,即使杰出如尧舜,也是有缺陷的。而尤其重要的是,被孔子确认为"必也圣乎",从而已经高于传说中的"三代盛世"的标志人物尧舜,其治国成就的社会文明内涵,其实就是对"博施于民而能济众"的民众福祉之追求。不仅如此,同样是批评尧舜,"博施济众"的出发点,和"修己以安百姓"的出发点,显然是有区别的,如果说前者体现了物质上的民生主义,那后者就体现出精神上的民生主义。为什么这样说呢?关键在于"修己以敬"的那个"敬"字!朱熹曾说:"盖圣贤之学,彻头彻尾只是一个敬字。""是以君子之心常存敬畏。"有现代学者指出,"畏"是"敬"的极度形态,儒学伦理因此而具有某种形而上的深沉宗教意味。通俗地讲,君子自我修养之际,仿佛与孔子"君子有三畏:畏天命,畏大人,畏圣人之言"所说的"天命""圣人"同在,于是就会心存敬畏而庄敬自重,就会心怀虔诚而自尊自信。进一步到"修己以安人",也就是进入人们常说的"推己及人"的人际关系层面,除了彼此共同的敬畏之心的自然沟通之外,必然还有彼此之间"美人之美""自尊尊人"的精神内容。循此以进,最后抵达"修己以安百姓"之际的"主敬"境界,"修己以安人"的一般性人际关系,值此而转化为"修己以安百姓"的社会政治关系。和"修己以安人"比起来,"修己以安百姓"既是在讲社会上下关系,也是在讲帝王君主与百姓大众之间的统治与被统治的关系。从这个角度去领会,"尧舜其犹病诸"的根本原因,正在于没有真正实现上下之间的相互敬重,换言之,孔子值此而提出了敬畏百姓和百姓尊严的问题。综上所述,孔门师生"问仁"与"问君子"之际的人格理想阐释,不仅指明了永远的民生政治主题,而且阐明了鲜明的人本主义价值观。

于是乎,我们可以通观古今而阐发"诗三百"之精神。显而易见,"诗三百"之具体内容,作为编选删改者的创造物,已然体现着"诗三百"之精神特质,而原始儒家的《诗》学讨论以及后世《诗经》学的思想阐释,进一步驱动"诗三百"阐释学融入中华文化精神和中华民族性格的历史建构实践,直到改革开放四十年纪念的今天。如若一定要提炼出"通古今之变"而又被"实践检验所证明"的精神内核,那我们就不妨用以下几点来概括:在终极关怀的层面上,文学的"人学"本质所规定的诗学的人文关怀,集中表现为物质和精神双重意义上的民生主义核心价值观;在审美创作和社会批评相统一的层面上,诗情画意的艺术讲求与讽喻生活的社会责任相融合,以此而自觉进境于富有社会意义的诗性美感世界。不言而喻,如是核心价值和诗性美感的道艺不二境界,包蕴着极其丰富的实践形态,就像这部《中国名诗三百首》包蕴着编选集体中各位诗学名家的独到感悟一样。

《中国名诗三百首》是《中国名诗1000首》项目的中期成果。项目整体的规划初心,可以表述为"名家选名诗"的特殊情怀,也就是充分尊重八位当代诗学专家的学术个性,尤其尊重他们在选释阐发过程中的独到感悟。至少我个人认为,对诗性的文学艺术世界的感知和解读,需要具备个性化美感灵敏度的独到智慧。一般化的知识性注释,既是必不可少的钥匙,也是封锁性灵的铁锁,每当想起两者之间的微妙关系,我总会联系到老子阐说其"有无相生"智慧的名言:"此两者同出而异名,同谓之玄。玄之又玄,众妙之门。"让我们一起去找寻打开中国诗歌"众妙之门"的钥匙吧!

　　谨以此千虑一得之愚见,陈述于各家选释文本之前,以为抛砖引玉之用。

2018年10月

【先秦两汉诗】

《诗经》

《诗经》是中国古代第一部诗集，共收录305篇作品，大约编成于公元前六世纪左右，分为"风""雅""颂"三个部分。"风"的本义是风土和风俗，《诗经》中有十五国风，"周南""召南""邶风""鄘风""卫风""王风""郑风""齐风""魏风""唐风""秦风""陈风""桧风""曹风""豳风"，是当时十五个诸侯国与地区的世俗风情歌唱。"雅"的本义是"夏"，原指夏王朝曾经统治过的中原地区，在《诗经》中则指以中原之声歌唱的王朝正乐，分为"大雅"和"小雅"。其中"大雅"主要辑录的是有关周王朝的民族历史、政治文化、宗教、战争等重大事件和与之相关的诗歌，"小雅"主要辑录有关周王朝日常礼仪文化生活方面的诗歌和士大夫的抒情诗。"颂"的本义为"容"，指的是歌舞表演。《诗经》中有"周颂""商颂""鲁颂"，分别收录周王朝、商王朝和春秋时期鲁国的宗庙祭祀乐歌。"风""雅""颂"三位一体，共同展开了一幅殷周社会的立体画卷。本文所选《诗经》，均据中华书局1980年影印清阮元校刻十三经注疏本《毛诗正义》。

关　雎[1]

关关雎鸠[2]，在河之洲[3]。窈窕淑女[4]，君子好逑[5]。
参差荇菜[6]，左右流之[7]。窈窕淑女，寤寐求之[8]。
求之不得，寤寐思服[9]。悠哉悠哉，辗转反侧[10]。

参差荇菜,左右采之[11]。窈窕淑女,琴瑟友之[12]。

参差荇菜,左右芼之[13]。窈窕淑女,钟鼓乐之[14]。

【注释】

[1] 此为《诗经》的第一篇,属于十五国风中的"周南"。

[2] 关关:雌雄睢鸠的和鸣声。睢(jū)鸠:一种水鸟。相传这种鸟雌雄情意专一。诗以睢鸠和鸣发端,兴起君子对淑女的追慕。

[3] 洲:水中陆地。

[4] 窈窕(yǎo tiǎo):文静娴美的样子。淑:品行善美。

[5] 君子:古代对男子的美称。好逑(qiú):爱侣,佳配。好,男女相悦。逑,配偶。

[6] 参差(cēn cī):长短不齐的样子。荇(xìng)菜:一种水生植物,可以食用。

[7] 流:择取。这句形容女子在水中择取荇菜时向左向右的情状。

[8] 寤寐(wù mèi):醒和睡。这里指男子日夜追慕自己的心上人。

[9] 思服:思念。

[10] "悠哉"二句:男子思念不已,在床上翻来覆去而不能安睡。悠,悠长,指情思绵绵不尽。

[11] 采:采摘。

[12] 琴瑟(sè):古代的两种弦乐器。友:亲密相爱。这是描写男子在想象中与淑女欢聚的情景。

[13] 芼(mào):择取。"流""采""芼",皆指采择荇菜的动作。

[14] "钟鼓"句:敲钟击鼓使她快乐。这是设想钟鼓喧喧的热闹婚礼场面。

【鉴赏】

这是一首爱情诗,写一个男子追慕一位美丽贤淑的女子。他日思夜想,不能忘怀,渴望有一天,能与她成为夫妇,相亲相依,共享和谐美满的幸福生活。

爱情是诗歌的永恒主题,古老的中华民族,从传说中的远古时代就开始了爱情的歌唱,在两千五百多年前编成的第一部诗歌总集里,就把这首爱情诗放在第一的位置,可见中国人对它的重视。诗的表达流畅自然,优雅得体,情景描摹尤其生动。全诗分为三章。第一章四句,写诗人见景生情,他看到河中沙洲上有一对雌雄和鸣的睢鸠,于是就想到了那位美丽贤淑的姑娘,那正是他心中理想的配偶。第二章八句,写诗人追求淑女不得的情景,其寤寐思服、辗转反侧的描写,最为传神。第三章八句,写诗人与淑女琴瑟相乐的和美、钟鼓庆婚的隆重，场景描写又特别温馨、热烈。诗虽简短，却将抒情、场景描写融为一体，而且构成一个从相思、追慕到相悦、婚庆的完整叙事。既是现实的描摹，又是浪漫的想象，令人回味无穷。

如果将这首诗放入中国文化的层面来看，更有特殊的韵味。它不但表达了人类对美好的婚姻爱情的普遍渴望，而且还寄托了中国人的文化理想。诗中所言的君子，在中国文化中特指那些品质高尚的优秀男人，淑女则特指那些符合中国文化理想的美丽贤淑的女子。诗中将女子的形象定格在采择荇菜的场景之中。荇菜既是一种可食的植物，更是古代祭祀时必备的祭品。而采择荇菜以供食用和祭祀，正是古代女子的职责所在。所以，用"左右流之""左右采之""左右芼之"来描摹女子采择荇菜的劳动，正暗示着这才是诗人心目中的"窈窕淑女"，既美丽贤淑又勤劳持家，这体现了诗人审美观的高尚。这样的女子怎能不叫人"寤寐思服"？同样，"琴瑟"在中国古代文化中也不是一般的乐器，而是君子用以修养身心的高雅器物。诗人想象用"琴瑟友之"的方式与淑女进行心灵的交流，结为知音与好友，这更是一种高境界的爱情表达，是一种高尚的生活理想。与这样的女子结为婚姻，怎能不"钟鼓乐之"！

这首诗在创作构思上也体现了中国诗歌的古老传统。诗人通过眼前所闻所见的雎鸠和鸣而生发联想，抒写自己的相思之情，这种方式在中国传统文化中叫作"兴"，这是将自然外物拟人化，反过来又用来进行自我观照的一种特殊文化思维。这使得中国诗歌有一种特殊的"美"，丰富的、细腻的人类生活情感，在中国诗歌中往往是通过那些描写客观物象的诗句而得到深刻表现的。《诗经》正是这一中国诗歌传统形成的开始，对后世中国诗歌影响深远。

桃　夭[1]

桃之夭夭，灼灼其华[2]。之子于归[3]，宜其室家[4]。
桃之夭夭，有蕡其实[5]。之子于归，宜其家室。
桃之夭夭，其叶蓁蓁[6]。之子于归，宜其家人[7]。

【注释】

　　[1] 选自"周南"。桃夭（yāo）：刚刚长成的可以开花结果的桃树。夭，同"枖"，树木少壮之貌。

[2] 灼(zhuó)灼其华:形容盛开的桃花,红色鲜明,光彩照人。灼灼,桃花鲜艳盛开的样子。华,同"花"。

[3] 之子:这位新娘。于:往。归:归于夫家,即出嫁。

[4] 宜:适宜。室家:男子有妻称有室,女子有夫称有家。

[5] 蕡(fén):形容果实饱满硕大。实:果实。这里以桃树结实喻新娘生子。

[6] 蓁(zhēn)蓁:枝叶茂盛的样子。《毛传》云:"蓁蓁,至盛貌。"桃树由开花、结实,到果实被摘之后的枝叶茂密,喻指婚后的生活越来越美好。

[7] "之子"两句:新娘归于夫家,全家人尽以为宜。

【鉴赏】

　　这是一首贺婚诗。全诗以桃树比喻新娘,表示对她的赞美和祝福。诗分三段。第一段以柔嫩的桃枝和娇艳的桃花比喻新娘的年轻貌美。第二段以桃子的硕大喻示新娘婚后定会给家庭带来多子多孙的幸福。第三段以桃树的绿叶成荫比喻婚后家庭的兴旺发达。桃树在中国北方生长最为普遍。桃树不仅其花鲜艳多姿,果实肥美可口,而且有顽强的生命力,哪怕在贫瘠的土地上也会枝繁叶茂,因而是最受中国人喜爱的果树。在中国的民间早就有"桃养人,杏害人,李子树下埋死人"的谣谚。此诗以桃树比喻新娘,带有浓郁的中国文化色彩。诗人以"夭夭"描摹春天桃树发芽时的柔嫩,以"灼灼"状桃花之鲜艳,以"蓁蓁"形容其枝叶茂盛,生动传神。以桃花喻美人,从此成为中国古代的文学传统。

芣　苢[1]

采采芣苢,薄言采之[2]。采采芣苢,薄言有之[3]。
采采芣苢,薄言掇之[4]。采采芣苢,薄言捋之[5]。
采采芣苢,薄言袺之[6]。采采芣苢,薄言襭之[7]。

【注释】

[1] 选自"周南"。这是一首描写妇女们采摘芣苢的劳动之歌。芣苢(fú yǐ):车前草,籽入药。古人认为它可以治妇女不孕和难产之症。

[2] 采采:茂盛的样子。薄、言:语助词,无实义。采:采摘。

[3]有:指开始采集。

[4]掇(duō):拾取。

[5]捋(luō):用手从茎上抹取。

[6]袺(jié):用衣襟兜住。

[7]襭(xié):将衣襟掖在腰带上兜住。

【鉴赏】

　　这是一首描写古代妇女劳动的歌,也是一首快乐的抒情诗。在看似重复的咏唱中,诗人巧妙地置换了几个动词,就再现了一个生动的劳动场景。第一章用"采"和"有"两字,描述采摘活动的开始;第二章用"掇""捋"两字,描写采摘活动的过程;第三章用"袺""襭"两字描写收藏时的情状。正是这六个传神的动词,使整个劳动的画面活动起来。在"采采芣苢"的反复咏唱中,同时洋溢着一种欢快的情绪,深深地感染着读者。清方玉润《诗经原始》感叹道:"涵咏此诗,恍听田家妇女,三三五五,于平原绣野、风和日丽中,群歌互答,余音袅袅,若远若近,忽断忽续,不知其情之何以移而神之何以旷。"真是一幅珍贵的中国古代妇女从事采摘劳作的民俗风情画卷。

摽 有 梅[1]

　　摽有梅,其实七兮[2]。求我庶士[3],迨其吉兮[4]。
　　摽有梅,其实三兮[5]。求我庶士,迨其今兮[6]。
　　摽有梅,顷筐墍之[7]。求我庶士,迨其谓之[8]。

【注释】

[1]选自"召南"。摽(biào):坠落。有:助词,置于名词前。梅:一种水果,似杏,可食。

[2]其实七兮:梅子成熟开始坠落,树上十余其七。

[3]庶士:众士。士,指未婚的男子。

[4]迨(dài):及,趁着。其:指代女子。吉:青春美好的时光。此句意谓男子如果求婚,就要把握住这最好的时光。

[5]三:树上的梅子十余其三。

5

[6] 今:现在。此句意谓男子如果求婚,现在正是最好的时间。

[7] 顷筐:竹筐、簸箕之类。塈(jì):取。树上的梅子已落尽,采摘的季节即将过去。

[8] 谓之:马上就可求婚订婚,否则就错过了婚嫁之时。

【鉴赏】

这是一首描写闺中女子思婚求偶的诗。诗中以梅子成熟时间的短促,喻示女子的青春年华转瞬即逝,意谓男子求偶也要抓紧时间,就像采摘梅子一样,要趁着它成熟的时候尽快采摘,不要错过这大好时光。诗的语言非常简洁,但是表达却极其生动,在贴切的比喻和直白的抒情中,写出了女子的复杂心态,在热切的盼望和焦急的等待中,又包含了她对于婚姻的渴望和女性特有的矜持。

静 女[1]

静女其姝[2],俟我于城隅[3]。爱而不见[4],搔首踟蹰[5]。
静女其娈[6],贻我彤管[7]。彤管有炜[8],说怿女美[9]。
自牧归荑[10],洵美且异[11]。匪女之为美,美人之贻[12]。

【注释】

[1] 选自"邶风"。静女:安静文雅的姑娘。

[2] 姝(shū):美丽。

[3] 俟(sì):等候。城隅:城角幽僻处。

[4] 爱:"薆"之借字,隐蔽、躲藏。不见:不露面。

[5] 搔首:用手挠头。踟蹰:走来走去,徘徊不定。

[6] 娈(luán):美好。

[7] 贻(yí):赠送。彤管:红色管子,可能是漆成红色的管类乐器。

[8] 有炜(wěi):红亮的样子。

[9] 说怿(yì):喜爱。说,同"悦"。女:汝,你。这句语涉双关,指物又指人。

[10] 牧:牧野。归:同"馈",赠送。荑(tí):嫩白的茅草。

[11] 洵:诚然。异:不同一般。

[12]"匪女"二句:匪,非,不是。女,汝,指所赠之荑。荑所以美好,因为是美人所赠,物以情而重。

【鉴赏】

　　这是一首描写情人幽会的诗。先写男子赴约,女子故意躲藏,害得男子挠首徘徊,不知所措。再写女子向男子赠送彤管,男子喜出望外,爱不释手。最后写两人从牧野分手,女子赠送白茅,男子心领神会。白茅为至轻之物,但是为美人所赠,包含了一片深情,让他感受到了幸福和甜蜜。诗歌生动表现了周代社会比较自由的婚恋形态,生活气息浓郁,情趣盎然,充满了浪漫色彩。

木　瓜[1]

　　投我以木瓜[2],报之以琼琚[3]。匪报也[4],永以为好也!
　　投我以木桃[5],报之以琼瑶。匪报也,永以为好也!
　　投我以木李,报之以琼玖[6]。匪报也,永以为好也!

【注释】

[1]选自"卫风"。木瓜:落叶灌木,果实椭圆,可食,亦可赏玩。
[2]投:投掷。这里指赠送。
[3]报:报答,回赠。琼琚(jū):古时男女佩带的玉饰。下文琼瑶、琼玖皆是佩玉之名。
[4]匪:通"非",不是。
[5]木桃:桃子。下文木李,指李子。
[6]玖(jiǔ):黑色的玉。

【鉴赏】

　　这是一首男女相互赠答的定情诗。你赠我木瓜桃李,我回赠你琼琚玉佩。这既是现实中的互赠场景,也是一种爱情的比喻。你赠我之物虽然是木瓜桃李,但是在我心中就如同琼琚玉佩一样贵重,因为它寄托着你的一片深情。反过来,我赠你虽然是琼琚玉佩,但也不足以表达我对你的一片深情,只是为了永结情好,因为真正的爱情是无价的。诗的语言甚为质朴,但是却情真意浓,用桃李玉佩的互赠为比喻,诠释了爱的本质与真谛,于回环往复的咏唱中,表现了爱的高尚和情的坚贞,闪耀着人性之美,因而使此诗具有了永恒的价值和持久的魅力。

君子于役[1]

君子于役,不知其期[2]。曷至哉[3]?鸡栖于埘[4]。日之夕矣,羊牛下来[5]。君子于役,如之何勿思!

君子于役,不日不月[6]。曷其有佸[7]?鸡栖于桀[8]。日之夕矣,羊牛下括[9]。君子于役,苟无饥渴[10]?

【注释】

[1] 选自"王风"。这是一位女子思念她久役在外的丈夫的诗。君子:古时对男子的美称,这里指女子的丈夫。于役:从事兵役或劳役。

[2] 期:归期。

[3] 曷:何,何时。至:回家。这句是说,什么时候才能回家呢?

[4] 埘(shí):墙壁上挖洞做成的鸡窝。

[5] "日之"二句:傍晚羊牛从山上归来。

[6] "不日"句:不能以日月计算,指在外时间的长久。

[7] 佸(huó):相聚,相会。

[8] 桀:用竹木制的为鸡栖息的架子。

[9] 括:至,回家。

[10] 苟:且,或许。

【鉴赏】

思亲念远是人之常情,真正的诗歌也总是来自于日常生活。此诗的起兴发端就是这样一个典型的农村生活场景:那是一个暮色苍茫、禽畜归巢的时刻,闺中少妇见景生情,心中涌起一阵阵难以抑制的深情和怅惘。禽兽尚且能按时入圈归巢,久役在外的征人却不能按时回家,怎能不让人牵肠挂肚?此时此刻的你究竟在哪里?你在外面生活得好吗?无尽的思念,就通过这样简单的生活场景描写而得到最好的表达。

全诗质朴自然,情景交融,充满了生活气息。

溱 洧[1]

溱与洧,方涣涣兮[2]。士与女[3],方秉蕑兮[4]。女曰:"观乎[5]?"士曰:"既且[6]。""且往观乎[7]?洧之外,洵訏且乐[8]。"维士与女[9],伊其相谑[10],赠之以芍药[11]。

溱与洧,浏其清矣[12]。士与女,殷其盈矣[13]。女曰:"观乎?"士曰:"既且。""且往观乎?洧之外,洵訏且乐。"维士与女,伊其将谑[14],赠之以芍药。

【注释】

[1] 选自"郑风"。这是描写郑国三月上巳日(三月初三)青年男女在溱水、洧水两边游春的诗。溱(zhēn)、洧(wěi):郑国二水名。

[2] 方:正。涣(huàn)涣:春水漫漫的样子。

[3] 士与女:春游的男男女女。

[4] 秉:持,拿。蕑(jiān):兰草。

[5] 观乎:去看看吗?

[6] 既且(cú):我已经去过了。且,同"徂",往,去。

[7] "且往"句:姑且再去看看吧? 且,姑且。

[8] 洵(xún):实在,真的。訏(xū):大,广阔。乐:好玩,开心。

[9] 维:语助词,无实义。

[10] 伊:语助词,无实义。相谑(xuè):相互调笑逗趣。

[11] 芍药(sháo yào):一种花,春天开放,男女互赠,以表情意,永结盟好。

[12] 浏(liú):河水清澈的样子。

[13] 殷:殷然,众多的样子。盈:满。这里指挤满了人。

[14] 将:相。

【鉴赏】

据郑国风俗,每年三月上巳日(三月初三),男女都到水边采兰、洗浴,以拂除不

9

祥,这叫作祓禊(fú xì),是源自于上古的宗教仪式,到春秋时代已经演变成为一种带有节庆性质的民俗活动,成为青年男女聚会、定情的节日和理想的交往场所。这首诗就描写了这样一个活动场景。一对对青年男女,手持兰花,相邀到溱洧之畔,谈情说爱,调笑戏谑,临别赠花,何其快乐。诗以白描的方式写出,诗句参差,节奏明快,人物形象鲜明,一片天然情趣,生动地再现了春秋时代民俗生活的一个侧面,令人神往。

陟 岵[1]

陟彼岵兮,瞻望父兮[2]。父曰:"嗟!予子行役,夙夜无已[3]。上慎旃哉[4],犹来无止[5]!"

陟彼屺兮[6],瞻望母兮。母曰:"嗟!予季行役[7],夙夜无寐。上慎旃哉,犹来无弃[8]!"

陟彼冈兮,瞻望兄兮。兄曰:"嗟!予弟行役,夙夜必偕[9]。上慎旃哉,犹来无死!"

【注释】

[1] 选自"魏风"。这是一首征人登高望乡、思念亲人的诗。陟(zhì):登上。岵(hù):多草木的山。

[2] 瞻望:远望。

[3] 夙夜:早晚。已:停止。

[4] 上:同"尚",希冀之词,表示希望。慎:谨慎。旃(zhān):之、焉的合音。这句是说,希望保重你自己啊!

[5] 犹:可以,还是。来:归来。无止:不要在外久留。

[6] 屺(qǐ):没有草木的山。

[7] 季:幼子。古人兄弟排行为伯、仲、叔、季。

[8] 弃:弃尸在外,死于他乡。

[9] 偕:偕同行动,不得自由。

【鉴赏】

这首诗的艺术手法很高妙。本来抒写的是诗人在外行役的思家念亲之情,却偏偏不说自己,反向思维,想象着父母兄长在家中对他的思念和担忧,用笔曲折而情意深婉。诗分三段,分别设想其父、其母和其兄,看似铺排重复,在情感的抒发上却起到了层层累加之效。特别是"无止""无弃""无死"的重复叮咛,暗示了行役在外的艰苦和征人对家乡的断肠之思。这开启了中国后世抒情诗之一法,如唐人杜甫的《月夜》,白居易的《邯郸冬至夜思家》,均是从对方设想而落笔,意味愈显深长。

蒹　葭[1]

蒹葭苍苍[2],白露为霜。所谓伊人[3],在水一方。溯洄从之[4],道阻且长。溯游从之[5],宛在水中央[6]。

蒹葭萋萋,白露未晞[7]。所谓伊人,在水之湄[8]。溯洄从之,道阻且跻[9]。溯游从之,宛在水中坻[10]。

蒹葭采采,白露未已[11]。所谓伊人,在水之涘[12]。溯洄从之,道阻且右[13]。溯游从之,宛在水中沚[14]。

【注释】

[1] 选自"秦风"。这是一首抒写思慕、追求意中人而不得的诗。蒹葭(jiān jiā):芦苇。

[2] 苍苍:繁盛的样子,后两章"萋萋""采采"义同。

[3] 伊人:诗人追慕思念的人。

[4] 溯(sù)洄:逆流而上。从之:追寻她。

[5] 溯游:顺流而下。

[6] 宛:宛然,好像。

[7] 晞(xī):干。

[8] 湄(méi):水岸。

[9] 跻(jī):升,高。

[10] 坻(chí):水中小洲。

[11] 未已:露水尚没有被朝阳晒干。白露之"为霜""未晞""未已",体现了时间的推移,暗示了追求时间的绵长与追求者的执着。

[12] 涘(sì):水边。伊人在"水一方""水之湄""水之涘",体现了空间的推移,

暗示了意中人的飘忽难寻。

[13] 右:迂回曲折。

[14] 沚(zhǐ):水中沙滩。

【鉴赏】

　　深秋的早晨,诗人来到水边。他看到萋萋的芦苇已披上白霜。从春到夏,从夏到秋,他一往情深地思念、追寻自己的意中人。可是,路远水长而不能如愿,他的内心充满了期待和忧伤。在痴迷恍惚中,他仿佛看到伊人在水的一方,若有似无。这是由诗人痴情产生的梦幻所致。在这首诗中,诗人的悲思愁情与深秋的清冷萧瑟之景互相融合,渲染出一派凄迷惆怅、韵味悠长的意境。

鹿　鸣[1]

　　呦呦鹿鸣,食野之苹[2]。我有嘉宾[3],鼓瑟吹笙。吹笙鼓簧[4],承筐是将[5]。人之好我[6],示我周行[7]。

　　呦呦鹿鸣,食野之蒿[8]。我有嘉宾,德音孔昭[9]。视民不恌[10],君子是则是效[11]。我有旨酒[12],嘉宾式燕以敖[13]。

　　呦呦鹿鸣,食野之芩[14]。我有嘉宾,鼓瑟鼓琴。鼓瑟鼓琴,和乐且湛[15]。我有旨酒,以燕乐嘉宾之心[16]。

【注释】

[1] 选自"小雅"。这是君王宴饮群臣宾客的诗。

[2] 呦(yōu)呦:鹿的鸣叫声。苹:一种野生植物。据说,鹿觅得食物后,即呼叫同类,一起享用。这两句以鹿鸣起兴,表示诚恳招饮之情。

[3] 嘉宾:贵客,指群臣。

[4] 鼓簧:鼓动笙簧。簧,笙管中发声的舌片。

[5] 承:用手捧举。筐:指盛币、帛礼品的竹器,亦称作"筐"。是:此。将:送。这句是说,捧着盛币帛的筐筐送给宾客。

[6] 人:指群臣嘉宾。好我:爱我。

[7] 示:告诉。周行:大道,引申为治国的道理、途径。

[8] 蒿:青蒿,有香味。

[9] 德音:美誉。孔:很,非常。昭:昭著。这两句是赞美群臣宾客有光明的品德和言行。

[10] 视:同"示"。恌(tiāo):同"佻",轻薄,轻浮。

[11] 则:原则,法则。效:仿效。

[12] 旨酒:美酒。

[13] 式:语助词。燕:通"宴",宴饮。敖:同"遨",游玩。

[14] 芩(qín):蒿类植物。

[15] 和乐:和谐快乐。湛(dān):深,长久。

[16] "以燕"句:以宴饮愉悦嘉宾之心。

【鉴赏】

这是周代社会君王宴请群臣所用之乐歌。全诗三章。首章以山野间的鹿鸣起兴。传说鹿发现好草之时必呼朋引伴,用以为比,说明君王若有好的酒食,也一定会与群臣共享。他不但以鼓瑟吹笙的方式欢迎嘉宾,送上礼品,表达对群臣之爱,同时也希望能得到群臣惠爱,为自己指明正确的方向。二章重点写嘉宾有美好的品格。三章写宴饮场景的快乐。君臣之间就在这种互敬互爱、和乐融洽的气氛下宴会畅饮。全诗语言文雅,韵律和谐,情调欢快,韵味深长,鲜明地体现了周代社会的礼乐文化精神。

采 薇[1]

采薇采薇,薇亦作止[2]。曰归曰归[3],岁亦莫止[4]。靡室靡家[5],猃狁之故[6]。不遑启居[7],猃狁之故。

采薇采薇,薇亦柔止[8]。曰归曰归,心亦忧止。忧心烈烈[9],载饥载渴。我戍未定,靡使归聘[10]。

采薇采薇,薇亦刚止[11]。曰归曰归,岁亦阳止[12]。王事靡盬[13],不遑启处。忧心孔疚[14],我行不来[15]!

彼尔维何[16]?维常之华[17]。彼路斯何[18]?君子之车[19]。戎车既驾[20],四牡业业[21]。岂敢定居?一月三捷[22]。

驾彼四牡,四牡骙骙[23]。君子所依[24],小人所腓[25]。四牡翼翼[26],象弭鱼服[27]。岂不日戒[28]?玁狁孔棘[29]!

昔我往矣[30],杨柳依依[31]。今我来思[32],雨雪霏霏[33]。行道迟迟[34],载渴载饥。我心伤悲,莫知我哀!

【注释】

[1] 选自"小雅"。这是一位戍边兵士的思乡之作。薇:野生的豌豆苗,嫩叶可食。

[2] 作:初生,发芽。止:用于句尾的语气助词。

[3] 曰:说。归:回家。

[4] 莫:同"暮",年末。

[5] 靡:无。

[6] 玁狁(xiǎn yǔn):北方的少数民族。

[7] 遑(huáng):闲暇。启居:跪坐,这里指休息、修整。下文"启处"同义。

[8] 柔:柔嫩。

[9] 烈烈:忧心如焚的样子。

[10] 靡使归聘:没法使人带回问候家人的音讯。聘,问候家人的音讯。

[11] 刚:薇长得粗硬,将要老了。

[12] 阳:夏历十月。

[13] 盬(gǔ):止息。

[14] 孔疚(jiù):非常苦痛。

[15] 行:出征远行。不来:不能归来。

[16] 彼尔维何:那盛开着的花是什么花。尔,同"苶",花盛开的样子。维,是。

[17] 维常之华:是常棣之花。常,棠棣。华,同"花"。

[18] 路:同"辂",形容战车的高大。

[19] 君子之车:将帅的车。

[20] 戎车:战车,兵车。既驾:已经驾好,准备出征。

[21] 四牡:四匹驾车的公马。业业:形容马匹的高大强壮。

[22] 捷:通"接",交战。三捷指多次与敌人交战。

[23] 骙(kuí)骙:战马强壮的样子。

[24] 依:依靠,乘坐。

[25] 小人:士卒。腓(féi):隐蔽。

[26] 翼翼:形容驾车的战马行列整齐。

[27] 象弭(mǐ):用象牙镶嵌弓的两端。鱼服:用鲨鱼皮制成的箭袋。

[28] 岂不:怎能不。日:每日,时时刻刻。戒:戒备,警惕。

[29] 孔:非常。棘:通"急",敌情非常紧急。

[30] 昔:昔日出征时。往:前往,出征。

[31] 依依:形容春日柳条随风飘拂的样子。

[32] 来:归来。思:语尾助词。

[33] 雨(yù)雪:落雪。雨,落,用作动词。霏霏:大雪纷飞的样子。

[34] 行道迟迟:慢慢地走在归途上。

【鉴赏】

　　周代社会和周边民族不断发生战争,战争给人民带来了无数痛苦。中国是一个农业国度,农业生产需要安稳的生活环境,安土重迁就成为中国古代一种普遍的民族文化心理。所以,通过对家乡的怀念表达对于战争的怨恨和对美好生活的向往,就成为《诗经》战争诗的一种重要表达方式。这首诗就是其中的代表。诗中生动地描写了将士们远征在外的劳苦和对家乡的无尽思念,诗用薇之生长的三个阶段作、柔、刚,表现季节的推移,寓示在外征战的时间之长和内心的焦虑。但同时又反复地陈说"靡室靡家,猃狁之故""岂不日戒?猃狁孔棘",表达对敌人的痛恨、保家卫国的决心和由此而造成的有家难回的矛盾。诗的最后一章写战士归家途中雨雪饥渴的苦痛和无可奈何的伤悲,将复杂的内心世界以形象的景物描写烘托出来,极富感染力。"昔我往矣,杨柳依依。今我来思,雨雪霏霏"这几句也成为千古流传的名句。

生　民[1]

　　厥初生民,时维姜嫄[2]。生民如何？克禋克祀[3],以弗无子[4]。履帝武敏歆[5],攸介攸止[6]。载震载夙[7],载生载育[8],时维后稷[9]。

　　诞弥厥月[10],先生如达[11]。不坼不副[12],无菑无害[13],以赫厥灵[14]。上帝不宁,不康禋祀,居然生子[15]。

　　诞寘之隘巷[16],牛羊腓字之[17]。诞寘之平林,会伐平林[18]。

15

诞寘之寒冰,鸟覆翼之。鸟乃去矣,后稷呱矣[19]。实覃实讦[20],厥声载路[21]。

诞实匍匐[22],克岐克嶷[23],以就口食[24]。蓺之荏菽[25],荏菽旆旆[26]。禾役穟穟[27],麻麦幪幪[28],瓜瓞唪唪[29]。

诞后稷之穑,有相之道[30]。茀厥丰草[31],种之黄茂[32]。实方实苞[33],实种实褎[34],实发实秀[35],实坚实好[36],实颖实栗[37]。即有邰家室[38]。

诞降嘉种[39],维秬维秠[40],维穈维芑[41]。恒之秬秠[42],是获是亩[43]。恒之穈芑,是任是负[44]。以归肇祀[45]。

诞我祀如何?或舂或揄[46],或簸或蹂[47]。释之叟叟[48],烝之浮浮[49]。载谋载惟[50]。取萧祭脂[51],取羝以軷[52]。载燔载烈[53],以兴嗣岁[54]。

卬盛于豆[55],于豆于登[56]。其香始升,上帝居歆[57]。胡臭亶时[58]。后稷肇祀,庶无罪悔,以迄于今[59]。

【注释】

[1] 选自"大雅"。这是对周人始祖后稷的颂歌。

[2] "厥初"两句:起初诞生周民族始祖的是姜嫄。时,这。维,是。姜嫄(yuán),周始祖后稷的母亲。姜是姓,嫄是谥号,亦作"原",取本原之义。

[3] 克:能够。禋(yīn)祀:祭天祀神之礼。

[4] 以弗无子:祭祀上帝以求生子。弗,借为"祓(fú)",祭祀以除去不祥。

[5] 履:踩。帝:天帝。武:脚印。敏:借为"拇",足大拇指。歆(xīn):同"欣",欣然有所动。这句谓姜嫄因踩天帝脚印的大拇指而感应怀孕。

[6] 攸:于是。介:借为"愒(qì)",休息。止:止息。

[7] 载:语助词。震:借为"娠(shēn)",怀孕。夙:同"肃",生活肃谨。

[8] 生:分娩。育:哺育。

[9] 后稷:周民族的始祖,名弃;他发明农业,故尊称"稷"。稷,谷类。

[10] 诞:发语词。弥厥月:怀孕足月。弥,满。

[11] 先生:头胎生。如:同"而"。达:顺达,指胎儿生得很顺利。

[12] 不坼(chè)不副(pì):分娩时产门没有破裂。坼,破裂。副,裂开。

16

[13] 菑:古"灾"字。此句是说母子都平安。
[14] 赫:显示。厥:其,指后稷。灵:灵异。
[15] "上帝"三句:难道上帝不悦,没有安享我的祭祀,让我这样顺利地生了一个儿子?这是姜嫄自疑之辞。不宁,不安,此指不悦。康,安,安享。居然,徒然。
[16] 诞:发语词。寘:同"置",弃置。隘巷:狭窄的小巷。
[17] 腓(féi):庇护。字:哺乳。
[18] "诞寘之平林"两句:准备弃之树林,正好碰上有人在砍树,不便丢弃。会,恰好碰上。
[19] 呱:小儿啼哭声。
[20] "实覃"句:后稷的哭声又长又洪亮。实:同"是",这样。覃(tán):长。訏(xū):大。
[21] 载路:哭声闻于路。
[22] 匍匐:伏地爬行。
[23] 岐:知意,会解人意。嶷(nì):识别事物。
[24] 以就口食:能自己寻找食物。就,趋往。
[25] 蓺:同"艺",种植。荏菽:大豆。
[26] 旆(pèi)旆:枝叶茂盛的样子。
[27] 禾役:借为"禾颖",禾穗。穟(suì)穟:禾穗沉甸下垂的样子。
[28] 幪(měng)幪:茂密的样子。
[29] 瓞(dié):小瓜。唪(běng)唪:果实累累的样子。
[30] "诞后稷"两句:后稷种植庄稼有助其生长的方法。穑,种植庄稼。相,助。道,方法。
[31] 茀(fú):拔除。丰草:长得很茂盛的杂草。
[32] 黄茂:嘉谷。
[33] 方:通"放",刚萌芽出土。苞:禾苗丛生。
[34] 种(zhǒng):禾苗出土时短而粗壮。褎(yòu):禾苗渐渐长高。
[35] 发:禾茎发育拔节。秀:禾苗吐穗开花。
[36] 坚:谷粒灌浆饱满。好:谷粒形色美好。
[37] 颖:禾穗下垂。栗:谷粒繁多。
[38] 即:就,往。邰(tái):地名,在今陕西武功西南。家室:安家定居。
[39] 降:天降,天赐。嘉种:优良的品种。

[40] 秬(jù):黑黍。秠(pī):黍的一种,一个黍壳中育有两个米粒。
[41] 穈(mén):谷子的一种,初生时叶赤。芑(qǐ):一种白苗的高粱。
[42] 恒之秬秠:田里种满了秬秠。恒,通"亘",遍,满。
[43] 获:收割。亩:庄稼收割后堆放在田里。
[44] 任:抱。负:背。
[45] 归:把谷物收回家。肇(zhào):开始。祀:祭祀。
[46] 或:有人。舂(chōng):舂米。揄(yóu):把舂好的米从臼中舀出。
[47] 簸:扬去米中的糠皮。踩(róu):通"揉",揉搓,使米更精细。
[48] 释:淘米。叟(sōu)叟:淘米声。
[49] 烝:同"蒸"。浮浮:蒸煮时热气升腾的样子。
[50] 谋:计划。惟:思虑。
[51] 取萧祭脂:祭祀时以香蒿和牛肠脂合烧,香气缭绕。萧,香蒿,今名艾。脂,牛肠脂油。
[52] 羝(dī):公羊。軷(bá):祭祀路神之礼。古人在郊祀上帝前,先祭路神。
[53] 燔(fán):烧。烈:烤。这句是说,把萧、脂、羝羊放在火上烧烤,以供神享。
[54] 兴:兴旺。嗣(sì)岁:来年。
[55] 卬(áng):我。豆:一种高脚食器,祭祀时用以盛各种祭品。
[56] 登:一种食器,似豆而浅。
[57] 上帝居歆:上帝安然享受祭品。居,安。歆(xīn),享用。
[58] 胡臭:浓烈的香气。胡,大。臭,气味。亶(dǎn):确实。时:善,好。
[59] 庶:幸而。迄:至。以上三句是说,后稷始创的祭祀礼仪,幸而没有获罪于天,一直延续至今。

【鉴赏】

  这首诗记述了周民族始祖后稷的诞生及其发明农业的故事,带有浓郁的神话色彩。稷的本义是一种谷物,它的母亲是大地——周民族的发祥地姜水平原,周民族的"周"字本义是田畴,可见,关于周人祖先后稷诞生和他发明农业的故事,其实就是周民族早期发祥的一个历史缩影。因为农业的发明过于伟大,所以周人便把它神圣化,并由此而塑造出一位民族英雄。讴歌后稷诞生的神奇和他发明农业的功绩,客观上也就赞颂了周民族的勤劳、智慧。诗分三大部分。前三段是说后稷降生的神奇,他是大地母亲的孕育,同时也是上帝的恩赐。中间三段说的是后稷发明农业、定居邰的过程,说明后稷对周民族发祥所做出的巨大贡献。最后两段表达了周人对上帝的感谢和对幸福生活的祈祷。全诗描写生动,想象力丰富,具有浓厚的生活气息,同时又充满了浪漫神奇色彩。

载　芟[1]

　　载芟载柞,其耕泽泽[2]。千耦其耘[3],徂隰徂畛[4]。侯主侯伯,侯亚侯旅[5],侯强侯以[6]。有嗿其馌[7],思媚其妇[8],有依其士[9]。有略其耜[10],俶载南亩[11],播厥百谷[12],实函斯活[13]。驿驿其达[14],有厌其杰[15]。厌厌其苗[16],绵绵其麃[17]。载获济济[18],有实其积[19],万亿及秭[20]。为酒为醴[21],烝畀祖妣[22],以洽百礼[23]。有飶其香[24],邦家之光[25]。有椒其馨[26],胡考之宁[27]。匪且有且[28],匪今斯今[29],振古如兹[30]。

【注释】

[1] 选自"周颂"。这是周人在春天祭祀土神和谷神以祈求丰年的乐歌。载:语助词,有开始之义。芟(shān):除草。
[2] 柞(zuò):原指柞木,常绿灌木。此处用作动词,指砍伐树木。泽泽:通"释释",泥土松散润泽的样子。
[3] 耦(ǒu):二人并耕。耘(yún):除草,这里指耕耘。
[4] 徂(cú):往。隰(xí):低湿的土地。畛(zhěn):田间的小路。
[5] 侯:发语词。主:家长。伯:长子。亚:次,指长子以下诸子。旅:众,指众晚辈子弟。
[6] 强:指身体强壮的人。以:指老弱的人。
[7] 嗿(tǎn):吃饭时发出的声音。馌(yè):送到田间的饭菜。
[8] 思:语助词。媚:美好。
[9] 依:借为"殷",壮盛的样子。以上两句说,妇人美丽可爱,丈夫身强力壮。
[10] 略:形容耜之刃非常锋利。耜(sì):古代一种翻土的农具,类似今之犁铧(huá)。
[11] 俶(chù):始。载:从事,耕种。南亩:泛指田地。
[12] 百谷:各种谷物。

[13] 实:种子。函:同"含"。斯:犹"而"。活:生。这句谓种子在土中孕育萌生。
[14] 驿驿:借为"绎绎",陆续出苗的样子。达:苗破土而出。
[15] 厌:美好的样子。杰:杰出,指先长出来而又粗壮的禾苗。
[16] 厌厌:形容禾苗茂盛整齐。苗:一般的禾苗。
[17] 绵绵:接连不断的样子。麃(biāo):除草。
[18] 获:收获。济济:众多的样子,指所收谷物众多。
[19] "有实"句:谷物堆积得满满的。实,形容满满。积,堆积。
[20] 亿:古时以十万为亿。秭(zǐ):十亿为秭。
[21] 醴(lǐ):一种甜酒。
[22] 烝:进献。畀(bì):献给。祖妣(bǐ):男女祖先。
[23] 洽:备。百礼:各种祭祀的礼仪。
[24] 苾(bì):形容酒食祭品香气浓郁。
[25] "邦家"句:五谷丰收、祭品优富,为我们邦家增添了荣光。
[26] 有椒:椒椒,香气浓厚的样子。椒,一种芳香植物。馨(xīn):传播很远的香气。
[27] 胡考:长寿老人。之:是。宁:安宁。
[28] 匪:非。且:此,此处。有且:有此,有稼穑之事。
[29] 今:今时。斯今:有今,有今之丰收。
[30] 振古如兹:自古以来就是这样。振,自。以上三句是说:"非独此处有此稼穑之事,非独今时有丰庆之年,盖自极古以来,已如此矣。"

【鉴赏】

中国古时有"藉田"之礼,春耕时节,帝王临田亲耕以表示劝农。在典礼仪式上,要将一年辛苦的劳动过程演示一遍,以显示自己的勤劳,以祈求上天赐福。这就是此诗所描述的内容,从春天的垦荒、播种到庄稼的生长,从秋天的收获到丰收后的祭祀,一一写来、顺序演示。这既是对祭祀场景的真实再现,更是对农业生产的生动描述,表达了周人对生活的热爱和对理想的期待,富有浓厚的生活气息。《诗经》中的颂诗用于宗庙祭祀表演,是与歌舞相结合的综合艺术,这里所记录的歌词只是其中的文本形态。读者欣赏时需要考虑到它的文化背景,将它放置于宗教歌舞的场景,结合诗句进行丰富的想象,才能体会到它的妙处。

屈　原

　　屈原(约前340—前278),战国时期楚国人。出身于楚国贵族,曾做过三闾大夫和左徒等官职,因为与楚王政见不合而被流放,后沉江而死。主要作品有《离骚》《九歌》《九章》《天问》等,代表作《离骚》是中国古代最伟大的抒情长诗。本书所选屈原作品,均出于宋洪兴祖《楚辞补注》,中华书局1983年新校点本。

湘　君[1]

　　君不行兮夷犹[2],蹇谁留兮中洲[3]?美要眇兮宜修[4],沛吾乘兮桂舟[5]。令沅、湘兮无波,使江水兮安流。望夫君兮未来,吹参差兮谁思[6]?

　　驾飞龙兮北征[7],邅吾道兮洞庭[8]。薜荔柏兮蕙绸[9],荪桡兮兰旌[10]。望涔阳兮极浦[11],横大江兮扬灵[12]。扬灵兮未极[13],女婵媛兮为余太息[14]!横流涕兮潺湲[15],隐思君兮陫侧[16]。

　　桂櫂兮兰枻[17],斲冰兮积雪[18]。采薜荔兮水中,搴芙蓉兮木末[19]。心不同兮媒劳,恩不甚兮轻绝[20]。石濑兮浅浅[21],飞龙兮翩翩。交不忠兮怨长[22],期不信兮告余以不闲[23]。

　　朝骋骛兮江皋[24],夕弭节兮北渚[25]。鸟次兮屋上[26],水周兮堂下[27]。捐余玦兮江中[28],遗余佩兮澧浦[29]。采芳洲兮杜若[30],将以遗兮下女[31]。时不可兮再得,聊逍遥兮容与[32]。

【注释】

　　[1]本诗和下一首诗都选自《九歌》。《九歌》是在楚国流传已久的一组乐歌,

屈原根据原始的《九歌》而进行了改编,共十一篇。湘君、湘夫人是一对湘水配偶神。《湘君》《湘夫人》这两首诗为一组,分别抒写了这对夫妇对纯真爱情的热烈追求和对美好生活的深情向往。其中《湘君》是一位女巫饰为湘夫人的独唱。

[2] 君:湘君。湘君是男性湘水神。不行:湘君不来赴约。夷犹:犹豫不决。

[3] 蹇(jiǎn):通"謇",楚方言,发语词。谁留:湘君为谁而留?或湘君被谁留住?这是湘夫人发出的猜想和疑问。中洲:洲中。

[4] 要眇(yāo miǎo):美好的样子。宜修:修饰打扮得恰到好处。

[5] 沛:水流迅急的样子,这里形容船行之速。桂舟:用桂木制造的舟。以上两句是说,我容貌美丽而又装扮适宜,乘着桂舟急速而行,去赴湘君的约会。

[6] "望夫"两句:盼望湘君,他却不来,我吹着箫管,叙说着对他的无尽思念。参差,古乐器,由长短不齐的竹管编排而成,类似于笙或排箫。参差长短不齐,发出的声音复杂变化,喻指湘夫人复杂的思绪。谁思,思念谁,意谓思念湘君。

[7] 飞龙:龙舟,即上文所说的桂舟。北征:北行,湘夫人在约会地点久等湘君不来,于是乘船北行,迎接湘君。

[8] 邅(zhān):楚方言,回转,改变航向。以上两句是说,湘夫人从湘水出发北行,横渡洞庭湖而未遇到湘君,于是转向进入长江。

[9] 薜荔(bì lì):常绿蔓生植物,亦称木莲。柏:旗帜之类。蕙绸:以蕙草缠绕旗杆。蕙,一种香草,与兰草同类。绸,缠绕。

[10] 荪桡(sūn ráo):旗杆的曲柄上装饰着荪草。荪,一种香草,俗称石菖蒲。桡,曲木,指旗杆上的曲柄。以上两句是说,湘夫人自言其所乘之舟的仪仗、装饰美丽芬芳。

[11] 涔(cén)阳:地名,在今湖南澧县涔水的北岸。极浦:遥远的水边。

[12] "横大江"句:湘夫人显神,发出灵光,充满大江。横,充满。扬灵,显灵。

[13] 极:已,终止。湘夫人为了呼唤湘君,不停地显神,发出灵光。

[14] 女:湘夫人身边的侍女。婵媛(chán yuán):楚方言,叹息的样子。余:湘夫人自指。

[15] 横流涕:涕泪交集。潺湲(chán yuán):水徐徐流动的样子,此形容泪流不止。

[16] 隐:内心深藏。悱恻:忧思悲伤的样子。以上两句是说,湘夫人涕泪横流,痛苦地思念、等待湘君。

[17] 棹(zhào):划船用的长桨。枻(yì):划船用的短桨。

[18] "斫冰"句:在积雪中凿冰行船(这是虚写,比喻会见湘君之路艰难)。斫(zhuó),砍凿。

[19] 搴(qiān):摘取。木末:树梢。

[20] "心不同"两句:我们彼此不同心,媒人徒劳而无功;你恩爱之情不深,所以轻易地抛弃了我。

[21] 濑(lài):沙石上的急流。浅浅:水流疾速的样子。

[22] 交:结交,交往。怨长:怨恨深长。

[23] 期:约会。不信:不守信约。以上两句是说,相交而不忠诚,使我忧怨不已;约会不守信用,反而托词说没有空闲。

[24] 朝:早晨。骋骛(chěng wù):奔驰。江皋:江边的水泽之地。皋,弯曲的水泽之地。

[25] 弭(mǐ)节:这里指停船。弭,停止。渚(zhǔ):水中小洲。

[26] 次:止宿,停留。

[27] 周:环绕。

[28] 捐:抛弃。玦(jué):环形而有缺口的佩玉,此玦是湘君所赠。

[29] 遗:丢弃。佩:佩玉。澧浦:澧水之滨。澧,澧水,源出湖南桑植,经澧县入洞庭湖。以上两句是说,湘夫人丢弃了湘君所赠的玦、佩信物,表示怨愤决绝之意。

[30] 杜若:一种香草,又名杜衡,气味芬芳。宋人谢翱《楚辞芳草谱》:"杜若之为物,令人不忘;搴采而赠之,以明其不忘也。"

[31] 遗(wèi)兮下女:托侍女赠予湘君。遗,赠。下女,湘君的侍女。以上两句是说,湘夫人丢弃湘君所赠的信物,但她对湘君仍一往情深,所以她采了芳草,托湘君的侍女送给湘君,以期他回心转意。

[32] "时不可"两句:相会的时机很难再得,我姑且逍遥漫步以排遣忧思。聊,姑且。容与,安逸闲暇的样子,此指无可奈何地徘徊漫步。

湘 夫 人[1]

帝子降兮北渚[2],目眇眇兮愁予[3]。袅袅兮秋风[4],洞庭波兮木叶下[5]。登白薠兮骋望[6],与佳期兮夕张[7]。鸟何萃兮蘋中[8]？罾何为兮木上[9]？沅有茝兮澧有兰[10]，思公子兮未敢言[11]。荒忽兮远望,观流水兮潺湲[12]。

麋何食兮庭中[13]？蛟何为兮水裔[14]？朝驰余马兮江皋[15]，夕济兮西澨[16]。闻佳人兮召予,将腾驾兮偕逝[17]。筑室兮水中,葺之兮荷盖[18]。荪壁兮紫坛[19],播芳椒兮成堂[20]。桂栋兮兰橑[21],辛夷楣兮药房[22]。网薜荔兮为帷[23],擗蕙櫋兮既张[24]。白玉兮为镇[25],疏石兰兮为芳[26]。芷葺兮荷屋[27],缭之兮杜衡[28]。合百草兮实庭[29],建芳馨兮庑门[30]。九嶷缤兮并迎[31],灵之来兮如云[32]。

捐余袂兮江中[33],遗余褋兮澧浦[34]。搴汀洲兮杜若[35],将以遗兮远者[36]。时不可兮骤得[37],聊逍遥兮容与[38]。

【注释】

[1] 此为男巫饰为湘君所唱的恋慕湘夫人的歌辞。

[2] 帝子:指湘夫人。相传帝尧之二女娥皇、女英为帝舜之二妃。舜到南方巡视,死于苍梧。二妃追至洞庭,得到舜死的消息,悲痛欲绝,遂投湘水而死,楚人感而为之立祠,以湘水神祭祀她们。渚(zhǔ):水中高地。

[3] 眇(miǎo)眇:极目远望的样子。愁予:使我忧愁。以上两句是说,湘夫人降临于北渚,渺茫遥远,望之不来,使我忧愁不已。

[4] 袅(niǎo)袅:微风吹拂的样子。

[5] 洞庭:洞庭湖,在今湖南北部。波:这里用作动词,指微波泛动。以上两句写湘君所望见的只是洞庭湖的一派萧瑟秋景,衬托出他此时悲凉、怅惘、愁苦的心情。

[6] 登白蘋(fán):站在长满蘋草的湖岸。蘋,一种水草,秋季生长。骋望:放眼远望。

[7] 佳:佳人,指湘夫人。期:约会。夕张:为黄昏时的约会尽心准备。张,陈设。

[8] "鸟何"句:鸟为什么聚集在水草中？萃(cuì),聚集。蘋(pín),一种水草,叶浮于水面,根连于水底。

[9] 罾(zēng):渔网。木上:挂在树上。以上两句都是违背常理之事,暗示湘君所求不得,事与愿违。

24

[10] 沅(yuán):沅水,是湖南境内流入洞庭湖的大河。茝(chǎi):白芷,一种香草。澧:澧水。沅芷和澧兰都是用香草比喻湘夫人。

[11] 公子:即"帝子",指湘夫人。

[12] 荒忽:即"恍惚",神志迷乱的样子。潺湲(chán yuán):水流缓慢而不断的样子。流水潺湲喻指湘君对湘夫人的情感缠绵不断。

[13] 麋(mí):一种鹿类动物。

[14] 蛟:古人认为是龙一类的动物。水裔:水边。"麋何"二句与上文"鸟何"二句的用意相同,皆暗示湘君追求湘夫人而不得,事与愿违。

[15] 江皋:江边高地。

[16] 济:渡。澨(shì):水边。

[17] 腾驾:驾车奔驰。以上四句是说,我清晨骑马驰过江皋,傍晚又渡过西河,听说湘夫人召唤我,我要与她一起创造美好的生活。下面一段是湘君的想象。

[18] 葺(qì):覆盖,这里指用茅草盖屋。荷盖:用荷叶作房顶。

[19] 荪(sūn)壁:用荪草装饰屋壁。荪,一种香草,俗名石菖蒲。紫坛:用紫贝壳铺砌的庭院。

[20] "播芳"句:把芳香的花椒和到泥里,用来涂饰堂壁。播,散布。椒,花椒,一种芳香性的植物,常以之涂闱房的墙壁。成,饰。

[21] 桂栋:以桂木为房梁。栋,房梁。兰橑(lǎo):用木兰作房椽。橑,屋椽。

[22] 辛夷:一种香木。楣(méi):门上横木,代指门。药房:用白芷装饰卧室。药,一种香草,即白芷。

[23] 网:作动词用,编织。薛荔:一种香草。帷:帐幔。

[24] 擗(pì)蕙櫋(mián):把蕙草分开,制成屋檐板。擗,剖开。櫋,屋檐板。

[25] 镇:镇席,压住座席之物。

[26] 疏:分布。石兰:兰草的一种,即山兰。

[27] 芷(zhǐ):白芷,一种香草。荷屋:荷叶做的屋顶。清蒋骥《山带阁注楚辞》曰:"谓前荷盖之屋复葺以芷。"

[28] 缭:缠绕。杜衡:一种香草。

[29] 合:聚集。百草:各种香草。实:充满,布满。

[30] 馨(xīn):散布很远的香气。庑(wǔ):厅堂四周的廊屋。

[31] 九嶷(yí):山名,又名苍梧,在今湖南宁远东南,这里是指九嶷山的众神。缤:纷纷然,形容众多。

25

[32] 灵:指九嶷山的诸神,因来者众多,所以说"如云"。以上十六句是湘君追述他怎样向往与湘夫人共同生活,然而因为两人最终没有相会,一切美好的生活理想都破灭了,留下的只有无尽的忧伤和怅惘。

[33] 捐:丢弃。袂(mèi):衣袖。

[34] 褋(dié):单衣。澧浦:即澧水之滨。以上两句是说,因湘夫人失约,湘君失望、气愤而将湘夫人所赠的定情之物"袂""褋"抛到水里,以示决绝之意。

[35] 搴(qiān):摘。汀:水中或水边平地。杜若:一种香草。

[36] 遗(wèi):赠送。远者:指湘夫人。以上四句表现了湘君矛盾复杂的心情:一方面,湘君因湘夫人失约,故在气愤和失望之余,将湘夫人所赠的定情之物抛入江中;另一方面,他仍然眷念湘夫人,期望他们能够重新相好,他采摘香草赠给远方的湘夫人,以表达其思慕和爱恋之情。

[37] 骤得:屡次得到;一说突然得到。

[38] 聊:姑且。容与:悠闲自得的样子,此指无可奈何地徘徊漫步。以上两句是说,相见的机会不能屡次得到,我姑且在汀洲上漫步散心,以排遣心中的愁思。

【鉴赏】

湘君和湘夫人为配偶,是楚国境内最大的河流湘水之神,其形成最早当来自于人们对于自然神的崇拜,后来则与帝舜死于苍梧和他的妃子娥皇、女英投湘水而死的神话相结合,从而使湘水之神由原来模糊的自然面孔变为亲切形象的人间帝王与王妃,还有一段打动人心的生离死别的爱情故事,供人们永远地怀念和祭享。诗人将这一故事再做加工,分别以男女主人公的身份写他们之间的追寻、等待、最后终不得见的悲剧故事。诗人展开了充分的想象,用细致入微的笔法,分别刻画了湘夫人、湘君由期待到幻想,再到失望,并由失望而产生的哀怨之情,缠绵悱恻、凄婉动人。其中,湘夫人为等待和寻找湘君,在洞庭湖上的驾龙北征、徘徊怅望;湘君为迎接湘夫人而筑室水中、隆重迎接的铺排描写,语言华丽,意象丰富,具有浓郁的浪漫色彩。两首诗中都有对人物复杂微妙的心理刻画,真切感人。洞庭湖上的烟云迷茫,秋风木叶的袅袅飘落,环境气氛的有效渲染,增加了这一故事的悲剧氛围。这是中国文学史上最富有浪漫色彩的优美的爱情诗篇。

橘　颂[1]

后皇嘉树[2],橘徕服兮[3]。受命不迁[4],生南国兮。深固难徙[5],更壹志兮[6]。绿叶素荣[7],纷其可喜兮[8]。曾枝剡棘[9],圆果抟兮[10]。青黄杂糅,文章烂兮[11]。精色内白[12],类任道兮[13]。纷缊宜修[14],姱而不丑兮[15]。嗟尔幼志[16],有以异兮[17]。独立不迁,岂不可喜兮。深固难徙,廓其无求兮[18]。苏世独立[19],横而不流兮[20]。闭心自慎[21],不终失过兮。秉德无私[22],参天地兮[23]。愿岁并谢,与长友兮[24]。淑离不淫[25],梗其有理兮[26]。年岁虽少,可师长兮。行比伯夷[27],置以为像兮[28]。

【注释】

[1] 选自《九章》。这是一首咏物言志诗。通过对橘树的赞美,表现了诗人的高洁人格和崇高志向。

[2] 后皇:天地。后,后土。皇,皇天。后皇,地和天的代称。嘉:美好。这句是说,橘树生于天地间,是树木中美好的品种。

[3] 橘徕服兮:橘树一生于南国就习惯南国的气候和土壤。徕,同"来"。服:习惯,适应。

[4] 受命:受命于天地。迁:迁移。

[5] 深固难徙:橘树是多年生灌木,根深蒂固。

[6] 更:更加。壹志:专一。橘树是南国特产,不能北迁。

[7] 素荣:橘树初夏时开五瓣的白色小花。

[8] 纷:美盛的样子。

[9] 曾枝:一重一重的树枝。曾,同"层"。剡(yǎn)棘:锐利的刺。剡,锐利。

[10] 抟(tuán):通"团"。

[11] 文章:文采,指橘子的颜色。烂:灿烂。

[12] 精色:鲜明的颜色。内白:白色的内瓤。

[13] 类任道兮:橘子有鲜明的外表和洁白的内质,正与任道的君子相同。

[14] 纷缊(yūn):同"纷纭",繁盛。宜修:美好。

[15] 姱(kuā):美好。不丑:不群,与众不同。丑,通"俦",同类。

[16] 嗟(jiē):赞叹。尔:你,指橘树。幼志:天生的本性。

[17] 异:不同于一般的树木。

[18] 廓:空阔,指心胸阔大超脱。

[19] 苏世独立:清醒地独立于世。苏,醒。

[20]横而不流:不因世俗的好尚而改变自己的志向行为。横,横绝。

[21]闭心:坚贞自守,不为外力所动摇。自慎:与"闭心"同义。

[22]秉德:怀德。

[23]参天地:与天地相合。古人认为,天地是无私的,故有德之人与天地相配合。参,配合。

[24]"愿岁"二句:希望我的年华与橘树一同度过岁月,终身做朋友。

[25]淑:善。离:通"丽",美好。

[26]梗:橘的枝干坚直。理:橘树的木材有纹理。

[27]行:品性。伯夷:殷末孤竹国君的长子,因反对周武王灭殷,不食周粟,饿死在首阳山。古代一直把他看作有节操的人物。

[28]置以为像兮:把橘树种在园中,朝夕相伴,作为榜样来勉励自己。置,植。像,榜样。

【鉴赏】

这是中国现存第一首咏物诗。将自然物与人相类比,源自于中国人万物一体的自然观。《诗经》中常用的"比兴"手法就与此紧密相关,如《周南·桃夭》中以桃的花盛实多、枝繁叶茂,来比喻新嫁娘的美丽和她将带给新婚家庭的幸福。这首诗则进一步将物人化,借颂橘来颂人,为后世中国咏物诗创作提供了典范。此诗有对橘树习性的细心观察,因而把握了它的特点并给以精到的描写,从而具有了象征意义:它生于南方,不习北土,象征着诗人对故土家园的热爱;它绿叶素荣,层枝剡棘,象征着诗人苏世独立、横而不流的个性;它的果实青黄杂糅,精色内白,象征着诗人的坚贞自守和任道独行的品格。咏橘就是咏人。所以,只有了解了中国人的自然观,才能体会中国咏物诗的奥妙所在。

刘 邦

刘邦(前256—前195),沛县丰邑(今江苏省丰县)人,汉开国皇帝,在位十二年。

大 风 歌[1]

大风起兮云飞扬[2],威加海内兮归故乡[3],安得猛士兮守四方!

【注释】

[1] 本诗为刘邦平定黥布,得胜还乡,在沛县邀集父老乡亲饮酒时所唱。汉人称此歌为《三侯之章》。选自《史记·高祖本纪》,中华书局1959年新校点本。

[2] 大风起兮云飞扬:比喻秦末群雄逐鹿、天下大乱的局面。

[3] 威加海内:指自己战胜群雄,统一中国。海内,四海之内,"天下"的意思。

【鉴赏】

此诗是封建帝王诗中的佳作,虽仅仅三句,但内涵极为丰富。首句以"风起云飞"喻天下大乱、群雄逐鹿之局。次句以"威加海内"写自己的志得意满,风光无限,洋溢着英雄之气。但结尾中又带着居安思危的隐忧。刘邦虽一统天下,但国家并未安稳,韩王信、黥布等相继造反。此诗作于刘邦平定黥布之后,还归故乡,与故老兄弟相乐饮酒之时。当时刘邦年事已高,本不适宜再远出征战,但是因为太子懦弱,其他人又不可信,只好亲自出马。此战虽然得胜,但是想到汉室江山如此不稳,其忧虑心情可想而知,所以在表面看似欢乐的吟唱中,不免又有谁来守护江山的深深隐忧。

刘　彻

刘彻(前156—前87),即汉武帝,在位五十四年(前141年始)。在位期间大兴礼乐,加强中央集权,罢黜百家、独尊儒术,对外击匈奴、通西域,开疆拓土,使汉帝国达到鼎盛。但好武尚力,耗费民财,汉王朝从此也由盛转衰。

秋　风　辞[1]

秋风起兮白云飞,草木黄落兮雁南归。兰有秀兮菊有芳[2],怀佳人兮不能忘。泛楼舡兮济汾河[3],横中流兮扬素波[4]。箫鼓鸣兮发棹歌[5],欢乐极兮哀情多。少壮几时兮奈老何。

【注释】

[1] 此诗见于《文选》,选自中华书局1977年影印胡刻本李善注《文选》。

[2] 秀:植物吐穗开花。

[3] 舡:船的异体字。

[4] 横:横渡。

[5] 棹:划船工具。棹歌:引棹而歌。

【鉴赏】

据《汉武帝故事》,此诗是汉武帝行幸河东,祠后土途中,泛舟中流,顾视帝京,与群臣宴饮,兴致正高时而作。但是诗人面对着秋风又起、白云飞动,草木黄落、大雁南回的萧瑟秋景,却不由得发出人生短促的无限感慨。作为一代帝王,他手中有无限的权力,可以享受世间所有的富贵:富丽辉煌的宫殿,如花似玉的美妾,还有永远也吃不完的山珍海味。但是,他唯独不能延续自己的生命,最终还是和普通人一样,转眼间就变成了白发老人。因而,他有比一般人更为强烈的乐极生悲之怀,更容易体会到

"欢乐极兮哀情多""少壮几时兮奈老何"的悲伤。此正所谓触景生情,满目悲凉,慷慨放歌,徒唤无奈。也正因为如此,才突显了这首诗中强烈的生命意识,耐人寻味,成为中国古代帝王诗歌中的名作,并具有了感悟人生的普遍意义。

刘细君

刘细君(生卒年不详),西汉江都王刘建之女。汉武帝元封(前110—前105)中,汉与乌孙国和亲,武帝以她为公主,嫁与乌孙王昆莫。昆莫年老,又把她嫁给孙子岑陬,后卒于乌孙。

悲 愁 歌[1]

吾家嫁我兮天一方,远托异国兮乌孙王[2]。穹庐为室兮旃为墙[3],以肉为食兮酪为浆[4]。居常土思兮心内伤[5],愿为黄鹄兮还故乡。

【注释】

[1] 此诗见于《汉书·西域传》。据说公主到乌孙国之后,自治宫室别居,一年才能与昆莫聚会一两次。昆莫年老,语言不通,公主悲愁,而作此歌。此歌原无标题,沈德潜《古诗源》取《汉书》记载而取此名。选自中华书局1962年新校点本。
[2] 托:寄。乌孙:汉代西域诸国之一,其地大约在今新疆伊犁河流域。
[3] 穹庐:毡帐,圆顶如天穹。旃:同"毡"。
[4] 肉为食:以肉为饭。酪(lào)为浆:以马、牛、羊奶作饮料。
[5] 土思:怀念故土。

【鉴赏】

与西域诸国和亲是汉朝的重要国策,对打通西域、安定北方边疆有重要意义,但是却需要有人做出牺牲。刘细君承担了这一重任,这就意味着她要在语言不通、风俗迥异、水土不适的异国他乡度过自己的一生,面对年老力衰的乌孙国王而消耗自己宝贵的青春年华,这不能不说是个人的生命悲剧。这首诗没有华丽的语言,前两句直叙其事,中间两句用白描的方式写自己所面对的陌生环境,后两句发出怀念故乡的深情呼喊。诗人用最为质朴的叙述方式,一方面写出自己为国家所做出的牺牲,一方面也表达了自己个人的不幸,同时发出了对命运抗争的强烈呼声,因而具有感动人心的力量。

李　陵

李陵(前134—前74),是西汉武帝时代的名将,因为战争失败,被匈奴所俘,投降匈奴。苏武也是汉武帝时代的名臣,在通使西域的途中被匈奴扣留十九年。两人在匈奴相遇,结为好友。他们的遭遇得到了人们的同情,从汉代起就有很多关于他们的故事,事见《汉书·李广苏建传》。《文选》是南北朝时梁昭明太子所编的一个文章选本,在这本书里选录了题名李陵的诗三首,题名苏武的诗四首。这几首诗是否为李陵、苏武所作,在当时就有人怀疑,至今仍然无法确定。不过,由于这组诗篇抒写夫妻、朋友离别之情,感情真挚,艺术水平很高,对汉代以后的中国诗歌产生了很大影响,很受后人推重,所以后人仍用"李陵诗""苏武诗"或者统称"苏李诗"来称呼这组诗。此处仍按《文选》题为李陵作。

良时不再至[1]

良时不再至,离别在须臾[2]。屏营衢路侧[3],执手野踟蹰[4]。仰视浮云驰,奄忽互相逾[5]。风波一失所[6],各在天一隅[7]。长当从此别,且复立斯须[8]。欲因晨风发[9],送子以贱躯[10]。

【注释】

[1] 良时:好时光,这里指二人相聚之时。
[2] 须臾:形容时间短暂。
[3] 屏营:彷徨。衢(qú)路:路口,岔道。
[4] 踟蹰(chí chú):徘徊不前。
[5] 奄忽:倏忽。互相逾:互相超越。以上两句写天上浮云的瞬息万变,喻示两人的处境与此相同。
[6] 风波:比喻不幸的遭遇。

[7] 隅:角落。以上两句写二人的身世飘忽不定,就像天上的浮云一样,随风飘动,转眼各在天涯。

[8] 斯须:片刻。

[9] 晨风:早晨的风。

[10] 贱躯:卑贱的身躯,谦称自己。

【鉴赏】

　　这是一首朋友赠别之诗。亲友离别,自然会有感伤,然此诗所写并非是一般的难舍难分之情,而是流离四方的人生感叹。这也许是后人将此诗与李陵、苏武的不幸遭遇联系在一起的原因。其实在中国古代,由于战争破坏、自然灾害、政治混乱所造成的离别多有发生,这样的故事岂止李陵、苏武而已?此诗之感人处,就在于写出了在这一处境之下朋友离别的感伤无奈之情。在这些苦难面前,个人显得是那么弱小无助,任由命运摆布而无可奈何,就像天上的浮云一样飘忽不定,不知道被风吹到哪里,也不知道自己的结局将在何处。眼下唯一可做的事情,就是在离别之际再稍稍停留片刻,道一声珍重而互相告别。诗的语言质朴无华,感情表达深沉悲痛。衢路徘徊、仰视浮云的描写尤其生动,浮云游子也由此成为中国后世诗歌的常用意象。

乐府诗

乐府本是朝廷的音乐机关,在秦代就已经设立。汉承秦制,自汉初就有乐府机构,其主要职能是掌管朝廷雅乐。汉武帝时期开始大规模扩充乐府,并有意识地搜集各地的诗歌,于是"赵代之讴,秦楚之风"等各地歌诗,包括宫廷贵族和文人士大夫的歌唱,都在乐府中得到保存。它们大都"感于哀乐,缘事而发",艺术上也有很高的成就,对后世产生了深远的影响。

有 所 思[1]

有所思,乃在大海南[2]。何用问遗君[3],双珠玳瑁簪[4],用玉绍缭之[5]。闻君有它心,拉杂摧烧之[6]。摧烧之,当风扬其灰[7]。从今以往,勿复相思,相思与君绝[8]。鸡鸣狗吠,兄嫂当知之[9]。妃呼狶[10],秋风肃肃晨风飔[11],东方须臾高知之[12]。

【注释】

[1] 此诗属于汉乐府中的"鼓吹铙歌",现存最早记载为《宋书·乐志》,录有十八曲,此为其中之一。鼓吹之名所起,和秦汉之际的少数民族有关。据《乐府诗集》所引,秦末班壹在称雄朔野时而有之,其乐曲的特点是"鸣笳以和箫声"。又据《汉书·叙传》,班壹秦末住在楼烦国地界,楼烦属于北狄的一支,可见这种音乐带有鲜明的北方民族音乐特点。现存十八首的内容非常丰富,题材多样。所选这一首和下一首,均为情歌。以下所选乐府诗均选自郭茂倩编《乐府诗集》,中华书局1979年校点新排本。

[2] 大海南:形容距离遥远。

[3] 何用:何以。问遗:赠送。

[4] 玳瑁(dài mào):一种龟类动物,其壳可作为装饰品。簪:一种头饰。此句

是说用双珠和玳瑁制成的簪。

[5] 绍缭(liáo):缠绕。用玉绍缭之:簪的一端镶着玉。以上两句是说赠送的礼品贵重。

[6] 拉:折断。杂:弄碎。摧:毁坏。

[7] 当风:迎风。

[8] 绝:断。

[9] "鸡鸣"两句:写当初与心上人约会时的情景。

[10] 妃呼狶(xī):表声字,叹息声。

[11] 肃肃:风声。晨风:一种鸟。飔:鸣叫声。

[12] 高:同"皓",指天亮。

【鉴赏】

　　这是一首爱情诗,写一个女子与情人从相恋到断绝的情感变化。女子所爱之人在远方,她痴痴地恋着,准备送给他一份珍贵的礼物以表达思念之情。可是却突然听到了他变心的消息,于是愤而将礼品毁掉,表示她的决绝之心。但是转而又想起以往热恋之时的情景,兄嫂皆知,不免有些心乱如麻,不知所措。诗的语言朴素无华,情感表达既真挚热烈,又细腻委婉,历历如在目前,读来真实亲切。

上　邪[1]

　　上邪!我欲与君相知[2],长命无绝衰[3]。山无陵[4],江水为竭,冬雷震震[5],夏雨雪[6],天地合[7],乃敢与君绝[8]!

【注释】

[1] 此诗写女子指天为誓,表示对爱情的坚贞。上:指上天。"上邪(yé)"犹言"天啊",是女子指天为誓。

[2] 相知:相亲相爱。

[3] 命:令、使的意思。无绝衰:要使这种相知相爱永远不绝不衰。

[4] 陵:山峰。

[5] 震震:雷声。

[6] 雨(yù):降,落。

[7] 合:合并。

[8] 以上几句誓词的意思是:上天啊!我要与心上人相亲相爱,永远不绝不衰。除非高山变成平地、江水流干、冬天打雷、夏天下雪、天地合并,我才会和他的恩爱断绝!

【鉴赏】

此诗写女子对天发誓,以五种不可能发生的自然现象,当作断绝爱情的先决条件,可见其爱情之坚贞。诗的想象奇特,语言真挚热烈,充分表现了一个女子对爱情的执着和心地的纯洁,是千古传诵的名诗。

江 南[1]

江南可采莲[2],莲叶何田田[3],鱼戏莲叶间。鱼戏莲叶东,鱼戏莲叶西,鱼戏莲叶南,鱼戏莲叶北。

【注释】

[1] 此诗在汉乐府中属于"相和歌辞"。相和歌是汉代的一种音乐演唱方式,其特点是用丝竹类乐器伴奏,演唱者手里还要拿着一种名叫"节"的乐器打着拍子。据说这种音乐演唱方式最早出自于汉代的街头巷尾,只是徒歌唱和,后来才加上了音乐的伴奏。

[2] 莲:水中生长的一种植物。这里谐音怜,怜是爱的意思。

[3] 田田:茂盛的样子。

【鉴赏】

此诗语言甚为简单,但音韵和谐,形象鲜明,生意盎然,一片欢乐。前三句以采莲起兴,但并没有写采莲的具体活动,也没有写莲,只是写莲叶之茂盛,则莲之可爱自可想见。后四句回环往复,用"东""西""南""北"四句写鱼戏莲叶间的欢快场景,尤其生动,历历如在目前。它会让读者感受到大自然的勃勃生机,感受到生活的美好,并进而感发人的情志。全诗自然天成,实为奇作。

陌 上 桑[1]

　　日出东南隅[2],照我秦氏楼[3]。秦氏有好女,自名为罗敷[4]。罗敷喜蚕桑[5],采桑城南隅。青丝为笼系[6],桂枝为笼钩[7]。头上倭堕髻[8],耳中明月珠[9]。缃绮为下裙[10],紫绮为上襦[11]。行者见罗敷,下担捋髭须[12]。少年见罗敷,脱帽著帩头[13]。耕者忘其犁,锄者忘其锄。来归相怨怒,但坐观罗敷[14]。一解[15]

　　使君从南来[16],五马立踟蹰[17]。使君遣吏往,问是谁家姝[18]。"秦氏有好女,自名为罗敷[19]。""罗敷年几何?""二十尚不足,十五颇有余[20]。""使君谢罗敷[21],宁可共载不[22]?"罗敷前置辞[23]:"使君一何愚!使君自有妇,罗敷自有夫!"二解

　　"东方千余骑[24],夫婿居上头[25]。何用识夫婿[26]?白马从骊驹[27],青丝系马尾,黄金络马头,腰中鹿卢剑[28],可值千万余。十五府小史[29],二十朝大夫[30],三十侍中郎[31],四十专城居[32]。为人洁白晳,鬑鬑颇有须[33],盈盈公府步,冉冉府中趋[34]。坐中数千人,皆言夫婿殊[35]。"三解

【注释】

[1]《陌上桑》:一名《日出东南隅行》,属于汉乐府中的"相和歌辞"。这首诗叙述一个太守路遇采桑美女罗敷,便想邀她为婚,却遭到罗敷拒绝的故事,有很强的喜剧色彩。诗中所反映的社会生活、人物形象以及汉人的审美情趣,都值得注意,历来被视为汉乐府中的名篇。采桑女的故事,在汉以前有较多的流传,大抵皆说一个采桑女子路遇某一男子的遭际,可能出于同一原型。

[2] 隅(yú):指方位。

[3] 我:作者自述口吻。前二句为通篇开头,以引起下文。

[4] 自名:本名。

[5] 喜:一作"善"。

[6] 青丝:青色丝绳。笼:篮子。系:系物的绳。

[7] 钩:篮上提柄。

[8] 倭堕髻(wō duò jì):一名堕马髻,其髻斜在一边,呈似堕非堕之状,为当时时髦发式。

[9] 明月珠:即夜光珠,以之作耳珰。

[10] 缃:杏黄色。绮:一种有花纹的绫。

[11] 襦(rú):短袄。以上六句是用夸饰的手法写罗敷的服饰器具之精美,从侧面写出了罗敷的美丽非凡。

[12] 捋(lǔ):摸弄。髭(zī):口上须。

[13] 著:在这里有整理之意。帩(qiào)头:古代男子包头发的纱巾。著帩头,意思是说少年们见了罗敷,为她的美貌所倾倒,故意脱下帽子整理发巾。

[14] 坐:因。以上二句是说,耕者、锄者归来互相抱怨,只因为看罗敷而误了工作。一说,因为男子看罗敷之美,回家后怨妻室之陋。也有的人认为这两句是说因为男子贪看罗敷引起妻子的愤怒,回家后发生口角。总之,以上八句是从侧面反衬罗敷之美。

[15] 解:汉乐府演唱中的一章,或一个段落。

[16] 使君:汉时对太守的称呼。

[17] 五马:汉太守驾车用五马。此句是说使君的车马停止不进。

[18] 姝(shū):美女。

[19] "秦氏"二句:是吏人询问罗敷之后对使君的回复。

[20] "罗敷年几何"三句:是吏人与罗敷的对答。

[21] 谢:问。

[22] 共载:同车共行。

[23] 置辞:致辞。

[24] 东方:夫婿居官之所。千余骑:盛夸夫婿随从之多。

[25] 上头:位列队伍最显要处。

[26] 何用:何以。

[27] 骊(lí):深黑色的马。

[28] 鹿卢:即辘轳,井上汲水用具。鹿卢剑,剑把作辘轳形。

[29] 府小史:太守府中的小吏。史,一作"吏"。

[30] 朝大夫:朝廷的中级官吏。

[31] 侍中郎:汉代侍从皇帝左右之官。

[32] 专城居：一城之主，如汉代州牧、太守。

[33] 鬑（lián）鬑：须发稀疏貌。

[34] "盈盈"二句：盈盈、冉冉，都是美好而舒缓的样子，此处形容贵人的步法。公府，官府。

[35] 殊：出众。

【鉴赏】

　　此为汉乐府名篇，叙述了一个耐人寻味的故事。说的是一个名叫罗敷的女子外出采桑，其美丽倾倒了所有见到她的人，连使君也停下马来向她求婚，然而却遭到她的拒绝，她告诉使君，自己早已有了一个比他更为出众的丈夫！通过这种方式，诗歌嘲笑了太守的荒唐和愚蠢，塑造了一个坚贞美丽的女性形象。

　　通过采桑的劳动来歌颂女子，这与中国的文化传统有关。中国很早就发明了养蚕业，采桑纺绩是女子的职业。从《诗经》时代开始，描写和歌颂采桑女的情爱生活以及她们的美貌，就成为诗歌创作的重要内容。《陌上桑》这首诗，所描写和颂扬的也正是这样一个符合中国道德传统和审美标准的美女形象。

　　罗敷这一形象充分体现了汉代的审美情趣。她梳的是当时最流行的发式——倭堕髻，戴的是当时最珍贵的首饰——明月珠，穿的是缃绮的下裙和紫绮的上襦，甚至她提的篮子，也是"青丝为笼系，桂枝为笼钩"。而她所夸耀的丈夫，不但从十五岁时就为府中小吏，二十为朝中大夫，三十侍中郎，四十专城居，而且仪表非凡，举止得体，正是当时人们心目中的理想男子。如此说来，这首诗的主题不但是歌颂罗敷的贞静专一和批判使君的不知廉耻，而且还借一个传统的题材来表现汉人追求享乐、夸耀富贵的审美情趣。

　　此诗为汉乐府中的"相和歌辞"，是汉代在城市街头和富贵之家由歌舞艺人演唱，以供时人娱乐观赏的艺术。所以这首诗一改原来采桑女故事的严肃风格，更有轻松活泼的喜剧色彩，以适合于表演观赏。全诗从结构上分为三解。第一解以夸张和映衬的手法，极写罗敷之美，她出外采桑，衣着华丽，让所有见到她的人都为她的美貌而倾倒。第二解写使君也被罗敷的美貌吸引，他中途停马，派人与罗敷对答，邀她共载，但是却被罗敷婉拒。第三解则通过罗敷夸夫，说明像她这样的美貌守礼女子，所配的也自然是才德并举的堂堂丈夫，并以此来调笑使君，以见其"愚"。从而在轻松的欢笑声中结束全诗演唱，给人以无穷的回味。

东 门 行[1]

出东门,不顾归[2];来入门,怅欲悲[3]。盎中无斗米储[4],还视架上无悬衣[5]。拔剑东门去,舍中儿母牵衣啼[6]:"他家但愿富贵,贱妾与君共铺糜[7]。上用仓浪天故[8],下当用此黄口儿[9]。今非!""咄[10]!行!吾去为迟!白发时下难久居[11]。"

【注释】

[1] 此诗属乐府诗中的"相和歌辞"。东门:指诗中主人所居城市的东门。

[2] 顾:愿。

[3] 怅:愁。以上四句是说,已出东门,不想回来,但由于内心矛盾,终于又回来了;可是回来之后,看到家中如此,又不禁无限悲伤。

[4] 盎(àng):大腹小口的容器。

[5] 还视:回视。架:一作"桁",挂衣服用。

[6] 儿母:诗中主人公妻子。

[7] 铺糜(bū mí):吃粥。

[8] 用:为。仓浪:青苍色。仓,苍的省字。

[9] 黄口儿:幼儿。

[10] 咄(duō):呵斥声。

[11] 白发时下:白头发不断地往下掉。此句的意思是说,我已忍耐到此时,这样的日子再也过不下去了。

【鉴赏】

诗中的主人公因家境困难要铤而走险,在出门和入门之间又是那样的犹豫徘徊,可见,他并非是不知王法的化外之民。但是,回家后一贫如洗的现实又使他最后下定了决心,终于不顾妻子的劝阻,要拔剑出东门而去。由此可见当时一些下层百姓生活的艰难。诗中没有更多的叙述,只抓住现实生活中的一个典型镜头来进行细节描写,以斑窥豹。读之如见其景,如闻其声,十分生动传神。

十五从军征[1]

十五从军征,八十始得归。道逢乡里人:"家中有阿谁[2]?""遥望是君家,松柏冢累累[3]。"兔从狗窦入[4],雉从梁上飞[5]。中庭生旅谷[6],井上生旅葵[7]。舂谷持作饭,采葵持作羹。羹饭一时熟,不知饴阿谁[8]。出门东向看,泪落沾我衣。

【注释】

[1] 此诗在《乐府诗集》中列入《横吹曲辞·梁鼓角横吹曲》,又名《紫骝马歌》,原题为古诗,可能出自汉代。后世采以入乐,描写一个老战士回乡后无家可归的悲惨情景。

[2] 阿谁:谁。阿是语助词,无实义。

[3] 冢(zhǒng):高坟。累累:形容丘坟一个连一个的样子。这两句是被问者的答辞。以下是主人公回家所见。

[4] 狗窦(dòu):给狗出入的墙洞。

[5] 雉(zhì):野鸡。梁:屋梁。

[6] 旅:植物未经播种而野生叫旅生。

[7] 葵:菜名,又叫冬葵,嫩叶可食。

[8] 饴(sì):同"饲",拿食物给人吃。

【鉴赏】

这是一首反映战争残酷、感叹民生疾苦的诗,在写法上很有特色。一个少小从军的老兵,经过多年的征战侥幸生还,带着热切的希望回到故乡,才知道亲人已经死尽,家园也成了废墟。这是一个多么残酷的现实啊!诗人没有议论,也没有抒情,就抓住了这一典型事件,用极为平常的叙述口吻——写来,简单的对话,简洁的家园情景描绘,还有对主人公采摘旅谷和旅葵做饭这一细节的描述,就为我们生动地再现了一幅极为真实感人的现实生活画面,并在其中蕴含了丰富的思想情感内容,从而深深地打动读者。

古诗十九首

"古诗十九首"之名,最早见于《文选》,是汉代无名文人的一组诗歌。这组诗在内容和风格上都十分相近,大抵写游子思妇、世态炎凉、人生短促、及时行乐之情,艺术成就相当高,对后世产生了重要影响。

行行重行行[1]

行行重行行,与君生别离[2]。相去万余里,各在天一涯[3]。道路阻且长,会面安可知[4]?胡马依北风,越鸟巢南枝[5]。相去日已远,衣带日已缓[6]。浮云蔽白日[7],游子不顾返[8]。思君令人老,岁月忽已晚[9]。弃捐勿复道,努力加餐饭。

【注释】

[1] 本诗是《古诗十九首》中的第一首,写女子对于离家远行丈夫的思念。首叙初别,中言道远,再写相思之苦,后以自我宽慰作结,情感真挚而深沉,语言质朴中见文雅,由此可见《古诗十九首》之一斑。重行行:行了又行,走个不停。重叠行行,加重语气。选自中华书局1977年影印胡刻本李善注《文选》,以下两首同。

[2] 生别离:句意承《楚辞·九歌》"悲莫悲兮生别离"而来,暗寓因别离而带来的深深忧伤。

[3] 天一涯:天的一边,形容两人相距之远。

[4] "道路"二句:意取《诗经·秦风·蒹葭》"溯洄从之,道阻且长",暗寓和心上人难以相见。

[5] 胡马:北方之马,古称北方少数民族为胡。越鸟:南方之鸟,越指南方百越。北地所产的马依恋北风,南方所产的鸟巢于南枝,这两句的言外之意是说,动物尚且思恋故乡,何况人乎?

［6］已:同"以"。日已远,一天比一天远。缓:宽松。衣带日已缓,表示人因为相思一天比一天瘦。

［7］浮云蔽白日:想象游子在外被人所惑。

［8］顾:回头。顾返,回家。

［9］岁月忽已晚:因相思而感叹时光易逝,转眼又是一个岁末。

【鉴赏】

　　这是一首妇人闺中相思念远之诗。诗从离别开始写起,行行不已,暗示游子到了一个十分遥远的地方,因而这种离别,也就格外让闺中思妇悲伤。以下就紧承此而来,"万里""天涯"二句,极写二人相距之远;"道阻"二句,则是说两人会面之难。以上是第一层意思。接下来写离别后的思念,从两方面说起。一方面,她希望游子不要在外面忘了家乡,忘了思念他的亲人。而这,正是"胡马"二句所含的深意。鸟兽尚且如此恋家,更何况人乎? 另一方面,她自己的思念也在随着游子的一天天远去而日渐加深,身心憔悴,衣带渐宽,可见其相思之苦。这是第二层意思。最后则写自己因相思而产生的复杂心态。她怀疑游子在外面为人迷惑,从此不想回家;她因为思念之深而感觉自己正在很快变老,在岁末时节更感觉到时光的易逝。但是,她又无法改变自己的处境,也无法改变这种现实。于是,在无可奈何之中,她只好宽慰自己,同时也把同样的宽慰和关切带给对方。

　　游子思妇是古代抒情诗中的常见题材,这里面除了男女之情的真实感人之外,还有一个重要的原因,就是在那个时代里,因交通不便、疾病的威胁和旅途中缺乏安全,生离在一定的意义上就意味着死别,这种在我们今天已经很难体会到的感受,在古人那里却具有极为重要的意义。诗人抓住了具有时代特征的抒情题材和空间意象,又善于在抒情中描绘人物的心理变化,语言含蓄而蕴藉,充分地体现了文人的艺术修养。

西北有高楼

　　西北有高楼,上与浮云齐。交疏结绮窗[1],阿阁三重阶[2]。上有弦歌声,音响一何悲。谁能为此曲,无乃杞梁妻[3]。清商随风发[4],中曲正徘徊[5]。一弹再三叹[6],慷慨有余哀[7]。不惜歌者苦,但伤知音稀[8]。愿为双鸿鹄[9],奋翅起高飞。

【注释】

[1] 疏:刻镂。交疏,交错刻镂的窗棂。绮:有花纹的绫。绮窗,用绮装饰的窗户。

[2] 阿阁:四周有檐的楼阁。三重阶:三重台阶,阿阁建于台上,形容其高。

[3] 杞梁妻:春秋时齐国大夫杞梁的妻子,传说其善哭。《孟子·告子下》:"华周、杞梁之妻善哭其夫而变国俗。"《琴操》中有传为其作的《杞梁妻叹》琴曲。

[4] 清商:古乐调名,其声清越哀婉。

[5] 中曲:乐曲中段。徘徊:乐曲回环往复。

[6] 叹:乐曲和声。

[7] 慷慨:失意感伤之气。

[8] "不惜"二句:歌者心中有苦,我虽惜之,但我更惜者,谁是我的知音?

[9] 鸿鹄:善飞的大鸟。

【鉴赏】

　　此诗写相思伤怀,又抒知音难遇之情。诗从听曲写起,以抒怀作结。孤独寂寞的女子在高楼弹琴,诉说着离别相思之苦。那缠绵婉转的琴声深深打动了诗人,他由此而产生了深深的共鸣,恨不能与其高翔远举。同时,在诗人听来,这琴声中所抒写的不仅是一般的男女相思之情,还触动了诗人怀才不遇的惆怅和磊落不平的感伤。歌者内心之苦固然少有人懂,可是又有谁懂得我内心之悲伤?同病相怜者,唯有我与歌者也。中国古诗讲比兴寄托,含蓄蕴藉,复杂的内心情感通过鲜明生动的意象而得以表现,此诗可谓典范。

涉江采芙蓉[1]

　　涉江采芙蓉,兰泽多芳草[2]。采之欲遗谁[3]?所思在远道。还顾望旧乡,长路漫浩浩[4]。同心而离居[5],忧伤而终老。

【注释】

　　[1]涉江:跋涉过江。江在这里泛指江河之水。芙蓉:莲花的别称。
　　[2]兰泽:长满兰花的沼泽地。
　　[3]遗:赠送。
　　[4]漫浩浩:道路漫长遥远。
　　[5]同心:表达男女爱情的习语。

【鉴赏】

　　此诗写采花赠人又无法寄送的忧伤。首联从"涉江"写起,为采芙蓉而涉江,可见心意之诚。次联却说人在比"涉江"更远之处,欲送而不达。于是诗人只好还顾远望,故乡何在?长路漫漫。最后抒写由此而生之忧伤。夫妻本该同心同居,现在却天各一方,不得相见,忧伤终老。此诗用质朴的语言,写出了刻骨铭心的思念,环环相扣,句句相生,可谓至简而至深的艺术表达,正所谓"澄至清,发至情"。以花赠人,是从《诗经》以来开创的传统。《郑风·溱洧》云:"维士与女,伊其相谑,赠之以芍药。"到《楚辞》更成为一个系列。《湘君》云:"采芳洲兮杜若,将以遗兮下女。"《山鬼》云:"折芳馨兮遗所思。"此诗将这一传统化为思友怀人的象征,极大地增强了它的内涵意蕴,典型地体现了"文温以丽,意悲而远"的汉代文人古诗的艺术特色。

【魏晋南北朝诗】

曹　操

魏武帝曹操(155—220),字孟德,沛国谯县(今安徽省亳州)人。汉灵帝时任议郎,献帝初参加对董卓的讨伐。建安元年(196)迎献帝迁都许昌,受封大将军、丞相,成为北方的实际统治者。曹操在政治上强调唯才是举,打破门第限制,周围笼络了一大批才士,是建安文学的盟主。雅爱诗章,好作乐府歌辞,今存二十一篇。钟嵘《诗品》说:"曹公古直,甚有悲凉之句。"

却东西门行[1]

鸿雁出塞北[2],乃在无人乡[3]。举翅万里余[4],行止自成行[5]。冬节食南稻,春日复北翔。田中有转蓬[6],随风远飘扬。长与故根绝,万岁不相当[7]。奈何此征夫,安得去四方[8]。戎马不解鞍,铠甲不离傍。冉冉老将至[9],何时反故乡。神龙藏深泉[10],猛兽步高冈。狐死归首丘[11],故乡安可望。

【注释】

[1] 本书魏晋南北朝诗三十首,都据逯钦立《先秦汉魏晋南北朝诗》,中华书局1983年版。本篇是《相和歌辞·瑟调曲》歌辞。余冠英《三曹诗选》:"乐府有《东门行》《西门行》,又有《东西门行》。《东西门行》大约是合并《东门行》和《西门行》的调子。曹操此题作《却东西门行》,后来陆机又有《顺东西门行》,'却'和'顺'有人以为是倒唱和顺唱之别,这些都是乐调的变

化。"本篇写征夫久从征役的怀乡之情,也包含作者的自伤。

[2] 出塞北:出产于塞北。

[3] 无人乡:荒漠之地。

[4] 万里余:《乐府诗集》作"万余里"。

[5] 行止:飞行和栖止。

[6] 蓬:植物名,菊科,多年生草木。茎高尺余,叶似柳叶,秋日开黄花。陆佃《埤雅》:"蓬,末大于本,遇风辄拔而旋。"故谓之转蓬,也称飞蓬、征蓬,古诗中多见,用来譬喻征人游子离乡别井、漂泊在外的境遇。

[7] "万岁"句:言转蓬为风所拔,长离故根,永远不能再与之会合。万岁,形容其久。当,值,遇。

[8] 去四方:离开故乡到四方去。"四方"一词先秦典籍中常见,如《诗经·小雅·北山》:"旅力方刚,经营四方。"《礼记·射义》:"男子生,桑弧蓬矢六,谢天地四方。天地四方者,男子之所有事也。"曹诗反用其意。又,《诗经·小雅·何草不黄》:"何人不将?经营四方……哀我征夫,独为匪民。"似为曹诗所出。

[9] 冉冉老将至:屈原《离骚》:"老冉冉其将至兮,恐修名之不立。"冉冉,渐渐。

[10] 深泉:深渊。黄节《汉魏乐府风笺》:"原文应作深渊,唐人避高祖李渊讳改。"

[11] 首:向。丘:狐窟穴。狐死首丘是古谚语,见《礼记·檀弓》:"古之人有言:'狐死正首丘',仁也。"孔颖达疏:"所以正首而向丘者,丘是狐窟穴根本之处,虽狼狈而死,意犹向此丘。"《淮南子·说林训》亦云:"鸟飞反乡,兔走归窟,狐死首丘。"《楚辞·九章·哀郢》:"鸟飞反故乡兮,狐死必首丘。"狐死首丘,和龙藏深渊、兽步高冈一样,都是表达不离故土、不忘故乡之意,正与征夫不得望乡形成对照。

【鉴赏】

曹操的诗歌都是乐府诗,典型地反映了诗歌史从汉乐府向文人诗转化的特点。此诗据《宋书·乐志》等文献所记,是魏晋乐府机关演奏的歌曲。诗人用乐府传统的比兴法,提炼艺术典型,虚中寓实,最富神味。

全诗结构十分完整,可分为四层。前两层是比兴。"鸿雁"以下六句是第一层,为正面的比兴:鸿雁出于塞北无人之乡,万里飞翔不失群。冬节为食稻南飞,春日又飞回北方,是说虽因谋食而暂离故土,但终能回到故土。作者对鸿雁这种行止有定的活动方式是肯定的。"田中"以下四句是第二层比兴:写故根与田野相离,永难返本,借以比拟一种不能自主的、随世事漂泊无归的行为状态。

以上两层比兴,共十句,像后来长调词中的"双拽头"。鸿雁得所,转蓬失所,一正一反,手法甚为巧妙。但都还不是正题,都是衬托、比兴。盖此诗主题是写征夫之事,不是咏鸿雁与转蓬。汉魏古诗,并无单纯咏物之作,凡出现咏写的事物,都是起比兴作用的。这是汉魏诗与后来的诗歌在处理事物上的不同。这种写法,古人常说有古意,是一种古朴的诗歌艺术表现手法。

"奈何"以下六句,才是咏征夫本事,是"主",前两层则是"客"。写征夫离别家乡,经营四方,马不解鞍,甲不离旁。

末四句又换了一副笔墨。"神龙"两句,再次用比兴,"狐死"两句,以一比、一赋结。这四句相当于楚辞中有"乱",乐府则有"趋",是唱叹引情之笔。于此可见曹操诗歌结体之古也。这也是因为他是按乐府曲调作歌,所以自然地体现了乐曲的艺术结构。

此诗运用大量的比兴。古诗往往是这样,赋少而比兴多。正题本事,着墨不多,而旁衬曲喻,反而占较多笔墨。这样就形成一种朴茂隐约的风格。

王 粲

王粲(177—217),字仲宣,山阳高平(今山东邹城西南)人。王粲年少时,蔡邕称其"有异才"。为避董卓之乱去荆州,依刘表十五年。后归曹操,为丞相掾。粲以贵公子孙,遭乱流离,诗赋多悲凉情调。钟嵘《诗品》誉其为"七子之冠冕"。后人将其与曹植并称。

七 哀 诗[1]

西京乱无象[2],豺虎方遘患[3]。复弃中国去[4],委身适荆蛮[5]。亲戚对我悲,朋友相追攀[6]。出门无所见,白骨蔽平原[7]。路有饥妇人,抱子弃草间。顾闻号泣声[8],挥涕独不还[9]。未知身死处,何能两相完[10]。驱马弃之去,不忍听此言。南登灞陵岸[11],回首望长安。悟彼《下泉》人[12],喟然伤心肝[13]。

【注释】

[1] 吴兢《乐府古题要解》云:"《七哀》起于汉末。"曹植、王粲、阮瑀、张载等人都有《七哀》诗,应该是当时的乐府新题。"七哀"之名,《文选》六臣注吕向云:"七哀,谓痛而哀,义而哀,感而哀,怨而哀,耳目闻见而哀,口叹而哀,鼻酸而哀。"又俞樾《文体通释叙》:"古人之词,少则曰一,多则曰九,半则曰五,小半曰三,大半曰七。是以枚乘《七发》,至七而止;屈原《九歌》,至九而终。不然,《七发》何以不六,《九歌》何以不八乎?若欲举其实,则《管子》有《七臣》《七主》篇,可以释七。"似以俞樾之说为长。王粲《七哀》今存三首,颇疑前后共有七首,故名《七哀》,不是同时之作。本篇为第一首,写乱离中所见,实一幅乱世难民图。《文选》六臣注李周翰云:"此诗哀汉乱也。"吴淇《六朝选诗定论》卷六云:"固是哀汉,实自哀也。"东汉初平元年(190),董卓挟持献帝迁往长安,关东州郡推渤海太守袁绍为盟主,起兵

讨伐董卓。初平三年(192),董卓部将李傕、郭汜等在长安作乱。时王粲为避乱,欲往荆州依刘表。本篇当写于诗人初离长安时。

[2] 西京:指长安。西汉都长安,东汉都洛阳。洛阳在东,长安在西,故称长安为西京。无象:即无道,无法。《左传·襄公九年》:"国乱无象,不可知也。"

[3] 豺虎:指作乱的李傕、郭汜等人。遘:同"构"。遘患,兴乱以祸害国家百姓。

[4] 复弃:一作"捐弃"。中国:我国古时建都黄河两岸,因此称北方中原地区为中国。

[5] 委身:托身、寄身。适:赴,往。荆蛮:指荆州。荆州属古楚国。周人称南方的民族为蛮,楚国本称荆,地处南方,故称荆蛮,原是一种带有歧视性的称呼。《诗经·小雅·采芑》:"蠢尔蛮荆。"这里沿用旧称,以荆蛮指荆州。荆州在当时未遭兵祸,前往避难的人很多。荆州刺史刘表曾从祖父王畅学,所以王粲去投奔他。

[6] 攀:指攀着车辕依依不舍。

[7] 曹操《蒿里行》:"白骨露于野,千里无鸡鸣。"也写当时兵乱的惨象,可以参看。

[8] 顾:回头。

[9] 挥涕:洒泪。不还:不还视,即不回去看一下。李善《文选注》:"言回顾虽闻其子号泣,但知挥涕独去,不复还视也。"

[10] 完:全,保全。

[11] 灞陵:汉文帝陵墓所在地,在今陕西西安市东。一作"霸陵"。岸:高地。

[12] 悟:领悟,懂得。《下泉》:《诗经·曹风》篇名。《毛诗》小序:"《下泉》,思治也,曹人……思明王贤伯也。"下泉,即黄泉。这句是说诗人登上灞陵回望长安,思念文帝时的太平之治,也因此懂得了《下泉》诗作者思念明王贤伯的心情。

[13] 喟然:叹息的样子。

【鉴赏】

此诗是感离乱之作的经典,对后人影响极大。全诗应分三层:第一层写两京之乱及自己避难赴荆州,第二层写途中所见饥妇人弃子草间的悲惨情景,第三层是感叹时事,发表议论。

首句"西京乱无象",有很强的概括力。"西京"即长安,"乱无象",乱得不像样子。"豺虎"指董卓余部郭汜、李傕。"遘患",制造患乱。这一句是前句之因。诗人写景象,常常先果后因,这叫先声夺人。"复弃中国去,委身适荆蛮",一"弃"一"委",乱世苟存之意尽见。古代以中原、京、洛一带为华夏的中心,所以称"中国",而边远之地为蛮荒。荆州也属于南方,在当时以京洛为中心的地理观念来看,已经属于边地,所以称"荆蛮"。"亲戚"两句,有写实效果。"出门无所见,白骨蔽平原",蔽者,遍布。诗到这里是第一层。其中"西京乱无象""白骨蔽平原",都是全景式的描写。

中间写了一件具体的事情,以见乱世人民遭遇的悲惨,有以小见大、以少总多的性质。这是本篇在艺术上有创意的地方。清人吴淇云:"单举妇人弃子而言之者,盖人当乱离之际,一切皆轻。最难割者骨肉,而慈母于幼子尤甚。写其重者,他可知矣。"(《六朝选诗定论》卷六)所以这件事,有可能是王粲亲眼所见,也有可能只是一种艺术的虚构。此诗在纪行之中,夹以故事,是五言而兼乐府之笔法。

最后四句,继续写征途之事。"南登灞陵岸,回首望长安",实有屈子《离骚》结尾"陟升皇之赫戏兮,忽临睨夫旧乡"回首故国之意。这两句的好处,还在于叙述之精,句法对后人影响很大。刘琨《扶风歌》写离开洛阳时"顾瞻望宫阙"就受其影响,谢朓《晚登三山望京邑》"灞涘望长安"则是直接用了这两句诗中的词语。

刘　桢

刘桢(？—217),字公幹,东平(今山东东平县)人。刘桢诗风格劲挺,不重雕饰,在当时有很高的声誉。曹丕称其五言诗"妙绝时人"。作品流传很少,仅存诗十五首。

赠 从 弟[1]

亭亭山上松[2],瑟瑟谷中风[3]。风声一何盛,松枝一何劲。冰霜正惨凄[4],终岁常端正。岂不罹凝寒[5],松柏有本性。

【注释】

［1］刘桢《赠从弟》组诗共三首,本篇为第二首,以松柏喻其从弟,赞其本性坚贞,不屈不挠。从弟:堂弟。
［2］亭亭:高而端正的样子。
［3］瑟瑟:形容风声之烈。
［4］惨凄:严酷。《楚辞·九辩》:"霜露惨凄而交下。"
［5］罹(lí):遭遇。凝:严。《庄子·让王》:"天寒既至,雪霜既降,吾是以知松柏之茂也。"

【鉴赏】

此诗体制,接近于赞颂。刘桢这一组诗在写法上使用比兴言志的手法,是文人比兴体制的代表作。一诗咏一物,分别寓意所赠者的品质。张玉穀《古诗赏析》云:"次章以松柏比,勉劲节之当特立。"这种比兴咏物的写法,用的"比德"的审美方法,是一种古老的审美传统,到先秦儒家确立了坚定的伦理道德观念后,经常使用"比德法"以进行审美活动,创造一个个寄寓道德内涵的审美意象,如这组诗中的松柏、凤凰,都是这类意象。

这首诗也是"建安风骨"的代表作。全诗写松,以"劲节"为主要的形象特征。与此形象配合,声音上面也都表现出一种铿锵有力的节奏感。钟嵘说刘桢的诗是"真骨凌霜,高风迈俗"(《诗品》上),恐怕跟这首诗所给予他的美感印象是分不开的。

在邺下的诗坛上,刘桢这组诗是颇有创意的写法,体现了五言诗的文人化,即从《诗经》的自然的比兴法转为精心经营、寄寓深邃的文人诗的比兴法。

徐 幹

徐幹(171—218),字伟长,北海(今山东寿光市东南)人,"建安七子"之一。性恬淡,不重禄仕,以著述自娱。有《中论》二卷,为当时作家所推重。诗今存四首。

室 思[1]

浮云何洋洋,愿因通我辞。飘飘不可寄,徙倚徒相思。人离皆复会,君独无返期。自君之出矣,明镜暗不治。思君如流水,何有穷已时[2]。

【注释】

[1]《玉台新咏》将全诗分为六章,本篇为第三章。有的选本(如《广文选》《采菽堂古诗选》)以前五章为《杂诗》,最后一章为《室思》,不可从。

[2]何:《乐府诗集》和《文选补遗》作"无"。

【鉴赏】

《室思》六首,其渊源实出于《古诗十九首》。首句"浮云何洋洋",正是采用《古诗十九首》中"浮云蔽白日"这个意象,但表现方法上有所改变,"浮云"的寄托内涵有所变化。这组诗本身就可以说是魏晋情诗之鼻祖。"思君如流水",深受钟嵘称赞。"自君之出矣"四句,齐梁间人多效其句法、辞意,迄唐不绝。陈祚明《采菽堂古诗选》评曰:"缥缈虚圆,文情生动,独绝之笔。末四句,遂为千古拟作。然举不能如'何有穷已时'之健。"

《室思》的章法,玲珑宛转,蝉联不断,极曲折尽情之能事。此诗尤可为代表。古人诗中,常用月光、流水、浮云为寄思念、通音辞的媒介。此诗前二句先说见浮云之洋洋如水,连绵无际,正可借其通辞。然又总觉此念太痴,一刹清醒,但不转入现实理智的话语,仍用诗人天真之辞,说可惜此浮云"飘飘"无定,终不可托。一若云:假如浮云有定,则可通辞矣。主人公一往情深,故而生此幻想。盖情深必生幻想,情深而不生幻想,不足以称情深。然幻想总归是幻想,经不起现实的推理。然又不用现实的语言否定它,仍用幻想中一种逻辑来推演。正可谓诗之语言。曹植《洛神赋》云:"无良媒以接欢兮,托微波而通辞。"微波通辞与浮云通辞,想象正同。此类为建安才人最窈妙的灵思。

最后写自君出后,不治明镜,其意仿自《诗经·卫风·伯兮》"自伯之东,首如飞蓬。岂无膏沐,谁适为容"。"思君如流水",是自然天真,神韵独绝。最后四句,被后来的诗人用不同意象反复模仿,如唐人张九龄《自君之出矣》"自君之出矣,不复理残机。思君如满月,夜夜减清辉"即是一例。

曹 丕

魏文帝曹丕(187—226),字子桓,曹操的次子。建安二十五年(220)代汉即帝位,在位七年。现存诗歌完整的约四十首,体式多样,抒情深婉有致,《文心雕龙·才略》称"魏文之才,洋洋清绮",又评其"乐府清越"。

燕 歌 行[1]

秋风萧瑟天气凉,草木摇落露为霜[2]。群燕辞归雁南翔[3],念君客游多思肠[4]。慊慊思归恋故乡[5],君何淹留寄他方[6]。贱妾茕茕守空房[7],忧来思君不敢忘,不觉泪下沾衣裳。援琴鸣弦发清商[8],短歌微吟不能长[9]。明月皎皎照我床[10],星汉西流夜未央[11]。牵牛织女遥相望[12],尔独何辜限河梁[13]。

【注释】

[1] 本篇属《乐府诗集·相和歌辞·平调曲》。《乐府广题》:"燕,地名。言良人从役于燕而为此曲。"朱乾《乐府正义》认为,《燕歌行》和《齐讴行》《吴趋行》《会吟行》一样,题中地名原本主要指代地方音乐的特点。后世声调失传,就用以写各地风土人情。汉末魏初,因辽东、辽西为鲜卑族慕容氏所居,地势偏远,征戍不绝,故本题多作离别之辞。曹丕《燕歌行》原本两首,本篇为第一首,写妇人秋夜的怀人之思。也是现在所见最古的全篇七言的诗歌。

[2] "秋风"两句:《楚辞·九辩》:"悲哉秋之为气也,萧瑟兮草木摇落而变衰。"又《诗经·秦风·蒹葭》:"蒹葭苍苍,白露为霜。"萧瑟,风声。摇落,凋残。

[3] 雁:《乐府诗集》作"鹄",天鹅。

[4] 多思肠:一作"思断肠"。

[5] 慊(qiàn)慊:恨貌,不满貌。

[6] 君何:一作"何为"。淹留:久留。寄:旅居。

[7] 茕(qióng)茕:孤单。

[8] 援琴:《宋书》和《乐府诗集》作"援瑟"。援,取。清商:乐调名。

[9] "短歌"句:谓因心中哀伤,琴音歌声,短促激越,难以舒缓平和。吴淇《六朝选诗定论》卷五:"歌'不能长'者,为琴所限也。古人多以歌配弦,不似今人专鼓不歌。所谓'声依永'也。琴以散声为主,实音次之。琴弦仅七,不足十二均之散声,故正调之外,或缦或紧。其弦因有四调,曰缦宫,曰缦角,曰紧羽,曰清商。清商……其节极短促,其音极纤微。长讴曼咏不能逐焉,故云。"

[10] "明月"句:《古诗十九首》:"明月何皎皎,照我罗床帏。"

[11] 星汉:星河。曹操《步出夏门行》:"星汉灿烂。"夜未央:《诗经·小雅·庭燎》:"夜如何其?夜未央。"未央,未半。夜未央,即夜深而未尽之时。余冠英《汉魏六朝诗选》:"古人用观察星象的方法来测定时间,这诗所描写的景色是初秋的夜间,牛、女在银河两旁,初秋傍晚时正见于天顶,这时银河应该西南指,现在说'星汉西流',就是银河转向西,表示夜已很深了。"

[12] 牵牛:即牵牛星,在银河南。织女:即织女星,在银河北,与牵牛相对。传说牵牛和织女本为夫妇,只能在每年七月七日夜晚相会一次,乌鹊为其搭桥。

[13] 尔:指牵牛、织女。辜:罪。限河梁:谓星河上无桥梁,故牵牛、织女平日为此所限,不能常见。河梁,银河上的桥梁。

【鉴赏】

这首诗写得很本色。说它本色,是因为它一不追求奇警的意思,二不追求奇特形象。开头这些物候意象,如秋风、草木、霜露、燕雁,用来作为征夫思妇题材的背景,是很平常的,但也很典型。曹植诗多自铸伟辞、形象奇特,曹丕的取象则多用平常的事物。这当然也是一首入乐传唱的乐府诗的特点。

此诗章法自然,句句入韵,前人称为柏梁体。其实汉武帝柏梁台联句是七言韵文,此诗则为乐章歌词,体制不同。全诗以三句为一组。诗的前三句,是通过几种有代表性的景象、事物,来表现时序迁流的含意,进一步地比兴了诗中的主人公对征夫的思念。从渊源上说,是囊括宋玉《九辩》"悲哉秋之为气,草木摇落而变衰"这几句的。"燕"辞归,"雁"南翔,都强调"归"的意思。"念君"一句,不是说自己思念丈夫,而是反探对方之怀,说丈夫如何思念归家!因为说自己思念丈夫,盼其归来,只说了一层;说丈夫之心思,则自己的心思也就在其中了,就说了两层。这一个看起来好像很简单的手法,到了后来的词中,却成了很重要的一种写法了。

"慊慊"两句,一句是说丈夫应该是很想家乡的,仍是反探对方心迹;一句则是自己的询问,说既然这样想回家,为何又淹留他乡呢?这样问,像有怨气,又像没有怨气。所谓含蓄不尽,所谓温柔敦厚,正是如此。"君何淹留寄他方",当此之时,此女子心中,自有种种疑问、推测、猜想,如果照直叙出,就不是这种韵味了。

"贱妾"数句,却是说得很重的,一种孤苦悽恻的情景,凸现而出。盖说对方,语气温柔,说到己方,则倾怀而出。这又是温柔敦厚的一种表现了。"忧来思君不敢忘",此句最好,忧伤是痛苦的,谁又愿意品尝这种痛苦?所以古人就有"萱草忘忧"之说,《诗经·卫风·伯兮》:"焉得谖(通'萱')草,言树之背。愿言思伯,使我心痗。"可与曹丕此句参看,而更觉曹丕此句之温厚。至于古诗中"昔为倡家女,今为荡子妇。荡子久不归,空床难独守"则完全是一种不同的人物了。

"援琴"两句,是进一步深化,忧而不敢忘,唯有通过音乐来自慰了。"短歌微吟不能长",正是此诗风格的自我写照。沈德潜说:"句句用韵,掩抑徘徊,'短歌微吟不能长',恰似自言其诗。"(《古诗源》)其实,这不是"恰似",所谓"短歌",实即此诗。"短歌""长歌"之义,历来说法不一。所谓"短"与"长",主要是指歌唱时的音节,无关于篇幅。乐府《长歌行》"青青园中葵"篇幅实短,但为五言歌辞,引声自长,故为长歌。而曹操《短歌行》篇幅实长,但因为是四言,引声自短,故为短歌。此诗为七言,初看较五言多出两字,应为长声吟唱。实际不然,因句句用韵,节奏反而不像五言那么长。五言诗是十字为开合,此诗则七字为乐句,故引声反而比五言短,其体制实为短歌。这一点,清人陈祚明似乎已经有所领悟,其论此诗云:

  盖句句用韵者,其情掩抑低徊,中肠摧切,故不及为激昂奔放之调,即篇中所言"短歌微吟不能长"也。故此体之语,须柔脆徘徊,声欲止而情自流,绪相寻而言若绝。(《采菽堂古诗选》卷五)

掩抑多思,一往情深。最后几句都是化用古诗《明月何皎皎》中语,结尾"牵牛织女"一句更为婉切。

曹　植

曹植(192—232),字子建,曹丕的同母弟,建安十六年(211)封平原侯,十九年(214)徙封临菑侯,曹丕即位后,黄初二年(221)改封鄄城侯,后多次改封,最后为东阿王,薨后谥陈思王。曹丕的一生,可以公元220年十月曹丕即位为界,分为前后两期。前期生活平顺,后期为文帝、明帝猜忌,不得参预政事。曾屡次上表求自试,皆不获允,常抑郁无欢。其诗流传八十首,以五言为主,大都词彩华茂,语言精练,情感热烈,慷慨动人。曹植的诗歌艺术,代表建安文学的最高成就。

名　都　篇[1]

名都多妖女[2],京洛出少年[3]。宝剑直千金[4],被服丽且鲜[5]。斗鸡东郊道[6],走马长楸间[7]。驰骋未能半[8],双兔过我前。揽弓捷鸣镝[9],长驱上南山[10]。左挽因右发,一纵两禽连[11]。余巧未及展,仰手接飞鸢[12]。观者咸称善,众工归我妍[13]。归来宴平乐[14],美酒斗十千[15]。脍鲤臇胎鰕[16],寒鳖炙熊蹯[17]。鸣俦啸匹侣[18],列坐竟长筵[19]。连翩击鞠壤[20],巧捷惟万端[21]。白日西南驰,光景不可攀[22]。云散还城邑[23],清晨复来还[24]。

【注释】

[1]《乐府诗集》录入《杂曲歌辞·齐瑟行》。以首二字名篇,故称《名都篇》。本篇主旨,历来有两种解释,一说"刺时人骑射之妙,游骋之乐,而无爱国之心"(《文选》六臣注张铣语),一说"子建自负其才,思树勋业,而为文帝所忌,抑郁不得伸,故感愤赋此"(张玉縠《古诗赏析》引唐汝谔语)。俱可通。名都:郭茂倩云:"名都者,邯郸、临淄之类。"

[2] 妖女:妖艳的女子,这里指乐伎。

[3] 京洛:京都洛阳。少年:这里指游侠儿。

[4] 直:值。

[5] 丽:李善本《文选》和《乐府诗集》作"光"。

[6] 斗鸡:使两鸡相斗,以为娱乐。斗鸡之俗,春秋已有,汉魏时盛行,魏明帝曾在洛阳筑斗鸡台。曹丕、曹植、刘桢、应玚等人皆有《斗鸡》诗。

[7] 长楸(qiū):古人种楸树于道旁,行列甚长,故云。

[8] 驰骋:一作"驰驰"。清人孙志祖《文选考异》谓"驰驰"犹"行行",可从。

[9] 捷:引。鸣镝(dí):响箭,又称嚆(hāo)矢,响箭的镞,古时发射以为战斗的信号。镝,箭头,代指箭。

[10] 长驱上南山:一作"驱上彼南山"。南山指洛阳的南山。黄节《曹子建诗注》卷二:"南山,洛阳南山也。潘尼《迎大驾诗》曰:'南山郁岑崟,洛川迅且急。'即指此山。"

[11] "左挽"二句:言左手弯弓,右手搭箭,一箭射出,连中两兔。纵,射。

[12] "余巧"二句:言少年尚觉箭术未全施展,抬头见一只鹞鹰正飞过,遂一箭将其射落。巧,一作"功"。接,射。鸢(yuān),鹞鹰。

[13] 工:指善射者。

[14] 平乐:平乐观,汉明帝所造,在洛阳西门外。

[15] 斗:盛酒的容器。朱绪曾曰:"'美酒斗十千',乃盛言酒之美耳。诗人兴到之言,不必执以定酒价之多寡也。"(黄节《曹子建诗注》卷二引)

[16] 脍(kuài):细切的肉。臇(juǎn):少汁的肉羹。这里都用作动词。脍鲤,将鲤鱼肉细切。臇胎鰕(xiā),将胎鰕作成少汁的肉羹。胎鰕,有子的鲶鱼,或有子的虾。

[17] 寒:酱汁。一作"炮",则是烧烤。《诗经·小雅·六月》:"炮鳖脍鲤。"余冠英认为曹植好用成语,疑作炮为是",可从。鳖(biē):甲鱼。熊蹯(fán):熊掌。

[18] 鸣俦啸匹侣:言呼朋唤友。

[19] 竟长筵:言座无虚席。竟,穷,极。

[20] 连翩:翻飞不停貌。击鞠:蹴鞠。鞠是毛球,古人踢以为戏。击鞠壤指蹴鞠之地。或以为指的是蹴鞠和击壤两种游戏。壤用两块木头制成,一头宽一头窄,长一尺四寸,阔三寸。游戏时将一块放在三四十步之外,用另一块去击打它,击中者为胜出。

[21] 惟:语助词。

[22] 攀:留。

[23] 云散:形容少年如浮云四散。

[24] 来还:又来到东郊、南山、平乐观等处游乐。

【鉴赏】

　　曹植的诗歌不仅继承汉诗较强的抒情性,而且在叙事与描写上也对汉诗有发展,尤其长于动态情景的描写。这首诗写名都京洛的贵族及豪富弟子们的一番行径,通过行为作止来写人物形象,效果很生动。

　　开头四句是一个集中性的介绍。这首诗写京洛少年,却先说名都妖女以为陪衬。这种双出而单承的写法,在乐府及歌谣中较常见。另外,从后面的内容来看,这首诗还是写一个具体的人物的,但作者其实是以这一个人物作为这一群京洛少年的代表,所以开头四句还是一种群体性的亮相。宝剑价值千金,被服华丽鲜艳。通过对其带有典型性的用具、服饰的描写来显示京洛少年的奢豪本性。宝剑、被服等是象,其中隐含的意则是奢豪。象明而意隐,这是诗的表现方式。

　　其下主要通过南山射猎、平乐豪宴及击鞠这几件事来写这位京洛少年的行止。这里其实是有选择性的,因为这些事最能反映其奢华豪纵的性情。作者的表现是很集中的,这些事情是在一天中连续发生,也就是说,一件事接着一件事;不仅如此,还是一个动作接着一个动作。如从"斗鸡东郊道"到"仰手接飞鸢",这里是一连串的动作的快速进行。作者出色地写当时的场面的紧张与动作的迅捷,造成很快的节奏。后面从"归来宴平乐"到"巧捷惟万端"也是这样。杜甫论诗赋,强调敏捷,所谓"随时敏捷"(《进雕赋表》)、"敏捷诗千首"(《不见》)。曹植的这种诗才,即是"敏捷"二字的最好注解。

　　最后四句,写会散的情景。"白日西南驰,光景不可攀",写少年于尽日奢游纵乐之后,仍意有未足,故有"光景不可攀"之兴叹,并约明日之游。但这两句不仅是写少年所见所叹,同时是隐含着作者或旁观者的一声叹息。这种在一个情景中包含两种甚至很多种含意的写法,正是诗歌形象丰富性的表现。

　　这首诗完全采用客观描述的方法,只是在写人物本身的形象与行为,不用评论之笔。诗人完全清楚作者的倾向要从场面中表现出来这一艺术法则。

杂　诗[1]

高台多悲风,朝日照北林[2]。之子在万里[3],江湖迥且深[4]。

方舟安可极[5],离思故难任[6]。孤雁飞南游[7],过庭长哀吟。翘思慕远人[8],愿欲托遗音[9]。形景忽不见[10],翩翩伤我心。

【注释】

[1]《杂诗》六首同载《文选》,故历来被视为一组诗。其实彼此并无关系,也非同时之作。这里选的是第一首,属怀人之作。诗作于鄄(juàn)城(今属山东菏泽)。余冠英认为诗中所怀者,可能是其异母弟曹彪,曹彪于魏文帝黄初三年至五年(222—224)封吴王,故诗中有"江湖""南游"等语。

[2]北林:出《诗经·秦风·晨风》:"鴥彼晨风,郁彼北林。未见君子,忧心钦钦。"《毛传》以北林为林名,这里用以生发怀人之思。下文"之子在万里,江湖迥且深",即"未见君子"的具体展开。

[3]之子:那人,指所怀之人。《诗经》常用此语,如《桃夭》"之子于归",有怀思叹美之意。

[4]"江湖迥且深":兴象俱到,暗含忧思。后来杜甫《梦李白》"水深波浪阔,无使蛟龙得",正从此化出而更加具体。

[5]方舟:两舟并在一起。《诗经·周南·汉广》:"江之永矣,不可方思。"

[6]任:当。

[7]孤雁:失群的雁。

[8]翘思:翘首而思。

[9]遗音:寄个音信给远人。

[10]景:影。

【鉴赏】

这是一首怀人的诗。关于它怀念的对象,林庚、冯沅君主编《中国历代诗歌选》中说:"有人认为怀念的可能是曹彪。曹彪黄初三年(222)曾封吴王,在南方,当时曹植立为鄄城王,在北方。"

首两句写作者所处的环境,含有"兴起"的意思。高台之上,悲风呼啸,林间朝日照耀。境界似有明亮温暖之意,实为萧森寥落,时节好像是深秋或者冬初的样子。"之子"是所怀念的人,"江湖"则是"之子"所在,"迥且深"则是江湖之远、之广,这种距离可能自然造成,但也可能是人为的原因。

诗的后半部分,以飞雁寄托怀人之情,则在当时的诗中也颇为常见。这首诗是运用象征手法的作品,其境界之空灵,在汉魏诗中是少见的,深受《诗经》中的《蒹葭》《汉广》及《楚辞》中的《湘君》《湘夫人》这一类空灵绵邈的作品影响。这是曹植对诗歌传统的创造性继承。

嵇 康

嵇康(223—262),字叔夜,谯郡铚(今安徽宿州西)人。爱好老庄,反对名教,修习养性服食,"竹林七贤"之一,著名玄学家。嵇康是曹魏宗室的女婿,政治上反对司马氏。后被诬告,为司马昭所杀,卒年四十。死前有三千太学生为其请愿,并要求以他为师。诗存五十四首。四言诗尤佳,风格骏杰雄秀。

赠兄秀才入军[1]

息徒兰圃[2],秣马华山[3]。流磻平皋[4],垂纶长川[5]。目送归鸿,手挥五弦[6]。俯仰自得,游心太玄[7]。嘉彼钓叟[8],得鱼忘筌[9]。郢人逝矣,谁与尽言[10]。

【注释】

[1] 本篇是嵇康送其兄嵇喜(字公穆,曾举秀才)从军的诗。《古诗纪》将十八首四言体与一首五言体合起来为一组,历来学者颇有异议。鲁迅校本《嵇康集》将五言一首别题为《古意》,余十八首四言仍从原题。本篇原列第十四。

[2] 徒:徒侣,同伴。《书·仲虺之诰》:"简贤附势,实繁有徒。"《论语·微子》:"是鲁孔丘之徒与?"李善注为"师徒",后人多从其说,解为徒卒,似误。兰圃:有兰草的坡地。

[3] 秣马:饲马。华山:即花山,有花草的山。余冠英解为"山有光华",亦通。

[4] 磻(bō):用绳系在箭上叫弋,箭绳一端再加系石块叫磻。流磻即射鸟。平皋:平原上的草泽之地。

[5] 纶:系钓钩的丝线。垂纶,即垂丝,垂钓。

[6] 五弦:乐器名,似琵琶而略小。

[7] 太玄:原是一个哲学的概念,指宇宙天道。扬雄有《太玄经》。这里有俯仰

天地的意思。

[8] 嘉彼:赞许他。钓叟:钓鱼的老翁。

[9] 得鱼忘筌:语出《庄子·杂篇·外物》:"筌者所以在鱼,得鱼而忘筌。蹄者所以在兔,得兔而忘蹄。言者所以在意,得意而忘言。吾安得忘言之人而与之言哉!"得鱼忘筌是对得意忘言的比喻,说明言论是表达玄理的手段,目的既达,手段就不再需要了。筌,鱼笱,捕鱼的竹笼。蹄,兔罝,一种捕野兔的器具。

[10] "郢人"二句:典出《庄子·杂篇·徐无鬼》:"郢人垩慢其鼻端若蝇翼,使匠石斫之。匠石运斤成风,听而斫之,尽垩而鼻不伤,郢人立不失容。宋元君闻之,召匠石曰:'尝试为寡人为之。'匠石曰:'臣则尝能斫之。虽然,臣之质死久矣。'自夫子之死也,吾无以为质矣。"故事的大意,是说郢人鼻端沾了一点白灰,有匠人运斤而劈之。灰全部劈下来了,而鼻不稍损。宋元君听说,让这位匠人为他表演。匠人说其"质"郢人已死,没法再展其技。庄子借此说明,深奥微妙的道理要特定的对象才能领会。惠子死后,他再也没有可以谈玄的对象。嵇康以惠子比嵇喜。郢,春秋时楚国的都城。逝,《庄子》指郢人之死,诗中指嵇喜的离开。谁与,一作"谁可"。尽言,充分地阐述。

【鉴赏】

这首诗,向来的理解,是说诗里描写嵇喜从军后,行军途中休息时领略山水乐趣的情景。就是说,嵇康说他哥哥志趣高雅,虽在军旅之中,仍得自然之趣。但是,我们认为此诗更可作另一种理解:这里写的这种情景,不是写嵇喜从军之后的生活,而是怀念兄弟两人昔日与朋好一起游览山水、领略自然的生活。

过去之所以那样理解,恐怕主要是因为"息徒""秣马"两个词,认为"徒"指兵卒,"马"指军马。其实,"徒"不一定就是兵卒,也可以指一般的朋友、徒侣。魏晋时有群游山水的风气。组诗第二首云:"鸳鸯于飞,啸侣命俦。"由侣、俦二字,可知当日嵇氏兄弟之游,除二人之外,还有别的朋友。所以"息徒""秣马",都可以是指平日游览中的情形。另外,最后两句"郢人逝矣,谁与尽言",也很明确。"郢人"指嵇喜,现在离自己而去,则昔日那种"俯仰自得,游心太玄"的行为,更有谁能理解、赏识呢?

此诗如解作写嵇喜从军后的情形,还有一矛盾。嵇康对其兄之从军是不赞成的,并不认为是一件好事。如果极力形容从军后有如此悠闲自得、无损自然之趣的生活情形,则似乎很难理解。四言《赠兄秀才入军》十八首的基本内容,就是描写与朋俦相携于山水、自然放旷、体悟玄思的生活情致,以此委婉地对嵇喜从军为官进行劝谏。

此诗是较早地将老庄哲理融会日常生活境界的作品。诗中情、景、理圆融地结合在一起,是魏晋玄学名士生活境界与精神旨趣的高度融会,成为后来哲理诗的典范。此外,其妙还在于传神写照之工。据说名画家顾恺之曾想画此诗境,说要画"手挥五弦"的动作容易,要画出"目送归鸿"的神情却很困难。

阮　籍

阮籍(210—263),字嗣宗,陈留尉氏(今河南尉氏县)人。其父阮瑀,为"建安七子"之一。籍好学博览,尤慕老庄,向往自然,旷达不拘。他对于司马氏政权也不愿合作,但不如嵇康那样峻拒,而是采取虚与委蛇的态度,纵酒谈玄,不问世事。《咏怀》八十余首感慨深至,格调高浑,使他成为正始(齐王曹芳年号)时代(240—248)最重要的诗人。

咏怀(其一)[1]

夜中不能寐,起坐弹鸣琴。薄帷鉴明月[2],清风吹我襟[3]。孤鸿号外野,翔鸟鸣北林[4]。徘徊将何见,忧思独伤心[5]。

【注释】

[1] 阮籍《咏怀》诗,《晋书·阮籍传》谓"八十余篇"。据明人冯惟讷《诗纪》,现存八十二篇。关于这组诗,大多认为不是一时所作,而是其生平诗作的总题。因处魏晋易代之际,故写得隐晦曲折。刘宋颜延之认为是"阮籍在晋文代常虑祸患"(《文选》李善注引)的缘故。李善云:"咏怀者,谓人情怀。籍于魏末晋文之代,常虑祸患及己,故有此诗。多刺时人无故旧之情,逐势利而已。观其体趣,实为幽深,非夫作者,不能探测之。""虽志在讥刺,而文多隐避,百代之下,难以情测。"本篇为第一首,清人方东树《昭昧詹言》卷三云:"此是八十一首发端,不过总言所以咏怀不能已于言之故。"

[2] 帷:帐幔。鉴:照映。

[3] 襟:一作"衿"。吴淇《六朝选诗定论》卷七:"'鉴'字从'薄'字生出,……堂上之帷既薄,则自能漏月光若鉴然,风反因之而透入吹我衿矣。"

[4] 翔鸟:飞翔盘旋之鸟。一作"朔鸟",北方的鸟。吴淇《六朝选诗定论》卷七:"鸟不夜翔。曰'翔鸟',正以月明故,即曹孟德曰'月明星稀,乌鹊南飞'。"王维《鸟鸣涧》"月出惊山鸟",同一思致,而风格有深、浅之别。王尧

69

衢《古唐诗合解》解此二句云："感孤鸿号于野外，朔鸟鸣于北林，飞者栖者，各哀其生。"

[5]"徘徊"二句：言孤鸿、翔鸟和人，都因不寐而徘徊，将会看到何种景象？一切都如此令人忧伤。

【鉴赏】

此诗在八十二首中，具有"序诗"的性质，所以结构与其他诗篇有些不同。它通过某种境界来寄托感情，在形式上似乎与后来的诗歌更接近。诗中塑造了一位忧郁的艺术家或思想家的形象——通过夜中不寐、起坐弹琴、顾望徘徊、忧思伤心等行动和心理的描写，又通过薄帏映鉴明月、清风吹拂衣襟，以及孤号野外的鸿雁、鸣叫在北林的翔鸟等外在环境的衬托。如果用后世诗评家的说法，就是意余象外。

这首诗当然寄托着作者对现实及自我人生的深切忧思，但未必像旧注家说的那样，是直接针对曹魏与司马氏两派的斗争而发。五臣吕向注，句句都加以比附，以为"孤鸿，喻贤臣孤独在外"，"翔鸟，鸷鸟，好回飞，以比权臣在近，谓晋文王也"。后人也多宗其说，如张玉穀《古诗赏析》云："此首伤上之远贤亲佞也，全在孤鸿二句露意。前四写无聊之况，即景写情。'孤鸿'二句，以孤鸿在野，比君子之被放，翔鸟鸣林，比小人之在位，君在北故曰北林。如徒以为赋景，便失神理。"初看似都有道理，细按则羌无所据，多臆断穿凿之词。此诗并非徒为赋景，事实上它是诗歌中情景交融的早期成功实践，预示着诗歌艺术由叙事以写情向即景以含情的转变。

以月月夜为背景塑造忧人形象，或者可以称之为"月夜的忧思"，始于《诗经·陈风·月出》篇，《古诗十九首》"明月皎夜光"继之，建安诗更多写月夜之作，但都有具体的感情。本篇则写一种深广忧愤之思，旨趣变得超玄了。这里也含有某种玄境、玄思，但完全是融合在情感中。这是它艺术上成功的地方。

咏怀（其十九）[1]

西方有佳人，皎若白日光[2]。被服纤罗衣[3]，左右佩双璜[4]。修容耀姿美[5]，顺风振微芳。登高眺所思，举袂当朝阳[6]。寄颜云霄间[7]，挥袖凌虚翔[8]。飘飘恍惚中，流眄顾我傍[9]。悦怿未交接[10]，晤言用感伤[11]。

【注释】

[1] 本篇以男女相悦无由,寄托理想不能实现的哀伤。吴汝纶《古诗钞》云:"此首似言司马之于己也。末言彼虽悦怿,吾则未与交接也,然吾终有身世之感伤。盖兴亡之感,忧生之嗟,无时可忘耳。"可以参看。

[2] 皎若白日光:一作"皎皎如日光"。

[3] 被服:穿着。纤罗衣:精细的罗衣。

[4] 珮:即佩。璜:半璧形的玉器,常用作妇人身上的装饰物。《周礼》郑玄注:"佩玉上有葱衡,下有双璜、冲牙,玭珠以纳其间。"

[5] 修容:修饰过的美好仪容。

[6] 当:一作"向",对着。

[7] 云霄:天际。

[8] 凌虚:凌空。

[9] 流眄:流盼,顾盼。眄,一作"盼",又作"眒"。

[10] 悦怿:喜爱。交接:交往接触。

[11] 晤言:即晤谈,相聚而言,这里指自语、自诉。《咏怀》其十七"日暮思亲友,晤言用自写",即此义。林庚、冯沅君《中国历代诗歌选》:"晤言,通寤言,觉醒以后。"是说突然发觉美人已去,不禁内心感伤。说亦可通。

【鉴赏】

这首诗旧注思圣贤明王,以及寓意与曹爽、司马氏的离合关系等种种说法,不无穿凿拘泥之病。论其主旨,盖亦辞赋中神女题材之流裔,所谓借美人以比君子。"西方有佳人",黄节注引《诗经·邶风·简兮》"云谁之思,西方美人"。然论其近源,实出曹植《杂诗》"南国有佳人,容华若桃李",盖拟其句意而易其词也,为魏晋诗人常用之法。而此诗整体的构思与形象,又受到曹植《洛神赋》的影响。阮籍另有《清思赋》,也是学习《洛神赋》的。洛神与君王虽不能相从,而终究已有接触;此则"悦怿未交接",其悲伤更不待言。究竟其具体的寄托之意是什么,则难以说清楚。

此诗写美人,深得辞赋及古诗、乐府之法,形象极为生动,修辞更趋于华美。其中秀句,多化用前人,如"皎若白日光",出宋玉《神女赋》"其始来也,耀乎若白日初出照屋梁"。篇中更多诗人独创的隽妙之句,如"顺风振微芳",写美人芳香随风而吹来,用"振"字极妙;"寄颜云霄间",实诗人神思飘忽,恍觉云霄间有美人面目,写相思入神。这些都是创造出形神兼备的生动形象的绝妙好词。

阮诗寄托虽深，但修辞一本汉魏诗之明朗生动，不为艰晦之饰。后世诗人以词旨深蕴而著称者如李商隐，大体也本此原则，即形象本身的鲜明与寄托的遥深。今人多以现代派、象征派来解说，其实不是这么一回事。

张　华

张华(232—300),字茂先,范阳方城(今河北固安县)人。少贫苦,曾牧羊为生。晋惠帝时代(290—306)名臣,后被赵王司马伦和孙秀所杀。博闻强记,著《博物志》十卷。诗歌尚辞藻,中规矩,但格调平缓,少变化,感染力不强。钟嵘评为"儿女情多,风云气少"。

情　诗[1]

清风动帷帘,晨月照幽房[2]。佳人处遐远[3],兰室无容光[4]。襟怀拥虚景[5],轻衾覆空床。居欢惜夜促,在戚怨宵长。拊枕独啸叹,感慨心内伤。

【注释】

[1]《情诗》五首,皆夫妇相赠答之词。本篇原列第三。

[2] 这一联所写之景,近似阮籍《咏怀》"薄帷鉴明月,清风吹我襟"。幽房,深闺。

[3] 佳人:《情诗》五首中,皆以"佳人"称美对方,这里指丈夫。

[4] 兰室:散发兰香的闺房。无容光:黯然失色。

[5] 虚景:虚影。这里指月光,似乎亦兼指想象中丈夫的虚影。六臣注《文选》李周翰注:"言襟怀之中,但抱虚影。"晋人《子夜歌》有"想闻散唤声,虚应空中诺",即幻写真,更加自然出奇。

【鉴赏】

此诗状景摹情,极其细腻。这种诗在当时可以说是很新美的一种风格。

头两句中写道:清风吹动帷帘,黎明时的残月洒照在深幽的房栊里。这是暗示女主人公整夜处于相思情绪之中,未曾睡眠。这种以景象来暗示情事的写法,艺术效果是比较隽永的。"佳人处遐远"这两句,是写出前种事态的原因。缘何一夜未眠?盖因良人远行,闺房之内,黯然失色,毫无光彩。一个美好或喜爱的人在场,会令观者生出光彩的感觉,俗语所说的"光临""光降",也含有这样的意思。相反,心爱之人不在眼前,眼前的光景也会黯然失色。此句写出落寞凄清、黯然神伤的感觉。

"襟怀"两句,光景最是新妙,为前人作品中所未见的境界。张华作为一位诗人的细腻感觉,在此得到充分的表现。这种写法,古人叫作"窥入形容"。晋诗相比魏诗,在曲写情景、窥入形容这一方面有明显的发展。

最后四句直接写情。魏晋诗中的抒情,有一部分是用这种直接状述情感的方法,后人往往评为"古质"。张华的这种写法,当然是学习《古诗十九首》的,哀怨感激,亦不减古诗,但在表达上毕竟要委婉得多。

此诗的对仗,如"襟怀拥虚景,轻衾覆空床","居欢惜夜促,在戚怨宵长",开后来陆机、谢灵运的对句法。两句的内容有叠合之处,后人指为合掌,然此正晋宋诗家措意细密、务求周备的一种写法。相对于汉魏诗歌,其实是一种新修辞方法。

潘 岳

潘岳(247—300),字安仁,中牟(今河南中牟县东)人。少年被乡里称为奇童,二十岁才名已著。潘岳热心仕进,但不得意。晋惠帝时,赵王司马伦辅政,为赵王亲信孙秀所害。潘岳诗赋长于抒情,尤其善为哀吊之文,五言《顾内诗》《悼亡诗》都因情感真挚动人而著称。

悼 亡 诗[1]

荏苒冬春谢,寒暑忽流易[2]。之子归穷泉[3],重壤永幽隔[4]。私怀谁克从[5],淹留亦何益。黾勉恭朝命[6],回心反初役[7]。望庐思其人,入室想所历。帏屏无仿佛[8],翰墨有余迹[9]。流芳未及歇,遗挂犹在壁[10]。怅恍如或存[11],回遑忡惊惕[12]。如彼翰林鸟[13],双栖一朝只。如彼游川鱼,比目中路析[14]。春风缘隟来[15],晨霤承檐滴[16]。寝息何时忘[17],沉忧日盈积。庶几有时衰,庄缶犹可击[18]。

【注释】

[1] 本篇是《悼亡诗》三首中的第一首,写亡妻葬后己将赴任时一番心理。

[2] "荏苒"二句:言光阴流逝,时节变易,忽忽一年。古礼,妻死,丈夫服丧一年。何焯《义门读书记》:"安仁悼亡,盖在终制之后,荏苒冬春,寒暑忽易,是一期已周也。古人未有丧而赋诗者。"可供参考。荏苒(rěn rǎn),形容时间逐渐消失。冬春,一作"春冬"。谢,去。流易,消逝、变换。

[3] 之子:犹言伊人、那人,指亡妻。穷泉:深泉,指地下。

[4] 重壤:重重土壤。幽隔:隔绝于幽深的地下。

[5] 私怀:私情,这里指悼念亡妻的心情。六臣注《文选》吕延济认为指"哀伤私情,欲不从仕",可从。克:能够。从:顺从。

75

[6] 黾勉(mǐn miǎn):勉力。恭:顺从。
[7] 回心:转念。初役:原职任所。
[8] 仿佛:相似的形影。《汉书·外戚传》:"李夫人早卒,武帝怜之,图画其形于甘泉宫,上思念不已。方士齐人少翁言能致其神,乃夜张灯烛,设帷帐。令上居他帐,遥望见好女如李夫人之貌,不得就视。"
[9] 翰墨:笔墨。余迹:遗迹。
[10] 遗挂:吕延济谓是"平生玩用之物尚在于壁",李善认为是亡妻的翰墨遗迹。余冠英《汉魏六朝诗选》:"'流芳''遗挂'都承翰墨而言,言亡妻笔墨遗迹,挂在墙上,还有余芳(近人以遗挂为影像,不知确否)。"
[11] 怅怳(huǎng):神志恍惚。
[12] 回遑:心情由恍惚转为惶恐。一作"回惶",又作"周遑",形容心情急遽变化。忡(chōng):忧。惕:惧。吴淇《六朝选诗定论》卷八:"此诗'周遑忡惊惕'五字似复,而实一字有一字之情。'怅怳'者,见其所历而犹为未亡。'周遑忡惊惕',想其所历而已知其亡,故以'周遑忡惊惕'五字,合之'怅怳'共七字,总以描写室中人新亡,单剩孤孤一身在室内,其心中忐忐忑忑,光景如画。"
[13] 翰林:鸟儿栖息之林,此用六臣注《文选》李周翰之说。翰,羽,代指鸟。
[14] 比目:鱼名。《尔雅·释地》:"东方有比目鱼焉,不比不行。"析:分开。一作"折",又作"拆""隔"。
[15] 缘:沿着。隙(xì):即"隙",谓门窗或墙壁上的缝隙。
[16] 霤(liù):屋檐流下来的水。一作"溜"。
[17] 寝息:安寝休息。一作"寝兴",睡着或醒来。
[18] "庶几"二句:言但愿自己的哀伤将来能淡薄一些,像庄子一样达观才好。庶几,但愿,期望之辞。庄缶,典出《庄子·至乐》:"庄子妻死,惠子吊之,庄子则方箕踞鼓盆而歌。"缶,瓦盆。

【鉴赏】

　　潘岳与陆机齐名,他的作品在修辞的丰富性方面虽不如陆机,也不像陆机那样善于模拟古人,但这其实正是他的好处,不被繁复修辞所掩盖,也较少被古人写作方式所局限。他的作品,往往能更直接地表现生活,尤其是哀诔类作品,能够写出真挚、深切的感情来。由于感情比较丰富,并且有更多的生活实境的表现,使得他的写作与建安曹、刘等人尚气的作法也有些接近。在情与词两方面,陆机的作品往往情隐于词,而潘岳则是情胜于词的。

潘诗篇幅较长，有些作品有缺乏裁剪、过于冗长的缺点。但他能够贴近实感来写，随着情感的变化，自然而形成层次，结构安排比较自然。本篇初看滔滔而下，似乎缺乏层次感。实际其妙处正在将一段悼亡感情的心理活动，极为完整而深入地表现出来。全诗自然地形成三个层次：

第一层从开头到"回心反初役"，是集中地写悼亡之事。诗人感叹时节流易，妻亡经年，虽然哀痛仍深，但服丧期满，不得不重返仕路。这里写出一种情与理的矛盾。诗人虽然服从了理性，但思念之情却难以排解。于是才有下面来到亡妻居室中追抚感伤的这一段。

第二层从"望庐思其人"到"回遑忡惊惕"是全诗中最主要的部分，写诗人在亡妻居室怀悼的情节。"思其人""想所历"两句是引领，下面"帏屏无仿佛"四句是思其人、想所历的具体内容。"怅恍如或存"两句写这一番触景伤情的思忆所生的恍惚心理，有那么几刻感觉妻子好像还活着一样。这样写，不仅是细致地表现了动作与心理变化，同时以另一种方式表达了对妻子无尽的思念。这种能够呈现心理活动的朴素的描写，是潘岳这首诗在艺术上的发展。

第三层从"如彼翰林鸟"到结尾。由于前面的这番追抚，使得作者本已稍近理性的心情又一次激动。在这样的新的情景下，作者再一次抒发悼念之情，并且比开头的那一段来得更为激越。诗人沉痛地发出哀叹，却是用翰林鸟、比目鱼的分离来比喻。由赋转为比，在表现的方式上有一个变化。最后"春风缘隟来"这六句，又转回到直接抒发的方式。"春风"两句也是照应开头。"寝息"两句再次诉说思念之深。最后期待能够从这种哀情中摆脱出来。这样说，其实也是表现哀思之深的另一种方式。但作者受到当时玄学以理遣情的观念的影响，也的确有寻求解脱的心理。

从这首诗可以看出潘诗的特点及艺术上的造诣，它是比较自然地达到抒情的深度的。

陆 机

陆机(261—303),字士衡,吴郡(今江苏苏州)人。吴国大司马陆抗之子。吴灭,陆机入晋,为张华器重。晋惠帝太安二年(303)成都王司马颖等讨长沙王司马乂,以陆机为后将军、河北大都督。战败,在军中遇害,年四十三。陆机名重当时,与其弟陆云并称"二陆"。诗尚排偶雕刻,往往缺乏情韵。

婕 妤 怨[1]

婕妤去辞宠,淹留终不见。寄情在玉阶[2],托意惟团扇[3]。春苔暗阶除,秋草芜高殿[4]。黄昏履綦绝,愁来空雨面[5]。

【注释】

[1] 属《乐府诗集》之《相和歌辞·楚调曲》,诗题作《班婕妤》。婕妤:宫中女官名。《通典》卷三十四《内官》:"婕妤,武帝加置,视上卿,比列侯。"班婕妤,班彪之女,汉成帝时选入宫,初为少使,后有盛宠,为婕妤。赵飞燕姊妹入宫,班婕妤失宠,乃求供养太后于长信宫。曾作赋自伤悼。成帝崩,充奉园陵,卒葬园中。事见《汉书·外戚传》。

[2] 玉阶:对石阶的美称。班婕妤《自悼赋》:"华殿尘兮玉阶苔。"

[3] 团扇:圆形有柄的扇子,比喻失宠之人。班婕妤《怨歌行》:"新裂齐纨素,皎洁如霜雪。裁为合欢扇,团团似明月。出入君怀袖,动摇微风发。常恐秋节至,凉飙夺炎热。弃捐箧笥中,恩情中道绝。"

[4] "春苔"二句:班婕妤《自悼赋》:"华殿尘兮玉阶苔,中庭萋兮绿草生。"除,台阶。芜,形容草木丛生。

[5] "黄昏"二句:班婕妤《自悼赋》:"俯视兮丹墀,思君兮履綦。仰视兮云屋,双涕兮横流。"履綦(qí),原指履绳,此处指足迹。黄昏履綦绝指黄昏时履迹未至,暗示君王不来。司马相如《长门赋》:"日黄昏而望绝兮,怅独托于

空堂。"雨面,泪下如雨。《诗经·邶风·燕燕》:"瞻望弗及,泣涕如雨。"曹丕《燕歌行》:"涕零雨面毁容颜。"

【鉴赏】

　　陆机的诗歌,以缺少情感为人所诟病,如沈德潜论其诗"未能感人"(《古诗源》),黄子平论其五言、乐府,"不能流露性情"(《野鸿诗的》),陈祚明亦云"造情既浅,抒响不高","敷旨浅庸,性情不出",并论其人为"大较衷情本浅,乏于激昂者矣"(《采菽堂古诗选》卷十),可谓一言谳定。但这首《婕妤怨》咏班婕妤故事,却是写得形象生动,感情突出,极有感染力。

　　全诗八句,一、二两句叙本事,写其失宠久不见君王。三、四两句写其闲居无聊之态,但不是直接叙述,而是选择玉阶、团扇两个典型的意象以见其余,以一当百。五、六两句写环境之荒落,并从苔暗阶除、草芜高殿暗示其失意已久,意藏象内。最后两句写黄昏已临,不闻履綦之声,绝无人来,漫漫长夜又开始,婕妤的凄怨之情,达到高潮,泪湿颜面,有如雨浸。

　　这首诗,虽为第三人称写法,但抒情性很强,而且在写法上,讲究典型性、烘托性、暗示性,开了六朝、唐人抒情短诗的法门,其影响可称深远。从结构来讲,此诗的八句四层,即点题本事、接叙、转笔、最后集中抒情这种章法,对六朝、唐人的五言律诗有直接的影响。

左 思

左思(250？—305？)，字太冲，齐国临淄(今山东淄博临淄区)人。出身寒门，貌丑口拙，不喜交游，仕进很不得意。曾以十年构思写成《三都赋》，为时所重。左思诗常含讽喻，意气豪迈，语言简劲有力，绝少雕琢，继承了汉魏风骨，是晋诗中第一流的作品。

咏史八首(其一)[1]

弱冠弄柔翰[2]，卓荦观群书[3]。著论准《过秦》[4]，作赋拟《子虚》[5]。边城苦鸣镝[6]，羽檄飞京都[7]。虽非甲胄士[8]，畴昔览穰苴[9]。长啸激清风[10]，志若无东吴。铅刀贵一割[11]，梦想骋良图[12]。左眄澄江湘，右盼定羌胡[13]。功成不受爵，长揖归田庐。

【注释】

[1] 胡应麟《诗薮》："《咏史》之名，起自孟坚(班固)，但指一事。魏杜挚《赠毌丘俭》，叠用八古人名，堆垛寡变。太冲题实因班，体亦本杜，而造语奇伟，创格新特，错综震荡，逸气干云，遂为古今绝唱。"左思《咏史》组诗共八首，不专咏古人古事，而是借以抒写自己的怀抱和不平之气。本篇是第一首，可以看作序诗。

[2] 弱冠：《礼记·曲礼》："人生二十曰弱冠。"古时男子二十岁成人，行冠礼，体犹未壮，故曰弱冠。此处泛指青少年时期。柔翰：毛笔。

[3] 卓荦(luò)：特异，此处为广博兼容之意。左思《吴都赋》："故其经略，上当星纪，拓土画疆，卓荦兼并，包括干越，跨蹑荆蛮。"以"卓荦"形容土域之广，其义略同。

[4] 《过秦》：西汉贾谊《新书》中的一篇，后人分为三篇，题为《过秦论》，是论体的名篇。

[5] 《子虚》：赋名，司马相如所作。《子虚赋》是汉赋的名篇。

[6] 鸣镝：即嚆矢，见前曹植《名都篇》注释。

[7] 檄：檄文，文书，写在尺二长的木板上。紧急文书上插羽毛，叫"羽檄"。这可能是指晋武帝咸宁五年(279)对孙晧和凉州羌胡树机能部的战争。《晋书·武帝纪》："咸宁五年十一月，大举伐吴。"伐吴诏书曰："孙晧犯境，夷虏扰边。……上下勤力，以南夷句吴，北威戎狄。"

[8] 甲胄：即衣甲与头盔。甲胄士，战士。

[9] 畴昔：以往。穰苴(ráng jū)：《司马穰苴兵法》的简称，这里泛指兵书。穰苴，春秋时齐国人，姓田氏。齐景公时因军功封大司马，因称司马穰苴。《史记·司马穰苴列传》："齐威王使大夫，而附穰苴于其中。"

[10] "长啸"句：言诗人舒啸以抒壮怀。啸为嘬口发声。魏晋名士中盛行用长啸来抒发各种感情与感受，近于艺术表现。

[11] "铅刀"句：言铅刀虽钝，有一割之用也好。借以自谦才拙，但仍必求一用。《后汉书·班超传》载章帝建初三年(78)班超疏云："臣质顽驽，器无铅刀一割之用。"

[12] 骋良图：施展为国的志愿与长策。

[13] "左眄"两句：指晋武帝咸宁五年伐吴诏书"南夷句吴，北威戎狄"之意。江湘，长江、湘水一带，当时属东吴，地处东南，故曰"左眄"。眄(miǎn)，斜着眼看。羌胡，即"五胡"中的羌族，分布在甘肃、青海一带，地处西北，故曰"右盻"。盻(xì)，视，看。

【鉴赏】

此诗是《咏史》八首的第一首，回忆平生的志行、大节和曾经有过的建功立业的理想。此诗虽题为咏史，其实是自述性的。自述是魏晋诗的一个重要类型，左思这首有代表性。

首四句自叙生平大节，简而有法。"弱冠弄柔翰，卓荦观群书"，是说早年善属文，并且博览群书。这是魏晋时期一部分寒素士人的治学方式，不同于皓首穷一经的汉儒。"著论准《过秦》，作赋拟《子虚》"，这两句是承上"弄柔翰"而来，说的是著述方面的事情。左思说自己的文章能取法先贤，制作俱有所本，文风纯正。

从"边城苦鸣镝"以下，追述生平从军报国之愿。在左思青年时期，吴国尚存，国家还没有统一。灭吴为晋初一重要国策，所以寒素之士，常有从军建功之愿望。这几句是说因为边城苦于强敌之扰，军情紧急，所以虽为一介书生，也起从军之愿。盖国家兴亡之责，人人皆有，何况我从前还曾读过兵法之书。"虽非"句隐承前面"弱冠"

81

四句。"畴昔"句与开篇"卓荦"句意亦相连:正因是一位"卓荦观群书"的才士,这时候才能为时所用;如果是皓首穷经、不闻世事者,又岂能知兵家之事?谭元春评曰:"'畴昔览穰苴',运笔妙;'功成不受爵',行径高。卓荦读书人得力在此。"(《古诗归》)正是这个意思。

"长啸激清风"以下六句,一气贯下,意气风发,真是快语!左思作为诗人的浪漫气质,也淋漓尽致地表现出来了。此书生从军之浪漫梦想,与真正的战争体验自然不同。

"功成不受爵,长揖归田庐",是说建立了震天动地的功业,为国家社稷造福无穷,而功成之后,不居功受禄,而是长揖君王,回到田园之中。这个梦想,不知道诱引过多少中国古代的书生。唐代诗人李商隐咏叹的"永忆江湖归白发,欲回天地入扁舟"(《安定城楼》)就是一个典型的表述。

这首诗因为属于自述,所以有不少地方涉及行为、动作、态度,用了好多动词与形容词。如"论"称"著论","赋"称"作赋","著""作"二字,用得很恰当。"准《过秦》""拟《子虚》",准为准则,拟为摹拟。再如激清风之"激",骋良图之"骋"等字,也都置字准确,不可移易。可见左诗虽然以风骨见称,但置字造语,极其精当,具有很高的修辞艺术。

咏史八首(其五)

皓天舒白日[1],灵景耀神州[2]。列宅紫宫里[3],飞宇若云浮[4]。峨峨高门内[5],蔼蔼皆王侯[6]。自非攀龙客[7],何为欻来游[8]。被褐出阊阖[9],高步追许由[10]。振衣千仞冈,濯足万里流[11]。

【注释】

[1] 皓天:明亮的天空。

[2] 灵景:指日光。神州:"赤县神州"的简称,此处指皇都。

[3] 紫宫:本星名,即紫微宫。此处泛指帝王宫禁。

[4] 宇:屋檐。古代宫殿的屋檐像飞动的鸟翼,故云"飞宇"。若云浮:形容地势之高,殿阁之多。

[5] 峨峨：高耸貌。
[6] 蔼蔼：盛多貌。
[7] 攀龙客：指追随帝王将相以求取功名利禄者。扬雄《法言·渊骞》："攀龙鳞，附凤翼。"
[8] 欻(xū)：忽。
[9] 被褐：穿着粗布衣服。《孔子家语·三恕》："子路曰：'有人于此，被褐而怀玉，何如？'子曰：'国无道，隐之可也；国有道，则衮冕而执玉。'"闾阖(chāng hé)：宫门。晋时洛阳城有闾阖门。
[10] 高步：犹言"高蹈"，远行隐遁。许由：传说中唐尧时的隐士。尧让天下给他，他不肯接受，逃到箕山下隐居耕作。尧召他为九州长，他不想听，洗耳于颍水滨。事见《高士传》。
[11] "振衣"二句：李善注引王粲《七释》："濯身乎沧浪，振衣乎高岳。"仞，八尺为仞。千仞，极言其高。

【鉴赏】

此诗实际上是写左思来到皇都追求个人的政治理想，最终发觉在这个特权阶层把持政权、等级严格的社会中，一介寒素之士不可能有这样的机会，于是以古代藐视权位的高士自勉，去追求真正自由地舒展个性的隐逸生活。

这首诗的好处，是作者在表现上述思想感情时，一点都不用直接陈述的语言，而是全用景象来显示。比如开头"皓天舒白日"四句，是用颂的笔法来写皇都、皇宫的壮丽与气象，用白日来映衬。这其实是反映了左思最初来到洛阳时那种激动、满怀理想的心情。接下"峨峨高门内，蔼蔼皆王侯"这两句，从文气来看，好像还是接着前面的颂，但其实已经转变为讽的笔法了。这种转变笔法实在高妙。接下来"自非攀龙客"，是接"蔼蔼"两句得出的结论，但已经转到正面地表达自己的看法，于是顺流直下，写自己被褐出都，高步追许由，并振衣高冈、濯足长流，即过自由清高的生活。这后面其实是作者的一种新的理想。作者从追求政治出路的旧理想转为这种新理想，表达了认识现实之后思想上的觉醒与人格的独立。

这首诗的思想情感极为鲜明，但都是借着丰富生动的形象来表达的。这种意与象游的写法，造成风骨峻朗的美感，令读者味之无穷。全诗几层转变，全用意象自身来完成，几乎未加抽象的议论，这其中也体现一种"气"的作用。文以气为主，在左思《咏史》中体现最为突出。

张　协

张协(？—307),字景阳,安平(今河北安平县)人。清简寡欲,晚年屏居草泽,以吟咏自娱。张协诗描写生动,造语清警。钟嵘《诗品》评其"词彩葱蒨,音韵铿锵","巧构形似之言"。

杂诗(其一)[1]

秋夜凉风起,清气荡暄浊[2]。蜻蛚吟阶下[3],飞蛾拂明烛[4]。君子从远役[5],佳人守茕独[6]。离居几何时,钻燧忽改木[7]。房栊无行迹[8],庭草萋以绿[9]。青苔依空墙,蜘蛛网四屋。感物多所怀,沉忧结心曲[10]。

【注释】

[1] 本篇为张协《杂诗》十首的第一首。

[2] 荡:洗涤。暄(xuān):暖。

[3] 蜻蛚(jīng liè):蟋蟀的一种。

[4] 飞蛾:虫名,夜出,见灯火即飞扑,俗称"灯蛾"。

[5] 君子:指游子。

[6] 佳人:指思妇。茕(qióng)独:孤独。

[7] "钻燧"句:取火之木改变,意思是时节变化很快。燧,火石。钻燧,用火石钻木以取火。季节不同,取火之木也不同。《邹子》云:"春取榆柳之火,夏取枣杏之火,季夏取桑柘之火,秋取柞楢之火,冬取槐檀之火。"

[8] 房栊(lóng):房室。

[9] 萋以绿:一作"萋已绿"。

[10] "感物"二句:言眼前之景物(即前四句所写)引发诸多思忆,沉重的忧思纠结于内心深处。吴淇《六朝选诗定论》卷九:"此诗前云'蜻蛚'云云,尚未感物,只是感时而思。凡人所思,未有不低头,低头则目之所触,正在昔日

所行之地上。房栊既无行迹,意者其在室之外乎?于是又稍稍抬头一看,前庭又无行迹,惟草之萋绿而已。于是又稍稍抬头平看,惟见空墙而已。于是不觉回首向内,仰屋而叹,惟见蛛网而已。如此写来,真抉情之三昧。"

【鉴赏】

　　这是一首思妇诗。汉魏时写征夫思妇之诗,多是直抒其情,直叙其事。张华《情诗》,则多用细腻的环境描写来衬托,张协此诗进一步发展晋诗的这种新技法,全诗完全是通过节物环境的描写来展现主人公的心理活动的。在这方面,我们可以看到晋诗在艺术上的一些发展。

　　诗的前四句写秋夜的景象。值得注意的是,这种景物描写并非纯粹地为写景而写景,而是包含着时光在流动的意识。"秋夜凉风起,清气荡暄浊",秋的清凉代替了夏的暑热。"蜻蛚"两句,写蜻蛚与飞蛾这两种代表秋夜的事物。主人公对这些小生物的关注,正是其内心寂寞的表现。晋宋古诗,比兴渐入于体物,而比兴之意仍在。

　　通过上面这四句,已经创造出一种气氛,一种适宜于思妇的感情活动的气氛。接下来八句正面地表现思妇生活,实属于本诗中赋事的部分。中间又分两层,从"君子从远役"到"钻燧忽改木",正面叙述夫妇离居之事,是本诗的基本情节。从"房栊无行迹"到"蜘蛛网四屋",则进一步用环境的荒萧来衬托思妇的寂寞心情,也包含着对其情深而贞静的暗示,当然也有怨的成分在内。这种景象之语,包含的情思本来就是很丰富的。这才会有味之无尽的效果。张协诗善于写物,此处四句,每句都完整地表现出一种事物。所用之词,如"无行迹""萋以绿""依空墙""网四屋"都很准确。钟嵘说张诗"巧构形似之言",正指这些地方。李白《长干行》"门前迟行迹,一一生绿苔",似借鉴于此。

　　最后两句点出感物怀人的主题。"沉忧结心曲"五字,造语古朴有力,后人拟古诗,多于此等处取形似。

郭　璞

郭璞(276—324),字景纯,河东闻喜(今山西闻喜县)人。博洽多闻,好古文奇字,曾为《尔雅》《方言》《山海经》《穆天子传》《楚辞》等书作注。郭璞精于阴阳算历天文卜筮之术,因卦筮忤王敦,被害。赋、辞、序、赞等作品亦数万言。诗歌富于文采。

游仙诗十九首(其六)[1]

杂县寓鲁门,风暖将为灾[2]。吞舟涌海底,高浪驾蓬莱。神仙排云出,但见金银台[3]。陵阳挹丹溜[4],容成挥玉杯[5]。姮娥扬妙音[6],洪崖领其颐[7]。升降随长烟[8],飘飘戏九垓[9]。奇龄迈五龙[10],千岁方婴孩。燕昭无灵气,汉武非仙才[11]。

【注释】

[1] 郭璞《游仙诗》共十九首,本篇为第六首。

[2] "杂县"二句:言海上将起大风。杂县,海鸟名,又名爰居。《国语·鲁语上》:"海鸟曰'爰居',止于路东门之外三日。臧文仲使国人祭之。展禽曰:'越哉!臧孙之为政也。夫祀,国之大节也。而节,政之所成也。故慎制祀以为国典。今无故而加典,非政之宜也。……今海鸟至,己不知而祀之,以为国典,难以为仁且智矣。……今兹海其有灾乎?夫广川之鸟兽,恒知避其灾也。'是岁也,海多大风,冬暖。"贾逵注:"爰居,杂县也。"鲁门,鲁国城门。

[3] 金银台:《汉书·郊祀志》:"自威、宣、燕昭使人入海求蓬莱、方丈、瀛洲。此三神山者,其传在勃海中,去人不远。盖尝有至者,诸仙人及不死之药皆在焉。其物、禽兽尽白,而黄金、银为宫阙。未至,望之如云。及到,三神山反居水下。"

[4] 陵阳:古仙人陵阳子明。刘向《列仙传》:"陵阳子明者,铚乡人也。好钓鱼

于旋溪,钓得白龙。子明惧,解钩,拜而放之。后得白鱼,腹中有书,教子明服食之法。子明遂上黄山,采五石脂,沸水而服之。三年,龙来迎去,止陵阳山上百余年。"丹溜:石脂,或称流丹。

[5] 容成:仙人容成公。《列仙传》:"容成公者,自称黄帝师,见于周穆王。能善补导之事,取精于玄牝。其要谷神不死,守生养气者也。发白更黑,齿落更生。事与老子同。亦云老子师也。"

[6] 姮娥:即嫦娥。相传后羿从西王母得不死药,嫦娥偷吃后逃往月中。

[7] 洪崖:《列仙传》:"洪崖先生姓张氏,尧时已三千岁。"《列子·汤问》:"巧夫领其颐则歌合律,捧其手则舞应节。"

[8] "升降"句:咏宁封子事。《列仙传》:"宁封子者,黄帝时人,积火自烧而随烟上下。"

[9] 九垓:九天。中央及四方四隅九方之天为九天。

[10] 五龙:传说中五个人面龙身的仙人。《遁甲开山图》荣氏解曰:"五龙,皇后君也。昆弟五人,皆人面而龙身。长曰角龙,木仙也;次曰徵龙,火仙也;次曰商龙,金仙也;次曰羽龙,水仙也;次曰宫龙,土仙也。"

[11] "燕昭"二句:晋人王嘉《拾遗记》卷四:"(燕昭)王居正寝,召其臣甘需曰:'寡人志于仙道,欲学长生久视之法,可得遂乎?'需曰:'臣游昆台之山,见有垂白之叟,宛若少童,貌若冰雪,行如处子,血清骨劲,肤实肠轻,乃历蓬瀛而超碧海,经涉升降,游往无穷,此为上仙之人也。盖能去滞欲而离嗜爱,洗神灭念,常游于太极之门。今大王以妖容惑目,美味爽口,列女成群,迷心动虑,所爱之容,恐不及玉,纤腰皓齿,患不如神。而欲却老云游,何异操圭爵以量沧海,执毫厘而回日月,其可得乎?'"《汉武帝内传》:"刘彻好道,适来视之,见彻了了,似可成进。然形慢神秽,……虽当语之以至道,殆恐非仙才也。"

【鉴赏】

钟嵘论郭璞云:"《游仙》之作,辞多慷慨,乖远玄宗。而云'奈何虎豹姿',又云'戢翼栖榛梗',乃是坎壈咏怀,非列仙之趣也。"钟氏此论,实是指出其非纯粹游仙诗的性质,并非否定其整体的游仙诗资格。后人受钟氏此论影响,于郭璞《游仙诗》,多着重其现实性。的确,郭氏在东西晋之际动乱的现实中写作这一组游仙诗,其主要的目的是想通过游仙的畅想来忘却现实。但现实又不能完全忘却,故时露"坎壈咏怀"之气,但也不能因此而否定他在创造游仙境界上的成功。

郭璞《游仙诗》中其实有好几种神仙的类型。一种是司马相如《大人赋》说的居山泽之间的"列仙之儒",如《游仙诗》其一中"灵溪可潜盘,安事登云梯",其二所说的青溪中鬼谷子,其三"绿萝结高林,蒙笼盖一山"之中的"冥寂士",以及其《游仙诗》断句所写的"放浪林泽外,被发师岩穴。仿佛若士姿,梦想游列缺",都是属于"列仙之儒居山泽间"这一类的。另一种则是游衍仙境、腾驾云螭的仙人。像其二"灵妃顾我笑,粲然启玉齿",其三"赤松临上游,驾鸿临紫烟",其八"手顿羲和辔,足蹈阊阖开"等等,又都是遨游天地之际,出没蓬莱、昆仑之间的"大人"之仙。

这首诗属于上述两类中的后一类。诗从"爰居"避风的传说开始,写海上将起大风,舟被吞没,浪驾蓬莱。这种写法,或许有暗寓现实的意思。其后"神仙排云出"至"千岁方婴孩"这十句诗,是正面写神仙的活动。写出了他们自由地出没在天地之间,排列层霄,与前面所隐寓的现实有一种对比的关系。这种写法,其实受到张衡《西京赋》中描写的平乐观仙戏的影响。可见郭璞《游仙诗》与汉代的游仙文学的渊源。

最后两句"燕昭无灵气,汉武非仙才",恐怕才是主题所在,讽喻人主求仙之徒事纷纭。这种结构的安排深受阮诗的影响,阮籍《咏怀》多是前面赋写尽情,最后两句突然转出真正的主题。细推起来,这种结构又是出于汉赋的"曲终奏雅"。

陶渊明

陶渊明(365—427),一名潜,字元亮,浔阳柴桑(今江西省九江一带)人。曾祖陶侃。渊明初仕州祭酒,少日辞去。后历任镇军参军、建威参军等职。义熙元年(405)出任彭泽令,在官八十余日即辞归。从此隐居躬耕,过了二十多年的田园生活。他的田园诗大多自然深至,亲切有味,开创了田园诗的传统。他也有少数作品折射出社会现实和他个人的政治理想,显出他对世事并未完全忘情。

归园田居五首(其一)[1]

少无适俗韵[2],性本爱丘山。误落尘网中[3],一去三十年[4]。羁鸟恋旧林,池鱼思故渊[5]。开荒南野际[6],守拙归园田[7]。方宅十余亩[8],草屋八九间[9]。榆柳荫后檐,桃李罗堂前。暧暧远人村[10],依依墟里烟[11]。狗吠深巷中,鸡鸣桑树巅[12]。户庭无尘杂[13],虚室有余闲[14]。久在樊笼里[15],复得返自然。

【注释】

[1] 陶渊明《归园田居》一共五首,本篇为第一首。晋安帝义熙元年(405)十一月,陶渊明自彭泽归隐。此诗大约作于次年,诗人时年四十二。归园田:从仕途回归田园。东汉张衡有《归田赋》,陶氏"归园田""归田"等词可能正取自《归田赋》。

[2] 适俗韵:适应世俗的气质。韵,一作"愿"。

[3] 尘网:世网,言尘世如同罗网。东方朔《与友人书》:"不可使尘网名缰拘锁。"这里指官场、仕途。

[4] 三十年:这里不是实指,极言其时间之长。或说是"十三年"之误。盖陶氏从晋孝武帝太元十八年(393)初出仕为江州祭酒,至义熙二年(406)创作

此诗时正好十三年。

[5]"羁鸟"两句:羁鸟和池鱼比喻居官的自己。旧林和故渊比喻家乡的田园,也比喻自己寄身于其间的大自然。陶澍《靖节先生集》引何孟春注云:"《古诗》'胡马嘶北风,越鸟巢南枝',张景阳《杂诗》'流波恋旧浦,行云思故山',陆士衡诗'孤兽思故薮,羁鸟悲旧林',皆言不忘本也。"恋,一作"眷"。

[6]南野:一作"南亩"。际:间。

[7]拙:谦辞,与"巧"相对。

[8]方:旁。

[9]草屋:一作"草舍"。

[10]暧暧:昏暗貌。

[11]依依:轻柔貌。墟里:村落。

[12]"狗吠"二句:汉乐府《鸡鸣》:"鸡鸣高树巅,狗吠深巷中。"

[13]"户庭"句:言归隐后,不仅远离官场,而且连一般的世俗应酬之事也没有。与《饮酒》诗中"结庐在人境,而无车马喧"意思相近。尘杂,指尘俗之杂事。

[14]"虚室"句:强调归隐后的闲旷。虚室,虚空闲静的居室,暗示澄明虚淡的心境。《庄子·人间世》:"虚室生白,吉祥止止。"

[15]樊笼:关鸟兽的笼子,比喻仕宦。

【鉴赏】

陶渊明从走上仕途开始,就发生了深切盼望回归田园的情绪。他在官场上勉强地留滞了十二三年,终于在任彭泽令八十日后辞官归隐田园。此时其内心是充满自由、愉悦之情的,《归去来兮辞》《归园田居五首》,就是在这样的心境下写出的,实为中国古代田园文学的经典,对后世田园文学影响极为深远。

此诗前六句叙归田的原因,这里反映的是一种"自然"的主题。"少无适俗韵,性本爱丘山",自述本性在求自然,故以仕途为尘网,因其处处与自然的本旨相违。这六句,写了世俗的官场和田园故乡两种场景,前者是束缚诗人的,后者则是让诗人得到自由。经过反复考虑,诗人终于下决心放弃前者,选择了后者。这正是历来归田、归隐的文学作品的基本主题。

接下来十二句,是具体描写田园风景以及诗人自己在田园中的生活情景。详尽的描写,充分地表现了诗人内心的喜悦,作者带着对官场、仕途的回忆来体验田园生活,所以有庆幸自己的选择的意思包含在内。"开荒南野际,守拙归园田",作者自认为没有适应世俗生活的机巧,所以说自己"归田"之举为"守拙"。"方宅十余亩,草屋八九间。榆柳荫后檐,桃李罗堂前",笔致洒落,"十余亩""八九间",不用准确的数字,表现出一种随意、不经心的情绪。"榆柳""桃李"两句,没有写更多的别的花草树木,但已经包含了整个庭园的景色。"暧暧远人村,依依墟里烟。狗吠深巷中,鸡鸣桑树巅",写整片乡村的景色,表现出乡村特有的和平、宁静、悠闲。《老子》中形容他理想中的小国寡民社会时说:"鸡犬之声相闻,而民老死不相往来。"读陶诗这几句,常常会联想起老子的这几句话。陶渊明《桃花源记》描写的桃源社会,就有老子小国寡民社会理想的影子在里面。另外,不讲它的含义,单就写景之美而言,这几句也是远近有致,动静相得,境界是很美的。接着的"户庭无尘杂,虚室有余闲"两句,进一步提点出隐居田园生活的清静自由,其用意还是在与曾经待过的纷杂、虚伪的官场对比。

最后"久在樊笼里,复得返自然",独作一层,是全诗的一个总结,也是诗人对自己的整个田园生活所作的一个概括性很强的总结。在这里,我们仿佛看到,作者长长地叹了一口气,表现出一种完全解脱后的轻松、愉悦的心境。

此诗通过对田园与仕途的对比,充分表现了寄身于自然、寄身于淳朴的乡村中的自由情绪,并且歌唱优美的田园风光。

饮酒二十首(其五)[1]

　　结庐在人境[2],而无车马喧。问君何能尔[3],心远地自偏。采菊东篱下,悠然见南山[4]。山气日夕佳[5],飞鸟相与还。此还有真意,欲辨已忘言[6]。

【注释】

　　[1]《饮酒》二十首,是陶渊明辞官归隐田园后创作的一组诗。诗前有小序云:"余闲居寡欢,兼比夜已长,偶有名酒,无夕不饮。顾影独尽,忽焉复醉。既醉之后,辄题数句自娱;纸墨遂多,辞无诠次。聊命故人书之,以为欢笑尔。"具体的写作时间,作者没有明确交代,后人有认为是归隐不久之作,也有认为是五十三四岁时的作品。题目虽为《饮酒》,但并非仅写饮酒,而是

属于魏晋"杂诗"的一种。本篇为第五首。

[2] 结庐:构室,造房子。人境:人间。

[3] 君:第二人称代词,此处为渊明自谓。尔:如此。

[4] 悠然见南山:逯钦立《先秦汉魏晋南北朝诗》校记:"《文选》作望,《类聚》同。曾本云:一作望。"苏轼《东坡题跋》云:"因采菊而见山,境与意会,此句最有妙处。近岁俗本皆作'望南山',则此一篇神气都索然矣。"大概苏轼所见陶诗本子,有作"见",有作"望",他选择了"见"字。又苏轼同时人晁补之引苏轼语云:"望山,意尽于山,无余蕴矣,非渊明意也。见南山者,本自采菊,无意望山,适举首见之,故悠然忘情,趣闲而景远。"宋人多宗苏、晁之说,多有阐发。悠然,自得貌。南山,庐山(此从丁福保说)。又王瑶《陶渊明集说》:"相传服菊可以延年,采菊是为了服食。《诗经》上说'如南山之寿',南山是寿考的征象。"

[5] 山气:一作"山色"。日夕:傍晚。《诗经·王风·君子于役》:"日之夕矣,羊牛下来。"

[6] "此还"二句:用《庄子》语。《庄子·齐物论》:"辩也者,有不辩也,……大辩不言。"《庄子·外物》:"言者所以在意也,得意而忘言。"这里是说从大自然中得启示,会其真趣,不可言说,也无待言说。还,一作"中"。

【鉴赏】

此诗是陶诗平淡和谐境界的代表作。在这里,诗人以最为淡泊,差不多接近于"无我"的心境去体悟自然。那样的心境,即使对于陶渊明来讲,也是难得有的一种体验。

因为此诗来自于作者一段宁静、淡泊的心灵体验,所以诗一开始就凸现出这种宁静、淡泊的心境。"结庐在人境,而无车马喧。问君何能尔,心远地自偏。""结庐",过去隐居山林之人,简单地用树木搭一座屋庐,葺盖上茅草,称之为"结庐"。这个"结"字有特殊的滋味,不能翻译。在这里,"结庐"实指隐居。一般隐士是"结庐"在远离人间的山林,陶渊明则说自己"结庐"在人境(人间)。但虽然结庐在人间,却照样能够远离世俗的纷扰,所以这里用转折词"而"字。接下两句,作者自我设问:"问君何能尔?"请问你是如何做到结庐在人境,而没有世俗的纷扰(车马喧)呢?这一问语气甚直,这样直迫的问句,底下往往会有一个很精彩的答复,会写出一个奇特的境界或立意。不然的话就会失败。陶渊明这里"心远地自偏"五字,就是一个惊人的妙语,其中含有一种妙理。

92

以上四句,作者说明自己宁静、淡泊心境产生的原因,在写法上带有一种"分析"的性质。接下来的"采菊东篱下,悠然见南山。山气日夕佳,飞鸟相与还",则直接地凸现这种奇特的宁静、淡泊的心境。心本无象,着物则有象,所以作者通过自己的行为"采菊""见南山"及自然景物"山气""飞鸟"来凸现宁静的心境。如果说前面四句的写法带有一种"分析性",这里的写法则完全是直感的,无分析,无逻辑的,混沌一片,心灵与自然冥会,妙无端倪。

　　最后"此还有真意,欲辨已忘言",深有玄思之趣,是理趣之境。作者在这种宁静、和谐中忽地觉悟到某种"理",觉得人生之真谛、自然之真谛生动地呈现于眼前,欲待说明,则已忘言语。实际是不欲说明。这也是诗与理的一个分际,诗人此时站在诗与理的交界,他不欲放弃诗而完全走向理。而谢灵运是常常在这种地方放弃了诗走向理的。

无名氏

西 洲 曲[1]

忆梅下西洲,折梅寄江北[2]。单衫杏子红,双鬓鸦雏色[3]。西洲在何处?两桨桥头渡。日暮伯劳飞[4],风吹乌臼树[5]。树下即门前,门中露翠钿[6]。开门郎不至,出门采红莲[7]。采莲南塘秋,莲花过人头。低头弄莲子,莲子青如水。置莲怀袖中,莲心彻底红。忆郎郎不至,仰首望飞鸿[8]。鸿飞满西洲,望郎上青楼[9]。楼高望不见,尽日栏干头。栏干十二曲,垂手明如玉。卷帘天自高,海水摇空绿[10]。海水梦悠悠,君愁我亦愁。南风知我意,吹梦到西洲。

【注释】

[1]《西洲曲》:郭茂倩《乐府诗集》将本篇收入《杂曲歌辞》,说是本辞。《玉台新咏》以为江淹所作,明清选本或以为晋辞,或以为梁武帝作。现在一般认为是经过文人加工的南朝民歌,可能产生于梁代。西洲:不详。余冠英《汉魏六朝诗选》云:"唐温庭筠《西洲曲》云:'西洲风色好,遥见武昌楼。'本篇的西洲或许在武昌附近。"《魏晋南北朝文学史参考资料》:"本诗云'采莲南塘秋',则西洲与南塘近在咫尺。《唐书·地理志》:'钟陵,贞元中又更名,县南有东湖。元和三年刺史韦丹开南塘斗门以节江水,开陂塘以溉田。'耿湋《春日洪州即事》:'钟陵春日好,春水满南塘。'则南塘在钟陵附近,即今江西南昌市。西洲曲可能产生于这个地区。"

[2]"忆梅"二句:言抒情主人公和她的情人曾在西洲梅树下欢会,今梅花又开,情人却远在江北,故折取梅枝,寄去江北,以达相思。折梅,《荆州记》:"陆凯与范晔交善,自江南寄梅花一枝,诣长安与晔,兼赠诗曰:'折花逢驿使,寄与陇头人。江南无所有,聊赠一枝春。'"

[3] 红:一作"黄"。雏:刚孵出来始能啄食的小鸟。

[4] 伯劳:鸣禽,仲夏始鸣,一名䴗(jú)。《礼记·月令》:"仲夏䴗始鸣。"《古微书》:"伯劳好单栖。"

[5] 乌臼:一作"乌桕"。落叶乔木,夏天开小黄花,秋天叶子变红。

[6] 翠钿(tián):翠玉做成或镶嵌的首饰。钿,金花。

[7] "开门"二句:言独自采莲,是秋景。莲,谐"怜"。

[8] 望飞鸿:古人以为鱼雁可传书,故其中暗含盼望远人音信之意。

[9] 青楼:漆成青色的楼。此指女子的居住之所。后代用来代指妓院。

[10] 海水:指大江或大湖的水。如张若虚《春江花月夜》"斜月沉沉藏海雾",就是以长江为海。

【鉴赏】

这是一首男女相悦相思的情歌。其中或有具体的本事,但全用吴声西曲中谐音见意的写法,一片清音缭绕,色相空明,塑造了一双湖光潋滟中情思荡漾的恋人形象。

开头"忆梅下西洲,折梅寄江北"两句,相当于民歌中的兴,或以梅为相思之托,其含意似有若无。南朝有折梅、赠梅的风俗,似始于陆凯、范晔,渐至于文人咏梅,如何逊《咏早梅诗》。

诗人用忆梅、折梅起兴后,紧接着就是一个穿着杏黄衫的女孩出现,双鬓如雏鸦那样黑亮有光,极写其青春年少、娇痴明艳的样子。其下以问句的形式再次提出"西洲"。诗中间"西洲在何处",实是说所思之人在何处。"两桨桥头渡"则是其人居住的具体地头,如说西洲桥头之类的。又写其门前乌臼树。写乌臼也不是静止地写,而是先从日暮伯劳飞、风吹中写出,写法极为活泼生动,自然谐婉。接下来以树下门前为背景,让女子再次亮相。树下门前,门中露出戴着翠钿的俏脸,此写其小家碧玉之态宛然在目。因为小家碧玉,则其行动相当的自由,开门不见郎,即出门采红莲。此一采莲行动,实为相思之寄托,并以莲谐"怜"字,余意全在言外。下面"采莲南塘秋",振起歌声,通过采莲、弄莲、置莲怀中这一连串动作,将"怜""莲"相谐之意表现得淋漓尽致。低头而弄,置于怀中,怜君之极,思君甚苦。此与古诗《涉江采芙蓉》同一相思情节,但彼为矫激之音,此为婉媚之词,南音与北调,自是不同。思君苦甚,而终不见君至。不见君至,而托于望鸿雁。但见鸿飞满西洲,然终究无以托思郎之情。思念之苦,于是更为上青楼望郎的行动。尽日楼上望郎,空见十二曲栏干,有一佳人垂手如玉,翠楼凝望,尽日不见,斜晖脉脉水悠悠。最后卷帘而望天,天高而海绿。海绿而梦悠悠,进入一个极为相思的梦境。但这个梦境的背景又是这样广阔,真所谓情天恨海矣！最后四句作情人相呼之语结，似由空中传来声音：君之愁即我之愁，君之思即我之思，君之梦即我之梦。何当南风知我之意，吹我梦至西洲，与君相会。细玩此诗之意，其中似有一段奇情苦恋的故事，惜无本事可考！

　　此诗极清商曲谐音、托物艺事之能。全诗由忆梅、折梅，至采莲、弄莲、置莲，又转入望鸿，三易托寓之物，皆是思郎、望郎之意。全诗即由这几种托寓之物宛转连络，如环相扣。另外，此诗采取随意转韵的方式，用韵随着语境转化，贴近儿女口吻。有了上面这两个基本的依托，造成极为自由多变的一种章法。

谢灵运

谢灵运(385—433),陈郡阳夏(今河南太康县)人。谢玄之孙,晋时袭封康乐公,世称谢康乐。入宋降为侯,累官至侍中。喜游山陟岭,每出游,随从数百。元嘉十年(433)获罪,弃市广州,年四十九。谢诗好模山范水,往往工妙,为山水诗传统的开创者。

登池上楼诗[1]

潜虬媚幽姿[2],飞鸿响远音。薄霄愧云浮[3],栖川怍渊沉[4]。进德智所拙[5],退耕力不任。徇禄及穷海[6],卧疴对空林[7]。衾枕昧节候,褰开暂窥临[8]。倾耳聆波澜[9],举目眺岖嵚[10]。初景革绪风[11],新阳改故阴[12]。池塘生春草,园柳变鸣禽[13]。祁祁伤豳歌[14],萋萋感楚吟[15]。索居易永久,离群难处心[16]。持操岂独古,无闷征在今[17]。

【注释】

[1] 池上楼:在永嘉郡(今浙江温州)。诗人于永初三年(422)深秋离开建康,到了永嘉后曾经卧病床榻。本篇作于景平元年(423)初春,是卧病初愈时登永嘉郡楼所作。此处近临浙南名水瓯江,涛声接耳,稍远处可眺望江上群峰,景色十分秀美。这一切,在诗中均有表现。

[2] 虬(qiú):有角的小龙。媚幽姿:以幽姿自媚。

[3] 薄霄愧云浮:即愧薄霄云浮。薄霄,迫近云霄,即凌霄。薄,通"泊",止。云浮,浮于云间。

[4] 栖川怍渊沉:即怍栖川渊沉。这一句与上一句一样,都是将动词置于两个意思相近词组中间,造成一种特殊的句法。怍(zuò),惭愧。栖川,深栖于川水中。渊沉,沉于深渊。

[5] 进德智所拙:《易·乾·文言》:"君子进德修业,欲及时也。"进德,增进自己的道德修养,目的是为了完成政治理想。

[6] 徇(xùn)禄:求取俸禄,即做官。及:到。一作"反"。穷海:边远的海滨,指永嘉。《宋书·谢灵运传》:"少帝即位,权在大臣,灵运构扇异同,非毁执政,司徒徐羡之等患之,出为永嘉太守。"

[7] 卧疴(ē):卧病。空林:秋冬叶落,林中空阔,故曰空林。

[8] "衾枕"二句:李善本《文选》无。

[9] 倾耳:侧耳。聆:聆听。

[10] 岖嵚(qīn):山高险貌。

[11] 初景:初春的日光。革:改、变。绪风:余风。《楚辞·九章·涉江》:"欸秋冬之绪风。"

[12] 新阳:春阳。故阴:指冬天。

[13] "池塘"二句:写春景。

[14] "祁祁"句:《诗经·豳风·七月》:"春日迟迟,采蘩祁祁。女心伤悲,殆及公子同归。"祁祁,众多貌。

[15] "萋萋"句:《楚辞·招隐士》:"王孙游兮不归,春草生兮萋萋。"萋萋,草茂盛貌。

[16] "索居"二句:《礼记·檀弓》:"吾离群索居,亦已久矣。"

[17] "持操"二句:言岂独古人坚持节操,"遁世无闷"我已经践行了。无闷,指避世隐居而无所烦忧。《易·乾》:"龙德而隐者也,不易乎世,不成乎名,遁世无闷。"这里指离开京城,出任永嘉太守。征,应验。

【鉴赏】

　　永嘉山水诗是谢灵运政治上失败后心灵危机时期的产物。他这时候另一个重要的慰藉是重新领会佛学和老庄哲学。所以他的山水诗,可以说是山水自然景物和老庄佛理的结合。

　　诗首四句写登楼所见之感。诗人所登的池上楼临江,所以想到深潜水底的"虬";又因为楼高,楼前天宇开阔,所以看到(或是想到)"飞鸿"。他不是仅从写景状物的角度写"虬""鸿"二物,而是由"虬""鸿"的生活情形:一是深藏江底,自己欣赏自己的幽秀姿态(媚幽姿),一则是远飞天际,发出自由欢畅、无拘无束的鸣声(响远音)。诗人则是政治上失败,遭受外放处分,感到身心都不自由,前途甚至有危险,因此产生了一种远身避害的想法。所以"潜虬""飞鸿"两种形象引起他的共鸣。于是有"薄霄愧云浮,栖川怍渊沉"之叹。所以,这句诗写景中含有比兴,有魏晋诗的品格。沈德潜说元嘉诸家诗"尚比兴,厚重处仍有古意"(《古诗源》),大概正是指的这种地方。陶渊明《始作镇军参军经曲阿》有"望云惭高鸟,临水愧游鱼",谢诗意象与之同,似受陶诗影响。

"进德智所拙,退耕力不任",是说自己进退失据,样子十分狼狈。这两句正是给前面"薄霄愧云浮,栖川怍渊沉"作注脚的,写出"愧""怍"的原因。这两句也是写他思想上的一种矛盾,同时也带有牢骚的意味。

以上从开首至"力不任"六句,正是一个冒头。接下"徇禄"以下,才进入登楼本事。"徇禄及穷海",为追求微禄,来到这僻远的海南永嘉。"卧疴对空林",妙有意象,写尽客中无聊之绪。可谓写景之工。

"衾枕昧节候"承"卧疴"句来,卧病床榻(衾枕),昧于时节。"褰开暂窥临",揭开帘帏,暂且登临观赏。"登池上楼"一题,至此明白说到。本来诗是可以从这里写起,直接破题,但作者将此藏在篇中,可以说是一种藏头法。

"倾耳"以下六句,历历写登池上楼所见之景。谢灵运作诗,受到汉赋体物法的影响,喜欢用"波澜""岖嵚"之类的叠词,以形容词代名词。"池塘生春草,园柳变鸣禽",这两句诗千古传诵,其好处众说纷纭,其实也只是诗人病后所得的一片生机,写出一个失意之人、久病之人对自然生机的渴求。

"祁祁伤豳歌"一句,用《诗经·豳风·七月》中的"春日迟迟,采蘩祁祁。女心伤悲,殆及公子同归"。"萋萋感楚吟"一句,用淮南小山《招隐士》中的"王孙游兮不归,春草生兮萋萋"。这是用来写作者远宦他乡的游子情绪,引出了最后离群索居之感,并以《易》"遁世无闷"作结,显示谢灵运以理克情的一贯表达方式。

鲍 照

鲍照(约415—470),字明远,东海(今山东郯城县西南)人。家世贫贱,临川王刘义庆任命他为国侍郎,宋文帝迁为中书舍人。后临海王刘子顼镇荆州,鲍照为前军将军。子顼作乱,鲍照为乱兵所杀。鲍诗气骨劲健,语言精练,词彩华丽,常表现慷慨不平之思,当时有"操调险急"之评。

代东门行[1]

伤禽恶弦惊,倦客恶离声[2]。离声断客情,宾御皆涕零[3]。涕零心断绝,将去复还诀[4]。一息不相知,何况异乡别[5]。遥遥征驾远,杳杳白日晚[6]。居人掩闺卧,行子夜中饭[7]。野风吹草木,行子心肠断[8]。食梅常苦酸,衣葛常苦寒[9]。丝竹徒满座[10],忧人不解颜[11]。长歌欲自慰,弥起长恨端[12]。

【注释】

[1]《代东门行》:属汉乐府古题,叙说一个因贫困铤而走险者的故事。本篇则写客子离乡别井之恨,在贫贱这一点上是相同的。

[2]"伤禽"二句:言倦于行旅的游子厌恶离歌之声,就如同受过箭伤的鸟儿厌恶弓弦之声一样。伤禽恶弦惊,用更羸发虚弓而下伤鸟的典故。《战国策·楚策》:"异日者,更羸与魏王处京台之下,仰见飞鸟,更羸谓魏王曰:'臣为王引弓虚发而下鸟。'魏王曰:'然则射可至此乎?'更羸曰:'可。'有间,雁从东方来,更羸以虚发而下之。魏王曰:'然则射可至此乎?'更羸曰:'此孽也。'王曰:'先生何以知之?'对曰:'其飞徐而鸣悲。飞徐者,故疮痛也。鸣悲者,久失群也。故疮未息而惊心未去也,闻弦音引而高飞,故疮陨也。'"

[3]宾:将离之客。御:御者,赶车的人。

[4] 诀:别。
[5] "一息"二句:言片刻不在一起已难承受,何况在异乡与人作别。
[6] 杳杳:深暗貌。
[7] "居人"二句:写离别之难堪,思妇闺中独居,早早掩门闭户而卧;游子仆仆道途,独自夜中进食。
[8] "野风"二句:接上句"行子夜中饭",写旅行孤独,野风吹过草木,游子思乡肠断。
[9] "食梅"二句:为起兴,以梅之酸谐心之酸,葛之寒谐心之寒。兴中有比,引出下文"忧人不解颜"。
[10] 丝竹:弦乐和管乐,泛指音乐。
[11] 解颜:解除愁苦之颜,指欢笑。
[12] "长歌"二句:言欲长声而歌以自我安慰,反而引发更深长的愁恨。恨端,愁绪。

【鉴赏】

　　此诗主题与汉乐府原诗有所不同。唐吴兢《乐府解题》云:"古词(指汉乐府《东门行》)'出东门,不顾归;来入门,怅欲悲',言士有贫不安其居者,拔剑将去,妻子牵衣留之,愿共铺糜,不求富贵,且曰今时清不可为非也。若宋鲍照'伤禽恶弦惊',但伤离别而已。"吴兢没有看到鲍照的《代东门行》与汉乐府《东门行》精神上的联系,认为鲍作不遵古意,有贬低鲍作之意。其实这种不拘泥于形似模拟而追求精神上继承汉乐府的写法,正是鲍照拟古乐府的过人之处。

　　诗用比法开始,用"伤禽恶弦惊"引出"倦客恶离声"。"离声",离别时的音乐、慰言之类。这本来是在家的亲友为了安慰要孤独赴行的"行子"而歌唱、弹奏的,但是对于独客他乡的"行子",因为经历过太多次的离家远行,一听到这"离声",竟然也产生了厌恶的情绪,正如受过箭伤的禽鸟厌恶空弦之声一样。这两句很好地写出了一种厌倦作客的情绪,没有真实的体验是写不出来的。

　　接着写的都是临行的情绪,反反复复,正见其情绪仓皇凄惨之状。"离声断客情,宾御皆涕零","行子"一人不欢,使得满堂皆泣。这两句从旁边去渲染,效果也特别好。"涕零心断绝,将去复还诀",接前两句写"心断绝",与"断客情"意思相同。律诗要尽量避免一首诗中出现意思、造语大体相同的句子,但古诗不受这个规则限制,有时用重复唱叹以进一步渲染情感效果,这正是律诗所不能运用的艺术手段。于此可悟近体诗虽然在创造形式美感上较古诗优长,但也受到限制,有些方面反不如古诗、歌行之自由。鲍照此诗前六句,用"顶真格",这是民歌常用的,回环相生,引情自深。"将去复还诀"一句,叙事分两层:"将去"是一层,"复还诀"又是一层。这样的造语,在叙述上也很有长处。

"一息不相知,何况异乡别",平常一刻不在一起,都会产生挂念、悬思的情绪,而今远离他乡,则此后漫长的相思生涯应该如何打发过去呢?话说到这里,心里已经是很酸恻了。

"遥遥"六句,写"行子"途中苦况极为真切。鲍照另有奇文《登大雷岸与妹书》,其中有"险径游历,栈石星饭,结荷水宿,旅客贫辛,波路壮阔"等语,可与《代东门行》参看。

"食梅"两句又是比兴,都是比作客之苦,唯客子自己心知,旁人终是不能解也。"丝竹徒满座,忧人不解颜",正是上面两句所比的内容。最后两句以长歌长恨作结:"长歌欲自慰,弥起长恨端",原想作一首诗,或唱一首歌来安慰自己,谁知道惹起了更深的愁与恨。

此诗在结构上有一个特点,它不是完整地叙述一件具体的行旅之事,而是吟唱作客他乡这种事情本身。所以,全诗并不表现一个完整、有首尾的叙事结构。这正是古诗写事的一个特征。也就是说,这首诗实质上是一首抒情诗,而不是一首叙事诗。分别出这一点,就能更好地体会此诗的好处。

拟行路难(其一)[1]

奉君金卮之美酒,玳瑁玉匣之雕琴,七彩芙蓉之羽帐,九华蒲萄之锦衾[2]。红颜零落岁将暮,寒光宛转时欲沉[3]。愿君裁悲且减思,听我抵节行路吟[4]。不见柏梁铜雀上,宁闻古时清吹音[5]。

【注释】

[1] 鲍照《拟行路难》组诗,一共十八首(一说十九首),多感愤不平之作。本篇是第一首,为序诗。郭茂倩《乐府诗集》收入《杂曲歌辞》,并云:"《乐府解题》曰:'《行路难》备言世路艰难及离别悲伤之意,多以"君不见"为首。'按《陈武别传》曰:'武常牧羊,诸家牧竖有知歌谣者,武遂学《行路难》。'则所起亦远矣。唐王昌龄又有《变行路难》。"《晋书·袁瓌传》:"(袁山松)矜

情秀远,善音乐。旧歌有《行路难》曲,辞颇疏质,山松好之,乃文其辞句,婉其节制,每因酣醉纵歌之,听者莫不流涕。初羊昙善唱乐,桓伊能挽歌,及山松《行路难》继之,时人谓之'三绝'。"

[2]"奉君"四句:用"奉君"领起四种解忧之物,一气直下,句法独创。宋人欧阳修《奉送原甫侍读出守永兴》"酌君以荆州鱼枕之蕉,赠君以宣城鼠须之管,酒如长虹饮沧海,笔若骏马驰平坂",晁无咎《行路难》"赠君珊瑚夜光之角枕,玳瑁明月之雕床,一茧秋蝉之丽縠,百和更生之宝香",黄鲁直《送王郎》"酌君以蒲城桑落之酒,泛君以湘累秋菊之英,赠君以黟川点漆之墨,送君以阳关堕泪之声",皆学此。卮,酒器。玳瑁,龟类,生海中,背上有甲,可用作装饰。七彩芙蓉、九华蒲萄皆指花纹图案。羽帐,用翠鸟羽毛所制之帐。

[3]"红颜"二句:《离骚》:"惟草木之零落兮,恐美人之迟暮。"

[4]抵(zhǐ):侧击。节:乐器,即拊鼓,歌唱时拍之以为节拍。行路吟:唱《行路难》曲。

[5]"不见"二句:言古时铜雀、柏梁的歌吹之声,今已不闻,不如及时行乐。柏梁、铜雀,皆台名,为歌舞宴乐之所。《汉书·武帝纪》:"元鼎二年春起柏梁台。"柏梁台以香柏为台,在长安。铜雀台,建安十五年(210)曹操建,在邺城西北。宁,岂,何。吹,读去声,管乐。

【鉴赏】

《拟行路难》(其一)是组诗十八首的序曲,诗中假设(或者说是作者塑造)一位生活在豪华富奢的环境中的贵人,她(或者他)似乎没有任何缺少的,更没有什么生活上的具体的忧虑,但是她(或者他)却有一种无法排遣的悲哀情绪——那就是因生命短暂而引起的悲哀。于是,诗歌用这一曲《行路难》来慰藉这种生命情绪。

诗的开头四句句法很奇特,也很有气势:一个"奉"字领出了一连四句,说了四件事物:斟在金卮中的美酒,装饰着玳瑁的雕琴,绣着七彩芙蓉的羽帐,织着九华葡萄花样的锦衾。这真是古人所说的锦绣堆里生活着的人,享受着仿佛是无边无际的繁华。至"红颜零落岁将暮,寒光宛转时欲沉"两句,作者的笔锋陡然一转,从欢乐场面的描写转为悲哀情绪的描写。诗人说,富贵的生活诚然美好,可是生命的短暂却是无法排遣的悲哀。至此才发现诗人侈陈奢华,是为了与生命短暂形成强烈的对比。

汉魏以来,诗歌中不少表现生命短暂的作品,不少场合多附着诸如志士忧世、贫穷忧生等社会性内容,如曹操就有"不戚年往,忧世不治"的感叹。此诗特点,是单纯地抒发生命短暂的悲哀情绪。为此,作者选择锦衣玉食的贵族男女作为抒情主人公。这里其实是对这个主题做了"提纯式"的处理。在似乎毫无缺失的奢华生活中,"红颜零落岁将暮,寒光宛转时欲沉"成了一种纯粹的生命悲哀。"红颜"两句写得很形象,可感性很强。这里有人的形象——红颜,有时间的形象。时间本来无形,可作者用"寒光宛转时欲沉"赋予时间一种形象。

鲍照的诗,常喜欢用华丽的形象表达悲哀的情绪,给人一种沉博绝丽、哀感顽艳的感觉。他的名篇《芜城赋》和《拟行路难》中的许多诗,都有这个特点。

谢　朓

谢朓(464—499),字玄晖,陈郡阳夏(今河南太康县)人。出身贵族,母为宋长城公主,仕齐至中书吏部郎。齐东昏侯永元(499—501)初,江祐等谋立始安王萧遥光,遥光以谢朓兼知卫尉,欲引为党羽,不从,致下狱死,年三十六。谢朓诗风秀逸,为当时作家所爱重。梁武帝云:"三日不诵玄晖诗,即觉口臭。"宋人赵师秀有句云:"玄晖诗变有唐风。"对于五言诗的律化影响甚大。

暂使下都夜发新林至京邑赠西府同僚诗[1]

　　大江流日夜[2],客心悲未央[3]。徒念关山近,终知返路长[4]。秋河曙耿耿[5],寒渚夜苍苍[6]。引领见京室[7],宫雉正相望[8]。金波丽鳷鹊,玉绳低建章[9]。驱车鼎门外,思见昭丘阳[10]。驰晖不可接,何况隔两乡[11]。风云有鸟路,江汉限无梁[12]。常恐鹰隼击,时菊委严霜[13]。寄言嵌罗者,寥廓已高翔[14]。

【注释】

[1]《南齐书·谢朓传》:"(萧)子隆在荆州,好辞赋,数集僚友,朓以文才,尤被赏爱,流连晤对,不舍日夕。长史王秀之以朓年少相动,密以启闻。世祖敕曰:'侍读虞云自宜恒应侍接。朓可还都。'"本篇即作于此时。下都:指荆州。所谓下都,是指藩国的都城。新林:浦名,在南京西南。京邑:指萧齐的京城金陵(即今南京)。西府:指随王萧子隆在荆州的府邸。吴淇《六朝选诗定论》卷十五:"自发新林到京邑说起,题却着'暂使下都'。'下都'盖荆州随王之国,曰'下都',乃谗人之薮。曰'使下都',乃见遭谗之由。既受命而为随王文学,却曰'暂使',见今已诏还京,且以幸其不再返也。不曰'京师',曰'京邑',盖其家在焉。故诗中又变化为'关山'。观朓又有

《之宣城发新林浦向板桥》诗,足证新林距京邑不远,一时到家心切,故急急然不待明发。"

[2] 大江:长江。

[3] 未央:不尽。

[4] "徒念"二句:言连夜江行,距离金陵越来越近,终知返回荆州的路程却更长了。将回到京邑的喜悦与对荆州僚友的牵念一并写出。

[5] 秋河:秋日的银河。耿耿:明净。

[6] 苍苍:深青色。

[7] 引领:引颈,伸着脖子。见:一作"望"。京室:指金陵。

[8] 宫雉:宫墙。古以城长三丈、高一丈为雉。

[9] "金波"二句:言鳷鹊观前,建章宫下,月华如水,玉绳低垂。金波,月光。丽,附,连。鳷鹊、建章,汉有鳷鹊观、建章宫。这里指代金陵的宫殿。玉绳,星名。

[10] "驱车"二句:言曙色中弃舟登岸,车驾至都门之外,荆州风景如昭丘之日,只在念中了。鼎门,李善注引《帝王世纪》:"春秋,成王定鼎于郏鄏。"皇甫谧曰:"其南门名定鼎门。"这里指建康的南门。昭丘,楚昭王之墓,在荆州当阳东。扬雄《方言》:"冢大者为丘,丘南曰阳。"张玉穀《古诗赏析》:"言昭丘者,以楚昭好贤,阴比子隆也。"

[11] "驰晖"二句:接上句"昭丘阳",言日光普照,昭丘阳光尚不可骤接,何况自己和西府同僚相隔两地,更难相见。驰晖,指日光。曹植《箜篌引》:"惊风飘白日,光景驰西流。"接,迎。"驰晖不可接",是说昭丘之日西流,想在金陵迎接它的升起,但秋夜将晓,朝阳未升,故不可接。

[12] "风云"二句:言寥廓的天空不限飞鸟,江汉近地却不能相通。

[13] "常恐"二句:言内心常常忧惧谗邪中伤,如同鸟惧鹰隼搏击,菊畏严霜摧残。隼(sǔn),鹰类,比鹰稍小。委,枯萎。

[14] "寄言"二句:以鸟雀自比,以罗者比王秀之,言我今已远避,高翔于寥廓之宇,谗者无计施其伎矣。罻(wèi)罗,捕鸟的网罗。寥廓,指深远的天空。司马相如《喻蜀父老》:"犹鹪鹩之翔乎寥廓之宇,而罗者犹视乎薮泽。"

【鉴赏】

谢朓在荆州随王萧子隆的王府担任文学官的职务,以文才被萧子隆所赏识,两人关系很密切,当时随王府长史官王秀之向皇帝进谗言,齐武帝听信了王秀之的话,将谢朓召回金陵。将近金陵时,从新林趁夜出发。此时金陵已在望中,但荆州却是十分遥远了。诗人的心里感情十分复杂,离开王秀之等谗人,离开荆州随王府这一是非之地,回到原来就是自己的家乡的首都,诗人的心情有着喜悦、庆幸的一面;可是另一方面,想到自己终究离开了关系密切的萧子隆和西府内的朋友们,又是一种新的思念,再想到自己无缘无故地被人谗谤,而齐武帝竟听信谗人之言,心里不觉又有一些气愤的情绪。因为有一定的感情深度,所以这首诗风格沉郁顿挫,超越于清新流丽之上。

开头两句,是千古传诵的名句。"大江流日夜,客心悲未央",以江水之流喻悲愁无尽,这两句写得沉郁而壮大,意象上被后人反复传述。"秋河"两句,一写天河景象,似有"耿耿"的曙色;一写长江的江边小渚,寒冷而苍暗。这里有上明下暗的对比。这两句声律的抑扬也深可吟味。此诗至此六句,都是写发新林时当地所见的情景。

接下四句写望中所见的京邑,"金波丽鳷鹊,玉绳低建章"这两句很能写出京城雄伟的气象。用月光和星宿来衬托宫殿,非但写出它的高大,而且很好地表现出其辉煌的模样。对于谢朓来说,金陵既是国都,又是家乡,所以他对金陵有一种特别深的感情。所以每写到京邑,总有一些好句子。如《晚登三山望京邑》中有"白日丽飞甍"句,与此诗"金波丽鳷鹊",所用写法是一样的,都是从天象来烘托宫殿建筑的雄伟壮丽,但一是白日所见,一是月夜所见,感觉不同。

"驱车"六句写怀念西府同僚。最后四句庆幸自己离开谗人之数,终于可以摆脱陷害了。

这首诗结构顿挫、多转折,是谢朓长篇诗中的代表作。它既有永明诗写景生动、锤炼精工的特点,又吸取了魏晋古诗的气骨。谢朓诗对元嘉诗人谢灵运、颜延之等都有所吸取,从这首诗中也可以看到一些迹象。

柳 恽

柳恽(465—517),字文畅,河东解州(今属山西运城)人。曾为吴兴太守,为政清静。工诗,风格清绮,善写怨思。

江 南 曲

汀洲采白蘋[1],日落江南春。洞庭有归客,潇湘逢故人[2]。故人何不返?春花复应晚[3]。不道新知乐[4],只言行路远。

【注释】

[1] 汀洲:水洲。

[2] "洞庭"两句:是说主人公遇到一位从洞庭归来的客人,跟她说在潇湘一带曾经见到她所思念的那个人。

[3] 复应晚:又到了晚暮的时候。

[4] 新知乐:《楚辞·少司命》:"乐莫乐兮新相知。"王逸注:"言天下之乐,莫大于男女始相知之时也。"

【鉴赏】

这是一首表达怨思的作品,写一位女子对远方情人的思念。诗歌开头"汀洲采白蘋,日落江南春",既是一种背景,又是一种情事,还像是一种比兴。意蕴极其丰厚,可说是绝妙的情景之词。论它的渊源,其实是受到了《诗经·周南》中《关雎》《卷耳》,《小雅》中《采绿》这样的诗的影响。那些诗往往是将思念情人的主人公安排在一种采撷的情景之中。这种采撷既是她的一种行动,也是一种寓兴。其所达到的效果是很微妙的。柳恽的这首诗写汀洲采白蘋,情景是全新的。这种在运思上借鉴古人,而不摹拟词句的作法,是很可取的。

接下来,作者设计一个别致但又是生活常见的情节,主人公从一位洞庭归客那里得知所思之人的消息。思念之余,又生出种种的猜想,内心由此动荡不安。她自言,又像是向远方人说,你为何不早些回来？要知道春花又该到快谢的时候。这里既暗藏着青春易逝的感叹,又暗寓着一种如花美眷、似水华年的意思。所有这些你统统不顾,究竟为何呢？那只有一个可能,就是你在外地遇到新欢了,却推说路远难还。她这种心理实在是有些故意发难的意思,但却是很真实的心理。

这首诗意境清新,含情宛转,包孕丰富,是齐梁诗中难得的神韵之品。

何 逊

何逊（？—518），字仲言，东海郯（今山东郯城县西）人。起家奉朝请，历任王室参军等官，因曾为尚书水部郎，后世常称"何水部"。何逊八岁能赋诗，其诗歌风格能融合古今，常有清思奇绝之句。

从镇江州与游故别诗[1]

历稔共追随[2]，一旦辞群匹[3]。复如东注水[4]，未有西归日。夜雨滴空阶[5]，晓灯暗离室[6]。相悲各罢酒，何时同促膝[7]。

【注释】

[1]《诗纪》作《临行与故游夜别》，此从《文苑英华》《艺文类聚》。何逊曾为庐陵王萧续记室（掌书记），庐陵王军府设在江州（今江西九江）。此诗当作于赴江州时，写与友人分别之情景。

[2] 历稔：即历年。稔，谷熟。稻子一年一熟，故称年为稔。追随：一作"追游"。

[3] 匹：偶，朋友。群匹：很多朋友。

[4] 注：泻。

[5] 空阶：入夜后阶前无人往来，故云空阶。

[6] 离室：离别时饮筵之所在。

[7] 促：近。古人席地或据榻而坐，对坐时膝相接近，叫促膝。

【鉴赏】

齐梁诗多尚词藻、典故，此诗直接叙述，用白描的方法写出情景，是何逊诗歌超越时风的地方。另外，这个时期的一些诗歌，在具体情景的表现上，比古诗有新的发展。古诗中写离别的有不少，但大都是一般性地写一种离别之意。这里则具体地写到故游之别、临行夜别这些具体的情节。这是齐梁诗在境界创造上的推进。

诗的首四句写与多年从游的故友们的离别，并用东注水不返，来比拟此去难有归期,因此更见离情之深。这四句语言真质,但有一种紧凑的笔势。为下面出色的别境表现做了很好的铺垫。

"夜雨"这两句最精彩,直接写临别时情景。此时听到外面雨滴空阶,平添了百种愁情,同时发现室内灯光渐暗,这是因为侵晓的缘故。这两句的背后,其实蕴藏了很丰富的事情与场景。故人的饯别,常从傍晚开始,黎明停杯罢饮。这两句是写一夜饯饮、叙别后的一个冷场,听到了雨滴空阶的声音,看到灯暗室中,意识到临别在即。于是乎悲情重又进入高潮,罢酒不饮,道一声最后的珍重,并问何时再同促膝。正是齐梁诗中这种具体情景的描写,为后来的唐诗宋词相关情节的表现,积累了经验。同时,这两句中的词语琢炼也值得注意,名词如"夜雨""空阶""晓灯""离室",都琢炼成极浑成的意象之语,不再是日常的语言表达。动词"滴""暗"用得尤其好。这些地方,同样表现出诗歌语言表达向更精致、更具诗性意味的方向发展。

阴　铿

阴铿（约511—约563），字子坚，武威姑臧（今甘肃武威市）人。仕梁为湘东王法曹参军，入陈为始兴王中录事参军。阴铿善诗，后世将其与何逊并称"阴何"，其诗写景状物，多精思之句。

江津送刘光禄不及

依然临送渚，长望倚河津。鼓声随听绝[1]，帆势与云邻。泊处空余鸟，离亭已散人。林寒正下叶，钓晚欲收纶[2]。如何相背远，江汉与城闉[3]。

【注释】

[1] 鼓声：打鼓开船的声音。

[2] 收纶：收起钓丝。纶，丝。

[3] 城闉（yīn）：城曲。

【鉴赏】

此诗也比较典型地反映了齐梁诗人在艺术上的新探索，体现在对更加具体的情景的表现。如这首诗，它的具体情节是送友不及，发生的地点则在江津。整个诗情与诗境，就是依着这个极具体的情节来展开的。这种写法就很新颖，境界上也有新的发展。

诗中叙述，在赶往江津送别友人的路上，听到开船的鼓声，待到达时船已开走。为了突出送友不及的怅惋情绪，在具体的叙述中，作者做了一点倒叙的处理。出现在读者眼前的第一个形象，即"依然临送渚，长望倚河津"的怅惋形象，光这个形象，就传达出对离去友人的深情。然后才是补充送别不及的具体情节，即"鼓声"这两句所表达的。到此为止，其实已经把基本的情节交代完了。当然，诗歌的这种交代，并非平直地叙述，而是创造富有感染力的情境。但更主要的情景渲染是在下面几句中。

作者将笔触转向对周围环境的表现,而这种环境之所以值得表现,是因为在作者的眼中,处处浸透着离情别绪。或者说是作者的主观感情赋予江津景物这种情绪色彩。于是,下面的泊处鸟歇、离亭人散、寒林木叶正下、钓渚渔人欲归等眼前之景,无不是刚才故人所处,而今却独自追抚伤怀。这一种情绪正是所谓的诗意,将其成功地表现出来,就完成了诗的境界的创造。

　　这首诗中,最富有韵味的是"帆势与云邻"和"泊处空余鸟"。前一句让人想起李白《黄鹤楼送孟浩然之广陵》中的"孤帆远影碧空尽,唯见长江天际流"那两句。对比中可发现五言与七言不同的境界特点,其达情之婉转虽若不如李句,但别有境界高浑、意象深隽之美。后一句写到待诗人赶到江津时,送行者已散,舟已远行,唯余若干鸟儿或飞或立于泊船之地。实写当时景致,紧扣诗题"送刘光禄不及",而萧散惆怅之情传于言外。

庾　信

庾信（512—580），字子山，南阳郡新野（今河南新野县）人。仕梁历湘东国常侍、东宫学士等官。梁元帝时出使西魏，被留，北周受禅后曾为弘农郡守等职，历官至骠骑大将军、开府仪同三司，封义成侯。后世多称其为庾开府。庾信与父庾肩吾俱以文学享盛名，同时徐摛、徐陵父子亦擅文学，后世称为"徐庾"。庾信入北朝后诗风大变，多乡关之思，风格趋于沉郁，对南北朝甚至汉魏的诗风有所融合。

拟咏怀二十七首（其十七首）[1]

日晚荒城上，苍茫余落晖。都护楼兰返，将军疏勒归[2]。马有风尘气，人多关塞衣。阵云平不动，秋蓬卷欲飞[3]。闻道楼船战，今年不解围[4]。

【注释】

[1]《拟咏怀》共二十七首。倪璠《庾子山集注》言"皆在周乡关之思，其辞旨与《哀江南赋》同矣"。本篇为第十七首，写秋日荒城傍晚北朝军旅的归来，抒发自己的羁旅之感。

[2]"都护"二句：自惭不如傅介子、耿恭，或出使异国，或出征边关，皆立功而归。都护，官名。汉宣帝时置西域都护，司防边事。此泛指边将。楼兰，汉西域诸国之一，在今新疆罗布泊西北岸。《史记·大宛列传》："楼兰、姑师，小国耳。"傅介子斩楼兰王，改名鄯善。《汉书·西域传》："元凤四年，大将军霍光白遣平乐监傅介子往刺其王。介子轻将勇敢士，赍金币，扬言以赐外国为名。既至楼兰，诈其王欲赐之。王喜，与介子饮，醉，将其王屏语，壮士二人从后刺杀之，贵人左右皆散走。……介子遂斩王尝归首，驰传诣阙，悬首北阙下。"疏勒，西域三十六国之一，在今新疆塔里木盆地西喀什

噶尔一带。《汉书·西域传》:"疏勒国,王治疏勒城,去长安九千三百五十里。"汉明帝永平时戊己校尉耿恭曾据守于此。《后汉书·耿恭传》:"耿恭以单兵固守孤城,当匈奴之冲,对数万之众,连月逾年,心力困尽。凿山为井,煮弩为粮,出于万死无一生之望。前后杀伤丑虏数千百计,卒全忠勇,不为大汉耻。"

[3] 阵云:云气的一种,其形如陡立的墙壁。《史记·天官书》:"阵云如立垣。"

[4] "闻道"二句:言故国梁朝仍处于战事之中,未能解围。自叹不能如汉楼船将军杨仆,为国立功。楼船,《汉书·杨仆传》:"南越反,拜为楼船将军。"楼船:高大的战船。

【鉴赏】

此诗体制实近五律。首二句已有笼罩全篇之气,构成浑成之境。"都护楼兰返,将军疏勒归"这两句,借汉事叙今情,后来唐人边塞、从军之作,多用此法。从修辞与句法来看,这两句都是两个名词后面加一个动词,是一种很有特色的句法,句势流走而沉着,词色奇巧而不破浑成之气。"马有风尘气,人多关塞衣"两句,紧贴前面这个叙述而进一步形容关塞兵马的艰虞、沉着的气象。

"阵云平不动"两句,再次形容塞上苍茫严紧的气象,与开头所写荒城落晖景象呼应。这两句所写景象,一句写严静之境,一句写飘飞之象,形成一种很好的句势。

最后两句,在章法上用强转的形式,突然转向对南朝的叙述,以寄托他的乡关之思。他的这种作法,后来杜甫在写忧时之思时多有效仿。而从庾信来说,这种章法处理,未尝不是受阮籍、鲍照等人的影响。

作者的这种描写,除了身在其境,感受北周边塞的雄壮气象外,还表现自己作为羁旅之臣的感慨,最后终于忍不住再次抒发他的乡关之思。其实,也有以北朝的雄强以形南朝羼弱困顿的意思。

寄王琳诗[1]

玉关道路远[2],金陵信使疏[3]。独下千行泪,开君万里书[4]。

【注释】

[1] 王琳:字子珩,会稽山阴人。平侯景有功。梁元帝被杀,西魏立梁王萧詧,

王琳为元帝举哀,出兵攻督。陈霸先篡梁敬帝之位,琳又与陈对抗,兵败被杀。事见《南史·王琳传》。
[2] 玉关:即玉门关,在今甘肃敦煌西。这里泛指西北边地。
[3] 金陵:梁国都,即今南京。
[4] 君:指王琳。

【鉴赏】

此诗即后来所说的五绝,当时叫断句、绝句,或"二十字诗"。齐梁至初唐,此体多是两个对仗句,古人叫俳偶。但是在写法上与长篇的对仗不同,多为排宕的写法。它的要领是对仗的上下句之间要有一个较大的空间、时间或数量等方面的距离。比如这首诗中,玉关道路之远,金陵信使之疏;千行泪之多,万里书之难得。这些都给人留下很深的印象。

从知人论世的角度来说,此诗表达了庾信强烈的乡关之思。王琳是忠臣,正在竭为梁室雪耻,庾信自身被羁留北周,心怀故国。这种心情是很复杂的,也很沉痛!余冠英《汉魏六朝诗选》中对后两句有这样的说明:"时王琳在郢城练兵,志在为梁雪耻,他寄给庾信的书信可以想象是不乏慷慨忠壮之词的,所以庾信为之泪下。"这种推测也是十分合理的。但是文本所创造出这个朋友隔万里、滞留远方、信书难得的情节,已经给读者以很大的想象空间,并能发生很强的共鸣。所以,单从写作来看,此诗已经完全体现了五绝体的写作特点,是早期五绝的代表作。

薛道衡

薛道衡(539—609),字玄卿,河东汾阴(今山西万荣县东北)人。历仕北齐、北周,至隋初累官司隶大夫。道衡在北周和隋时颇负才名。其诗风华艳而有骨,与卢思道齐名。

昔 昔 盐[1]

垂柳覆金堤[2],蘼芜叶复齐[3]。水溢芙蓉沼,花飞桃李蹊[4]。采桑秦氏女[5],织锦窦家妻[6]。关山别荡子[7],风月守空闺。恒敛千金笑[8],长垂双玉啼[9]。盘龙随镜隐[10],彩凤逐帷低[11]。飞魂同夜鹊[12],倦寝忆晨鸡[13]。暗牖悬蛛网,空梁落燕泥[14]。前年过代北,今岁往辽西。一去无消息[15],那能惜马蹄[16]。

【注释】

[1] 《昔昔盐》:《乐苑》:"《昔昔盐》羽调曲。"《朝野佥载》:"麟德以来,百姓饮酒唱歌,曲终而不尽者,号为'簇盐'"。"盐"即为曲名的一种,祝穆《古今事文类聚续集》:"《玄怪录》载篷除三娘工唱《阿鹊盐》,然则歌诗谓之盐者,如吟行曲引之类。"崔令钦《教坊记》中载有《一捻盐》《一斗盐》。余冠英《汉魏六朝诗选》:"昔昔,犹夜夜。盐,犹艳。"闵定庆《花间集论稿》云:"盐曲本西域急曲,常用来劝酒以加快速度,增添筵席气氛。"

[2] 金堤:堤塘的美称。《汉书·司马相如传》:"嫚姗勃窣,上金堤。"颜师古注:"金堤,言水之堤塘坚固如金也。"梁萧统《锦带书十二月启·无射九月》:"金堤翠柳。"

[3] "蘼芜"句:典出汉古诗"上山采蘼芜,下山逢故夫",讲述一位弃妇遇到前夫的故事。复,一作"正"。

[4] 桃李蹊(xī):《史记·李将军列传》:"桃李无言,下自成蹊。"

[5]"采桑"句:用汉乐府《陌上桑》中罗敷采桑的故事,诗中有"日出东南隅,照我秦氏楼"之句。

[6]"织锦"句:晋人窦滔的妻子苏蕙,字若兰。丈夫被谪戍流沙,若兰织锦为回文诗寄赠。

[7]荡子:游子。一作"宕子"。古诗《青青河畔草》中有"荡子久不归,空床难独守"之句。

[8]恒:一作"常"。千金笑:周幽王宠褒姒,封为后。曾出告示,有能让新后一笑者,赏千金。

[9]双玉:双泪。古人形容美人的眼泪为玉箸。一作"白玉"。

[10]"盘龙"句:古代铜镜多铸有蟠龙,又称盘龙镜。这句是说丈夫出去后,女子懒于梳妆打扮。

[11]"彩凤"句:锦幔上织有彩凤的花纹。彩凤,一作"舞凤"。逐帷低,帘钩不上,帷幔长垂。也是形容夫出守空闺的情形。

[12]"飞魂"句:余冠英《汉魏六朝诗选》:"这句用曹操《短歌行》'月明星稀'四句意。"飞魂,一作"惊魂"。夜鹊,一作"野鹊"。薛氏隐括曹诗"月明星稀,乌鹊南飞。绕树三匝,何枝可依"句意,用来形容女子相思深苦,魂如夜鹊觅枝。所以《文苑英华》作"野鹊"应该是不对的。

[13]"倦寝"句:倦寝,辗转难以入睡的样子。此句有注"忆"为思,意思是说长夜难眠,思量鸡鸣。按此诗多用丽典,这一句是用《诗经·齐风·鸡鸣》的诗意。《鸡鸣》诗句云:"鸡既鸣矣,朝既盈矣。匪鸡之鸣,苍蝇之声。"写新婚夫妇留恋床笫,不欲早起,妻子以鸡鸣为辞来催促丈夫,丈夫故意说是苍蝇之声。"倦寝忆晨鸡",是说这位思妇在不寐中回忆新婚时的欢乐情景。

[14]"暗牖"二句:余冠英《汉魏六朝诗选》:"这两句是当时的名句。上句出于《诗经·东山》'蠨蛸在户',下句是古人所未道。传说炀帝将他处死的时候还问他:更能作'空梁落燕泥'否?"

[15]消息:一作"还意"。

[16]那能:一作"何能"。惜马蹄:爱惜马蹄。是埋怨他不早日乘马还乡的委婉的说法。

【鉴赏】

这是一首六朝时很盛行的表现思妇主题的诗,古人也叫闺怨诗。历来表现闺怨主题的诗,有两种写法:一种是写一个很具体的人物,甚至是特殊的事件;另一种是写带有普遍性的闺怨生活。这首诗属于后一种,也可以说是一种更为主流的写法。

诗的前四句用多种花木丽物来写浓春光景,作为下面将出现的思妇的典型环境。这里所写的浓春四景,都可以从古诗、乐府中找到它们的出典。接下来两句中的"秦氏女""窦家妻",正是乐府及诗歌中人物,作者在这里其实将她们作为思妇的代名词。

从"关山别荡子"以下,正式进入对"守空闺"的思妇的生活与情绪的描写。先是从日常的情态来写,恒敛笑容,长垂玉泪,龙镜长覆,凤帷低下。接着直接地传达其思念苦切的心理。这位思妇,情魂如难觅栖枝的夜鹊,在长夜中不断回忆着初婚时缱绻的情景。然后又转向环境烘托,牖悬蛛网,梁落空泥,这是思妇孤栖的典型环境,同时也暗含赞扬其孤贞情操之意。

最后四句表达了一种怨思:前年代北,今岁辽西,是从旁人那里听到的丈夫的情形。每种情形的得到,也是动辄经年的。"一去无消息"两句,以怨望结,暗示了思妇生活的漫长,甚至无望。可以说作者是有意将其处理成真正的悲剧。

这首诗用了很多有关男女情事的典故,可以说是一种丽典。配上这个新声曲调,正是所谓"丽典新声,络绎奔会"。

【隋唐五代诗】

王 勃

王勃(650—676),字子安,绛州龙门(今山西稷山)人。与卢照邻、骆宾王、杨炯并称"初唐四杰"。年十七应举及第,授朝散郎。曾为沛王府召署府修撰。任虢州参军,犯死罪,遇赦革职,其父王福畤受牵连,被贬为交趾令。王勃渡海省亲,溺水而死。有《王子安集》。

送杜少府之任蜀州[1]

城阙辅三秦[2],风烟望五津[3]。与君离别意,同是宦游人[4]。海内存知己,天涯若比邻[5]。无为在岐路,儿女共沾巾。

【注释】

[1] 本篇见清蒋清翊《王子安集注》卷三。少府:县尉的尊称。蜀州:《文苑英华》作"蜀川"。蒋清翊说,蜀州在王勃去世后设置,应作蜀川。

[2] 城阙:指长安。辅三秦:以三秦为畿辅。三秦,项羽灭秦后,三分关中,立雍、塞、翟三国,称为三秦。

[3] 五津:岷江自灌堰至犍为一段有五个渡口:白华津、万里津、江首津、涉头津、江南津,合称五津。

[4] 宦游:离家出游以求仕宦。

[5] 比邻:近邻。曹植《赠白马王彪诗》:"丈夫志四海,万里犹比邻。"

【鉴赏】

唐代从首都长安到蜀地,路途遥远,关山险阻,蜀道向来被视为仕宦的畏途。但本篇送友人赴蜀地任职,却没有历来离别诗的伤感悲戚。开头两句大气磅礴,以"三秦"和"五津"的数字工对一笔扫过两地之间的漫长距离,立足于三秦大地眺望五津风烟,将想象中的视野拓展到万里之外,自然引出后三联的惜别之情。行者与送者同是宦游中人,对于离情别绪的体味当然比常人更为深切,更何况此地一别,即将天南地北。但诗人在表达"离别意"的同时又转出更深一层的意思:只要同在海内,必定长为知己;即使远隔天涯,情亲亦犹如比邻。这一联不但道出彼此不能为地理空间阻隔的深厚友情,更展示了诗人放眼四海的开阔胸襟。所以,最后两句劝友人不要在分手的路口,像小儿女那样哭湿了巾帕,体贴的慰勉中自然透出大丈夫莫效儿女情长的豪气。曹植在与白马王曹彪分手时曾说:"丈夫志四海,万里犹比邻。""忧思成疾疢,无奈儿女仁。"(《赠白马王彪诗》)此诗后半篇虽化用其意,但提炼成精确含蓄的律句,对仗更工整,概括的力度也更大。"海内"一联从此成为千百年来人们赠别的格言,甚至可用于和天下所有朋友的共勉。

　　王勃的时代律诗尚未成熟,但此诗已是一首基本合格的五律。离别诗在齐梁到唐初的诗歌中多见,由于抒情内容的单调,借助景物渲染离情别绪几乎已成定式。但此诗全无景物烘托,仅凭高远的立意和新鲜的情感,呈现出秦中蜀道的山川气象以及诗人送别时爽朗的神情,境界宏阔、骨力苍劲。明代诗论家胡应麟赞其"终篇不着景物,而兴象宛然,气骨苍然"(《诗薮》),可谓卓识。

张若虚

张若虚(生卒年不详),扬州人。曾任兖州兵曹。唐玄宗开元初与贺知章、张旭、包融号称"吴中四士"。《全唐诗》录存其诗二首。

春江花月夜[1]

春江潮水连海平,海上明月共潮生。滟滟随波千万里[2],何处春江无月明。江流宛转绕芳甸[3],月照花林皆似霰[4]。空里流霜不觉飞[5],汀上白沙看不见[6]。江天一色无纤尘,皎皎空中孤月轮。江畔何人初见月,江月何年初照人。人生代代无穷已,江月年年只相似。不知江月待何人,但见长江送流水。白云一片去悠悠,青枫浦上不胜愁[7]。谁家今夜扁舟子[8],何处相思明月楼[9]?可怜楼上月徘徊,应照离人妆镜台。玉户帘中卷不去,捣衣砧上拂还来[10]。此时相望不相闻[11],愿逐月华流照君[12]。鸿雁长飞光不度[13],鱼龙潜跃水成文[14]。昨夜闲潭梦落花[15],可怜春半不还家。江水流春去欲尽,江潭落月复西斜。斜月沉沉藏海雾,碣石潇湘无限路[16]。不知乘月几人归,落月摇情满江树。

【注释】

[1]《春江花月夜》,乐府《清商曲辞·吴声歌》旧题。本篇见郭茂倩《乐府诗集》卷四十七"清商曲辞四"。

[2] 滟(yàn)滟:形容水光。

[3] 芳甸:花草遍地的郊野。

[4] 霰(xiàn):小雪珠。

[5] "空里"句:月色如霜,所以霜飞无从觉察。

[6] "汀上"句:沙洲上的白沙和月色融合在一起,看不分明。

[7] 青枫:暗用《楚辞·招魂》:"湛湛江水兮上有枫,目极千里兮伤春心。"浦:水口。《九歌·河伯》:"送美人兮南浦。"这句隐含离别之意。

[8] "谁家"句:今夜谁家有泛舟在外的游子?扁(piān)舟,小舟。

[9] 明月楼:思妇的闺楼。曹植《七哀诗》:"明月照高楼,流光正徘徊。上有愁思妇,悲叹有余哀。"

[10] "玉户"二句:谓月光照进思妇的门帘,照在她的捣衣砧上,卷不走也拂不掉。古代妇女秋天要在砧上捣衣,做寒衣寄给远方的亲人。

[11] 相望不相闻:指游子思妇同望明月,却无法传递音信。

[12] 逐:追随。月华:月光。

[13] "鸿雁"句:鸿雁不停地飞翔,而不能飞出无边的月光。相传大雁能够传递书信。

[14] "鱼龙"句:月照江面,鱼龙在水中跳跃,激起阵阵波纹。汉乐府诗中有鱼腹藏书的说法。

[15] "昨夜"句:写思妇夜里梦见花落闲潭,有美人迟暮之感。

[16] 碣石:山名,在渤海边上。潇湘:潇水和湘水,在湖南零陵县合流后称潇湘。碣石潇湘泛指天南地北。

【鉴赏】

《春江花月夜》原是陈后主创作的乐府题,属于清商曲辞。在张若虚之前的五首同题之作,均为四句或六句五言。张若虚首次以七言歌行的形式写此题,不但是体制的创新,而且在艺术上也被誉为"前无古人,后无来者"的绝唱。

全诗以春江夜月为吟咏主题。一开篇便呈现出江潮连海、月共潮生的宏伟气势,明月照江,天水相映,水光潋滟,随波万里。顺着江水的流向,自然进入江边花草丰茂的郊野,点染出月色迷茫、浸染春江花林的奇妙效果。花似雪霰,月色如霜,汀洲沙白,浑然一色,形成纤尘不染、清明澄澈的纯净世界。这如梦似幻的美景,不由得引起诗人对于悠远时空的追问:"江畔何人初见月,江月何年初照人。"江月年年照人又不知等待何人,而时间却如长江水不断流去,眼前的春江夜月昭示的正是宇宙悠久、人生短暂的永恒矛盾,也是自汉代以来无数诗人的感叹。这里通过江月与人的关系再次展现了这对矛盾,并升华到探索生命和宇宙奥秘的高度,提出了"人生代代无穷已,江月年年只相似"的新颖见解,指出个人的生命虽然短暂,而人类代代相延的历史却与宇宙同在,这种开朗的感情正是初盛唐时代精神的体现。

在男女相思之情、游子飘零之感的抒写中寄寓人生聚短离长的感触,也是汉魏以来七言歌行的创作传统,此诗后半首延续了这一主题,但巧妙地通过"白云一片"自然兜转:以浮云比游子是汉魏诗歌的典型意象。青枫浦则是离人送别之处,因此后半首的内容在写景中过渡,了无痕迹。同时,前半首中江月永恒与生命短暂的对比,又在月照离人的描写中得以细化:人生本来苦短,何况最好的青春总在离别中度过?"谁家今夜扁舟子,何处相思明月楼"的感叹与前半首"何处春江无月明"相呼应,道出了前后意脉的内在联系。但后半首抒情仍然处处从咏月着眼,所有的景色描写无不与相思之情相关联:楼上孤月徘徊不定,似乎是伴随着思妇在中夜彷徨,玉户帘中、捣衣砧上月色拂卷不去,仿佛是思妇难以驱遣的惆怅。飞不出无边月色的鸿雁不能带来游子的书信,水中潜跃的鱼龙也没有捎来家书,反而徒然搅起一江水纹。梦中的闲潭落花,透露了春将逝去的消息,春已过半,游子尚不能回家,这就不能不令人忧虑青春将随着江水无情地流去。在碣石和潇湘之间的遥远距离中,又有多少人能乘着这月色归来呢?唯有满江树影在落月中摇曳,牵动着离人的情思!结尾的残月满江与开篇的月出海上相呼应,犹如小提琴上奏出的《月光曲》的尾声,留下了不尽的回味和惆怅。

全诗以咏月为主调,意象丰富多彩。江水、芳甸、花林、沙汀、白云、青枫、扁舟、妆楼、镜台、杵砧、鸿雁、鱼龙等全都笼罩在月色之中,色调淡雅,意境空灵。再加上其结构如同九首七言绝句蝉联而成,前后相生,络绎回环,读来韵律悠扬回旋,婉转动听,更增加了摇曳无穷的情味。所以,闻一多热情地赞美它"是诗中的诗,顶峰上的顶峰"(《宫体诗的自赎》)。

杜审言

杜审言(约646—708),字必简,京兆(今陕西西安)人,是杜甫的祖父。高宗时进士,曾任洛阳丞,后贬官。武则天时先后任著作郎、膳部员外郎。中宗时流放峰州,不久回朝任修文馆直学士,病卒。

和晋陵陆丞早春游望[1]

独有宦游人,偏惊物候新[2]。云霞出海曙,梅柳渡江春[3]。淑气催黄鸟[4],晴光转绿蘋[5]。忽闻歌古调[6],归思欲沾巾。

【注释】

[1] 晋陵:在今江苏武进。游望:游览远眺。晋陵陆姓县丞先有《早春游望》诗赠作者,此为作者和诗。本篇见《文苑英华》卷二四一,题作《和晋陵陆丞早春有怀》。《全唐诗》卷六二题下有"一作韦应物诗"。

[2] 物候:气候节物。

[3] 梅柳渡江春:江南春早,先见梅开柳绿,江北春晚,似乎是梅柳将春天渡过江来。

[4] 淑气:温暖美好的春气。黄鸟:黄莺。

[5] "晴光"句:江淹《咏美人春游》:"东风转绿蘋。"

[6] 古调:赞陆丞之诗格调近古。

【鉴赏】

此诗描写大江两岸早春景色,以及由春色触动的归思。开头感叹节物气候变化,在两句中分别用"独"和"偏"字,强调独有宦游之人,对于新春物候的变化特别惊心,便突出了早春来临时万象更新的景观对内心的触动。而以下对大江景色的描写也处处在这"新"字上落笔。

"云霞出海曙,梅柳渡江春"是杜审言的名句。前一句写云霞出海的壮观景象,预示一天之新。后一句写江北继江南之后到处透出春意,好像春天随着梅柳渡过了大江,标示着一年之新。这两句不仅视野开阔,景色壮美,而且立意造句也颇有新创。早在北朝,王褒就有过"平湖开曙日,细柳发新春"(《别陆子云诗》)这样的佳句。可说是初次以阔大的境界表现黎明和早春所给人的新鲜开朗的感受。杜审言这两句诗显然受到王褒的启发,但能成为名句,除了气象之宏丽和对仗之精工以外,还与其对"物候新"的自觉提炼尤见新意相关。尤其是"梅柳渡江春"的构思,虽然梁代诗人吴均有"春从何处来,拂水复惊梅"(《春咏》),唐代诗人张说也有"忽惊石榴树,远出渡江来"(《戏题草树》),都是以拟人的笔法写春色渡江的动态,但吴均、张说的诗句意思比较直白,而杜审言"梅柳渡江春"的构句更加凝练,已经不是单纯地描写物态和比喻。甚至句子结构都不符合常规的语法逻辑:春是梅柳渡江的原因还是结果呢?是春渡梅柳,还是梅柳渡春?意义的含浑反而使人浮想联翩。这就为五言律诗提供了一种更新的构句造境的方式。

如果说第二联是从江海日出和南北春色的宏观气象来写节物之新,那么第三联则是从黄鸟和绿蘋等微观景物来写气候之新。一个"催"字,好像黄鸟的娇啭是被"淑气"催发的;同样,下句借用江淹的"东风转绿蘋"与"催"字对仗,更进一步强调了蘋草也是因为春光而转绿的。"东风"改成"晴光",虽是两字之改,但与"淑气"相对仗,令人如见晴光浮动、暖风轻漾,更能渲染春天风和日丽、温暖宜人的气息。所以这两句扣住人对春天的感觉,突出了气候促使万物更新的主动作用。

结尾回应陆丞,赞其诗为"古调",是因为唐人传统的诗学观以古为上,格调近于唐以前古诗的诗歌都可以被赞为"古调",这是一种唱和的礼貌。事实上,杜审言这首诗是标准的近体,并没有按照所谓的"古调"来写。而面对如此美好的春色引起归思,倒是自古以来诗歌中常见的表现。杜审言是对初唐五律做过重要贡献的作家,这首诗不仅格律严谨,对仗精工,而且气象宏阔,构思巧妙,堪称代表初唐五律成就的杰作。

王　湾

王湾(生卒年不详),洛阳人。唐玄宗先天年时进士。开元初任荥阳主簿,曾参与朝廷校理群书。最后官职是洛阳尉。在盛唐有诗名。

次北固山下作[1]

客路青山外[2],行舟绿水前。潮平两岸阔[3],风正一帆悬[4]。海日生残夜[5],江春入旧年[6]。乡书何处达?归雁洛阳边[7]。

【注释】

[1] 本篇见芮挺章《国秀集》卷下。次:住宿,这里指泊船。北固山:在今江苏镇江市北,面对长江,三面临水。殷璠《河岳英灵集》卷下选此诗,题作《江南意》。

[2] 客路:旅途。殷璠《河岳英灵集》开头两句作"南国多新意,东行伺早天"。

[3] "潮平"句:潮水涨满,与两岸相平,更显得水面宽阔。

[4] 风正:风向与船行的方向一致,不偏不斜。一帆:又作"数帆"。

[5] 残夜:夜将尽未尽之时。

[6] "江春"句:古代用农历,新年从正月初一开始,立春才算是进入春天。但也偶有立春在正月初一之前的情形,也就是说新年未至,就已经立春了。

[7] "乡书"二句:《汉书·苏武传》:"天子射上林中,得雁,足有系帛书,言武等在某泽中。"因而古人多以雁指书信。殷璠《河岳英灵集》末二句作"从来观气象,惟向此中偏"。

【鉴赏】

本篇写早春大江行舟所见景象及旅途乡思。以对句发端,青山、绿水分指北固山和长江,既点明远在青山之外的旅程,暗中带过诗题谓前夜泊船北固山的意思,又可概括一路山青水绿的江南风光。"潮平"一联着意提炼出两岸潮平和一帆高悬的垂直关系,使江天的空阔之感无限拓展;"平"与"正"对仗,更突显了行舟高挂风帆行进在浩荡大江之上的正大气派。

长江下游近海,水天相连亦似海,所以称"海日"。海日初升,是黎明出发时所见之景,而"江春入旧年"则是节气巧合。旧年未过已经立春,仿佛是江上新春闯入了旧年。这一妙思不但以早春日出的壮丽景观为大江行舟增添了光明灿烂、朝气蓬勃的背景,还蕴含着丰富的哲理:海日自暗夜升起,新春在旧年萌生,给人以光明生于黑暗、新事物从旧事物中诞生的无限启示。结尾写诗人的乡思,欲借归雁传书,与开头呼应,补充说明了自己正在洛阳到江南的旅途中。

这首五律虽作于盛唐初期,但已经展示出盛唐气象开朗乐观、富于展望和启示的典型特征。在王湾的时代,像这样气象宏阔、具有深广概括力的佳作还很少见。当时宰相张说曾将此诗"海日"一联题于政事堂,令能写诗文者都以此为楷模,因为这首诗正体现了他认为盛唐诗歌应当"天然壮美"的理想风貌。写景中自然包蕴哲理的特色,更超出了一般五律山水诗仅停留于刻画景物或即景抒情的水平,为近体山水诗指出了艺术升华的途径。

贺知章

贺知章(约659—744),字季真,会稽(今浙江绍兴)人。武后证圣年(695)进士,官至太子宾客,秘书监。自号"四明狂客"。玄宗天宝初还乡。《全唐诗》录存其诗一卷。

回乡偶书(其一)[1]

少小离乡老大回,乡音无改鬓毛衰[2]。儿童相见不相识,笑问客从何处来。

【注释】

[1] 贺知章于天宝初请求为道士,辞官还乡,年逾八十。诗或写于此时。本篇见《唐诗品汇》卷四十六。

[2] 鬓毛衰:鬓发因衰老变白。

【鉴赏】

离乡和思乡是中国古代诗歌的永恒主题。汉魏以来,无数诗人抒发过他们对故乡的思念,但是久客回乡后的心情如何,却很少有人描写。除了汉古诗《十五从军征》、宋之问的《渡汉江》等极少数诗篇写到故园荒芜的景象和近乡情怯的心绪以外,几乎没有出现过像贺知章这样能将一时偶感提炼成普世人情的诗篇。

全诗只是朴实地说明回乡的情景:少年离乡,老大回乡,已到鬓发衰白之时,一生在外消磨,只有乡音未改。这是诗人自己的经历,也是所有经历类似的久客归乡者共同的特点。见到家乡儿童,自然会勾起自己少小离乡的回忆,带出几十年光阴已经转瞬消逝的感慨,因此儿童笑问客从何处来的天真无心,最能触动回乡者的心境。后两句从回乡的众多见闻中截取这个偶遇的生活片段,亲切有趣,又正与开头呼应,可谓兴会神到,妙手偶得。

回乡所见所感固然各有不同,但离乡太久以致儿童不识,应是多数人都遇到过的最平常的场景。而"从何处来"的探问,或许还能触发不少归乡者对自己的人生从何处来、向何处去的自省。虽然这未必是诗人"偶书"的本意,但诗里人生易老的深刻感触确实概括了多少人老来还乡的共同体会。

孟浩然

孟浩然(689—740),襄阳(今湖北襄阳)人。早年在家乡隐居读书,四十岁以后入长安求仕,失意而归,漫游过长江南北各地。晚年在张九龄任荆州长史时,担任过不到一年的幕府从事。不久在家乡病故,享年五十二岁。他是盛唐著名的山水田园诗人。有《孟浩然集》。

过故人庄[1]

故人具鸡黍[2],邀我至田家。绿树村边合,青山郭外斜。开筵面场圃[3],把酒话桑麻[4]。待到重阳日,还来就菊花[5]。

【注释】

[1] 本篇见佟培基《孟浩然诗集笺注》卷下。
[2] 具:备办。黍:黄米。《论语·微子》荷蓧丈人"止子路宿,杀鸡为黍而食之"。
[3] 开筵:《唐诗品汇》卷六十作"开轩"。面:面对。场:打谷场。圃:菜园。
[4] 话桑麻:闲谈农务。
[5] 就菊花:前来赏菊。就,靠近。古代重阳节有赏菊的风俗。

【鉴赏】

孟浩然是一个典型的盛世隐士,《过故人庄》为其田园诗的代表作,描写作者在故人村庄做客时见到的田园风光和宾主间淳真的友谊。

开头写故人准备好饭菜邀请自己的热情和隆重。中间四句从不同角度写故人庄园的景色。"绿树村边合,青山郭外斜"两句是视野开阔的外景:绿树合抱村庄,青山斜出郭外,画面由近到远,层次清晰,构图明快简洁。其妙处不仅在于写出了故人庄的环境特征,更在于诗人勾勒田园景色的典型性和概括性:这种坐落于平原而远接青山的村庄其实非常普通,大江南北到处可见,甚至在千年以后仍然因其常见而令人感到亲切。"开筵面场圃,把酒话桑麻"是从人在室内向外观望的角度写近景:摆好酒宴,可以见到外面的打谷场和菜园。而把酒闲话桑麻,又是通过闲谈见出田里的庄稼,这就通过不同角度把室内外的景色打通,使近景和远景融成一片,构成一幅完整的田园风光的图画。而且可以令人见到宾主一边饮酒闲谈、一边眺望窗外景色的惬意和闲适,并联想到陶渊明"相见无杂言,但道桑麻长"(《归园田居》其二)的诗句,正好不动声色地化入陶诗的意趣。

结尾写宾主的下次约会:"待到重阳节,还来就菊花。"从主客相约的内容看,这不仅是以重阳节日作为约定的时间,而且点出故人和诗人都是爱菊之人,那么其赏菊的含意必定也与陶渊明相同,这一意味深长的结尾又将陶诗的意蕴包含在内了。

这首诗通过田家留饮的生活场景,将一个普通的村庄和一餐简单的鸡黍饭写得极富诗意,却又浅易省净。恬静优美的乡村景色和宾主间淳朴真诚的情谊表现得既朴素自然,又包含着从陶诗中吸收来的深厚内涵,因而浅而能深,余韵悠然。

春　晓[1]

春眠不觉晓,处处闻啼鸟。夜来风雨声[2],花落知多少。

【注释】

[1] 本篇见佟培基《孟浩然诗集笺注》卷上,题作《春晚绝句》。诸本多题作《春晓》。

[2] "夜来风雨声":《文苑英华》卷一五七作"欲知昨夜风"。

【鉴赏】

《春晓》诗题又作《春晚绝句》,虽然不知孟浩然原题究竟为何,但从"春晚"可见诗意主要是有感于春光已老。而"春晓"之题则兼顾晨晓时分及春眠觉晓之意,同样是惜春,"晓"字更觉精微清新。

一夜酣眠,不觉醒来,只听见窗外一片鸟啼,远近呼应,正是清晓的光景。又因为雨晴日出之时鸟儿叫得格外欢畅,使诗人自然回想起夜来恍惚听到的风雨声。"声"字紧跟上句"闻"字,说明外界的晴雨变化都由初醒时闻声而知,进一层醒出"晓"字之意,却自然透出一种雨过天青的新鲜气息。风雨难免摧残春天盛开的繁花,所以末句自会联想到"花落知多少",惋惜之中又不由得包含着淡淡的哀愁。

春去春来,花开花落,是自然界的规律,而韶光总随落花而去,也是千百年来无数人的感叹。此诗之妙就在清晓的片刻兴会中,道出了人人所常有而不能道出的惜春心绪,给人以无限新鲜的启示。

王　维

王维(701—761),字摩诘,太原祁(今山西祁县)人。后迁居于蒲(今山西永济市)。开元九年(721)进士,任太乐丞。后谪官济州。开元二十三年(735)被宰相张九龄提拔为右拾遗。后迁监察御史,奉使出塞。在凉州河西节度幕兼任判官。天宝年间先后在终南山和辋川过着半官半隐的生活。安史之乱后降为太子中允。笃志奉佛。后官至尚书右丞。六十一岁去世。有《王右丞集》。

山居秋暝[1]

空山新雨后,天气晚来秋。明月松间照,清泉石上流。竹喧归浣女[2],莲动下渔舟[3]。随意春芳歇[4],王孙自可留[5]。

【注释】

[1] 本篇见清赵殿成《王右丞集笺注》卷七。
[2] "竹喧"句:竹林里一片喧闹声,是洗衣的女子归来了。
[3] "莲动"句:水面上莲花摇动,是渔舟从上流下来。
[4] 随意:自然而然地。春芳歇:春花春草凋谢。
[5] "王孙"句:秋色仍然很美,王孙自可留在山中,不必归去。

【鉴赏】

此诗描写秋天傍晚雨后的山村风景,是一首五律。首联只是点出季节、时间和环境;简明直白的十个字,与山中秋色同样清新疏淡,却令人直接呼吸到了雨后清爽湿润而略带凉意的空气。第二联以概括的笔墨描绘山中夜景,很能见出作为诗人兼画家的王维在构图取景方面的功力。"明月松间照"从天上写,通过月和松的关系画出这幅图画的背景:山上松林间露出一轮皎洁的明月,深蓝色的天空衬出剪影般的墨绿的松林。"清泉石上流"从地下写,泉水流过山溪中的白石,令人想见水的清澈以及流过石缝间激起的清响。这一联用最简单的构图概括了山中秋夜的主要特征,并且在鲜明完整的画面上突出了清朗爽净的基调,因此成为王维的名句,而且经常被后世的山水画家用来题画。

  第三联则是在前两联宁静的背景上增添富有生趣的动态描写。"竹喧归浣女"从岸上写,就听觉落笔,与"清泉"句暗中相扣。先听到竹林里传来的喧闹声,再想到这是洗衣归来的女子,是闻声而见人。浣衣女子晚归正是山村秋暝时特有的景象。"莲动下渔舟"是从水里写,就视觉落笔:先见到清溪中的莲花摇动起来,才想到原来是归来的渔舟顺流而下。这两句的句法应直接受到北朝诗人庾信"竹动蝉争散,莲摇鱼暂飞"(《咏画屏风诗》其二十二)的启发。但王维使词组结构与人感知事物的先后顺序更加切合,在先见景闻声然后分辨动静的心理转换中,不露痕迹地将诗人的审美心态化入景物描写之中,表达也更加曲折有致。结尾"随意春芳歇,王孙自可留"两句反用楚辞《招隐士》中"王孙游兮不归,春草生兮萋萋""王孙兮归来,山中兮不可以久留"等句的意思,表达尽管秋晚仍希望在此隐居的心愿,足见山中美景是多么令人留恋。常见的典故经诗人如此活用,便觉得格外新鲜。

  明人胡应麟称王维的诗是:"清而秀"(《诗薮》),这首诗是最具代表性的。它不仅完整地表现了空山秋夜清秀明净的意境,而且声情并茂,生趣盎然,读来犹如一首优美的山村抒情小夜曲,体现了王维在诗歌、绘画和音乐方面的深厚造诣。

终 南 山[1]

  太乙近天都[2],连山接海隅[3]。白云回望合[4],青霭入看无[5]。分野中峰变[6],阴晴众壑殊。欲投人处宿,隔水问樵夫。

【注释】

  [1]终南山在陕西西安市长安区南五十里,绵延八百里,是渭水和汉水的分水界;本篇见《王右丞集笺注》卷七。

  [2]太乙:古时指太白山,为终南山主峰。天都:指长安。

  [3]海隅:海角。终南山并不到海,这里只是夸张其山脉绵延不绝。

  [4]"白云"句:回首遥望,山中白云便合拢在一起。

  [5]"青霭"句:轻雾淡薄,进入其中却看不见。

  [6]分野:古代中华九州岛诸国的划分,和天上星宿的方位对应,如以鹑火对应

周,周即鹑火的分野;以鹑尾对应楚,楚即鹑尾的分野。

【鉴赏】

　　本篇利用五律分联的体式特点,分层描绘终南山云烟变幻、干扰阴阳的雄姿。首联写终南山的绵长辽远。借"天都"形容皇都之意,夸张终南山与天相近的地理位置;"连山"既可给人以山脉连绵不断的感觉,也可理解成终南山与其他山脉相连的意思。这两句充分运用字面意义所给人的直觉感受,写出了终南山近天连海的辽阔地势。

　　第二联着重描写山势之高,却脱空一步,从缭绕山上的云霭着眼。回首遥望,白云便合拢在一起。这是站在山外,从远处观看终南山罩在茫茫云雾中的景象。青霭微茫,比云气薄,须远望才能见出,进入其中反倒看不见,这是在山里从近处看。这两句观景角度大幅度转换,省略了游山人所走过的地面距离,视点跳跃的跨度极大,正与终南山壮阔的气势相应。同时,又真切地写出了一般人在云雾缭绕的大山中出入的新奇感受。

　　第三联强调终南山占地之广。中华九州岛的区划与天上星座对应,各星的分野占有一大州的地域。终南山中峰两侧分野就变了,可见其占地不止一州。各条山谷的天气也有阴有晴,各不相同,足见山谷与山谷之间相距之远。诗人的视点从空中移到中峰,又下移到各条山谷,犹如在高处俯视全山,这就像运用散点透视的中国山水画,以概括的笔墨和线条勾出了终南山的全景。

　　如果说前三联分别从长、高、大三方面描写终南山的壮阔,只是交代清楚它的地理位置、山势特点和姿态面目,那么最后一联才真正传达出这幅终南山水的气韵。诗人在这壮伟的大山中,点缀了一个晚来想要投宿的游人,正隔着水向樵夫打听附近可有寄宿的人家。这一结尾不仅以人与大山的悬殊比例产生了以小衬大的效果,进一步烘托出终南山的雄伟气势,而且使这幅山水画增添了高雅的隐逸之趣。

　　这首诗以大气包举的笔势,突破正常视野,使实写和虚写的结合达到无迹可寻的程度。诗人仿佛是从鸟瞰的高度观照着完整的终南山的全貌,集合了数层和多方的视点,从而为中国文人山水画提供了构图的范例。可称是王维山水诗中境界最雄伟的一首杰作。

使至塞上[1]

　　单车欲问边[2],属国过居延[3]。征蓬出汉塞[4],归雁入胡天。

大漠孤烟直,长河落日圆[5]。萧关逢候骑[6],都护在燕然[7]。

【注释】

[1] 这是王维开元二十五年(737)任监察御史时,赴河西节度府凉州时所作。这年春天,崔希逸袭击吐蕃,破之于青海西。王维被朝廷派去劳军。使:出使。见《王右丞集笺注》卷九。

[2] 问:聘问。边:边塞。

[3] 属国:附属国。东汉凉州有张掖居延属国,唐河西都护府有羁縻州居延州。这里借汉代的"属国"之称,指唐代的居延州。居延:泽名,在凉州以北,今内蒙古境内。

[4] 征蓬:蓬草干枯后失去本根,随风飘荡,这里比喻远行的征人。

[5] 长河:黄河。

[6] 萧关:在今甘肃环县北。候骑(jì):骑马的侦察兵。

[7] 都护:各处边防所设的最高武官。燕然:山名。东汉车骑将军窦宪大破北单于,登燕然山刻石记功而返。

【鉴赏】

边塞诗是盛唐诗歌的重要题材,王维也有许多名作。这一首作于他出使凉州途中,亲见塞上风光,感受更加真切。首联说明使至塞上的原因和目的地:为慰问边关军队,将要独自经过居延州。颔联中飞蓬和大雁都是塞外常见之景,以飞蓬比喻游子征人,汉魏以来常见,此处是即景自喻出塞远行的漂泊之感。同样,消失在胡天中的归雁也寄托着征人的归思。由此不难体味诗人单车出使在塞外旅途中的孤独感。

颈联是王维的名句。无边的大漠之上,远远只见一缕孤烟。"直"字抓住了最直观的印象,由于其远,所以不能仔细分辨烟的动态是袅袅斜上还是依依飘散。惟其感觉烟"直",才更显出大漠之宽广。日"圆"与长河的互相映衬道理相同。描写极其寥廓的境界,如过于细致刻画景物的动态特征,反而会失去宏观的直觉。王维的这两句诗只从大漠与孤烟、长河与落日的几何形状及其相互垂直的关系着眼,以"大""直""长""圆"这些没有色彩的字,勾勒出几笔粗线条的速写,把握住宏阔景观的大体轮廓和基本特征,既能给人最鲜明深刻的印象,又留下了丰富的想象余地。这也是王维将画理应用于写景的一个范例。

尾联与开头呼应,孤独的征人终于在萧关遇到侦察的骑兵,才知道都护还在更远的地方。刻石燕然是历来将帅们的最高志向,因此末句双关,既点出前程尚远的辛苦,又表示了赞誉崔希逸大捷的美意。

此诗将行旅与边塞相结合,写景虽然极力渲染塞外不见人烟的荒凉旷远,但绘景如画,意境壮丽,气势雄浑,笔力遒劲,毫无悲凉落寞之感,这正是盛唐边塞诗的艺术魅力所在。

皇甫岳云溪杂题五首·鸟鸣涧[1]

人闲桂花落[2],夜静春山空。月出惊山鸟,时鸣春涧中。

【注释】

[1] 皇甫岳:生平未详。王维另有《皇甫岳写真赞》,云"烧丹药就,辟谷将成"。云溪:皇甫岳别墅所在地。这组诗共五首,此为其一。见《王右丞集笺注》卷十三。

[2] 桂花落:桂花又称木樨,有春桂、秋桂、四季桂等不同品种。一般认为这里写的是春日开花的一种,或冬天开花春深花落的一种。

【鉴赏】

此诗写山中春夜幽静空灵的意境。首句"桂花落"曾引起许多争议。桂花一般在秋季开放,春季又何来桂花?有人解释是春桂。但地处北方的唐代长安是否有春桂?尚无法确认。一说"桂花"可代指月光。但这与"月出"意思重复,终有瑕疵。又有一说,认为这句是用典,据说灵隐寺僧夜中坐禅,月出时听到桂子落在屋瓦上的声音。此说亦有根据,宋之问《灵隐寺》"桂子月中落,天香云外飘"即用此典。人在极其闲静之时,能感知桂花飘落,夜之静谧仿佛使深山都化为一片虚空,确乎已进入类似禅定的境界,何况王维本来就精于禅理。中国山水诗从东晋以后,确立了"静照忘求"的审美观照方式,即在深沉静默的观照中"坐忘",达到精神与万化的冥合。当心灵变得十分清澈透明的时候,就会像一面晶莹的镜子,从虚明处映照出完整的大自然。这种观照方式与禅也有相通之处,因为以禅心的安定,最能体会本性的空无和外界的空寂。当进入这种境界之后,便能感知大自然内在的生命律动,体察到常人难以发现的动静。此诗的首二句,正是以人闲桂落、夜静山空的美景体现了这种审美观照的过程。

月出之时,已经栖宿的山鸟竟然被月光惊醒,以致涧谷中不时传来断断续续的鸟鸣声,从而更反衬出空山的寂静。可以见出王维创造空灵意境的另一特点是善于以动写静。"惊"字夸大了月光的亮度和栖鸟受惊的动静,又将"空"字的意思写足。因为鸟鸣声和明月光的强度,都是在心灵的空境中被放大的感受。

此诗之妙,在于虽写空境却自有佳趣,禅理内含又丝毫不落言筌。

相　思[1]

红豆生南国[2],秋来发几枝。愿君多采撷[3],此物最相思。

【注释】

[1] 本篇见《王右丞集笺注》卷十五。

[2] 红豆:产于岭南,木本植物,干高丈余,其叶如槐,秋开小花,冬春结子,处于荚中,鲜红夺目。举世呼为相思子。

[3] 撷(xié):摘取。

【鉴赏】

五言绝句源自南朝乐府民歌,因篇制短小,其基本特点是情思凝聚于一点,可以表现因节物变化而产生的小感悟,一个心理活动的瞬间,或是一个小细节、小动作,或是一个定格画面,一种人物情态。即使是双关、比兴,也是借眼前所见的一个物象,简单地点出情思所结。以句短味长、体小量大为上乘。此诗正是巧用俗称相思子的红豆起兴,以双关相思之意。

诗中的第二人称"君"当指将赴岭南或已经身在南国的友人。红豆是岭南特产,秋天又正是花发之时,以此起兴,仿佛随手拈来般自然。后两句以当面叮嘱的殷切口吻,劝对方多多采撷,并直接点出此物相思之意最深,则希望友人离别之后勿忘故人的深情也就自在其中了,当然自己对友人的眷念更无须多言。所以,尽管是直抒胸臆,却又无限含蓄。

睹物思人,人之常情,何况红豆本名相思子,借以表达珍惜友情或爱情之意,比任何比兴之物都要直接而恰切。这就是此诗虽短而容量极大,在任何时代都受到人们喜爱的缘故。

九月九日忆山东兄弟[1]

独在异乡为异客,每逢佳节倍思亲。遥知兄弟登高处,遍插茱萸少一人[2]。

【注释】

[1] 九月九日:重阳节,古代有登高赏菊、插茱萸的习俗。本篇见《王右丞集笺注》卷十四。题下有原注:"时年十七。"吴兴凌初成本题作《九日忆东山兄弟》。

[2] 茱萸(zhū yú):又名"越椒""艾子",常绿植物,有香气。据《风土记》,到重阳日,茱萸香气浓烈,颜色变红,可折下插头,谓可辟恶气御冬。

【鉴赏】

七言绝句形成之初受到晋、宋北地歌谣和北朝乐府民歌中七言体的影响,语言比五绝通俗浅近。虽然与五绝一样,善于以小见大,但每句比五绝多两个字,又多用虚字,读来声长字纵,更有利于声情的表达。盛唐七绝成就最高的作品都见于相思送别类题材,正说明了七绝的特长在于以浅语倾诉深情,王维这首诗就是代表作之一。

九月九日是重阳节,古时有亲友相约登高插茱萸的习俗。此时诗人独在异乡为客,遇到佳节倍加思念亲友,本是至情自然流露,脱口而出,所以说得真率直拙,却在不经意间概括了自古以来在同样情境中人人都有的感受:"每逢佳节倍思亲"。后半首跳过一步,从对面着想,料定山东的兄弟在登高之处,人人头插茱萸,却少了自己一人,其心情如何,不必明说,只从"少一人"与开头的"独"字正相呼应,便可想见双方的思念之情应当是相同的。

王维表达相思之情的绝句最善于提炼切合眼前实境的比兴或景物,此诗从重阳节插茱萸的习俗着想,将遥分两地的兄弟之情联系在一起,写出了中华民族重视佳节团聚和亲友至情的深厚传统。之所以能够万口流传,正因为既是王维自己的感悟,又超出了时空地域的局限,为百代之下的后人所共有。

送元二使安西[1]

渭城朝雨裛轻尘[2],客舍青青柳色新[3]。劝君更尽一杯酒,西出阳关无故人[4]。

【注释】

[1] 元二:姓元,排行二。名字不详。安西:唐代安西都护府治所,贞观十四年,治交河城(在今新疆吐鲁番);二十二年,移治龟兹(在今新疆库车附近)。这首诗曾被唐人谱成歌曲,反复歌唱末句,谓之《阳关三叠》,又称《渭城曲》。本篇见《王右丞集笺注》卷十四。

[2] 裛(yì):润湿。

[3] "客舍"句:多本作"客舍青青柳色春",一本作"客舍依依杨柳春"。

[4] 阳关:在今甘肃敦煌西南,位于玉门关东南方向,为出塞要道。

【鉴赏】

唐人广泛交游、行旅赴边的生活必然造成经常的离别,所以抒发离情别绪的名篇很多。此诗送友人出使安西,是一首极负盛名的送别之作。

全诗连题目有三个地名:安西、渭城、阳关。盛唐时中央王朝在西域设都护府,驻扎军队,西北地区和中原的交通十分频繁。出使安西,首先要经过长安西边的渭城,然后再出阳关。由于西北绝域荒凉遥远,朋友此去,自然会引起诗人深深的惜别之情。人在渭城饯别,而悬想的则是故人西出阳关的心情。所以渭城的景色也都仿佛蕴含着离情:清晨刚下过一场细雨,尘土已被雨水浸湿。由"裛"字可感知空气的清润以及浸透在离人心头的惆怅。客舍旁柳色青青,还是一片新绿,正是初春季节。古人送别都要折柳相赠,借"柳""留"谐音,表示挽留。这里虽未写折柳,青青柳色已经暗示出惜别留恋之意。

为元二饯别,分手在即,劝君再饮一杯,便可再多留一刻。"更"字说明此前已经殷勤劝酒多次,所以末句直道频频劝酒的心意:一出阳关,便是塞外,人地生疏、寂寞孤独,再也没有亲朋故知了。这里只是体贴对方出关之后的心境,送行者自己的伤别之情却也不言而喻。虽然稍用曲笔,但因借劝酒以慰行旅本来切合饯别场景,加之采用"劝君"的语气,如对面交心般恳切,读来便如冲口而出,声情动人,意味悠长。

　　此诗千载如新,还在于明白如话,能概括"人心之所同",使人读之便"如其意所欲出",故容易流播人口,"遂足传当时而名后世"(赵翼《瓯北诗话》),成为唐人送别诗中的绝唱。

崔　颢

崔颢(？—754)，汴州(今河南开封)人。开元十一年(723)进士。天宝中任尚书司勋员外郎。《全唐诗》录存其诗一卷。

长干曲四首(选二)[1]

其 一

君家何处住，妾住在横塘[2]。停船暂借问，或恐是同乡[3]。

其 二

家临九江水[4]，来去九江侧。同是长干人，自小不相识。

【注释】

[1] 长干：地名，在今南京市南。《长干曲》：乐府《杂曲歌辞》旧题。本篇见《全唐诗》卷一三〇。

[2] 横塘：地名，在今南京市西南。

[3] 或恐是同乡：《河岳英灵集》作"或可是同乡"。

[4] 九江：旧说有九条支流，在今江西九江附近流入长江。

【鉴赏】

《长干曲》始见于南朝乐府民歌，宋人郭茂倩《乐府诗集》收入《杂曲歌辞》，古辞仅见一首，以广陵女子的口吻写她驾着菱舟弄潮的情景。崔颢这组《长干曲》在古辞基础上扩充成四首问答式的民歌，构想出一个采菱少女与一位船家青年在水上相识的一幕情景，表现了人生中偶尔相逢的片刻意趣。其一和其二的问答关系十分清楚，因此可连在一起看。

其一是女子向男子主动问话,先问对方住在何处,语气直截,开门见山。然后不等回话,便介绍自己住在横塘。接着,似乎意识到这样向一个陌生男子打听住处并自报籍里,未免唐突,于是旋即解释之所以停船借问,是想到可能彼此是同乡的缘故。四句平平常常的问话,虽不写人,却闻声便可想见这位水上女子快人快语、热情开朗的性格。天真大胆的表情中还若有似无地流露出欲与对方结交的情思。这一简洁有味的开场白自然引出下一首男子的回答。

其二是男子的答词。青年两次强调自己的住处和来往行踪都在江上,主要是告诉女子自己萍迹浪踪,并无固定住处,虽然确认自己是长干人,但又解释了同乡而不相识的原因。青年男子的回答究竟有无与女子相识的意向,从字面上很难判断。但他老成持重的性格却也正从这种难以捉摸的态度中得以呈现。

在第三、四两首中,诗人将南朝乐府中常见的男女借停舟相载表示爱情的内容,化成进一步的男女问答。女子主动要求等待男子一起归去,但直到最后,男子也没有明确答复双方是否能有船同归。四首诗只是撷取了男女的两段对话,最大程度地恢复和提纯了民间男女交往时天真无邪的本来风貌。因此,如果不看第三、四两首,其一和其二的问答也可以理解成水上人家往来江上相互问讯的一幕常见情景,可以想见长年漂流在外的人在单调的生活中遇见同乡的欣喜和快慰。即使不作情歌看,这段简短的对话中也含有极朴实的人生体验:也许这只是江湖上普通的萍水相逢,交谈之后便各奔东西,但那饶有意味的对话或许就留下了人生中难忘的一个片段。这就比南朝民歌中男女轻易以心相许的结尾更耐人寻绎。

这两首五言绝句采用南朝乐府民歌轻快活泼的短歌式对白,对话的情节和背景都在无字之处,人物的声情笑貌和微妙心理活动则活现在不同的口吻之中,所以王夫之赞此诗"墨气所射,四表无穷,无字处皆其意也"(《薑斋诗话》卷下)。虽是仿乐府之作,却能得民歌之天籁。

黄 鹤 楼[1]

昔人已乘白云去[2],此地空余黄鹤楼。黄鹤一去不复返,白云千载空悠悠[3]。晴川历历汉阳树[4],春草萋萋鹦鹉洲[5]。日暮乡关何处是[6],烟波江上使人愁。

【注释】

[1] 黄鹤楼：旧址在今湖北武昌蛇山黄鹄矶上，下临长江。本篇见《河岳英灵集》卷中。
[2] 昔人：传说中的仙人。一说三国蜀费文祎曾在此楼乘鹤登仙。一说仙人王子安曾乘黄鹤经过这里。此句诸本作"昔人已乘黄鹤去"。
[3] 悠悠：白云飘荡的样子。
[4] 历历：分明。汉阳：在武昌西，与黄鹤楼隔江相望。
[5] 春草：一作"芳草"。萋萋：茂密的样子。鹦鹉洲：在武昌北长江中。
[6] 乡关：乡城、故乡。

【鉴赏】

这首诗是令黄鹤楼享誉天下的名作。黄鹤楼有几种民间传说，诗人将对这些传说的神往，转化为对时空悠久的遐想。首四句感叹昔日仙人已乘白云而去，此地的黄鹤楼早已人去楼空。仙人所乘的黄鹤一去不再复返，千年以来只有白云悠悠如故。四句中两用"黄鹤"，两用"白云"，以复沓递进的句法，造成两层意思的回环，增强了咏叹不已的情味。

与怀古之遐想相对的，是从黄鹤楼上俯瞰的眼前景象：隔江相望的汉阳城边，树木丛生；武昌江中的鹦鹉洲上，春草茂密。晴光之下，均历历在目。这种格外清晰的视觉感受，把诗人从遥想拉回现实。暮色逐渐降临，江上烟波苍茫，不由得百感交集，乡愁油然而生。后半首实写楼上所见和怀乡之意，反衬出前半首"托想之空灵、寄情之高远"，"尤觉有无穷之感"（俞陛云《诗境浅说》）。

严羽《沧浪诗话》说："唐人七言律诗，当以崔颢《黄鹤楼》为第一。"此诗既合典，又切景，能将古今登楼之人所见所感都概括无余，传说连李白到此也因"崔颢题诗在上头"而搁笔。更不可企及之处，在它如音乐般的特殊声调，而这种声调非人力刻意所为，乃是七律在进化过程中从初唐发展到盛唐这一特殊阶段时自然形成的一种声情韵调。七律本来起源于梁、陈乐府，和歌行具有密切的亲缘关系。初唐朝廷大典时，仍以七律为乐章。所以早期七律的结构和声调与乐府歌行非常相似，音节舒展悠远，便于全诗层叠反复地抒情。但是与《黄鹤楼》句式结构相似的七律前有沈佺期的《龙池篇》，后有李白的《登金陵凤凰台》《鹦鹉洲》等，却都没有产生《黄鹤楼》这样动人的艺术效果，原因就在此诗前半首的回环递进句法和悠扬流畅的声情，与黄鹤杳然、白云悠然的意境正好相得益彰，浑若天成，更能激发人们关于宇宙之间人事代谢的感慨和怅惘。

朱 斌

朱斌(生卒年不详),盛唐处士。

登鹳雀楼[1]

白日依山尽,黄河入海流。欲穷千里目,更上一重楼[2]。

【注释】

[1]鹳雀楼:故址在今山西永济市西南城上,共三层,前瞻中条山,下瞰黄河。后此楼被河水冲没。本篇见唐人芮挺章于天宝三载编选的《国秀集》卷下,作者题为"处士朱斌"。在历代传刻中,又作王之涣,《全唐诗》卷二〇三作朱斌,卷二五三作王之涣,重出互见。学者考证应为朱斌。

[2]"更上"句:一作"更上一层楼"。

【鉴赏】

鹳雀楼所在位置的特点是可前瞻中条,下瞰黄河。此诗开篇便展现出日落归山、黄河入海的壮丽景观,已经将鹳雀楼地势之高形容到极致。河中府距东海尚远,楼再高也不可能见到大海,只能见到黄河浩荡东流的景象,将境界拓展到目力所穷的范围之外,这是盛唐人写山水的共同特点。于是未写登楼,而楼上所见之广大空阔似乎已经写尽。

白日西下,大河东去,昭示着"逝者如斯"的自然规律,但诗人没有因此怅触感叹,反而激起再上一层、放眼千里的无限豪情。不但在已有的写景之外,拓展出穷尽千里目的更广视野,更由登楼的现成体会自然上升为登高才能望远的哲理,给人以无穷的启示。此诗后两句也因此成为千古不磨的警句,激励着人们在事业上永不驻足、不断追求更高的境界。

王之涣

王之涣(688—742),字季凌,本家晋阳,后徙绛郡(今山西新绛县)。曾任冀州衡水主簿。后去官优游山水。晚年为文安县尉,卒于官舍。《全唐诗》存其绝句六首。

凉州词二首(其一)[1]

黄河远上白云间[2],一片孤城万仞山[3]。羌笛何须怨杨柳[4],春风不度玉门关[5]。

【注释】

[1] 凉州词:唐代乐府曲名,是歌唱凉州一带边塞生活的歌词。凉州,泛指整个凉州,即河西一带。本题共二首,初见于《国秀集》卷下。诗题一作《出塞》。

[2] "黄河"句:一作"黄沙直上白云间"。《国秀集》卷下作"一片孤城万仞山,黄河远上白云间"。

[3] 仞:八尺。

[4] 羌笛:一种乐器,出羌中。羌是我国古代西北少数民族。杨柳:北朝乐府民歌有《折杨柳歌辞》。

[5] 玉门关:在今甘肃敦煌西,是当时凉州的最西境。

【鉴赏】

王之涣存诗虽少,这首绝句却极为著名,以致有"旗亭画壁"的故事传世。据唐人薛用弱《集异记》载,开元中,王昌龄、高适、王之涣三人在旗亭共饮,有伶官妙妓等会宴,奏乐歌唱当时流传之七绝,三人画壁各记己诗入歌之数,以定甲乙,王昌龄、高适各有绝句入歌,最后妓中最佳者唱王之涣此诗。可见其当时流传之广。

首句是"黄河远上"还是"黄沙直上",历来有不同版本,也引起过不少争论。"黄沙"固然写实,但用"黄河远上"则超出实际的视野,以黄河来自天边,远远地与白云融成一片的高远境界作为背景,更突出了崇山峻岭中只有一座孤城的荒凉感。再联系第三句"羌笛何须怨杨柳"来看,笛中所吹的《折杨柳》曲自能让人联想到北朝乐府民歌:"遥望孟津河,杨柳郁婆娑。我是虏家儿,不解汉儿歌。"孟津河即黄河,"黄河远上"可视为《折杨柳》曲中"遥望孟津河"的意境拓展。正如"一片孤城万仞山"是将塞外人烟稀少、群山雄峻的总体印象浓缩成"一片"和"万仞"的悬殊对比,"黄河远上白云间"也是不拘视角和地点,遥望黄河与白云在天际相连的静态印象,因而比"黄沙直上"的想象空间更为广阔,也更富有诗意。

　　征人在关城上吹笛抒发边愁,是南朝到唐代边塞诗中常写的情景,《折杨柳》也是最常见的笛曲。杨柳只存在于哀怨的笛曲之中,更显出塞外的荒寒。诗人却以排遣的口气说:凉州本来春意就少,玉门关外连春风都吹不过去,那么何须吹笛埋怨杨柳呢?然而"春风不度"正说明春天已至,只是玉门关几乎不见春意而已,于是这一点初春的消息便更令人向往。这样"迢遥的向往之情"(林庚《王之涣的凉州词》)正与"黄河远上白云间"的遥望之境首尾呼应,看不到杨柳的玉门关也因此平添了想象中的春意。

　　即使是荒野绝漠,诗人也总能发现其中的诗情和美感,这就是盛唐边塞诗的特殊魅力所在。

王　翰

王翰(生卒年不详),字子羽,并州晋阳(今山西太原)人。睿宗景云元年(710)进士,曾任驾部员外郎,仙州别驾。贬道州司马。《全唐诗》录存其诗一卷。

凉州词二首(其一)[1]

蒲萄美酒夜光杯[2],欲饮琵琶马上催[3]。醉卧沙场君莫笑,古来征战几人回。

【注释】

[1] 本篇见《国秀集》卷上。

[2] 夜光杯:东方朔《十洲记》记载,周穆王时,西胡献夜光常满杯,杯用白玉之精制成,光明夜照。

[3] 琵琶:汉唐琵琶有多种形制,清乐所用称为"秦汉子"。曲项琵琶本出胡中,俗传是汉制。五弦琵琶,北国所出。燕乐常用的是四弦琵琶。马上:指马上所奏之乐。西晋傅玄《琵琶赋》云:"汉遣乌孙公主嫁昆弥,念其行道思慕,故使工人裁筝、筑,为马上之乐。"《通典·乐六》云:"北狄三国(鲜卑、吐谷浑、部落稽),北狄乐,皆为马上乐也。鼓吹本军旅之音,马上奏之。"可知北狄乐在北周和隋代,与西凉乐杂奏。西凉乐所用乐器中有曲项琵琶及五弦琵琶,并出自西域。催:一说催饮,一说催上战场。

【鉴赏】

无数征夫战死沙场不得回乡的怨叹,是从汉魏到唐代边塞诗的常见内容。这首诗以一个战士的口吻,选取其举杯痛饮美酒的片刻谈笑,从新颖的角度再次表现了这一重要主题。

开头先给葡萄美酒和夜光杯一个特写镜头。葡萄酒是西域特产,夜光杯也是传说产自西胡的珍奇之物。以玉杯盛满美酒,酒色与夜光交相辉映,就像战士眼前全部的美好生活。然而当他正要举杯痛饮时,却听到了马上弹奏琵琶的声音,军队又要出发了。这一句学界有歧解。一说此句指马上奏起军乐,又在催着战士出征。唐代军队出征的军乐中有无琵琶,史无明证。《通典·军礼一》记载的隋大业七年征辽东时众军出发所用鼓吹乐的乐器中并无琵琶。但此诗题为《凉州词》,西凉乐有琵琶,且在北周和隋代与马上所奏之北狄鼓吹乐杂奏,则驻守在西凉的唐军鼓吹乐杂用琵琶也是有可能的。一说指军中设宴,乐队以琵琶助兴,"催"指"催饮"。如作此解,则此句指战士见酒欲饮时,军中乐队已经奏起马上乐,催他入席。两种解说没有根本分歧,只是前一解将饮酒与被催出征的时间连接得更紧,转折之突然更有戏剧性。

后两句是战士的谐谑之语,"君莫笑"似乎是玩笑,却也是认真的解释:沙场醉卧,固然荒唐可笑,但是能在醉中享受这短暂而美好的人生,不就忘记了征战者永远不能回乡的终古之恨了吗?这话虽是故作旷达,却沉痛之极。

此诗以欲饮始,以醉态结,首尾两句使人生的美丽和战争的残酷形成强烈的对照。征人颓放的情态加上葡萄酒、夜光杯、琵琶乐等意象的西域色彩,使全诗别具一种豪放浪漫的情调。

王昌龄

王昌龄(698？—757？),字少伯,太原(今山西太原)人,一说江宁(今江苏南京)人,一说京兆(今陕西长安)人。开元十五年(727)进士,补秘书省校书郎,又中博学宏辞科,调汜水尉,江宁丞。安史乱起,还乡,为刺史闾丘晓所杀。《全唐诗》录存其诗四卷。

出　塞[1]

秦时明月汉时关[2],万里长征人未还[3]。但使龙城飞将在[4],不教胡马度阴山[5]。

【注释】

[1]《出塞》:乐府《横吹曲辞·汉横吹曲》旧题,本篇见《乐府诗集》卷二十一"横吹曲辞一"。

[2]"秦时"句:中国自秦汉以来就设关备边。"秦时"与"汉时"互文见义。

[3]长征:有二义,一指长途征戍;二指盛唐时募兵制所招收的长征兵,长期征守边塞。

[4]龙城飞将:汉李广善战,匈奴称为飞将军。龙城,一作"卢城",指卢龙,即汉右北平治,李广曾为右北平太守。一说龙城指匈奴祭天处,龙城飞将即威震匈奴的飞将军。一说龙城即陇城,不少地志图书将"陇"写作"龙",李广乡贯是陇西成纪(今甘肃天水市秦安县),龙城指李广籍贯。

[5]阴山:起河套西北,绵亘于内蒙古,与内兴安岭相接,是中国古代抵御北方外族来犯的屏障。

【鉴赏】

此诗首句开门见山,横空而出:千里关城,屹立在明月之下,雄壮静默,犹如雕塑。这明月千年不变,从秦汉一直照到唐代,见证着秦汉以来无数战士从军不还的悲剧。

"长征"一词有二义,一是指远道征戍;二是指开元末张说设立募兵制所招收的"长征兵",与定期轮换的府兵相比,他们是长期征守边关的战士。后一义始见于盛唐。因而,此处既指士兵在关外征戍时间之长,也指他们从家乡到边关的距离之远。再联系首句来看,秦汉以来戍边战士所走过的长途,不也是"长得可以跨越汉唐之间的历史"(林庚《说"秦时明月汉时关"》)吗?这两句画面之壮美,气势之雄健,压倒了所有同类主题的诗歌。

正因为自秦汉以来,边关始终征战不息,所以才需要汉代李广那样令匈奴畏惧的飞将军,不让胡马度过阴山,使边疆永保太平。这是后两句与前两句承接的内在意脉。如果从李广的命运着想,这位飞将军虽然体恤士卒,威名远震,但最后遭到统治者不公正的待遇,落得委屈自尽,因而后来又成为历代边塞诗里体现军中赏罚不公的典型人物,那么这一结尾不但提炼出多少代人民的和平愿望和爱国热情,还暗含着希望朝廷得人、善用良将的深意。

此诗涵盖了历代边塞诗的基本主题,历史感之深沉,概括力度之高,非一般边塞诗可比,明代诗论家李攀龙、杨慎等推为唐绝第一,不无道理。

高　适

高适(700？—765)，字达夫，渤海蓨(今河北沧州)人。青年时求仕不遇，浪游燕、赵、梁、宋一带。四十岁后举有道科，授封丘尉，不久辞去。在河西节度使哥舒翰幕中掌书记。安史之乱后任西川节度使等职，官至散骑常侍。有《高常侍集》。

别董大二首(其一)[1]

十里黄云白日曛[2]，北风吹雁雪纷纷。莫愁前路无知己，天下谁人不识君。

【注释】

[1] 董大：《唐诗选》残卷题作"董令望"，则董大即董令望，事迹不可考。"大"是以其行第称。一说李颀有《听董大弹胡笳兼寄语弄房给事诗》，这个董大也可能是当时著名艺人董庭兰。诗共二首。本篇见刘开扬《高适诗集编年笺注》。

[2] 曛(xūn)：日色昏暗。

【鉴赏】

高适为董大送行，共作两首赠别诗。其二说："六翮飘飖私自怜，一离京洛十余年。丈夫贫贱应未足，今日相逢无酒钱。"可知两人是分手十余年后重逢的老相识，此时都漂泊外乡，穷困落魄，以致相逢时囊空羞涩，无钱沽酒钱别。然而，第一首诗气概之豪迈却胜过了千杯壮行的醇酒。

行者眼前的景色，是黄云笼罩的天空，落日昏暗的余光，北风吹送大雁远去，雪花纷纷飘落原野，令人联想到古诗中以浮云、孤雁喻游子飘零的常见比兴。这苍凉阴沉的旷野，也像是两位半世漂泊的贫贱士人心境的写照，仿佛预示着他们将要面对的仍然是一条艰难的人生之路。

尽管前景如此惨淡，但毕竟是一片开阔的天地。诗人从中看到的也不只是落寞凄凉，更有潜在的希望。因此，他对友人的慰勉并无离别的感伤，而是充满了前程万里的信心和大丈夫的豪气。"莫愁前路无知己，天下谁人不识君"这两句诗道出了盛唐文人看重人才和友情的事实，同时还包含着对友人必定能遇识者和知己的坚定信念。其立意与王勃的"海内存知己，天涯若比邻"大致相同，而能以新鲜警策自成名言。诗中充溢的壮志豪情和充分自信，不仅体现了盛唐文人共同的精神面貌，而且表现了高适本人魄力雄毅、"以气质自高"（刘熙载《诗概》）的鲜明个性。其深厚的意蕴，对于任何时代在人生长途中艰难跋涉的人都具有鼓舞作用。因而，千年之下仍然经常被当作格言来留别题赠，激励友人。

岑 参

岑参(715—770),荆州江陵(今湖北荆州)人。年青时曾在嵩阳、长安附近隐居。天宝初期中进士后,曾经两次到边塞任职。一次是749至751年,在安西(今新疆库车)节度使高仙芝幕府中掌书记。一次是在754年,随封常清出任安西北庭(今新疆吉木萨尔)节度判官。至德二载(757)入朝任右补阙。后为虢州刺史,卒于成都。有《岑嘉州诗集》。

白雪歌送武判官归京[1]

北风卷地白草折[2],胡天八月即飞雪。忽如一夜春风来,千树万树梨花开。散入珠帘湿罗幕,狐裘不暖锦衾薄[3]。将军角弓不得控[4],都护铁衣冷难着[5]。瀚海阑干百丈冰[6],愁云黪淡万里凝。中军置酒饮归客[7],胡琴琵琶与羌笛。纷纷暮雪下辕门[8],风掣红旗冻不翻[9]。轮台东门送君去[10],去时雪满天山路。山回路转不见君,雪上空留马行处。

【注释】

[1] 这首诗是天宝十三载(754)到至德元载(756),岑参在轮台(即北庭都护府驻地)时所作。判官:官职名。唐代节度使手下协助判处公事的幕僚。武判官:未详。本篇见陈铁民、侯忠义《岑参集校注》卷二。

[2] 白草:西域草名,秋天变白。

[3] 锦衾:锦缎被子。

[4] 控:引,拉开。

[5] 都护:镇守边疆的长官,唐时设六都护府,各设大都护一人。唐代往往尊称节度使为"都护""都使"。着:穿。

[6] 阑干:纵横。百丈冰:形容大沙漠上冰层之厚。

[7] 中军:主帅亲自率领的军队,这里借指主帅营帐。

[8] 辕门:军营门。古时驻军,用两车的辕木相向,交叉作为营门。

[9] 掣(chè):牵。翻:飘动。这句写军旗凝雪结冰,风吹不动。

[10] 轮台:轮台有汉轮台和唐轮台之区别,汉轮台在今新疆轮台县,唐轮台属于北庭都护府,治所在今新疆吉木萨尔县。

【鉴赏】

　　岑参的不少边塞诗采用长篇歌行的体裁,每首集中一个主题,深入细致地表现他在西域的各种见闻和经历。《白雪歌送武判官归京》是这类作品中的名篇。这是一首送别诗,但是以咏雪为主线,在八月飞雪的绚丽奇观中,抒写了诗人客中送别的愁绪和久戍思归的心情。

　　诗一开头,就展示出边塞萧瑟的秋景:北风席卷大地,原野上的白草被纷纷吹折;刚到八月,胡地的天空就飞起了大雪。如此荒凉的景象,对久戍绝漠的诗人来说,反而产生了惊喜浪漫的想象:一夜北风使白雪凝结在万千枝头,竟使诗人恍然如见千万树梨花在一夜之间开放。这美妙的比喻不仅描绘出一夜飞雪又大又急的情状,而且使萧条的边塞呈现出一派气象万千的阳春美景,给戍边的人们平添了无限的温暖和希望。以花喻雪,虽不是岑参的首创,但岑诗不但生动贴切,而且把北风想象成春风,又展开了遍地银花的壮阔境界,饱含着诗人身在边地渴望春天的生活体验以及不畏艰苦的乐观情绪。这种豪放开朗的襟怀是其他同类的比喻所不具备的。

　　春风梨花的比喻虽然给诗人带来了美丽的幻想,但很快就回到了严寒的现实:雪花散入珠帘,打湿罗幕,说明军中的营帐挡不住外来的寒气,所以狐裘锦被都觉得单薄。冻硬的角弓将军都拉不开,都护的铁甲更是冷得不能上身。军队长官住在重重帘幕之中,尚且如此苦寒,更何况将在冰天雪地中踏上行程的归客呢?但诗人只是用两句外景的描写将这层言外之意带过:大漠如瀚海般极目无边,上有百丈坚冰纵横交错;而雪意犹浓的云层凝聚在万里天空,如同惨淡的愁云笼罩在心头。这两句写景既展示出武判官归途的艰辛,同时也渲染了惜别的愁绪。所以紧接着与军中宴乐的热闹场景相对的,是辕门外暮雪纷纷、风掣红旗的静态描写。这幅无声的画面可以令人想见座中人送客出门时默默无语、凝视帐外的心境:被送的同僚就要在这样的天气中出发,而留下的人们还要继续在这艰苦的环境中戍边。所以,无论去者、留者,面对着这场风雪都是分外伤情的。

　　结尾写目送同僚渐行渐远的情景:雪地上留下一道清晰的马蹄印,通往长安的道路正从脚下开始,这就令送行者自己也"不觉随着这道踪迹而神驰故乡了"(陈贻焮

156

《谈岑参的边塞诗》)。最后的视线虽然聚焦在行人的足迹上,诗人久久伫立在风雪中凝望归路的身影却如在眼前。

此诗句句写景,句句有情。大雪成为贯穿全篇、牵引诗人感情发展的主线。整首诗虽不免因送别而黯然神伤,但仍富有浪漫的奇情异彩,充分体现了岑参边塞诗热情豪放的英雄气概。

李　白

李白(701—762),字太白,祖籍陇西成纪(今甘肃天水附近)。其先代隋末流徙到西域。李白诞生于唐安西都护府的碎叶(今哈萨克斯坦境内巴尔喀什湖南),五岁随其父到绵州彰明县(今四川江油市)。早年在蜀中读书漫游,二十五岁出蜀,漫游襄阳、金陵、扬州、洛阳、太原等地。又曾隐居东鲁。天宝初被征供奉翰林,三年后被放还山,在梁、宋(今开封、商丘一带)客居十载。安史之乱中被征入永王李璘军幕,不久因从逆罪被系浔阳狱中,次年长流夜郎,途中遇赦。六十二岁时病死于当涂(今安徽当涂县)。有《李太白全集》。

子夜吴歌(其三)[1]

长安一片月,万户捣衣声[2]。秋风吹不尽,总是玉关情[3]。何日平胡虏,良人罢远征[4]。

【注释】

[1] 子夜吴歌:即《子夜歌》,属南朝乐府《吴声歌》。诗共四首,本篇是第三首,见《李太白全集》卷六。
[2] 捣衣:古人秋季准备寒衣,为裁剪方便,先要将织好的布帛放在平滑的石砧上用木杵敲平,使之柔软熨帖。多在秋夜进行。
[3] 玉关:玉门关。
[4] 良人:丈夫。

【鉴赏】

《子夜吴歌》是南朝乐府民歌《吴声歌》的题目之一,这首诗从诗题到声调全拟清商小乐府,深得民歌天真自然的风致,境界之开阔却非一般南朝乐府可比。

秋天捣衣是北朝到唐代妇女家务生活中的要事。用砧杵捣平衣料,裁制冬衣,寄送给游子或者征夫,也是当时诗歌中表现秋思的常见内容。以捣衣入诗,早见于北朝的温子升和庾信。李白借长安秋夜千家万户都在捣衣这个生活细节,将无数思妇的深情融进照遍全城的月光之中,化在响成一片的砧杵声中。秋风从玉门关吹来,将长安与遥远的边塞联结起来,那么这不尽的情意究竟是思妇的孤栖忆远之情呢?还是征夫的远戍忆内之情呢?秋风既在催促着长安的思妇赶快制作冬衣,也仿佛在不断地传送着彼此的情意。所以万户砧声,风吹不尽,既是景中之情,又是情中之景,含蓄不尽,一片神行。

何日能平定胡虏,使思妇的"良人"不再远征,既是闺中的愿望,也使全诗的立意由此得到升华,因为这正是千百年来无数人民渴望和平的共同心声。《吴声歌》善于从女子情态和生活细节中撷取片刻情思,只是境界窄小,多为描写男欢女爱的情歌。李白同样是从捣衣声这个细节着眼,但能从中提炼出体现征夫思妇之情、反映久戍不归之苦的典型意义,借以概括历史和现实中的普遍问题。因而,境界高远,余韵无穷,大大拓展了乐府民歌的表现力。

月下独酌四首(其一)[1]

花间一壶酒,独酌无相亲。举杯邀明月,对影成三人[2]。月既不解饮[3],影徒随我身[4]。暂伴月将影[5],行乐须及春[6]。我歌月徘徊,我舞影零乱。醒时同交欢,醉后各分散。永结无情游[7],相期邈云汉[8]。

【注释】

[1]《月下独酌》是组诗,共四首,这是第一首。从其三之"三月咸阳城"句看,应作于天宝初李白第二次入长安(长安古称咸阳)期间。酌:斟酒,饮酒。本篇见《李太白全集》卷二十三。

[2] 三人:指月、我(李白)、影。

[3] 既:本。解:懂得。

[4] 徒:空自,徒然。

[5] 将:与,和。

[6] 及：趁着。

[7] 无情：即《庄子·德充符》所说的忘情，是道家所说的消除是非、得失、物我等区分，超然于一切之上的精神状态。

[8] 期：期会，约会。邈：杳远。云汉：银河。水势盛称"汉"，银河在天而广阔，所以称云汉。

【鉴赏】

　　李白幕天席地，友月交风，"诗仙"的潇洒狂放掩盖了他内心深刻的孤独。这组《月下独酌》的第一首，便以花下独酌、举杯邀月的清狂形象赢得无数赞誉，而其中深刻的人生思考却少有人领会。

　　首四句是点题之语：花间独酌，因寂寞而产生了举杯邀月的奇想。之后以月与"我"以及"影"三者之间的关系交错展开。月不懂得饮酒，影也只会随身。"月"和"影"虽然无情无语，却不妨姑且做伴。何况"我"在歌舞时，月会在天上随着移动，影也会随着翩翩起舞，又似乎变得有情有知了呢？月与影从不解酒趣变得能够凑趣，正写出诗人从微醉到大醉的过程。本来寂寞的独酌，也在醉意朦胧中变得热闹起来，这就越发显出其内心无可排遣的孤独。然而这份孤独又使他在"我"与月和影的关系中反复推勘："醒时同交欢，醉后各分散"似乎是解释"暂伴月将影"，但是三者交欢在"我"醒时，各自分散则在"我"醉后，那么影和月之所以能与"我"为伴，主要是由于"我"的暂时清醒，这就自然引出结尾对于"永结"交游的企望。

　　陶渊明有"挥杯劝孤影"（《杂诗》其二）句，也是在孤独中向自己的影子劝酒。李白的"对影成三人"之意应本于此句。陶渊明《形影神》三首中影回答形说："此同既难常，黯尔俱时灭。身没名亦尽，念之五情热。"李白意识到"我"与影的"醉后各分散"与此意相似。影与形的相伴是难以恒常的，或因光暗，或因"身没"，或因"醉后"。由此可以理解前面所说的"暂伴月将影"，不仅仅是说暂伴以解闷，其实是感叹人生短暂，"我"与月、影的相伴只是暂时而已。所以，下面才会紧接"行乐须及春"这一句，可见在诗人的寂寞中还包含着人生苦短的烦恼。花与春正如人生，相对月而言，都是短暂的，只有及时行乐才不辜负这有限的人生。

　　影随"我"身也是短暂的，只有月是永恒的存在。因此，诗人希望与明月"永结无情游"，"无情"即忘却人间的是非得失。与月亮相约在遥远的云汉，自己不也就获得永恒的逍遥游了吗？这虽然是以庄子哲学消解浮生烦恼的幻想，却也点出此诗的本意不仅是写自己独酌的醉态，更是借此表达对于人生和永恒的感悟。

　　全诗以月明花好之夜为背景，在独饮的醉歌醉舞中，寄寓人生的孤独感和哲理思考,而举杯邀月的狂态,则成为李白风神的典型写照。

将 进 酒[1]

君不见黄河之水天上来,奔流到海不复回。君不见高堂明镜悲白发,朝如青丝暮成雪。人生得意须尽欢,莫使金樽空对月。天生我材必有用,千金散尽还复来。烹羊宰牛且为乐,会须一饮三百杯[2]。岑夫子,丹丘生[3],将进酒,杯莫停。与君歌一曲,请君为我侧耳听。钟鼓馔玉不足贵[4],但愿长醉不愿醒。古来圣贤皆寂寞[5],惟有饮者留其名。陈王昔时宴平乐[6],斗酒十千恣欢谑[7]。主人何为言少钱,径须沽取对君酌[8]。五花马[9],千金裘,呼儿将出换美酒[10],与尔同销万古愁。

【注释】

[1]《将进酒》:汉乐府《鼓吹曲辞·铙歌》十八曲之一。将(jiāng):将要。一说读 qiāng,请。本篇见《李太白全集》卷三。

[2] 会:当。

[3] 岑夫子:岑勋。丹丘生:元丹丘,隐者。

[4] 钟鼓:富贵人家的音乐。馔(zhuàn)玉:珍美如玉的饮食。

[5] 寂寞:默默无闻。

[6] 陈王:陈思王曹植。平乐:观名。曹植《名都篇》:"归来宴平乐,美酒斗十千。"

[7] 恣:纵情。欢谑(xuè):嬉戏。

[8] 径须:直须,毫不犹豫。

[9] 五花马:名马。一说毛色作五花纹,一说马鬣修剪为五瓣。

[10] 将:拿。

【鉴赏】

人生苦短,当及时行乐,是汉代以来诗歌的传统主题。李白《将进酒》的立意也是这一老生常谈,但他采用汉乐府的古题,寄托当代才士的苦闷,将短篇杂言发挥成豪放至极的长歌,成为千古常新的名篇。

开篇连用两个"君不见",两次领起大声呼喊。首先感叹黄河之水犹如从天而来,直奔东海不复回返。以逝水比喻时光原出孔子,但李白放大了逝水奔流的速度和阵势,气势一泻千里,将光阴的飞逝夸大到极致。其次感叹高堂明镜映照白发,由黑变白只在朝暮之间。再次以高屋建瓴之势,直泻而下,将人生易老的事实夸大到极致,令人惊心动魄。紧接着再呼吁"人生得意须尽欢,莫使金樽空对月",便使及时行乐的老话平添了把酒尽欢的豪气。而"天生我材必有用,千金散尽还复来"的自夸自信,既是前人从未道过的狂言,却也隐含着怀才不遇的闷气,全篇的醉语都围绕着这两句展开。

以下用急促的三言和五七言相杂,向朋友陈述劝酒的理由:人生之可贵,不在钟鸣鼎食之家的富贵,惟在长醉不醒的混沌之中;也不在圣贤青史留名的美誉,而在斗酒十千的尽情欢乐之中。"惟有饮者留其名"固然是"乱道"(焦袁熹《此木轩论诗汇编》),但联系"圣贤皆寂寞"来看,不难理解其中的愤慨不平之意。自古以来,文人所追求的人生价值无非是立德、立功,富贵只是眼前荣华,本不足贵。圣贤虽贵,却寂寞无闻,还不如饮者能留其名。那么,在如此短暂的人生中究竟什么才是可贵的呢?似乎只有饮酒了。所以,结尾再次呼吁主人沽酒,不惜拿出五花马和千金裘去换取美酒,这就与"千金散尽还复来"前后呼应,最后道出了"将进酒"的真正原因:"与尔同销万古愁。"诗人的万古之愁,正是自古文人都有的光阴飞逝之愁、人生苦短之愁、怀才不遇之愁、圣贤寂寞之愁。

全诗的奇思妙想既来自天外,又在眼前随手拈来。满篇狂言中既充满了诗人强烈的自信,也饱含着失意的牢骚。一腔豪气借浇愁之酒喷涌而出,淋漓尽致却又深意内蕴,最能见出太白千古无双的才气。

静 夜 思[1]

床前明月光[2],疑是地上霜。举头望明月[3],低头思故乡。

【注释】

[1]《静夜思》:《乐府诗集》列入《新乐府辞·乐府杂题》,题作《夜思》。本篇见《李太白全集》卷六。

[2]"床前"句:宋蜀本《李太白文集》作"床前看月光"。

[3]"举头"句:宋蜀本《李太白文集》作"举头望山月"。

【鉴赏】

　　静夜望月思乡是许多旅人都有的体验。但在李白之前,意思与这首《静夜思》类似的唯有西晋傅玄的《古诗》:"东方大明星,光景照千里。少年舍家游,思心昼夜起。"所望的不是明月,而是东方的一颗大明星。而且明言因为少年离家出游,见星光普照千里,同样会照到家乡,所以勾起昼夜思念之情。四句诗写得很实。比较之下,便容易见出李白此诗的好处。望月比望星更合常情,也更富有诗意,所以李白省去月光普照千里的常识性叙述,只取夜里见月光照到床前恍如霜白的一时错觉,直道乡思被明月触发只在举头、低头的俯仰之间,则客子身在行旅之中的乡心之切也就不言自明了。言情看似直白,却仍有不尽之意。
　　《静夜思》被郭茂倩列入《新乐府辞》,当是因为唐前无此旧题,此诗声调情韵又酷似乐府。这种从日常生活情境中撷取片刻感悟或是心理活动瞬间的作法,源自南朝乐府民歌,尤其是《子夜歌》。李白运用其创作原理,从人们望月思乡的常情中提炼出最触动人心的一刻,但又如不经意间偶尔得之,纯出自然,所以能引起最广泛的共鸣,成为家喻户晓的名作。

早发白帝城[1]

　　朝辞白帝彩云间,千里江陵一日还[2]。两岸猿声啼不住[3],轻舟已过万重山。

【注释】

[1] 一作《白帝下江陵》。白帝城:今重庆奉节县。本篇见《李太白全集》卷二十二。
[2] 江陵:今湖北荆州。
[3] 住:一作"尽"。

【鉴赏】

　　北朝著名地理学家郦道元曾描写三峡江水的急湍和两岸的景色:"有时朝发白

帝,暮到江陵,其间千二百里,虽乘奔御风,不以疾也","每至晴初霜旦,林寒涧肃,常有高猿长啸,属引凄异,空谷传响,哀转久绝"(《水经注·江水》篇)。这段文字简洁优美,正为李白此诗所本。但李诗出自乘舟出峡的亲身体验,其妙境又非前人可到。

诗人从地势高峻、如在云端的白帝城出发,放舟三峡,瞬息千里,只消一日即到江陵。首二句只是印证"朝发白帝,暮到江陵",速度超过驾长风、乘奔马的古说,但换了个说法,从旅人计算日程的心理着眼,便别有趣味。行期之短,已充分见出水势之迅急,更兼两岸猿声尚在耳边回响,万重山影已从眼前飞快闪过。以"耳目之间不暇迎送之感"(吴小如评)烘托出轻舟飞驰而下的快意,只有身在舟中之人才会有如此惊心动魄的感受。因此,全诗意思虽有所本,落笔角度却出于己创。

李白之前,七绝很少用于描写山水。李白的七绝山水诗善于将长距离的游程浓缩在短短四句之中,使不适宜铺叙的七绝能充分抒发诗人的游兴。此诗笔势尤其骏快,正如乘奔御风,故能一气写尽三峡意趣,成为后人无法超越的名作。

黄鹤楼送孟浩然之广陵[1]

故人西辞黄鹤楼,烟花三月下扬州。孤帆远影碧山尽[2],唯见长江天际流。

【注释】

[1] 黄鹤楼:旧址在今湖北武昌蛇山黄鹄矶上,下临长江。广陵:今扬州。本篇见《李太白全集》卷十五。

[2] 远影:一作"远映"。碧山:一作"碧空"。

【鉴赏】

写江边送别怅望之景,创意造境之功,当首推南朝阴铿的《江津送刘光禄不及》诗,其前四句云:"依然临送渚,长望倚河津。鼓声随听绝,帆势与云邻。"因没有赶上送别友人,只能久立渡口目送官船远去,直到船上的鼓声在耳中消失,帆影在天边与云层相连。此景立意之新,前所未见。李白此诗同样是写送别友人乘船离去,在江边伫立遥望的情景,为何更脍炙人口呢?

阴铿之诗主要从送行者的角度,写自己久立河津、神驰目注的情景,暗示追送不及的失落之感。李白此诗则全从故人方面着想,并无一字提及临江长望的送别者:西辞黄鹤楼的是故人的行帆,烟花三月的扬州是故人的去向。孤帆远影在碧空尽头消失,是故人已经离开目力可穷的视野,最后只见长江浩浩荡荡流向天际,伴随着故人远去。虽然句句是望中之景,凝神远眺的诗人却呼之欲出。结句还有一层深意可以体味:江水之去向,也正是故人之去向,所以江水可以将故人一路相送到扬州。那么,这江水中包含着诗人多少离情也就不言而喻了。李白诗中的流水,都是深通人情的。比如:"仍怜故乡水,万里送行舟。"(《渡荆门送别》)"请君试问东流水,别意与之谁短长?"(《金陵酒肆留别》)这类意思同样暗含在此诗凝望长江流水的目光中,只是没有明白道出而已。

总之,李白此诗与阴铿诗虽然都是写伫立江边凝望帆影远去的情景,都以语不及情而情自无限的意境取胜,但李诗与阴诗角度不同,更不露言情的痕迹,也更浅近自然,加上长江流水的兴象在李白诗中往往包含人情,因此比阴铿的原创更觉情意悠渺,耐人寻味。

杜 甫

杜甫(712—770),字子美,祖籍襄阳,后迁居巩县(今河南巩义市)。早年曾漫游吴、越、齐、鲁。安史之乱前在长安困守十年,授右卫率府兵曹参军。安史之乱起,一度陷于贼中。后逃出长安,在肃宗朝任左拾遗。不久贬华州司功参军。乾元二年(759)弃官,经秦州、同谷入蜀。在成都营建草堂,其间避乱梓州、阆州等地。回成都后,被严武表为节度参谋,检校工部员外郎。后离成都至夔州旅居,两年后出川,在岳州、潭州、衡州一带漂泊。大历五年(770)病故,享年五十九岁。有《杜工部集》。

望 岳[1]

岱宗夫如何[2]?齐鲁青未了[3]。造化钟神秀,阴阳割昏晓。荡胸生层云,决眦入归鸟[4]。会当凌绝顶[5],一览众山小[6]。

【注释】

[1] 本篇见《杜诗详注》卷一,大约写于公元736—740年间杜甫漫游齐、赵之时。

[2] 岱宗:《尚书》称泰山为岱宗。"岱"有代谢之意,古人认为泰山处于东方,是万物生长、春天开始的地方;"宗"意为"长",泰山为五岳之首,故称岱宗。

[3] 《史记·货殖传》:"泰山之阳则鲁,其阴则齐。"

[4] 决眦(zì):睁大眼眶。决,裂开。眦,眼角。

[5] 会当:合当,将要。凌:登上。

[6] "一览"句:《孟子·尽心上》:"孔子登东山而小鲁,登泰山而小天下。"

【鉴赏】

　　杜甫游东鲁之前,曾考进士落榜,但此诗依然豪情万丈,抒发了希望登上事业顶峰的雄心壮志以及对前程万里的乐观和自信。

　　传说泰山是自尧舜以来就受到历代帝王祭祀的名山。杜甫之前咏泰山的名作寥寥无几。晋宋诗人谢灵运的《泰山吟》风格典重生奥,写成了板滞的颂体。李白的《游泰山》六首,以游仙诗的形式抒写他在泰山顶上与仙人同游的自由与快乐,倒也符合泰山在汉代被视为"神仙道"的形象。杜甫这首诗则选择了一个"望"的角度,将泰山壮美的自然景观和象征崇高的人文意义融为一个整体印象。

　　开头以散文句式自问自答。发端直称"岱宗",本身已包含了帝王封禅之地的意蕴。接着说从齐到鲁都望不尽它的青青山色,又以景色描写烘托出它的高大。同样,下面两句说大自然把神奇和灵秀都集中于泰山,山南山北的明暗由高高的山峰分割。这既是赞美泰山景色的壮丽和雄奇,也隐含着"岱宗"一词的本义:万物代谢、昏晓变化正是阴阳造化之功,既然集中于泰山,那么此山当然不愧为五岳之首了。这就超越视野的局限,化用泰山的传统人文含义概括了泰山的主要特征:一个象征造化伟力和代谢变化的自然奇观。

　　后半首写诗人遥望山中云层起伏,心胸豁然开朗;目送飞鸟归山,眼眶几乎为之睁裂。以"荡胸"二字置于"生层云"之前,似乎层层云气是从诗人的胸中升腾,充分表现出诗人仰望泰山时精神的激荡,以及将大自然的浩气都纳入胸怀的豪情。有此力度,下句说目送归鸟以至要"决眦"的夸张,才更显出"望"的专注急切和目光的清澈深远。那归鸟所向之处,就是诗人相信自己终有一天会登上的极顶。于是,结句用孔子"登泰山而小天下"的典故就极其现成、极其巧妙,既自述怀抱,又回到了泰山丰富的人文内涵中。正因为泰山的崇高伟大不仅是自然的也是人文的,所以登上绝顶的想望本身当然也具备了双重的含义。全诗寄托虽然深远,但通篇只见登览名山之兴会,丝毫不见刻意比兴之痕迹。若论气骨之峥嵘,体势之雄浑,更为后出之作难以企及。

前出塞九首(其六)[1]

　　挽弓当挽强,用箭当用长。射人先射马,擒贼先擒王。杀人亦有限,列国自有疆。苟能制侵陵[2],岂在多杀伤。

【注释】

[1]《出塞》:汉乐府古题。本篇见《杜诗详注》卷二。

[2] 制侵陵:制止侵略。

【鉴赏】

这组诗用乐府旧题,共九首,各章意思前后相承,以一个征夫的口吻,自述其出征后十余年的战斗生活。评论家一般认为是写哥舒翰征吐蕃一事。但从涉及的范围来看,几乎涵盖了盛唐边塞诗的全部内容。第六首纯为议论,表达了杜甫对于战争目的和民族关系等根本问题的正确见解,见识远高于当时所有的边塞诗。

杜甫很少写乐府旧题,但是从这首诗的开头四句可以看出,他是深知乐府民歌的创作神理的。拉弓要拉强弓,用剑要用长剑,射人先射他骑的马,捉贼先捉他们的王,四句都是谣谚式的比兴。挽弓、用箭、射马都是用战争的最典型动作强调要取胜应该用最有效的方法,然后引出"擒贼先擒王"这一具有高度概括力的警句。擒王则贼众自然投降,这是解决战争最彻底的办法。仅此四句,也可当一首北朝乐府风味十足的民歌来看。

但杜甫的高明更在于从"擒贼先擒王"再加引申:擒王则可避免滥杀无辜。那么,这就是正义战争的主要目的:尽可能减少杀人,尊重各国疆界。只要能制止侵略,哪里还用大量杀伤?人类的战争虽然不可避免,但只有掌握这一根本的原则才是仁者无敌之师。因此,杜甫这首诗的意义不仅在于反对当时的穷兵黩武,也适用于古往今来不同民族、不同国家的一切战争。能够立此警策,方称传世名作。

自京赴奉先县咏怀五百字[1]

杜陵有布衣,老大意转拙。许身一何愚,窃比稷与契[2]。居然成濩落[3],白首甘契阔。盖棺事则已,此志常觊豁[4]。穷年忧黎元,叹息肠内热。取笑同学翁,浩歌弥激烈。非无江海志,潇洒送日月。生逢尧舜君,不忍便永诀。当今廊庙具,构厦岂云缺。葵藿倾太阳[5],物性固难夺。顾惟蝼蚁辈,但自求其穴。胡为慕大鲸,辄拟偃溟渤[6]。以兹悟生理,独耻事干谒[7]。兀兀遂至今,忍为尘埃没。终愧巢与由[8],未能易其节。沉饮聊自适,放歌破愁绝。

岁暮百草零,疾风高冈裂。天衢阴峥嵘[9],客子中夜发。霜严衣带断,指直不能结。凌晨过骊山,御榻在嵽嵲[10]。蚩尤塞寒空[11],蹴踏崖谷滑[12]。瑶池气郁律[13],羽林相摩戛[14]。君臣留欢娱,乐动殷胶葛[15]。赐浴皆长缨[16],与宴非短褐。彤庭所分帛,本自寒女出。鞭挞其夫家[17],聚敛贡城阙。圣人筐篚恩[18],实欲邦国活。臣如忽至理,君岂弃此物?多士盈朝廷,仁者宜战栗!况闻内金盘,尽在卫霍室[19]。中堂有神仙,烟雾蒙玉质。煖客貂鼠裘,悲管逐清瑟。劝客驼蹄羹,霜橙压香橘。朱门酒肉臭,路有冻死骨。荣枯咫尺异,惆怅难再述。

北辕就泾渭,官渡又改辙。群冰从西下[20],极目高崒兀[21]。疑是崆峒来[22],恐触天柱折。河梁幸未坼,枝撑声窸窣。行旅相攀援,川广不可越。老妻寄异县,十口隔风雪。谁能久不顾,庶往共饥渴。入门闻号咷,幼子饿已卒。吾宁舍一哀[23],里巷亦呜咽。所愧为人父,无食致夭折。岂知秋禾登,贫窭有仓卒。生常免租税,名不隶征伐。抚迹犹酸辛,平人固骚屑[24]。默思失业徒,因念远戍卒。忧端齐终南,澒洞不可掇[25]。

【注释】

[1] 本篇见《杜诗详注》卷四。作于天宝十四载(755)十一月杜甫由长安往奉先(今陕西蒲城县)探家之时。

[2] 稷与契(xiè):尧舜时代的贤臣,分任农官、司徒。

[3] 濩(huò)落:大而无当。

[4] 觊(jì)豁:希望施展。

[5] 葵:胡葵,又名戎葵、卫足葵、吴葵、一丈红,是锦葵科的宿根草本,叶子向阳。藿:豆叶。《花镜》:"葵,阳草也。一名卫足葵。言其倾叶向阳,不令照其根也。"曹植《求通亲亲表》:"若葵藿之倾叶,太阳虽不为之回光,然终向之者,诚也。"

[6] 偃溟渤:在大海里游息。

169

[7] 干谒(yè):请求谒见。干,求。谒,禀告,拜见。唐代士人干谒有地位的人,主要是希望对方引荐自己进入仕途。

[8] 巢与由:古代的两个隐士巢父和许由。

[9] 天衢:天空。一说天街。峥嵘:形容云层叠起状。

[10] 嵽嵲(dié niè):形容山高,这里指骊山。

[11] 蚩尤:古代神话传说蚩尤和黄帝交战,作大雾,这里代指雾。

[12] 蹴(cù):踩。

[13] 气郁律:形容热气蒸腾。

[14] 摩戛(jiá):武器相互碰撞。

[15] 胶葛:广大深远貌。

[16] 长缨:指高官显贵。

[17] 夫家:人口,役夫,家口。徐幹《中论》:"户口漏于国版,夫家脱于联伍。"

[18] 筐篚(fěi)恩:皇帝宴会时用筐篚盛钱币、绢帛赏赐群臣。《诗经·小雅·鹿鸣》序:"既饮食之,又实币帛筐篚,以将其厚意。"

[19] 卫霍室:汉代卫青、霍去病都是汉武帝的外戚,这里借指杨氏家族。

[20] 群冰:一作"群水"。应以"冰"为是。黄河每年十一月封冻前有凌汛,大量冰凌随河水流下。

[21] 高崒(zú)兀:形容群冰危峻之状。

[22] 崆峒(kōng tóng):山名,在今甘肃岷县。

[23] 舍一哀:抛舍一哀之礼。据陈贻焮考,古代士大夫的丧礼规定,主家守灵时,每有人来祭奠,必须先哭一场然后行礼,叫作一哀。唐代有遵《礼经》不哭丧婴的习俗,所以说舍一哀,不必见人就哭。

[24] 骚屑:原义是形容风吹树木的情状,后引申为骚动不安。

[25] 澒洞(hòng tóng):浩大无边。

【鉴赏】

在杜甫的诗歌中,《自京赴奉先县咏怀五百字》可说是最集中地披露诗人一生心事的长篇。这首诗作于天宝十四载(755)。这年十月杜甫得到右卫率府兵曹参军的任命,十一月离京赴奉先县探家。安禄山恰在此时反叛,但长安尚未证实反讯,唐玄宗和杨贵妃还在骊山华清宫避寒享乐。而杜甫从长安到奉先正经过骊山,久已积压在心头的政治危机感和大乱将临的预感,被眼前与皇帝咫尺天涯的情景所触动,发为忧国忧民的浩叹,便更觉恳切沉痛。

全诗以还家探亲的过程作为主线,虽然从结构上可以分为明志述怀、途经骊山和到家经过三个部分,但以咏怀为一篇之正意。所以,发端开门见山,直陈平生抱负。诗人以稷与契自比,虽然极其自负自信,却以自嘲越老越拙的口气出之,是包含着十年潦倒的穷愁辛酸的。明知许身太愚,但仍然矢志不移,又表现了诗人追求理想的执着信念。第一大段正是围绕着这一主旨反复转折,从各种角度层层推覆,表白自己坚持既定人生道路的决心。先说虽然一事无成,但希望实现志向的心愿要盖棺则已;再强调尽管被同学取笑,仍不能改变救世济民的热肠。古今之人都讲"达则兼济天下,穷则独善其身",杜甫却唱出了"穷年忧黎元"的浩歌。这是他的伟大精神所在,也是他不为众人理解的原因。因此又引出下一层转折:自己并非没有潇洒山林的独善之想,只是生逢尧舜之君,不甘退隐而已。接着又转出一层反问:既逢治世明君,廊庙里有的是栋梁之材,哪里还缺自己这块料?诗人随即自答:即使如此,其恋阙之心也依然不变,就如葵藿向日天性难移而已。那么如此汲汲于进取,岂非太热衷名利?于是又说明自己的本心并非像蝼蚁那样自营洞穴,而是要像巨鲸般志在万里。正因如此执着于大道,又羞于求见权贵,所以才一直埋没风尘。但即使耽误了生计,也始终不肯归隐,只能愧对巢父、许由,饮酒放歌以破闷了。

这一大段一气七八层转折,跌宕起伏,连绵不断,就像剥茧抽丝一样,后一层意思从前一层意思中引出,先反后正,自嘲自解,在回顾往事的万般感慨中倾吐出不遇之悲和身世之感。理想与现实的矛盾、兼济与独善的冲突也在痛苦的反省中得到解决。最后,诗人又轻巧地将撒开的思绪兜转来,回到眼前廓落无成的处境。这就以议论推驳的层次形成抒情的回环往复,体现了杜甫以议论入诗又能保持诗歌情韵的艺术独创性。

第二大段夹叙夹议,记述途经骊山的见闻和感想。先用十句的篇幅铺叙一路风高霜严、雾重路滑的情景,不仅令人身临其境地感受到行旅风霜之苦,而且反衬出骊山华清宫内的暖意,使宫外与宫内的苦乐之别形成鲜明的反差。来到骊宫墙外,连羽林军兵器相碰的声音都可以听见。但一墙之隔,何啻天壤?处在这种特殊的境地,自不免令人感慨万端。在悬想宫内赐浴欢宴的情景时,诗人单挑出分帛一事来议论。从章法立意来看,仍是扣住寒暖对照,通贯上下。从所选事例的典型性来看,又揭示了唐代统治者最基本的剥削方法——租庸调的实质。杜甫强调这些进贡的绢帛是官府以鞭挞的手段强行从民间寒女家搜刮得来,一针见血地指出上层统治者的享乐生活正建立在掠夺劳动人民的基础之上。接着,诗人又将笔锋转向最骄奢淫逸的后妃外戚,对"中堂"酒宴的豪华奢侈极尽铺陈之能事,这在当时有明显的针对性。《资治通鉴》卷二一六载:"时诸贵戚竞以进食相尚,上命宦官姚思艺为检校进食使,水陆珍馐数千盘,一盘费中人十家之产。"珍馐美味视若平常,酒肉凡品自然只能任其臭腐了。至此,诗人不觉大声呼出"朱门酒肉臭,路有冻死骨"这两句千古名言,便成为诗情发展的必然。这是杜甫从"穷年忧黎元"的一片热肠中自然迸发的浩叹,高度概括的语言使贫富对立的社会现象通过眼前寒暖的对照更加触目惊心。同时又在达到高潮时暗中结上启下,不露痕迹地转回路上的情景。

最后一段写诗人继续北上辛苦跋涉的情状及到家后的境况。如果说从长安到骊山着重写山路的艰险,那么从骊山到奉先则主要写水路的难行。这在章法上正好取得一山一水的对应。"群冰"四句写封冻之前河水夹带着大量冰凌西下,竟至令人产生恐触天柱折的惊悸之感。句句是实景,又流露出时势将乱的隐忧。景物描写中这类似有若无的暗示,没有象征和比兴那样明确的用意,最适宜表现朦胧的预感,这也是杜甫对传统比兴手法的创变。

历尽艰辛到家,一进门就听到幼子饿死的噩耗和邻里的呜咽,使满心盼望与家人团聚的诗人先遭迎头一击。可贵的是,杜甫能够由自己的不幸看到此事的典型意义:一个下层官吏,家里还有蠲免租税的特权,尚且不免在秋禾登场时饿死亲子,更何况那些贫困失业之徒和远征边戍之兵?这不仅可见诗人推己及人的"仁者之心",而且在"平人"的骚动不安中显露了一触即发的社会危机。这就难怪诗人的忧愤高如终南,如大海般混茫无际了。如大潮般汹涌而来的诗情在此陡然煞住,使全诗产生了"篇终接混茫"的艺术力量。

魏晋以来,咏怀类诗大多采取五言古诗的体裁,用托物比兴的手法,集中反映作家对社会和人生的感想。这首长篇则吸取王粲《七哀诗》和蔡琰《悲愤诗》根据自身经历抒发所见所感的写法,按照还家的时间顺序,通过真切描写沿途见闻和到家后的情景,集中表现了杜甫"致君尧舜上"的抱负、对社会现实的洞察力以及对国家命运和人民疾苦的深切关怀,从而为咏怀诗开出全篇议论与叙事、抒情相结合的新形式。篇制虽巨,但章法完整,构思精密,可谓无一字落空,无一处闲笔,堪称最见杜甫平生大本领的代表作。

春 望[1]

国破山河在,城春草木深。感时花溅泪,恨别鸟惊心。烽火连三月,家书抵万金。白头搔更短,浑欲不胜簪[2]。

【注释】

[1] 本篇见《杜诗详注》卷四。作于至德二载(757)杜甫陷贼困于长安城中时。

[2] 浑欲:简直要。簪(zān):别住发髻的条状物。这句说头发稀得快要插不住簪子了。

【鉴赏】

　　一首名作传诵千古,必定是因为它能高度概括时人和后人在同类境遇中共同的感受和体会。《春望》就是如此。

　　国破是一朝一代的悲哀,而山河是永恒的存在;破城遇到春天,草木照样生长,自然规律不会因时势的变化而改易。眼前人事和永恒时空的对比,使诗人更强烈地感受着内心的荒凉落寞,以至于所见只剩下山河草木,一片空廓。山河草木虽然无情,诗人却使它们都变成了有情之物,花和鸟会同诗人一样因感时而溅泪,因恨别而伤心,足见人间深重的苦难也能惊动造化。花儿带露、鸟儿啼鸣不过是自然现象,而所溅之泪和所惊之心实出自诗人。因此,花和鸟的溅泪和惊心只是人的移情。此诗移情于景的新颖手法历来受到称赞,但它能够感人还是得力于开头两句的深刻含蕴。

　　一春三月,烽火不息,所以家书难得,可值万金。这两句是因果关系的流水对。这一年的正月,李光弼正与史思明战于太原,郭子仪从鄜州进击河东,叛将安守忠自长安向武功出兵,长安、鄜州都卷入战事,自然音问难通。这句是实写自己与家人音讯隔绝,但也概括了一个共通的道理:战乱之中亲人的平安消息比什么都珍贵。由于能将个人的感受提炼成人之常情,这两句遂成为表达人们在乱离中盼望家信的成语。

　　这首诗各联结构严整,颔联以"感时花溅泪"应首联国破之叹,以"恨别鸟惊心"应颈联思家之忧,尾联强调忧思之深导致白发变疏。加上对仗精工,声情悲壮,自然成为最能概括家国之恨的代表作。

春夜喜雨[1]

　　好雨知时节,当春乃发生。随风潜入夜,润物细无声。野径云俱黑[2],江船火独明。晓看红湿处,花重锦官城。

【注释】

[1] 本篇见《杜诗详注》卷十。作于杜甫在成都草堂时期。

[2] "野径"句:田野的道路上乌云笼罩,漆黑一片。

【鉴赏】

俗话说"春雨贵如油",春天大家都盼望及时雨。但要把人们这种常见的心情贴切入微地表现出来,却很难下笔。"好雨知时节"一句称赞雨知道该下的时节,而且是正当春天最需要雨的时候,概括了人人都想说的心里话。这雨不但来得及时,而且来得柔和细润。"潜"字以人情化的动词,形容雨在夜里趁人毫无察觉时悄悄地随风而来的动态,"润"字进一步描写它细细地滋润着万物,悄无声息,这就在无声之处把雨势的绵细连同其所以润物无声的道理一起写出来了。

这细密的春雨既听不见,也看不见,田野道路和天上乌云都是一片漆黑,唯有江船的渔火闪着一星亮光。这又是以阴沉的夜色渲染看不见的雨势。等到早晨起来观看远近鲜红湿润的花丛,只觉得锦官城里的花儿都显得沉甸甸的,色泽也更浓重了。用"重"字写花儿饱含雨水的感觉,能使人想象出花枝经受不起花朵分量的情状。说明这雨整整下了一夜,已经下透了。

平常之景最为难写,能写难状之景如在目前,且从真切入微的物态观察中写出事物内蕴之物理,令人如入其境,是杜甫五律的独特造诣。

登　高[1]

风急天高猿啸哀,渚清沙白鸟飞回[2]。无边落木萧萧下[3],不尽长江滚滚来。万里悲秋常作客,百年多病独登台。艰难苦恨繁霜鬓[4],潦倒新停浊酒杯[5]。

【注释】

[1] 本篇见《杜诗详注》卷二十。大约作于大历二年(767),杜甫当时卧病夔州。

[2] 渚(zhǔ):江中小洲。

［3］落木:落叶。

［4］繁霜鬓:白发日渐增多。

［5］新停浊酒杯:当时杜甫因肺病戒酒,所以说"新停"。

【鉴赏】

　　此诗写杜甫登高所见江上秋色,抒发了诗人晚年到处漂泊、艰难潦倒的处境和无限悲凉的心情。全诗以精心安排的句式节奏、缜密工致的声律和凝练飞动的意象,展示出阔大高远的境界;在回旋流荡的旋律中,烘托出独立于秋气中的诗人贫病交困、孤独寂寞的形象。

　　诗一开头就突出了一种动感:风急、天高、猿声哀鸣、渚清、沙白、鸟儿来回飞旋。头两句写景,将字和音节排得密集而紧凑,每句各包三景,一字一顿一换,便渲染出秋气来临的紧迫之感。登高而望,江天本来是很空阔的,但使用这种特殊的对仗和起句方式,却令人强烈地感受到风之凄急、猿之哀鸣、鸟之回旋,都在受着无形的秋气的控制,仿佛万物都对秋气的来临惶然无主。于是,本来难以写出形态的秋气,便借风、猿、鸟所构成的这种飞旋回荡的动态显现出来了。

　　秋气来得是那样急速,自然会使诗人想到人生的秋天也是来得那样急速,而不由得产生惶然之感。所以"无边落木萧萧下,不尽长江滚滚来"这一联,就不只是写景了。"风飒飒兮木萧萧"(《山鬼》),木叶飞落,自见秋风飒然。而"无边"则放大了落叶的阵势,"萧萧下"又加快了飘落的速度。同样,写滚滚而来的长江,也有意强调了江水的急速。两句相对,未免含有逝者如斯、时不待人的悲慨。但它的境界是如此壮阔,对人们的触动不限于岁暮的感伤,更有哲理的启示:秋气是那样无情,催促着注定要消逝的事物快速逝去,使人联想到一切生命的有限,包括短促的人生。但宇宙和生命又是永恒的,正如这长江,水不停地流去,却永远也没有流尽的时候。

　　如果说前半首在快速来临的秋气中已经蕴含着对人生之秋的感悟,那么后半首则以同样的快速概括了诗人一生的经历:万里飘零,又常在客中悲秋,人到晚年,老来多病,又如此孤独。如果说这一联是总结诗人毕生的悲秋之苦,那么最后一联则是抒写眼前的处境之苦:日子艰难、满怀苦恨,已使鬓发日渐变白,更何况最近又因肺病戒酒,连一杯解忧的浊酒都不可得。对此秋景,更当奈何?

　　前人赞此诗"一篇之中,句句皆律,一句之中,字字皆律","而有建瓴走坂之势",指出对仗如此精密,声律如此严格,却能形成顺流而下的气势,实属不易。此诗首联密集的意象与急促的音节相对应;颔联用歌行式对仗,又增加了流畅的声情;颈联、尾联连用递进句法,一意贯穿,遂使全诗一气流注,峭快中回荡着飞扬流转的旋律。可见,这首七律艺术表现的最难之处,是通过精心的构句,使文字形成的节奏声韵体现出字面意义所不能完全表达的感受。从这一点来说,明人胡应麟称它"章法、句法、字法,前无古人,后无来学,此当为古今七律第一,不必为唐人七言律第一"(《诗薮》),不为过誉。

刘长卿

刘长卿(709—780?),字文房,河间(今河北河间)人。开元二十一年(733)进士。曾两次下狱遭贬。官终随州刺史。有《刘随州集》。

逢雪宿芙蓉山主人[1]

日暮苍山远,天寒白屋贫[2]。柴门闻犬吠,风雪夜归人。

【注释】

[1] 芙蓉山:许多地方都有芙蓉山,不详所指。本篇见杨世明《刘长卿集编年校注》。

[2] 白屋:茅屋。或说指没有任何漆饰的平民住房。

【鉴赏】

从题目看,可知此诗是写诗人旅途中遇雪,在芙蓉山民居求宿之事。古代旅人常有的经历,在此诗中仅浓缩为投宿的一个片刻:苍山重重,路途尚远。晚来又逢下雪,山上正有一座简陋的茅屋,于是上前叩门,只听得柴门一阵犬吠,已来迎接风雪之夜的归人。叙述笔墨之简洁,色泽之寒淡,犹如一幅水墨小景。

此诗没有一句言情,旅人微妙的心理活动全在寒山白屋的环境与柴门犬吠的对照中见出:山深路远,暮色苍茫,更兼风雪交加,对于凄惶的旅人来说,最紧迫的莫过于寻找一处暂时栖身的住所。即使是贫寒的白屋,山里人家的安宁也会给旅人带来心灵的安顿和慰藉。虽然白屋的主人没有在诗里出现,但"柴门闻犬吠"已足以引人想象投宿者听到犬吠时既惊且喜、倍感温馨的情景。结句"风雪夜归人"更是妙在意思的含浑:夜归的是回来迎客的白屋主人呢?还是白屋中宾至如归的旅人呢?或许二者兼而有之。正因如此,这句诗在后世被广泛应用于各种类似的情境,令所有的游子在寻找归宿之时产生共鸣。

韦应物

韦应物(737—791),京兆长安(今陕西西安)人。历任洛阳丞、京兆府功曹、栎阳令、比部员外郎、滁州刺史、江州刺史等职,卒于苏州刺史任上。有《韦苏州集》。

滁州西涧[1]

独怜幽草涧边生,上有黄鹂深树鸣。春潮带雨晚来急,野渡无人舟自横[2]。

【注释】

[1] 此诗作于唐德宗建中四年(783)作者在滁州(今安徽滁州)刺史任上。西涧:在滁州城外,俗名上马河。本篇见陶敏、王友胜《韦应物集校注》卷八。

[2] 野渡:荒僻的渡口。

【鉴赏】

唐代诗人常常把自己游赏山水林泉称为"独往"。这个哲学概念源自《庄子》,指的是在精神上独游于天地之间,不受任何外物阻碍的极高境界。在后世诗文中,也常指道士修炼、僧人出家以及一般人的隐居。事实上,暂时的游憩于山林,让心灵进入任自然的境界,也可以称"独往",盛唐山水诗多取这种意思。与"独往"意义相关的还有"虚舟"一词,也源自《庄子》。"虚舟"的含义非常丰富,在唐代诗文中的使用也有多种语境。较常用的一种是指无人驾驶的船只,比喻人胸怀虚旷,没有欲求,可以像虚舟一样飘游于大自在之境。"独往"和"虚舟"在唐代山水诗中往往由理念转化为意境的创造。韦应物这首《滁州西涧》便巧妙地融合了这两种哲学境界的深意。

此诗历来有不同的解释,有宋代学者甚至认为诗是为感时多故而作,诗中的幽草和黄鹂是暗喻君子在野、小人在位。其实,这首诗描写诗人独自沿着涧边漫步,一边赏玩着路边的幽草,一边听着旁边茂密的树丛中传来黄鹂的鸣叫,逐渐深入到清幽无人之处,这正是独往的境界。此时恰逢春潮上涨,带来了一场急雨,又已是傍晚,自然不会有人摆渡,所以渡船悠闲地横在渡口。无人乘坐、自在地横在渡口的小船不正是一只虚舟吗？也就是说,渡船的自在意态正体现了诗人在独往西涧的过程中领悟的自在意趣。只是这种感悟蕴含在"舟自横"的情态和诗人游涧的兴致之中,丝毫不着痕迹罢了。历代诸家诗评中,能领略其中意趣的极少。惟桂天祥《批点唐诗正声》(高棅辑)所评"如独坐看山,澹然忘归,诗之绝佳者",大致可得诗人用心。

张　继

张继(生卒年不详),字懿孙,襄州(今湖北襄阳)人。天宝十二载(753)进士。曾任盐铁判官,检校祠部员外郎。《全唐诗》编诗一卷。

枫桥夜泊[1]

月落乌啼霜满天,江枫渔火对愁眠[2]。姑苏城外寒山寺[3],夜半钟声到客船[4]。

【注释】

[1] 枫桥:在苏州城西。本篇见唐人高仲武选《中兴间气集》卷下,题为《夜泊松江》。

[2] 江枫:《楚辞·招魂》:"湛湛江水兮上有枫。"渔火:夜晚捕鱼时照明的火。

[3] 姑苏:苏州的别称,因其地有姑苏山。寒山寺:秋冬时节山中的寺庙。

[4] 夜半钟声:唐时寺院有半夜敲钟的习惯。

【鉴赏】

盛唐时期,不少诗人发现了钟声里的诗韵。孟浩然、王维、常建等都写过古寺的钟声。大历时期山水诗的风格趋向淡静冷寂,更多的诗人爱到野寺的晨钟暮鼓中去体味凄清萧疏的境界。韦应物写"残钟""暮钟""烟际钟"的诗篇尤多。唐代以"半夜钟"入诗的也不止是张继一人,但都不如这首《枫桥夜泊》广为人知。

此诗之半夜钟之所以具有特殊的感染力,应得益于全诗意境与钟声相得益彰的关系。首二句所取景色既是诗人眼中所见,也是在历代诗歌中沉淀已久最富有江南特色的意象:月落乌啼、空里流霜、枫林夹岸、渔火闪烁,构成清空静谧的秋江意境。"愁"字点出船上之人并未入寐,而"对"字与其说是指江枫渔火对着客船,还不如说是愁眠之人对着江枫渔火,竟夕目未交睫。已到月落乌啼之时,寒山寺的钟声再从姑苏城外远远传来,也就格外撩人愁思了。据欧阳修《六一诗话》说:"余昔官姑苏,每三鼓尽,四鼓初,即诸寺钟皆鸣,想自唐时已然也。"三更末、四更初正是夜色最深沉的时候,这遽然响起的钟声在空廓的江天之间回荡,带着悠悠的客愁,为清寂的秋夜拓开了无限苍茫空远的境界。今人所知的寒山寺,宋人称枫桥寺或普明禅院,元人始多称寒山寺,其名真正确立于明代。唐代尚无寒山寺作为专用名的说法,详参凌郁之《寒山寺诗话》。后人将张继诗中的"寒山寺"理解为专名,是个美丽的误会。

韩 翃

韩翃(生卒年不详),字君平,南阳(今河南邓州市)人。天宝十三载(754)进士。安史乱后流浪江湖,当过节度使幕僚。德宗时任驾部郎中,知制诰,官至中书舍人。《全唐诗》编诗三卷。

寒 食[1]

春城无处不飞花,寒食东风御柳斜[2]。日暮汉宫传蜡烛[3],轻烟散入五侯家[4]。

【注释】

[1] 寒食:据《荆楚岁时记》,寒食节在冬至节后的105天,禁火三日。民俗学家认为起源于上古的祀火。东汉桓谭《新论》的《离事》篇和曹操的《明罚令》都记载山西太原一带在冬至后105日有为春秋时晋国大夫介子推绝火寒食的风俗。晋以后这种说法被推广到各地,寒食就成为全国性的节日。本篇见唐人孟启(旧误作棨)的《本事诗》。

[2] 御柳:御苑中的柳树。

[3] 传蜡烛:据说汉代寒食禁火,朝廷特赐王侯家蜡烛。传,传赐。

[4] 五侯:有多种说法。汉成帝河平二年(前27),元后的五个兄弟王谭、王商、王立、王根、王逢时同一天被封为侯爵,世称五侯。后来东汉顺帝梁皇后兄梁冀为大将军,其子梁胤、叔梁让及亲属梁淑、梁忠、梁戟皆封侯,世称梁氏五侯。又有汉桓帝(146—167)时的大宦官单超、徐璜、具瑗、左悺、唐衡等五人,因在诛灭以梁冀为首的外戚集团中有功,被汉桓帝在同一天封侯,也称东汉五侯。这里借指外戚显贵。

【鉴赏】

寒食节的传统风俗是禁火吃冷食。唐诗中描写这种风俗最著名的诗篇就是韩翃的这首《寒食》。全诗扣住寒食的节令特征及禁火的风俗来写景用典,思致十分精巧。首句"春城无处不飞花",点出寒食正是春好之时,"飞"字极为灵动,提起全篇精神。"飞花"本指风吹落花,但"飞"字不但没有花谢花飞的衰飒之感,反而渲染出满城春色,而且与第二句中的"东风"相照应。因有东风吹拂,花才会飞遍全城,柳才会斜飘御苑。而御柳也不是写景的闲笔,古时清明寒食有改火的重要风俗。据《逸周书·月令》记载,古代取火,四季用不同的木材:春取榆柳之火,夏取枣杏之火,季夏取桑柘之火,秋取柞楢之火,冬取槐檀之火。清明这一天,朝廷要赐给百官新火,百姓也要改用新火。唐玄宗开元二十四年(736),诏令把寒食、清明连在一起,放假四天。以后各朝放假天数虽不一致,但清明和寒食连成一个节日,则形成了惯例。因此,御柳斜拂既是春天的典型风光,又令人联想到寒食三日后清明改火要取榆柳之火的风俗。可见,前两句写景无不切合寒食的时令。

后两句正面写寒食禁火的风俗,却从宫中和亲贵特许寒食节燃烛的例外着眼。关于"五侯"虽有多说,但都是指与宫廷关系特殊的外戚权贵。这就引起历代读者对此诗有无讽意的猜想。《本事诗》里有一个关于此诗的著名故事:韩翃落魄时,唐德宗曾亲笔批示任其为"员外除驾部郎中,知制诰",而且指定是"春城无处不飞花"一诗的作者。这样看来,用"五侯"故事应无尖刻的讽意,才能得到君王的欣赏。"轻烟"从宫中飘散到五侯家,只是比喻权贵近戚之家沾带皇恩。烟散也与风吹相关,这就为满城飞花、东风拂柳的大好春光又添上几分轻烟氤氲的情致。

全诗以轻丽的笔触写出飘荡在东风之中的飞花、御柳和轻烟,既比富丽刻板的宫廷诗显得活泼清淡,又不失端庄闲雅的皇家气象,所以能在当时就广为流传。

刘方平

刘方平(730？—？)，洛阳人。隐居河南颍阳。善画山水。《全唐诗》编其诗一卷。

夜　月[1]

更深月色半人家，北斗阑干南斗斜[2]。今夜偏知春气暖，虫声新透绿窗纱。

【注释】

[1] 本篇见《全唐诗》卷二五一。

[2] 阑干：横斜的样子。南斗：星宿名。二十八宿之一，又称斗宿。由六颗星在南天组成斗构形。

【鉴赏】

此诗题为"夜月"，其实与一般以咏月为题的诗歌不同。其意不在咏月，而在月夜的一点新鲜感受。

更深夜静，月色还能照临大半人家。诗人或许正是被这照进窗内的月色惊动，方抬头观天，这时才注意到北斗和南斗都已经横斜。古乐府《善哉行》说："月没参横，北斗阑干。"(《乐府诗集·相和歌辞十一》)原指北斗和参星横斜，月亮也已隐没，正是夜深时分。此诗中"北斗阑干"和"南斗斜"意思相同，一句之中如此重复，除了强调夜深以外，还写出天宇的清朗和寥廓，南天和北天的斗宿都历历在目，则今夜月色的皎洁和天气的晴明也可以想见。

就在这样美好的静夜月色中，恰有窗外的虫鸣声透过绿窗纱传进屋内，为诗人传递了春气转暖的消息。"今夜偏知春气暖"是虫声新透的原因，也是诗人听到虫声之后根据常识立即作出的反应。"偏知"二字强调草虫感觉的敏锐，末句着意点出"窗纱"的绿色,又为乍暖的春气增添了一点绿意。

此诗之妙在于能从不易觉察之处捕捉到正在萌发的春意,为后人开出了从禽鸟的动静来把握节气变化的视角。

卢　纶

卢纶(748—799?),字允言,河中蒲(今山西永济市)人。屡举进士不第,后补阌乡尉,官至检校户部郎中,监察御史。有《卢户部诗集》。

和张仆射塞下曲六首(其三)[1]

月黑雁飞高,单于夜遁逃[2]。欲将轻骑逐[3],大雪满弓刀。

【注释】

[1] 题一作《塞下曲》,本篇见刘初棠《卢纶诗集校注》卷三。张仆射:张延赏,贞元元年(785)以后为左仆射。一说为张建封,贞元十二年(796)加检校右仆射。诗《全唐诗》卷二三九、《唐诗纪事》卷三〇均作钱起诗。但唐人令狐楚所编《御览诗》作卢纶诗。

[2] 单于(chán yú):匈奴君主的称号。

[3] 轻骑:轻装迅疾的骑兵。

【鉴赏】

汉乐府有《出塞》《入塞》曲,唐代又有《塞上》《塞下》曲,应是旧题的衍生。这组乐府共六首五绝,向来被称为"盛唐之音"。虽然作者卢纶主要生活在大历到贞元时期,当时无论是边塞形势还是国内政局都已经少见盛唐气象,但是乐府诗题材和主题的传承性决定了诗人可以写出风格接近盛唐的作品。

第三首是六首诗中风格最为雄健的名作,用笔极为轻快简捷。月黑雁飞,说明这是一个没有月亮的黑夜,也打下天阴欲雪的伏笔。大雁本来应该在夜里栖宿,却高飞离去,当是受到某种惊扰,这就在写景中暗示出夜中潜伏的不安。接着点出单于趁着黑夜逃跑,可见匈奴军队已经久在围困之中,唐军兵威正盛,已震住敌军主力。但正要遣发轻骑前去追逐时,却天降大雪,纷纷扬扬落满了弓刀。结尾就在这骑兵将发而未发的当儿戛然而止,究竟是因雪满弓刀而放弃穷追呢?还是虽然雪满弓刀仍然穷追不舍呢？就留给读者去想象了。高潮虽在言外，但蓄势饱满，余味无穷。

此诗只取大雪之夜骑兵将要出发追击敌人的一刻，反映出唐军边备之严整，将士斗志之高昂。这样的精神面貌在安史之乱后显得格外可贵，可以和盛唐边塞诗的名篇媲美。

孟　郊

孟郊(751—814),字东野,湖州武康(今浙江德清)人。四十六岁中进士,曾任溧阳县尉等职,一生困顿。有《孟东野集》。

游 子 吟[1]

慈母手中线,游子身上衣。临行密密缝,意恐迟迟归。谁言寸草心[2],报得三春晖[3]。

【注释】

[1]《游子吟》:篇名早见于苏、李诗,可能是乐府古题。明胡震亨《唐音统签·丁签》载此诗,题下有"自注:迎母溧上作"七字。孟郊贞元十六年(800)或次年被选为溧阳县尉,遂迎养老母于溧上。本篇见华忱之、喻学才《孟郊诗集校注》卷一。

[2] 寸草:小草。

[3] 三春晖:春天的阳光。

【鉴赏】

表达儿子对母亲劬劳的感恩之心,虽然早见于《诗经·小雅·蓼莪》,但汉代以来却很罕见。游子一般只见于行旅乡思或游子思妇等题材。孟郊出身贫苦,幼年丧父,又半世坎坷,对母亲的养育之恩体会尤深,才会将游子和慈母联系起来,写出这样一篇能推人心之至情的佳作。

从此诗题下"迎母溧上作"可知,孟郊写此诗时年已五十,才有条件迎养母亲,而母亲为他这个游子已经操了半辈子的心。慈母为子女缝衣,本是最平常的生活细节,诗人却能从中提炼出常人都体验过却未必能道出的深厚母爱。开头强调慈母手中之线制成游子身上之衣,这线便是连结母亲和游子之间的感情引线。母亲担忧游子在外日久,衣服破旧无人缝补,因此在儿子临行之前将针脚缝得又细又密;然而心里却生恐游子归来太迟。密密缝的动作和恐迟归的心理如此矛盾,正可见出母亲无法将游子留在家中,只能将所有的爱倾注在针线之中的难舍之情。而游子多少年来一直带着这份牵挂在外奔走,感动之余,却唯有难以报答的深深愧疚。

  结尾以比兴为全篇点睛,寸草心难报三春晖的比喻新鲜警策。以"三春晖"喻母爱之温暖,或许受汉乐府《长歌行》"阳春布德泽,万物生光辉"的启发,但"寸草"主要来自游子长年行走在道途之中的感悟。"春草黄复绿,客心伤此时"(沈约《春咏诗》),"春草青青万里余,边城落日见离居"(张旭《春草》),"客心君莫问,春草是王程"(李颀《送人尉闽中》),无论是边戍还是游宦,伴随着游子万里长途的永远是到处可见的春草。所以,春草最易触动客子的归愁,这类抒情在前人诗里已屡见不鲜。但在这首诗里,孟郊却想到小草依赖阳光成长,而春晖从来不求回报。寸草有心,春晖无私;慈母之于游子,不也正是如此吗?于是,向来寄托游子离情的春草,因为被诗人发掘出与春晖的关系而有了全新的寓意,能够最贴切地表达天下游子无法报答母爱的感恩之情。结尾两句也因此而成为感人至深的名言。

韩　愈

韩愈(768—824),字退之,河内河阳(今河南孟州)人。贞元八年(792)进士,历任监察御史、阳山令、刑部侍郎、潮州刺史、吏部侍郎等。是唐代著名的古文家和诗人。有《昌黎先生集》。

早春呈水部张十八员外二首(其一)[1]

天街小雨润如酥[2],草色遥看近却无。最是一年春好处,绝胜烟柳满皇都[3]。

【注释】

[1] 此诗作于长庆三年(823)。张十八:张籍,曾任水部员外郎。本篇见方世举《韩昌黎诗集编年笺注》卷十二。

[2] 天街:京城中的街道。酥:酥油,从牛奶或羊奶中提取的脂肪。

[3] 绝胜:极佳。一说在此诗中意为"绝胜于"。烟柳:一作"花柳"。

【鉴赏】

此诗写京城在一场春雨之后初显绿意的新鲜感受。天街是京城街道,"天"与"雨"在字面上恰好相互照应。北方早春之雨往往是小雨,"酥"字形容细雨如酥油般滋润,正与民间俗语"春雨贵如油"的意思相合。经冬的枯草就在这场小雨中最先感知了春意。但因为是早春,草色只是刚泛起一层似有若无的绿意,须远看才能见出,近看却又没有。"草色遥看近却无",敏锐地捕捉住最早的春色,写出了一般人可能都曾注意却难以描状的视觉感受。由于概括得精确,这句诗还能引起人们关于观察其他事物的联想。大凡一种刚刚萌生的现象或倾向,往往在近处不易看到其具体的样貌,必须有综观全局大势的眼光,才能把握这种似有若无的趋向。因此,其好处不但在于能传早春之神韵,更包含着哲理的启示。

前人描写春日胜景,往往选择烟柳全盛、花飞满城之时。草色遥看只是初显春之端倪,为什么诗人赞美此时之景"绝胜于烟柳全盛时"(清朝黄叔灿《唐诗笺注》),是一年春天最好之处呢?经过漫长枯索的一冬,最令人惊喜的莫过于万物回春的消息。草色虽然似有若无,却预示着春光灿烂的大好前景,皇都满城烟柳的胜景也指日可待。而春深时节则预示着盛极将衰的趋势,因此早春的最好处,就在于蕴蓄着可以展望的无限生机。前人称道此诗多在"草色"七字,固然有见,但忽略后半首更深一层的用意,甚是可惜。

柳宗元

柳宗元(773—819),字子厚,河东(今山西永济市)人。贞元九年(793)进士,曾任集贤殿正字,监察御史。顺宗永贞年间,参加王叔文集团的政治改革,失败后被贬永州司马,十年后调柳州刺史,卒于任上。是唐代著名的古文家和诗人。有《柳河东集》。

江 雪[1]

千山鸟飞绝,万径人踪灭。孤舟蓑笠翁[2],独钓寒江雪。

【注释】

[1] 本篇见《柳宗元集》卷四十三。
[2] 蓑笠翁:穿蓑衣戴斗笠的渔翁。

【鉴赏】

这首诗展示了一个万籁俱寂、江天一色的纯净世界。千山银装素裹,大地白雪茫茫,飞鸟不到,人影绝迹。只有披蓑戴笠的一位渔翁,稳坐孤舟,独钓寒江,俨然是一幅空灵的寒江钓雪图。诗人独对风雪中的"千山""万径",那种悠然淡定的意态自然令人联想到他当时被贬的政治处境,因而许多解诗者都将此诗中的渔翁视为诗人孤独高洁人格的写照。

而此诗清空的意境,又是中国山水诗澄怀观道、静照忘求的审美观照方式的体现。所谓"澄怀观道",即以清澄的意念观察山水中蕴藏的自然之道;"静照忘求",即在深沉静默的观照中使心灵变得清澈透明,从虚明处映照出完整的自然。所以从诗人的审美观照来看,《江雪》中混茫一片的空江雪景又因映照在诗人的诗心中而变得格外澄澈,是通过无声无色的山水所体现出来的最高的自然之道,这就更加净化了诗的意境。静照忘求的审美和诗人的人格境界完全融为一体,正是这首小诗给人以无穷联想的原因所在。

刘禹锡

刘禹锡(772—842),字梦得,彭城(今江苏徐州)人。贞元进士,授监察御史。顺宗永贞年间参加王叔文集团的政治改革,失败后被贬为朗州司马。后任多处地方刺史,官终检校吏部尚书。有《刘梦得文集》。

西塞山怀古[1]

王濬楼船下益州[2],金陵王气黯然收[3]。千寻铁锁沉江底[4],一片降幡出石头[5]。人世几回伤往事,山形依旧枕寒流。今逢四海为家日[6],故垒萧萧芦荻秋[7]。

【注释】

[1] 西塞山:在今湖北大冶市东,是长江中游险要处,三国时孙吴的江防前线。怀古:凭吊古迹,追怀往事。本篇见蒋维崧、赵蔚芝、陈慧星、刘聿鑫《刘禹锡诗集编年笺注》上卷。

[2] 王濬(jùn):晋武帝时益州(今四川成都)刺史。受命伐吴,造楼船(战舰),从成都出发,沿江东下。王濬,一作"西晋"。

[3] 金陵王气:秦始皇时,相传金陵(今南京)有天子气。黯然:暗淡无光彩。一作"漠然"。收:收敛。

[4] 千寻铁锁:吴人为抵挡晋水军,在长江险要处装上铁锁阻挡船舰。王濬作大火炬,灌以麻油,在船前遇锁则燃炬焚烧,铁锁断绝,战舰直抵石头城(今南京)下。吴主孙皓出降,吴灭。寻,周尺,一寻为八尺。

[5] 降幡(fān):指吴国投降的旗子。石头:石头城。

[6] 四海为家:四海一家,南北统一。

[7] 故垒:西塞山上以前所修的江防工事。

【鉴赏】

此诗感慨六朝兴亡,只从西晋灭吴之战落笔。司马氏灭蜀之后,以王濬为益州刺史,谋伐吴国。王濬造大船连舫,太康元年(280)从成都出发,沿长江而下。西塞山为吴国江防前线。吴人在长江险碛要害处,拉起铁索横截船队,又作铁椎长丈余,暗置江中,阻碍船行。王濬作大筏,令会水之人推筏先行,除去铁椎,并作大火炬,灌满麻油,在船前一路遇锁即烧,铁索断绝,于是船无所碍。晋军顺利进入石头城,吴主孙晧素车白马,率士大夫等至军营前投降。此诗前四句抓住这场灭吴之战的关键,通过两层对比,概括吴国灭亡的教训。首联是王濬楼船自益州出发的气势,与黯然消退的金陵王气,形成雄壮和惨淡的鲜明对比。金陵不仅是吴国的都城,也是后来东晋、宋、齐、梁、陈的都城,因此"金陵王气"的收敛,既是吴国灭亡的开始,又预示了六朝的相继灭亡。颔联以千寻铁锁和一片降幡再作一层对比,"沉江底"和"出石头"之间紧凑的逻辑关系,说明吴国败亡的原因,在于倚仗长江天险。一旦天险失守,立刻土崩瓦解。

颈联"人世几回伤往事"承接首联的气势,带过吴国之后东晋和南朝逐一灭亡的历史。这一前后照应,不难见出诗人的用心正在于以六朝之第一朝东吴灭亡之史实概括六朝共同的教训:兴废在人事,地利不足恃。于是,"山形依旧枕寒流"的对照也就更加意味深长:西塞山照旧临靠长江,不会因人世沧桑而有丝毫改变。天险无助于江山之稳固,只能以其永恒的存在作为历史的见证。站在四海一统的"今日",再看昔日营垒,唯有满目芦荻,在萧瑟秋风中摇曳,令人在凭吊历史遗迹的感叹中自然引起对兴亡盛衰的思索。

全诗四联依次构成四层对比:晋、吴气势之对比,双方胜败之对比,人事、江山之对比以及今昔之对比,开阖跌宕,转折自如,在反复对照中自然体现出精辟的历史见解。可称中唐怀古诗的杰作。

金陵五题·乌衣巷[1]

朱雀桥边野草花[2],乌衣巷口夕阳斜。旧时王谢堂前燕[3],飞入寻常百姓家。

【注释】

[1] 这组诗选择金陵五处六朝遗迹为题,计有《石头城》《乌衣巷》《台城》《生公讲堂》《江令宅》五首。乌衣巷:在金陵秦淮河南,离朱雀桥不远。三国时是孙吴守军的驻扎营地,因士兵都穿乌衣而得名。东晋时成为王、谢两家

大族的住宅区。本篇为《金陵五题》第二首,见蒋维崧等《刘禹锡诗集编年笺注》上卷。

[2] 朱雀桥:秦淮河上的一座古浮桥。在南朝首都建康(金陵)正南朱雀门外。

[3] 王谢:东晋宰相王导、谢安。

【鉴赏】

《金陵五题》是一组七绝怀古诗,每篇选金陵一处六朝遗迹为题。本篇为第二首,在五题中最负盛名。

乌衣巷在金陵代表着豪门大族的聚居之地。东晋宰相王导、谢安都曾住在这里,后来成为王、谢两家的住宅区,王、谢又是东晋大士族之代表,因而这处遗迹本身就具有反映六朝盛衰的典型意义。但首二句只是截取朱雀桥边的一角春景:桥边野草花寂寞盛开,斜阳照着乌衣巷口,景色美丽而又透着荒凉。诗人写景的深意就蕴藏在朱雀桥和乌衣巷这两个地名之中:朱雀桥是金陵市中心通往乌衣巷的必经之路,乌衣巷原是王、谢大族及其众多子弟的生活区域,现在只剩野草闲花、斜晖夕照,则衰败之意不言自明。

后两句出人意料地将盛衰之感寄托在飞燕的去向上。从字面上看,可以理解为王、谢大族衰败,燕子回来无所依托,才飞入百姓家。当然,经过多少代沧桑变迁,今日所见之燕子不会再是王、谢"旧时"的燕子,诗人强调"旧时",是因为燕子春天归来,在旧屋营巢的习性是不变的自然现象。所以今日之燕子像王、谢"旧时"的燕子一样归来,只是其栖息的旧址已经从王、谢大族的高堂变成了寻常百姓人家。"旧时"与"寻常"的对照使燕子似乎成为人世沧桑的见证,无限今昔之感也自在言外。

李 绅

李绅(？—846)，字公垂，润州无锡(今江苏无锡)人。元和元年(806)进士。官翰林学士，后曾任宰相。《全唐诗》录其诗四卷。

古风二首(其二)[1]

锄禾日当午，汗滴禾下土。谁知盘中餐，粒粒皆辛苦。

【注释】

[1]诗题一作《悯农二首》。本篇见《全唐诗》卷四八三。

【鉴赏】

描写农民辛苦劳作的诗篇，从《诗经·豳风·七月》就已开端，但是从汉魏六朝到盛唐，田园诗里并没有形成反映农家苦的创作传统。安史之乱前后，只有杜甫不遗余力地以诗歌揭示农民在官府征敛及兵役驱使下的悲惨生活。中唐时期，部分诗人开始关注农民的日常生活和劳作之苦，李绅便是其中之一。其两首《悯农诗》均能从人所习见的社会现象中提取不合理的真相，总结出发人深省的至理名言。其二尤其广传人口。

锄禾是黍谷从播种到成熟的过程中最重要的管理环节，禾苗出土后，须经多次松土除草才能顺利成长。而且锄禾常在暑热季节，赤日炎炎，正当中午，汗流浃背以致滴汗入土，对农民而言几乎是每日的平常事。所以开头两句既是一个农夫在烈日下锄禾的特写，也概括了千万农夫天天重复的日常劳作。随后镜头一转，便是盘中香气四溢的米饭，这也是不愁饥寒的人们日日享用的常见食物。但前后对照，便自然揭示出盘中餐粒粒都是农夫汗水浇灌而成的真理。"谁知"二字，显然是指向那些不劳而获、暴殄天物的享受者。联系其一"四海无闲田，农夫犹饿死"来看，此诗与他曾经创作的新题乐府一样，应是针对浪费民脂民膏的上层统治者。但其意义则远远超出时代，对于所有不知稼穑艰难的人们都是一种善意的规讽，因而在后世长期流传中成为警世的格言。

白居易

白居易(772—846),字乐天,下邽(今陕西渭南)人。贞元中进士,授秘书省校书郎。补盩厔尉。元和时任翰林学士、左拾遗及左赞善大夫。元和十年(815)被贬为江州司马。后移忠州刺史。穆宗长庆年间任杭州、苏州刺史等职。官至刑部尚书。晚年住在洛阳,号香山居士。他是唐代影响极广的伟大诗人。有《白氏长庆集》。

赋得古原草送别[1]

离离原上草[2],一岁一枯荣。野火烧不尽,春风吹又生。远芳侵古道[3],晴翠接荒城[4]。又送王孙去,萋萋满别情[5]。

【注释】

[1] 赋得:南朝诗人在聚会的场合,往往指定某物某事或某诗句作为赋咏的题目,在所咏对象前加上"赋得"二字,这种做法延续到唐朝。此诗题中的古原草,应是在送别的场合按照指定的题目所作。据《幽闲鼓吹》一书说,白居易初到长安应举,携诗谒见当时前辈诗人顾况,顾况读到此诗,大为赞赏,白居易因此名声大振。本篇见朱金城《白居易集笺校》卷十三。

[2] 离离:分披繁盛的样子。

[3] 远芳:远处的芳草。

[4] 晴翠:晴天翠绿的草色。

[5] "又送"二句:语出《楚辞·招隐士》:"王孙游兮不归,春草生兮萋萋。"王孙,泛指游子。萋萋,草盛的样子。

【鉴赏】

从题中"赋得"二字可知,此诗是在送别的场合按照规定的题目创作的。全诗要切题,必须找到所赋之物与送别的关系。游子在外,或友人送别,常以春草为比兴,因无论走到哪里,路旁野外的春草总是伴随着旅人的行程。这是诗人赋古原草送别的基本立意,与前人写春草的寄托传统相合。新意在此诗咏草的着眼点:北方古原上的荒草,春荣秋枯,年年如此。诗人从这最常见的景象中看出了春草顽强的生命力。首句"离离"写春草的繁茂旺盛之状,先点出这草正是一年一次荣枯循环后又长出来的新草。原上草枯的原因有第二句所说每年季节变化造成的枯萎,也有三四句所说野火过后连片的焚毁。"野火"两句强调古原被烧之后,春风一吹又会长出青草。后来北宋诗人惠崇有"春入烧痕青"(《访杨云卿淮上别业》)句,也是此意。据说"春入烧痕"原出刘长卿,但今存刘诗中无此句。惠崇诗言简意赅,重在写原上烧荒之后的痕迹泛出青色,点出早春之意。白诗则重在古原草的性格,无论是一年一次的枯萎,还是野火的焚烧,都无法摧毁其重生的生机。这就不止于写景,而是深入到穷理尽性的境界,将古原草生生不息、循环无间的性状和原理揭示出来了。

后半首写原上春草与送别的关系。远处芳草繁茂,在古道上滋蔓;阳光下草色青翠,一直绵延到荒城,游子在孤独的旅程中只有这古原草陪伴前行。遥望着远芳和晴翠的视线中也寄托着相送者的深情,所以结尾用《楚辞·招隐士》的典故,直接道出了萋萋芳草中满含的别离之情。"又送王孙去"句中的"又"字,与"春风吹又生"的"又"字呼应,强调这样的送别也是年复一年地周而复始。

后人对此诗赋草的用意有多种猜测,有人认为以草之滋蔓喻小人难除,有人认为以草之枯荣喻世道循环。其实,从题目和诗意看,诗人只是借草寄情,以年年滋生的春草比喻年年送别的离情,人生的聚散正如春草的荣枯,年年循环不已。但是,因为"野火"两句将古原草顽强的生命力写得极其形象新警,以致在后世被用来借喻各种社会现象,这可能是诗人始料不及的,但恰好可以证明透辟入里的佳句往往能使诗歌升华为哲理的启示。

琵 琶 行[1]

浔阳江头夜送客[2],枫叶荻花秋瑟瑟。主人下马客在船,举酒欲饮无管弦。醉不成欢惨将别,别时茫茫江浸月。忽闻水上琵琶声,主人忘归客不发。寻声暗问弹者谁?琵琶声停欲语迟。移船相近邀相见,添酒回灯重开宴[3]。千呼万唤始出来,犹抱琵琶半遮面。转轴拨弦三两声,未成曲调先有情。弦弦掩抑声声思[4],似诉平生不得意。低眉信手续续弹[5],说尽心中无限事。轻拢慢撚抹复挑[6],初为《霓裳》后《绿腰》[7]。大弦嘈嘈如急雨[8],小弦切切如私语[9]。嘈嘈切切错杂弹,大珠小珠落玉盘。间关莺语花底滑[10],幽咽泉流冰下难[11]。冰泉冷涩弦凝绝[12],凝绝不通声暂歇。别有幽愁暗恨生,此时无声胜有声。银瓶乍破水浆迸,铁骑突出刀枪鸣。曲终收拨当心画[13],四弦一声如裂帛[14]。东船西舫悄无言,唯见江心秋月白。沉吟放拨插弦中,整顿衣裳起敛容[15]。自言本是京城女,家在虾蟆陵下住[16]。十三学得琵琶成,名属教坊第一部[17]。曲罢曾教善才伏[18],妆成每被秋娘妒[19]。五陵年少争缠头[20],一曲红绡不知数[21]。钿头云篦击节碎[22],血色罗裙翻酒污[23]。今年欢笑复明年,秋月春风等闲度[24]。弟走从军阿姨死,暮去朝来颜色故。门前冷落鞍马稀,老大嫁作商人妇。商人重利轻别离,前月浮梁买茶去[25]。去来江口守空船,绕船月明江水寒。夜深忽梦少年事,梦啼妆泪红阑干。我闻琵琶已叹息,又闻此语重唧唧[26]。同是天涯沦落人,相逢何必曾相识。我从去年辞帝京,谪居卧病浔阳城[27]。浔阳小处无音乐,终岁不闻丝竹声。住近湓江地低湿[28],黄芦苦竹绕宅生。其间旦暮闻何物?杜鹃啼血猿哀鸣。春江花朝秋月夜,往往取酒还独倾。岂无山歌与村笛,呕哑嘲哳难为听[29]。今夜闻君琵琶语,如听仙乐耳暂明。莫辞更坐弹一曲,为君翻作琵琶行[30]。感我此言良久立,却坐促弦弦转急[31]。凄凄不似向前声[32],满座重闻皆掩泣。座中泣下谁最多?江州司马青衫湿[33]。

【注释】

[1]本篇见朱金城《白居易集笺校》卷十二,原题为《琵琶引》。前有自序:"元和十年,予左迁九江郡司马。明年秋,送客湓浦口,闻舟中夜弹琵琶者。听其音,铮铮然有京都声;问其人,本长安倡女,尝学琵琶于穆、曹二善才,年长色衰,委身为贾人妇。遂命酒,使快弹数曲。曲罢悯默。自叙少小时欢乐事,今漂沦憔悴,转徙于江湖间。予出官二年,恬然自安,感斯人言,是夕

始觉有迁谪意。因为长句,歌以赠之。凡六百一十六言,命曰《琵琶行》。"

[2] 浔阳江:在江西九江市北,是长江的一段。

[3] 回灯:将撤下的灯拿回来。

[4] 掩抑:形容弦声低回。思:悲。

[5] 续续:连续。

[6] 拢、撚、抹、挑:弹琵琶的几种指法。

[7] 《霓裳》:即《霓裳羽衣曲》。《绿腰》:唐大曲名,又名《六幺》。本名《录要》,将乐工所进之曲调录要成谱,以此得名。

[8] 大弦:低音弦,粗弦。

[9] 小弦:高音弦,细弦。

[10] 间关:鸟鸣声。滑:流利轻快。

[11] 冰下难:形容幽咽之声。一作"水下滩"。

[12] 冷涩:泉水幽咽的感觉。凝绝:指弦渐渐凝滞无声。

[13] 拨:拨弦的工具,唐代四弦琵琶用大拨子,与今琵琶套在指头上的拨不同。画:划。

[14] 四弦一声:四根弦同时发声。

[15] 敛容:脸色严肃。

[16] 虾蟆陵:在长安东南,曲江附近。董仲舒墓在此,其门人经过这里要下马,所以叫"下马陵"。后讹为"虾蟆陵"。

[17] 教坊:唐长安设内教坊和外教坊,内教坊在宫城内,外教坊在宫禁外,分左右教坊,掌管乐伎,教习歌舞。第一部:即坐部。唐太常部伎分坐部伎和立部伎。坐部贵,称"第一部",含有第一流之意。

[18] 善才:曲师的通称。

[19] 秋娘:当时长安善歌舞之名倡。

[20] 五陵年少:长安富贵人家子弟。五陵,汉代的长陵、安陵、阳陵、茂陵、平陵。豪富之家多聚居在此。缠头:古代舞女以锦裹头,所以用罗锦一类作奖赏。

[21] 绡(xiāo):生丝制的纺织品。

[22] 钿(diàn)头云篦(bì):两头镶花钿的银篦子。击节:打拍子。

[23] 血色:鲜红色。

[24] 等闲度:随便度过。

[25] 浮梁:今江西浮梁县,唐代著名产茶地。

[26] 唧唧:叹息。

[27] 浔阳城:今江西九江市。

[28] 湓(pén)江:即湓水,源出江西瑞昌市清湓山,东流经九江入长江。

[29] 呕哑嘲哳(zhāo zhā):呕哑和嘲哳均为象声词,可形容鸟鸣声和弦歌声等多种声音。

[30] 翻:按曲调写成歌词。

[31] 却坐:退回原处坐下。促弦:拧紧弦。

[32] 向前:刚才。

[33] 江州:州治在今江西九江市。司马:官名。刺史副佐。这里是白居易自指。青衫:唐时官职最低的服色。

【鉴赏】

  据白居易在这首长篇七言歌行前的自序,可知诗作于元和十一年(816)秋。前一年他因越职言事之罪名,被贬官江州司马。在浔阳湓浦口送客时,因听弹琵琶的长安倡女自述昔盛今衰、漂泊江湖的身世,勾起自己的天涯沦落之感,遂作此长歌以赠。

  全诗以长篇"行"诗平铺直叙的抒情节奏展开,虽尽情铺陈而曲折有致。开头先写浔阳江头的枫叶芦荻和茫茫月色,渲染出一片萧瑟秋意。举酒送客,苦无管弦,为下文忽闻水上琵琶声稍作铺垫,引出寻声暗访弹者的经过。"琵琶声停欲语迟"与"千呼万唤始出来,犹抱琵琶半遮面",传神地写出弹者见客的迟疑和半推半就的情态,合乎商人妇的身份。而弹者不易相见,令人对琵琶乐之美更加期待。

  自"转轴拨弦三两声"以下十二行,将弹奏手法和声响效果相结合,描写琵琶乐曲的精妙。刚开始听其拨弦两三声,这是琵琶的定音,"未成曲调"便已觉"先有情",可想见其技法之高超,同时也领起曲中所含之情。弦声低回,饱含悲思,似乎在诉说平生的不得意,是全诗点题之语,由此平缓地进入曲调。"低眉信手续续弹",既可见其手法的熟练,又点出弹者借琵琶"说尽心中无限事"的忧郁。接着,在简要地概括其拢、撚、抹、挑的指法和所弹《霓裳》《绿腰》的曲名之后,着重以各种比喻形容琵琶的乐声。唐代四弦琵琶以大拨子弹奏,因而乐音低沉者如急雨骤降,细高者如窃窃私语,各弦错杂弹奏,则如大珠小珠洒落玉盘,都绝妙地形容出弹拨乐的声响特点和听觉效果。而黄莺声在花底滑过,是以"间关"的象声词模拟莺啼,再以黄莺的啼鸣形容乐声的流利轻快。泉流幽咽在冰下难以流淌,则是乐声转为滞涩,情绪也由高潮落到低谷,所以渐渐弦绝无声,如泉流不通。"间关莺语"四句既是形容乐声由清脆流畅转为低沉凝涩,同时又使乐声在听者心中转化为对初春美景的想象,故而能"传琵琶之神"(《唐诗选脉会通评林》唐汝询语)。

201

"声暂歇"是乐曲短暂的一个停歇,诗人却在这停顿中听出其中的"幽愁暗恨",所以说"此时无声胜有声"。这句诗道出了诗人对乐曲的解悟以及对弹者心事的敏锐体察,又在不经意间点出艺术表现妙在有无相生的辩证法:无声往往酝酿着更大的声响。果然,静默之中,乐音骤起,如银瓶破裂,水浆四迸,一声炸裂般的巨响旋即引出铁骑冲撞、刀枪齐鸣的激烈场景,弹奏者以爆发式的力度弹出了乐曲的最强音。然而就在迅速达到新的高潮之时,弹奏者快速扫过四弦,以一声裂帛般的尾声终结了全曲。这时东船西舫悄然无声,只见秋月照江,一片虚白。"悄无言"的反应说明听众已经入神,此时的无声也同样胜似有声,所以江月当空的意境胜过赞美音乐的千言万语。

自"沉吟放拨插弦中"以下十二行,是弹奏者自述身世。在自夸和自怜的语气转换中活现出青楼女子的情态。这位昔日京城教坊的琵琶女,在繁华欢笑中度过自己的盛年,老大色衰后嫁作商人妇,常年独守空船。这种昔盛今衰的伤感,既解释了琵琶曲中饱含的"心中事",又勾起了诗人的同病相怜之叹。"我闻琵琶已叹息,又闻此语重唧唧"两句作为对琵琶乐和弹者自述的总结,引出本诗最后的十二行。"同是天涯沦落人,相逢何必曾相识"是全诗点睛之语,也是诗人创作此诗的触发点。由此可见,琵琶女的乐曲和她的身世,都成为白居易借以寄托贬谪之感的比兴。但诗人的抒情并没有落入自伤生平的俗套,而是就谪居中不闻音乐的枯燥生活着眼,渲染浔阳地处荒僻的孤独和寂寞,反衬出此番能听到京城琵琶的难得。这就扣住全篇写音乐的题意,又从另一个角度烘托出琵琶曲的美妙动听。末四句以琵琶女受到感动,再次弹奏结束。这次曲调凄惨不同前曲,满座的反应也都是"皆掩泣",从中凸显出一个泣下最多的"江州司马青衫湿"的形象。两次弹曲,前繁后简,就歌行而言,是一种复沓,但句意并未重复,而是以不同的乐调和听众反应进一步抒发诗人的深沉感慨,使全诗的抒情更加淋漓尽致。

白居易歌行擅长铺叙,篇幅之长、文字之繁,远超前人。长篇讲究有详有略,此诗以详为主,但三大段详写各有重点和特色,在结构中不可或缺。尤其写琵琶一段,妙喻纷呈,曲尽其妙。其中三次以江上秋月烘托情境,景色相同而含意各别。加上前后各有警句突出篇中,如"千呼万唤始出来,犹抱琵琶半遮面""此时无声胜有声""同是天涯沦落人,相逢何必曾相识"等,所以读来毫无繁冗之感,只觉得层见叠出,婉转曲折,余韵无穷。

李　贺

李贺(790—816),字长吉,河南福昌(今河南宜阳)人。没落王室的后裔,终生不得志,仅做过奉礼郎。终年二十七岁。有《三家评注李长吉歌诗》。

李凭箜篌引[1]

吴丝蜀桐张高秋[2],空山凝云颓不流[3]。江娥啼竹素女愁[4],李凭中国弹箜篌[5]。昆山玉碎凤凰叫[6],芙蓉泣露香兰笑[7]。十二门前融冷光[8],二十三丝动紫皇[9]。女娲炼石补天处[10],石破天惊逗秋雨。梦入神山教神妪[11],老鱼跳波瘦蛟舞[12]。吴质不眠倚桂树[13],露脚斜飞湿寒兔[14]。

【注释】

[1] 本篇见清王琦《李长吉歌诗汇解》卷一。李凭:中唐时的梨园弟子,善弹箜篌(kōng hóu)。箜篌:古代的一种弦乐器,弦数因乐器大小而异。有大箜篌、小箜篌、竖箜篌、卧箜篌、凤首箜篌等多种。

[2] 吴丝:吴地所出优质蚕丝制作丝弦最好。蜀桐:蜀地桐木最宜制作琴瑟。张:紧弦准备弹奏。

[3] 空山凝云:形容山里浮云被乐声阻遏。颓不流:颓然不能流动。这里化用《列子·汤问》中的秦青"抚节悲歌,声振林木,响遏行云"。

[4] 江娥:一作"湘娥",传说舜之二妃死于湘水成为水神。啼竹:相传舜崩,其二妃泪洒竹林,竹尽变为斑竹。素女:《汉书·郊祀志》:"帝使素女鼓五十弦瑟。"

[5] 中国:国的中央。这里指李凭在京城长安。

[6] 昆山:昆仑山,盛产玉石。玉碎:形容乐声清脆。凤凰叫:形容乐声如凤鸣。

凤凰虽是神话中的鸟,但古书颇多形容凤鸣之美的描写。

[7] 芙蓉:荷花。泣露:花上露水,形容乐声低沉幽咽。香兰笑:兰花开放,形容乐声轻快明丽。

[8] 十二门:长安有十二座城门。融冷光:形容乐声能改变气候,消融寒冷。《列子·汤问》说郑师文奏琴,"于是当春而叩商弦以召南吕,凉风忽至,草木成实。及秋而叩角弦以激夹钟,温风徐回,草木发荣。当夏而叩羽弦以召黄钟,霜雪交下,川池暴沍。及冬而叩徵弦以激蕤宾,阳光炽烈,坚冰立散"。

[9] 二十三丝:指竖箜篌。据《通典》,竖箜篌体曲而长,二十三弦,竖抱于怀中,用两手齐奏。可知李凭所弹是竖箜篌。紫皇:地位最高的天神。

[10] 女娲炼石:据《淮南子》,女娲炼五色石以补苍天。

[11] 神妪:据《搜神记》,晋永嘉年间,兖州有神姬名成夫人,爱好音乐,能弹箜篌,闻人弦歌便会起舞。

[12] 老鱼跳波瘦蛟舞:《列子·汤问》:"瓠巴鼓琴而鸟舞鱼跃。"

[13] 吴质:据清人姚文燮《昌谷诗注》引《余冬序录》:吴刚字质,谪月中砍桂。则吴质即吴刚。另一说,吴质为三国时魏人,与曹丕交好。据当代学者刘衍、吴企明等考证,吴质懂音乐,酷好乐器。陈允吉、吴海勇《李贺诗选评》又指出吴质以长愁得病。至于吴刚被罚在月宫砍伐桂树的"旧言",虽见于晚唐段成式《酉阳杂俎》卷一,但李贺可能听过口头传说,于是将吴刚与吴质合而为一。

[14] 露脚:形容露珠下滴的样子。寒兔:传说月宫中有兔和蟾蜍。

【鉴赏】

李凭是中唐时以弹奏箜篌著称的梨园弟子,当时诗人顾况、杨巨源等都写过赞美他的诗篇。李贺这首诗摹写箜篌曲的美妙,想象出神入幽,最为奇特。

开篇从给箜篌调弦准备弹奏说起。"吴丝蜀桐"极言箜篌制作之精美,高秋季节虽是点明弹奏时间,但高秋令人联想到秋高气爽的寥廓云天,为全篇的乐境描写展开了广阔的空间,自然与下句空山凝云的景物描写相衔接。《列子·汤问》说薛谭学讴于秦青,秦青在送别薛谭时,"抚节悲歌,声振林木,响遏行云"。诗人将这个典故化成空山白云凝止、颓然不流的实景,更形象地写出箜篌之声"响遏行云"的激越。古代传说舜之二妃即湘夫人,也就是"江娥",因舜崩而以泪洒竹,使竹变成斑竹。又传说帝使素女鼓五十弦瑟,因声调太悲,乃破其弦为二十五弦。江娥啼竹和素女弹瑟,都是极悲之事,李凭之箜篌竟能感动这几位神女,可见其乐调之悲哀可泣鬼神。

如果说开头四句是借化典为景渲染李凭弹箜篌的技艺之高超,以及曲调高亢悲哀的感染力,那么以下两句便是具体地描摹箜篌的声调变化:其声清脆时如昆山之玉碎裂,其声和美时如凤凰鸣叫——这还是以声喻声;其声幽咽时如秋日芙蓉泣露,其声明丽时如春天香兰含笑——则是运用通感,将听觉感受转化为视觉感受。紧接着乐曲进入高潮,诗人以出奇的想象展开天上人间被音乐惊动的情景:长安有十二门,各门冷光都被融化,可见其声能变易气候,这是暗中化用了郑师文奏琴"及冬而叩徵弦以激蕤宾,阳光炽烈,坚冰立散"的典故。箜篌声还感动了天上的紫皇,并且震破了女娲昔日补天之处,以致秋雨骤降,其响彻云霄的力度可想而知。诗人甚至想到李凭曾在梦中进入神山将弹箜篌的绝技教给神妪,使水中的鱼、龙听到后都翩翩起舞,这又是化用了《列子》"瓠巴鼓琴而鸟舞鱼跃"的典故。

受到震动的不仅有天上人间的宫阙和山中水里的鬼神,还有月中的吴质。吴质本是三国时曹丕的友人,爱好音乐。至于月中有吴刚的传说,到晚唐才进入书面记载,但此前李贺必定曾经听说过口传的故事,因而在结尾将吴质和吴刚混为一人(陈允吉、吴海勇《李贺诗选评》),想象吴质在月宫中听到李凭的箜篌,也会倚着桂树深夜不眠,在乐曲的余音缭绕中"凝视着月中露湿寒兔的凄清景色出神"(陈贻焮《诗人李贺》)。吴质在前人诗赋中又是一个长愁多病的形象,与李贺的善感多病有相似之处,因而从吴质听乐的情境不难联想到诗人自己被乐曲深深打动的感受。

全诗将有关音乐的典故化成一个个神秘奇丽而又各不相干的意象,使听觉和视觉效果不断相互转换。巧妙的是,全诗中景物的变化从空中凝云开始,到秋雨纷纷,再到月出露飞,正与乐曲从张弦开始渐入高潮直到尾声的全过程相合拍,造成实景与想象相互转化,"似景似情,似虚似实"(王琦《李长吉歌诗汇解》卷一)。特别是调动日常生活经验,想象天被震破之处一定是昔日补过的地方,秋雨就从曾经补过五色石的裂缝里漏出,既出人意料又合乎情理。这些奇想的独特思路,使李贺描写音乐的诗歌能在同时代诗人的名作中自成奇格,难以被效仿。

杜　牧

杜牧(803—853),字牧之,京兆万年(今陕西长安)人。宰相杜佑之孙。二十六岁中进士,曾任黄州、池州、睦州刺史和司勋员外郎。官至中书舍人。他是晚唐著名诗人和古文家。有《樊川文集》《樊川诗集》。

泊　秦　淮[1]

烟笼寒水月笼沙[2],夜泊秦淮近酒家[3]。商女不知亡国恨[4],隔江犹唱后庭花[5]。

【注释】

[1] 秦淮:秦淮河,源出今江苏南京溧水区,流经南京入长江。本篇见冯集梧《樊川诗集注》卷四。

[2] 笼:笼罩。

[3] 近酒家:泊船之处靠近秦淮河岸的酒家。

[4] 商女:歌女。

[5] 《后庭花》:《玉树后庭花》,陈后主所作舞曲,历来被视为亡国之音。

【鉴赏】

这首诗是杜牧泊船于秦淮河上所作。秦淮河穿过南京市区,源出江苏溧水,经南京从西北流入长江。南京古称建康,作为六朝首都,一度繁盛之极。到晚唐时,这里仍是商业繁荣、富贾士子寻欢作乐的地方。但诗人却从眼前繁华的景象看到了六朝的兴亡。"烟笼寒水月笼沙",两个"笼"字传神地写出了夜深时秦淮河上水烟弥漫、月色迷蒙的景色。用这种清冷的色调来写酒家的歌舞喧闹,正从本质上烘托出热闹背后的空幻和悲凉:昔日繁华如云烟消逝,今日繁华不也犹如一梦吗? 只有这水、这月、这沙,是永恒的存在,见证着六朝的兴亡。而这烟月朦胧的夜色,又正如秦淮酒家醉梦般的生活。所以,开头两句虽是写景,却将历史的虚幻感和对现实的思考融进了眼前秦淮河迷茫如画的优美意境之中。

商女隔江的歌唱正是从酒家传来的。《玉树后庭花》是六朝最后一代亡国之君陈后主所制的淫靡歌曲,向来被视为亡国之音。商女只知卖唱,或许不知这曲子的性质和它特定的含义,这说明那些在此寻欢的客人也同样愚昧无知和麻木不仁。这两句含意极为深刻,而表达又相当新颖警策,对于那些在国势衰微之时依然纵情声色、醉生梦死的人们来说,无疑是绝妙的讽刺。

全诗妙在诗人深沉含蓄的兴亡之感先是被朦胧清冷的烟水沙月所触发,又再经隔江商女所唱的靡靡之音醒透,便自然凝聚成足以警世的千古绝唱。

山 行[1]

远上寒山石径斜,白云生处有人家。停车坐爱枫林晚[2],霜叶红于二月花。

【注释】

[1] 本篇见冯集梧《樊川诗集注》附《樊川外集》。

[2] 坐:因为。

【鉴赏】

这首诗像是一幅最简妙的山中秋景的速写:寒山上一道石径斜向远峰,重重山岭上白云飘浮、茅舍掩映,坡上层层霜林,红叶满山。构图是如此简洁,色彩是如此明快,笔致是如此爽净。唯其将取景精简到了具有最高概括力的程度,山里高爽、明朗而略带清寒的秋色才给人留下了最鲜明的直觉印象。从构图来看,首句突出那条斜斜的石径,不必刻画寒山的形态,只需领略这点山中的秋寒以及山路向上的纵深之感,就自能体味山里环境的深远和空静以及诗人一路行来的兴致。"白云生处有人家"一句能引起人们对古诗中描写山里人家的许多想象。既有空灵的意趣,令人对白云飘渺之处悠然神往,又有实在的景象,可从山中人家感受到亲切的生活气息。

在这样一幅清淡疏朗的山景衬托下,那一大片晚霞映照下的枫林红得格外可爱,使诗人情不自禁地停下车来观赏,陶醉在这一片动人的秋色之中了。"晚"字可作三用:既点明傍晚时分,带出夕晖晚照;又扣住晚秋季节,照应枫林染霜;同时暗示赏玩流连之久,不觉时辰已晚。而最后一句就在这"晚"字上引申出来。二月花是早春的红色,霜叶是晚秋的红色。如果说春天象征生命的开始,那么霜秋则象征着生命的衰亡。诗人摄取了春秋两季大自然中最热烈的色彩,通过秋叶之红胜过春花之红的比较,赞美了枫林经霜之后越发火红艳丽的顽强生命力,使全篇浓郁的诗情在引到高潮时刻升华为哲理的领悟。

自古以来,咏秋色总以悲吟怨叹为多,但不同时代不同性格的诗人对秋色又有不同的感觉。杜牧性格豪爽,对于挽回晚唐国运还存在着幻想。因此,那经霜更红的枫林所蕴含的哲理意味,与杜牧盼望着大唐否极泰来、晚景更红的心情不能说没有关系。当然,《山行》之所以脍炙人口,还因为其中所包含的意味已经超出它的时代背景,它对秋色美的发现和提炼,能令人从中悟出鼓舞人奋发向上的生活哲理,对于一切在衰暮之时犹能充满活力、使生命放出异彩的人和物来说,都是一个精妙的比喻和壮美的礼赞。

李商隐

李商隐(812—858),字义山,号玉溪生,怀州河内(今河南沁阳)人。开成二年(837)进士。后入泾原节度使王茂元幕。此后终生不得志,多在各地节度使幕府中任书记。是唐代著名诗人。有《李义山诗文集》和《樊南文集补编》。

无 题[1]

相见时难别亦难,东风无力百花残。春蚕到死丝方尽[2],蜡炬成灰泪始干[3]。晓镜但愁云鬓改[4],夜吟应觉月光寒。蓬山此去无多路[5],青鸟殷勤为探看[6]。

【注释】

[1] 无题:李商隐《无题》诗共十六首(一说十七首),不是一时之作。多写爱情,有的可能别有寄托。本篇见冯浩《玉溪生诗集笺注》卷二。

[2] 春蚕:《子夜歌》:"前丝断缠绵,意欲结交情。春蚕易感化,丝子已复生。""丝"双关"思"。

[3] 蜡炬:南齐王融《奉和代徐诗二首》其二:"思君如明烛,中宵空自煎。"陈贾冯吉《自君之出矣》:"思君如明烛,煎心且衔泪。"均以燃烛比煎心,以蜡泪比人泪。

[4] 晓镜:女子晨起对镜梳妆。云鬓改:乌黑的鬓发变色。

[5] 蓬山:蓬莱山,道教传说中神仙居住的地方。

[6] 青鸟:神话中西王母派去探望汉武帝的信使,后借指爱情信使。

【鉴赏】

李商隐的无题类诗多迷离难解。究竟是写难言的隐秘恋情,还是别有政治寄托,历来众说纷纭。尽管如此，人们仍能欣赏这些诗中的朦胧美。因为诗人通过许多互不连贯的意象将他爱情生活中的痛苦和怅惘表现得如此深切美丽，概括了很多人共同体验过的情绪。

这首著名的《无题》写他与情人被迫分离的痛苦。首联"相见时难别亦难"连用两个"难"字，犹如两声长叹。前一个"难"字指外力阻挠下的相聚之难，后一个"难"字指感情太深而导致的难舍难离。"东风无力百花残"是晚春之景，更是象征被摧残的爱情如春风无力、百花凋残，美好而又短暂。这就从聚散两方面说透相爱之不易，奠定了全诗凄苦柔弱的基调。

"春蚕"一联，借用南朝乐府民歌以"丝"与"思"谐音的双关手法，扣住春蚕吐丝到死方尽的特点，比喻人的相思绵绵无尽，到死才能完结，比南朝乐府中类似的比喻更警快、更透辟，也更深厚地写出了刻骨铭心的柔情。以蜡泪喻人泪，以蜡心燃烧喻煎心的痛苦，南朝诗中亦颇多见，但李商隐强调蜡泪燃尽才会干，正像泪水要到人化成灰才能干，讲得更绝对。这一联由于将前人的比喻透发无余而成为后世无数情人生死相恋的誓言。

"晓镜"一联分别从双方别后的生活状态着眼。晨起对镜的女子愁看秀发变白，是因为夜不成寐而容色憔悴；夜吟的诗人在月光下感到清寒，同样是因思念对方而彻夜不眠。如果说第二联是从生生死死的角度写终生相思的痛苦，那么这一联就是从朝朝暮暮的角度写每日相思的痛苦。因换用比喻和意象，两联反复，更觉缠绵。

尾联暗示两人离得不远，或许能托人探看，似乎尚未绝望。但蓬山原是道教传说中的仙山，青鸟是西王母传递爱情的信使。这两个典故的使用将对方喻为可望而不可即的仙子，其实深含着相见无望的悲哀。

全诗对仗工整，笔意流畅，又善于化用乐府比兴，浓情丽藻，摄人心魄，因而被论者誉为《无题》诸篇之冠。

乐 游 原[1]

向晚意不适[2]，驱车登古原。夕阳无限好，只是近黄昏。

【注释】

[1] 乐游原：在长安南，地势高敞，是唐代著名游览区。本篇见冯浩《玉溪生诗集笺注》卷三。

［2］向晚:将近傍晚。意不适:不惬意。

【鉴赏】

　　李商隐一生仕途失意,又身处没落的晚唐时代,加上性格多愁善感,往往对许多即将消逝和已经消逝的美好事物具有特殊的敏感。这首《乐游原》就典型地反映了这种心态。

　　首句"向晚意不适"点出全篇主旨。薄暮之时,心中不适,这是前人诗中常见的日暮之愁。于是想登高远眺以舒解郁闷,便驱车登上长安的高地乐游原。满目夕照,景色虽美,但暮色渐渐降临,到了黄昏以后,万象也就很快沦入黑暗。夕阳预示的这一前景,令人更添不适。这就与首句呼应,充分发挥了"向晚"之意。

　　夕阳西下是人们每天都要面对的自然现象,但从中得到什么感悟,则不同时代不同心境的人各不相同。诗人登高望远,从乐游原上看夕阳,境界之开阔,可以想见。但在望尽美景的同时,又看到了夕阳的短暂,及其接近黄昏的必然趋势。诗人从眼前景中得到的这种感悟,其实也包含了常人日暮之愁中的茫茫百感。但因诗人只用惋惜的口气一语说尽,过于透彻,致使"只是近黄昏"的事实显得格外无情,也就更容易联想到其中的寓意:身世迟暮之感,唐朝沉沦之忧,好景不常之理,都可由这一声无限悲凉的叹息中去领会。所以末二句虽然极为警策,却令后世许多读者怆怀欲绝,不堪多诵。

夜雨寄北[1]

　　君问归期未有期,巴山夜雨涨秋池[2]。何当共剪西窗烛,却话巴山夜雨时。

【注释】

　　［1］长安在巴蜀东北,所以说"寄北"。本篇见冯浩《玉溪生诗集笺注》卷二。
　　［2］巴山:亦称大巴山、巴岭。这里泛指巴蜀。

【鉴赏】

　　此诗题为《夜雨寄北》,前代不少论者认为是寄给妻子的。清人冯浩注也说:"语浅情深,是寄内也。然集中寄内诗皆不明标题,仍当作'寄北'。"但据当代学者考证,李商隐久困巴蜀是在大中五年至十年间(851—856),其妻王氏已于851年夏秋间亡故,所以应作寄友看。

首句的"君"作第二人称,仿佛直接与所怀之人当面对答。对方问自己何时归去,自己回答则是尚无归期。这一问答,显然是面对相知之人的口吻,语气虽然亲切,却包含着许多无奈。以下没有解释"未有期"的原因,而是转为眼前"巴山夜雨涨秋池"的时景。夜雨连绵,水涨秋池,可见已到秋天。秋天尚无归期,又为夜雨所苦,心情当也与秋雨一样凄凉。窗外雨水渐渐涨满秋池的动静能为诗人感知,那一定是无法入寐,才会一直听着雨声,望着秋池,此夕此景的寂寞无聊就可想而知了。

第三句却跳过一步,从归期着想:倘若能与"君"西窗夜话、共剪烛花,再将此夜情景娓娓道来,该是多么温馨呢?但"何当"呼应"未有期",说明"共剪西窗烛"的日子是无法预期的。而且这一念头也是从眼前独对秋窗的景况想来,所以末句与第二句呼应,再重复一遍"巴山夜雨时",就更显出此夜的寂寞孤独以及诗人对归期的极度盼望。

此诗将今夜苦雨之情,置于"何当"与友人共话眼前景的期盼之中,构思新颖,却清浅如话,含蓄不露,因而倍觉委婉动人。

张志和

张志和(生卒年不详),本名龟龄,字子同,金华(今浙江金华)人。唐肃宗时待诏翰林,后隐居江湖间,自号烟波钓徒。著有《玄真子》。

渔 歌 子[1]

西塞山前白鹭飞[2],桃花流水鳜鱼肥[3]。青箬笠[4],绿蓑衣,斜风细雨不须归。

【注释】

[1] 本篇见《全唐五代词》正编卷一。
[2] 西塞山:在浙江湖州吴兴区西。
[3] 鳜(guì)鱼:今称桂鱼。大口细鳞,色淡黄微褐。
[4] 箬(ruò)笠:竹箬做的斗笠。箬,竹皮,或指一种叶片较宽的竹子,出自江浙、闽广一带。

【鉴赏】

《历代诗余》卷一一〇引《乐府纪闻》说,张志和"往来苕霅间作《渔歌子》词"。苕指苕溪,霅指霅溪。苕溪源于浙江省天目山,分东苕和西苕,分流至湖州汇合,溪水湍急,霅然有声,故名霅溪,再往北注入太湖。西塞山也在湖州西。可知这首词写的是苕溪和霅溪一带的风光。

"渔歌子"虽是词牌名,但是与词中意境非常契合,就像是一首渔父唱的渔歌。江南青山秋冬不凋,春来更是一片绿意。在西塞山前飞翔的白鹭,有青山绿树的映衬,越发洁白鲜亮。"桃花流水"应指桃花汛,同时也展现出沿溪桃花夹岸、与流水相映的美景,加上肥美的鳜鱼在水中畅游,仿佛是一幅天然的图画。头戴竹笠、身披蓑衣的渔翁独钓水上,在斜风细雨中依然悠游自得,不思归去,那种惬意更令人神往。

这首小词以意境优美取胜。首先是画面以青色为主色调:山青水绿,加上青箬笠和绿蓑衣,整片的青绿背景上点缀着白色的鹭鸟和粉红的桃林,都沐浴在斜风细雨之中,色泽鲜丽而又清润。其次,白鹭的飞翔和鳜鱼的潜游为这幅画面增加了灵动之美,渔翁的潇洒更使闲静的境界中别具一种逍遥自在的意趣。后人称之为"风流千古"的名作,不为过誉。

温庭筠

温庭筠(801—?),本名岐,字飞卿,太原祁县(今山西太原)人。大中初(850左右)应进士,不第。后任随县(今湖北随州)尉、国子助教、方城(今属河南)尉等职。咸通八年(867)前去世。《花间集》中存其词六十六首。

菩 萨 蛮[1]

小山重叠金明灭[2],鬓云欲度香腮雪[3]。懒起画蛾眉,弄妆梳洗迟。　　照花前后镜,花面交相映。新帖绣罗襦[4],双双金鹧鸪。

【注释】

[1] 本篇见《全唐五代词》正编卷一。
[2] 小山:有歧解,一说指眉山,形容眉毛如远山;一说指屏山,屏风上画的山;一说指头上的发髻式样。
[3] 鬓云欲度:鬓发蓬乱,快要垂到脸上来的样子。
[4] 帖:贴,一种在衣服上贴金的工艺,这里指下句贴成一双鹧鸪的花样。襦:短衣。

【鉴赏】

这首词写闺中女子晨起梳妆的慵懒情态。上片先聚焦于女子床头的屏风。屏上所画的小山重重叠叠,被清晨的阳光一照,闪着忽明忽暗的金光,可见这是一架漆金画屏。"小山"当是实指画屏之景,但也可能关联到这个女子的梦境。从全词来看,这位女子显然是独居,那么她的夫君正在山重水复之外,或许此时就在她的梦中。词人着意描写枕边鬓发缭乱,仿佛正要落到她雪白的香腮上,点出她睡得正酣,好梦不愿醒来,才会懒得起床,耽误了梳洗。其内心的思念之苦也就无需明言。

以下两句及下片全从弄妆的动作着墨。懒洋洋地起来画眉,慢腾腾地梳洗化妆,足见她的无情无绪。下片着重选取女子簪花照镜的一个细节。用前后两面镜子自照,人面似花,花似人面,交相辉映,颇有创意。南北朝时期的大诗人庾信曾写过类似的画面:"树入床头,花来镜里。草绿衫同,花红面似。"(《行雨山铭》)"树"是人着绿衫,亭亭如树;"花"是人面嫣红,鲜丽如花。以镜中人面比花,原出于此。比喻的原创虽属庾信,但这首词又别有妙思,词人没有直接以花比人面,而是在花面相映中启发人想到女子鲜丽如花的美好青春,比庾信含蓄。再与女子独居的处境相对照,那么花红易衰、青春难驻的感慨也就自在其中了。所以结尾再特意给女子所穿的绣罗襦来个特写,衣服上的双双金鹧鸪暗示女子渴望与夫君成双成对的心愿,也更反衬出她独处的寂寞。

思妇在与夫君长期的离别中对红颜易老的担忧,可说是中国诗歌中一个古老的主题,不知被多少诗人反复地歌咏过。而这首词却从女子懒起梳妆的细节着眼,在明丽辉煌的色调中,巧妙地暗示女子的情思,因而格外新颖巧妙。

无名氏

忆 秦 娥[1]

箫声咽,秦娥梦断秦楼月[2]。秦楼月,年年柳色,灞陵伤别[3]。乐游原上清秋节[4],咸阳古道音尘绝。音尘绝,西风残照,汉家陵阙[5]。

【注释】

[1] 这首词一说为李白作,但无确证。秦娥:秦女。娥,美人通称。本篇见《全唐五代词》正编卷一。

[2] 秦楼:据《列仙传》卷上记载,秦穆公时有个叫萧史的人,善吹箫。穆公的女儿弄玉很喜欢萧史,秦穆公就将女儿嫁给他。萧史每天教弄玉吹箫,几年后能吹出凤鸣声,招来凤凰。秦穆公为他们建凤台,夫妇住在上面,一日都随凤凰飞去。

[3] 灞陵:汉文帝陵墓,在长安东。附近有灞桥,唐人常在此折柳送别。

[4] 乐游原:在长安南,地势高敞,是唐人的游乐胜地。

[5] 汉家陵阙:汉代帝王陵墓分布在长安郊外平原上。阙,墓道前的牌楼。宫门左右楼观也可称阙。

【鉴赏】

《忆秦娥》是词牌名。秦娥的传说是一个著名的古老故事:秦穆公之女弄玉向夫君萧史学习吹箫,引来凤凰,夫妇一起乘凤飞去。历代诗歌往往用此典故赞美夫妇和合或者成仙得道。这首词根据词牌名,从传说想象出秦娥梦醒秦楼、面对夜月的幽怨情景,在呜咽的箫声中将秦川悠久的历史追溯到春秋秦穆公时期。然后,再次咏叹秦楼的月色,引出灞陵的柳色,重叠之中自然蕴含着深深的感慨:秦楼之月,从春秋时期一直照到现在;灞陵之柳,也年年随着春天返青。但灞陵又是秦人送别的地方,年年柳色带来的是年年伤别的人间常见之景,由此再返转来看"秦娥梦断秦楼月",便可恍然悟出,这句并不仅仅是化用传说,而是泛指历代多少秦女夜夜梦断秦楼的伤别之情。人生的聚短离长与不变的明月、柳色形成了一对永恒的矛盾,这便是上片的深意所在。

春去秋来,一年将尽,应该是行人返家的时节,所以下片由新春转到清秋。乐游原是长安南边一处地势高敞的名胜。登高而望,咸阳古道上却看不见行人回还的烟尘。盼望音尘的也应是古来无数梦断秦楼的秦女吧?那么这漫漫古道上又有多少行人一去不回呢?能见到的,唯有笼罩在西风残照之中的汉家陵阙。秦楼汉陵、咸阳古道,这些历史的遗迹默默地见证着时光流逝的无情,也令人从中看到由无数短暂的生命连接起来的漫长历史。这就又将人生伤别之意拓展为怀古伤今的感慨,深化了上片的内涵。

早期的词一般境界狭小,这首词则不受局限,概括力度极大。情调虽然低沉悲凉,意境却苍茫开阔,含蕴之深厚尤为唐代文人词所罕见。

韦 庄

韦庄(836—910),字端己,京兆杜陵(今陕西西安)人。唐昭宗乾宁元年(894)进士。五代蜀王建称帝时任宰相。有《浣花集》。

菩 萨 蛮[1]

人人尽说江南好,游人只合江南老。春水碧于天,画船听雨眠。　炉边人似月[2],皓腕凝霜雪[3]。未老莫还乡,还乡须断肠。

【注释】

[1] 本篇见《全唐五代词》正编卷一。
[2] 炉:此从南宋绍兴刻本《花间集》,一作"垆",酒店用土砌台,安放酒缸。四边隆起,一面高,如锻炉。
[3] 凝霜雪:形容肌肤洁白如雪。《西京杂记》卷二说卓文君"肌肤柔滑如脂",意思类似。

【鉴赏】

称道江南之美,唐人诗中已有不少名作。这首词索性就从人人都说江南好的传闻说起,先说明游人应该在江南终老的道理,便自然地交代出词人是以一个他乡游子的眼光来看江南。上片的后两句说江南之好在于风景之美:春水清碧,与碧天相映,水天一色,正是江南水乡最典型的风光;画船荡漾于碧水之上,人在船中听着春雨入眠,更是江南独有的情调和风味。这两句构成一幅清丽的画面,写尽江南雨中恬静、惬意而又令人惆怅的滋味。

下片前两句写江南之好在于人物之美:当垆卖酒的女子犹如明月一样皎洁,雪白的手腕似由霜雪凝成。这个特写突出了卖酒女的白皙,也概括了江南女子肤色细洁的一般特点。用史上闻名的美女卓文君来比喻西蜀女子,用典既现成又切合本地风光。结尾两句与开头呼应,还是以外乡人的口气说,江南既然这么美,那么不到老来不要还乡,也就是说在老来还乡之前不要离开江南,这与上片"游人只合江南老"的意思略有矛盾。但最后又强调如果还乡定会断肠,可见还是难舍难离。叶落归根,本来是所有游子的梦想,词人却反认为老来还乡会伤心,便将心中对江南的眷恋夸大到极致。

  词人所说的江南主要是指西蜀,但是涵盖了长江以南水乡的共同特色。此词与其他赞美江南之作的不同之处在于不但能描绘出江南风光人情之美,更能品出这种美所蕴含的独特韵味,这本是身在他乡的江南游子特有的乡情记忆。而词人作为外乡游子,反复纠结于"只合江南老"和"未老莫还乡"之间,正可见其已经视他乡为故乡,这就又以直白的抒情突出了江南之美可令游子忘乡的魅力。韦词的用情深挚由此可见一斑。

冯延巳

冯延巳(903—960),一名延嗣,字正中,广陵(今江苏扬州)人。南唐李璟时宰相。有词集《阳春录》,但多混入他人之作。

谒 金 门[1]

风乍起,吹绉一池春水。闲引鸳鸯香径里,手挼红杏蕊[2]。斗鸭阑干独倚[3],碧玉搔头斜坠[4]。终日望君君不至,举头闻鹊喜[5]。

【注释】

[1] 本篇见《全唐五代词》正编卷三。

[2] 挼(ruó):揉搓。

[3] 斗鸭阑干:用栏杆围养一些鸭子,供它们相斗。

[4] 碧玉搔头:即碧玉簪。斜坠:形容玉簪斜插,仿佛要掉下来的样子。

[5] 闻鹊喜:汉唐以来一般人家听到喜鹊叫声都认为将有客来,是喜兆。这里表示希望喜鹊报告"君至"的喜讯。

【鉴赏】

表现女性独居生活的寂寞以及对青春消逝的感伤,可说是词的本色当行。尽管这类主题在前人诗里已经被写滥,但当其境界缩小到词里以后,人们又能在庭院闺阁之内发现许多新鲜的意趣。这首词开头两句便是前人从未涉笔的一幅清新小景:突然一阵风起,吹皱了一池春水。"绉"字向来形容丝绸类织物,能被风吹皱,可见一池清澈的春水原来平滑如绸。春风轻拂,波纹粼粼,用"绉"字最为形象恰当。同时,春水微皱又微妙地烘托出池边人内心随春水泛起的涟漪,景中之情似有若无,更引人遐想。悠闲的思妇无所事事,手里揉搓着红杏的花蕊,在芳香的小径上逗引鸳鸯。成双成对的鸳鸯,反衬出思妇的孤独,也暗示了她"闲"居的原因。

221

从闲引鸳鸯到独倚鸭栏,词人都没有描写思妇的姿貌,只是在她发髻上勾勒了一支斜滑欲坠的碧玉簪。这个小小的细节,活画出她独自斜倚阑干的娇慵和无聊的情态。最后点出她如此无情无绪的原因,是终日在盼望"君"来而"君"却不来。抬头听到喜鹊报喜,似乎给了她一点希望。但是,正如敦煌曲子词《鹊踏枝》所说:"叵耐灵鹊多谩语,送喜何曾有凭据?"等来的是喜讯还是谎言呢? 只能留给读者去猜想了。

这首词围绕着小池春水点缀鸳鸯、斗鸭、喜鹊等春天最活跃的禽鸟,在一片蓬勃生机中,反衬出思妇独对春光的寂寞和惆怅。"吹绉一池春水"更因写景传神精妙,而成为南唐词的名句。

李　璟

李璟(916—961),字伯玉,徐州人,943年继承其父李昇之位,史称南唐中主。存词四首。

山　花　子[1]

菡萏香销翠叶残[2],西风愁起绿波间。还与韶光共憔悴[3],不堪看。　细雨梦回鸡塞远[4],小楼吹彻玉笙寒[5]。多少泪珠无限恨,倚阑干。

【注释】

[1] 本篇见《全唐五代词》正编卷三。词牌名又称"摊破浣溪沙"。
[2] 菡萏:荷花。
[3] 韶光:春光。一作"容光"。
[4] 鸡塞:鸡鹿塞。《汉书·匈奴传》:"送单于出朔方鸡鹿塞。"颜师古注:"在朔方窳浑县西北。"在今陕西榆林横山区西。
[5] 彻:大曲中的最后一遍。吹彻,吹到最后一曲。

【鉴赏】

李璟虽然存词仅四首,《山花子》两首却都是名作。其一写春恨,这首咏秋思。

荷花清香消散,翠叶也已凋残,这是西风吹过绿波的结果。"愁起"二字有感情色彩,发愁地看着西风在绿波间起来的是旁观"菡萏香销"的人,这就通过荷花荷叶的情状写出了秋风摧残青春的无情。而与吹损的荷花一起憔悴、不堪再看的,还有人的韶华年光,这正是思妇自伤迟暮之意。以"菡萏""翠叶"兴起秋风,并无刻意以花喻人之意,但是二者自然由"共憔悴"产生联系。所以王国维《人间词话》极其赞赏首二句,认为"大有众芳芜秽、美人迟暮之感"。

青春在秋风中逝去,离人却仍然远在边塞,只能在梦中相见。鸡塞即鸡鹿塞,在汉之朔方郡窳浑县,可见梦中人正在戍边。但词里并未展开思妇的梦境,而是着眼于梦醒之后的回味:梦回之时正是窗外细雨绵绵、寒意袭人之际,梦中鸡塞犹在咫尺,醒后已远在天涯。梦醒之后再不能入睡,唯有以吹笙排遣愁闷,直吹到最后一曲,只是更添寒意而已。二句合而观之,梦醒之人恍惚怅惘的神情自可体味。与结尾直道倚栏流泪的抒情告白相比,这两句妙在立意曲折,颇费思量,其韵味就在"梦回"的怅然若失以及眼前的小楼细雨之中。所以又为王安石所激赏。

此词虽以思妇的秋思为依托,但愁看西风又起,还与韶光共憔悴的又岂止是思妇?同样也有作者自己不堪迟暮的感伤。这就使闺情中自然渗透了士大夫的人生感触,词的境界也由此而得以拓展。

李 煜

李煜(937—978),初名从嘉,字重光,李璟第六子。961年继南唐国主之位,史称南唐后主。975年,宋灭南唐,被封违命侯,改封陇西郡公,最后被宋太宗毒死。著作甚多,但仅存诗词数十篇。

浪 淘 沙[1]

帘外雨潺潺,春意阑珊。罗衾不耐五更寒[2]。梦里不知身是客,一饷贪欢。　独自暮凭栏[3],无限江山,别时容易见时难。流水落花春去也,天上人间。

【注释】

[1] 本篇见《全唐五代词》正编卷三。

[2] 不耐:一作"不暖"。

[3] 暮:一作"莫"。

【鉴赏】

南唐亡国以后,李后主降宋,北上待罪,囚居汴京,受尽屈辱,过着以泪洗面的日子,写下了一些哀伤身世、寄托故国之思的名作。这是其中的一首。

上片写五更梦醒时的情景,只听得帘子外面雨声潺潺,已经感受不到多少春意了。"春意阑珊"固然是实写春光在风吹雨打中衰歇的时令,也是出于词人内心的敏锐感觉。薄薄的罗衾抵不住五更的寒意,竟致夜半冻醒,而梦醒后的凄寒更是沁透整个身心。再回想刚才梦中不知自己客居他乡,还在贪欢行乐的情景,眼前的现实与梦中的"一饷贪欢"形成残酷的对比,令人更深地体会到一切皆空的凄凉况味,也道出了往事如梦的无限感慨。

独自在暮色中凭栏眺望,已经望不见从前的无限江山。"别时容易见时难",是人们在告别无法再见的过往人事时,都会从心里涌出的一句话。这里既概括了常人的人生体会，又深切地抒发了亡国之君的悔恨。"落花流水春去也，天上人间"，照应上片"春意阑珊"之意，将花已落、水已流、春已去之后的无奈，比之花未落、水未流、春未去之时的情景，见出梦中与现实、昔日与今日的落差，有如天上比之人间，种种复杂的情绪都包含在岁月流逝无可挽回、天上人间无可改变的含浑意象之中，格外动人心魄。

李后主善用最平常的语言概括最深刻的人生感慨，因而其词虽是亡国的哀叹，却能在后人心中引起广泛的共鸣。

虞 美 人[1]

春花秋月何时了，往事知多少。小楼昨夜又东风，故国不堪回首月明中。　　雕阑玉砌应犹在，只是朱颜改。问君能有几多愁，恰似一江春水向东流。

【注释】

[1] 本篇见《全唐五代词》正编卷三。

【鉴赏】

这首词一开头就接连两问，一是问春秋的更替何时才能结束，紧接其后的第二问是往事知多少，显然心中已经没有对前景的瞻望，只剩下对过去的回忆。岁岁花开，年年月满，在历代诗人而言，往往引起的是年光流逝的惋惜和人生短暂的感叹。刚到中年的词人却偏偏厌倦了春花秋月的循环，只有前视茫茫、对生活绝望之极的人才会有这样反常的情绪。小楼又刮起东风，说明一年一度的春天又来了。"又"字不仅说明春天再度来临，更使"何时了"的语气进一步强化。而词人忍受不了东风"又"来的根本原因是昨夜明月之中已经不堪再度回首故国。由此可见，词人脆弱的心灵已无法再承受眼前处境的煎熬，也难以想象如何度过今后漫长的春秋，这就是开头连发两问的根本原因。

虽然不堪回首，还是忍不住回首，所以下片首二句承接上片末二句，故国在汴京是看不见的，只能想象明月之下，故宫的雕栏画栋以及玉石阶砌还在，而宫中的旧人已经改变了面貌。"朱颜"可指自己，也令人联想到江山的旧貌已经彻底改观。物是人非,这样的对比会让人产生多少愁是无法形容的,末句却用浩瀚汪洋的一江春水来比喻难以排遣的愁,极其新奇而贴切。春天江水上涨,水势浩荡无涯,水向东流是无法挽回的趋势,正像流淌不尽的亡国之愁。长江是南唐故国的大河,水流的去向正是故都金陵,因此向东奔流的一江春水,就像载着亡国之君的一江之愁,将他的无尽思念和悔恨带到故国和故宫。这就使全词虽然悲哀至极,却自有一股充沛的感情力量奔泻而来。最后两句妙在气势奔放而深意内含,耐人寻味,因而能千年传诵不绝。

【两宋诗】

王禹偁

王禹偁(954—1001),字元之,济州钜野(今山东巨野)人。世代务农。太宗太平兴国八年(983)进士。历任右拾遗、翰林学士、知制诰。性格耿直,遇事敢言,因此得罪权贵,多次被贬,曾先后贬至商州、滁州、黄州等地,作《三黜赋》以见志。王禹偁是北宋初期最早自觉革新文风之人,其古文学习韩愈、柳宗元,其诗学习杜甫、白居易。著有《小畜集》三十卷。

村　行[1]

马穿山径菊初黄,信马悠悠野兴长[2]。万壑有声含晚籁[3],数峰无语立斜阳。棠梨叶落胭脂色[4],荞麦花开白雪香。何事吟余忽惆怅,村桥原树似吾乡。

【注释】

[1] 此诗作于宋太宗淳化三年(992)秋,时王禹偁在商州(今陕西商洛商州区)任团练副使。
[2] 信马:任马行走。野兴:到郊野游览的兴趣。
[3] 籁:原指孔穴中发出的声音,泛指各种声响。
[4] 棠梨:一种落叶乔木,叶长圆形,俗称"野梨"。

【鉴赏】

王禹偁被贬商州,是因论妖尼道安诬陷大臣徐铉事而获谴于朝廷,无辜被黜,心中自有牢骚。王禹偁所任团练副使,是个无职无权的闲差,故常往郊野游览山水,自嘲曰:"平生诗句是山水,谪宦方知是胜游。"(《听泉》)此诗即此类作品的代表作。诗人世代农家,熟悉农村生活,热爱农村风光,故而游兴浓厚。全诗写景生动,颔联尤称名句。钱锺书云:"山峰本来是不能语而'无语'的,王禹偁说它们'无语'或如龚自珍《己亥杂诗》说'送我摇鞭竟东去,此山不语看中原',并不违反事实;但是同时也仿佛表示它们原先能语、有语而此刻忽然'无语'。"(《宋诗选注》)程千帆则云:"壑本无声,风过则闻之有声,这是真;峰不能语,静立却反似能语而不语,这是幻。闻之真与见之幻交织,从明丽宁静中显示出凄清,同时也显示出诗人的孤独。"(《读宋诗随笔》)此外,此联写景不像唐诗那样描绘声色,而以深刻的思理取胜,与全诗比较朴素的字句互相映衬,较早体现出宋诗的艺术特征。王禹偁的家乡在济州钜野,与商州东西遥隔,但二地均为山区,"村桥原树"之类普通的山村风景甚为相似,故诗人于吟咏之余,忽生乡思,从而惆怅不已。这与开头的游兴甚浓抑扬相对,形成情感上的一重波澜,而诗人在政治上的失落感也就尽在不言之中。

范仲淹

范仲淹(989—1052),字希文,吴县(今江苏苏州)人。幼年孤贫,苦学。真宗大中祥符八年(1015)进士,历任秘阁校理、殿中丞、太常博士、右司谏、礼部员外郎、天章阁待制、知开封府等职。因议政出知饶州,徙润州、越州。仁宗康定元年(1040)任陕西经略安抚副使,知延州。庆历元年(1041)徙知庆州。守边数年,西夏不敢进犯。庆历三年(1043)还朝,任参知政事,推行新政。后出知邓州、杭州、青州。皇祐四年(1052)赴知颖州途中卒,谥"文正"。著有《范文正公文集》。存词五首。

渔 家 傲[1]

塞下秋来风景异,衡阳雁去无留意[2]。四面边声连角起[3]。千嶂里[4],长烟落日孤城闭。　　浊酒一杯家万里,燕然未勒归无计[5]。羌管悠悠霜满地。人不寐,将军白发征夫泪。

【注释】

[1] 此词作于宋仁宗庆历元年(1941)或二年(1042),时范仲淹知庆州(今甘肃庆阳)。

[2] 衡阳雁去:衡阳有回雁峰,相传秋雁南飞,至此而止。

[3] 边声:边地的各种声响。李陵《答苏武书》:"边声四起。"

[4] 嶂:耸立如屏障的山峰,此指黄土高原上的峁。

[5] 燕然未勒:燕然,山名,今名杭爱山,在蒙古国境内。东汉大将窦宪追击匈奴至此山,刻石纪功而还。勒,刻。

【鉴赏】

范仲淹是北宋名臣,素以天下为己任。当时西夏元昊称帝,时常侵扰宋境,成为北宋的心腹大患。宋仁宗康定元年(1040),因韩琦之荐,朝廷召范仲淹出任陕西经略安抚副使兼知延州(今陕西延安),奔赴西北边防。次年,范仲淹徙知庆州,至庆历三年(1043)元昊约和、边事稍宁后方还朝。范仲淹守边有策,威震敌国,西夏兵不敢轻犯,相戒曰:"小范老子腹中自有数万兵甲。"边民则为之谣曰:"军中有一范,西贼闻之惊破胆。"然而当时北宋军力较弱,范仲淹亦无完胜强敌之良策,只能加强城防,尽责守边而已。

在一个秋日,范仲淹看到鸿雁南飞,听到边声四起,不由得心怀悲凉。长烟落日,坐落在千万座山嶂间的庆州显得格外孤独。想起万里之外的家乡,只能饮酒浇愁。要想像东汉窦宪那样大破匈奴、勒功燕然,只是理想而已。然而身负守边重任,又怎能一心思归?史载庆历三年朝廷召范仲淹与韩琦还朝,二人多次上章表示"愿尽力塞下,不敢以他人为代",朝廷不许,二人始还朝。可见"归无计"者,非不能也,乃不愿也。此时范仲淹年过半百,这位爱护部伍的老将军深知长年守边的士卒思家心切,他本人也早已愁白了头发,于是他在羌管悠悠的严寒之夜难以成眠。

此词写景雄浑苍茫,抒情悲壮苍凉,且将英雄气概与儿女情怀熔于一炉,是宋词中别开生面的杰作。相传欧阳修戏称此词为"穷塞主之词"(魏泰《东轩笔录》卷十一),其实此词真切生动地写出一位边防将领的复杂情感,堪称"守边大将之词"。

柳 永

柳永(987？—1053？),初名三变,字景庄,后改名永,字耆卿,崇安(今福建武夷山市)人。仁宗景祐元年(1034)进士。曾任睦州团练副官、余杭县令、晓峰盐场监及泗州判官。后官至屯田员外郎,世称"柳屯田"。专意作词,多创长调,内容较传统词坛有所拓展,多表现市民生活及其生活情趣,尤以羁旅行役及男女相思两类题材的成就为最高。词风较为通俗,语言浅近,传唱极广,时人云"凡有井水饮处,即能歌柳词",对后来词坛也有极大影响。

八声甘州[1]

对潇潇暮雨洒江天,一番洗清秋。渐霜风凄紧,关河冷落,残照当楼。是处红衰翠减[2],苒苒物华休[3]。惟有长江水,无语东流。　　不忍登高临远,望故乡渺邈[4],归思难收。叹年来踪迹,何事苦淹留。想佳人、妆楼颙望[5],误几回、天际识归舟[6]。争知我[7]、倚阑干处,正恁凝愁。

【注释】

[1] 作年不详。此调首见于柳词,或为柳永首创。
[2] 是处红衰翠减:到处花叶凋零。
[3] 苒苒:渐渐。物华:指景物。
[4] 渺邈:遥远。
[5] 颙(yóng)望:抬头仰望。
[6] 天际识归舟:谢朓《之宣城郡出新林浦向板桥》:"天际识归舟,云中辨江树。"
[7] 争知:怎知。

【鉴赏】

　　柳永词中有多首抒写离愁别恨的名作,但思念的对象各有不同。从词意看,此词的思念对象应是留在家乡的妻子。上片写景,通过秋雨过后的萧瑟景象来表现内心的羁旅愁思。下片抒情,以登高临远的实情与想象中佳人妆楼凝望的虚景进行对照,来反衬自己想念家乡与恋人的心情。《诗经·魏风·陟岵》云:"陟彼岵兮,瞻望父兮。父曰:'嗟!予子行役。'"杜甫《月夜》云:"今夜鄜州月,闺中只独看。"这种怀人而从对方写起的方法历来深受赞赏。柳永此词则更进一步,先说自己对对方的怀想,又写对方对自己的思念,思绪在两地之间回还往复,情思更加缠绵悱恻。

　　此词中用以领起全句的衬字极有特色。上片中先用去声的"对"字领起开头两句,暗示自己凭栏面对着萧瑟秋景。接着又用去声的"渐"字承上启下,引出满眼秋色。下片以"望"字兴起思乡之念,以"叹"字转入目前处境,最后以"想"字生发佳人妆楼盼望归舟的情景。这些领字都是仄声字,都是一字顿,它们使得词意起伏跌宕,也使得全词声调苍凉激越。

　　词中的其他修辞手段也值得注意,比如"潇潇""苒苒"等叠字,"清秋""冷落"等双声字,"长江""阑干"等叠韵字,以及"渺邈"这个双声叠韵词,它们使得全词声情摇曳,富有声情之美。

　　此外,此词文字工致,意境优美,"渐霜风凄紧"三句气势阔大,语言凝练,深得苏轼称赏,认为它们"不减唐人高处"(赵令畤《侯鲭录》卷七)。"天际识归舟"本是谢朓的名句,柳永在前面加上"误几回"三字,委婉生动,曲尽人情。柳词常以青楼女子为相思对象,有时失于轻浅,此词抒写夫妻之情,深沉真挚,洵称名篇。

雨　霖　铃[1]

　　寒蝉凄切,对长亭晚,骤雨初歇。都门帐饮无绪[2],方留恋处[3],兰舟催发[4]。执手相看泪眼,竟无语凝噎。念去去千里烟波,暮霭沉沉楚天阔[5]。　　多情自古伤离别。更那堪,冷落清秋节。今宵酒醒何处?杨柳岸,晓风残月。此去经年[6],应是良辰好景虚设。便纵有千种风情,更与何人说。

【注释】

[1] 此词作年不详。或谓作于词人十七岁时,且"写与妻子别情",无据。

[2] 都门:京都之城门。帐饮:在室外设帐幕宴饮饯别。

[3] 方留迹处:一本作"留恋处"。据《全宋词》所载此调,此句以四字为较常见。

[4] 兰舟:即木兰舟,船的美称。

[5] 楚天:泛指南方的天空。长江中下游一带古为楚地。

[6] 经年:年复一年。

【鉴赏】

　　此词作年不详。从词意看,应作于词人离开汴京南下时,与词人"执手相看泪眼"的送行者是其妻子或情人。上片描写临别时的情景,起首三句写离别时周围的景物,不仅点明时间、地点,而且为后面的"无绪"心情作了铺垫。苍茫秋色,凄切鸣蝉,饯别的恋人欲饮无绪、欲留不能。兰舟催发,离别到了最后的时刻,恋人却反而"无语凝噎"。此时的无语不是真的无语,只是黯然神伤而说不出话。虽然无语,但早已心潮起伏,思绪万千,故下句以"念"字领起,设想种种别后情景,让"凝噎"的话语得到尽情的倾泻。"千里烟波,暮霭沉沉楚天阔",情调凄恻而境界阔大,虽是写景,实亦抒情,景无边而情无限,衬托出离别之后茫然不知所归的心绪。下片换头以抒情起,仍然承接着上片"念"字之意,叹息自古到今离情之可哀,设想自己在清秋时节的寂寞冷落。"今宵"二句是更深一层的设想,却又是以景寓情,融情入景,写出了一个冷落凄清的动人意境。

　　总之,全词层层铺叙,处处点染,极尽形容,生动地展现出词人离别时的心理和情感,成为宋词中刻画离愁别恨的名篇。宋人谈论柳永与苏轼的词风差异时,即举此词为例(俞文豹《吹剑录·续录》),可见它是柳永词风的一个标志。

晏　殊

晏殊(991—1055),字同叔,抚州临川(今江西临川)人。真宗景德元年(1004)以"神童"应试,赐同进士出身。仕途顺利,历任集贤校理、著作佐郎、翰林学士、枢密副使、参知政事,仁宗庆历三年(1043)拜相。卒谥"元献"。著有《珠玉词》。词作以小令为主,内容多写男女相思及离愁别恨,间及岁月迁逝等人生感慨,风格清丽雅洁。

浣 溪 沙[1]

一曲新词酒一杯。去年天气旧亭台。夕阳西下几时回？无可奈何花落去,似曾相识燕归来。小园香径独徘徊[2]。

【注释】

[1] 作年不详。此词误入李璟、晏几道词集,皆非。
[2] 香径:指花园里的小路。

【鉴赏】

晏殊入仕较早,地位显要,人称"太平宰相"。由于他一生富贵,其文学创作缺少广阔的社会内容,也缺少深沉的人生体验。晏殊的文学成就以词最为突出,虽然主题多为闲愁逸致,但感情细腻,文笔清丽,仍有不少清新可诵之作,此词即为其中名篇。

全词仅六句,叙事的手法极其简洁,场景却相当生动,词人的心态也表达得相当清晰。上片写在小园内宴饮听歌的情形。据叶梦得《避暑录话》卷上记载,晏殊性喜宴客,席间常有歌女清唱侑觞,他也亲自撰写诗词,自称"呈艺"。晏殊鄙视柳永那种俚俗的词风,故歌女所唱多半是他自己新撰之词。诗酒风流,其乐融融。然而,词人忽然想起去年此时,同样的天气,同样的楼台,顿生惆怅之感。于是他喃喃问道:夕阳西去,几时再得回来？下片首二句向称名句,对仗工巧,文字清丽,意蕴也很深永。暮春时节,落红成阵,难免使人伤感。然而花盛而衰,这是自然规律,无论人们如何惋惜,也于事无补。"无可奈何"四字,精确地表达了词人既感惆怅又力图自我安慰的心情。词人又注意到梁间飞舞的燕子,它们似乎就是去秋离开的那一对,如今飞回旧巢了。"似曾相识燕归来"一句既表达了词人初睹归燕的亲切感,也意味着消逝的美好事物并未归于空无。

　　时光流逝、韶华难留是人生的一大缺憾,即使生活美满者也难避免,此词真切地表达了这种感受,又出以清丽的字句和委婉的风调,遂成名篇。

梅尧臣

梅尧臣(1002—1060),字圣俞,宣州宣城(今安徽宣城)人。宣城古称宛陵,故称宛陵先生。出身农家,屡试不第。仁宗天圣九年(1031),以叔父梅询荫入仕,历任河南主簿、襄城知县等州县属官。皇祐三年(1051)赐同进士出身,任太常博士、国子监直讲。著有《宛陵先生集》。梅尧臣长期担任地方官员,关心民瘼,诗中较多反映民间疾苦的题材。他虽然位居下僚,但对朝廷政治相当关注,常在诗中爱憎分明地表露政治态度。梅诗的主导风格是平淡质朴、意境含蓄,是北宋诗坛上最早自觉地偏离唐诗丰神情韵之倾向的诗人。梅诗部分作品有词句枯涩、缺乏情韵的缺点,是尝试新诗风所付出的代价,其努力最终导致了宋诗新风貌的形成,乃有宋一代诗风的开创者。

鲁山山行[1]

适与野情惬[2],千山高复低。好峰随处改,幽径独行迷。霜落熊升树,林空鹿饮溪。人家在何许?云外一声鸡。

【注释】

[1] 此诗作于宋仁宗康定元年(1040)秋。时梅尧臣从知襄城县(今河南襄城)离任,前往邓州(今河南邓州市)会葬姻兄谢绛,途经鲁山(今河南鲁山)。

[2] 野情:爱好山野的情趣。惬:合。

【鉴赏】

宋仁宗宝元二年(1039),梅尧臣调知襄城县。襄城地僻人贫,身为知县的诗人亲睹民生艰辛,心情悲痛,梅诗中反映民生疾苦的名篇《汝坟贫女》《田家语》均作于襄城。一年以后,梅尧臣解除此职,总算离开了这个"鞭挞黎庶令人悲"(高适《封丘尉》)的官职。离任后的诗人途经鲁山,看到山间的潇洒秋色,诗兴大发,乃作此诗。"适与野情惬",表面上是说此行符合自己爱好山野的情趣,实质上又何尝不是离职后如释重负的感觉。全诗写景明净,情调轻快,皆与其心情有关。否则的话,"千山高复低"的地理环境,对于行旅之人岂是赏心悦目之景!全诗以平淡质朴的文字描写远离人世的幽静之景,句中颇含思理之妙。颔联概写峰回景改、径幽易迷的山景,语颇抽象,重点在表达诗人的主观感受。颈联展开具体的描写:"霜落""林空"指树叶凋零,密林变疏,从而能见到"熊升树"和"鹿饮溪",而熊与鹿显然是因为人迹罕至方能悠闲自在,句中其实包蕴着细密的思理,但字句则清丽明净,不像梅尧臣晚年的诗风那样枯涩(此时梅尧臣三十九岁)。尾联用云外传来的一声鸡鸣作结,既反衬了山景之清幽,又使全诗呈含蓄不尽之韵味,颇近唐诗风调。清人冯舒评曰:"此亦未辨其为宋诗,却知是梅。"(《瀛奎律髓汇评》卷三四)相当妥当。

欧阳修

欧阳修(1007—1072),字永叔,号醉翁,晚年又号六一居士,庐陵(今江西吉安)人。出身于小官吏家庭,四岁丧父,母郑氏亲自教他读书,以芦秆代笔在沙上写字。仁宗天圣八年(1030)进士,补西京留守推官,后入京任馆阁校勘,因勇于言事,被贬为夷陵县令。庆历年间,积极参加范仲淹领导的新政,又被贬往滁州等地。至和元年(1054)方回朝,晚年官至参知政事。神宗熙宁四年(1071)致仕,定居颍州,次年病逝。著有《欧阳文忠公集》。欧阳修乃一代名臣,也是一代文宗,亲自领导了北宋诗文革新运动,门下人才济济,使诗文革新得以持续发展。欧阳修兼长古文、诗、词,其文风平易纡徐,委婉清丽,使叙事、议论、抒情三种功能得到很好的融合。其诗长于议论、叙事,语言清新流畅,风格与其文风相当一致。欧词较多体现出对五代词风的继承,但也有所新变,一是抒发自我的人生感受,二是风格清新,于雅俗之间达到较好的平衡。

春日西湖寄谢法曹歌[1]

西湖春色归[2],春水绿于染。群芳烂不收,东风落如糁[3]。参军春思如乱云,白发题诗愁送春[4]。遥知湖上一樽酒,能忆天涯万里人。万里思春尚有情,忽逢春至客心惊。雪消门外千山绿,花发江边二月晴。少年把酒逢春色,今日逢春头已白。异乡物态与人殊,惟有东风旧相识。

【注释】
[1] 宋仁宗景祐三年(1036),范仲淹因上书言事被权臣吕夷简贬逐出朝,正任馆阁校勘的欧阳修不顾位卑,移书指责左司谏高若讷见风使舵,随即被贬为夷陵(今湖北宜昌)县令。此诗作于次年。谢法曹:谢伯初,字景山,时

任许州(今河南许昌)法曹参军。

[2] 西湖:此指许州之西湖。

[3] 糁:米粒。

[4] "参军"二句:欧阳修自注:"谢君有'多情未老已白发,野思到春如乱云'之句。"

【鉴赏】

　　北宋士大夫的诗歌中,唱酬应答之作占极大的比重。此类作品最常见的主题无非是闲情逸致、诗酒风流,并无深情远韵。但也时有例外,不能一概而论,欧阳修此诗便是一首杰作。在范仲淹等人的积极倡导下,北宋的士风迥然有别于五代,萎靡不振的习气一扫而空,取而代之的是士大夫主体意识和参政热情的空前高涨,砥砺名节、激浊扬清成为新士风的重要标志。欧公离京时,蔡襄、王洙等人不避嫌疑前来送别。欧公到达贬所后,地方官员也待之甚厚。正是在这样的背景下,远在许州的谢伯初千里寄诗,催生了这首名篇。谢诗载于欧公《六一诗话》,主要内容是表彰欧公才华出众,同情其命运多舛。欧诗比谢诗更加淡化了政治意蕴,前八句描写许州西湖春色,以及谢伯初在西湖题诗饮酒,从而忆及天涯故人;后八句抒写自己在夷陵因异乡春色与年华迁逝引起的双重伤感。至于自己因关心国事而遭贬谪的牢骚之感,以及屈身下僚有志难酬的失落心态,诗中一字未及,仅隐于字里行间。此诗有两点艺术特征值得关注。首先是并未紧扣谢诗作答,只将谢诗视为灵感的触发点,整首诗更像是主动创作的一首怀远赠友诗。其次是完全不顾谢诗七言排律的诗体特征,改用杂言古体作答。此诗思绪灵动,文情跌宕,便得益于其杂言古体的诗体特征。全诗章法细密而不睹痕迹,语气与文情均流转自如。末句中的"东风"明指姗姗来迟的春风,暗指远方友人的温馨友情,语意双关,情味深永。总之,此诗典型地体现了欧诗平易晓畅、俊迈流丽的风格。若从唱酬诗的角度来看,它堪称别开生面的宋诗名篇。

蝶 恋 花[1]

　　庭院深深深几许?杨柳堆烟[2],帘幕无重数。玉勒雕鞍游冶处[3],楼高不见章台路[4]。　　雨横风狂三月暮[5]。门掩黄昏,无计留春住。泪眼问花花不语,乱红飞过秋千去。

【注释】

[1] 作年不详。此词一说为冯延巳词,不确。
[2] 杨柳堆烟:烟雾笼罩着杨柳。
[3] 玉勒雕鞍:指装饰华丽的车马。游冶处:指歌楼妓馆。
[4] 章台:汉代长安有章台街,为妓女居住之地,后人代指妓馆集中处。
[5] 雨横:雨势猛烈。

【鉴赏】

从五代的"花间词派"以来,描写闺中思妇成为词体的重要主题。此词虽然延续了同样的主题,但意境远比花间词为胜。

首先,此词对那位离家不归的丈夫仅是虚晃一笔,并未展开其"游冶"的具体情况。全词的主要篇幅用来刻画思妇的孤独处境和悲苦情怀,从而避免了花间词中经常出现的脂粉香泽。

其次,此词虽写思妇对远行丈夫的思念之情,但并未从正面展开,甚至一字未及女主人公的容颜姿态。它只是借暮春黄昏、风狂雨骤这个特定的情景来烘托思妇的内心苦闷。正因如此,此词字句清新,格调雅洁,虽然上片已点明是思妇望远的传统主题,下片所写的境界却很像惋惜韶华流逝的惆怅情怀。清人张惠言在《词选》中将此词理解成有所寄寓的政治词,固属穿凿之论,但与此词的意境距离传统的男女相思之词较远,也不无关系。

可以说,此词是欧阳修对花间词风的成功改造。它继承了其写情细腻生动的优点,却避免了其格调卑俗的缺点,从而为婉约词的健康发展开辟了道路。北宋末年的李清照自称酷爱欧公此词,且用其语作"庭院深深"数阕(《临江仙》序),就是明显的例证。

苏舜钦

苏舜钦(1008—1049),字子美,祖籍梓州铜山(今四川中江),曾祖时移居开封。仁宗景祐元年(1034)进士,历任县令等职。庆历四年(1044)因范仲淹荐任集贤殿校理、监进奏院。同年因细故被政敌诬陷,削职为民。次年赴苏州闲居,三年后病卒。著有《苏学士文集》。苏舜钦性格豪迈,慷慨有大志,喜以诗歌痛快淋漓地反映时政,抒发强烈的政治感慨。被逐后作诗多写心中愤懑,牢骚满腹。其写景诗意境阔大,风格以奔放雄奇为主。苏诗的缺点是不够含蓄,稍伤直露。

中秋夜吴江亭上对月怀前宰张子野及寄君谟蔡大[1]

独坐对月心悠悠,故人不见使我愁。古今共传惜今夕,况在松江亭上头。可怜节物会人意,十日阴雨此夜收。不惟人间重此月,天亦有意于中秋。长空无瑕露表里,拂拂渐上寒光流。江平万顷正碧色,上下清澈双璧浮。自视直欲见筋脉,无所逃遁鱼龙忧。不疑身世在地上,只恐槎去触斗牛[2]。景清境胜反不足,叹息此际无交游。心魂冷烈晓不寐,勉为笔此传中州。

【注释】

[1] 宋仁宗庆历四年(1044),苏舜钦被朝廷除名。次年苏舜钦南下苏州,筑沧浪亭定居。大约于是年中秋,苏舜钦到吴江亭观月,作此诗。吴江亭:吴江,亦名松江,或吴松江,是源于太湖向东北入海的一条河流。宋仁宗康定元年(1040),正任吴江县丞的张先将吴江边的一座废亭"撤而新之",书家蔡襄为之题壁,乃成当地名胜(《中吴纪闻》),人称吴江亭或松江亭。张子野:张先,字子野。君谟蔡大:蔡襄,字君谟,行大。

[2] "只恐"句:《博物志》记载,有居住在海边者看到每年八月都有浮槎来去,

便乘槎而去,最后到达牛郎、织女居住的地方,也即天河。

【鉴赏】

　　此诗的主题是咏月,程千帆曾举其他咏月名篇进行对比:"在这些名作中,作为物态的月仍只是人情的陪衬,写月色,只是为了寄托离愁。只有苏舜钦这首诗,才以大量的篇幅描写月光。设想奇特,力求生新,使月成为诗的主体。怀贤念友之情,只在首尾略作绾合。"(《读宋诗随笔》)的确,此诗虽在诗题和正文都写到怀友之情,但题中仅是"兼及"之意,正文中则仅在首尾略作绾合,全诗主体部分都从正面咏月。其中第五联说长空无云,表里尽露,略无瑕疵,月光在拂拂清风中流泻。第六联说江水平流,一碧万顷,与天空同样清澈,故天上的明月与水中的月影像一双白璧浮于其中。第七联写月光不但清澈,而且具有强大的穿透力,诗人反观自身,竟觉得周身透明,可见浑身筋脉,而鱼龙在月光的照射下定会忧虑无处藏身。第八联写月光下的整个世界都显得光明澄澈,天上人间浑然一体,诗人置身于虚空之中,便产生了乘槎远去并遇见牵牛、织女的浪漫幻想。这四联诗分写空中的月光、水面的月影、月光的穿透力、月光带来的奇幻感觉,都是正面着笔,毫无规避,不用侧面渲染。这种强弓硬弩式的描写方式,在杜诗及韩愈和孟郊联句中曾有体现,但少有像这般集中运用。苏舜钦当然熟读古代咏月名篇,对古人"烘云托月"的写法了然于胸,此诗的写法独特生新,典型地体现了宋诗规避陈熟、力求生新的艺术追求。苏舜钦性格豪迈,诗风豪放雄肆,喜以诗歌痛快淋漓地反映时政,抒发强烈的政治感慨。他也喜描写雄奇阔大之景,赞美大自然的壮伟力量。此诗的背景是山清水秀的江南与宁静柔和的月夜,其风格本该倾向柔美一路,但在苏舜钦的笔下,却依然展现出开阔的意境和奔放的风格,这是"风格即人"美学命题的绝妙例证。

王安石

王安石(1021—1086),字介甫,晚号半山,抚州临川(今江西临川)人。仁宗庆历二年(1042)进士,曾任鄞县令、舒州通判等职。神宗熙宁二年(1069)任参知政事,次年拜相,主持变法,力图通过新法达到富国强兵的目的,但因急于求成,变法过于激烈,在朝野均受到强烈反对,并导致长达数十年的新旧党争。熙宁九年(1076)罢相退居江宁,从此退出政坛。哲宗元祐元年(1086)在旧党东山再起、新政被废除后卒于江宁。王安石的文学观点以重道崇经为指导思想,重视文学的社会功用。其诗也有类似的倾向,但也注重抒写个人情怀。王诗风格以五十六岁退居江宁为界分为前后二期,前期注重反映社会现实,并寓有强烈的政治抱负;后期侧重描写山水风物及隐逸情怀,诗风趋于含蓄深沉,然仍能寓悲壮于闲淡之中。后期王诗中写景抒情的绝句以雅丽精细著称,宋人即称为"王荆公体"。著有《临川先生文集》,诗集则以《王荆文公诗笺注》最为完备。

明 妃 曲[1]

明妃初出汉宫时,泪湿春风鬓脚垂。低回顾影无颜色,尚得君王不自持。归来却怪丹青手,入眼平生几曾有?意态由来画不成,当时枉杀毛延寿[2]。一去心知更不归,可怜着尽汉宫衣。寄声欲问塞南事,只有年年鸿雁飞。家人万里传消息,好在毡城莫相忆[3]。君不见咫尺长门闭阿娇[4],人生失意无南北!

【注释】

[1] 此诗作于宋仁宗嘉祐四年(1059)。明妃:王昭君,字嫱,汉元帝时宫女,因和亲远嫁匈奴。晋人避文帝司马昭之讳,改称"明君",又称"明妃"。

[2] 毛延寿:相传"元帝后宫既多,不得常见,乃使画工图形,案图召幸之。诸宫

人皆赂画工,多者十万,少者亦不减五万。独王嫱不肯,遂不得见。匈奴入朝,求美人为阏氏,于是上案图,以昭君行。及去,召见,貌为后宫第一,善应对,举止闲雅。帝悔之,而名籍已定,帝重信于外国,故不复更人。乃穷案其事,画工皆弃市,籍其家,资皆巨万。画工有杜陵毛延寿,……同日弃市"(《西京杂记》卷二)。

[3] 毡城:指匈奴所在地。"毡"即帐篷。

[4] 阿娇:汉武帝的皇后陈阿娇。武帝幼时曾说如娶阿娇为妻,就要造一座金屋让她居住。后来阿娇年老失宠,废居长门宫。

【鉴赏】

从晋人石崇开始,以昭君或"明君""明妃"为诗题者代不乏人。在古代咏史诗中出现最多的女性,非昭君莫属。昭君以一个弱女子的身份远嫁和蕃,终老于风沙漫天的异国,其悲剧命运催人泪下。更重要的原因是,古代男性以才能见重于社会,女性却只能以容貌见重于世人,女性空有美貌而不被重视,与男性的怀才不遇具有深刻的内在同一性。昭君以绝代容貌而入宫数年不得见御,反而远嫁匈奴,其衔冤负屈的遭遇唤起了诗人们心中的无限同情与深切共鸣。所以,历代的昭君诗中有两个常见的主题:或为远嫁异域的昭君一洒同情之泪,或对贪赂而丑化昭君的画工连声喊杀。

王安石此诗议论精警,不落俗套。前人将昭君之不遇归罪于毛延寿,王安石独持异议,说"意态"本非绘画所能充分表达,所以处死毛延寿实为冤枉。前人将昭君之不幸归因于远嫁异国,王诗又独持异议,说汉代阿娇贵为皇后,金屋藏娇,一旦年老色衰,随即失宠被废,幽居于长门宫。人生失意,又何关乎身在南方还是北方!意谓即使昭君留在汉宫并得元帝宠爱,最后仍难逃陈阿娇那样的下场,又何必特别怨恨远嫁漠北!相对于前代的昭君诗,王诗的议论可谓想落天外,发人深省。经常有人把"以议论为诗"视为宋诗的一大缺点,其实宋诗的议论固然不免迂腐生硬之病,但其精警、新颖的优点也是不容忽视的,王安石此诗就是一个典型。

此外,议论的方式也是此诗值得关注的一个亮点。全诗的主要篇幅用于叙事与描写,第一段用六句描述昭君离开汉宫的过程,叙事已毕,然后导出关于枉杀毛延寿的议论;第二段用六句描述昭君到达匈奴后的情景,描写甚细,然后导出人生失意无分南北的议论。这样的议论皆从事实中自然产生,比如第一点议论完全是从元帝责怪画工的事实中推导出来,第二点议论既可读作诗人的见解,也可读作家人的传语,莫不顺理成章,桴鼓相应。

总之,此诗的叙事与描写皆生动逼真,由此产生的画面感巧妙地克服了单纯议论带来的单调枯燥。诗人对昭君的深切同情,也在具体的叙事、描写中自然流露。全诗虽以议论见长,但也具有叙事生动和抒情深永的优点,堪称昭君诗中别开生面之杰作。

示长安君[1]

少年离别意非轻,老去相逢亦怆情[2]。草草杯盘供笑语,昏昏灯火话平生。自怜湖海三年隔,又作尘沙万里行[3]。欲问后期何日是,寄书应见雁南征。

【注释】

[1] 宋仁宗嘉祐五年(1060),王安石奉命出使辽国,与其妹王文淑话别,作此诗。长安君:王文淑,王安石之妹,嫁与张奎,封长安君。此诗是兄长写给妹妹的诗,故题作"示"。
[2] 怆情:悲痛之情。
[3] 尘沙:指辽国,其地在漠北,多风沙。

【鉴赏】

王安石的诗风有很强的独特性,故南宋严羽在《沧浪诗话》中"以人而论"的北宋诗诗体五种中即有"王荆公体"。人们认可的"王荆公体"以黄庭坚所谓"雅丽精绝"(胡仔《苕溪渔隐丛话》前集卷三五)为主要特征,但大诗人的风格总是丰富多彩、不拘一格的,王安石也不例外。此诗就体现出朴素自然的风格,与"雅丽精绝"相去甚远。比如颔联展开兄妹相见的情景,对着几盘草草准备的家常菜肴,兄妹俩在昏暗的灯火下谈说平生,这是多么温馨的场面!此联用字造句都极其朴素,几乎都是日常生活中的口头语言,但是摹写情景非常生动。颈联写久别重逢,却又将迎来更加遥远的离别,情感跌宕的幅度相当之大,但在字面上只是淡淡说来,韵味深永。

此诗在艺术上还有一个特点,即深藏不露地借鉴了前代诗人的成功经验。钱锺书指出王安石喜欢借鉴前人:"每逢他人佳句,必巧取豪夺,脱胎换骨,百计临摹,以为己有。或袭其句,或改其字,或反其意。"(《谈艺录》)其实王安石借鉴前人并不都是如此明显,此诗就是一例。南朝诗人沈约《别范安成》:"生平少年日,分手易前期。

及尔同衰暮,非复别离时。"王诗的首联暗用其意,但重新组织字句,将四个五言句的意思改写成两个七言句,完全切合当前情景。读来浑如己出,故历代注家与论者均未指出。如果说巧妙的"夺胎换骨"能达到推陈出新的效果,此联就是一例。

总之,此诗虽然平直如话,却耐人咀嚼,原因在于诗人将精深的构思隐藏在平淡的字句之中。王安石在政治上刚强执拗,此诗则体现出这位"拗相公"性格中温厚和婉的一面,相当感人。

苏　轼

苏轼(1037—1101),字子瞻,号东坡居士,眉州眉山(今四川眉山)人。其父苏洵是古文名家,其母程氏知书达理。仁宗嘉祐二年(1057)进士,六年(1061)高中制科。曾任凤翔府签判、杭州通判,后移知密州、徐州、湖州。神宗元丰二年(1079)因"谤讪新政"罪名被逮入御史台狱,史称"乌台诗案"。次年获释,贬至黄州。元丰八年(1085)还朝,任礼部郎中、翰林学士、知制诰兼侍读等职。哲宗元祐八年(1093)出知定州,次年贬惠州。绍圣四年(1097)复贬儋州,徽宗元符三年(1100)遇赦北归,次年卒于常州。晚年自题画像云:"问汝平生功业,黄州惠州儋州。"可谓慨乎言之。苏轼公忠体国,在朝勇于进言,在地方勤政爱民,然仕途坎坷,屡遭贬谪,未能充分施展其才干。平生成就主要体现于文艺创作,多才多艺,兼长诸体。古文与欧阳修齐名,称"欧苏"。诗与黄庭坚齐名,称"苏黄"。词与辛弃疾齐名,称"苏辛"。苏诗在题材上以干预社会现实与思考人生为主,对艺术技巧的掌握达到得心应手的纯熟境界,并以翻新出奇的精神对待艺术规律,挥洒如意,触手生春。其词突破词为"艳科"之传统格局,举首浩歌,使词体像诗体一样充分表现性情怀抱,并开创"豪放"的风格倾向。从整体而言,苏轼堪称宋代文学最高成就的代表,其作品中表现的人生态度成为后代文人景仰的范式,影响之大,在整个宋代无与伦比。

游金山寺[1]

我家江水初发源[2],宦游直送江入海[3]。闻道潮头一丈高,天寒尚有沙痕在。中泠南畔石盘陀[4],古来出没随涛波。试登绝顶望乡国,江南江北青山多。羁愁畏晚寻归楫[5],山僧苦留看落日。

微风万顷靴文细[6],断霞半空鱼尾赤。是时江月初生魄[7],二更月落天深黑。江心似有炬火明[8],飞焰照山栖乌惊。怅然归卧心莫识,非鬼非人竟何物? 江山如此不归山,江神见怪惊我顽。我谢江神岂得已,有田不归如江水[9]!

【注释】

[1] 宋神宗熙宁四年(1071),苏轼在赴任杭州通判时途经润州(今江苏镇江),十一月三日往金山寺访问该寺僧人,夜宿寺中,作此诗。金山寺:金山原是润州北边扬子江中的小岛,现已在长江南岸,位于山顶的金山寺初建于东晋太宁年间(323—325),为江南名胜。

[2] "我家"句:古人认为岷江是长江源头,苏轼的家乡眉山位于岷江边上,故云。

[3] 江入海:润州江面宽广,人称海门。

[4] 中泠:泉名,在金山西北。盘陀:山石高大不平之状。

[5] 羁愁:旅愁。

[6] 靴文:皮靴表面细密的皱纹,此处形容波纹细密。

[7] 生魄:《礼记·乡饮酒义》:"月之三日而成魄。"孔颖达疏:"谓月尽之后三日乃成魄。魄,谓明生傍有微光也。"此诗用"初生魄"指代初三日的一丝新月。

[8] "江心"句:苏轼原注:"是夜所见如此。"或为某种水生动物发出的光芒。

[9] "我谢"二句:谢:告诉。《左传·僖公二十四年》载重耳誓词:"所不与舅氏同心者,有如白水。"此二句模仿古人口气向江神起誓,如果有田可耕,一定归隐。

【鉴赏】

此诗是一首游览诗,开头两句想落天外,先从江水说起,既紧扣地理实况,又切合诗人身份,清人施补华赞曰:"确是游金山寺发端,确是东坡游金山寺发端,他人钞袭不得。"(《岘佣说诗》)汪师韩更指出,"起二句将万里程、半生事一笔道尽,恰好由岷山导江,至此处海门归宿,为入题之语(《苏诗选评笺释》)"。以下的主要篇幅便用来描写景物及游踪。正逢天寒水落,长江不像平时那样波涛汹涌,如果平平写来,难免煞风景。于是诗人先虚晃一笔,以"闻道潮头一丈高"虚写往日奇景,又以"天寒尚有沙痕在"实写眼前之景,一虚一实,不但精确、生动地写出江潮随着节令转换变化,而且文情跌宕,多含感慨。

下两句进而感慨古今的变迁,写盘陀巨石在江涛的涨落中出而复没。这多半是联想到宦海风波之险恶,但意在言外,耐人寻味。对宦海风波的畏惧必然导致归隐之念,于是诗人登上金山绝顶远眺家乡,可惜无数青山遮断了视线。至此,诗人实已意兴阑珊,故想返回归舟。但是山僧苦苦挽留,请诗人欣赏落日。峰回路转,妙趣横生。落日之美很难描写,诗人先写江面上的细细波纹,再写彩霞红遍半天。这两句诗都不是正面描写落日,而是从落日的效果着笔,堪称"烘云托月"的范例。夕阳西沉后不久,如钩新月也渐渐没于天际。此时已是漆黑一片,理应归卧,可是诗人笔锋一转,又写江心忽然出现一团光焰的奇特之景。结尾两联与开头遥相呼应,诗人悟出江心的半夜炬火是江神有意显灵,以此警示他及早归隐。于是诗人对着江水郑重立誓:一旦有田可耕,一定立即归隐!"有田不归如江水"的结尾不但与开头的"我家江水初发源"遥相呼应,而且与中间对江景的细致描绘绾合紧密,章法细密妥帖,诗情则波澜迭起。

此诗在艺术上极其成熟,是最早体现出苏诗独特风格的佳作。全诗描写生动细致,叙事层次分明,但又笔势骞腾,兴象超妙。惆怅的心情与潇洒的风度融于一体,失意的叹喟中时露豪迈之气,堪称诗化的"东坡风神"。此诗既是一首游览诗,也是一首咏怀诗,它在精丽生动的游踪叙述和景物描绘中渗入身世之感乃至政治意味,从而具备极其丰富的内涵,这是苏轼对游览诗功能的扩展与提升。

饮湖上初晴后雨[1]

水光潋滟晴方好[2],山色空濛雨亦奇[3]。欲把西湖比西子[4],淡妆浓抹总相宜。

【注释】

[1] 宋神宗熙宁六年(1073)作,时苏轼在杭州任通判。

[2] 潋滟:水波闪动的样子。

[3] 空濛:雨雾迷茫的样子。

[4] 西子:即西施,春秋时越国的著名美女。

【鉴赏】

　　此诗以概括性极强的手法描写西湖的美景,近人陈衍说"后二句遂成为西湖定评"(《宋诗精华录》卷二),其实全诗都是"西湖定评",堪称古今西湖诗中的绝唱。首二句虽是对当时情景的如实叙写,但它从晴、雨两个角度对西湖之美进行刻画:丽日高照,湖面上水光潋滟;雨丝悬挂,湖四周山色空濛。西湖美景千姿百态,二句所写乃其各种姿态中最为典型的两种,堪称探骊得珠。一般来说,人们游山玩水时多喜晴而厌雨。诗人却认为晴景固好,雨景亦奇,这表达出一种独特的审美价值观,也体现出独特的人生态度。苏轼的思想自由通脱,其情感则真挚又潇洒。他以宽广的胸怀拥抱人生,以超越的眼光观察世界。蜀山蜀水固然是其情之所系,异乡客地也使他安之若素。苏轼既欣赏庐山、西湖等天下名胜,也喜爱密州等地的平冈荒坡。此诗表面上仅是对西湖景色的赞叹,其实何尝不是诗人旷达人生观的生动体现?

　　后二句用西子比喻西湖,构思奇妙,手法灵动。相传西施因病心而颦眉,却不减其美貌。苏轼从而联想西施无论淡妆浓抹皆美,并与晴、雨皆美的西湖相比,内含深刻的哲思,又不失生动的趣味。人们常称宋诗以"理趣"见长,并注重探索诗中之理,其实"理趣"一词中"理""趣"二字缺一不可。若无趣味,即使包含哲理的诗也未必成为好诗。一定要"理""趣"皆备,方能耐人寻味,百读不厌。此诗即为范例。

书王定国所藏烟江叠嶂图[1]

　　江上愁心千叠山[2],浮空积翠如云烟。山耶云耶远莫知,烟空云散山依然。但见两崖苍苍暗绝谷,中有百道飞来泉。萦林络石隐复见,下赴谷口为奔川。川平山开林麓断,小桥野店依山前。行人稍度乔木外,渔舟一叶江吞天。使君何从得此本[3]?点缀毫末分清妍。不知人间何处有此境,径欲往买二顷田。君不见武昌樊口幽绝处,东坡先生留五年。春风摇江天漠漠,暮云卷雨山娟娟。丹枫翻鸦伴水宿,长松落雪惊昼眠。桃花流水在人世,武陵岂必皆神仙[4]?江山清空我尘土,虽有去路寻无缘。还君此画三叹息,山中故人应有招我归来篇。

【注释】

[1] 此诗作于宋哲宗元祐三年(1088)十二月十五日,苏东坡在好友王定国家里看到王晋卿所绘《烟江叠嶂图》,作此题画。王巩,字定国;王诜,字晋卿。二人均与苏轼相交甚密,苏轼遭遇"乌台诗案"被贬黄州,二人均受牵连,分别贬至宾州(今广西宾阳)和均州(今湖北均县),至元祐初年方返回汴京。

[2] 江上愁心:语出唐张说《江上愁心赋》:"江上之峻山兮,郁崎巇而不极。云为峰兮烟为色,欻变态兮心不识。"原指江心堆积如山的烟云,此诗中则指云雾缭绕的山峰。

[3] 使君:宋人对州郡长官的尊称,此指王巩。王巩曾任监宾州盐酒务,本非州郡长官,此乃借用。

[4] "桃花"二句:用陶渊明《桃花源记》之典。后人将桃花源附会为神仙居所,如唐王维《桃源行》:"初因避地去人间,更闻成仙遂不还。""春来遍是桃花水,不辨仙源何处寻。"

【鉴赏】

　　从杜甫开始,题画诗就有两个优秀传统:一是化静为动,即将静态的画面描写成移步换景、变化无穷的动态境界;二是画中有人,即渗入诗人的生活经历及主观情思。苏轼继承杜甫的传统,而且推陈出新,此诗即为范例。《烟江叠嶂图》的绘制者与收藏者皆是苏轼的生死之交,当诗人挥毫落笔之际,他胸中该有多少感慨!全诗入手擒题,用十二句展开对画景的描写,而且一字不及题画,直接描绘真实的江山。于是画中的山峰不再是静物,而是烟云变幻的动态景物。这十二句纯是写景,如果独立成篇,则可读作一篇笔歌墨舞的山水诗。然后诗人忽然发问:使君从何处得到这幅绘画精品?清人方东树评曰:"起段以写为叙,写得入妙,而势又高,气又遒,神又旺。'使君'四句正锋。"(《昭昧詹言》卷一二)所谓正锋,指揭示题画诗之宗旨也。

　　第二段转写观画引起的感慨。诗人的思绪从画面转向实境,并深情回忆曾亲践其境的黄州山水,在那山水幽绝之处,自己曾经生活过五个春秋!"春风摇江天漠漠"以下六句,清人纪昀赞曰:"节奏之妙,纯乎化境。"(《纪评苏诗》卷三)纪氏所云"节奏"原指文字、语气而言,但我们也可解作季节变换的自然节律,因为"春风"等分句写春、夏、秋、冬四季之景。苏轼在黄州一住五年,不但饱看四时美景,同时也经历了无罪遭贬的心情起落,以及躬耕生涯的艰难辛苦。黄州的贬谪生涯使苏轼的人生观变得更加成熟,也使其文学创作变得更加深沉,黄州堪称苏轼人生道路上最重要的一座里程碑。难怪当苏轼在这幅《烟江叠嶂图》中看到似曾相识的江山后浮想联翩,并在结尾联想到归隐山中的夙愿。

总之,此诗对画中景物的描写绘声绘色,与山水诗毫无二致。而且绾合自身的人生经历,渗入浓郁的人生感慨,从而兴会淋漓,将题画诗的抒情性质提升到前所未有的高度。这是苏轼对题画诗的重大贡献。

八月七日初入赣,过惶恐滩[1]

七千里外二毛人[2],十八滩头一叶身[3]。山忆喜欢劳远梦[4],地名惶恐泣孤臣。长风送客添帆腹,积雨浮舟减石鳞。便合与官充水手,此生何止略知津[5]。

【注释】

［1］宋哲宗绍圣元年(1094),苏轼南谪惠州(今属广东),途经江西赣江,作此诗。惶恐滩:即"黄公滩"之谐音,在今江西万安县,江水湍急。
［2］七千里:乃赣江距离苏轼家乡眉山道里的约数。二毛:头发有黑白两色。
［3］十八滩:赣江自赣州流至万安的一段,共有十八处险滩,惶恐滩为其中最后一滩,也是最为湍急之一滩。
［4］喜欢:地名"错喜欢铺"的缩称。苏轼自注:"蜀道有错喜欢铺,在大散关上。"
［5］知津:知道渡口在何处。津,渡口。相传孔子使子路向两位隐者"问津",隐者对孔子奔走列国不以为然,乃曰:"是知津矣。"(见《论语·微子》)

【鉴赏】

绍圣元年哲宗亲政,新党重新上台,旧党人士遭到更加严厉的打击。苏轼年已五十九岁,仍被贬往惠州。他在八月初到达江西,在庐陵(今江西吉安)、太和(今江西泰和)稍事停留,于八月七日重新乘船溯赣水南行,经过令人闻之色变的十八滩中最为湍急的惶恐滩。

此时的苏轼,年老多病,前途凶险。首联便说年老远谪,故乡遥远,意即连叶落归根也无法做到。如果在远方得以安居也就算了,偏偏还像一片树叶在十八滩头漂荡颠簸!两句对仗精工,诗意却是递进关系,构思妙不可言。颔联回顾平生:当年离乡北上求取功名,曾经过千里蜀道上的"错喜欢铺",至今还时时入梦。如今被逐成为孤臣,只能在惶恐滩头伤心垂泪。此联巧用双关语构成对仗:"喜欢""惶恐"既是地名,又是两种情感。更妙的是,前句写进入仕途前对前程的憧憬,后句写久历宦海后对命运的悲叹,语意转折,情绪扬抑,与句法之对仗精工构成极大的张力。

颈联比前面两联稍为逊色,但"帆腹""石鳞"两个比喻非常巧妙,对仗也很精切。更重要的是,此联写积雨水涨,长风鼓帆,舟行甚为顺利,诗人内心也稍感愉悦,对前半首的压抑低沉稍起调节作用。尾联语带嘲讽,并复归自伤身世之主题:自己行遍天涯,久在江湖,能为官家充当水手了!

全诗技法高超,思绪腾跃,艺术上已臻炉火纯青的境界,诗人坚毅沉着的精神和旷达潇洒的心胸也表露无遗,是一首声情并茂的佳作。

水调歌头[1]

丙辰中秋,欢饮达旦,大醉,作此篇,兼怀子由[2]。

明月几时有?把酒问青天。不知天上宫阙,今夕是何年?我欲乘风归去,又恐琼楼玉宇[3],高处不胜寒。起舞弄清影,何似在人间! 转朱阁,低绮户,照无眠。不应有恨[4],何事长向别时圆?人有悲欢离合,月有阴晴圆缺,此事古难全。但愿人长久,千里共婵娟[5]。

【注释】

[1] 此词作于宋神宗熙宁九年(1076),时苏轼知密州(今山东诸城)。

[2] 子由:苏轼弟苏辙,字子由,当时正在济南(今属山东)。

[3] 琼楼玉宇:此指月中宫殿。相传月中有广寒宫。

[4] 不应有恨:意谓月与人之间不应有所怨恨。

[5] 婵娟:美好的容貌,此处指月。

【鉴赏】

相传宋神宗读到此词后说:"苏轼终是爱君。"(鲖阳居士《复雅歌词》)其实,此词的意旨不是爱君,而是热爱人间。所以连凡人最希望的白日飞升,他也弃之不顾。此词通篇咏月,却又处处与人间相关,它不仅是中秋佳节或天上明月的颂歌,更是一首人间的颂歌。

首句突兀而起,显然与李白的"青天有月来几时,我今停杯一问之"(《把酒问月》)之句一脉相承,但语意更加直截显豁,也更加发人深省。接下来是一连串的奇思妙想:要想乘风飞升,直入月宫,只恐难以忍受那高处的寒冷;还不如留在人间,月下起舞,清影随身,远胜于像嫦娥那样永久居住在广寒宫里。言下之意是天上仙界远不如人间温暖可爱。

下片转入怀人主题,仍然句句绾合月光。"转朱阁"等三句,写月光入户,照人无眠。所以无眠,当然是怀人所致。于是词人诘问月亮,你与人间并无怨恨,为何偏在人们离别之时变圆呢?这一问,问得无理,却问得多情。当然,词人明知月不常圆,人常离散,难以两全其美。于是他郑重许愿:但愿人们都健康长寿,隔着千里共赏那一轮明月!南朝谢庄《月赋》云:"美人迈兮音尘阙,隔千里兮共明月。"苏词尾句从中化出,但境界更高,从而成为具有普适意义的美好愿望。这真是人们在中秋之夜对着天上的一轮圆月所能产生的共同愿望。南宋胡仔云:"中秋词自东坡《水调歌头》一出,余词尽废。"(《苕溪渔隐丛话》后集卷三九)其故或在斯乎!

念 奴 娇[1]

赤壁怀古[2]

大江东去,浪淘尽、千古风流人物。故垒西边,人道是、三国周郎赤壁[3]。乱石穿空,惊涛拍岸,卷起千堆雪。江山如画,一时多少豪杰!　　遥想公瑾当年,小乔初嫁了[4],雄姿英发。羽扇纶巾[5],谈笑间、樯橹灰飞烟灭[6]。故国神游,多情应笑我,早生华发。人生如梦,一樽还酹江月[7]。

【注释】

[1] 此词作于宋神宗元丰五年(1082),时苏轼谪居黄州(今湖北黄冈)。

［2］赤壁：一名赤鼻矶，在黄冈城外。
［3］周郎：周瑜，字公瑾，三国时吴之大将。
［4］小乔：乔公有二女，皆美，称大乔、小乔。小乔为周瑜之妻。
［5］羽扇纶（guān）巾：古代儒将的装束。纶巾是系着青丝带的头巾。
［6］樯橹：一作"强虏"。
［7］酹：洒酒祭奠。

【鉴赏】

真正的赤壁之战发生在湖北嘉鱼县东北江滨，苏轼并非不知。他曾称黄州赤壁为"传云曹公败所，所谓'赤壁'者，或曰非也"（《与范子丰》）。可见在疑信之间。然而当他伫立在黄州赤壁高耸的石矶上俯瞰滚滚东流的长江时，觉得如此险要的地形真是天然的好战场，当年万舰齐发、烈焰映空的战争场景便如在目前。古代的英雄人物已随着那滔滔不绝的江水永远流逝了，他们曾经在历史舞台上纵横驰骋，多么威武雄壮，多么风流潇洒！命途坎坷的自己却年近半百尚一事无成，往昔的雄心壮志都已付诸东流，若与少年英发的周郎相比，更使人感叹无端。于是东坡举杯酹月，写下这首慷慨激烈的怀古词。

词中其实蕴含着郁积在东坡心头的失意之感——人生如梦的思绪、年华易逝的慨叹，情绪相当低沉。但是这些情愫映衬在江山如画的壮阔背景下，又渗透进了面对历史长河的苍茫感受，顿时变得深沉、厚重，不易捉摸。而对火烧赤壁的壮烈场面与英雄美人的风流韵事的深情缅怀又给全词增添了雄豪、潇洒的气概，相形之下，东坡本人的低沉情愫便不像是全词的主旨。也就是说，此词中怀古主题是占主导地位的，词人的身世之感则是第二位的。东坡将它题作"赤壁怀古"，名副其实。正因如此，虽然后人对此词的情感内蕴见仁见智，但公认它是东坡豪放词的代表作。从此以后，黄州的赤壁便成为人们凭吊三国英雄的最佳场所，那个真正的赤壁古战场反倒无人问津了。此词影响之大，于此可睹一斑。

八声甘州[1]

寄参寥子[2]

有情风万里卷潮来，无情送潮归。问钱塘江上[3]，西兴浦口[4],几度斜晖？不用思量今古,俯仰昔人非。谁似东坡老,白首忘机[5]。　记取西湖西畔,正春山好处,空翠烟霏。算诗人相得,如我与君稀。约他年、东还海道,愿谢公雅志莫相违。西州路,不应回首,为我沾衣[6]。

【注释】

［1］此词作于宋哲宗元祐六年(1091),时苏轼被召为翰林学士承旨,即将离开杭州。

［2］参寥:诗僧道潜之字。

［3］钱塘江:河名,流经杭州湾入海。

［4］西兴:地名,在今浙江杭州市,钱塘江之南。

［5］忘机:清除机心。

［6］"约他年"六句:东晋大臣谢安志在隐逸,欲自江道东还泛海,未就而卒。西州,晋代建业(今江苏南京)城门之名,谢安临卒前曾自此门入建业。谢安卒后,外甥羊昙行不由西州门。尝醉中过西州门,思念谢安,恸哭而去。详见《晋书·谢安传》。

【鉴赏】

　　苏轼性情忠厚,胸襟开阔,性格坦荡,他总是以善良的眼光去看待别人,与三教九流都有交往,自称上可以陪玉皇大帝,下可以陪悲田院中的乞丐。道潜是位僧人,他既是苏轼的诗友,又是其生死之交,曾受苏轼的牵累而被勒令还俗,编管兖州。元祐六年(1091),苏轼被召还朝,即将离开杭州,作此词留别道潜。

　　词中用晋人谢安之典:谢安本有隐逸之志,病危归建业时路经西州门,十分感慨。谢安卒后,其外甥羊昙因敬爱谢安,从此不走西州之门。有一次羊昙醉中误经西州门,忆及谢安,恸哭而去。苏词用此典,意思是希望在生前实现隐逸之愿,以免留下遗憾而使故人像羊昙那样为我流泪。

　　词中不无牢骚,也不无迟暮之感,但措辞平和温厚,宛然一位长者对年轻友人的和蔼口吻。所谓"有情风"者,实乃词人心中多情之故也。清人郑文焯评此词曰:"突兀雪山,卷地而来,真似钱塘江上看潮时,添得此老胸中数万甲兵,是何等气象雄且桀！妙在无一字豪宕,无一语险怪,又出以闲逸感喟之情,所谓骨重神寒,不食人间烟火气者,词境至此观止矣。云锦成章,天衣无缝,是作从至情流出,不假熨贴之工。"

(《大鹤山人词话》)郑氏的体会相当准确,此词风格豪放,气魄雄大,堪称豪放词的典范之作。然而它豪放而不至粗犷,阔大而不失细腻,词中所蕴含的情感属于忠厚一路,即使有牢骚也绝无剑拔弩张之态。这种委婉蕴藉、意在言外的风格倾向,苏诗中较少体现,由此可见诗、词二体风格之异。

蝶 恋 花[1]

花褪残红青杏小[2]。燕子飞时,绿水人家绕。枝上柳绵吹又少,天涯何处无芳草。　墙里秋千墙外道。墙外行人,墙里佳人笑。笑渐不闻声渐悄,多情却被无情恼。

【注释】

[1]此词作年不详,可能作于宋哲宗绍圣元年(1094)苏轼前往惠州的贬谪途中。

[2]花褪残红:指花瓣凋落。

【鉴赏】

词中描写了一位天真烂漫的可爱少女,她在燕飞水绕的园子里兴高采烈地荡着秋千,全不管春光已逝,花落絮飞。而墙外匆匆经过的行人听到墙里传出的清脆、娇柔的笑声,心里顿生情思。清人王渔洋说:"'枝上柳绵',恐屯田缘情绮靡,未必能过。孰谓坡但解作'大江东去'耶?"(《花草蒙拾》)"屯田"就是柳永,可见人们承认这是典型的婉约词,它在"缘情绮靡"方面不输于柳永。

欧阳修《浣溪沙》中有"绿杨楼外出秋千"的名句,东坡当然熟知此句,词中的他多半看到随着秋千荡出墙头的少女,或闻其笑声,然而此词的主人公是那位偶然映入词人眼帘的少女吗?显然不是。杜牧有诗云:"南陵水面漫悠悠,风紧云轻欲变秋。正是客心孤迥处,谁家红袖倚江楼?"(《南陵道中》)心怀愁思的旅人在途中突然瞥见美丽的异性,特别容易凸现心头的孤寂感。东坡此词也是如此。时节是春去夏来,境遇是人在天涯,词人的所见所闻莫不增添心头的烦恼:红花凋谢,青杏结子,枝上的柳絮也飘飞将尽。偏偏在此时从园墙里边荡出一架秋千,又传来了少女的欢声笑语!惆怅、寂寞之感油然而生,于是他责怪墙里的佳人是如此无情!这里没有什么绮思、艳情,充溢全词的只是时光流逝、天涯流落引起的落寞、委屈心情。难怪东坡的侍妾朝云在惠州时刚想唱此词就泪流满面,作为东坡的闺中知己,她清楚地领会了东坡的言外之意!这样的婉约词,其抒情性质已与一般的诗歌毫无二致,这是东坡改造词风的一个显例。

晏几道

晏几道(1038—1110),字叔原,号小山,临川(今属江西)人。晏殊幼子,故称"小晏"。仕途不畅,曾任太常寺太祝、颍昌许田镇监、开封府推官等职。后退居汴京故宅,穷困潦倒。性格孤傲,潜心作词,多写男女爱情主题,常以失恋、相思为主旨,且多有具体对象,故能表现悲欢离合之人生经历,感慨颇深。风格则以语淡情深为主要特色。

临 江 仙[1]

梦后楼台高锁,酒醒帘幕低垂。去年春恨却来时。落花人独立,微雨燕双飞。 记得小蘋初见[2],两重心字罗衣[3]。琵琶弦上说相思。当时明月在,曾照彩云归。

【注释】

[1] 此词作年不详。

[2] 小蘋:一位歌女的名字。

[3] 心字罗衣:绣着心字图案的罗衣。一说指用心字香熏过的罗衣。

【鉴赏】

此词抒写失恋之痛,堪称回肠荡气。"落花"二句虽是借用五代诗人翁宏《春残》一诗中的成句,但一经点化,则精彩百倍。花落纷纷,词人独自痴痴地站立着。在细微的春雨中,燕子成双成对地飞来飞去。意境之凄美,衬托之贴切,无与伦比。更值得注意的是,词人的相思对象不是类型化的某些歌女,而是一个真实的"伊人"。她名唤"小蘋",善弹琵琶,曾穿着绣有心字图案的罗衣,曾在琵琶声中传递相思之意。晏几道在《小山词跋》中回忆说:"始时沈十二廉叔、陈十君宠家有莲、鸿、蘋、云,品清讴娱客。每得一解,即以草授诸儿,吾三人持酒听之,为一笑乐。"此词中的"小蘋",

当即名"蘋"之歌女。"小蘋"原是别人家里的歌女,晏几道只是在酒席上与她偶然相逢,但两人一见钟情,从此种下相思。这样的爱情词,与作者的身世之感密切结合,所抒之情真诚纯洁,这是晏几道词超越温庭筠等花间词人的同类作品的奥秘所在。

　　失恋、相思虽是婉约词派中相当常见的主题,但像晏几道这样集中写此类主题,而且写得如此凄美感人的并不多见。就主题倾向而言,晏几道可称宋代最擅长写失恋主题的词人。

黄庭坚

黄庭坚(1045—1105),字鲁直,号山谷道人,又号涪翁,洪州分宁(今江西修水)人。英宗治平四年(1067)进士,曾任叶县尉、太和县令。元丰八年(1085)入朝任秘书省校书郎,迁集贤校理、起居舍人、秘书丞等职。哲宗绍圣元年(1094)贬至黔州、戎州,徽宗崇宁二年(1103)贬至宜州,两年后卒于贬所。黄庭坚在政治上与苏轼同进同退,但并未积极参加党争,其心血主要倾注于诗歌与书法创作。早年诗多及民生疾苦及朝廷政治,绍圣初年因参撰《神宗实录》而遭遇文字狱后,作诗较少,且不再涉及政治,改以抒写人生感慨为主。黄诗最引人注目者乃其独特的风格倾向,当时即有"黄鲁直体"或"黄山谷体"之称。黄诗追求出奇制胜,举凡章法、句法、用典、声律等方面皆戛戛独造,不与人同。就艺术风格而言,黄诗与唐诗风貌距离最远,故被后人视为宋诗之代表。黄氏喜好指点后进,对后辈诗人影响极大,后被视为"江西诗派"之开山祖师。

寄黄几复[1]

我居北海君南海[2],寄雁传书谢不能。桃李春风一杯酒,江湖夜雨十年灯。持家但有四立壁[3],治病不蕲三折肱[4]。想得读书头已白,隔溪猿哭瘴溪藤。

【注释】

[1] 此诗作于宋神宗元丰八年(1085),黄庭坚正监德州德平镇(今山东商河北)。黄几复:黄介,字几复,黄庭坚之同乡好友,时知四会县(今属广东)。

[2] "我居"句:德平镇临近渤海,四会县濒临南海。

[3] 持家:操持家业。四立壁:形容家境贫穷。《史记·司马相如传》:"家居徒四壁立。"

[4]蕲:祈求。三折肱:《左传·定公十三年》:"三折肱,知为良医。"

【鉴赏】

黄庭坚因不满新政,与上司(主张新法的德州通判赵挺之等人)不协,故格外思念远方友人。此诗声情历落(颈联之平仄大拗大救),颇呈兀傲之气,与诗人心情密切相关。首句化用《左传·僖公四年》中"君处北海,寡人处南海"之语,既切合自己与友人居所的地理环境,又因"北海""南海"之对仗显得格外遥远。次句说"寄雁传书",本为常见手法。相传鸿雁南飞,至衡阳而止,四会远在衡阳之南,雁飞不到乃是客观事实。但此句缀以"谢不能"三字,仿佛鸿雁开口谢绝为诗人传书,写法生动有趣。与之相似的是,颈联两句均用古代典籍中语,上句正用,说友人像司马相如一样家徒四壁;下句反用,说友人精通吏治,犹如良医不再必须"三折肱"的磨炼过程。凡此,都是运用典故成语得心应手,浑如己出。严羽批评宋诗"以学问为诗",其实只要运用得当,"学问"并不是诗歌艺术的负面因素,此诗即为明证。

更值得注意的是,此诗的首联、颈联化用典籍,颔联、尾联则明白如话,错落有致,匠心独运。颔联向称名联,上句追忆昔日相聚之欢乐,下句诉说别后漂泊之凄凉,两句诗全用名词连缀而成,并无一字直接抒情,但满腹情思洋溢于字里行间,感人至深。尾联想象友人年老沉沦下僚,居所瘴溪猿啼,然犹读书不止。这既是对友人的赞美,也是对诗人自己的绝妙写照,可见二人的深情厚谊建于志同道合的根基之上,弥足珍贵。此诗文字典雅,构思深沉,精妙的艺术形式并未遮蔽诗人的真性情,真乃佳作。

老杜浣花溪图引[1]

拾遗流落锦官城[2],故人作尹眼为青[3]。碧鸡坊西结茅屋,百花潭水濯冠缨[4]。故衣未补新衣绽,空蟠胸中书万卷。探道欲度羲黄前[5],论诗未觉国风远[6]。干戈峥嵘暗寓县[7],杜陵韦曲无鸡犬[8]。老妻稚子幸眼前,弟妹飘零不相见。此公乐易真可人[9],园翁溪友肯卜邻。邻家有酒邀皆去,得意鱼鸟来相亲[10]。浣花酒船散车骑,野墙无主看桃李。宗文守家宗武扶[11],落日寒驴驮醉起。愿闻解鞍脱兜鍪[12],老儒不用千户侯。中原未得平安报,醉里眉攒万国愁[13]。生绡铺墙粉墨落[14],平生忠义今寂寞。儿呼不苏驴失脚,犹恐醒来有新作。长使诗人拜画图,煎胶续弦千古无[15]。

【注释】

[1] 此诗作于宋哲宗元祐三年(1088),时黄庭坚在朝任神宗实录检讨官。老杜:指杜甫,以区别于"小杜"杜牧。浣花溪:水名,在成都西郊,杜甫草堂即在溪畔。

[2] 拾遗:指杜甫。杜甫曾任左拾遗。锦官城:指成都。成都产锦,朝廷于此设锦官,故得此名。

[3] 故人:指严武。作尹:严武曾任成都尹。

[4] 碧鸡坊、百花潭:都在浣花溪附近,均见于杜诗。

[5] 羲黄:伏羲、黄帝,都是传说中的上古圣王,其时民风淳朴,道德高尚。

[6] 国风:即《诗经》中之《国风》,借代《诗经》。

[7] 干戈:两种兵器。峥嵘:高峻貌。"干戈峥嵘"即兵器林立,指战乱严酷。寓(yǔ)县:天下。

[8] 杜陵韦曲:长安城南的两个地名,前者乃杜甫祖籍。

[9] 乐易:和乐平易。可人:使人喜爱。

[10] 得意:会心,领会旨趣。

[11] 宗文:杜甫长子。宗武:杜甫次子。

[12] 解鞍脱兜鍪(móu):解下马鞍,脱去头盔,指平息战争。兜鍪,古代战士戴的头盔。

[13] 攒:聚集。攒眉,皱眉,愁眉不展。此处语义双关。

[14] 生绡:即生绢,古时常用来绘画。粉墨落:颜料剥落。

[15] 煎胶续弦:相传用凤嘴与麟角合煎成胶,可用来粘接断弦。比喻承继之难。

【鉴赏】

相传杜甫有一首逸诗:"迎旦东风骑蹇驴,旋呵冻手暖髯须。洛阳无限丹青手,还有工夫画我无?"(见胡仔《苕溪渔隐丛话》后集卷八)的确,杜甫生前诗名不彰,无人为其画像。然而到了宋代,杜甫的诗名如日中天,杜甫画像也不断涌现。此诗是题咏杜甫画像的杰作,读之不但如睹画作,而且如睹姿态生动的诗圣,奥妙全在别开生面的写法。

首先,全诗的前二十四句均直接叙述杜甫的事迹及心迹,仿佛是一篇诗体的杜甫小传。开头先将杜甫寓居浣花溪的背景介绍清楚,文笔洗练。接下去描写杜甫在浣花溪畔醉骑蹇驴的情景,以及杜甫忧国忧民的心态。最后六句方切入题画诗的题中应有之义,描写观画所见,抒发观画所感。这种写法仿佛离题较远,其实非常高明。惟其如此,此诗才能摆脱画面的限制,从而囊括画中人物的丰富内涵,并使静止的画面景象进入动态的境界,从而在时间的维度上展开充分的想象,对画中情景的时代背景、发生缘由以及人物动作的延展过程进行细致生动的描写,创造了基于绘画又胜于绘画的全新意境。

其次,此诗对杜甫的理解既全面又深刻,对杜甫生平的描写既真实又生动,其主要原因当然是黄庭坚对杜甫的衷心崇敬,同时也得力于黄庭坚对杜诗的熟读成诵。全诗与杜诗相关的字句比比皆是,有些是借用杜诗中的语词,例如"百花潭水濯冠缨"出于杜诗《怀锦水居止》:"百花潭北庄。"有些是化用杜甫叙写自身境遇或情怀的诗句,例如"野墙无主看桃李"出于杜诗《绝句漫兴》:"手种桃李非无主,野老墙低还是家。"此诗化用杜诗字句,生动贴切,竟如己出,正是黄庭坚所倡"夺胎换骨"之法的典型运用。正因此诗繁复地运用杜诗字句来题咏杜甫画像,读来如闻杜甫之心声,倍感亲切。

题落星寺[1]

落星开士深结屋[2],龙阁老翁来赋诗[3]。小雨藏山客坐久,长江接天帆到迟。宴寝清香与世隔[4],画图妙绝无人知。蜂房各自开户牖,处处煮茶藤一枝[5]。

【注释】

[1] 此诗或作于宋徽宗崇宁元年(1102)。落星寺在鄱阳湖北之落星石(今江西星子),离黄庭坚家乡修水不远,诗人曾多次来游。

[2] 开士:菩萨之异名,后用作对僧人之尊称。

[3] 龙阁老翁:旧注谓指李常,李为黄庭坚之母舅,南康建昌(今江西永修)人,曾任龙图直学士。高步瀛云:"疑此当属山谷自谓,诗中始有主脑。"(《唐宋诗举要》卷六)可取。

[4] 宴寝:休息起居之室。

［5］藤一枝：指藤杖。陈永正说“诗意谓自己拄杖所至之处，都受到僧人煮茶接待”（《诗注要义》），可取。

【鉴赏】

崇宁元年（1102）初，黄庭坚曾返家乡修水。五月前往江州（今江西九江），途经星子，乃作此诗。此时的黄庭坚刚离开谪居多年的戎州（今四川宜宾），尚未被贬往其终老之地宜州（今属广西）。政治形势仍很险恶，年近六旬的诗人早已绝意仕途，他以处变不惊的心情对待接连不断的政治打击，一心沉浸在焚香煮茶的幽独境界中寻求精神寄托。此诗堪称山谷风神的典范表现。相传落星石乃陨星所化，当然是一个远离红尘的地方。僧人于此结屋，环境清静幽深。次句说自己来此赋诗。黄庭坚曾任集贤校理、秘书丞等职，算是馆阁之士，虽未曾入龙图阁，以“龙阁老翁”自称也不算僭越。此句声情兀傲，因诗人对自己的诗才甚为自信，又生性淡泊，故与此清幽之境主客相得。诗人入寺后适逢小雨留客，于是悠然静坐，细细观赏江上帆影。诗中所及之事乃赋诗、赏画、品茶、焚香，如此幽雅脱俗的活动，如此清幽静谧的境界，真乃红尘不到。清人姚鼐评曰：“此诗真所谓似不食烟火人语。”（《唐宋诗举要》卷六引）诚然。

此诗最大的艺术特征是声情拗峭。它虽是一首七言律诗，但全诗竟无一句完全合律，颈联且至失粘。然而它于拗中又有见律处，如第二句第五字应仄而平，以救第一句第六字及本句第三字之拗。又如第六句用三平调作结，第五句则相应地三个仄声字收尾。所以全诗声调既不圆熟，又不至过分佶屈。这样的声调峭拔劲健，与所写的幽僻清绝之境界桴鼓相应，也与诗人兀傲脱俗的性格互相吻合。黄诗的主导风格是生新瘦硬，此诗堪称其代表作。

书摩崖碑后[1]

春风吹船著浯溪[2]，扶藜上读中兴碑。平生半世看墨本，摩挲石刻鬓成丝。明皇不作苞桑计[3]，颠倒四海由禄儿[4]。九庙不守乘舆西[5]，百官已作乌择栖[6]。抚军监国太子事[7]，何乃趣取大物为[8]。事有至难天幸尔，上皇跼蹐还京师。内间张后色可否[9]，外间李父颐指挥[10]。南内凄凉几苟活[11]，高将军去事尤危[12]。

臣结春秋二三策[13],臣甫杜鹃再拜诗[14]。安知忠臣痛至骨,世上但赏琼琚词[15]。同来野僧六七辈,亦有文士相追随。断崖苍藓对立久,冻雨为洗前朝悲[16]。

【注释】

[1] 摩崖碑:指"中兴碑",即铭刻在湖南祁阳县浯溪岸边石崖上的《大唐中兴颂》,唐上元二年(761)元结撰,大历六年(771)颜真卿书,主旨是歌颂唐朝平定安史叛乱的中兴业绩。黄庭坚于宋徽宗崇宁三年(1104)三月贬往宜州时途经祁阳,乃作此诗。

[2] 浯溪:水名,湘江的支流,唐人元结曾寓居溪畔。

[3] 苞桑:桑树的本干。《易·否》:"其亡其亡,系于苞桑。"孔颖达云:"凡物系于桑之苞本,则牢固也。"苞桑计指居安思危以固邦本的计谋。

[4] 禄儿:指安禄山。安曾自请为杨贵妃养儿。

[5] 乘舆:帝王之车驾。乘舆西指安史之乱时唐玄宗西奔入蜀。

[6] 乌择栖:比喻择主而事,此指安史乱后诸臣纷纷投敌。

[7] 抚军监国:《左传·闵公二年》谓太子的职责是"从曰抚军,守曰监国"。

[8] 趣:急于。大物:指天下,帝位。

[9] 张后:唐肃宗的皇后张良娣。色可否:用脸色表示可否。

[10] 李父:指宦官李辅国,时人尊称为"五父"。颐指挥:颐指气使。

[11] 南内:兴庆宫。唐玄宗自蜀还都后曾居此宫,后迁往"西内"太极宫。

[12] 高将军:宦官高力士,曾加骠骑大将军等号。从玄宗入蜀并还京,后被流放巫州,玄宗处境遂更加危险。

[13] 臣结:指元结。春秋二三策:指《大唐中兴颂》。《孟子·尽心下》:"吾于《武成》取二三策而已矣。"策,竹木简。"二三策"指不长的篇幅。春秋一作"舂陵",非。宋人袁文、清人朱㸅皆曾亲至浯溪见石刻黄书真迹,作"春秋"。见《瓮牖闲评》卷五、《牖窥杂志》。

[14] 臣甫:指杜甫。杜甫《杜鹃》:"我见常再拜,重是古帝魂。"

[15] 琼琚:美玉,指精美文辞。

[16] 冻雨:同"涷雨",暴雨。

【鉴赏】

刻在浯溪石崖上的"摩崖碑"名闻天下,人们既重元文,又重颜书,其拓本广为流传，黄庭坚早已揣摩烂熟。但当他果真来到浯溪，仍然激动万分。对书法家黄庭坚来说，这是颜真卿的字；对文学家黄庭坚来说，这是元结的文！为什么《中兴颂》会使黄庭坚忧来无端、诗思如潮呢？元结的颂文本是"以颂寓规"，黄诗却几乎全是讥讽，既直言不讳地指出玄宗晚年失德，导致使四海沸腾的安史之乱，更将主要的批判矛头指向肃宗，严厉地追究其自行宣布登基且与玄宗父子失和的过失。黄诗还以杜甫的"杜鹃再拜诗"作为参照，指出元结颂文蕴含着"忠臣痛至骨"的思想内涵。

　　此诗表面上是吟咏史事，其实蕴含着深厚沉郁的现实感慨。诗中对玄宗、肃宗均直点其名，对肃宗且呼作"太子"，褒贬态度非常鲜明。诗人的批判既着眼于朝廷政事，更着眼于伦理道德，全诗的议论堂堂正正，且高屋建瓴，势如破竹。全诗并无一字涉及北宋时政，但如此浓郁的沧桑之感，分明包蕴着借古讽今的用意。与元结、杜甫一样，黄庭坚对玄、肃之际的那段历史感到痛惜和悲怆。联想到几十年来白云苍狗的政局，面对着北宋王朝大厦将倾的现实，诗人吊古伤今，感慨万千。此诗的批判虽不动声色，锋芒内敛，但是入木三分。黄庭坚此时已届暮年，他的诗歌风格已经趋于平淡质朴，此诗在平淡中蕴含着奇崛之气，质朴中敛藏着锤炼之功，处理如此重大的题材竟能举重若轻，真正达到了平淡而山高水深的艺术境界，它既鲜明地体现了黄诗的独特风貌，也是"宋调"的典型代表作品。

秦　观

秦观(1049—1100),字少游,一字太虚,号邗沟居士、淮海居士,高邮(今属江苏)人。神宗元丰八年(1085)进士,任定海主簿、蔡州教授、太常博士、秘书省正字兼国史院编修官。哲宗绍圣元年(1094)入党籍,贬监处州酒税,又削秩徙郴州。四年(1097)移横州编管。元符元年(1098),移雷州编管。三年(1100)放还,至藤州而卒。秦观为苏轼弟子,名列"苏门四学士",兼长诗文,然均为词名所掩。著有《淮海居士文集》,词集有《淮海居士长短句》。其词卓然成家,风格婉丽清新,善于将身世之感打入艳情,情韵兼胜,为北宋婉约词风之正宗。

满　庭　芳[1]

山抹微云,天粘衰草[2],画角声断谯门[3]。暂停征棹[4],聊共引离樽[5]。多少蓬莱旧事[6],空回首、烟霭纷纷。斜阳外,寒鸦数点,流水绕孤村。　　销魂。当此际,香囊暗解,罗带轻分[7]。谩赢得、青楼薄幸名存[8]。此去何时见也?襟袖上、空惹啼痕。伤情处,高城望断,灯火已黄昏。

【注释】

[1] 此词作于宋神宗元丰二年(1079),时秦观在会稽(今浙江绍兴)。

[2] 粘:一作"连"。

[3] 谯门:建有谯楼的城门。谯楼,用以瞭望的楼。

[4] 征棹:远行的船。

[5] 引:这里是"举"的意思,杜甫《夜宴左氏庄》:"看剑引杯长。"

[6] 蓬莱:指蓬莱阁,在会稽。据《艺苑雌黄》(《苕溪渔隐丛话》后集卷三三)记载,秦观寓居于此,曾于席上有所悦。

[7] 罗带轻分:轻易解开罗带,表示离别。古人用结带表示相爱。
[8] 青楼薄幸:杜牧《遣怀》:"十年一觉扬州梦,赢得青楼薄幸名。"青楼指妓馆。

【鉴赏】

　　此词抒写男女间的离愁别情,同时寄托自己的人生感慨。上片写离别的场面。开头二句写暮霭中的远山和衰草,暗示着因离别而生的无限愁绪,对仗工切,下字精练,形象鲜明生动,一时传为名句。相传时人称秦观为"山抹微云君",可见人们对此句的推重。"多少蓬莱旧事",既指旧日情事,又暗含自己的身世,一齐浮现心中,故不忍回首,只觉得一片迷惘,颇似暮色中的"烟霭纷纷"。极目远望,但见寒鸦孤村,更衬以斜阳,顿觉秋意萧瑟,离情凄楚。这些出色的写景营构了天涯沦落的氛围,前途茫茫的人生感慨也见于字里行间。

　　下片直以情起。"销魂"二字虽是出于江淹《别赋》中的"黯然销魂者,唯别而已矣",但以二字成句,语气斩截,发人深省,题旨顿现。接下去细写自己与情人分离之情状,缠绵悱恻,别情依依。"青楼"一句点明双方的身份,也暗示着自己的落拓不偶。"此去何时见也"一句有问而无答,意即根本没有答案,也即一别之后再难相见,故襟袖上沾有再多泪痕也是徒然。既如此,登高远望,只能看到灯火黄昏而已。

　　此词的意境与章法都极似柳永的《雨霖铃》,情深意浓,声律柔婉,情、景、事三者融汇一气,是北宋婉约词的典范之作。

鹊　桥　仙[1]

　　纤云弄巧[2],飞星传恨[3],银汉迢迢暗度。金风玉露一相逢[4],便胜却人间无数。　　柔情似水,佳期如梦,忍顾鹊桥归路。两情若是久长时,又岂在朝朝暮暮。

【注释】

[1] 此词作年不详。
[2] 纤云:微云。
[3] 飞星:流星。

[4] 金风:秋风。

【鉴赏】

　　七夕是中国古代的"情人节"。古人传说天上的牵牛星与织女星原是一对夫妇,名唤牛郎与织女,后来被天帝所迫,分居在银河两边,终年不得相会。只有在七夕晚上,无数的喜鹊在银河上搭成一座"鹊桥",让牛郎、织女走过鹊桥来相会。此词运用这个美丽的传说,来歌颂人间的爱情。

　　上片咏牛郎、织女相会。长空寥廓,银汉茫茫,牛郎与织女历经多少艰辛才能渡过银河去相会一次!然而,两人真心相爱,忠贞不贰,虽然每年只能相会一次,过了七夕之夜便要各自回归原处,但这样的相会要胜过人间的多少相伴厮守。下片咏牛郎、织女相别。一个夜晚当然非常短促,很快两人被迫分手。离别之际,他们依依惜别,怎能忍心回头观看鹊桥那条归路!然而,真正的爱情是永世长存的,是海枯石烂不会改变的,只要两情久长,又何必一定要朝暮相对!

　　此词以立意奇警著称,上、下两片的结句皆称警句,诚如《草堂诗余》正集卷二所评:"化臭腐为神奇。"此外,此词的风格倾向也很值得注意。一首爱情词的风格如此清新,是对传统婉约词格调的极大提升。

踏 莎 行[1]

　　雾失楼台,月迷津渡。桃源望断无寻处。可堪孤馆闭春寒,杜鹃声里斜阳暮。　驿寄梅花[2],鱼传尺素[3]。砌成此恨无重数。郴江幸自绕郴山[4],为谁流下潇湘去。

【注释】

[1] 此词作于宋哲宗绍圣四年(1097),时秦观在郴州(今属湖南)贬所。
[2] 驿寄梅花:南朝陆凯《赠范晔》:"折梅逢驿使,寄与陇头人。"
[3] 鱼传尺素:古乐府《饮马长城窟行》:"客从远方来,遗我双鲤鱼。呼童烹鲤鱼,中有尺素书。"
[4] 郴江:湘水的一条支流。幸自:本自。

【鉴赏】

　　秦观是北宋婉约词派的中坚人物,他虽是苏轼的学生,但作词并未受到苏轼多大的影响,仍是走着婉约的传统之路。秦观虽然远绍南唐,近受柳永的影响,擅长用长调抒写柔情,但同时也擅长在词中渗入个人的身世之感,此词即为这方面的代表作。

　　上片写景:雾重月昏,景色凄迷,要想往桃源避世,也无处可觅。杜鹃哀鸣,斜阳西下,词人的心情与天气一样的寒冷。寂寥萧瑟之景与凄凉迷惘之情互相映衬,字里行间寄寓着词人的身世之感,意境深邃,有一唱三叹之妙。

　　下片转入怀人:鱼书难寄,离恨重重。此时旧党人士均遭贬逐,苏轼在惠州,苏辙在雷州,黄庭坚在涪州,张耒在黄州,而且贬所不断改变,秦观要想传书致问,又能寄往何处? 于是词人更感孤寂凄凉。末二句向称名句,不说山川阻拦着自己的归途,无法顺着潇湘北归,偏问郴江本自环绕郴山,为何顺势流向潇湘? 以郴江北去,反衬自身逗留此地欲归不能。言辞平淡,感情沉痛。这两句得到苏轼的激赏,秦观死后,苏轼手书此二句于扇,叹息说:"少游已矣,虽万人何赎?"(《冷斋夜话》)

贺 铸

贺铸(1052—1125),字方回,号庆湖遗老,卫州共城(今河南辉县)人。神宗熙宁八年(1075)以门荫入仕,曾监赵州临城县酒税,任和州管界巡检、西头供奉官等职。哲宗元祐七年(1092)改官入文资,任承事郎、泗州通判、太平州通判等职。大观三年(1109)以承议郎致仕。著有《庆湖遗老诗集》《东山词》。词风近苏轼,多抒豪侠情怀,亦善写儿女柔情,长于造语,多从唐诗中吸取精华。

青玉案[1]

凌波不过横塘路[2],但目送、芳尘去。锦瑟华年谁与度[3]?月桥花榭,琐窗朱户[4],只有春知处。　碧云冉冉蘅皋暮[5],彩笔新题断肠句。试问闲愁都几许?一川烟草[6],满城风絮,梅子黄时雨。

【注释】

[1] 此词作于宋徽宗建中靖国元年(1101)。时贺铸在苏州。
[2] 凌波:形容步履轻盈。曹植《洛神赋》:"凌波微步。"横塘:地名,在苏州城南。
[3] 锦瑟华年:指青春年华。李商隐《锦瑟》:"锦瑟无端五十弦,一弦一柱思华年。"
[4] 琐窗:有花纹的窗户。
[5] 蘅皋:长有杜蘅香草的泽边。
[6] 一川:满地。川,原野。

【鉴赏】

此词写到苏州的横塘,贺铸曾两度客居苏州,前一次在宋徽宗建中靖国元年

(1101),后一次则在大观二年(1108)以后。此词曾得黄庭坚激赏,而黄氏卒于崇宁四年(1105),故此词应作于建中靖国元年。

旧说谓词人在横塘曾属意一女子,随即分离,但具体过程已不可细究。全词从相思写起,以闲愁为结,将男女之情与身世之感交织一起,颇似李商隐之无题诗。词人属意的那位女子,只是惊鸿一瞥,随即芳踪杳然。词人纵有种种绮思,又如何细说?故"目送芳尘"以后,词意便转入时光迁逝之感慨。此说固可通。但鉴于贺铸之悼亡词《鹧鸪天》中有"重过阊门万事非"之句,后人皆谓于建中靖国元年作于苏州,故同时同地所作之《青玉案》也不妨解作悼亡之意。"锦瑟华年"系借用李商隐《锦瑟》句意,暗指自己年已五十,此意甚明。但是句中之"谁"字究系何指?如指所属意之某女子,则词人并未与她共度岁月,句颇无谓。如指亡妻而言,则"谁与度"意谓从前与妻共处,今后则无人共度岁月矣,句意甚为通顺。如此,则"凌波不过""芳尘去"等皆暗喻妻子离世。"月桥花榭""琐窗朱户"等皆指夫妻共栖之居所。而所谓"闲愁"者,乃杂糅悼亡之痛与身世之感的愁苦心情。这与李商隐《锦瑟》诗的情形颇为相似。

无论取何解,末尾三句皆为全篇之警策。宋人记载:"贺方回尝作《青玉案》词,有'梅子黄时雨'之句,人皆服其工,士大夫谓之'贺梅子'。"(周紫芝《竹坡老人诗话》卷一)其实三个比喻都很出色,它们都具有数量巨大、纷乱无绪、绵延不绝等特征,颇能将无形之"闲愁"具象化,又皆是江南暮春之眼前实景,真乃妙手偶得之奇句。

陈师道

陈师道(1053—1102),字履常,一字无己,号后山居士,彭城(今江苏徐州)人。家境贫寒,因不满王安石新学而不应科举,哲宗元祐二年(1087)始因苏轼之荐起为徐州教授,后改颍州教授。因坐苏轼党罢职。至元符三年(1100)方召为秘书省正字,次年冬冒寒参加郊祀,不肯服妻子从人品不端的亲戚处借来之棉衣,受冻得病而卒。陈氏性格狷介,贫寒终生,其生活内容相当贫乏,诗歌题材比较狭窄,主要写个人生活经历及人生感慨,情真意挚,乃寒士生活之真实写照。陈师道名列"苏门六君子"之列,作诗则主要仿效黄庭坚,但颇有自成一家之气概,后与黄氏齐名,并称"黄陈"。其论诗主张"宁拙毋巧,宁朴毋华",在创作中颇能贯彻此种精神。其诗以冥心孤往之苦吟形成朴拙的独特风格,长处是简洁质朴而能意味深永,短处则是质木无文而缺乏情韵。著有《后山集》。

示 三 子[1]

去远即相忘,归近不可忍。儿女已在眼,眉目略不省[2]。喜极不得语,泪尽方一哂。了知不是梦,忽忽心未稳。

【注释】

[1] 此诗作于宋哲宗元祐二年(1087)。"三子"指陈师道的长女与两个儿子。
[2] 眉目略不省:面容不大认识了。

【鉴赏】

陈师道家境贫寒,无力养家活口。宋神宗元丰七年(1084),师道的岳父郭概前往成都府路任职,陈妻带着三个孩子随郭西行,师道本人留在徐州。临别前师道曾作《别三子》:"夫妇死同穴,父子贫贱离。天下宁有此?昔闻今见之。母前三子后,熟视不得追。嗟呼胡不仁？使我至于斯。有女初束发,已知生离悲。枕我不肯起,畏我从此辞。大儿学语言,拜揖未胜衣。唤爷我欲去,此语那可思？小儿襁褓间,抱负有母慈。汝哭犹在耳,我怀人得知?"《示三子》与《别三子》前后辉映,但写法截然不同。如果说《别三子》以叙事细致、描写生动见长,那么《示三子》则以简洁朴拙取胜,而后者正是诗人风格论的典型体现。

首联平平道来,却意蕴深厚。"去远即相忘",正言反说也;"归近不可忍",真情表露也。次联仅言儿女"眉目略不省",而儿女之幼小、别离之长久等内容不言可知,字句何等简练、省净！第三联字句简洁,然两句中包含着相顾无言、热泪倾泻、破涕为笑等连续发生的动作,有鲜明的画面感和紧凑的节奏感,读之情景宛然在目。末联抒写久别重逢、相见如梦之情景,显然有鉴于杜甫《羌村三首》之"夜阑更秉烛,相对如梦寐"。然师道反其意而用之,出句就断定眼前实景并非梦境,对句则说心神恍惚,难以稳定,意即仍然惟恐是梦。从艺术沿革而言,这是对前人诗意的推陈出新;从实际效果而言,这是对复杂心情的深刻抒写。

此诗洋溢着至性至情,深挚敦厚,感人至深。它是古典诗歌中表现父爱的杰作,堪与歌颂母爱的孟郊《游子吟》前后辉映。从艺术上讲,此诗文字简练朴素,绝无典故藻饰,因自然生动,故真切动人。其句法平实直截,不求文外曲致,因意蕴深厚,故耐人咀嚼。它鲜明地体现了陈师道的风格论观点,即"宁拙毋巧,宁朴毋华"。清人叶燮评宋诗曰:"宋诗在工拙之外,其工处固有意求工,拙处亦有意为拙。"此诗就是"有意为拙"的典范。

春怀示邻里[1]

断墙著雨蜗成字[2],老屋无僧燕作家。剩欲出门追语笑[3],却嫌归鬓逐尘沙。风翻蛛网开三面,雷动蜂窠趁两衙[4]。屡失南邻春事约,只今容有未开花[5]。

【注释】

[1] 此诗作于宋徽宗元符三年(1100)。时陈师道闲居徐州。

[2] 蜗成字:蜗牛爬行留下的黏液,弯曲有如篆字。

[3] 剩欲:很想。

[4] 两衙:蜜蜂早晚两次在蜂窠里聚集,状如官员趁衙。

[5] 容有:岂有。

【鉴赏】

此诗题作"春怀",对春景的描写自是题中应有之义。凡春景,自以鸟语花香为主要内容,可是陈师道的目光却注视着全然不同的景物。首联写春景之凄清寥落。断墙败壁,雨痕横斜,蜗牛留下的涎迹弯弯曲曲,状若篆文。残破的老屋寂寥无人,只有燕子以此为家。颈联写春气之暄暖。蛛网破残零乱,非正常人家之光景。蜜蜂喧闹纷乱,乃野外方有之景象。春季本是万紫千红的季节,在诗人眼中却是一片寥落凄清,这样的描写别出心裁,与诗人的寂寥心态互相呼应。一般来说,万物欣欣向荣的春天会给人带来愉悦的心情,踏青赏花则是人们在春季的习惯行为。可是此诗颔联却说"剩欲出门追语笑,却嫌归鬓逐尘沙"! 意即门外风沙弥漫,虽然很想出门追欢,却惟恐风尘染鬓。然而南邻屡次相邀赏春,盛情难却,故尾联重申谢绝之意:"屡失南邻春事约,只今容有未开花。""容"者,"岂"也。春景如此寥落,天气如此不佳,恐已无花可看矣。因为花盛随即转残,只有将开未开之花最宜观赏,所以诗人拈出"只今容有未开花"作为谢绝邻居约请的理由。

此诗在写作上有两个特点值得关注。首先是诗中颇有成语典故,但都是"化用",并未体现出"以学问为诗"的倾向。例如颈联,注家指出上句暗用《吕氏春秋》:"汤见置四面网者,汤拔其三面,置其一面。祝曰:'昔蛛蝥作网,令人学之,欲高者高,欲下者下,吾取其犯命者。'"又指出下句暗用《埤雅》也记载的民间认识:"蜂有两衙,应潮。"师道读破万卷,当然知道这些典故。但在此诗中,"开三面"三字描写蛛网在风中翻转、残破不堪的样子,"趁两衙"三字描写蜂群簇拥蜂王如同群官到衙门排班参见的样子,均很生动有趣,即使读者不知其出处也能理解。其次是诗中包含着不同层次的意蕴。就字面而言,诗中所写的景物是萧瑟冷清的春景,所抒的情怀是孤寂落寞的心情,而且处处照应着不应邻里游春之约,可谓紧扣"春怀示邻里"这个题目。但是字里行间分明渗透着诗人的身世之感,全诗流露的满纸不可人意不能完全归因于自然。在陈师道眼中,经过哲宗亲政六年的折腾,朝野的局势可谓一片萧条。当然,师道本人的生活也陷于饥寒交迫之境。这一切,是否形成诗人无心赏春的深层心理原因? 是否使诗人所睹景象蒙上惨淡凄凉的主观色彩? 师道担心尘沙沾鬓,是否包含洁身自好、不愿同流合污之志向? 凡此种种,皆在有意无意之间。但其情感内蕴则鲜明可感,这是此诗耐人咀嚼的重要原因,也是一首"春怀"诗却凄凄有如"秋怀"的根本原因。

张 耒

张耒（1054—1114），字文潜，号柯山，人称宛丘先生，淮阴（今属江苏）人。神宗熙宁六年（1073）进士，任临淮主簿、寿安尉等职。哲宗朝任太学录、秘书省正字、秘书丞、著作郎、起居舍人等职。绍圣年间入党籍，徙知宣州、颍州、汝州。徽宗崇宁元年（1102）落职，管勾亳州明道宫。政和四年（1114）卒于陈州。张耒为苏轼弟子，乃"苏门四学士"之一，知颍州时闻苏轼讣闻，为举哀行服。其诗以平易明快为主要风格，少用硬语僻典，部分作品流于粗率质直。著有《柯山集》。

海州道中[1]

秋野苍苍秋日黄，黄蒿满田苍耳长[2]。草虫咿咿鸣复咽，一秋雨多水满辙。渡头鸣舂村径斜，悠悠小蝶飞豆花。逃屋无人草满家，累累秋蔓悬寒瓜。

【注释】

[1] 此诗或作于宋神宗熙宁八年（1075）。时张耒任临淮主簿，以事到海州（今江苏连云港），道中作此。原作二首，此为其二。

[2] 苍耳：一种草本植物，常生于荒地。

【鉴赏】

张耒论诗，有两大特点。首先是认为诗乃表达"目之所见，耳之所闻"的各种生活经历，其中包括"凄风冷露、鸣虫陨叶而秋兴；重云积雪、大寒飞霰而冬至"的并非赏心悦目之景象（《上文潞公献所著诗书》）。其次是认为"文章之于人，有满心而发，肆口而成，不待思虑而工，不待雕琢而丽者，皆天理之自然而情性之道也"（《贺方回乐府序》）。此诗堪称符合上述两个观点的典范之作。

吕本中称"文潜诗自然奇逸,非他人可及"(《童蒙诗训》),并举其律诗中数句为例,其实移用来评价这首短古,更为妥当。此诗描写荒芜凋敝的海边小村,写景如见目前。宋代绘画中有一个流派,专画景物荒寒、意境萧索的山水,例如与张耒同时的王诜,其名作便是《渔村小雪图》。张耒此诗所展现的景象与之相仿:田间野草丛生,一片荒芜。草间秋虫唧唧,鸣声凄惨。村中尚有人居住,故有舂声可闻。但许多农民已经逃离,留下的破屋前长满荒草,连那悬挂在藤蔓上的寒瓜也无人采摘。当时以提高税收为主要内容的新法正在迅猛推行,农民不堪重负,此诗不无讥刺新政的含意。

此诗在艺术上堪称不衫不履,纯用白描,自然质朴,写景如画。它在声情上也颇有特点,一二句押平声阳韵,三四句转押入声屑韵,后四句又转押平声麻韵。随意转韵,声情古朴,很好地衬托了诗人在荒凉秋景中的萧索心情。

周邦彦

周邦彦(1056—1121),字美成,号清真居士,钱塘(今浙江杭州)人。初为太学生,神宗元丰七年(1084)献《汴都赋》,受神宗赏识,升太学正。哲宗元祐三年(1088),出为庐州教授。八年(1093)知溧水县。绍圣四年(1097)召还,任国子监主簿、秘书省正字、校书郎、考功员外郎、议礼局检讨等职。徽宗政和六年(1116)提举大晟府,次年出知真定府,移知顺昌府。宣和二年(1120)徙处州,罢职奉祠。次年卒。著有《清真集》。其词多写身世之感,擅长咏物,作词法度井然,章法严密,结构繁复多变,语言典雅精丽,音律则以兼具和谐与拗怒为特征。

兰 陵 王[1]

柳

柳阴直,烟里丝丝弄碧。隋堤上[2],曾见几番,拂水飘绵送行色。登临望故国[3],谁识京华倦客?长亭路,年去岁来,应折柔条过千尺[4]。　　闲寻旧踪迹,又酒趁哀弦,灯照离席。梨花榆火催寒食[5]。愁一箭风快,半篙波暖,回头迢递便数驿。望人在天北。　　凄恻,恨堆积。渐别浦萦回[6],津堠岑寂[7]。斜阳冉冉春无极。念月榭携手,露桥闻笛。沉思前事,似梦里,泪暗滴。

【注释】

　　[1] 此词或作于宋哲宗元祐三年(1088),时周邦彦离开汴京,将赴庐州(今安徽合肥)任州学教授。
　　[2] 隋堤:此指汴河之堤,乃隋代所筑。
　　[3] 故国:故乡,指周邦彦的家乡钱塘(今浙江杭州)。

[4] 柔条:指柳枝。古人有折柳枝送别之习。

[5] 榆火:古代四时以不同的树木取火,春季钻榆柳之木取火,称榆火。

[6] 别浦:支流注入主流之处。

[7] 津堠(hòu):渡口供守望用的土堡。

【鉴赏】

此词小序曰"柳",全词确是一首咏柳词,词中虽然只在开头有一个"柳"字,但是"寒食""别浦""津堠""月榭"等词语皆与柳有关,始终扣紧题面。可是它又不是单纯的咏柳词,而是抒写自己怀才不遇、四处漂泊的失意情怀。古人有折柳送别的习俗,此词句句咏柳,又句句写送别,就是这个原因。

全词从隋堤柳色说起,此处的柳树屡经送行者攀折,曾送走多少行客。然后切入自身这个京华倦客。周邦彦在神宗时因献赋而擢太学正,然数岁不迁,至元祐年间出任外州教授,深感失意。他在寒食时节离开汴京,灯光中的离席迷离有如梦境,哀怨的琴声更使人情难以堪。他沿着汴河乘舟南下,风快波暖,舟行顺利,可是词人却反而忧愁起来。原来如此迅速地离去,意味着距离送行者愈来愈远,顷刻之间便"人在天北"。第三叠是写别后相思。词人回首旧事,当初与送行者曾有携手听笛的亲密行为,如今却天各一方,故泪珠暗滴。词话中说此词的写作与周邦彦爱恋汴京名妓李师师之事有关,当是附会,但词中确实包含着爱情经历。仕途的失意与情场的失恋这双重的失落之感互相交融,并一起糅入咏柳主题之中,遂使此词富有感染力,当时便传唱遍于京都。

满 庭 芳[1]

夏日溧水无想山作[2]

风老莺雏,雨肥梅子,午阴嘉树清圆[3]。地卑山近,衣润费炉烟。人静乌鸢自乐[4],小桥外、新绿溅溅[5]。凭栏久,黄芦苦竹[6],拟泛九江船。　　年年。如社燕,飘流瀚海[7],来寄修椽[8]。且莫思身外,长近尊前。憔悴江南倦客,不堪听、急管繁弦。歌筵畔,先安簟枕[9],容我醉时眠。

【注释】

[1] 宋哲宗元祐八年(1093)到绍圣三年(1096),周邦彦任溧水(今江苏南京溧水区)令,此词当作于此数年间。

[2] 无想山:山名,在溧水南。

[3] 嘉树:同"佳树"。

[4] 乌鸢:指乌鸦。

[5] 新绿:新涨之绿水。溅溅:浅水急流貌。

[6] 黄芦苦竹:白居易《琵琶行》:"住近湓江地低湿,黄芦苦竹绕宅生。"

[7] 瀚海:沙漠,此指荒远之地。

[8] 修椽:上承屋瓦之长檐,乃燕子筑巢之处。

[9] 簟(diàn):竹席。

【鉴赏】

　　此词吟咏闲居情怀,其时词人任溧水县令,在溧水的无想山中度夏。上片写景。时令是初夏,虽然春光已逝,但梅肥叶茂的夏景也颇可赏玩。山中寂静,亦足以怡情养性。然而地方偏僻,环境低湿,故词人情绪不免低沉。下片转为抒情。词人非本地人氏,他只是在溧水任职,况自觉有如暂时寄居的候鸟。县令的微职使他觉得宦情淡薄,故自称"江南倦客"。虽然身为地方官员,不乏筵席歌舞的物质享受,但词人觉得索然寡味,故交代在歌筵畔安排枕席,让他及醉即眠。此时词人正值壮年,却自觉"憔悴",可见其苦闷心情。当然在此词中,苦闷心情只是淡淡的,难以言表的,甚至与隐逸情趣融为一体。正如清人陈廷焯所评:"此中有多少说不出处:或是依人之苦,或有患失之心。但说得虽哀怨,却不激烈,沉郁顿挫中别饶蕴藉。后人为词好作尽头语,令人一览无余,有何趣味!"(《白雨斋词话》卷一)这种幽约的情愫适宜用曲折的章法和朦胧的字句来表达,词中多隐括唐诗句意却不露形迹,即是其手法之一。比如"且莫思身外,长近尊前"二句,点化杜诗"莫思身外无穷事,且尽生前有限杯"(《绝句漫兴》),虽有满腹牢骚,却隐约闪烁,耐人寻味。

王庭珪

王庭珪(1080—1172),字民瞻,号卢溪先生,吉州安福(今江西安福)人。徽宗政和八年(1118)进士。宣和末年弃官家居,以教授生徒为生。绍兴十二年(1142)胡铨上疏乞斩秦桧,贬新州,庭珪作诗送行,坐讪谤流夜郎。秦桧死,许自便。孝宗隆兴元年(1163)召对,除国子监主簿,主管台州崇道观。著有《卢溪文集》。

送胡邦衡之新州贬所[1]

囊封初上九重关[2],是日清都虎豹闲[3]。百辟动容观奏牍[4],几人回首愧朝班?名高北斗星辰上,身堕南州瘴海间[5]。不待他年公议出,汉廷行召贾生还[6]。

【注释】

[1] 此诗作于南宋高宗绍兴十二年(1142)。胡邦衡:胡铨,字邦衡。绍兴八年(1138),秦桧等人密谋和议,丧权辱国。时任枢密院编修官的胡铨冒死上疏,要求拒绝和议,并处死主和的宰相秦桧、副相孙近与使金的王伦三人。秦桧恼羞成怒,乃将胡铨削职为民,流配昭州(今广西平乐)。至绍兴十二年(1142)又将胡铨流配新州(今广东新兴)。王庭珪作此诗送之。

[2] 囊封:装在皂囊内的秘密奏章。

[3] 清都:原指天帝所居宫阙,指代南宋都城临安。虎豹:比喻守望保卫宫禁之爪牙。

[4] 百辟:原指诸侯,此指百官。

[5] 南州:指新州,地近南海。

[6] 贾生:贾谊。贾谊初谪长沙,未久即被汉廷召还。

【鉴赏】

　　胡铨上疏之举,义薄云天。非罪遭贬,冤同屈子。可是迫于秦桧的万丈凶焰,朝臣一时噤若寒蝉。王庭珪不畏强暴作诗送之,与同时作词为胡铨送行的词人张元幹交相辉映,为宋诗、宋词增添光彩。

　　首联开门见山,叙述胡铨上奏之事。此联多用比喻,意含讥刺。当时心怀鬼胎的宋高宗与弄权窃国的秦桧狼狈为奸,对外屈膝求和,对内镇压异己,言路断绝,正论不入。胡铨官职低微,当权者不加防备,才让他将封事递送进宫。此诗所谓"虎豹闲",是一种夸张的说法,以形容胡铨上奏之难。次联写胡铨的封事使朝野震动。此联用渐进手法刻画朝臣心态:初观胡铨封事,朝臣无不动容。主战者固然自愧不如,主和者亦应感到羞愧。当然像秦桧、孙近等卖国贼,以及依附他们的蝇营狗苟之官员早已不知天下有羞耻事,他们是不会在胡铨面前自感惭愧。"几人回首愧朝班"正是对此辈无耻之徒的诛心之论,虽然字面上不露锋芒,其实严于斧钺。第三联慨叹胡铨的命运。"名高北斗星辰上"不仅形容其名声之高,而且强调其名声之正义性质。北斗是人们在夜空中辨认方向的指标,胡铨的封事为国家、民族指明了正确的方向,万众仰慕,犹如黑夜中仰望北斗。"身堕南州瘴海间"兼指昭州、新州,更偏指后者,因为两个地方都是瘴气弥漫的滨海僻地,而后者离南海更近。这两句诗大起大落,张力极大,不但写出了胡铨的名声与命运的巨大落差,而且充满了仰慕之诚与不平之意。末联是对胡铨前途的期盼,虽属安慰之词,但是充满了正义终将战胜的信心。胡铨被贬新州后一直顽强地活着,并于孝宗即位后重归朝廷,真正实现了王庭珪的良好祝愿。于诗法而言,末联将第六句中压抑到最低点的诗情重新振起,从而与高屋建瓴的首联互相呼应。

　　北宋欧阳修有言:"开口揽时事,议论争煌煌。"(《镇阳读书》)从北宋到南宋,政治主题始终得到诗人的青睐。王庭珪的这首政治诗义正辞严、气壮山河,成为宋代政治诗的典范之作。他因此受到流放夜郎的政治迫害,这是用诗歌干预政治必然付出的代价。王庭珪在贬地生活了13年后终于获悉秦桧的死讯,其后又生活了17年,享年93岁。真可谓求仁而得仁,又何怨焉?

李清照

李清照(1084—1155?),号易安居士,济南章丘(今山东济南章丘区)人,李格非之女。徽宗建中靖国元年(1101)嫁与太学生赵明诚,夫妇共事金石研究。宣和三年(1121),随赵明诚至莱州。六年(1124)随赵明诚至淄州。高宗建炎二年(1128)至江宁,时赵明诚知建康府。建炎三年(1129)赵明诚卒,李清照流寓越州、杭州。绍兴四年(1134)至金华,卒年不详。作词以南渡为界分为前后二期,前期多写闺秀生活及离别相思;后期多抒身世悲慨,寄寓亡国之痛。词风婉约,多用白描手法,语言清丽自然。偶有豪放词,与其诗风相近。

醉 花 阴[1]

薄雾浓云愁永昼[2]。瑞脑消金兽[3]。佳节又重阳,玉枕纱厨[4],半夜凉初透。　　东篱把酒黄昏后[5]。有暗香盈袖。莫道不消魂,帘卷西风,人比黄花瘦。

【注释】

[1] 此词当是李清照婚后,其夫赵明诚宦游在外,清照在家思夫而作。具体作年不可考。
[2] 永昼:漫长的白天。
[3] 瑞脑:即龙瑞脑,一种香料。金兽:兽形的铜香炉。
[4] 玉枕:即磁枕。纱厨:即碧纱厨,一种有架子的纱帐。
[5] 东篱:指种菊之处。陶渊明《饮酒》:"采菊东篱下,悠然见南山。"

【鉴赏】

据词话记载,此词是李清照寄给赵明诚的作品。情景设定在重阳佳节,自有深意。王维《九月九日忆山东兄弟》云"每逢佳节倍思亲",可见重阳乃家人团聚之节令,故词中特用"佳节又重阳"一句郑重点出。词人独自在家过节,凡是重阳节的生活内容应有尽有:炉内点着名香,碧纱厨与玉石枕透着清凉,篱边赏菊,暗香盈袖。但是词人心中非但没有任何喜悦,反而在开篇就说"薄雾浓云愁永昼"!云雾弥漫的天气,漫长无际的白日,使词人满怀忧愁。于是节俗的所有细节都变得毫无意绪,佳节也就徒具空名。最后三句向称名句。相传当时李清照把这首词寄给赵明诚,赵明诚极为赞赏,自愧不如,又想与之争胜,就精心仿作了五十首,把李清照的原作混在其中,以示友人陆德夫。陆德夫细读再三,说只有三句极佳。赵明诚追问,陆德夫说:"莫道不消魂,帘卷西风,人比黄花瘦。"(伊世珍《琅嬛记》)的确,这三句从菊花着眼,原是重阳主题的固有内容。但是将人花相比,则想落天外。菊花耐寒傲霜,本会给人以瘦削的印象。词人却说她比黄花更瘦!对相思之苦的渲染,无以复加。一般来说,女性对伴侣的相思格外深沉。李清照在这首词中展现了女性词人特有的敏感和细腻,这是仅知锻炼字句的男性词人难以企及的。

声　声　慢[1]

寻寻觅觅,冷冷清清,凄凄惨惨戚戚。乍暖还寒时候,最难将息[2]。三杯两盏淡酒,怎敌他、晚来风急?雁过也,正伤心,却是旧时相识。　　满地黄花堆积。憔悴损,如今有谁堪摘?守着窗儿,独自怎生得黑?梧桐更兼细雨,到黄昏、点点滴滴。这次第[3],怎一个愁字了得?

【注释】

[1] 此词作于宋高宗绍兴十七年(1147),此时赵明诚已卒,年过六旬的李清照独自流寓金华(今属浙江)。

[2] 将息:将养休息。

[3] 这次第:犹言"这情况""这光景"。

【鉴赏】

正如词调所云,此词真是声声抽泣,声声哽噎。开头连用七对叠字,且多为齿声字,短促轻细,读来有一种凄清冷涩的语音效果,生动地刻画出词人若有所思、恍有所失,不断寻觅而一无所获的愁绪。全词九十七字,齿音四十一字,舌音十六字,两种音调交错运用,形成一种幽咽悲凄的基调。全词中问句多达四处,而且全用口语,仿佛是一位孤苦无依的老妇人的自言自语。她喃喃不停地说,又絮絮叨叨地问,然而无人回答,只有窗外的风声、雁唳与之呼应。到了黄昏,更有细雨滴在梧桐叶上,发出点点滴滴的声响。于是词人发出最后一问:"这次第,怎一个愁字了得?"意思是此情此景,如许深广的哀伤愤怨,单凭一个"愁"字怎能包涵、概括?其实就算写上千万个"愁"字,又怎能了得?婉约词中抒写女性愁苦的佳作甚多,但写得如此生动、如此深刻的作品相当罕见。只有当女性身份、杰出才华与独特身世这三个条件结合在一位词人身上,才能达到这样的艺术境界。就此类主题的词作而言,李清照取得"压倒须眉"的成就是历史的必然。

陈与义

陈与义(1090—1138),字去非,号简斋,洛阳(今属河南)人。徽宗政和三年(1113)登太学上舍甲科,授开德府教授。宣和四年(1122)擢太学博士、著作佐郎,迁符宝郎。高宗绍兴元年(1131)为起居郎,迁中书舍人,后仕至参知政事。著有《简斋集》。早年诗风近于黄庭坚、陈师道等人,以"墨梅诗"著称于时。严羽《沧浪诗话》称其"亦江西之派而小异",宋末方回则称为"江西诗派三宗"之一。南渡后作诗以杜甫为宗,多感事伤时之作,诗风也变为沉郁苍凉,是南北宋之交最为重要的诗人。

雨[1]

萧萧十日雨,稳送祝融归[2]。燕子经年梦,梧桐昨暮非。一凉恩到骨,四壁事多违[3]。衮衮繁华地[4],西风吹客衣。

【注释】

[1] 此诗作于宋徽宗政和八年(1118),时陈与义在汴京闲居。

[2] 祝融:指夏天。《礼记·月令》:"夏神祝融。"

[3] "四壁"句:犹言家徒四壁。

[4] 衮衮:纷繁众多貌。

【鉴赏】

陈与义于政和六年(1116)解除开德府(府治濮阳,今属河南)教授之职,次年入汴京。此诗作于其罢任候职、闲居京城之时,故心情苦闷,诗中颇有流露。陈与义喜爱咏雨,集中以"雨"字为题者即有7首,题中包含"雨"字者则多达22首。此诗所咏者乃初秋之雨,颇能写出其特点,其写法也与众不同。

领联写初秋之雨对环境的影响,清人纪昀评曰:"三四妙在即离之间。"(《瀛奎律髓汇评》卷一七)今人缪钺则曰:"陈诗用'燕子''梧桐',并非写燕子与梧桐在雨中的景象,而是写燕子与梧桐在雨中的感觉,秋燕将南归,思念前迹,恍如一梦;梧桐经雨凋落,已与昨暮不同。其实,燕子与梧桐并无此种感觉,乃是诗人怀旧之思、失志之慨,借燕子、梧桐以衬托出来而已。"(《宋诗鉴赏辞典》)的确,秋雨送凉,季节转换,对动物、植物均有影响。燕子乃秋去春来之候鸟,梧桐乃落叶之乔木,它们对秋雨的感觉甚为敏锐,诗人遂选取它们入诗。"经年梦"意指燕子去秋南归,及今已是隔年。"昨暮非"意指梧桐日渐凋零,叶上之雨声也日渐稀疏。诗人在汴京寓居已满一年,心情日渐凄凉,故见雨中之燕子、梧桐而心生感慨。借外界之物象抒写内心的细微感觉,与秋雨的联系确在"即离之间"。

颈联转写诗人对秋雨的感觉,上句写久暑而逢秋雨送凉,宛如遇救脱难,故言"恩到骨"。下句写生计寥落,雨中闷坐家中,徒见四壁,更觉凡事多违。如此咏雨,思虑十分深刻,手法相当生新。缪钺先生以此诗作为典型例子来说明宋诗不同于唐诗的风格特征,十分妥当。

伤 春[1]

庙堂无策可平戎,坐使甘泉照夕烽[2]。初怪上都闻战马,岂知穷海看飞龙[3]。孤臣霜发三千丈,每岁烟花一万重。稍喜长沙向延阁[4],疲兵敢犯犬羊锋[5]。

【注释】

[1] 此诗作于宋高宗建炎四年(1130)。

[2] "甘泉"句:甘泉,汉代行宫,在长安附近。汉文帝时,匈奴入寇,烽火一直照到甘泉宫。

[3] "上都"二句:宋高宗建炎三年(1129),金兵犯临安,高宗逃往明州入海。上都,首都,此指汴京或临安。穷海,海之尽头。

[4] 向延阁:指向子諲。延阁是汉代皇帝藏书处,向子諲曾任直秘阁学士,故有此称。建炎四年金兵犯长沙,正任长沙知州的向子諲组织军民抗金。

[5] 犬羊:对外敌的蔑称。

【鉴赏】

　　杜甫有《伤春五首》,首章云:"天下兵虽满,春光日自浓。"末章云:"春色生烽燧,幽人泣薜萝。"此诗命题模仿杜诗,内容也借鉴杜诗,同样是借伤春而哀伤时局。

　　首联突兀而起,指责朝廷无策平戎,以致外敌入侵。陈与义曾经历靖康年间金兵攻陷汴京与建炎年间金兵侵犯临安,此联是指北宋亡国的历史,还是指当前的南宋不敌金兵? 都有可能,但批判的矛头显然是对准当前的朝廷。以高宗为首的小朝廷畏敌如虎,惟图苟安,连平戎的意愿都不存在,更谈不上平戎的手段。于是敌兵竟然长驱直入,烽火一直照到京城附近。奇耻大辱,莫此为甚! 当此紧急关头,作为一国之君的高宗有何行为呢? 竟然是一路奔逃。次联以流水对的方式抒写诗人之心情,在京城得闻战马嘶鸣已令人惊诧,岂知皇帝居然逃跑到大海尽头去了! 这两联诗毫不留情地批判小朝廷的逃跑路线,表露出诗人悲愤填膺的爱国情怀。第三联自然转折到诗人自身:陈与义自从北宋宣和六年(1124)被贬以来,一直没有起用,靖康事变后匆匆南奔,故自称"孤臣"。忧催人老,年方四十的诗人竟已满头白发。虽然每年春天江南烟花重重,但诗人对着浓丽的春光何以为怀? 前三联压抑已甚,末联稍转为扬:朝廷虽然畏敌,军民却自动抗敌,挡住了强敌的进犯。

　　此诗除了命题、立意学杜以外,具体的字句也颇有学杜痕迹,如第六句之包含杜诗"烟花一万重"(《伤春五首》之一),末联之模仿杜诗"稍喜临边王相国,肯销金甲事春农"(《诸将五首》之三)。更重要的是,全诗情感沉郁,声调顿挫,整体风格也接近杜诗。陈与义在靖康事变后作诗云:"但恨平生意,轻了少陵诗!"(《正月十二日自房州城遇虏至奔入南山十五日抵回谷张家》)从北宋诗人重在艺术上学习杜诗,转变为南宋诗人重在思想上学习杜诗,此诗是一个标志。

张元幹

张元幹(1091—1160),字仲宗,号芦川居士,永福(今福建永泰)人。徽宗政和初年入太学,宣和七年(1125)任陈留县丞。钦宗靖康元年(1126)为李纲帅幕属官。高宗建炎三年(1129)任将作监,旋落职。绍兴元年(1131)以右朝奉郎致仕。绍兴十二年(1142)作词送胡铨贬新州,二十一年(1151)坐前事削籍除名。著有《芦川归来集》《芦川词》。

贺新郎

送胡邦衡待制赴新州[1]

梦绕神州路。怅秋风,连营画角,故宫离黍[2]。底事昆仑倾砥柱[3]?九地黄流乱注,聚万落千村狐兔。天意从来高难问,况人情老易悲难诉[4]。更南浦[5],送君去。　　凉生岸柳催残暑。耿斜河[6],疏星淡月,断云微度。万里江山知何处?回首对床夜语。雁不到,书成谁与?目尽青天怀今古,肯儿曹恩怨相尔汝[7]?举大白[8],听金缕。

【注释】

[1] 宋高宗绍兴十二年(1142),胡铨被秦桧除名编管新州(今广东新兴),途经福州(今属福建),张元幹作此词为之送行。邦衡:胡铨之字。胡铨后于宋孝宗乾道七年(1171)除"宝谟阁待制",此处"待制"二字乃后人添加。

[2] 故宫离黍:《诗经·王风·黍离》,后人解题曰:"周大夫行役至于宗周,过故宗庙宫室,尽为禾黍。"

[3] 昆仑:相传昆仑山顶有铜柱,上顶于天。砥柱:砥柱山,在河南三门峡,位于黄河急流中,今已被炸平。

[4] "天意"二句:杜甫《暮春江陵送马大卿公恩命追赴阙下》:"天意高难问,人情老易悲。"

[5] 南浦:送行之地。江淹《别赋》:"送君南浦,伤如之何。"

[6] 耿:明亮。斜河:银河。

[7] "肯儿曹"句:韩愈《听颖师弹琴》:"昵昵儿女语,恩怨相尔汝。"儿曹,儿辈。相尔汝,用"你我"互相称呼,以示亲昵。

[8] 大白:酒盏名。金缕:指"金缕曲",即"贺新郎"之别名。

【鉴赏】

绍兴八年(1138),胡铨奋不顾身地上书反对和议,被贬为监广州盐仓。到了和议已成定局的绍兴十二年(1142),又被除名编管新州。当胡铨途经福州时,张元幹激于义愤,挺身而出饯别胡铨,且作此词送行。

开头一句石破天惊,直接从沦陷的中原写起。中原本是大宋故土,如今却成为敌国江山,词人只能在梦中前往。当然,对神州魂牵梦绕的还有胡铨,此句堪称是二人共同心事的写照。然而他们在梦中看到了怎样的景象呢?满地敌军兵营,宋朝故宫则一片荒芜。词人悲愤交加地喝问:为什么昆仑山和砥柱山都会倾覆,黄流泛滥洪水遍地,千万个村落杳无人烟,聚集着狐狸和野兔?在如此悲凉的氛围中,词人来到水边送别胡铨。下片转写别筵上的情景。胡铨即将前往远在岭外的荒凉之地,此行将走过万里江山,他的踪迹究竟在何处?新州是大雁都无法飞到的地方,纵使写成书信,又让谁来递送呢?幸好二人都是豪侠之士,胸怀宽广,情怀磊落,他们怎能关心个人恩怨?于是词人举起大杯劝酒,主客同听这首《金缕曲》。

张元幹作此词九年之后,终于被人告发,遭到秦桧的疯狂报复。早就挂冠林下的词人以莫须有的罪名被追赴大理寺,出狱后即被削籍,成为一介草民。在以往的词史上,从未有过因作词受到政治迫害的先例。当年苏轼遭遇乌台诗案,御史们百般勘问,只是追究其诗文,未有一语及于其词。张元幹因词得祸的事实说明,他的词作性质已发生本质的变化,这首《贺新郎》已具备明确的政治指向和激愤的政治感情,从而在功能上与诗文完全合流。此词以英雄胸襟取代了儿女情怀,以英风豪气取代了柔媚婉约,感情激越苍凉,风格豪迈雄壮,成为南宋豪放词派的先驱。

陆　游

陆游(1125—1210),字务观,号放翁,越州山阴(今浙江绍兴)人。高宗绍兴二十四年(1154)应进士举,因名列秦桧之孙秦埙之上而被黜落,至二十八年(1158)方因恩荫入仕,任宁德主簿、敕令所删定官等职。绍兴三十二年(1162)孝宗继位,召见,赐进士出身,任镇江府通判,隆兴府通判。乾道二年(1166)免职。五年(1169)起为夔州通判。八年(1172)应王炎辟往汉中,任权宣抚司干办公事兼检法官。同年十月离汉中,摄知嘉州、荣州。淳熙二年(1175)任成都府路安抚司参议官。五年(1178)出蜀东归,任提举福建、江西常平。被劾去职,归乡闲居六年。十二年(1185)起知严州。后任礼部郎中、实录院检讨官等职。淳熙十六年(1189)免职,归乡闲居十二年。宁宗嘉泰二年(1202)起任同修国史实录院同修撰,兼秘书监。三年(1203)以宝章阁待制致仕。著有《剑南诗稿》《渭南文集》。陆诗最重要的内容是爱国主题,不但贯穿长达六十年的创作历程,而且融入整个生命,是陆诗的精华与灵魂。此类诗歌风格奔放,境界壮阔,代表诗体是七古。此外,陆游也擅于日常生活情景之吟咏,描写细腻真切,语言清新优美,诗体则以七律、七绝为主。陆游的成就居"中兴四大诗人"之首,若论爱国主题,则堪称中国古代最伟大的诗人之一。

剑门道中遇微雨[1]

衣上征尘杂酒痕,远游无处不销魂。此身合是诗人未?细雨骑驴入剑门。

【注释】

[1]此诗作于宋孝宗乾道八年(1172)冬。时陆游由南郑返回成都,路过剑门。

剑门:关名,在今四川剑阁县之北。

【鉴赏】

此诗的后面两句,后人议论纷纷。钱锺书说:"韩愈《城南联句》说:'蜀雄李杜拔',早把李白杜甫在四川的居住和他们在诗歌里的造诣联系起来;宋代也都以为杜甫和黄庭坚入蜀以后,诗歌就登峰造极——这是一方面。李白在华阴县骑驴,杜甫《上韦左丞丈》自说'骑驴三十载',唐以后流传他们两人的骑驴图;此外像贾岛骑驴赋诗的故事、郑綮的'诗思在驴背上'的名言等,也仿佛使驴子变为诗人特有的坐骑——这是另一方面。两方面结合起来,于是入蜀道中、驴子背上的陆游就得自问一下,究竟是不是诗人的材料。"(《宋诗选注》)

其实,此诗的写作背景值得关注。宋孝宗乾道八年(1172)三月,陆游应四川宣抚使王炎之辟到达南郑(今陕西汉中),任权宣抚司干办公事兼检法官,参预军事。南郑位于当时的宋、金交界线上,对于早就立志"平生万里心,执戈王前驱"(《夜读兵书》)的陆游来说,能够亲临抗金前线,是大慰生平的快意之事。他到达南郑后,凭吊韩信将坛、武侯祠庙,远眺沦陷的故国江山,驰逐射猎,习武论兵,一心要在抗金复国的斗争中建功立业。没想到不到一年,王炎被朝廷召还,幕僚星散,陆游也改除成都府安抚司参议官,于十一月离开南郑。南行途经剑门关,适遇微雨,乃作此诗。不难想象,当陆游在蒙蒙细雨中骑着驴子进入剑门关时,心中的惆怅失落之感有多么强烈。陆游对自己的人生定位是战士,是英雄,而不是诗人。陆游不满后人但将杜甫视作诗人:"后世但作诗人看,使我抚几空嗟咨!"(《读杜诗》)当他自问"此身合是诗人未"时,是自喜,还是自嘲?近人陈衍认为:"此诗若自嘲,实自喜也。"(《石遗室诗话》卷二七)此诗若自喜,实自嘲也!

长 歌 行[1]

人生不作安期生[2],醉入东海骑长鲸。犹当出作李西平[3],手枭逆贼清旧京。金印煌煌未入手,白发种种来无情[4]。成都古寺卧秋晚,落日偏傍僧窗明。岂其马上破贼手,哦诗长作寒螀鸣[5]?兴来买尽市桥酒,大车磊落堆长瓶[6]。哀丝豪竹助剧饮,如钜野受黄河倾[7]。平时一滴不入口,意气顿使千人惊。国仇未报壮士老,匣中宝剑夜有声。何当凯旋宴将士,三更雪压飞狐城[8]?

【注释】

［1］此诗作于宋孝宗淳熙元年(1174)九月,当时陆游在频繁调任的间隙闲居成都,客寓多福禅院。

［2］安期生:传说中的古代仙人。

［3］李西平:唐代名将李晟,曾平定朱泚之乱,收复长安,封西平郡王。

［4］种种:短貌。

［5］螿(jiāng):一种体形较小的蝉。

［6］磊落:错落不齐的样子。

［7］钜野:古代大泽,在今山东巨野县。汉代元光年间黄河决口,河水注入巨野泽。

［8］飞狐城:飞狐,古代县名,在今河北涞源。

【鉴赏】

此诗乃陆游的七古名篇,清人方东树甚至称它为陆集中的"压卷"之作(《昭昧詹言》卷十二)。这可以从两个方面进行分析。

首先,此诗在两个方面代表着陆游诗歌创作的主导倾向,一是爱国主题,二是七古诗体。先看前者。在南宋,抵御外侮、收复失土,即恢复宋王朝的国家主权和原有疆域,既是时代和人民的要求,也是对国家和民族的最大忠诚。正因如此,抗金复国的爱国主题成为南宋诗坛的主流倾向。陆游生逢国难,自幼受到父辈忧国精神的熏陶,一心希望在抗金复国的斗争中做出贡献。此诗将"手枭逆贼清旧京"视为人生目标,就是陆游诗歌中爱国精神最鲜明的表现。再看后者。陆游长达六十年的诗歌创作历程,是一个不断追求在波澜壮阔的社会生活中获取更高境界的诗兴的过程,其中最重要的飞跃良机就是他四十八岁从军南郑的那段经历,他对之念念不忘,把它形容为"诗家三昧忽见前"(《九月一日夜读诗稿有感走笔作歌》)。在从军南郑以后的数年间,陆游写出了一批七言古诗,正是这些雄浑奔放的七言歌行奠定了陆游诗风的基石。此诗作于陆游离开南郑的两年之后,曾经使他激动万分的从军前线的经历已成为昙花一现的记忆,杀敌报国的理想已成破灭的梦想。正是在如此无可奈何的情境下,诗人写出了这首激昂慷慨与苦闷失落相交织的歌行,成为陆游七古的代表作。

其次,陆游的其他七古名篇大多每篇各有主题,也各有主要的情感倾向。例如《金错刀行》抒发誓死不屈、坚决抗敌的豪迈情怀,《胡无人》歌颂抗金事业终将成功的胜利信念,《关山月》倾吐局势沉闷、报国无路的苦闷心情。此诗将上述主题熔于一炉,从而全面、深刻地抒写了诗人的复杂心态。陆游是胸怀大志的奇士,他的生命意识是与建功立业的人生目标密切相关的。此诗首二句虽说成为神仙、入海骑鲸也是人生理想,但显然只是为了提振文气而虚晃一笔,三、四句所吟的"李西平"才是陆游心中真正的人生楷模。陆游多么希望能像李晟一样,击败金兵,收复汴京,建立奇功!可惜事与愿违,他壮志难酬,报国无门,只好束手无策地看着白发丛生。一位正值壮年的英雄竟然无所事事地闲卧在古寺中,眼睁睁地看着落日照明僧窗,此情此景,人何以堪?无奈之下,诗人只好买酒浇愁。即使在举杯销愁之际,诗人也未忘却自己的人生目标,盼望着抗金功成,收复幽燕失地,在庆功宴上雪夜痛饮。

全诗以"手枭逆贼清旧京"为始,以"何当凯旋宴将士"为终,不但真实地抒写了诗人的复杂心态,而且形成抑扬顿挫的情感波澜。如从艺术的角度来看,则此诗风格雄壮而没有粗豪的缺点,感情喷薄而不乏细腻的心理描写,其总体成就在其同类主题的七古作品中出类拔萃。

沈园二首[1]

城上斜阳画角哀[2],沈园非复旧池台。伤心桥下春波绿,曾是惊鸿照影来[3]。

梦断香消四十年,沈园柳老不吹绵。此身行作稽山土[4],犹吊遗踪一泫然[5]。

【注释】

[1] 宋宁宗庆元五年(1199),陆游重游沈园,思念其前妻唐氏,作此二诗。沈园:故址在今浙江绍兴禹迹寺南。

[2] 画角:绘有花纹的角,古人于城头吹之以报时辰。

[3] 惊鸿:比喻美人体态轻盈。曹植《洛神赋》:"翩若惊鸿。"

[4] 稽山:即会稽山,在今绍兴东南。

[5] 泫然:流泪貌。

【鉴赏】

　　陆游初娶唐氏,因姑媳不和,被迫离婚。陆游再娶王氏,唐氏亦改嫁。其后二人曾于沈园相遇,不久唐氏逝世。在古代社会,儿女的婚事都由父母做主。陆游虽性格豪放,但礼教难违,母命难违,便只能忍受命运的悲剧。然而他终生难忘与唐氏的爱情,屡见吟咏,《沈园二首》乃其中最为传诵之作。近人陈衍评曰:"无此绝等伤心之事,亦无此绝等伤心之诗。就百年论,谁愿有此事?就千秋论,不可无此诗!"(《宋诗精华录》卷三)的确,这两首诗是陆游用血泪写成,它绝无曲致,明白如话,却传诵千古,感人至深。

　　试想年已七十有五的老诗人在夕阳西照时重游沈园,悲哀的角声从城头传来。岁月流逝,沈园的池塘台阁已非昔时面貌。只有桥下依旧是春波涨绿,诗人忽然想起昔时曾与唐氏在此园重逢,她的轻盈身姿曾经倒映在此一泓春水之中!据陆游在七年前所作的《禹迹寺南有沈氏小园》之序,当时的沈园已三易其主。数次易主,园中建筑多半会有较大改变,甚至面目全非。只有流水依旧,"春风不改旧时波"(贺知章《回乡偶书》)。可是物是人非,那个曾经惊鸿一现的人已经不在世间了!第二首直接从唐氏之死写起。"四十年"是个约数,其实唐氏离世已经四十四年。如今园中柳树也已衰老,不复飘絮,"树犹如此,人何以堪!"于是诗人想到自己也是不久于人世,很快就会变作稽山下的一堆泥土。可是凭吊前妻的遗踪,仍然流泪不止。

　　精神比物质更加长久,纯真的爱情纵然海枯石烂也不会改变,这两首诗便是明证。如今陆游离世已近八百年,他的身体早已成为稽山下的泥土,如果今人阅读此诗后再至沈园,仍会为陆游与唐氏的爱情悲剧泫然流泪。宋代诗人较少在五七言诗中表达爱情,然有此二诗,足矣!

范成大

范成大(1126—1193),字致能,号石湖居士,平江昆山(今属江苏)人。高宗绍兴二十四年(1154)进士,历任礼部员外郎等职。孝宗乾道六年(1170)使金,不辱使命。使金途中作诗72首,结为《北征集》。升任中书舍人。后出任广西经略安抚使、四川制置使。淳熙五年(1178)一度任参知政事。十年(1183)免职归乡,隐居苏州石湖,多作田园诗,以《四时田园杂兴六十首》最为著称。著有《石湖居士集》。

四时田园杂兴(选二)[1]

蝴蝶双双入菜花,日长无客到田家[2]。鸡飞过篱犬吠窦,知有行商来买茶[3]。

昼出耘田夜绩麻[4],村庄儿女各当家[5]。童孙未解供耕织[6],也傍桑阴学种瓜。

【注释】
[1] 宋孝宗淳熙十三年(1186),范成大在石湖(今江苏苏州南)隐居,作《四时田园杂兴六十首》,其中包括"春日""晚春""夏日""秋日""冬日"各十二首,此二首分属"晚春"和"夏日"部分。
[2] 日长:太阳升高。长,指高。
[3] 行商:流动经营的商人。
[4] 绩麻:搓接麻线。
[5] 当家:当行,熟习某事。如解作主持家业,亦通。
[6] 供:从事。

【鉴赏】

　　钱锺书称《四时田园杂兴》"算得中国古代田园诗的集大成",又说:"到范成大的《四时田园杂兴》六十首才仿佛把《七月》《怀古田舍》《田家词》这三条线索打成一个总结,使脱离现实的田园诗有了泥土和血汗的气息,根据他的亲切的观感,把一个四季的农村劳动和生活鲜明地刻画出一个比较完全的面貌。"(《宋诗选注》)《诗经·豳风·七月》是农事诗,陶渊明的《怀古田舍》表现隐士在农村的生活情趣,元稹的《田家词》揭露农家遭受的苛政之苦,它们确是互相独立的三类主题。

　　如果从诗歌主人公的角度来看,我们也可把古代田园诗分成两大类:一类是诗人自抒隐逸情趣,诗中偶然出现的樵夫、农人也往往被赋予隐士的性格。另一类是描写农民的劳作生活及其种种疾苦,即把《七月》与《田家词》的传统合而为一。从第二种分类法来考察,范成大的田园诗主要属于第二类主题。范诗基本上是对农村生活的客观描写,基本上摆脱了士大夫的隐逸情趣,从而更加逼真地写出了农村的景观和农民的生活。比如前一首描写晚春的农村风情:正值春播和采摘春茶的大忙季节,农民不分男女皆在田间、茶山忙碌,整个村庄一片寂静,只见蝴蝶在菜花丛中自由飞舞。突然鸡飞狗吠,便知道一定是有行商下乡收购新茶来了。当时官府控制茶叶买卖,行商是获得官府所颁营业证书的合法茶商,农家采摘的新茶都依靠行商销售,所以关注他们的行踪。三、四两句表面上甚为热闹,其实反衬出村庄之安静。为何有人进村便会惹得鸡飞狗吠?就因鸡狗都习惯了"日长无客到田家"。以闹衬静,手法甚为高明,却又不睹痕迹。因为这是农民眼中的乡村风光,当然像生活本身一样真实质朴。后一首写夏日农民的劳动生活:"村庄儿女"指村里的男女青年,他们已是各类农活的当家里手,已经承担起养家活口的主要责任,故而白天耘田,夜晚绩麻,终日辛劳。尚未成年的儿童还没学会耕、织,但也在桑树阴下学着种瓜。此诗描写农民的劳作,细致生动。值得注意的是,诗中称青年为"儿女",称儿童为"童孙",口气亲切,流露出慈祥、欣赏的态度,多半是一位老农在夸奖家中的儿孙辈,而不像是一位士大夫以居高临下的态度对农民表示怜悯。

　　无论是写景还是叙事,这二首诗都与从前的田家词有明显不同,它们不再是诗人对农村景象的远观或想象,而是设身处地地代农民立言,故构思不求高雅,字句也不避俚俗。范成大身为曾登相位的士大夫,能够如此放下身段为农民写诗,实为难能可贵。

杨万里

杨万里(1127—1206),字廷秀,号诚斋,吉州吉水(今属江西)人。高宗绍兴二十四年(1154)进士,任赣州司户参军、零陵丞。孝宗乾道七年(1171)迁太常博士,又升吏部右侍郎官,将作少监。后知常州,又任秘书少监、秘书监等职。宁宗庆元元年(1195)乞致仕,归乡闲居。著有《诚斋集》。平生作诗达万首,今存4200首。诗以描写自然风物与表达生活情趣为主,风格活泼自然,饶有谐趣,自成一家,人称"诚斋体"。

小 池[1]

泉眼无声惜细流,树阴照水爱晴柔[2]。小荷才露尖尖角,早有蜻蜓立上头。

【注释】

[1] 此诗作于宋孝宗淳熙三年(1176),时杨万里在家乡吉水(今江西吉水)闲居。

[2] 晴柔:晴朗柔和。

【鉴赏】

杨万里论诗,格外重视外部环境的触发作用,他说:"我初无意于作是诗,而是物、是事适然触乎我,我之意亦适然感乎是物、是事,触先焉,感焉随焉,而是诗出焉。我何与也?天也。斯之谓兴。"(《答建康府大军库监门徐达书》)从其创作实际来看,他更加重视的是"感乎是物",也即从山水草木、禽兽鱼虫等客观存在的自然景物中汲取作诗灵感。

杨万里作诗时不但师法自然,而且常将自然写成具有生命、充满灵性的主人公,从而自然活泼,趣味盎然,此诗就是一例。前两句中的"惜""爱"二字原指人类的主观情感,此处却都施用于景物身上。上句说泉水静悄悄地缓缓流淌,是爱惜其涓涓滴滴;下句说树阴临水照影,是怜爱这晴朗柔和的姿态。拟人手法的合理运用,遂使客观景物染上浓厚的感情色彩,一幅幽静安谧的初夏图景顿时生机勃勃。

后两句堪称此诗中的警策:新荷初生,尚未坼苞,早有蜻蜓立在尖尖的花苞上头。北宋诗人释道潜诗云:"风蒲猎猎弄轻柔,欲立蜻蜓不自由。"(《临平道中》)写风中的蒲苇摇摆不定,蜻蜓站立不稳,非常传神,向称名句。杨诗与之相映成趣,说新荷尖尖,蜻蜓却稳稳地站立其上。多么生动有趣的情景,多么和谐温馨的氛围!句中是否包含某种哲理?常有后人从中读出对新生事物的敏感或关爱,但诗人未着一言,一切都在若有若无之间。诗人只是捕捉到一个稍纵即逝的景象,并用妙趣横生的诗句使之成为永恒。当然,诗人对自然的热爱之情,以及人与自然和谐相处的观念,洋溢于字里行间,这是杨万里诗的最大优点。

初入淮河绝句[1]

船离洪泽岸头沙[2],人到淮河意不佳。何必桑干方是远[3],中流以北即天涯。

【注释】

[1] 宋孝宗淳熙十六年(1189),杨万里奉命北上迎接金国使者,途经淮河,其时淮河已成宋、金两国之界河。原作共四首,此为其一。

[2] 洪泽:洪泽湖,位于淮河之南,与淮河相通。

[3] 桑干:桑干河,源出山西马邑县,流入永定河。桑干河是唐朝的边防前线,至北宋时已入辽国境内。

【鉴赏】

靖康事变以后匆匆成立的南宋政权成为偏安一隅的小朝廷,大片江山沦于敌手。宋孝宗隆兴二年(1164),宋、金达成"隆兴和议",划定东起淮河、西至大散关的国界线,原是北宋内河的淮河遂成为宋、金两国的界河。二十五年以后,杨万里奉命北上迎接金使,渡淮之际,感慨万千,作诗抒愤。淮河是中国的"四渎"之一,淮河流域气候温暖,雨量充沛,沃野千里,是大宋王朝最重要的农耕地区。淮河两岸并无高山深谷,河水也不如长江之宽阔、黄河之湍急,基本上无险可守,从自然地理的角度来看也不应成为界河。然而淮河竟然成为宋、金之界河!淮河之北竟然成为敌国领土!丧权辱国,莫此为甚!可是在宋高宗、秦桧等人的把持下,南宋小朝廷早就确立了畏敌如虎、专意求和的国策,只求苟安于半壁江山,把沦陷的北方领土弃之不顾。继高宗而立的宋孝宗虽有心振作,但无力回天,只得维持高宗朝留下的残局,与金国维持和议。正是在这种情境下,杨万里以使者的身份来到淮河。

  此诗在表面上不动声色,只是将所历所见平平道来,但满腔悲愤渗透在字里行间。船只刚离开洪泽湖进入淮河,诗人便情绪恶劣。淮河的千里清波本是赏心悦目之景,为何诗人如此反常?下二句交代原因,原来一过淮河的主航道,便是敌国领土。古人常将异国绝域视作天涯,于是诗人反问道:何必要到桑干河才算是远方呢?淮河的中流以北便是天涯!从桑干河到淮河,大宋王朝的国境线向南退缩了几千里。诗人将桑干河与淮河相提并论,便是对金国侵略者的愤怒声讨,也是对南宋小朝廷的愤怒批判。诗人希望击退金兵、收复国土的爱国热忱也清晰可感。言浅意深,情怀郁郁,是此诗最大的优点。

朱　熹

朱熹(1130—1200),字元晦,一字仲晦,号晦庵、晦翁等,祖籍徽州婺源(今属江西),生于南剑州尤溪(今属福建),晚年移居考亭,人称考亭先生。高宗绍兴十八年(1148)进士,授泉州同安主簿。孝宗隆兴元年(1163)除武学博士。乾道初请祠以归。淳熙六年(1179)知南康军,修复白鹿洞书院。八年(1181)改浙东提举,救荒甚力。光宗绍熙五年(1194)任湖南安抚使兼知潭州,修复岳麓书院。卒后于宁宗嘉定二年(1209)追谥"文",著有《朱文公文集》。诗风清新质朴,善于表现理趣。

观书有感[1]

半亩方塘一鉴开[2],天光云影共徘徊。问渠那得清如许?为有源头活水来。

【注释】

[1] 此诗作于宋孝宗乾道二年(1166),时朱熹在崇安(今福建崇安)家中闲居。

[2] 鉴:镜子。

【鉴赏】

相传"方塘"在南剑州尤溪(今福建尤溪)的南溪书院之前(清道光《重修福建通志》卷四四),出于附会。朱熹六岁即离开尤溪,以后迄未居此。乾道二年,朱熹在崇安作书答友人许顺之,书中提及此诗,当即作于崇安,"方塘"亦当在崇安。此诗虽然题作《观书有感》,内容却只是展示一幅生动的图像:一塘清水,像明镜一样倒映着蓝天白云。"共徘徊"意谓轻微地移动,此或为天上云行,或为塘中水流,但水面相当平静,否则不会如明镜般倒映云天。这幅图像与"观书有感"的诗题有何关系呢?奥秘在于后二句:为何方塘之水清澈如许?只因有源头活水不断地注入。这显然与朱熹读书、思考的某种经验有着深刻的内在同一性。朱熹《答许顺之》书之十云:"秋来老人粗健,心闲无事,得一意体验,比之旧日渐觉明快,方有下工夫处。……更有一绝云:'半亩方塘一鉴开,天光云影共徘徊。问渠那得清如许?为有源头活水来。'"可见诗人就是如此构思的。程千帆指出:"这是一篇体现了作者哲学思想的小诗。它以池塘要不断地有活水注入才能清澈,比喻思想要不断地有所发展才能活跃,免于停滞和僵化。它用形象思维的方式表达了抽象思维,因而使之更容易为人们所接受。"(《古诗今选》)此诗表达的哲理是深刻的,富有启发意义的,然而它的表现方式却完全是诉诸艺术形象的。它通过描写和叙述来启迪读者自行领悟,而不是用逻辑思维来向读者证明、灌输。宋代某些理学家的"哲理诗"往往写得语言枯燥、意旨晦涩,朱熹此诗却是活泼明快,巧妙灵动,堪称哲理诗的典范之作。

张孝祥

张孝祥(1132—1169),字安国,号于湖,和州乌江(今属安徽)人。高宗绍兴二十四年(1154)进士。历任秘书省正字、起居舍人、权中书舍人。孝宗隆兴元年(1163)任建康留守,后任知静江府、权荆湖南路提点刑狱、荆湖北路安抚使等职。乾道五年(1169)致仕,卒。著有《于湖居士文集》,词集有《于湖先生长短句》。作词学苏轼,风格豪放,情怀激烈,意境开阔,为苏、辛一派之承前启后者。

六州歌头[1]

长淮望断,关塞莽然平[2]。征尘暗,霜风劲,悄边声。黯销凝[3]。追想当年事,殆天数,非人力。洙泗上[4],弦歌地,亦膻腥[5]。隔水毡乡[6],落日牛羊下,区脱纵横[7]。看名王宵猎[8],骑火一川明。笳鼓悲鸣,遣人惊。　　念腰间箭,匣中剑,空埃蠹[9],竟何成。时易失,心徒壮,岁将零[10]。渺神京。干羽方怀远[11],静烽燧[12],且休兵。冠盖使[13],纷驰骛,若为情。闻道中原遗老,常南望、翠葆霓旌[14]。使行人到此,忠愤气填膺,有泪如倾。

【注释】

[1] 此词作于宋孝宗隆兴二年(1164),时张孝祥任建康(今江苏南京)留守。

[2] 莽然:苍莽、广远之貌。

[3] 黯销凝:黯然伤神。

[4] 洙泗:洙水、泗水,流经曲阜(今属山东),乃孔子讲学之地。

[5] 膻腥：牛羊的腥臊之气，是对游牧民族生活习惯的蔑称。

[6] 毡乡：搭建着毡帐的地区。

[7] 区脱：供警戒用的土堡。

[8] 名王：古代少数民族声名显赫的酋长号称"名王"，此指金兵将领。

[9] 埃蠹：积满灰尘，生出蛀虫。

[10] 零：尽。

[11] 干羽：盾牌和翟羽，古代乐舞所用的两种舞具。

[12] 烽燧：边塞上用来报警的烽火。

[13] 冠盖使：此指议和的使臣。

[14] 翠葆霓旌：用翠羽装饰的车盖和彩色的旌旗，指皇帝的车驾。

【鉴赏】

宋孝宗隆兴元年(1163)，宋军北伐失利，朝廷内主和派又占上风，张孝祥愤而作此。上片写中原沦陷区的荒凉萧瑟。江淮之间本是宋国领域内的万顷良田，如今却成了悄无人声的边鄙荒地，不由得使人黯然销魂。词人不由得追怀往事，靖康祸起，北宋灭亡，也许是天意如此吧？要不一个堂堂的大国，怎会在顷刻之间便土崩瓦解？词人其实是在诘问，到底是谁该为国家倾覆负责。词人当然知道北宋灭亡正是昏君奸臣荒政误国的结果。所谓"非人力"者，不忍再去回顾也，或不便直言也。如今淮水以北即为敌国，丧权辱国，莫此为甚！下片转入抒情。腰间的长箭和匣中的宝剑长久未用，尘封虫蛀。时机很容易消失，纵然雄心不灭，其奈岁月不待人！朝廷里主和派当政，借口"布文德以怀柔远人"，对金屈膝求和。边境上的烽火台久不举火，而赴金议和的使者则络绎不绝。词人愤怒地责问那些使者，你们难道不觉得羞愧吗？词人的思绪又转向沦陷区的人民，他们经常盼望宋军北伐，可是总是失望。于是词人悲愤填膺，泪流如倾。

据《历代诗余》记载，张孝祥写成此词，同在席上的大将张浚读后郁郁不乐，罢席而入。张浚是南宋著名的主战派大臣，他十分赏识张孝祥，曾数度向朝廷推荐之。可以肯定，除了才华学识以外，共同的爱国思想是二张惺惺相惜的重要原因。这首《六州歌头》所以能感动张浚，正是其中蕴含的爱国情怀触动他心中的忠愤之气。一首词作使朝廷重臣如此感动，这是词史上前所未有的新气象，也是南宋豪放词派杰出成就的最好证明。清人陈廷焯评此词"淋漓痛快，笔酣墨饱，读之令人起舞"(《白雨斋词话》)，决非虚言。

念奴娇

过洞庭[1]

洞庭青草[2],近中秋,更无一点风色[3]。玉鉴琼田三万顷[4],着我扁舟一叶。素月分辉,明河共影,表里俱澄澈[5]。悠然心会,妙处难与君说。　应念岭表经年[6],孤光自照[7],肝胆皆冰雪。短发萧骚襟袖冷,稳泛沧溟空阔。尽挹西江[8],细斟北斗,万象为宾客[9]。扣舷独啸,不知今夕何夕!

【注释】

[1] 宋孝宗乾道二年(1166),张孝祥自静江府(今广西桂林)落职北归,途经洞庭,适值中秋,作此词。

[2] 青草:湖名,与洞庭湖相连,今为洞庭湖的一部分。

[3] 风色:风势。

[4] 玉鉴:玉镜。

[5] 表里:内外。

[6] 岭表:岭外,五岭(大庾、始安、临贺、桂阳、揭阳)以南。

[7] 孤光:指明月。苏轼《西江月》:"中秋谁与共孤光。"

[8] 西江:此指长江。相对于洞庭湖而言,长江从西而来,故称西江。

[9] 万象:万物,此指繁星。

【鉴赏】

在洞庭湖与青草湖相连的地方,在中秋临近的时节,浩渺的湖水与无际的月光交相辉映,形成奇特的清澈、明丽之境。词人在此时此地泛舟月下,觉得整个天地都是一片晶莹透澈,而自身的高洁品行也与之相符,连体内的肝胆都像冰雪一样清冷澄明。唐人王昌龄受人诬陷,作诗自表心迹说:"寒雨连江夜入吴,平明送客楚山孤。洛阳亲友如相问,一片冰心在玉壶。"(《芙蓉楼送辛渐》)张孝祥显然继承了这种手法,但无论是所写景色之幽静秀美,还是所用比喻之生动贴切,都是青出于蓝而胜于蓝。词人幕天席地,独泛沧溟,气概是何等雄豪!挹西江,斟北斗,遍邀天上的星辰为宾客,想象是何等奇特!词人本是爱国志士,善于高唱振奋人心的时代强音。但当他在现实中无法实现理想时,也善于在山水美景中寻找寄托。

此词意境阔大,笔势雄奇,豪放与潇洒兼而有之,很好地继承了苏轼词风的传统。近人王闿运评此词"飘飘有凌云之气,觉东坡《水调》,犹有尘心"(《湘绮楼词选》),语或稍过,但指出此词与苏词的传承关系则是十分准确的。

辛弃疾

辛弃疾(1140—1207),字幼安,号稼轩,历城(今山东济南)人。高宗绍兴三十一年(1161)起义抗金,次年率众归宋,历任江阴签判、广德军通判,上《美芹十论》。孝宗乾道三年(1167),任建康府通判,上《九议》。后任滁州知州、江西提点刑狱、湖北转运副使、湖南转运副使等职。淳熙七年(1180)知潭州兼湖南安抚使,创飞虎军。次年落职,赴上饶带湖闲居。光宗绍熙三年(1191)起任福建提点刑狱,次年罢官,徙居铅山之瓢泉。宁宗嘉泰三年(1203)起知绍兴府,次年改知镇江府。开禧元年(1205)罢职归铅山,开禧三年(1207)卒。著有《稼轩长短句》。辛弃疾是叱咤风云的英雄,谋略超群。一生以抗金复国为志业,然报国无路,复因"归正人"身份而受猜忌,满腔悲愤寄寓于词,既有激烈慷慨,又有沉郁苍凉,融成全新的豪放风格,是名符其实的豪放词人。辛词意境壮阔,语言则经史并用,风格则刚柔相济,是宋代成就最高的词人。

水 龙 吟

登建康赏心亭[1]

楚天千里清秋,水随天去秋无际。遥岑远目[2],献愁供恨,玉簪螺髻[3]。落日楼头,断鸿声里,江南游子。把吴钩看了[4],栏干拍遍,无人会,登临意。　　休说鲈鱼堪脍[5],尽西风,季鹰归未[6]?求田问舍[7],怕应羞见,刘郎才气[8]。可惜流年,忧愁风雨,树犹如此[9]。倩何人,唤取红巾翠袖[10],揾英雄泪。

【注释】

[1] 宋孝宗淳熙元年(1174),辛弃疾任江东安抚使参议官,在建康登赏心亭,

作此词。赏心亭在建康城楼上,下临秦淮河。

[2] 遥岑:远山。

[3] 螺髻:螺状发髻,比喻耸立的山峦。

[4] 吴钩:古代吴国铸造的刀,此指佩剑。

[5] 鲈鱼堪脍:晋人张翰在洛阳为官,见秋风起,思念家乡吴中的鲈鱼脍,乃弃官而归。

[6] 季鹰:张翰之字。

[7] 求田问舍:指购置田产。三国时刘备批评当时名士许汜在国难当头之时只顾"求田问舍"。

[8] 刘郎:指刘备。

[9] 树犹如此:东晋桓温北伐,途经金城,见当年手植柳树已长大,感慨说:"木犹如此,人何以堪!"(《世说新语·言语》)

[10] 红巾翠袖:少女的装束,此指歌女。

【鉴赏】

宋高宗绍兴三十二年(1162),辛弃疾率义军铁骑渡江,南归故国,随即进入仕途。他不顾官职低微,先后向朝廷献《美芹十论》和《九议》,为抗金复国献计献策。可是南宋小朝廷对于从中原沦陷区归来的人士心存猜忌和轻视,将他们称为"归正人"。辛弃疾虽然文才武略盖世无双,却难得信任,沉沦下僚,荏苒十年。孝宗淳熙元年(1174),辛弃疾正值壮年,却壮志难酬,空度年华,故岁月流逝的感受格外深切。他在断鸿声里登上名胜赏心亭,那潇洒明净的秋色并未引起愉悦感,反而觉得像美人螺髻般的远山向人献上的只是愁恨。他拔剑细看,猛拍栏干,但是有谁理会其中的一番心意?下片转入怀古。虽然西风劲吹,但故乡远在沦陷的北国,难像张翰那样归隐。要像许汜那样贪图私利,更非所愿。于是他只能慨叹流年之迅速,并询问谁能为自己一揾英雄之泪?

此词绝非一般意义上的登览词,更不是一般意义上的伤秋词,它是一位爱国志士在清秋时节登高远眺故国江山所发出的深沉感慨。虽然当时"无人会,登临意",然千载之后它仍然感动着无数读者。

摸 鱼 儿

淳熙己亥自湖北漕移湖南,同官王正之置酒小山亭,为赋[1]。

更能消几番风雨[2],匆匆春又归去。惜春长怕花开早,何况落红无数。春且住,见说道、天涯芳草无归路。怨春不语。算只有殷勤,画檐蛛网,尽日惹飞絮。　　长门事,准拟佳期又误。蛾眉曾有人妒。千金纵买相如赋,脉脉此情谁诉[3]?君莫舞。君不见、玉环飞燕皆尘土[4]。闲愁最苦。休去倚危栏,斜阳正在,烟柳断肠处。

【注释】

　　[1]"己亥"即宋孝宗淳熙六年(1179),辛弃疾由湖北转运副使调任湖南转运副使,作此词。漕:即"漕司",宋人对转运使的称呼。

　　[2]消:经得起。

　　[3]"长门事"五句:相传汉武帝之皇后陈阿娇被废,幽居长门宫,曾以千金请司马相如撰《长门赋》,以感悟武帝。见《文选》所载《长门赋序》,此序实非相如所作。

　　[4]玉环:杨玉环,唐玄宗之贵妃。飞燕:赵飞燕,汉成帝之皇后。

【鉴赏】

　　辛弃疾南归之后,尽管在各种职位上都表现出过人的才干,但他毕竟是一个"归正人",越是有才就越是遭忌。况且辛弃疾性格刚强,作风泼辣,与朝廷上下懦弱苟且的固有习气格格不入。辛弃疾对此早有觉察,故心情极为郁闷。多年来辛弃疾经常担任转运副使等职务,他的一腔热血无处可洒,满腹经纶更无处可施。虽然沉沦下僚,流转外任,他也没能躲避各种流言蜚语的中伤,甚至接连不断地受到朝官的诽谤和攻讦。雄心壮志根本无法实现,岁月却在无情地消逝。暮春时节,落红无数,词人心里的苦闷无处倾诉。于是他像行吟泽畔的屈原一样,用"美人芳草"的隐喻意象来诉说心曲。这种欲言又止的低沉心声,出于性格豪迈的英雄之口,这是何等的无奈!辛弃疾在《论盗贼札子》中对孝宗说:"臣生平刚拙自信,年来不为众人所容,顾恐言未脱口而祸不旋踵。"这种畏祸心理,便是我们解读此词的必要前提。宋人罗大经说此词"词意殊怨"(《鹤林玉露》卷四),近人梁启超评曰"回肠荡气,至于此极"(梁令娴《艺蘅馆词选》引),皆为的评。

破 阵 子

为陈同父赋壮词以寄之[1]

醉里挑灯看剑,梦回吹角连营。八百里分麾下炙[2],五十弦翻塞外声[3]。沙场秋点兵。　马作的卢飞快[4],弓如霹雳弦惊。了却君王天下事,赢得生前身后名。可怜白发生!

【注释】

[1] 宋孝宗淳熙十五年(1188),辛弃疾与陈亮在信州(今江西上饶)相会。此词作于其后。同父:陈亮之字。

[2] 八百里:即"八百里驳",牛名。据《世说新语·汰侈》载,晋人王恺有牛名"八百里驳",后为王济杀而作炙。一说"八百里"指当时山东抗金义师驻扎的地域,亦通。

[3] 五十弦:指瑟。瑟有五十弦,其声悲壮。

[4] 的卢:一种烈马。相传三国时刘备曾骑之脱险,见《三国志·先主传》。

【鉴赏】

写作此词时,辛弃疾正在信州的带湖闲居。虽然他热爱乡村,写了大量优美的田园词,但他毕竟是时刻惦记着恢复大业的爱国志士,春雨江南的宁静生活怎能彻底取代胸中的铁马秋风?果然,一旦志同道合的陈亮来访,随即点燃了他胸中的熊熊烈火。恰如他在此词小序中所说,这是一首"壮词"!此词用主要篇幅回忆青年时代驰骋沙场的战斗生涯,抒发建功立业的人生壮志,结尾才转入报国无路的慨叹。在这样的壮词中,不但婉约词的脂粉香泽一洗而空,而且连五七言诗中常见的伤春悲秋、叹老嗟卑等低沉情绪也一扫而空。这是沙场战士的高昂呼声,是末路英雄的浩然长叹,是洋溢着壮烈情怀和英风豪气的军旅文学。这样的作品最能代表南宋军民的爱国热诚与不屈斗志,它居然不是出现在古文或五七言诗中,而是在词苑中横空出世,这是辛弃疾对词史的重大贡献。

贺 新 郎[1]

邑中园亭,仆皆为赋此词[2]。一日,独坐停云[3],水声山色竞来相娱,意溪山欲援例者。遂作数语,庶几仿佛渊明思亲友之意云。

甚矣吾衰矣[4]。怅平生,交游零落,只今余几?白发空垂三千丈,一笑人间万事。问何物能令公喜?我见青山多妩媚[5],料青山见我应如是。情与貌,略相似。　一尊搔首东窗里[6]。想渊明,停云诗就,此时风味。江左沉酣求名者[7],岂识浊醪妙理[8]?回首叫,云飞风起。不恨古人吾不见,恨古人,不见吾狂耳。知我者,二三子。

【注释】

[1] 宋理宗庆元二年(1196),辛弃疾移居铅山(今属江西)之期思村。此词作于庆元五年(1199)。

[2] 此词:指"贺新郎"词牌。此前辛弃疾已作《贺新郎》多首以题园亭。

[3] 停云:亭名,在铅山瓢泉。陶渊明《停云》诗序:"停云,思亲友也。"

[4] "甚矣"句:《论语·述而》:"子曰:'甚矣吾衰也,久矣吾不复梦见周公。'"

[5] 妩媚:此指风度可爱。《新唐书·魏徵传》载唐太宗语:"人言徵举动疏慢,我但见其妩媚耳。"

[6] 搔首:以手搔头,表示失意或烦躁。陶渊明《停云》诗:"良朋悠邈,搔首延伫。"

[7] 江左:江东,此指南朝。

[8] 浊醪:浊酒。杜甫《晦日寻崔戢李封》:"浊醪有妙理。"

【鉴赏】

作此词时,辛弃疾年近花甲,与他志同道合的友人陈亮、韩元吉等皆已去世,他本人则长期闲居,难怪开篇就是一声长叹!他坐在以陶诗篇目命名的"停云亭"中悠然独酌,不免想到陶渊明这位异代知己。可是交游零落,还有谁能让自己欣然开怀呢?

环顾宇内,只剩大自然而已。于是他喜极而呼:"我见青山多妩媚,料青山见我应如是。""妩媚"一语,本是唐太宗评价直臣魏徵的话,故可用来形容男性风度之可爱。青山巍然屹立,雄深秀伟,有着崇高壮伟的美学品质,这在辛弃疾眼中正是妩媚之极。而辛弃疾本人相貌奇伟,英才盖世,有着堂堂正正的人格精神,他坚信自己在青山眼中肯定也是同样的妩媚。词人与青山达成了深沉的共鸣,英雄在自然的怀抱里找到了默契和抚慰。应该看到,辛弃疾想在山水自然中安顿那跳荡不安的心灵,实出无奈。一位冲锋陷阵的战士,一位胸怀天下的英雄,报国无路,且垂垂老矣。他经过上下求索,终于找到了人生的归宿,那就是自然。晚年的辛弃疾退居田园,寄情山水,在大自然的怀抱里消磨岁月,也消磨雄心。此词就是其复杂心态的真切流露,外表虽为旷达,实则沉郁之至。

永 遇 乐

京口北固亭怀古[1]

千古江山,英雄无觅,孙仲谋处[2]。舞榭歌台,风流总被,雨打风吹去。斜阳草树,寻常巷陌,人道寄奴曾住[3]。想当年,金戈铁马,气吞万里如虎[4]。　元嘉草草,封狼居胥,赢得仓皇北顾[5]。四十三年[6],望中犹记,烽火扬州路。可堪回首,佛狸祠下[7],一片神鸦社鼓。凭谁问,廉颇老矣[8],尚能饭否?

【注释】

[1] 宋宁宗开禧元年(1205),辛弃疾知镇江府,作此词。京口:即镇江。北固亭:又名北顾亭,在镇江东北北固山上,下临长江。

[2] 孙仲谋:孙权,字仲谋,三国时吴帝。京口曾为吴国首都。

[3] 寄奴:南朝宋武帝刘裕,小字寄奴,微时曾居镇江。

[4] "想当年"三句:刘裕曾两度北伐,灭南燕、后秦,收复长安、洛阳等地。

[5] "元嘉"三句:元嘉是宋文帝刘义隆年号。宋文帝曾有"封狼居胥意",命王玄谟率兵仓促北伐,大败而归。文帝登楼北望,深感后悔。狼居胥,山名,在今内蒙古西北部,汉代霍去病追击匈奴至此,封山而还。

[6] 四十三年：从辛弃疾南渡（1162）至此，已过四十三年。

[7] 佛狸：后魏太武帝拓跋焘小字佛狸。拓跋焘击败王玄谟军后追击至长江北岸之瓜步山（在今江苏六合），建行宫于山上，即佛狸祠。

[8] 廉颇：战国时赵国名将，遭人谗害，出奔魏国。后赵王欲起用廉颇，使人前往探望。廉颇当着赵使之面一饭斗米、肉十斤。

【鉴赏】

辛弃疾出知镇江府，来到江防前线时，年已六十六岁。此时距离他铁骑渡江已有四十三年了，恢复之志始终未能实现，却在宦海风波和乡村闲居中耗尽了岁月。如今人已老矣，朝廷里正在紧锣密鼓地筹划北伐，可惜执政的韩侂胄轻举妄动，并无胜算。胸怀雄才大略且知己知彼的辛弃疾虽然主张抗金，却不赞成仓促北伐。春社之日，辛弃疾登上北固亭，凭栏北眺，慷慨怀古，时局如此，人生境遇又如此，难免感慨良多。但是辛弃疾缅怀的历史人物是吴大帝孙权和刘宋的开国君主刘裕，孙权以江东一隅与魏、蜀鼎足三立，刘裕则亲率大军北伐，一度收复了洛阳和长安，堪称功业彪炳。他也联想到草草北伐导致大败的刘义隆，认为应该吸取其教训。如此怀古，词中洋溢着英雄之气，冲淡了沧桑之感。词中也包含着对历史的深刻认识，远胜于空泛的感慨。词人自比人老心不老的名将廉颇，慨叹自己没有机会实现恢复之志。廉颇晚年，当着赵国使者的面，"一饭斗米，肉十斤，披甲上马，以示尚可用"（《史记·廉颇列传》）。廉颇如此，辛弃疾又何尝不是如此！他的豪侠精神至死不衰，他生生死死都是一位勇武的军人，此词既是自叹生平，也是对消沉已久的军魂的深情呼唤。

姜　夔

　　姜夔(1155?—1208),字尧章,号白石道人,鄱阳(今属江西)人。少时随父宦游汉阳,父死依姐,流寓湘、鄂间。萧德藻以兄女妻之,乃移居湖州,来往于苏、杭一带,与张镃、范成大等过往甚密。终生未仕,卒于杭州。著有《白石道人歌曲》。其词多写恋情与咏物主题,前者善以健笔写柔情,后者善于虚处着笔,词风清丽幽雅,自成一家。善审音协律,多自创新调,后人以"格律派"称之。

扬　州　慢

　　淳熙丙申至日,予过维扬。夜雪初霁,荠麦弥望。入其城,则四顾萧条,寒水自碧。暮色渐起,戍角悲吟。予怀怆然,感慨今昔,因自度此曲。千岩老人以为有黍离之悲也[1]。

　　淮左名都[2],竹西佳处[3],解鞍少驻初程。过春风十里,尽荠麦青青。自胡马窥江去后[4],废池乔木,犹厌言兵。渐黄昏,清角吹寒,都在空城。　　杜郎俊赏[5],算而今,重到须惊。纵豆蔻词工,青楼梦好,难赋深情[6]。二十四桥仍在[7],波心荡,冷月无声。念桥边红药[8],年年知为谁生!

【注释】

　　[1] 此词作于宋孝宗淳熙三年丙申(1176)。至日:此指冬至日。维扬:即扬州。千岩老人:南宋著名诗人萧德藻之号。
　　[2] 淮左:宋时扬州属淮南东路,淮左即淮东。
　　[3] 竹西:扬州城东有竹西亭,为当地名胜。
　　[4] 胡马窥江:宋高宗建炎三年(1129)金兵占领扬州。绍兴三十一年(1161),

金兵又攻占扬州。扬州南临长江。

[5] 杜郎:唐代诗人杜牧。

[6] "纵豆蔻词工"三句:杜牧《赠别》:"娉娉袅袅十三余,豆蔻梢头二月初。"又杜牧《遣怀》:"十年一觉扬州梦,赢得青楼薄幸名。"

[7] 二十四桥:唐时扬州有二十四座桥。一说桥名,在扬州西门街。

[8] 红药:红色的芍药花。

【鉴赏】

宋金对峙,地处淮南江北的扬州是首当其冲的战场,迭遭兵燹。辛弃疾曾在《永遇乐》词中说:"四十三年,望中犹记,烽火扬州路。"姜词则情绪低沉,没有辛词那种直书时势的雄豪,但也在哀伤愤怨中表达了浓烈的爱国之情。他将扬州昔日的繁华与此日的荒凉进行鲜明的对比,从而控诉了侵略者发动战争、毁灭文明的罪行,寄托了深沉的故国之思。姜夔与辛弃疾有交游,曾作唱和。其《永遇乐·次稼轩北固楼韵》中有句云:"中原生聚,神京耆老,南望清淮金鼓!"显然受到辛词爱国精神的影响。在爱国倾向这一点上,姜夔与辛弃疾是一致的。与辛弃疾不同的是,姜夔只是弱不禁风的一介文士,他在生活中不能像辛弃疾那样跃马横枪驰骋疆场,其词即使涉及国事,也缺乏辛词的热情和豪气。但是此词虽然情调低沉,却同样体现出时代的气息,这是风雨飘摇的时局对南宋词坛的另一种影响。

暗 香

辛亥之冬,予载雪诣石湖。止既月,授简索句,且征新声。作此两曲。石湖把玩不已,使工妓隶习之,音节谐婉,乃名之曰《暗香》《疏影》[1]。

旧时月色,算几番照我,梅边吹笛。唤起玉人,不管清寒与攀摘。何逊而今渐老,都忘却春风词笔[2]。但怪得竹外疏花,香冷入瑶席。 江国[3],正寂寂。叹寄与路遥,夜雪初积。翠尊易泣[4],红萼无言耿相忆。长记曾携手处,千树压、西湖寒碧。又片片吹尽也,几时见得?

【注释】

[1] 辛亥:宋光宗绍熙二年(1191)。石湖:指范成大,范晚年寓居苏州西南之石湖,自号"石湖居士"。新声:此指新的词调。隶习:学习。

[2] "何逊"二句:何逊,南朝梁代诗人,曾在扬州作《咏早梅》诗。杜甫《和裴迪登蜀州东亭送客逢早梅相忆见寄》云:"东阁官梅动诗兴,还如何逊在扬州。"

[3] 江国:江乡,水乡。

[4] 翠尊:翠绿色的酒杯。

【鉴赏】

姜夔追求清空幽洁、古雅峭拔的风格,喜爱运用侧面烘托、遗貌取神的手法,这种倾向最显著地体现在他的咏物词中,《暗香》和《疏影》是这方面的代表作。林逋《山园小梅》云:"疏影横斜水清浅,暗香浮动月黄昏。"姜夔用其语为两首自度曲的调名,主题则为咏梅。

此词上片回忆少时赏梅的韵事:冷月、笛音、花香、倩影,构成了清丽幽静的境界。梁代诗人何逊曾有咏梅花的诗篇,故词人以之自比,说自己垂垂老矣,风情顿减,已经忘却了生花妙笔。既然如此,为何竹外疏花还要送来阵阵幽香呢?下片写南北隔绝的情景。"江国"即南方的泽国,也即词人寓居的石湖一带。因路途遥远,加上夜雪,故无法折梅相寄。于是词人回忆起曾与情人在西湖边上携手同游,共赏梅花的情景。然而好景不长,花红易衰,很快就会落花片片,终归于尽,几时才能再得相见?"几时见得?"这是在问梅花何时再开,还是问情人何时再见?多半是语含双关。

有人说这首词蕴含着对沦陷区的关切,似乎有点过度阐释。其实只把它看作咏梅词,也已臻高妙之境。全词句句都不离梅花,但又句句都是抒写情怀。少年的旧事,情人的旧踪,既若隐若现,又生动细致,词人惆怅、凄凉的心情也得到微婉而真切的表现,典型地体现了姜夔的词风。

吴文英

吴文英(1200—1260),字君特,号梦窗,四明(今浙江宁波)人。一生未第,以布衣终老,长期在江、浙一带充当权贵之门客。著有《梦窗甲乙丙丁稿》。知音律,能自度曲。作词专于艺术上争奇斗胜,文字以绵密藻丽为尚,章法则力求错综繁复,时人评曰"如七宝楼台"。

莺 啼 序[1]

残寒正欺病酒,掩沉香绣户。燕来晚,飞入西城[2],似说春事迟暮。画船载、清明过却,晴烟冉冉吴宫树[3]。念羁情游荡,随风化为轻絮。 十载西湖,傍柳系马,趁娇尘软雾。溯红渐、招入仙溪[4],锦儿偷寄幽素[5]。倚银屏、春宽梦窄,断红湿、歌纨金缕。暝堤空,轻把斜阳,总还鸥鹭。 幽兰旋老,杜若还生,水乡尚寄旅。别后访、六桥无信[6],事往花委,瘗玉埋香,几番风雨。长波妒盼,遥山羞黛,渔灯分影春江宿。记当时,短楫桃根渡[7]。青楼仿佛,临分败壁题诗,泪墨惨淡尘土。 危亭望极,草色天涯,叹鬓侵半苎[8]。暗点检、离痕欢唾,尚染鲛绡[9],𬳶凤迷归[10],破鸾慵舞[11]。殷勤待写,书中长恨,蓝霞辽海沉过雁,漫相思、弹入哀筝柱。伤心千里江南,怨曲重招,断魂在否[12]?

【注释】

[1] 此词或作于宋理宗绍定六年(1233)或稍后。
[2] 西城:指杭州西城,濒临西湖。
[3] 吴宫:指杭州的宫苑。杭州旧属吴地。
[4] "溯红"句:暗用刘义庆《幽明录》所载刘晨、阮肇入天台山遇仙女故事。

[5] 锦儿:指侍婢。曾慥《类书》卷二九载钱塘妓女杨爱爱有侍婢名锦儿。

[6] 六桥:宋时西湖苏堤有六桥,见《武林旧事》卷五。

[7] 短楫桃根渡:晋王献之《桃叶歌》:"桃叶复桃叶,渡江不用楫。"又云:"桃叶复桃叶,桃树连桃根。"相传桃叶为王献之之妾,其妹名桃根。

[8] 半苎(zhù):头发半白。苎,白苎,以喻白发。

[9] 鲛绡:传说中鲛人所织之绡,此指丝帕。

[10] 觯(duǒ)凤:垂下羽毛的凤凰。觯,下垂貌。

[11] 破鸾:破镜。暗用古代罽宾王使鸾鸟照镜,鸾睹形而气绝之故事(详见南朝宋范泰《鸾鸟诗序》)。

[12] "伤心"三句:用《楚辞·招魂》:"目极千里兮伤春心,魂兮归来哀江南。"

【鉴赏】

吴文英词向称晦涩,沈义父说吴词"其失在用事下语太晦处,人不可晓"(《乐府指迷》),张炎更指斥其"如七宝楼台,眩人眼目,拆碎下来,不成片段"(《词源》),语皆过当。比如此词,虽然意绪繁复迷离,意脉似断复连,但仔细解读,并无太大的理解障碍。经后代词学家反复考证,此词的主旨已基本清楚,这是吴文英为追悼曾经恋爱过的一位杭州妓女而作。

全词分四叠,正是叙事的四个阶段,层次分明。第一叠写词人暮春时节伤春病酒的心情,次叠追忆昔年在杭州与意中人相逢相爱的旧事,第三叠写旧地重游、物是人非的悲怆,第四叠总束全词,并进一步抒发悼亡之哀。四叠之间并非各自隔绝,而是意脉通贯,浑然一气。词中多用伏笔,前后照应,草蛇灰线,似断实连,断而复续,形成一个完备的整体。全词在时间和空间两个维度上都安排了倒置、闪回、交错等手法,又全都出之以意象,颇似西方文艺中的"意识流",恰到好处地表现了迷离恍惚的意境与如痴如迷的心境。从此词看来,前人指责吴词"拆碎下来,不成片段",实为误解。此词确是一座结构紧密、部件精美的"七宝楼台",即使拆碎下来,也仍是一堆精美的珠玉珍宝,何况它还环环相扣不易拆碎。

人们常说"爱"与"死"是西方文学的两大主题,其实它们也是中国古典文学的两大主题,尤其是宋代婉约词的重要主题。此词就是一个明证。词中叙述爱情经历极为生动,尽管词体的篇幅限制使它不可能详细展示爱情的具体过程,但细节的描写、气氛的渲染都极其成功。至于全词的风格朦胧隐约,则正符合爱情主题的自身性质,因为爱情本是一种复杂的心理感受,决不是逻辑和理性所能阐释的对象。词中抒写由死亡而造成的悲伤也极为真切感人,生离虽然痛苦,毕竟还给希望留下了余地,死别则使一切化为乌有。此词最后一句"断魂在否?"堪称是千古一问。美人化为黄土,爱情徒留回忆,这是人生的最大缺憾,也是人间的永久遗恨。此词堪称抒写"爱"与"死"这两重主题的杰作,它惊心动魄,感人肺腑。无论是主题走向还是艺术水准,它都称得上是宋代婉约词当之无愧的一件代表作。

谢枋得

谢枋得(1226—1289),字君直,号叠山,信州弋阳(今属江西)人。理宗宝祐四年(1256)进士。曾任抚州司户参军、建康考官。恭宗德祐元年(1275)起为江东提刑、江西招讨使,知信州,率兵抗元。城陷后流亡建阳。后元廷迫其出仕,强制送往大都,乃绝食而死。文集已佚,后人辑有《叠山集》。

武夷山中[1]

十年无梦得还家,独立青峰野水涯。天地寂寥山雨歇,几生修得到梅花。

【注释】

[1] 此诗作于元至元十九年(1282),时谢枋得往武夷山访友。

【鉴赏】

宋端宗景炎元年(1276),谢枋得抗元兵败,乃易服变名,弃家入闽。此后诗人遁迹于闽、赣之山间,几近十年。元世祖至元十九年(1282),谢枋得曾往武夷山访问故友熊铢。此时南宋已亡,抗元烽烟渐息,元人开始搜罗抗元义士,逼迫他们出仕新朝,诗人乃作此明志。

首句语似平淡,情实沉痛。谢枋得在知信州的任上率兵抗元,信州城陷,其兄弟皆死国事,妻李氏自经死,多位家人被俘后死于狱中。信州既是诗人的家乡,也是其为官之地,如今国破家亡,己身且被元人搜捕,焉能还家?所谓"无梦得还家"者,乃无家可归,有梦无益也。次句实指诗人为了躲避元人搜捕,朝迁暮徙,匿迹于荒山野谷之间。但闽、赣一带山深水幽,远离人寰,诗人独立其间,免受尘俗污染,也可谓得其所哉。此句仅为叙事,然诗人坚持气节、孤芳自赏的兀傲神情如在目前。

后二句进而描写寂寥清幽的环境,并对着山中梅花自表心迹。山雨过后,山间一片凄清,仿佛天地都归于寂寥。这是指武夷山中的真实景象,还是暗喻宋亡后万马齐喑的政治局面?当是两者皆有。至于梅花,它傲霜耐雪,凌寒独放,向被视作崇高品格的象征。于是诗人对着梅花发问:自己得与梅花相伴,这是几生几世修得的缘分?七年以后,谢枋得被元人强行押解到大都,他坚决拒绝出仕新朝,绝食而死。诗人终于以坚贞不屈的气节实现了自己与梅花的誓约,故此诗的主题虽非咏梅,但也可视作对梅花的高度赞美。

蒋　捷

蒋捷(生卒年不详),字胜欲,号竹山,阳羡(今江苏宜兴)人。度宗咸淳十年(1274)进士。宋亡不仕,曾在武进任塾师。以词名世,著有《竹山词》。词多直抒胸臆之作,以感时伤怀为主要内容,风格清新爽朗。

虞　美　人

听雨[1]

少年听雨歌楼上,红烛昏罗帐。壮年听雨客舟中,江阔云低,断雁叫西风[2]。　而今听雨僧庐下[3],鬓已星星也[4]。悲欢离合总无凭,一任阶前点滴到天明。

【注释】

[1] 此词作年不详。蒋捷大约生于宋理宗淳祐五年(1245),宋亡时年约三十五岁,此词作于晚年,已在宋亡多年以后。
[2] 断雁:失群孤雁。
[3] 僧庐:同"僧舍",僧人之住所。
[4] 星星:指华发。左思《白发赋》:"星星白发,生于鬓垂。"

【鉴赏】

蒋捷是宋末遗民,入元后漂泊吴地,拒元不仕。作此词时,词人已至暮年,寄身僧舍。此词所回忆的只是生活中的一个细节——听雨,可是这个细节贯穿了他的整个人生,从风流潇洒的少年,经过流离失所的壮年,再到壮心销尽的老年。同样的细节发生在不同的场合,从红烛罗帐的歌楼,变为漂泊江湖的客舟,终归晨钟暮鼓的僧庐。个人的悲欢离合,国家的盛衰兴亡,以及由它们引起的迟暮之感和沧桑之感,都通过三个不同的听雨场景淋漓尽致地表达出来了。如此丰富的人生经历,却归纳为三幅剪影式的生活画面。如此深沉的人生感慨,却是娓娓道来,不动声色。这是一个阅尽沧桑的老人半夜梦回的一声叹息,它夹杂在点点滴滴的夜雨声中,显得格外的深沉、苍凉。宋末的遗民诗词,常有语淡情深之特征,此词就是一个显例。

【辽金元诗】

萧观音

萧观音(1040—1071),辽道宗妃。清宁初年立为懿德皇后。在统治阶级的内部倾轧中被诬赐死。萧观音是辽代杰出的女诗人,史称其"姿容冠绝,工诗,善谈论。自制歌词,尤善琵琶"(《辽史》卷七十一《后妃传》)。

伏虎林应制[1]

威风万里压南邦[2],东去能翻鸭绿江[3]。灵怪大千俱破胆[4],那教猛虎不投降!

【注释】

[1] 选自陈述编《全辽文》卷三。伏虎林:辽代国君的行营之一,为其秋季游猎之所。相传辽景宗曾率骑于此打猎,虎伏草间不敢动,故得名。原址在今内蒙古巴林右旗西北察罕木伦河源之白塔子西北。应制:指的是应对皇帝下诏作诗的行为活动。

[2] 南邦:即南国、南方。

[3] 鸭绿江:亦作"鸭渌江",在吉林省东南。色若鸭头绿,故得名。《辽史·太祖记上》:"冬十月戊申,钓鱼于鸭绿江。"

[4] 灵怪:神魔鬼怪。大千:是佛教语"大千世界"的略称。

【鉴赏】

萧观音留下的诗作有《伏虎林应制》《怀古》《绝命词》《回心院词十首》等篇什,

其中这首《伏虎林应制》诗,最能代表北方民族女性的雄豪之气。所谓"应制",是中国古代臣下奉和皇帝之所作诗词。内容多是歌功颂德。萧观音此作,是随从辽道宗出猎时应制之作,而其意象与气概,都既非一般应制所能限制,又决然难以想象是出于女性之手笔。

王鼎的《焚椒录》记载了该诗之本事:"清宁二年(1056)八月,上猎秋山,后率嫔妃从行在所。至伏虎林,命后赋诗,后应声赋此。上大喜,出示群臣曰:'皇后可谓是女中才子。'次日,上亲射猎,有虎突林而出。上曰:'朕射得此虎,可谓不愧后诗。'一发而殪,群臣皆呼万岁!"伏虎林本身就有明显的象征意蕴,显示了契丹统治者在其上升时期积极向上的奋发精神和睥睨天下的气概。契丹皇帝不时到捺钵出猎,狩猎本身更多的是一种形式,在军事上是演习,在政治上是宣威。本诗是皇帝出猎的应制之作,诗人却并非从狩猎开笔,而是开篇渲染出契丹王朝的"威风万里"。对于宋朝和东边的高丽,这些契丹统治者必欲压倒,可见是其国策所在。诗人并非抽象来写,而是通过"能翻鸭绿江"的想象烘染之。在这种威势之下,"灵怪大千"全都吓破了胆,而作为百兽之王的猛虎,又焉敢不乖乖投降!后面两句落回到射猎主题,意气雄放,叱咤风云。

萧观音此作,表现的不是诗人的个人情感,也并非是道宗的个人心态,而是契丹统治者的勃勃野心。如果用精雕细琢来衡量的话,恐怕是方枘圆凿的。但是读此诗却是令人精神为之一振的,其气势之恢宏,风格之雄放,立意之高远,都是诗史上所罕见的。而此诗又出于女诗人之手,更显示出"巾帼不让须眉"的魅力。

倘使从唐宋诗歌的艺术高度来衡量辽诗,我们或许很难发现它的价值,但若从民族文化、社会心理等角度进行观照,情形就会大不相同,本诗就是一例。

萧瑟瑟

萧瑟瑟(？—1121),辽天祚帝妃。渤海大氏人,国舅大父房之女,辽代著名女诗人。

讽谏歌[1]

勿嗟塞上兮暗红尘[2],勿伤多难兮畏夷人[3]。不如塞奸邪之路兮选取贤臣[4]。直须卧薪尝胆兮激壮士之捐身[5]。可以朝清漠北兮夕枕燕云[6]。

【注释】

[1] 选自陈述编《全辽文》卷三。
[2] 塞上:边境地区,泛指北方长城内外。红尘:此处指车马扬起的飞尘。汉班固《西都赋》:"红尘四合,烟云相连。"唐杜牧《过华清宫三首》其一:"一骑红尘妃子笑,无人知是荔枝来。"
[3] 夷人:此处指的是女真族人。
[4] 奸邪:奸佞邪恶之人。
[5] 卧薪尝胆:形容人刻苦自励,立志雪耻图强。典故为春秋时期越王勾践之事。捐身:捐躯,指牺牲生命。
[6] 漠北:蒙古高原大沙漠以北的地区。燕云:燕是燕州,云是云州,是辽人统治之地。五代时,后晋石敬瑭以燕云十六州割让给契丹。

【鉴赏】

萧瑟瑟是辽代后期的杰出女诗人,是辽朝最后一个皇帝天祚帝的妃子,亦称天祚文妃。《契丹国志·后妃传》述萧瑟瑟:"幼选入宫,聪慧闲雅,详重寡言,天祚登位,册为文妃。"天祚帝是辽朝的亡国之君,昏庸无道,任用奸佞。女真人起兵反辽,社稷危难,而天祚帝依然"游畋无度",朝政腐败以至不可收拾。在诸皇子中,晋王最为贤明,"积有人望,内外归心"(《辽史》卷七十二)。元妃兄萧奉先深忌晋王。文妃姊嫁耶律挞葛里,妹嫁耶律余睹。萧奉先诬告耶律余睹欲立晋王,尊天祚帝为太上皇。这在封建王朝政治中是犯大忌的事。于是文妃与晋王相继受诛。萧瑟瑟就这样惨死在天祚帝之手,成为统治阶级内部倾轧的牺牲品。

后妃关心朝政乃至参与朝致,是辽朝政治的一大特色,也是辽文化的一个传统。太宗时期的皇后述律平和景宗时期的皇后萧燕燕,都是中国历史上可圈可点的女政治家。萧观音和萧瑟瑟虽然不是政治家,但她们的政治情怀,还是属于这一传统的。她们是嫔妃,却不是一般的嫔妃,而是以国家命运为己任;她们是诗人,却并非普通的女诗人,而是以强烈的政治情怀入诗。萧瑟瑟现存作品无多,只有《讽谏歌》和《咏史》二首,却在诗歌史上显示出独特的个性。也许难以用"象外之象,景外之景"的审美价值观来评价这首诗的意义,但它却会给你强烈而深刻的印象。

萧瑟瑟的这首《讽谏歌》,以骚体形式进行政治讽谕,在政治讽谕诗的系列中也是独树一帜的。史称萧瑟瑟"善歌诗,女直(即女真)乱作,日见侵迫。帝畋游不恤,忠臣多被疏斥,妃作歌讽谏"(《辽史》卷七十二),指的便是此诗及《咏史》等作。《讽谏歌》尖锐地指出了契丹王朝面临着的危难时局,力劝天祚帝政治上应该清醒起来,不可逸豫亡国,而应认清形势,增加自信,励精图治,卧薪尝胆,在用人上真正信任忠良之士,摒塞邪佞之徒。如此方能重振朝纲,永镇漠北。

置于中华民族的诗歌园囿之中,《讽谏歌》不是一朵绚丽的奇葩,而是一团激情的烈火。诗人在作品中所抒写的不是花前月下的感伤,而是亡国灭族的忧愤。这首诗有明确的政治祈向,深刻的思想意蕴,但却并不显得枯燥无味,而是在饱满激切的情感中表达出诗人的见解。杂言长句的骚体形式,与诗人的情愫融合无间,或者说就是一种必然的选择。虽然诗作只有数句,而句式却多有变化,使诗人的胸臆淋漓尽致地抒发。犀利的政治卓识与至诚之情、磅礴之势、融为一体。它包含着深沉的忧愤,却又有别于班婕妤的《团扇》,也不同于蔡文姬的《胡笳十八拍》,而是以卓识与激情闪耀在诗的星空!

宇文虚中

宇文虚中(1079—1146),字叔通,别号龙溪居士,成都(今属四川)人。北宋大观三年(1109)进士,时年三十,之后历官州县,政和五年(1115)入为起居舍人、国史编修官。建炎二年(1128),奉命使金,祈请二帝,被金人扣留。天会十三年(1135)接受金人官职,仕至翰林学士承旨、礼部尚书,被金人奉为国师。皇统六年(1146),密谋劫持金主南奔,事泄被杀。

在金日作[1]

遥夜沉沉满幕霜,有时归梦到家乡。传闻已筑西河馆[2],自许能肥北海羊[3]。回首两朝俱草莽[4],驰心万里绝农桑[5]。人生一死浑闲事,裂眦穿胸不汝忘[6]!

【注释】

[1] 选自阎凤梧、康金声主编《全辽金诗》。此诗与同题另外二首作于天会十三年(1135)被迫受职之后不久,表达了诗人情系故国、持节不屈的心志。

[2] "传闻"句:意思是听说金人已经奉我为国师了。春秋时孔子门人子夏被魏文侯所拜,任西河教授(《史记·仲尼弟子列传》),这里馆指学馆。又春秋时晋国拘羁鲁人季意如时对其说:"将为子除馆于西河。"这里馆指拘所。诗人合而用之。

[3] "自许"句:用苏武北海牧羊的故事以道己志。诗人以苏武自况,也向世人承诺持节北国初心不改的意志。

[4] 两朝:指北宋徽宗、钦宗二朝。金人南侵,北宋覆亡,徽、钦二帝被掳到北方荒寒之地,真是不堪回首。

[5] 绝农桑:战争使中原农业生产受到严重破坏,大面积的农田荒芜。诗人驰

心万里,却又弥望尽是荒野。

[6] 裂眦穿胸:极为愤怒之态。痛斥蔡京、王黼、童贯、高俅等败坏朝纲、导致王朝倾覆的权奸。

【鉴赏】

宇文虚中在北宋时已是有名的诗人了,而在朝堂之上,他又是一个有担当、有气节的朝臣。祈请金人送还二帝的使命,朝中无人敢于承担,唯宇文虚中奋然膺命。出使金朝的翌年春天,金人遣归宇文虚中等使节,这对时时处在危难之中的诗人来说,是天赐良机,而宇文虚中却因使命未达而毅然留在北国。他说:"奉命北来,祈请二帝。二帝未还,虚中不可归。"(《宋史·宇文虚中传》)宇文虚中早著文名,金人慕之,奉为国师,并与由辽入金的名臣韩昉同掌词命。宇文虚中羁留北朝,心系南国,且念念不忘自己的使命所在。汉代苏武出使匈奴被羁,牧羊北海十九年,但手持旄节,始终不屈,终得归汉,成为中华历史上民族气节的象征。宇文虚中的境遇与苏武颇为相类,在其现存诗作中,多处呈现出以苏武自许、自励的心态。

《在金日作》三首七律,这种心态是一以贯之的。三首之中,此为其二,最能见其胸襟情志。长夜沉沉,满幕寒霜,北地苦寒,诗人尤为思念家乡。起始诗人便把读者带入到塞北苦寒的夜幕之中了。"传闻"二句,用典恰切而意味深长,将诗人自己的独特境遇与坚强意志都呈现出来,现实处境与精神世界在这两句中都得以充分展示。宇文虚中留金,在金源初期的民族文化融合,以及对女真社会文化层位的提升,做出了独特的贡献。金朝典章制度,是参唐宋制度得以建立和完善的。史载:"天会十三年(1135)五月,升所居曰会宁府,建为上京,仍改官制。初,宋使宇文虚中留其国,至是受北朝官,为之参定其制。"(《大金国志》卷九《熙宗纪》)洪皓《跋金国文具录札子》称金朝的"官制禄格、封荫讳谥皆出于宇文虚中,参用国朝及唐法而增损之"。这些都可看到宇文虚中在女真社会封建化过程中所起到的重要作用。宇文虚中对金源文化的贡献,与诗人"节旄自持"的意志并不相悖,而是构成其诗歌意蕴的丰富内涵。

"回首"二句则通过时间和空间两个维度,走进了历史的深处。这个"深处"并不在于时间和空间的遥远,而是以诗人的亲历感受与识度,把这段历史的剖面呈现给读者。北宋以徽、钦二帝被掳的悲剧而告终,而农桑丰泽的万里沃野,却又因北方游牧民族的铁蹄而成了荒芜的榛莽。当时先进的农耕文化的破坏,使诗人感到痛心疾首。诗的最后两句,不仅表达了诗人的生死观,而且以其强烈的意向性,使这首诗充满了掷地有声的力度感。个人生死已是置之度外,但诗人对祸国殃民的权奸的愤恨,使诗有了贯穿的力量,有了明确的指向。

在金初的诗坛上,宇文虚中的诗,是一个耀眼的存在。它以宋诗的艺术为基底,却超越了诗法的表层,而以其直击心灵的生命体验,开启了金代"借才异代"时期的新生面!

吴　激

吴激(1092？—1142),字彦高,号东山,建州(今福建建瓯)人。吴激系宋宰臣吴栻之子,著名书画家米芾之婿。早年仕宋,奉使金国,金以为知名之士,留而不遣,授翰林待制,迁翰林直学士。皇统二年(1142)出知深州,到官三日卒。吴激工诗能文,字画尤为有名,得其岳父米芾笔意。在词的创作上为时所重,元好问在《中州集》中称其为"国朝第一手"。与蔡松年齐名,号为"吴蔡体"。有《东山集》十卷并乐府行于世。

题宗之家初序潇湘图[1]

江南春水碧于酒,客子往来船是家[2]。忽见画图疑是梦,而今鞍马老风沙。

【注释】

[1] 选自金元好问编《中州集》卷一。宗之:指金人杨伯渊,"宗之"是他的字。累官山东东路转运使。大定三年(1163)致仕。序:指堂的东墙和西墙,或东西厢房。潇湘:潇水和湘江的并称,皆在今湖南。

[2] 客子:客居他乡的人。

【鉴赏】

吴激是出身于南方的士大夫,却又仕宦于塞北金朝。他的诗作,尤以故国之思、故园之恋为基本主题。对于江南故园的忆念,缱绻浓酽,处处萦绕于诗中,卷之不去,拂之又来。这首七言绝句,借着题画,把对江南风光的回忆,投注到诗境之中。诗人身居苦寒的塞北,对于江南的故园风光充满了美好的忆念与想象。诗人题写《潇湘图》,却把自己对故国的向往,泼洒到画面之上。前人时有以春水代江南景色的,如白居易的"春来江水绿如蓝",韦庄的"春水碧于天"等。吴激则是借观赏《潇湘图》

而发兴,以酒比拟江南春水,给人的感觉十分别致。诗人观赏画作,却进入了对江南山水的美好忆念之中,以简洁的笔触突显出江南风物的特征所在。作为七言绝句,诗的第三句突然反转,由对江南美景的憧憬怀想中醒悟过来,这不过是梦境而已啊。第四句写出自己的当下境遇,在北国风沙中鞍马奔波。身在北国,忆念江南,这在吴激的诗词中决非仅见。《张戡北骑》中,诗人便有"只今白首风沙里,忆向江南见画图"。其意同于此诗。

　　回忆是具有审美创造功能的,进入诗词中的回忆性意象,具有特殊的审美价值。作者从自己的记忆库存中不期然而然地调动出来并进入诗词文本的特殊意象,往往带着整体性的生命体验,同时,也有着时间和空间上的间离。诗词中的回忆并非仅是一种复现,而更多的是充满生命力的审美创造。诗词中的回忆性意象,也许在当时并非是那么强烈而生动,但离开了当时情境之后,斗转星移的时空迁替,遗忘了大部分背影化的事物,而将情感体认最为强烈的情境,深深地烙印在心灵的荧幕之上。正是这些忆念中的客体的现实性缺失或云"不在场",倾注了主体情感的很强的意向性投射。诗人吴激正是在对江南山水的美好回忆中,抒写了自己的故园之情和故国之思的。吴激另有《岁暮江南四忆》,其二云:"天南家万里,江上橘千头。梦绕阊门迥,霜飞震泽秋。秋深宜映屋,香远解随舟。怀袖何时献,庭闱底处愁。"其三云:"吴松潮水平,月上小舟横。旋斫四腮鲙,未输千里羹。捣荠香不厌,照箸雪无声。几见秋风起,空悲白发生。"诗人从风光明丽的江南,到了漠北荒寒的金源,羁留异域的悲凉,去国怀乡的漂泊感,使他充满了对于故园乡圃的深切眷恋。正是因为江南山水的"缺席",诗人才把它写得如此美好,如此充满魅力!在诗人的忆念之中,南国的春花秋月,该是何等富有诗意啊!

高士谈

高士谈(？—1146),字子文,一字季默,亳州蒙城(今属安徽)人。系宋韩武昭王高琼之后。北宋宣和末年任忻州户曹参军。入金后,仕为翰林学士,与宇文虚中为志同道合的好友。皇统六年(1146)受宇文虚中案牵连被杀。元好问编《中州集》存其诗30首。

不 眠[1]

不眠披短褐[2],曳杖出门行。月近中秋白,风从半夜清。乱离惊昨梦,漂泊念平生。泪眼依南斗[3],难忘去国情。

【注释】

[1] 选自金元好问编《中州集》卷一。
[2] 短褐:粗布短衣。
[3] 南斗:本位星宿名,即斗宿,在北斗星以南。此处借指南方的宋朝。诗人此时与宇文虚中俱被金人羁留,因而非常思念南国。

【鉴赏】

高士谈是由宋入金的文士中颇具代表性的一位诗人。在"借才异代"的金初诗坛上,高士谈有着独特的风格。刻骨铭心的故国之思,浸透在自然而细致的艺术刻画中,读来凄丽感人。高士谈虽然入仕金源,却是时时怀抱故国之情,乡园之思。这也构成其现存诗作的基调。他的五言律诗,尤为沉郁凄清,艺术上纯熟自然,颇有杜甫五律的遗风。这首《不眠》就是其中的翘楚。

杜甫有《宿江边阁》:"暝色延山径,高斋次水门。薄云岩际宿,孤月浪中翻。鹳鹤追飞静,豺狼得食喧。不眠忧战伐,无力正乾坤。"所表达的是诗人对战乱中家国命运的忧思。高士谈的这首《不眠》,是与杜诗有着内在的诗意关联的。也可以认为,其题目是取自杜甫诗句的。诗的开篇就写出了诗人的自我形象:夜深不眠,披衣曳杖，在皎洁的月色下踽踽而行。这令人想起南北宋之交时期的词人张元幹《贺新郎》词中的开篇句："曳杖危楼去，斗垂天，沧波万顷，月流烟渚。"与此有异曲同工之妙。这里的诗人形象，不仅是忧思的，也是悲壮的。"月近中秋白，风从半夜清"既是写实的，也是脱胎于杜甫《月夜忆舍弟》中的"露从今夜白，月是故乡明"。"乱离"二句，是诗人在战乱中的刻骨体验。诗人将时世之乱离与自身之漂泊相互映衬，身世之感与家国之忧是浑然一体的。最后两句，更为直接而深切地倾诉出诗人的故国之情。南斗与北斗相对，这里是作为故乡与故国的方位的象征。夜深人静，诗人饱含热泪，侬望南斗，思念故国，无法忘怀。高士谈五律，颇似杜甫之风，却又是出于自然的。去国怀乡的浓挚忆念及心系故国的政治文化取向，使他的五律自然而然，并不令人觉得造作。清代学者沈德潜评之如"浑金璞玉，不须追琢，自然名贵"（《说诗晬语》），宜乎其然也！

蔡松年

蔡松年(1107—1159),字伯坚,自号萧闲老人,本系杭人,长于汴梁。其父蔡靖,北宋末年守燕山,后降金。蔡松年随父从军,在幕府里负责机要文字。入金后蔡松年被任为真定府判官。蔡松年在金仕途畅达,官至丞相。时金主完颜亮图谋伐宋,以蔡松年家世仕宋,故亟擢显位以耸南人视听,遂官至吏部尚书、右丞相,加仪同三司,封卫国公。在整个金代文坛上,蔡松年也是"爵位之最重者"(《金史·文艺传》)。蔡松年是金初文坛最为重要的文学家,《中州集》存其诗59首。尤以词见长,以其独特的艺术风格,与当时著名词人吴激的词风并称为"吴蔡体"。

念 奴 娇[1]

仆来京洛三年未尝饱见春物。今岁江梅始开,复事远行。虎茵丹房东岫诸亲友折花酌酒于明秀峰下,仍借东坡先生赤壁词韵,出妙语以惜别。辄亦继作,致言叹不足之意。

离骚痛饮,笑人生佳处,能消何物。夷甫当年成底事[2],空想岩岩玉壁[3]。五亩苍烟,一丘寒碧[4],岁晚忧风雪。西州扶病[5],至今悲感前杰。　我梦卜筑萧闲[6],觉来岩桂[7],十里幽香发。岿隗胸中冰与炭[8],一酌春风都灭。胜日神交[9],悠然得意,遗恨无毫发。古今同致,永和徒记年月[10]。

【注释】

[1] 选自唐圭璋编《全金元词》。

[2] 夷甫:指西晋名士王衍(256—311),虽居高位,但崇尚清谈,是西晋时期的玄学领袖之一。

[3]岩岩玉壁:此处亦指王衍,刘义庆《世说新语·赏誉》:"王公目太尉岩岩清峙,壁立千仞。"岩岩即高峻的样子。

[4]寒碧:又作"寒玉",比喻清冷雅洁的东西,比如水、月、竹。此处喻一丘之寒竹。

[5]西州扶病:典故源自东晋谢安,西州于其时是扬州刺史所,故址在今天的南京。谢安为东晋名臣,文武兼备,曾经获得淝水之战胜利,并北伐收复河南失地,然而最终却遭到排挤,使其出镇西州,因而抱病,不久回京病死。

[6]卜筑:择地而建筑住宅,即定居。萧闲:诗人镇阳别墅有"萧闲堂",他自己也号萧闲老人。

[7]岩桂:木犀的别名。

[8]嵬隗:此处谓胸中不平。嵬,屹立貌。隗,高峻貌。

[9]神交:未曾谋面而精神相交相通。

[10]"古今同致"二句:王羲之《兰亭集序》:"和九年岁在癸丑;暮春之初……后之视今,亦犹今之视昔……虽世殊事异,所以兴怀,其致一也。"永和,晋穆帝司马聃的年号。

【鉴赏】

蔡松年的《念奴娇》是一组词,这首"离骚痛饮"是第二首,词前小序是萧闲词的创作特色。在小序中词人说明了借东坡《念奴娇·大江东去》词原韵以惜别的创作原因,词后亦有后序云:"王夷甫神姿高秀,宅心物外,为天下称首。复自言少无宦情,使其雅咏虚玄,不论世事,超然遂终其身,何必减嵇、阮辈?而当衰世颓俗、力不可为,不能远引辞世,龟勉高位,颠危之祸,卒与晋俱,为千古名士之恨。又尝读《山阴诗叙》,考其论古今、感慨事物之变,既言修短随化,终期于尽,而世殊事异,兴怀一致,则死生终始,物理之常,正当乘化以归尽,何足深叹?而区区列叙一时之述作,刊纪岁月,岂逸少之清真简裁,亦未尽能忘情于此耶?故因此词并及之。"可见词人感慨之深。

这首名作步和苏轼的经典词作《念奴娇·大江东去》,其气韵,其风采,可以追步东坡之作了。"离骚痛饮",突兀而起,真有"持铜板、歌大江东去"的气象。在此之前,蔡松年曾用东坡原韵追和《念奴娇》一首,抒写"此身流转"的感怀。而他"还都"之后,其作为友人所激赏,纷纷唱和,而词人又为之重赋,进一步抒发了自己的怀抱。作为由宋入金的士人,蔡松年虽然身居高位,心情却是十分复杂的。思念故国而不敢流露,只好属之于魏晋名士风流,求得一份高蹈与超脱。《世说新语》载:"王孝伯尝言：名士不必奇才，但使常得无事，痛饮酒，熟读《离骚》，便可称名士。""离骚痛饮"即化用此典，奠定了这首词的豪纵基调。而这种豪纵，又是以"无事"作为前提的。词人以王衍、谢安为"前杰"，渴望能得到"五亩苍烟，一丘寒碧"的隐逸生活。下片又说"我梦卜筑萧闲，觉来岩桂，十里幽香发"，向往于超然尘世的名士风流。其实，这未必不是惧祸与愧恶的心理表现。蔡松年词中的这种林泉之志、归隐之想，都是一种超越性审美想象，词人在现实中是不可能实际去做的。词人心中的矛盾、厌倦乃至某种痛苦，不能不说是真实的存在，在词中的"归欤"之叹，也不能说是词人的违心之言，但在现实中又是根本不可能也不准备践行的。词人在作品中是将林泉之乐、归隐之想作为一个美的理想来悬挂的，是对现实的超越。而词境的高逸清美，与其内涵相互匹配，确乎是接近东坡的"大江东去"。

完颜亮

完颜亮(1122—1161),金朝第四代君主,字元功,本名迪古乃,是金太祖阿骨打的孙子,辽王宗干次子。虎水(今黑龙江哈尔滨阿城区)人。因历史上名声不佳,被称为"海陵炀王"。现存诗5首。

南征至维扬望江左[1]

万里车书尽会同[2],江南岂有别疆封。提兵万里西湖上[3],立马吴山第一峰[4]。

【注释】

[1] 选自陈衍辑撰《金诗纪事》卷一。一题作《题西湖图》。维扬:扬州的别称。江左:江东,指长江下游以东的地区。

[2] 车书:《礼记·中庸》:"今天下车同轨,书同文。"表示文物制度划一,天下一统。会同:合一,统一。

[3] 西湖:即今浙江杭州之西湖。

[4] 吴山:吴地的山,常泛指江南的山,这里其实是代指南宋的河山疆土。

【鉴赏】

完颜亮是一个野心勃勃的君主,靠弑杀熙宗登上皇帝宝座。他留存到今天为数不多的诗词及佚句中,都吐露出其不甘居于人下、志在君临天下的雄大抱负。金人刘祁《归潜志》记载:"金海陵庶人读书有文才,为藩王时,尝书人扇云:'大柄若在手,清风满天下。'人知其有大志。"其为藩王时还有一首《书壁述怀》:"蛟龙潜匿隐苍波,且与虾蟆作混和。等待一朝头角就,摇撼霹雳震山河。"自比不可一世的蛟龙,时机未到时,暂与虾蟆(一般的小人物)为伍;待一旦头角养就,就要威加海内,做一番震天动地的大事业!在一代枭雄完颜亮的身上,集中体现了女真奴隶主那种猛悍雄强的性格特征。从历史作用上看,完颜亮坚决打击了女真贵族中的守旧势力,加速了改革进程;从个人品行上来说,他又是一个地道的野心家。

正隆(海陵年号 1156—1161)南征(1161)之前,完颜亮派画师随使节施宜生出使南宋,为其密写杭州山水城郭风貌。《大金国志》载:"先是上遣臣施宜生往宋为贺正使,隐画工于中,敕密写临安之湖山、城郭以归。上令绘为软壁,而图己像策马于吴山绝顶,后题以诗……"足可见征服南宋,一直都是女真统治者志在必得的,只不过这次南征,是以完颜亮的兵溃身死而告终。但从这首七绝本身来看,雄心万丈,气魄宏大。诗人俨然一统天下的秦始皇,其势定要一口吞下南宋所剩下的"半壁江山"。他想象着自己亲率百万大军,渡过长江,傲然屹立在"吴山第一峰"上,做全天下的霸主。一代枭雄的心态跃然纸上。诗中凸显出野心勃勃、傲睨一切的抒情主人公形象,个性色彩极为鲜明。从诗的艺术形式上看,这首诗颇为粗糙,但有出于女真诗人之手的阳刚之气与勃勃生机,这是与由宋入金的诗人有着内在的差异的。

读完颜亮的诗词,感到一种生命的强力迎面而来,带着女真人的朴野雄鸷的原生态之美。即使在金诗中,这种带有强悍刚猛气息的诗也不是很多。这些诗词给诗史吹嘘进新的生命,它们也许没有经过精雕细琢,也不那么细腻熨帖,但却裹挟着塞外雄风,是一种强力的美。

元好问

元好问(1190—1257),字裕之,号遗山,忻州秀容(今山西忻州)人。祖系鲜卑拓跋魏。兴定五年(1121)登进士第。正大元年(1224),中宏词科,权国史院编修官。以诗文受知于礼部尚书赵秉文。历任镇平、内乡、南阳县令。正大八年(1231)任左右司都事,迁左右司员外郎。亲历汴京被围始末。金亡不仕,专力著述。编撰成《中州集》《壬辰杂编》《续夷坚志》等。元好问是金代最为杰出的诗人、史家。其诗奇崛而绝雕刿,巧缛而谢绮丽,五言高古沉郁。乐府不用古题,特出新意,歌谣慷慨,挟幽并之气。今存诗近1400首,有清人施国祁笺注的《元遗山诗集笺注》,今人狄宝心校注的《元好问诗编年校注》。

颍亭留别[1]

故人重分携[2],临流驻归驾[3]。乾坤展清眺[4],万景若相借。北风三日雪,太素秉元化[5]。九山郁峥嵘,了不受凌跨。寒波淡淡起,白鸟悠悠下。怀归人自急,物态本闲暇。壶觞负吟啸[6],尘土足悲咤[7]。回首亭中人,平林澹如画。

【注释】

[1] 选自《元遗山诗集笺注》卷一。
[2] 分携:即分别、离别。
[3] 临流:临近河边。归驾:指归去的马车。
[4] 乾坤:本为《周易》首两卦名,喻指天地。清眺:指悠闲地远望。
[5] 太素:古代谓最原始的物质。元化:即造化。
[6] 壶觞:酒器。
[7] 悲咤(zhà):亦作悲诧,即悲叹、悲愤。

【鉴赏】

　　金正大三年(1226)之秋,秋山峥嵘,秋水潺湲。颍水之滨,颍亭之上,四位诗人分韵吟诗,壶觞唱酬。其中一位便是金源一代的杰出诗人、文化巨匠元好问即遗山先生。颍亭在登封境内,而这里已经成为遗山先生的第二故乡。正大年间,遗山中宏词科,权国史院编修官,出为河南镇平、内乡、南阳三县县令。其间出处之际,便是寓居于登封之境。他谙熟这里的风土人情,了解这里的宦情吏治,与此间的诗友唱酬流连。此番重返嵩岳,如归故里。一路车行,秋意萦怀,李冶、张肃、王粹三位诗人,颍亭置酒,为遗山饯行。闻九山之松风,临颍水之秋波,四人分韵作诗,遗山分得"画"字,遂写了这首千古佳什《颍亭留别》。

　　遗山各体兼胜,其七言律诗固于杜甫之后开一代风范,如五古亦多有传世名篇。这首《颍亭留别》,可称五古中之翘楚。全诗计16句80字,而其意境广大与精微相济,其蕴涵自然造化与诗人胸臆互摄,其风格健举与沉郁兼容。

　　起首"故人重分携,临流驻归驾。乾坤展清眺,万景若相借",便写出了与友人的惜别之情,同时又刻画出一个临流展望的诗人形象。诗人返归登封,友人殷勤饯别,这是一个特定的情景,也寓含了诗人的特定情怀。清秋眺望,乾坤浩茫,却又生机勃发。万景纳入诗人眼中,如依凭于诗人襟怀。意境之美是中国诗学最为强调的普遍价值,而却罕有论诗者论及诗体角度在意境创造中的特殊作用。唯有王昌龄《诗格》中主张:"处身于境,视境于心,莹然掌中,然后用思,了然境象,故得形似。"又说诗中要"须见其地居处。……若空言物色,则虽好而无味,必须安立其身"。遗山此诗,开始即以特定的位置、特定的心情来"清眺万景",其境尤为引人入胜。

　　"北风三日雪,太素秉元化。九山郁峥嵘,了不受陵跨。"不仅从当下的深秋物色,道出了造化自然之法则,而且写出了九山峥嵘、不受陵跨的傲然风姿,亦是诗人情性的自然写照。"寒波淡淡起,白鸟悠悠下。怀归人自急,物态本闲暇。"写诗人怀归心急,而物态悠悠,本自闲暇。物我反衬,相得益彰。这四句最受推崇,以至于王国维在《人间词话》举为"无我之境"的范例。王氏说:"有有我之境,有无我之境。'泪眼问花花不语,乱红飞过秋千去。''可堪孤馆闭春寒,杜鹃声里斜阳暮。'有我之境也。'采菊东篱下,悠然见南山。''寒波淡淡起,白鸟悠悠下。'无我之境也。""寒波淡淡起"之中的物我相融,"物态闲暇"与"怀归自急"相形互济,彼此难分。作为"无我之境"的范例,良有以也。

　　"壶觞负吟啸,尘土足悲咤。回首亭中人,平林澹如画。"写故人壶觞交错,诗酒吟啸,瞻念现实,却唏嘘悲咤。正大年间,金朝衰落,江河日下,士大夫们无不扼腕叹息。诗人又踏归途,回首亭中酬唱之友,无尽感怀,皆入于平林如画之中了。其境悠远,其意深微,读之令人唱叹不已。

《颖亭留别》在遗山五言诗中足具代表意义,其浑厚典雅,为世推重。元代著名文学家郝经称其"歌谣跌宕,挟幽并之气,高视一世。以五言雅为正,出奇于长句、杂言,至千五百余篇。为古乐府不用古题,特出新意以写怨思者,又百余篇。用今题为乐府,揄扬新声者,又数十百篇"(《遗山先生墓铭》)。揭示出遗山诗尤其是其五言的特征,读者可识之。

岐阳三首(其二)[1]

百二关河草不横[2],十年戎马暗秦京[3]。岐阳西望无来信[4],陇水东流闻哭声[5]。野蔓有情萦战骨[6],残阳何意照空城。从谁细向苍苍问,争遣蚩尤作五兵[7]。

【注释】

[1] 选自《元遗山诗集笺注》卷八。

[2] 百二关河:同"百二山河",喻指山河险固之地。

[3] 秦京:指古时候秦国首都咸阳。

[4] 岐阳:岐山之南,指的是凤翔。

[5] 陇水:河流名,其源出于陇山。

[6] 野蔓:即野草。

[7] 蚩尤:传说中古代九黎族的首领。五兵:泛指兵器。

【鉴赏】

《岐阳三首》是元好问丧乱诗的代表作,也是他的七律中的佼佼者。岐阳即凤翔,杜甫有《自京窜至凤翔喜达行在所三首》,第一首开篇就有"西忆岐阳信,无人遂却回"的诗句。正大八年(1231)正月,蒙古军围凤翔,四月城陷,人们纷纷逃难。元好问时任南阳县令,闻之后十分悲痛,即以《岐阳》为题,写下了这组名诗。

"百二关河"是人们对秦中地势险要的著名说法,《史记》上说:"秦,形胜之国,带山河之险,隔悬千里,持戟百万,秦得百二焉。"有这样的险关,从来都是"一夫当关,万夫莫开"。而今由于金将守备松弛,才酿成此祸。陇水鸣咽,百姓涂炭。乐府诗中有"陇头流水,鸣声鸣咽。遥望秦川,心肝断绝"之句,为遗山所化用。野蔓战骨、残阳空城,悲惨至极,却又意境茫远苍凉。蚩尤是传说中的凶神,这里指凶猛如虎的蒙古军队。诗人向苍天发问:为什么会有这战乱的祸端,陷百姓于水火之中!这里有着诗人的深哀巨痛。金军将帅无能误国,蒙古军屠戮无辜百姓,造成了空前的灾难。此诗具有深沉浑灏的历史感。

这就是元好问丧乱诗的特征,它们不是一般的低徊感伤,而是在悲剧性的描写中蕴蓄着强劲的力量。清人赵翼论遗山这类诗时说:"此等感时触事,声泪俱下,千载后犹使读者低徊不能置。"(《瓯北诗话》卷八)鼎革之际,颇有一些诗人抒写亡国之恨,格调基本上是哀婉悲凄的。而遗山的丧乱诗则不同,雄浑苍莽而又沉挚悲凉,宛如来自历史深处的洪钟大吕。诗人以在这历史惨剧中所激起的强烈主体感受,来摄取当时的情景,熔铸成有巨大历史容量的审美意象。这些意象不以指实某些具体史实为目的,却又有着深刻的时代内容,因而显得颇为厚重。这些意象又有鲜明的主体倾向,带着诗人的激情与个性,使人们受到强烈的感染与震撼!

摸 鱼 儿[1]

乙丑岁赴试并州[2],道逢捕雁者云:"今旦获一雁,杀之矣。其脱网者悲鸣不能去,竟自投于地而死。"予因买得之,葬之汾水之上,累石为识[3],号曰雁丘。时同行者多为赋诗,予亦有《雁丘辞》,旧所作无宫商,今改定之。

恨人间、情是何物,直教生死相许[4]。天南地北双飞客[5],老翅几回寒暑。欢乐趣,离别苦,是中更有痴儿女。君应有语,渺万里层云,千山暮景,只影为谁去。　　横汾路[6],寂寞当年箫鼓,荒烟依旧平楚[7]。招魂楚些何嗟及[8],山鬼自啼风雨[9]。天也妒,未信与,莺儿燕子俱黄土。千秋万古,为留待骚人[10],狂歌痛饮,来访雁丘处。

【注释】

[1] 选自《全金元词》。

［2］赴试：奔赴赶考。

［3］累石为识：累起土石以为标识。

［4］直教：直到。许：随。

［5］双飞客：大雁成对飞翔。

［6］横汾：据《汉武故事》，汉武帝曾经巡幸河东郡，在汾水楼船上与群臣宴饮，作《秋风辞》，中有"泛楼船兮济汾河，横中流兮扬素波，箫鼓鸣兮发棹歌"。诗人用典于此处，指的是当年横汾盛况，如今寂寞萧瑟。

［7］平楚：指的是从高处远望，丛林树梢齐平。

［8］招魂楚些：《楚辞·招魂》沿用了楚国民间流行的招魂词的形式，句尾皆有"些"字。何嗟及：指悲叹也无可奈何。

［9］山鬼：《楚辞·山鬼》篇中的山神，此处喻指死雁之魂。

［10］骚人：诗人。

【鉴赏】

　　这首词又被称为《雁丘词》，不仅是金词中的翘楚，而且在中华词史上，也是不可多得的经典之作。这首词作于泰和五年（1205），当时遗山16岁，这是目前所能见到的遗山最早的词作。由词的小序可知词的缘起：双飞之雁，其一被捕雁者所杀，另一只则悲鸣不去，竟至投地而死。其情其景，感天动地！遗山至情，买雁葬之于汾水之上，号为雁丘。真是千古佳话！这首《雁丘词》与另一首同调的《双莲词》，堪称写情之绝唱。

　　"情是何物，直教生死相许"，开篇即以此主题，通过那些缠绵深挚的意象，贯穿于全词。虽是写雁之情，更是写人之情。上片处处烘染雁的生死情愫，双飞之乐，离别之苦，尽在儿女痴情。虽是写雁，处处关涉人的情感世界。"渺万里层云，千山暮景，只影为谁去"，写万山苍茫之间，暮景迷离，一雁只影，何其孤独，何其悲凉，充满悲剧美感。词的下片，以特定的空间感抒写至情之悲，大有楚辞风调。横汾路傍，荒烟平楚，雁丘兀立，词客赋招魂，山鬼啼风雨。黄土之下，性灵宛在，天公也妒。因雁丘在这汾水之侧，必会引得骚人词客时访雁丘，狂歌痛饮，皆因至情所感。

　　遗山以健笔写柔情，熔沉雄之气韵与柔婉之情肠于一炉，柔婉之至而又沉雄之至，这恰是代表了遗山词的独特之处。著名词论家张炎对遗山的《雁丘》及《双莲》评价甚高，认为："元遗山极称稼轩词，及观遗山词，深于用事，精于炼句，有风流蕴藉处不减周、秦，如《双莲》《雁丘》等作。妙在模写情态，立意高远，初无稼轩豪迈之气。"（《词源》）而在笔者看来，遗山词是将豪放与婉约冶为一炉，将稼轩词的"豪迈之气"

运入词的血脉之中,形成了既柔婉之至而又沉雄之至的风貌。

摸 鱼 儿[1]

  泰和中,大名民家小儿女,有以私情不如意赴水者[2],官为踪迹之,无见也。其后踏藕者,得二尸体水中,衣服仍可验,其事乃白。是岁,此陂荷花开,无不并蒂者。沁水梁国用时为录事判官,为李用章内翰言如此。此曲以乐府《双蕖怨》命篇。"咀五色之灵芝,香生九窍;咽三清之瑞露,春动七情",韩偓《香奁集》中自叙语。

  问莲根、有丝多少,莲心知为谁苦?双花脉脉娇相向[3],只是旧家儿女[4]。天已许,甚不教、白头生死鸳鸯浦。夕阳无语。算谢客烟中[5],湘妃江上[6],未是断肠处。　　香奁梦[7],好在灵芝瑞露[8]。人间俯仰今古。海枯石烂情缘在,幽恨不埋黄土。相思树,流年度、无端又被西风误[9]。兰舟少住[10]。怕载酒重来,红衣半落,狼藉卧风雨。

【注释】

[1] 选自《全金元词》。
[2] 赴水:投水自尽。
[3] 脉脉:即相互默默地用眼睛传达情思。
[4] 旧家:即世家,指上代有勋劳和社会地位的家族。
[5] 谢客:指谢灵运。
[6] 湘妃:指的是舜的两位妃子娥皇、女英。
[7] 香奁梦:此处是引用了韩偓的《香奁集》的自序,见本词的小序。香奁本是女子放置妆具的盒子。
[8] 灵芝:仙草。瑞露:象征吉祥的甘露。
[9] 西风:秋风,此处喻指顽固的家庭势力。
[10] 兰舟:木兰舟,对舟的美称。少住:暂留。

【鉴赏】

　　这首词又被称为《双莲》，与《雁丘》同调，其情感内涵也基本相同，是《雁丘》的姊妹篇，同样被视为写情的经典词章。由词的小序得知，遗山听著名士人李俊民（用章）讲了这样一个悲情故事：大名民家一对青年男女双双殉情赴水，其后有踏藕之人在水中发现两人遗体，征验衣服，正是这对恋人。具有传奇色彩的是，这个水塘里的荷花，当年全都开成了并蒂莲。就是说，殉情的痴儿怨女，化作了满陂盛开的莲花。借用夏承焘、张璋先生的评论："藕丝不断，象征着他们缠绵的爱情；莲心苦涩，代表了他们遭遇的不幸。状物写情，可谓曲折尽意。"（《金元明清词选》）

　　这首词的空间特征尤为明显，意象呈现都是在荷塘之中。开篇之问，与《雁丘》一脉相承，借莲喻"怜"，借丝喻"思"，用的是南朝乐府的常用手法，而其哀感执着则过之。"双花脉脉娇相向"数句，人花相映，花之并蒂，正是人之同心。意象绚烂，颇有南朝乐府及五代词的色彩，而其"断肠"之感尤为浓挚。下片言情，却仍是不乏浓墨重彩。词人提到韩偓的"香奁"，也确有"香奁"的意味。但是遗山毕竟是遗山，他的词作并非仅仅是"昵昵儿女语"的秾艳，还寓含了"人间俯仰今古"的历史感。这个悲剧性的故事本来就哀艳凄恻，遗山采而为词，写得感人至深。人花相映，合而为一，写出了这人间至情超越时空的永久魅力。

　　《摸鱼儿》（又称《迈陂塘》）这种词牌的体式，尤为适合抒写那种缠绵婉转的情愫，辛弃疾的《摸鱼儿》（"更能消几番风雨"）及遗山的《雁丘》《双莲》最为经典。清代词学家许昂霄所说的"遗山二阕，绵至之思，一往而深，读之令人低徊欲绝"（《词综偶评》）能道其仿佛。但遗山词并非一味柔婉，而是以健笔写柔情，极柔婉却又极沉雄。

耶律楚材

耶律楚材(1190—1244),字晋卿,号湛然居士,又号玉泉老人。他是契丹贵族后裔,是辽东丹王耶律倍的八世孙。父耶律履曾任金朝的尚书右丞。金亡之后,元太祖成吉思汗召见耶律楚材,罗致于幕下,扈从西征。在蒙元统一中国的过程中,耶律楚材起了很大作用,是一位具有远见卓识的政治家。同时,耶律楚材也是元代前期的杰出诗人,其诗文集《湛然居士文集》,以诗为主,收诗720余首。

过阴山和人韵[1]

阴山千里横东西[2],秋声浩浩鸣秋溪。猿猱鸿鹄不能过[3],天兵百万驰霜蹄[4]。万顷松风落松子,郁郁苍苍映流水。天丁何事夸神威[5],天台罗浮移到此[6]。云霞掩翳山重重,峰峦突兀何雄雄。古来天险阻西域,人烟不与中原通。细路萦纡斜复直,山角摩天不盈尺。溪风萧萧溪水寒,花落空山人影寂。四十八桥横雁行[7],胜游奇观真非常。临高俯视千万仞,令人凛凛生恐惶。百里镜湖山顶上,旦暮云烟浮气象。山南山北多幽绝,几派飞泉练千丈。大河西注波无穷,千溪万壑皆会同。君成绮语壮奇诞[8],造物缩手神无功[9]。山高四更才吐月,八月山峰半埋雪。遥思山外屯边兵,西风冷彻征衣铁。

【注释】

[1] 选自清顾嗣立编《元诗选·初集》。

[2] 阴山:山脉名。即今横亘于内蒙古自治区南境、东北接连内兴安岭的阴山山脉。山间缺口自古为南北交通孔道。

[3] 猿猱:泛指猿猴。鸿鹄:鸿雁与天鹅。

［4］天兵：神话中指天神之兵。

［5］天丁：即天兵。

［6］天台：即天台山。罗浮：即罗浮山。皆为道教名山。

［7］雁行：飞雁的行列。

［8］绮语：华丽的语言。

［9］造物：造物主。缩手：袖手、停手。

【鉴赏】

　　耶律楚材扈从西征，是在成吉思汗称帝后十四年（1219），这年九月过阴山山脉。这首诗以及用此韵所作的若干首歌行篇什，都写得跌宕开阖，气象万千。耶律楚材跟随雄主成吉思汗，行程数万里，用他的诗笔勾勒了奇瑰绝丽的西域风光，同时，也彰显了蒙古大军在成吉思汗统帅下挥师西进的豪迈气势，渲染了蒙古大军西征的兵威。诗作于1219年西征途中，和全真教丘处机诗《自金山到阴山纪行》韵。诗写得雄奇飘逸，如同李白之《蜀道难》《梦游天姥吟留别》等歌行体篇什的风格，意象之壮伟，气势之磅礴，确为罕有其匹。歌行体诗形式相对自由一些，诗人有很大的腾挪空间，但是要求诗人对于才华横溢不可羁勒。这种和韵之作具有一定的难度，因为每句诗都要与原作韵律相同，无疑是戴着镣铐跳舞。耶律楚材通过四句一韵的转换，把阴山景色写得气象万千。前人评耶律楚材诗歌说："观其投戈讲艺，横槊赋诗，词锋挫万物，笔下无点俗，挥洒如龙蛇之肆，波澜若江海之放，其力雄豪足以排山岳，其辉绚烂足以灿星斗。斡旋之势，雷动飚举；温纯之音，金声玉振。片言只字，冥合玄机，奇变异态，夐有定迹。复乎出于见闻之外，铿锵炳耀，荡人之耳目，所谓造物有私，默传真宰，胸中别是一天耳。"（孟攀麟《湛然居士文集序》）非常生动地描述出耶律楚材诗歌的艺术特征。这首《过阴山和人韵》，是其颇具代表性的一篇。

王和卿

王和卿(约1216—约1266),祖籍太原,与关汉卿同时而早卒。才高名重性滑稽,居燕京时与关汉卿交情甚笃。陶宗仪《南村辍耕录》记载了其与关汉卿相互讥谑的情况。《录鬼簿》列为"前辈名公"。存世散曲21首,套数2曲及残曲。

【仙吕·醉中天】[1] 咏大蝴蝶

蝉破庄周梦[2],两翅架东风。三百座名园一采一个空。难道风流种[3],唬杀寻芳的蜜蜂[4]!轻轻的飞动,把卖花人扇过桥东。

【注释】

[1] 选自隋树森编《全元散曲》。仙吕:宫调名。仙吕宫是十二宫调之一。醉中天:曲牌名。入仙吕宫,亦入越调、双调。七句,每句入韵,平仄混押。

[2] 蝉破:大力挣开、冲出。庄周梦:庄周,战国人,曾梦见自己变成了蝴蝶,但醒来依然是庄周,于是分不清是蝴蝶变成了庄周,还是庄周变成了蝴蝶。这个寓言表明了庄子对人生、自然的思考,后常用于比喻虚幻的事物。

[3] 难道:难说,难以说明白。风流种:富有才学而不拘泥礼法的人。

[4] 唬杀:吓得很厉害。

【鉴赏】

据陶宗仪《辍耕录》记载,元世祖中统(1260—1264)年间,元大都(今北京)出现了一只其大无比的蝴蝶。王和卿写了这首《咏大蝴蝶》的小令,一时成为名作,流传坊间。这首散曲小令以其谐谑嘲讽的喜剧风格,在元前期曲坛上占有独特的地位。

这首散曲小令中所描写的蝴蝶,确乎是大得惊人。《庄子》里有庄周梦蝶的故事,在文化史和思想史上都流传久远。而梦境是没有确定边际的,也可以从空间的角度来感受庄周梦蝶。作者以"蝉破庄周梦"来形容这只硕大的蝴蝶,由实入虚,给人以充分的想象余地。能把庄周的梦境挣破，可见其大；从这个"梦蝶"的典故挣破而出，又见其脱颖之势。"两翅架东风"尤有凭架东风、自上而下的感觉，"架"字选字极形象。"三百座名园"极言名园之多，而在这个大蝴蝶的采撷之下，则是一扫而空。作者还以同是采花的蜜蜂与之相映衬。在这个其大无比的蝴蝶面前，寻芳的蜜蜂被吓坏了。不仅如此，大蝴蝶追逐着卖花人，轻轻飞动，便把卖花人扇过桥东了。这几个非常新奇的意象，把大蝴蝶的气势写得活灵活现。

  从散曲的语言特色来讲，散曲以明快自然的通俗语言为其"当行本色"，用的多是浅近口语，这与诗词语言有明显的区别，可以认为俗之于雅，也是曲之于诗词的语言特色。王和卿此作，颇为典型地体现出通俗明快的语言特色。这也为元曲的语言走向定下了基调。而其中的几个关键性的词语"架""唬杀"等等，都是十分传神的。诗词的审美价值感主要在于含蓄蕴藉，所谓"意在言外""弦外之音"，所言就是这种诗美追求。散曲则以明快为本色，这首曲也是非常典型的。散曲中有一类以善于谐谑著称，这也是诗词中所罕有的。王和卿所存作品中普遍有着谐谑的风格，《咏大蝴蝶》则是最有代表性的。其他如【双调·拨不断】《大鱼》《绿毛龟》等，都以谐谑为突出特点。它们给人的审美感受是令人耳目一新，像这首《咏大蝴蝶》，就让人啧啧称奇。

郝　经

郝经(1223—1275),字伯常,泽州陵川(今属山西)人。出身于世儒之家,祖父郝天挺,是著名诗人元好问的老师。元世祖即位后,授郝经翰林侍读学士,佩金虎符,充国信使,出使南宋,被贾似道拘于真州长达十六年之久。至元十一年(1274),伯颜南伐,宋人方送郝经归元。归元后不久便因病而逝。谥文忠。郝经是元代初期著名理学家、诗人,今存《陵川文集》三十九卷。

后听角行并序[1]

丁未冬十有一月[2],汉上赵先生仁甫宿于余家之蜩壳庵[3]。霜清月冷,角声寥亮,乃作《听角行》以赠其行。近在仪真,每闻角声,因思向来卒章四句:"江上旧梅花,今夜落谁家?楼头有恨知何事,牵住青空几缕霞。"便有江城羁留之兆[4]。故作《后听角行》以自释云。

燕南壮士江城客,孤馆无眠心已折[5]。那堪夜夜闻角声,怨曲悲凉更幽咽[6]。一喷牵残杨柳风,五更吹落梅花月。霜天裂空浮云散,雁行断尽疏星接[7]。余音眇眇渡江去,依稀似向愁人说。劝君且莫多叹嗟,家人恨杀生离别。可怜辛苦为谁来?凋尽朱颜头半白[8]。万绪千端都上心,一寸肝肠能几截[9]。当时听角送南人,南人吹角不送人。不如睡著东风恶,拍枕江声总不闻。

【注释】

[1] 选自清顾嗣立编《元诗选·初集》。角:古代乐器名,源自西北游牧民族。

［2］丁未：指公元1247年。

［3］赵先生仁甫：指赵复（生卒年不详），宋末元初德安府（今湖北安陆）人，学者称江汉先生。

［4］江城：临江之城市、城郭。

［5］孤馆：孤寂的客舍。

［6］幽咽：声音低沉、轻微，常常形容哭泣声。

［7］雁行：指大雁飞过的行列。疏星：疏布于空中的星辰，此处喻指入夜。

［8］朱颜：红润美好的容颜，喻指青春年少。

［9］肝肠：内心。

【鉴赏】

元世祖中统元年（1260），郝经作为使节，出使南宋，当时南宋理宗朝权臣贾似道专政，将他拘禁在真州忠勇军营。自此，郝经开始了长达十六年的囚徒生涯，《后听角行》便写于元中统二年（1261）诗人幽禁之时。蒙古定宗二年（1247），郝经曾写过《听角行》一诗赠与理学大师赵复。宋理宗端平二年（1235），蒙古攻陷德安，俘虏数万人，赵复就在其中，他北来后，郝经曾跟随他求学。一夜，两人在家中，那晚霜清月冷，角声阵阵传入，这号角声在郝经看来，自然是非常雄壮的，诗人说："当空劲作六龙嘶，四海一声天地寂。长乎渺渺振长风，引起浮云却无力。"而对于北来的赵复而言，心境与郝经自然是大不相同，于是郝经在《听角行》的末尾写道："江上旧梅花，今夜落谁家？楼头有恨知何事，牵住青空几缕霞。"这四句，很符合赵复那身如落花的境况。而多年之后，当郝经自己身陷囹圄之时，他的心态已然不同于当年了，回想起当年这四句诗，本是赠与南来人，而今看来却好像预示着自己将要羁留在外。这首《后听角行》就是在这样一种心境下，为了自释而写的。

开头两句"燕南壮士江城客，孤馆无眠心已折"，写诗人面对拘禁的现状，发出了感慨，被困之前，他是"燕南壮士"，而如今却被迫客居江馆，在这孤寂的客舍中，心情沉重，难以入眠。此时诗人又听到了角声，可是这角声再也不像当年那般雄壮有力，因为心境已变了。这角声带给诗人的体认是多么悲凄刻骨，遥想当年，他《听角行》那末尾四句，是对赵复心境的描述，而如今自己成了飘零落花，远离家国，角声凄凄，催人忧愁而不能自已。可是忧愁悲愤又能如何呢？诗人只能勉强自释："劝君且莫多叹嗟，家人恨杀生离别。可怜辛苦为谁来？凋尽朱颜头半白。万绪千端都上心，一寸肝肠能几截。当时听角送南人，南人吹角不送人。不如睡著东风恶，拍枕江声总不闻。"这十句是诗人的自我劝慰，别再嗟叹了，倘使那千头万绪的忧愁都上心来，肝肠寸断,又能有几截？当年听角,尚能作诗一首以赠南来之人;如今却是南方之人吹着号角,而令自己羁留江城。且罢了,不如赶紧入睡,不闻角声。

郝经在宋被羁押十六年,志节不变,坚毅不屈,受到元人的高度推崇,比之苏武。可以说,《后听角行》继承了屈原《离骚》的抒情传统,回环往复,悱恻动人,带有强烈的悲剧性美感。除后四句外,全诗皆用入声字作为韵脚,这使诗人内心的悲愤曲折表现得尤为深沉。

关汉卿

关汉卿(1226前后—1300后),号已斋叟,大都(今北京)人,也有人说是解州(今山西运城)人或祁州(今河北安国)人。一生主要行迹在大都。曾在太医院任职。晚年游历江南。关汉卿是中国古代最伟大的戏剧家之一,一生创作杂剧60余种,今存18种。散曲留存的也有57首,套数13曲。

【南吕·一枝花】[1] 不伏老

攀出墙朵朵花[2],折临路枝枝柳[3]。花攀红蕊嫩,柳折翠条柔。浪子风流[4]。凭着我折柳攀花手,直煞得花残柳败休[5]。半生来折柳攀花,一世里眠花卧柳。

【梁州】我是个普天下郎君领袖[6],盖世界浪子班头[7]。愿朱颜不改常依旧[8];花中消遣,酒内忘忧;分茶攧竹[9],打马藏阄[10]。通五音六律滑熟[11],甚闲愁到我心头!伴的是银筝女[12]、银台前理银筝[13]、笑倚银屏,伴的是玉天仙[14]、携玉手、并玉肩、同登玉楼,伴的是金钗客[15]、歌金缕[16]、捧金樽、满泛金瓯[17]。你道我老也,暂休?占排场风月功名首[18],更玲珑又剔透[19]。我是个锦阵花营都帅头[20],曾玩府游州[21]。

【隔尾】子弟每是个茅草岗[22]、沙土窝、初生的兔羔儿、乍向围场上走[23]。我是个经笼罩、受索网、苍翎毛老野鸡[24]、蹅踏的阵马儿熟[25]。经了些窝弓冷箭蜡枪头[26],不曾落人后[27]。恰不道人到中年万事休[28],我怎肯虚度了春秋[29]!

【尾】我是个蒸不烂、煮不熟、捶不匾、炒不爆、响珰珰一粒铜豌豆[30],怎子弟每谁教你钻入他锄不断[31]、斫不下[32]、解不开、顿不脱、慢腾腾千层锦套头[33]。我玩的是梁园月[34],饮的是东京酒[35];赏的是洛阳花[36],攀的是章台柳[37]。我也会围棋,会蹴鞠[38],会打围[39],会插科[40],会歌舞,会吹弹,会咽作[41],会吟诗,会双陆[42]。你便是落了我牙、歪了我嘴、瘸了我腿、折了我手,天赐与我这几般儿歹症候[43],尚兀自不肯休。则除是阎王亲自唤,神鬼自来勾;三魂归地府[44],七魄丧冥幽[45]。天哪,那其间才不向烟花路儿上走[46]!

【注释】

[1] 选自《全元散曲》。南吕:宫调名,十二宫调之一,南吕宫感叹伤悲。一枝花:又名"占春魁",属这一宫调的曲牌,多用于杂剧和散套,用作首曲,共九句。其后的"梁州""隔尾""尾"皆为曲牌。

[2] 出墙朵朵花:伸出墙外的花朵,常比喻行为不轨的风情女子。

[3] 临路枝枝柳:路边的枝枝柳条,常比喻风流女子,或者暗指妓女。

[4] 浪子:风流浪漫的子弟。

[5] 直煞得:直弄得、一直弄得,下文指降服美女。

[6] 郎君:本意指贵家子弟,在元曲中妓女借之称呼嫖客。

[7] 盖世界:整个世界。班头:行业首领,同一类群的第一人。

[8] 朱颜:年轻的红颜。

[9] 分茶:流行于宋代的一种饮茶方法,元代后该技术失传。也可指代烹调食物。攧(diē)竹:一种酒席上的游戏,将竹签放置在竹筒,摇晃竹签,根据跳出竹签上的标记决定输赢。

[10] 打马:古代一种博输赢的棋艺游戏,棋子叫做"马"。根据所掷骰子的点数和色样,决定棋子的走法。藏阄(jiū):一种多人竞猜游戏,类似"藏钩"。参与者分成两组,一组人藏阄(小物件),一组人猜位置,可以握在某人手里,也可以组内秘密传递。

[11] 五音六律:五音是古代判断音调高低的五个音阶,即宫、商、角、徵、羽。六律指十二律中的六个阳律,即黄钟、太簇、姑洗、蕤宾、夷则、无射。这里表示音乐修养极高。滑熟:娴熟。

[12] 银筝:有银饰的筝。

[13] 理:指弹奏。

[14] 玉天仙:指美女。

[15] 金钗客:指女子。

[16] 金缕:即《金缕衣》,唐代著名曲子。有唐诗《金缕衣》:"劝君莫惜金缕衣,劝君惜取少年时。花开堪折直须折,莫待无花空折枝。"以此名曲。

[17] 金瓯:酒杯。以上三句指在华丽的居室中,与美女相伴,尽情享受、欢愉。

[18] 排场:娱乐场所,或指风月场。功名首:借指在风月场上占据首位。

[19] 玲珑又剔透:形容人八面玲珑、左右逢源。元曲中也常用"水晶球""铜豌豆"比喻风月老手。

[20] 锦阵花营:指风月场所,妓院。

[21] 玩府游州:穿府过州,指到处游玩。

[22] 子弟:娱乐场所中的演员和客人都可称为子弟,这里指嫖客。每:们。

[23] 乍:刚、起初。围场:围起来打猎的场所,这里暗指妓院。

[24] 苍:老。

[25] 蹅踏:踩踏,走。阵马儿:破阵的马,比喻打猎时的形势,这里指妓院里的各种情形。

[26] 窝弓冷箭蜡枪头:比喻受过的"弓、箭、枪"等恶势力的打击、摧残。

[27] 落:落在。

[28] 恰不道:却不道,难道没听说。

[29] 春秋:光阴、岁月。

[30] 铜豌豆:形容圆滑世故的人,这里指风月老手。

[31] 恁:你。

[32] 斫:用刀、斧等砍。

[33] 慢腾腾:这里形容软绵绵。锦套头:锦绣织成的笼头,这里指妓院里拉拢嫖客的圈套、伎俩。

[34] 梁园:汉代梁孝王建造的豪华宫殿及苑囿。

[35] 东京酒:东京的酒。宋代都城汴梁,因在洛阳东边,又被称作东京。

[36] 洛阳花:古都洛阳的名花,也可指牡丹。

[37] 章台柳:章台指汉代长安街名,此处指妓院,章台柳指妓院的美艳妓女。

[38] 蹴鞠(cù jū):古代的踢球游戏,类似于今天的足球。

[39] 打围:打猎。

[40] 插科:戏剧用语。指在戏曲中插入滑稽逗乐的某些动作、表演。

[41] 咽作:歌唱。

[42] 双陆：一种棋类游戏，以掷骰子的点数决定棋子的移动，首位把所有棋子移离棋盘的玩者可获得胜利。

[43] 几般儿：几样、几种。歹症候：疾病，指上文的落牙、歪嘴、瘸腿、折手。

[44] 三魂：指魂魄，道教认为人有"三魂七魄"。据《云笈七签》卷十三，三魂指胎光、爽灵、幽精。

[45] 七魄：据《云笈七签》卷五十四，七魄指尸狗、伏矢、雀阴、吞贼、非毒、除秽、臭肺。

[46] 那其间：那时候。烟花：指妓院。

【鉴赏】

关汉卿的这组套曲，在元代散曲中是一个独特的存在，也理所当然地成为一个经典作品。作者以非常奇特而丰富的语言，给自己勾勒出一个"浪子班头"的形象，对传统形成了一个大胆的挑战。作者大力铺排风月场中的生活经历，以夸张的笔调渲染了自己的"浪子风流"。作者非但不讳言这种看似荒唐的生活方式，反而大肆张扬，使曲中的主人公个性显得十分鲜明。

作品一开始便概括出此生的浪子生涯，作为全曲的基调。曲中自称是"普天下郎君领袖""盖世界浪子班头"，风流才子的形象是无出其右的。而且，这其中张扬着一种与世不谐的价值观。也许很多年轻才子还只是茅草岗、沙土窝，或者如"初生的兔羔儿、乍向围场上走"，还是稚嫩的、不自觉的，而作者自己呢，则是"经笼罩、受索网、苍翎毛老野鸡、蹅踏的阵马儿熟"，饱经历练，轻车熟路，即便是经受了许多磨难，仍然"不曾落人后"。这体现出作者成熟老辣的人生态度。"蒸不烂、煮不熟、捶不匾、炒不爆、响珰珰一粒铜豌豆"，是中国古代文人的独一无二的形象，也是历百代而不衰的著名象征。不屈不挠，无往不适，千锤百炼，炉火纯青，无以复加！而那些子弟，则是钻入"他锄不断、斫不下、解不开、顿不脱、慢腾腾千层锦套头"，也就是功名利禄的传统窠臼。作者对此是有着极为清醒的认识的，他要走的是一条与此截然相反的人生道路，而且是"兀自不肯休"。

这组套曲语言极富个性，作者以非常丰富而形象的词汇，把自己的生活方式和内心世界渲染得淋漓尽致！句内的排比使散曲的表现力达到了极致，如"我玩的是梁园月，饮的是东京酒；赏的是洛阳花，攀的是章台柳"，"我也会围棋、会蹴鞠、会打围、会插科、会歌舞、会吹弹、会咽作、会吟诗、会双陆"等，都是经典的例子。

白　朴

白朴(1226—1306),字太素,一字仁甫,号兰谷,隩州(今山西河曲)人,后移居真定(今河北正定)。父白华,在金朝任枢密院判官,也是文学家。金末战乱,白朴跟随其父好友元好问避难、流寓。入元后不赴征召。元世祖统一中国后,白朴定居金陵,诗酒优游,放情于山水之间。白朴是元代杰出的文学家,著有杂剧16种,今存《梧桐雨》《墙头马上》《东墙记》3种,散曲小令37首,套数4首,词集《天籁集》。

【仙吕·寄生草】[1] 饮

长醉后方何碍[2],不醒时有甚思[3]?糟腌两个功名字[4],醅渰千古兴亡事[5],曲埋万丈虹蜺志[6]。不达时皆笑屈原非[7],但知音尽说陶潜是[8]。

【注释】

[1] 选自《全元散曲》。仙吕:宫调名。仙吕宫是十二宫调之一。寄生草:曲牌名,属仙吕宫,亦入商调,七句五韵。

[2] 方:却(有)。

[3] 甚:什么。

[4] 糟腌(yān):糟,酒糟;腌,腌渍。即用酒糟腌渍。

[5] 醅渰(pēi yān):醅,没过滤的酒;渰,同"腌",浸没。即用浊酒淹没。

[6] 曲埋:曲,酒曲。即用酒曲埋掉。虹蜺(ní)志:蜺,通"霓",比喻凌云壮志。

[7] 不达时:不识时务的人。屈原:战国时楚国大夫、著名诗人,忠君爱国,因楚怀王听信谗言,被流放江南,在汨罗投江而死。

[8] 陶潜:陶渊明,东晋著名诗人,曾任彭泽县县令,曾言"不为五斗米折腰",后辞官归隐。

【鉴赏】

"饮"是这首小令的主题,也即饮酒。通过饮酒,作者所表达的价值观却又是令人深思的。陶渊明有著名的《饮酒》二十首,所表达的是诗人超越世俗、醉逃世网的情结。宋人叶梦得评陶潜的《饮酒》诗说:"晋人多言饮酒,有至沉醉者,此未必意真在酒。盖时方艰难,人各惧祸,惟托于醉,可以粗远世故。"(《石林诗话》卷下)完全可以借此来理解白朴所谓的"饮"。

非屈原而是陶潜,这是元代前期士大夫在散曲中所表现出来的具有普遍性的价值取向,白朴的这首小令尤为具有代表意义。"功名字""兴亡事""虹蜺志",是中国封建时代士大夫的积极人生态度,修身齐家治国平天下是读书人一生的努力方向。而面对乱世或人生不得意的状态,儒家又有"用舍行藏"的观念,《论语》中就有"用之则行,舍之则藏,唯我与尔有是夫"(《述而》篇)。元代的汉族士大夫,对于元朝统治者没有在政治上和文化上建立起认同感,何况元朝还是以刀剑和铁蹄征服来的版图呢。散曲与杂剧作家,多半都是政治上的"在野派",在他们的作品里,对功名权力的蔑视,对历史勋业的消解,就是随处可见的。饮酒,则是一个最好的由头。在散曲中,江湖归隐,是作者肯定的生活方式;功名事业,是作者否定的人生态度。如卢挚【双调·沉醉东风】"共几个田舍翁,说几句庄家话,瓦盆边浊酒生涯。醉里乾坤大,任他高柳清风睡煞",张养浩【中吕·朱履曲】"正胶漆当思勇退,到参商才说归期。唯恐范蠡张良笑人痴。惖着胸登要路,睁着眼履危机,直到那其间谁救你?",等等。白朴以屈原为非以陶潜为是,主要是表达与屈原执念于政治的态度之不同。"糟腌",以酒糟浸渍,"醅渰",以未滤的酒浸泡,"曲埋"是以酒曲掩埋,这三句可视为互文,无论是功名,还是千古兴亡,抑或虹蜺之志,都被酒精所浸泡掩埋殆尽了。作者以"长醉""不醒"作为生存的常态,消解了一切功名事业理想。

王实甫

王实甫(生卒年不详),名德信,字实甫,以字行,约与关汉卿同时。大都(今北京市)人,祖籍定兴(今属河北)。元代最著名的戏曲家之一,所作杂剧有14种,现存3种,其中《西厢记》是中国古典戏曲中的经典杰作。《太和正音谱》评其曲曰:"王实甫之词如花间美人。铺叙委婉,深得骚人之趣。极有佳句,若玉环之出浴华清,绿珠之采莲洛浦。"

【中吕·十二月过尧民歌】[1] 别情

自别后遥山隐隐,更那堪远水粼粼。见杨柳飞绵滚滚[2],对桃花醉脸醺醺。透内阁香风阵阵[3],掩重门暮雨纷纷[4]。怕黄昏忽地又黄昏,不销魂怎地不销魂[5]。新啼痕压旧啼痕,断肠人忆断肠人。今春,香肌瘦几分,搂带宽三寸[6]。

【注释】

[1] 选自《全元散曲》。中吕:十二宫调之一。十二月过尧民歌:《十二月》《尧民歌》皆是属中吕宫的曲牌。本曲由《十二月》和《尧民歌》两支曲子组成,是小令的一种变体,是一种"带过曲",称某曲"带""过""兼"某曲。

[2] 飞绵:柳絮。

[3] 内阁:指闺房、闺阁。

[4] 重门:庭院深处的门。

[5] 销魂:似灵魂离开肉体那般,形容极度的悲伤、愁苦或极度的欢乐。

[6] 搂带:元代对"缕带"的俗写,即丝线制作的腰带。古人常用"衣带渐宽"来表示因相思而受的折磨。例如柳永《蝶恋花》:"衣带渐宽终不悔,为伊消得人憔悴。"

【鉴赏】

　　王实甫不愧是元代一流的文学家,《西厢记》是世界千古不朽的戏曲经典,这首散曲中的带过曲,写男女离别之情,竟也如此入骨三分!作者代一位思妇立言,诉说她在暮春时节对于离别后的情侣的殷切思念。先是从遥山远水写起,"行人更在春山外",那是伊人的所在。所以,隐隐遥山、粼粼远水,都是她的系念!然后,作者笔触又如镜头摇到近处的杨柳和桃花。这里既是实景,又有爱情的寓意。杨柳和桃花,在中国古典诗词中都是作为爱情的气氛烘染的。《诗经》中的"昔我往矣,杨柳依依",唐诗中的"去年今日此门中,人面桃花相映红。人面不知何处去,桃花依旧笑东风"(崔护《题都城南庄》),都有爱情离思的背景在其中。接着,作者又把镜头摇到室内,也就是思妇所居的处所。这里既有内阁香闺的香风阵阵,又有掩重门的惆怅动作。"暮雨纷纷"使主人公的无奈惆怅无以分解。

　　曲子的后半段直写主人公的内心世界。在黄昏暮雨之中,主人公的心情极为复杂纷乱。为何"怕黄昏"?黄昏过后是无尽的长夜,这对思念恋人的思妇而言,又是何等难堪!这与宋代女词人李清照《声声慢》中的"满地黄花堆积,憔悴损,如今有谁堪摘?守着窗儿,独自怎生得黑!梧桐更兼细雨,到黄昏。点点滴滴。这次第,怎一个愁字了得"有异曲同工之妙,而且不输于易安。接下来的"新啼痕压旧啼痕,断肠人忆断肠人"更以直接抒写了主人公的断肠离思,把曲子推向了情感的高潮。

　　这首抒写恋人离情的名作,把思妇的离情别绪写得极有风致,作者却不是直白地描写内心情绪,而是通过暮春景象及一系列的副词、动词等,表达出主人公的内心世界。这就使作品的情感表现不是停留在自然情感的层面,以美的意象和谐婉的韵律,以审美情感的性质使作品臻于极致。

　　叠字的巧妙运用,对于这首作品成为一代名篇起了重要作用。而它的叠字运用比起乔吉的《天净沙》中的"娇娇嫩嫩,停停当当人人"更为自然,也更为丰富。其形式也是富于变化的,除了上半段的"隐隐""粼粼",曲子下半段的"新啼痕压旧啼痕,断肠人忆断肠人"这种错综圆环的用法,具有更明显的艺术创造性和令人耳目一新的审美功能。

卢 挚

卢挚(1242—1315后),字处道,一字莘老,号疏斋,又号嵩翁,涿州(今属河北)人。元世祖至元年间,曾任江东提刑按察副使、陕西提刑按察使、河南路总管。元成宗时,升任湖南岭北道肃政廉访使、集贤学士、翰林学士承旨等职。诗文与姚燧、刘因齐名。著有《疏斋集》,散曲存世有小令120首。

【双调·沉醉东风】[1]闲居

雨过分畦种瓜[2],旱时引水浇麻。共几个田舍翁[3],说几句庄家话,瓦盆边浊酒生涯[4]。醉里乾坤大,任他高柳清风睡煞[5]。

【注释】

[1] 选自《全元散曲》。双调:十二宫调之一。沉醉东风:曲牌名,南北曲兼有。北曲属双调,南曲属仙吕入双调,北曲七句。

[2] 畦:田园中分成的小区,每个区间称为畦,古代称田五十亩为一畦。

[3] 田舍翁:指年迈的农夫。

[4] 浊酒:指用糯米、黄米等酿制的酒,酿造时间短,成熟期快,酒度数偏低,较混浊。古人常用该意象来表示漂泊的艰辛或隐居生活。如杜甫《登高》"艰难苦恨繁霜鬓,潦倒新停浊酒杯"、范仲淹《渔家傲·秋思》"浊酒一杯家万里,燕然未勒归无计"等,皆用了此意象。

[5] 睡煞:睡熟。煞,补语,有甚、极等意。

【赏析】

卢挚是元代高官,曾任多种重要职务,同时他也是著名的文学家,仅散曲小令就有120首存世。卢挚虽然宦途畅达,却在作品中时常表现淡泊闲适的心情。这一点,与金初的蔡松年略有相似之处。这种情况,在中国古代的士大夫的文学创作中,并非仅见。似乎也很难用"虚伪"来评价这种现象。越是处在权力中心,越是搅在官场角逐的漩涡中,往往越是向往恬淡幽静的生活状态。而元代散曲作家多是疏离官场的文人,以隐居闲适为高、以仕途风波为险,成为一种元散曲中的普遍性主题。卢挚这首小令,也不脱此种情怀。

此曲写致仕后闲居乡村的生活。雨后天晴,分畦种瓜,天旱时引水浇麻,再和几个田舍翁聊几句农家话,这是典型的农家生活方式,也是作者从官场退居后心仪的生活方式。用粗陋的瓦盆喝着散装的酒,在醉梦中有陶陶然的境界,在柳荫下沐着清风睡到自然醒。如果是真正的农民,对于农家生活,哪里有这样的兴致与感悟!恰恰是从官场的名缰利索的羁绊中脱离出来的士大夫,才能对于乡村生活有如此的欣喜眼光。我们由此想到陶渊明的《归园田居》,又何尝不是这样!本来是最为平常的农家生活,"暖暖远人村,依依墟里烟。狗吠深巷中,鸡鸣桑树颠",在陶渊明的眼中,却成了充满诗意的田园画面。可以认为,诗人是戴着审美的眼镜来看乡村生活的。真正的农民,则是充满了苦难和劳绩!卢挚这首小令,在本质上和陶诗一样,都是一个退隐的官员,一个具有超越情怀的士大夫眼中的农家生活,是以审美化的观照来写的。其实,这是另一种形态的"陌生化"手法。在真正的农民眼里,散曲中所写的这些景象,不会有任何的新鲜感,只是劳苦的环境而已。而从官场的争斗与俗务脱身出来的作者,则对这种生活充满了新鲜感乃至美感。他以陌生的新鲜的感觉来看待这一切,本是普通的农家生活,在作者的笔下,就成了一幅田园画。

刘　因

刘因(1249—1293),一名骃,字梦吉,号静修,保定容城(今河北保定徐水区)人。出身于世代业儒之家,其父刘述"刻意问学,邃性理之说"(《元史·刘因传》)。刘因天资过人,六岁能诗,七岁能属文。至元十九年(1282)应召入朝,为承德郎、右赞善大夫,不久借口母病,辞官回家。至元二十八年(1291)元世祖忽必烈再召刘因为集贤学士、嘉议大夫,辞不赴任。至元三十年(1293)卒于家中。刘因在元代思想界地位颇高,为元代三大理学家之一。有《静修先生文集》。

观梅有感[1]

东风吹落战尘沙,梦想西湖处士家[2]。只恐江南春意减,此心元不为梅花。

【注释】

[1] 选自《元诗选·初集》。
[2] 西湖处士:指北宋诗人林逋,他为杭州钱塘人,结庐西湖之孤山,二十年足不及城市,号西湖处士。处士即隐士。

【鉴赏】

在中国艺术创作中,梅花是君子人格的象征,无论是在诗中还是在画中,梅花的形象都是高洁脱俗的。宋元时期的咏梅诗词篇什甚多。宋人林逋隐居杭州西湖之畔,酷爱梅花,人称"梅妻鹤子"。刘因在元代可称是一位志行高洁之士。两度辞官不仕,是一种与统治者不合作的态度。陶宗仪《辍耕录》中记载,元代著名理学家许衡于中统元年(1260)应召赴京,刘因问他:"公一聘而起,毋乃太速乎?"许衡答:"不如此,则道不行。"至元年间,刘因两度辞官,有人问他,刘因说:"不如此,则道不尊。"

刘因这首咏梅之作,并非仅止于一般性的赞誉君子之德,而是有着深远的寄托。诗人笔下的梅花形象,是以战争尘沙作为背景的。梅花被东风吹落,纷纷堕入散发着战火硝烟的尘土之中,借喻战乱的后果。此诗作于南宋覆亡不久,因此有人认为,刘因之诗有着浓厚的哀宋之慨。梅花吹落,战尘遍地,意象何其衰飒。诗人由眼前的梅花想到了隐居西湖的林逋处士,而那种"疏影横斜水清浅,暗香浮动月黄昏"的静谧清美,已是梦中之境,不复存在了。江南已入异族之手,春意顿减,一片萧条冷落。面对梅花,其哀莫名,故国之思,浸透纸背。与一般的咏梅之作相比,别是一番意味了。

马致远

马致远(？—1321)，字千里，号东篱，大都(今北京市)人。曾任浙江省务官。马致远是元代成就最为突出的文学家之一，与关汉卿、郑光祖、白朴被称为元曲四大家。所作杂剧有15种，今存《汉宫秋》《荐福碑》《岳阳楼》《黄粱梦》《青衫泪》《陈抟高卧》《任风子》7种。散曲流传下来的有115首，套曲22曲及残曲。

【越调·天净沙】[1] 秋思[2]

枯藤老树昏鸦[3]，小桥流水人家，古道西风瘦马[4]。夕阳西下，断肠人在天涯[5]。

【注释】

[1] 选自《全元散曲》。越调：十二宫调之一。天净沙：曲牌名，又名"塞上秋"，主要体裁有二：或单调二十八字，五句四平韵、一叶韵；或单调二十八字，五句三平韵、两叶韵。

[2] 秋思：此曲被元人评为"秋思之祖"。王国维也曾评价道："寥寥数句，深得唐人绝句妙境。有元一代词家，皆不能办此也。"

[3] 昏鸦：黄昏时归巢的乌鸦。

[4] 古道：荒凉偏远的路。

[5] 断肠人：即极度悲伤之人。断肠，形容悲伤之极。

【鉴赏】

马致远的这首《天净沙·秋思》，是元散曲中的杰作，也是中华诗史上一颗耀眼的星辰。周德清在《中原音韵》中激赏这首小令："极妙！秋思之祖也！"在抒写士大夫的羁愁情思的作品中，这总是让人第一个想到的。

在古代的自然环境和交通条件下，羁旅之愁、故园之思总是泛溢在人们的心头，羁旅之思成为一个很普遍的主题,也留下了许多经典篇章。羁旅之思广泛地渗透在一些原型意象之中,如明月、流水等,虽是出于诗人的个性化审美体验,却不断地唤起一代又一代读者的情感共鸣。不同的作品所负载的羁旅之思往往有作者独特的感受、切身的体验,和具体的历史条件,如杜甫的《月夜》"遥怜小儿女,未解忆长安",是由于"安史之乱"所造成的骨肉分离,而范仲淹的《苏幕遮》"黯乡魂,追旅思。夜夜除非、好梦留人睡。明月楼高休独倚,酒入愁肠,化作相思泪",是作者在边塞对亲人的思念。马致远的《秋思》,是一个落魄的士大夫在秋天漂泊于途中的羁愁。它有着作者此时此地独特的情感体验,但也最大化地拨动着人们的羁旅情思。

悲秋,是中国古典诗词中颇为普遍的情感主题。宋玉《九辩》中"悲哉,秋之为气也!萧瑟兮草木摇落而变衰。憭栗兮若在远行,登山临水送将归",就为悲秋诗词开了端绪。悲秋的主体,基本上都是文人士夫。如李白的"寂寂还寂寂,出门迷所适。长铗归来乎,秋风思归客"(《于王松山赠南陵常赞府》),杜甫的"万里悲秋常作客,百年多病独登台"(《登高》),柳永的"对潇潇暮雨洒江天,一番洗清秋。……不忍登高临远,想故乡渺邈,归思难收"(《八声甘州》),等等。而马致远的《秋思》,尤是士大夫悲秋的经典之作。

这首最为著名的悲秋小令,以一个天涯游子的独特感受,创造了一个苍凉凄迷的意境。孤独的游子既是抒情的主体,也是诗境中的主角。在这位天涯漂泊的游子眼里,一切景物都染上了衰飒悲凉的色彩。无疑地,"断肠人"在这幅画面中占据着中心位置。王国维所说的"一切景语皆情语也",这首《天净沙·秋思》是最当其意的。整首作品一共才有五句,而前三句分别是三组景物,如果拆分开来的话,有9个意象。首先进入"断肠人"的视线的,就是"枯藤老树昏鸦"这样的凄凉景象。"小桥流水人家"则是一个小村庄的水墨画,给人的是家的诱惑——无奈,对于这位天涯孤旅者来说,却又是可望而不可即的,是一个"他者"的存在。正因如此,"小桥流水人家"虽是画面中的亮色,却又异常深刻地反衬了天涯孤旅的凄凉与迷茫。"古道西风瘦马"凸显了旅途之苦。崎岖的古道,萧瑟的西风,嶙峋的瘦马,暮色苍茫,只有"断肠人"还踽踽独行在旅途之中。这三组意象,没有动词,没有形容词,而只是若干名词组合在一起,却构成了一幅绝妙的天涯孤旅图。按着西方意象派理论的说法,这被称之为"意象叠加"。而此首小令,正是意象派最为尊崇的名篇。

最后两句"断肠人"直接出场,成为画面的中心,也使前面的凄迷景色有了灵魂。泛泛描写意境而无人的存在,很难成为真正的意境。王昌龄说得甚好:"若空言物色,则虽好而无味,必须安立其身。"(《诗格》)诗中有了人,有了独特的抒情主体,有了身心所处的具体角度,才能是真正的意境。

睢景臣

睢景臣(生卒年不详),字景贤,或作嘉贤,初居扬州,大德七年(1303)至杭州。心性聪明,嗜好音律。在扬州时,与几位文人同以"高祖还乡"为题做套曲,睢景臣所作最有新意。著有杂剧3种,均已失传。存世散曲有套数3篇及残曲若干。

【般涉调·哨遍】[1] 高祖还乡[2]

社长排门告示[3],但有的差使无推故[4]。这差使不寻俗。一壁厢纳草也根[5],一边又要差夫[6],索应付。又言是车驾,都说是銮舆[7],今日还乡故[8]。王乡老执定瓦台盘[9],赵忙郎抱着酒胡芦。新刷来的头巾,恰糨来的绸衫[10],畅好是妆么大户[11]。

【耍孩儿】[12] 瞎王留引定火乔男女[13],胡踢蹬吹笛擂鼓[14]。见一彪人马到庄门[15],匹头里几面旗舒[16]。一面旗白胡阑套住个迎霜兔[17],一面旗红曲连打着个毕月乌[18],一面旗鸡学舞[19],一面旗狗生双翅[20],一面旗蛇缠胡芦[21]。

【五煞】红漆了叉,银铮了斧。甜瓜苦瓜黄金镀[22]。明晃晃马镫枪尖上挑[23],白雪雪鹅毛扇上铺。这几个乔人物[24],拿着些不曾见的器仗,穿着些大作怪衣服[25]。

【四】辕条上都是马[26],套顶上不见驴[27]。黄罗伞柄天生曲[28]。车前八个天曹判[29],车后若干递送夫[30]。更几个多娇女[31],一般穿着[32],一样妆梳。

【三】那大汉下的车[33],众人施礼数[34]。那大汉觑得人如无物[35]。众乡老展脚舒腰拜,那大汉那身着手扶[36]。猛可里抬头觑[37],觑多时认得,险气破我胸脯[38]。

【二】你须身姓刘[39],你妻须姓吕。把你两家儿根脚从头数[40]:你本身做亭长耽几盏酒[41],你丈人教村学读几卷书。曾在俺庄东住,也曾与我喂牛切草,拽坝扶锄[42]。

【一】春采了桑,冬借了俺粟。零支了米麦无重数[43]。换田契强秤了麻三秤[44],还酒债偷量了豆几斛[45]。有甚胡突处[46]?明标着册历[47],见放着文书[48]。

【尾】少我的钱差发内旋拨还[49],欠我的粟税粮中私准除[50]。只道刘三[51],谁肯把你揪摔住[52]?白甚么改了姓更了名唤做汉高祖[53]!

【注释】

[1] 选自《全元散曲》。般涉调:宫调名。哨遍:曲牌名,又作"稍遍",用于散套首牌,借入中吕宫。

[2] 高祖:指汉高祖刘邦。

[3] 社长:一社之长。古代地方区域基层单位,以50家为一社,设立社长,管理基层行政事务。排门:挨家挨户地。

[4] 但有的:所有的。差使:朝廷委派下来的差事。推故:借故推脱。

[5] 一壁厢:一边,一面。纳草也根:交纳粮草、供给马饲料。

[6] 差夫:出人力。

[7] 銮舆:又称銮车,皇帝乘坐的车子,与上文车驾相同。

[8] 乡故:故乡,家乡。

[9] 瓦台盘:盛酒的瓦坛。

[10] 糨(jiàng):糨洗,或浆洗。古代常见的洗衣方法,为了让衣服平整,在清洗过后,将衣服浸入淀粉或米汤制成的浆水中,再进行晾晒,使衣服更结实。

[11] 畅好是:真正是。妆么:装模作样。

[12] 耍孩儿:般涉调的一个曲牌名。

[13] 瞎王留:乡村人常用的诨号。定火:一伙儿。乔男女:指不三不四、装模作样的人。

[14] 胡踢蹬:指胡乱。

[15] 一彪:一队、一群。

[16] 匹头里:指当头儿的人。

[17]白胡阑套住个迎霜兔:白环套一只玉兔,指皇帝仪仗队所打的月旗上的图案。以下皆自乡人眼光来描写。

[18]红曲连打着个毕月乌:红圈套一只乌鸦,指皇帝仪仗队所打的日旗上的图案。

[19]鸡学舞:指凤旗上的凤凰起舞。

[20]狗生双翅:指飞虎旗上的飞虎。

[21]蛇缠胡芦:指蟠龙旗上的蟠龙戏珠。

[22]黄金镀:指黄金锤,帝王的仪仗。

[23]马镫(dèng):指朝天镫,帝王的仪仗。

[24]乔人物:装模作样的人,与上文"乔男女"相同。

[25]大作怪:相容非常奇怪。

[26]辕条:古代马车前的横木。

[27]套顶:套在牲口头上的龙头。

[28]黄罗伞柄天生曲:皇帝銮舆车盖是黄色的,其形状像一把大伞,伞柄呈弯曲状。

[29]天曹判:天上的判官,这里表示乡民把严肃的随从官员调侃作判官。

[30]递送夫:这里指带着食物、用品的随从太监。

[31]多娇女:指宫娥。

[32]一般:相同的。

[33]大汉:指刘邦。

[34]施礼数:进行叩拜礼。

[35]觑:看。

[36]那身:挪身,移动身体。

[37]猛可里:猛地一下,忽然、突然。

[38]险气破我胸脯:差点把我的肺给气炸了。

[39]须:这里指本来。

[40]根脚:指出身、来历。从头数:表示一件一件地算。

[41]亭长:古代十里为一亭,设立亭长,管理当地治安工作。刘邦曾经作过泗水亭长。

[42]坝:同"耙",一种有齿的整理土地的农具。

[43]零支:零星地借。

[44]换田契强秤了麻三秤:形容经手换田契的时候,强行勒索了三秤麻。

[45] 斛：古代量器的名称，也是计量单位，宋代后一斛为五斗。

[46] 胡突：糊涂。

[47] 册历：账本，记事本。

[48] 文书：这里指字据、契约。

[49] 差发内旋拨还：快从摊派的赋税中拨还。差，这里指赋税徭役。

[50] 私准除：私下里扣除。

[51] 刘三：指刘邦，刘邦在家里排行老三。这也是对他的蔑称。

[52] 揪捽（zuó）：揪扯。

[53] 汉高祖：刘邦死后的谥号。

【鉴赏】

睢景臣所传作品无多，但这首《高祖还乡》在散曲史上却是有着重要的地位。元成宗大德七年（1303），扬州曲家举行作曲大赛，众多曲家同以《高祖还乡》为题制曲，独有这篇套曲构思新奇，压倒众人，成为套曲中的扛鼎之作。钟嗣成在《录鬼簿》中记载："维扬诸公俱作《高祖还乡》套数，公（指睢景臣）《哨遍》制作新奇，诸公皆出其下。"公元前195年，汉高祖刘邦曾回故乡沛中（今江苏沛县）。召乡民故旧，唱《大风歌》，衣锦还乡，踌躇满志。当了开国皇帝而还乡，该是何等令人艳羡！高祖还乡，确实成为历代史家、文人称颂的佳话。而唯有睢景臣的这首套数散曲，却以一个刘邦发迹之前与之为邻的乡民的眼光和口吻，揭开了这位高祖皇帝"麒麟皮下的马脚"！说它"制作新奇"，最重要的就是立意的新颖。

高祖还乡，威仪四方，上上下下忙得团团乱转，皇帝也大摆排场，以显示其"威加海内兮归故乡"的威风。封建时代的皇帝具有无上尊严，"高祖还乡"的创作题材一般也自然是歌功颂德。睢景臣则反其道而行之，他选择了一个特定的"角色"，即高祖尚未发迹时与之颇有交集、了解其底细的乡民，同时这个乡民又从未见过皇帝的仪仗。作者通过乡民的眼光，以"陌生化"的手法，把皇帝回乡的威严仪仗，都写成了一堆稀奇古怪、莫明其妙的东西。"拿着些不曾见的器仗，穿着些大作怪衣服"，使"高祖还乡"的隆重场面，变成了丑角的滑稽戏！"陌生化"是俄国形式主义文论家提出来的，指的是使熟悉的对象变得陌生起来，使欣赏者感受到艺术的新颖别致的艺术方法。"陌生化"理论虽是"舶来品"，但这种艺术手法则是相当普遍的，而且创造出的效果却是令人刮目相看。睢景臣运用这种陌生化的手法写出来的"高祖还乡"的场面，真是让人忍俊不禁。如若叙述主体是一位官员或士大夫，就不会对皇帝仪仗感到如此生疏而滑稽，妙就妙在作者选择了一个"不曾见"过皇帝威仪的"乡下佬"的叙述视角。正因其"不曾见",才把皇帝的仪仗旗帜描述得如此细致却非常古怪。

更令人大跌眼镜的还在后面。这位不可一世的"万乘之尊",原来就是乡里的无赖刘三。于是,便把他的底细一股脑地都端了出来。这个乡民的角色设计也耐人寻味。他是一个乡里的财主,而当今的"圣上"——天下人在其面前只能跪行仰望,没发迹前居然是这位财主的佣工,曾为其"喂牛切草,拽坝扶锄"。而且,当今的圣上,当年的刘三,还干过不少无赖的行径:"换田契强秤了麻三秤,还酒债偷量了豆几斛。"角色的反转,使作品充满了戏谑的色彩。在君权至高无上的时代,对于皇帝只有诚惶诚恐的顶礼膜拜,有谁见过这般奚落呢!作者借乡下人的口吻,揭穿了皇帝的本来面目。尽管作者写的是汉高祖,但其意义却在于对统治者的普遍性揭露。那些"至尊至圣"的帝王,其根底不过如此!它的价值是不能局限于具体所指的,隐含着对最高统治者的蔑视。

作者使用"代言体",由于是以一个乡民的口吻来写,所以纯用当时的乡村俚俗语言,十分切合人物的特定身份。同时,也使这篇套数形成了嬉笑怒骂的风格,把皇帝的威仪通过乡民的眼里的"变形",变得十分滑稽可笑,大大增强了讽刺力量。

相对于诗词而言,散曲的语言以通俗明快著称。当然,这也经历了一个过程。元前期的散曲,多是沿袭词的风格体式,因而,作品语言也较为雅致,与诗词相类。后来由于关汉卿这样一些勾栏才子的介入,散曲形成了其当行本色的语言特征。著名曲论家王骥德曾指出散曲与诗词的语言不同:"诗与词,不得以谐语方言入,而曲则惟吾意之欲至,口之欲宣,纵横出入,无之而无不可也。故吾谓:快人情者,要毋过曲也。"(《曲律》卷四)散曲在语言上与诗词之不同,在于可以大量谐语方言入曲,这样能够痛快淋漓地表达作者的情感。在元散曲的雅俗互动的潮流中,有一个突出的现象,就是"令雅套俗"。其中意思不难理解,就是说,相对而言,小令与套数在语言风格上的差异,很大程度上在于小令的语言较为雅致,而套数的语言则相对来说俚俗者多。《高祖还乡》在语言上的俚俗诙谐,在散曲套数的语言上是颇具典型意义的。

张养浩

张养浩(1270—1329),字希孟,号云庄,济南人。自幼聪明苦读,被荐为东平学正。历任县尹、监察御史、礼部尚书等职。元英宗时因上疏谏元夕内廷张灯后感宦途险恶,遂弃官归隐。后朝廷数以吏部尚书、翰林学士等高官征辟,他都坚辞不就。而文宗天历二年(1329),关中大旱,朝廷又任命他为陕西行台中丞,赈济灾民,他却一召而起。到官四月,勤劳公事,卒于任上。张养浩著有散曲集《云庄休居自适小乐府》,现存小令162首,套数2首。

【中吕·山坡羊】[1] 潼关怀古[2]

峰峦如聚[3],波涛如怒,山河表里潼关路[4]。望西都[5],意踌躇[6]。伤心秦汉经行处[7],宫阙万间都做了土[8]。兴,百姓苦;亡,百姓苦!

【注释】

[1] 选自《全元散曲》。中吕:十二宫调之一。山坡羊:曲牌名,又名"山坡里羊""苏武持节"。北曲属中吕宫,十一句,押九韵,或每句入韵。南曲属商调,十一句,押十一韵,风格庄重、大气。

[2] 潼关:在陕西东部,与山西、河南交界,古代入陕的军事要地,也是兵家必争之地。

[3] 聚:聚集,形容山峰连绵不断。

[4] 山河表里:《左传·僖公二十八年》载,晋楚之战前,子犯劝晋文公决战,说即使打了败仗,晋国"山河表里,必无害也"。这里表示潼关形势险要。

[5] 西都:西京,指长安。

[6] 踌躇:徘徊不前,犹豫不决,这里指思绪万千。

[7] 经行处:本指佛教徒修行,往返于路途之中。这里指秦汉帝王统治享乐之处。

[8] 宫阙:泛指宫殿。

【鉴赏】

张养浩在元文宗天历二年(1329)奉诏往关中赈灾,途经潼关,用【中吕·山坡羊】这个曲牌写下了一组怀古曲,而尤以这首小令影响最大,成为千古不朽的名作。这首怀古名作与一般的怀古之作的不同之处在于:作者并非为"发思古之幽情"而怀古,而是在赈灾途中,目睹百姓灾情,肩荷赈灾使命,受到百姓痛苦不堪的现实的直接刺激,因而具有强烈的现实针对性。

潼关是秦中险隘,古今兵家必争之地。作者首先以动态的笔致,渲染出潼关作为天下雄关的不凡气势。"峰峦如聚",是描写秦岭、太华诸峰巍峨峥嵘,如同向一个目标聚拢,一下笔就充满生机与灵性,马上使人想起宋代大词人辛弃疾《沁园春》的开端之笔"叠嶂西驰,万马回旋,众山欲东"。"波涛如怒",是说黄河波涛汹涌,奔腾咆哮,如雷霆震怒。"山河表里潼关路",概括出潼关傍山依河的形势。"山河表里",喻指潼关之险可为社稷屏障。

潼关西望,即是秦汉古都长安,引发了作者对于历史的反思。作者瞻望秦汉故都长安,心思浩渺,从写景转入了怀古。秦汉王朝都在长安建都,大兴土木,营建宫室,自以为能传之万代,帝业永存。然而,历史是无情的,王朝更迭,斗转星移,秦汉王朝,于今安在? 终如过眼烟云,成为历史陈迹。"宫阙万间都做了土",感慨无论当年何等辉煌的帝业,尽管"宫阙万间",都已化为尘土。归为尘土的意象,使人强烈地感受到历史的循环往复,无论多么显赫的王朝,都将归于虚无寂灭。

结尾这几句,真的是振聋发聩! 这也是这首小令之所以能在文学史上成为不朽名篇的缘由所在。无论王朝兴亡,承受血与火的代价的,总是黎民百姓! 作者对人民命运的关注,并未停留在一般的慨叹,而是站在历史的制高点上,总结出在历史兴亡中人民的命运! 在历代封建王朝的更迭之际,无论是兴盛还是衰亡,人民始终都处在被奴役的地位而不堪其苦! 这就直观地道出了封建统治阶级与人民利益的根本对立,素朴地揭示出阶级对立的历史规律。其作品的立意,远远超越了一般散曲中的骂世、怀古之类的篇什。作品的落脚点不在于个人的出处,而在于人民的命运,这在封建士大夫的作品中是难能可贵的。结尾这两句作为散曲的主题,如洪钟大吕,穿过历史的铅幕,回响于千古,而立意的警策,成为张养浩散曲的一个突出特征。

张可久

张可久(1270？—1348后)，字小山，一说名伯远，字可久，号小山，庆元(今浙江宁波鄞州区)人。以路吏转首领官，曾为桐庐曲史。至正初年，年七十余，尚为昆山幕僚。张可久是元代后期著名散曲作家，有《吴盐》《苏堤渔唱》《小山乐府》等散曲集，今存小令855首，套数9套，是元代存曲最多的曲家。

【中吕·卖花声】[1] 怀古

美人自刎乌江岸[2]，战火曾烧赤壁山[3]，将军空老玉门关[4]。伤心秦汉，生民涂炭[5]，读书人一声长叹！

【注释】

[1] 选自《全元散曲》。中吕：宫调名，十二宫调之一。卖花声：曲牌名，属中吕宫。曲谱以《北曲新谱》为依据，六句，句式为七七七四四七，句句入韵，平仄混押。第四句也可不入韵。

[2] 美人：指虞姬。据《史记·项羽本纪》记载，公元前202年，在秦末的楚汉战争中，项羽战败，在垓下被围困。他与虞姬在乌江边悲歌诀别后自刎。据传说，虞姬在项羽自刎后相伴自尽。

[3] 赤壁山：地名。东汉建安十三年(208)，孙权、刘备联军与曹操的军队在赤壁作战，以少胜多，打败曹军。从此三国鼎立局面形成。赤壁之战也是历史上经典的以少胜多的战役之一。

[4] 玉门关：汉代设置的通往西域的门户。据《后汉书·班超传》记载，东汉班超因久在边塞镇守，年老思归，给皇帝写了一封奏章，上面有两句是"臣不敢望到酒泉郡(在今甘肃)，但愿生入玉门关"。

[5] 涂炭：泥沼与火炭，比喻陷入泥潭和火坑之中，这里指老百姓的生活极为困苦。

【鉴赏】

　　这是张可久散曲中的代表作之一，也是怀古题材散曲的名篇。作者通过项羽乌江战败、虞姬自刎，三国时周瑜火烧赤壁大破曹军，班超守卫西域三十余年、空老玉门这几个历史事件，勾勒了秦汉时期的历史画卷。这三件事之间的联系颇为松散，却又寓含着不同的意义。从作品结构来看，这三个事件的描写，形成一个鼎足对，平行地并列在一起，让不同的空间和画面在眼前呈现，又通过虚词和动词流露出作者的历史感怀。虞姬自刎，通过项羽的覆亡，慨叹楚汉战争的终结；火烧赤壁，感怀三国的战乱；班超空老玉门，悲慨无数将士远离家人，空老边陲的命运。这三个"意识流式"的画面，因其都是发生在秦汉之际，而被作者"拼贴"在一起，从而产生了深重的感叹：这些历史事件所产生的结果，都意味着人民的苦难！"生民涂炭"是一部历史的共性！这是透过历史所看到的最为本质的东西。

　　作品的最后，"读书人一声长叹！"呈现了一位掩卷长叹的读书人——散曲作者的形象，这也同时是抒情主人公的形象以及历史反思者的形象。这个形象是具有历史的高度和理性的魅力的。怀古作品在中国历代诗、词、曲中占有颇为重要的地位，它们带着深沉的历史兴亡感，也往往透射着诗人们对于王朝兴替的理性反思。当然，这些怀古之作应该是审美感兴的产物，如陈子昂的《登幽州台歌》、刘禹锡的《金陵怀古》、许浑的《姑苏怀古》、苏轼的《念奴娇·赤壁怀古》、辛弃疾的《永遇乐·京口北固亭怀古》等等，都是诗人面对历史遗迹所生发的审美感兴，又都有着对历史兴亡的深刻反思。这种反思，也可能并非是以直接的感慨来呈现的，如"旧时王谢堂前燕，飞入寻常百姓家"就全然是通过意象来表达时迁世移、王朝更替的。而陈子昂的"念天地之悠悠，独怆然而涕下"，则充满了诗人的悲凉。张可久这首小令中的"读书人一声长叹"，看起来是一个感性的形象，寻味一下，却不难感受到其中穿透历史的理性力量，这个反观秦汉史迹的"读书人"，是作为一个面对历史的深刻的思想者的形象而存在的。

虞　集

虞集(1272—1348),字伯生,号道园,又号邵庵,人称邵庵先生。祖籍仁寿(今属四川),系宋丞相虞允文的五世孙。大德初年,到京城大都任国子助教博士,累迁秘书少监、翰林直学士兼国子祭酒,拜奎章阁侍书学士。虞集诗文皆负盛名,"一时宗庙朝廷之典册,公卿大夫碑板咸出其手,粹然成一家之言"。诗文集为《道园学古录》五十卷。

挽文丞相[1]

徒把金戈挽落晖,南冠无奈北风吹[2]。子房本为韩仇出[3],诸葛安知汉祚移[4]。云暗鼎湖龙去远[5],月明华表鹤归迟[6]。不须更上新亭望[7],大不如前洒泪时。

【注释】

[1] 选自《元诗选·初集》。文丞相:即文天祥。

[2] 南冠:本指春秋时期楚人所戴之冠名,后来多用《左传·成公九年》楚人钟仪在晋国为囚之典。此处指文天祥被俘。北风吹:喻指元兵。

[3] "子房"句:子房即张良。本为韩国人,韩国为秦所灭,他为报国仇,结交勇士刺杀秦始皇而失败。后来他辅佐刘邦,建立汉朝,而韩国终究不复存在。此处指的是宋朝灭亡。

[4] "诸葛"句:诸葛即三国时蜀汉诸葛亮,他辅佐刘备建立蜀汉,而蜀汉王朝最终为魏所灭。祚,皇位。祚移即改朝换代。子房、诸葛两则典故用来感慨文天祥精忠一生却无力改变宋朝灭亡的悲哀。

[5] 鼎湖龙去:《史记·封禅书》:"黄帝采首山铜,铸鼎于荆山下。鼎既成,有龙垂胡须下迎黄帝。黄帝上骑,群臣后宫从上者七十余人,龙乃上去。"这典故后来喻指帝王崩去。此处喻宋端宗和宋末帝之死。

[6] 华表鹤归:即"鹤归华表",比喻人世变迁。语出《搜神后记》:"丁令威,本

远东人,学道于灵虚山。后化鹤归辽,集城门华表柱,时有少年,举弓欲射之。鹤乃飞,徘徊空中而言曰:'有鸟有鸟丁令威,去家千年今始归。城郭如故人民非,何不学仙冢累累。'遂高上冲天。"

[7] 新亭:此处用典"新亭泪"。《世说新语·言语》:"过江诸人,每至美日,辄相邀新亭,藉卉饮宴。周侯中坐而叹曰:'风景不殊,正自有山河之异!'皆相视流泪。"后多用这个典故指怀念古国或忧国伤时的悲叹之情。

【鉴赏】

虞集的《挽文丞相》,是元诗中难得的佳构。诗人把自己深沉的民族情感和历史兴亡感,都融进了严整的艺术形式之中。

开端就创造出一种苍凉悲慨的气氛,诗人用鲁阳挥戈之典,喻指南宋王朝如西天日暮,无可挽回,纵有文天祥这样的忠臣义士,也无力回天。"南冠"是指文天祥被囚禁的境遇。首联这两句既写了国家和王朝的灭亡,又写了文天祥个人的命运,而这二者又恰是不可分割的。

"子房"句以张良不能复韩,"诸葛"句以诸葛亮鞠躬尽瘁却无奈汉王朝福运转移,喻文天祥无力保宋。"云暗""月明"两句,指人世更迭,帝王消殒,一派凄凉景象。末句以"进一层"的手法,将当下的时局写得极为悲凉。新亭洒泪,用东晋士族"风景不殊,举目有江山之异"的典故,而眼下的情景,与新亭洒泪相比尚且大大不如,可见悲凉如许!

虞集此诗风格沉郁苍劲,寄慨极深。用典之恰切,含蕴之丰富,读之回味无穷。既是追挽文天祥这位矢志不移的爱国英雄,也是伤悼宋王朝的一去不返。意蕴深刻,笔力沉实。清人陶玉禾评此诗:"意到、气到、神到,挽文山诗,此为第一。"确系允评。

萨都剌

萨都剌(1300—约1355;一说1272—1355),字天锡,号直斋,回族,其祖先为答失蛮人,祖父以勋留镇云、代,遂为雁门人。泰定四年(1327)中进士,授应奉翰林文字,以弹劾权贵,左迁镇江录事,后任河北廉访经历等职。晚居武林(今浙江杭州),流连于山水之间。萨都剌是元代后期的杰出诗人,诗词作品辑为《雁门集》,收诗798首,词14首。

念奴娇[1]

登石头城次东坡韵

石头城上,望天低吴楚[2],眼空无物。指点六朝形胜地[3],唯有青山如壁。蔽日旌旗,连云樯舻,白骨纷如雪。一江南北,消磨多少豪杰。　　寂寞避暑离宫,东风辇路[4],芳草年年发。落日无人松径里,鬼火高低明灭。歌舞尊前,繁华镜里,暗换青青发。伤心千古,秦淮一片明月[5]。

【注释】

[1] 选自《全金元词》。
[2] 吴楚:泛指春秋吴、楚之故地。即今长江中、下游一带。
[3] 六朝:指南朝六朝,三国吴、东晋和南朝的宋、齐、梁、陈相继建都建康(吴名建业,今江苏南京市),史称六朝。
[4] 辇路:天子车驾所经的道路。
[5] 秦淮:河名。

【鉴赏】

萨都剌是元代后期名重一时的诗人,也是一位重要的词人。虞集评萨都剌诗说:

"进士萨天锡者最长于情,流丽清婉,作者皆爱之。"(《清江集序》)而实际上,萨诗在流丽清婉中是有着深厚丰富的内涵的,他的词作尤能体现这种特点。这首词是登临怀古之作。词人登上石头城,放眼望去,历史风云滚滚而来。石头城即金陵城,是"六朝形胜地",这里蕴含了太多的王朝兴亡历史。历代诗人词人,也写下了许多金陵怀古的名篇佳什。如唐代诗人刘禹锡的《金陵五题》、杜牧的《泊秦淮》、许浑的《金陵怀古》等等。怀古诗词是作者借古迹以发兴,生发历史兴亡之感,如元代著名文学家方回所说:"怀古者,见古迹而思古人古事,无他,兴亡贤愚而已。"(《瀛奎律髓》)诗人作怀古诗词,并非仅是为了发思古之幽情,而是站在现实的陵岸上,去俯视历史的幽谷。诗人以自己的眼光、自己的体验,烛照历史的情境,面对眼前的古迹,投入冷峻的反思,使历史和现实沟通起来,在历史中映照现实,在现实中反观历史。使作品充满深重的历史感,同时又有了敏锐的现实感。萨都剌这篇作品是典型的金陵怀古之作,步和苏轼赤壁词的原韵,博大雄浑是其本色。词人登临石头城上,放眼而望,一片苍茫,却从"眼空无物"进入到历史怀想之中,当年六朝形胜,现今唯有"青山如壁"。

"蔽日旌旗,连云樯舻,白骨纷如雪",怀古意向似并非仅为六朝的浮泛慨叹,而是暗指元朝与南宋战争后的悲惨景象。下片"寂寞避暑离宫"等句,写昔日繁华宫苑,于今只有鬼火明灭,十分暗淡荒凉。"歌舞尊前"后面这几句,抒情主体成为焦点,时空转换都是主体的感觉。此身已老,岁月无多,只能面对秦淮明月而伤心。

萨都剌依东坡《念奴娇》("百字令"是同调的异名)原韵作此词,而其风格却少了东坡的飘逸洒落,多了些沉重幽深。这是因为在离词人最近的时间内,历史又发生了沧桑变化,给词人又增加了深刻的内心体验。因此,作为怀古之作,它又是与那些泛咏六朝遗迹颇有不同的。

乔 吉

乔吉(1280—1345),字梦符,号笙鹤翁,又号惺惺道人,太原人,流寓杭州。一生布衣,寄兴词曲,有散曲集《梦符散曲》,存世小令210首,套曲11篇。乔吉是元代后期杰出的散曲作家,与张可久齐名,并称"乔张"。

【中吕·山坡羊】[1] 寓兴

鹏抟九万[2],腰缠十万,扬州鹤背骑来惯[3]。事间关[4],景阑珊[5],黄金不富英雄汉,一片世情天地间[6]。白,也是眼;青,也是眼[7]。

【注释】

[1] 选自《全元散曲》。

[2] 鹏抟九万:大鹏鸟展翅高飞九万里,比喻人志向远大。《庄子·逍遥游》描写到:"鹏之涉于南冥也,水击三千里,抟扶摇而上者九万里。"

[3] "腰缠"二句:意指升官、求财、升仙三者兼而有之。南朝梁殷芸《殷芸小说》云:"有客相从,各言所志。或愿为扬州刺史,或愿多资财,或愿骑鹤上升。其一人曰:'腰缠十万贯,骑鹤下扬州',欲兼三者。"

[4] 间关:形容道路的艰辛、崎岖。这里表示世道的艰难。

[5] 阑珊:衰落、凋敝。

[6] 世情:指世态炎凉、人情冷暖。

[7] "白,也是眼"二句:化用阮籍能做"青白眼"的典故,说明对人情世态已经看破。《晋书·阮籍传》曾写到,阮籍能做青白眼,用青眼看人表示敬重,用白眼看人表示蔑视。

【鉴赏】

乔吉的这首小令,以深刻的人生体验,道出了世态炎凉人情浇薄,是一篇典型的叹世之作。其以明快的小令语言形式,所道出的世态本质,又是令人如"冷水浇背",发人警醒。

"鹏抟九万,腰缠十万,扬州鹤背骑来惯",化用了庄子《逍遥游》中的"抟扶摇而上者九万里"及殷芸讲某人希望"腰缠十万贯,骑鹤下扬州"的典故,却是嘲讽的口吻。前者是飞黄腾达,后者是富可流油,再加上骑在"扬州鹤背"的形象,颇具滑稽意味。不仅既富且贵,而且还要成仙得道,占尽人间美事。"事间关,景阑珊,黄金不富英雄汉",则是另一类人的境遇:那些正派率直的英雄汉,却是处处阻隔,时时暗淡。这本身已是天下之大不平了。另一层意思还在于世态的炎凉。所谓青眼白眼,本来是出于魏晋著名文学家阮籍,阮籍狂放傲世,对于喜欢的人就以青眼见之,而对讨厌的人就以白眼相对。这里则将"白,也是眼;青,也是眼"引申为世风浇薄的写照。对于既富且贵者,世人皆投之以青睐;而对无权无钱的人,即便你是英雄好汉,也是白眼相加。作者通过令人印象极为深刻的意象,把普遍存在的浇薄世风,揭露得淋漓尽致!作者的愤世嫉俗情绪,成为这首小令的基调,同时也表现出作者对于当日社会风气的理性反思。作者是站在对于社会进行批判的立场上,虽是文学创作的形象手法,但其对社会现象的认识是非常透辟的。

与许多散曲对社会丑陋现象进行嘲讽批判时采取谐谑的态度不同,乔吉体现在作品中的态度,是冷峻,甚至是愤怒。因而,这首作品的笔调是辛辣的讽刺。如"鹏抟九万"这样一般理解为志向高远的典故,也被作者作为嘲讽之用了。"一片世情天地间",本来也易于给人以境界高远的感觉,但此处却使人感到对于世风浇薄之普遍的愤懑不平了。反讽的运用,是这首小令的突出特点。

张 翥

张翥(1287—1368),字仲举,晋宁襄陵(今山西襄汾襄陵镇)人。入仕前受业于李存、仇远等名家,并游于江南诸名郡,以诗文知名一时。至正元年(1341)召为国子助教,寻退居淮东。至正三年(1343)应召入京为国史院编修官,预修辽、金、宋三史,历任翰林应奉、修撰、太常博士、礼仪院判官、国子祭酒等职。以翰林承旨致仕,复加河南行省平章政事,给俸终身。张翥平生著述颇多,有《蜕庵集》五卷、《蜕岩词》二卷,存词140余首。

多 丽[1]

西湖泛舟夕归,施成大席上,以"晚山青"为起句,各赋一词。

晚山青,一川云树冥冥[2]。正参差、烟凝紫翠,斜阳画出南屏[3]。馆娃归、吴台游鹿[4];铜仙去、汉苑飞萤[5]。怀古情多,凭高望极,且将尊酒慰飘零。自湖上、爱梅仙远,鹤梦几时醒。空留得、六桥疏柳,孤屿危亭。　　待苏堤、歌声散尽,更须携妓西泠[6]。藕花深、雨凉翡翠;菰蒲软[7]、风弄蜻蜓。澄碧生秋,闹红驻景,采菱新唱最堪听。见一片、水天无际,渔火两三星。多情月、为人留照,未过前汀。

【注释】

[1] 选自《全金元词》。

[2] 云树:即云和树。冥冥:昏暗的样子。

[3] 南屏:山名。在今浙江杭州市,为西湖胜景之一。

[4] 馆娃:古时吴人呼美女为娃,馆娃宫为美女所居之宫。后借指西施。吴台:指春秋吴王阖闾(一说夫差)所筑之姑苏台。游鹿:《史记·淮南衡山列

传》:"臣闻子胥谏吴王,吴王不用,乃曰:'臣今见麋鹿游姑苏之台也。'今臣亦见宫中生荆棘,露沾衣也。"后因以"游鹿"比喻国家沦亡、宫殿荒废的凄凉景象。

[5] 铜仙:铜仙即金铜仙人,指汉武帝时所作以手掌举盘承露的仙人。唐李贺《金铜仙人辞汉歌序》:"魏明帝青龙元年八月,诏宫官牵车西取汉孝武捧露盘仙人,欲立置前殿。宫官既拆盘,仙人临载,乃潸然泪下。"铜仙泪下喻指国家的兴衰。

[6] 西泠:亦称西陵桥、西林桥。在杭州孤山西北尽头处,是由孤山入北山的必经之路。

[7] 菰蒲:植物名。

【鉴赏】

　　张翥在江南名郡多所流连,也留下了许多意境优美而意蕴深长的篇什。本词是其中颇有代表性的佳作。词人与友人泛舟西湖,夕归宴饮,并以"晚山青"为起句,各赋其词。张翥这一首词,笔笔是西湖美景,又处处是历史回声。写景与怀古相映成趣,使人在西湖之美的流连之中,眼前似乎飘过很多历史的痕迹。

　　上片"晚山青"数句,是薄暮时分西湖的特有景色。南屏钟声悠悠,山鸣谷应。斜阳如画,暮山凝紫,云树苍茫。历史上的吴王馆娃宫、含泪铜仙人这些作为兴亡标志的影像,都被词人置于西湖的暮景之中。西湖是一个特定的审美空间,一方面是江南之美的代表,另一方面也被赋予了历史兴亡的内涵。"吴台游鹿""汉苑飞萤",那些曾是帝王享乐之所的名胜,现在已是麋鹿的乐园,飘萤的天下。今天的寂静荒凉,还似乎回荡着当年的歌舞管弦。词人以"怀古情多,凭高望极,且将尊酒慰飘零"的词句申足此意,点醒题旨。而接着词人便以时间较近的林逋、苏轼等宋人的遗迹衔接前面的画面,使历史的镜头似乎从远到近,依次而来。下片"待苏堤、歌声散尽"到"采菱新唱",实写西湖夏秋之际的风光。"雨凉翡翠""风弄蜻蜓"有如实景,使人如置身其中。末两句以渔火星光相映衬,点缀西湖夜色,意境极美。

　　西湖是一个独特的审美空间,在诗人笔下呈现出多姿多彩的意境,留下了许多篇什。张翥在元代词坛上声誉甚隆,以其创作佳绩,使元词达到了一个更高的境界。清代词论家陈廷焯评道:"仲举词自是祖述清真,取法白石,其一种清逸之趣、渊深之致,固自不减梦窗。南宋自姜白石出,乃有大宗,后有作者,总难越其范围,梦窗诸人师之于前,仲举效之于后,词至是推极盛焉。"(《云韶集》卷一二)或可说,张翥代表了元代词坛复雅思潮的最高成就。《多丽》的雅丽清空,意境浑然,可为表征。

王　冕

王冕(？—1358)，字元章，号煮石山农，又号竹斋，绍兴诸暨(今浙江诸暨)人。出身农家，幼时放牛，常入村塾听人诵书。著名儒者韩性闻其好学，收为弟子。曾试进士，不第。此后绝意仕进，狂放不羁。元代著名画家、诗人。以画墨梅名世。

墨　梅[1]

我家洗砚池边树，朵朵花开淡墨痕。不要人夸好颜色，只留清气满乾坤[2]。

【注释】

[1] 选自《元诗选·二集》。
[2] 清气：本指天空中的清明之气，后引申为光明正大之气。乾坤：天地。

【鉴赏】

清钱谦益的《列朝诗集小传》中记载王冕："读古兵法，着高檐帽，被绿蓑衣，履长齿木屐，击木剑，或骑黄牛，持《汉书》以读。人咸以为狂生。"可见王冕的特立独行。墨梅是宋元文人画的一个重要画材，而王冕则是其中之佼佼者。王冕最爱画不着色的水墨梅花。张辰《王冕传》说："每画竟则自题其上，皆假图以见志云。"王冕画梅多，题墨梅诗也不少。此诗是其中最具代表性的一篇。梅花清奇高洁，士大夫以水墨笔法画之，在所画墨梅中寄托着自己的孤高逸世之情。潘天寿谈及宋元墨戏画时指出："梅竹二者，尤为当时所盛行。作梅竹时，不曰画梅画竹，而曰写梅写竹。盖梅兰竹菊等，为植物中清品，不可假丹铅以求形似，须以文人之灵趣，学养，品格，注之笔端，随意写出，以表作者高尚纯洁之感情思想。"(《中国绘画史》)此诗质朴自然，直抒胸臆，却将墨梅的特质与诗人的性情合而为一了。"不要"二句，既是墨梅的特性，又是诗人的价值追求。

杨维桢

杨维桢(1296—1370),字廉夫,号铁崖、东维子,又号铁笛道人,山阴(今浙江绍兴)人。登泰定四年(1327)进士第,曾任天台县尹,改钱清场盐司令,迁江西等处儒学提举。元末遇兵乱,隐居于富春山、钱塘、松江等地。元亡以后,明洪武二年(1369)明太祖召他修礼乐书志,杨维桢辞谢道:"岂有八十老妇,就木不远,而再理嫁者邪!"并作《老客妇谣》以进,表明自己不仕两朝之意。杨维桢是元末杰出的诗人,独树一帜,其诗风号称"铁崖体"。所作诗篇,集为《铁崖古乐府》《铁崖复古诗》《铁崖集》《铁笛诗》《草云阁后集》《东维子集》等诗集。

鸿 门 会[1]

天迷关,地迷户,东龙白日西龙雨。撞钟饮酒愁海翻,碧火吹巢双猰貐[2]。照天万古无二乌[3],残星破月开天余。座中有客天子气[4],左股七十二子连明珠[5]。军声十万振屋瓦,拔剑当人面如赭。将军下马力拔山[6],气卷黄河酒中泻。剑光上天寒彗残,明朝画地分河山。将军呼龙将客走,石破青天撞玉斗[7]。

【注释】

[1] 选自《元诗选·初集》。

[2] 猰貐(yà yǔ):古代传说中吃人的猛兽,此处喻指范增、项庄。

[3] 无二乌:乌,指太阳,古代神话中太阳有三足乌,因而以乌为太阳的代称。《山海经·大荒东经》:"一日方至,一日方出,皆载于乌。"郭璞注:"中有三足乌。"《文选·左思〈蜀都赋〉》:"羲和假道于峻岐,阳乌回翼于高标。"李善注引《春秋元命苞》:"阳成于三,故日中有三足乌。乌者,阳精。"无二乌即天上没有两个太阳,喻指君主只能有一个。

[4] 天子气:指的是鸿门宴时刘邦为客,他具有天子气象。
[5] 左股七十二子:《史记·高祖本纪》:"高祖为人,隆准而龙颜,美须髯,左股有七十二黑子。"左股即左侧大腿,黑子即黑痣。张守节《正义》解释说:"左,阳也……高祖七十二黑子者,应火德七十二日之征也。"这些记载是对帝王的赋魅。本诗引用这个典故也是为了说明刘邦具有天子气象。
[6] 将军:此处指樊哙,典故见《史记·项羽本纪》。
[7] 石破青天撞玉斗:《史记·项羽本纪》:"沛公已去,间至军中。张良入谢,曰:'沛公不胜杯杓,不能辞。谨使臣良奉白璧一双,再拜献大王足下;玉斗一双,再拜奉大将军足下。'项王曰:'沛公安在?'良曰:'闻大王有意督过之,脱身独去,已至军矣。'项王则受璧,置之坐上。亚父受玉斗,置之地,拔剑撞而破之,曰:'唉!竖子不足与谋!夺项王天下者,必沛公也!吾属今为之虏矣!'"

【鉴赏】

《鸿门会》是杨维桢古乐府创作中的代表作,非常典型地显现出"铁崖体"的风采。诗人自己也时引此诗以为得意之作,他的门人吴复记述道:"先生酒酣时,常自歌是诗。此诗本用贺体,而气则过之。"(《元诗选·辛集》)此诗以鸿门宴为题材,极有气势和力度。诗人不走写实、描述一路,而全以浪漫雄奇的意象来创造意境。鸿门宴本是楚汉战争时的著名历史事件,而诗人的着眼点远非历史事实,也无意于对其进行价值判断,而只是借此创造一个超越现实的雄奇光怪的艺术世界。诗的一开始,便以奇幻的意象构成神异的氛围。"碧火吹巢双猰㺄"以奇特的隐喻,暗示两雄相争的激烈残酷,也由此构成了这首诗的类于魔幻的基调。"座中有客天子气"突出了鸿门宴的历史意义,使得本诗的内涵更为深厚浓重。"明朝画地分河山"等诗句,如一道电光,揭示了历史的走向,更使将军的英雄气概跃然纸上。

"铁崖体"以古体乐府的形式表现诗人那种奇崛不凡的胸臆,融汇了汉魏乐府以及李白、李贺等诗人乐府歌行的特色,气势雄健,想落天外,意象奇特。在语式上,突破了元代中期诗坛的甜熟平滑,给人以石破天惊之感。其取材往往不同凡响,撷取一些历史、传说中的人物或事件,带有强烈的传奇色彩。而诗人的兴趣不在于描述它们,而是借这些本身就有传奇意味的题材,创造出浪漫瑰奇的艺术世界,借以抒发诗人胸中那种昂藏不平的峥嵘块垒。

倪　瓒

倪瓒(1301—1374),字元镇,号云林,无锡(今属江苏)人。系元代著名的画家、诗人。先世广有家财,为吴中富户,而倪瓒不事生产,强学好修,刻意文史。一生未入仕,浪迹江湖。性情孤傲,蔑视权贵。家中有云林堂、萧闲馆、清閟阁诸胜,时与三五好友啸咏其间。至正初年,变卖家产,外出漫游,洪武七年(1374)回乡后去世。在元代画坛上,倪瓒是"元四家"之首。

题郑所南兰[1]

秋风兰蕙化为茅[2],南国凄凉气已消[3]。只有所南心不改[4],泪泉和墨写《离骚》。

【注释】

[1] 选自《元诗选·初集》。郑所南(1241—1318):又名郑思肖,宋末元初人,诗人、画家,擅长画墨兰,却不画兰之根和土,意寓南宋失国之悲。著有《心史》《郑所南先生文集》等。

[2] 兰蕙:即兰草、蕙草。茅:即茅草。此处指兰蕙枯萎。

[3] "南国"句:谓南宋灭亡,气数已尽。

[4] 所南心不改:谓郑所南心系前朝,有复国之志。

【鉴赏】

兰花本就是中国古代士大夫高洁人格的象征,因而也成为文人画的常见的画材。文人画家作墨戏画,多以孤傲之气画墨兰。郑所南所画的兰花,其根无土,意蕴深远,有特定的寓意,意谓国土已被蒙元占领,无根系可立足。郑所南是南宋遗民,坐卧必南向,以志不忘宋室。画兰不画根与土,以寓国土沦丧之痛。倪瓒这首题画诗,与其说是题画,毋宁说是对郑所南的人格与志节的礼赞。

兰、蕙本为香草,秋风劲扫之下,多已化为茅草。借墨兰之画以暗指很多宋臣之变节,这不能不使我们想起屈原《离骚》中所写的:"余既滋兰之九畹兮,又树蕙之百亩。畦留夷与揭车兮,杂杜衡与芳芷。冀枝叶之峻茂兮,愿俟时乎吾将刈。虽萎绝其亦何伤兮,哀众芳之芜秽。""时缤纷其变易兮,又何可以淹留?兰芷变而不芳兮,荃蕙化而为茅。何昔日之芳草兮,今直为此萧艾也?岂其有他故兮?莫好修之害也!"志行高洁的大诗人屈原,反复以兰、蕙为茅来伤感时人的变节,这正是倪瓒这首诗开端的所自,同时也是诗人自己的慨叹。"南国凄凉气已消"是对南宋灭亡、江山易主后的凄凉气氛的悲慨。既有客观的描述,更是诗人的感受。第三句陡然一转,写出了郑所南矢志不移的坚贞情怀。而诗的结尾则以"泪泉和墨"的刻画,使郑所南的画兰有了尤为强烈而明确的意向。以郑的画兰比之《离骚》,是对画家人格的高度赞美,也揭示了画作的精神内涵。

倪瓒的绘画美学思想,不求形似,而重在抒写胸中逸气,其论画名言有:"余之竹,聊以写胸中逸气耳,岂复较其似与非,叶之繁与疏,树之斜与直哉?""仆之所谓画者,不过逸笔草草,不求形似,聊以自娱耳。"倪氏自己的画风古淡天然,是元代文人画的代表。倪瓒在这首题画诗里并未谈及画家的技法及艺术,郑所南的画最令人感动的也并不在于绘画本身,而是其怀念故国的动人情怀。倪瓒在精神上是与郑所南相通的,在诗中所突出的则是画家的精神气格。强烈的悲剧美感,是这首诗的魅力所在。

【明代诗】

高 启

　　高启(1336—1374),字季迪,号槎轩。祖籍开封,随宋室南渡,家于临安山阴。元末因避战乱而迁居长洲北郭,与张羽等人切磋诗文,号称"北郭十友"。张士诚据吴称王,高启又迁居吴淞青丘的岳父家,因又号青丘子。洪武二年(1369),高启被明朝廷征召修《元史》,授翰林院国史编修。洪武三年(1370),擢其为户部右侍郎,高启以年轻不敢当此重任而辞官,被赐金放还。归乡后复居青丘以教书为生。洪武六年(1373),苏州府太守魏观因将新府治建于张士诚宫殿旧址,被人告发有谋反嫌疑而获罪。高启因为其新府治撰写《上梁文》而受牵连,洪武七年(1374)秋被朱元璋腰斩于南京,时年三十九岁。高启是元末明初的大诗人,被明清两代的许多诗论家誉为明代诗人之最。他的诗各体兼工,尤长于七言歌行。七古长篇笔力矫健,气势奔纵;近体诗清新超拔,绮丽自然;乐府诗质朴真实,寄意深远。尽管他的诗有时还未能完全避免模仿前人的痕迹,但其中依然表达了深厚的情感与时代的气息,并具有自己的风格。目前搜集高启诗最为齐备的,是清雍正间金檀的《高青丘诗集注》,今人徐澄宇、沈宗北将其标点,并改名为《高青丘集》,由上海古籍出版社出版。

青丘子歌[1]

　　江上有青丘,予徙家其南,因自号青丘子。闲居无事,终日苦吟,间作《青丘子歌》言其意,以解诗淫之嘲[2]。

青丘子,癯而清[3],本是五云阁下之仙卿[4]。何年降谪在世间,向人不道姓与名。蹑屩厌远游[5],荷锄懒躬耕。有剑任锈涩,有书任纵横,不肯折腰为五斗米[6],不肯掉舌下七十城[7]。但好觅诗句,自吟自酬赓。田间曳杖复带索,旁人不识笑且轻。谓是鲁迂儒、楚狂生[8]。青丘子,闻之不介意,吟声出吻不绝咿咿鸣。朝吟忘其饥,暮吟散不平。当其苦吟时,兀兀如被酲[9]。头发不暇栉,家事不及营。儿啼不知怜,客至不果迎。不忧回也空[10],不慕猗氏盈[11]。不惭被宽褐[12],不羡垂华缨[13]。不问龙虎苦战斗[14],不管乌兔忙奔倾[15]。向水际独坐,林中独行。斫元气,搜元精。造化万物难隐情,冥茫八极游心兵,坐令无象作有声。微如破悬虱[16],壮若屠长鲸。清同吸沆瀣[17],险比排峥嵘。霭霭晴云披,轧轧冻草萌。高攀天根探月窟[18],犀照牛渚万怪呈[19]。妙意俄同鬼神会,佳景每与江山争。星虹助光气,烟露滋华英,听音谐韶乐[20],咀味得大羹[21]。世间无物为我娱,自出金石相轰铿。江边茅屋风雨晴,闭门睡足诗初成。叩壶自高歌,不顾俗耳惊。欲呼君山老父携诸仙所弄之长笛[22],和我此歌吹月明。但愁欻忽波浪起[23],鸟兽骇叫山摇崩。天帝闻之怒,下遣白鹤迎。不容在世作狡狯[24],复结飞珮还瑶京[25]。

【注释】

[1] 本诗选自《高青丘集》卷十一,作于高启二十三岁隐于青丘之时,正是作者诗歌创作的高峰时期。

[2] 诗淫:写诗入迷,即诗癖。

[3] 癯(qú):清瘦。

[4] 五云阁:指神仙所居之地。仙卿:仙客。

[5] 蹑屩(niè juē):穿着草鞋。

[6] "不肯折腰"句:用晋人陶渊明故事,指不肯因微薄薪俸而出仕为官。

[7] "不肯掉舌"句:用汉人郦食其之事。汉高祖三年(前204),郦生游说齐王田广归汉,得七十余城。见《史记·郦生陆贾列传》。掉舌,施展口舌辩才。

[8] 鲁迂儒:迂腐不达时务的书生。《史记·叔孙通传》载,叔孙通为刘邦制礼

而征召鲁地儒生三十余人,而有两儒生不肯前往。叔孙通说:"若真鄙儒也,不知时变。"楚狂生:狂傲的书生。《论语·微子》曾载,有楚国狂接舆曾讥笑孔子。

[9] 被酲(chéng):醉酒。

[10] 回也空:指贫穷。孔子弟子颜回因贫穷而不改志向,被孔子所叹赏。见《论语·先进》《论语·雍也》。

[11] 猗(yī)氏盈:像富商猗顿那样的富有。猗氏即春秋时鲁国的富豪猗顿。

[12] 褐(hè):粗麻衣服。被宽褐:身穿宽大的粗布衣服,指身为平民。

[13] 华缨:华丽的帽带,指做官。

[14] 龙虎苦战斗:喻元末群雄的割据争斗。

[15] 乌兔:即太阳与月亮。相传日中有三足金乌,月中有白兔捣药,故常以金乌指太阳,白兔指月亮。此句言不顾岁月流逝。

[16] 破悬虱:用纪昌学射事。相传纪昌为学射而以牛毛悬虱于窗间,目视三年后而觉虱子大如车轮,然后引弓射之,贯虱之心而悬不绝。见《列子·汤问》。

[17] 沆瀣(hàng xiè):清新的露气。

[18] 天根:二十八宿中氐宿星的别名。《尔雅·释天》:"天根,氐也。"

[19] "犀照"句:用温峤事。《晋书·温峤传》:"(峤)至牛渚矶,水深不可测,世云其下多怪物。峤遂燃犀角照之,须臾见水族覆灭,奇形怪状。"牛渚矶即采石矶,在今安徽省当涂县。

[20] 韶乐:相传为虞舜时的乐名。《论语·八佾》:"子谓《韶》,尽美矣,又尽善也。"

[21] 大羹:古时祭祀所用的未加调料的肉汁,后指醇美之物。

[22] "欲呼"句:用《博异志》之典,相传商人吕卿筠善吹笛,月夜泊舟君山侧,命酒吹笛。忽有老父乘舟而来,吹笛三声,湖上风起水涌,鱼鳖跳喷;吹五六声,君山鸟兽叫噪,月色昏黄。舟人大恐,老父遂止,然后饮酒数杯,掉舟而去,隐隐没入水波间。

[23] 欻(xū)忽:忽然,顷刻。

[24] 狡狯(kuài):灵活变化,在此喻文心之灵动。

[25] 瑶京:传说中天帝所居之地。

【鉴赏】

本诗主要是对诗人自我形象的刻画,作者写自己的嗜好、自己的理想、自己的奇异、自己的才能,其实是对元末隐逸诗人形象的集中描绘。

诗歌起首即将自我定位为"五云阁下之仙卿",然后全诗便围绕"仙卿"而展开。先写其奇异行为与超然脱俗之人格,不喜远游,不事生产,不贪富贵,不顾非议,"但好觅诗句,自吟自酬赓"。所有的怪异之举均是因吟诗而引起。继之便写其吟诗的入迷状态:像酒醉后的迷狂,以致无暇梳洗,难营家事,甚至儿女哭啼不知照料,客人到来不知迎接。总之,外在的纷扰争斗世界已经不再顾及,自然时间的流逝已经浑然不觉。与外在的"迁""狂"相比,作者接着重笔描绘了他沉浸诗歌创作中的种种美妙情状与心理愉悦:诗人的奇妙在于"造化万物难隐情,冥茫八极游心兵,坐令无象作有声",诗人的高超在于"高攀天根探月窟,犀照牛渚万怪呈",诗人的自豪在于"妙意俄同鬼神会,佳景每与江山争",诗人的喜悦在于"听音谐韶乐,咀味得大羹"。这是诗人的权力与优势,是常人所无法感知的世界。这种美妙在人间只能"叩壶自高歌"而独自享用,只有那仙界之"君山老父"才能与之相和并和而欢。由此作者也回答了诗人何以会沉迷其中而不能自拔的原因。最后作者认为自己的灵心与才气连天帝都闻之而怒,下遣白鹤迎接他重回仙境。从"何年降谪在世间"到"复结飞珮还瑶京",是一个完整的人间游历过程,也是诗作首尾照应的完整结构。

高启的歌行体一向被人称为有太白之风,由此诗即可见一斑。全诗想象奇特,生气贯注,诗句既长短错落,又节奏鲜明。加之以仙人自居的形象描绘,更显示出李白的风度与气势。此外,诗中对诗人创作过程与创作心理的细腻描绘,也是自陆机《文赋》以来所少有的。

清明呈馆中诸公[1]

新烟着柳禁垣斜[2],杏酪分香俗共夸[3]。白下有山皆绕郭[4],清明无客不思家。卞侯墓上迷芳草[5],卢女门前映落花[6]。喜得故人同待诏[7],拟沽春酒醉京华。

【注释】

[1]本诗选自《高青丘集》卷十四。

[2]新烟:旧俗清明节前一日为寒食节,为纪念介子推而禁烟火。清明节时再燃烟火,故称新烟。禁垣:宫墙。

[3] 杏酪:语出《玉烛宝典·二月仲春》:"今人寒食日,煮麦粥,研杏仁为酪,以饧沃之。"

[4] 白下:即南京,唐代改金陵为白下,后遂为南京之别称。

[5] 卞侯:即卞壸(kǔn),字望之,晋朝济阴冤句人,曾任尚书令,在平苏峻乱中战死,葬于冶城,赠左光禄大夫。见《晋书·卞壸传》。卞之墓在鸡鸣山之阳。

[6] 卢女:指古代善歌女子莫愁。《江宁府志》:"三山门外,昔有妓卢莫愁家,此有莫愁湖。"

[7] 待诏:即翰林院待诏,此处指国史院编修。

【鉴赏】

洪武二年(1369),高启与一些吴中文人被朝廷征至南京撰修《明史》,故本诗当作于次年春。此诗之好处在于词句清丽而意旨含蓄。首联写时令环境。次联是写景名句,上句实写,下句虚写;上句写景,下句抒情;"白下"对"清明"是假对,借"清"为"青",色泽鲜明;"清明无客不思家"实为本诗之主调。第三联用"卞侯"与"卢女"的典故以增强此种情调:卞侯虽功高而如今惟有芳草蔽墓,卢女虽美而如今只有几片落花映门,一切都如过眼烟云般地消逝了。尾联是以喜笔写忧,虽则回家无望,好在尚有同馆好友,以沽酒同醉的方式暂忘思家之念而已。

送沈左司从汪参政分省陕西汪由御史中丞出[1]

重臣分陕去台端[2],宾从威仪尽汉官[3]。四塞河山归版籍[4],百年父老见衣冠[5]。函关月落听鸡度[6],华岳云开立马看[7]。知尔西行定回首,如今江左是长安[8]。

【注释】

[1] 本诗选自《高青丘集》卷十四。

[2] 重臣:大臣,朝廷所倚重之臣。此处指汪参政。分陕:至陕西任职,也就是到中书省的派出机构陕西分省任职之意。去台端:离开御史台。

[3] 宾从威仪:指汪参政的僚属随从。汉官:兼指汉人与汉服二项。《后汉

书·光武帝纪上》：" 及见司隶僚属,皆欢喜不自胜。老吏或垂涕曰：'不图今日复见汉官威仪。'"此"汉官威仪"本指汉朝官吏的服饰与典礼制度,后来也泛指华夏的礼仪制度。高启此句诗乃化用此典。

［4］四塞河山：指陕西境内。战国时苏秦曾说："秦,四塞之国。"见《史记·苏秦列传》。后来的陕西即战国时秦地。版籍：户籍。

［5］百年：此指元代统治时间,实为九十七年,此举成数。

［6］函关：即函谷关,在河南灵宝市南深谷中,为入陕之重要关隘。听鸡度：听到鸡鸣即可度关。战国时孟尝君被囚于秦,后出逃而至函谷关,夜半而关门闭。随行之人学鸡鸣而引群鸡齐鸣,方得出关而脱身。见《史记·孟尝君列传》。此处反用此典,意为不必像孟尝君那般仓促狼狈,可从容听鸡鸣而度关。

［7］华岳：西岳华山,在今陕西省华阴市南。

［8］江左：江南。长安：汉唐两代的首都,后来也专门指代首都。此处江左之长安指南京,而汪参政前往之地则为历史之长安。

【鉴赏】

许多明诗注本都曾引沈德潜的话来赞扬此诗,说是"音节气味,格律词华,无不入妙,《青丘集》中为金和玉节"。且不说这话并非沈德潜所言而是陈子龙《皇明诗选》中所言,仅就这话本身说也只不过是复古派格调说的观点,很难点出此诗的真正妙处。本诗从内容说是一首台阁体诗,从作者与所写对象关系说是一首送行诗。台阁体大多容易流于歌功颂德而缺乏真情实感,更何况高启与朱明政权的关系并不密切。而其所送对象是由御史中丞身份而出任陕西参政的汪广洋与其朋友沈左司。沈左司已不知其名,汪广洋虽是当时的重要人物,但与高启均属泛泛之交,这样的送行诗也很容易写成官场应酬之作。特别是自唐代以来,送行诗已形成基本套式,比如起首交代出行缘由,中间二联或写景或抒情,结尾说些勉励惜别的话。拿此套子去看此诗,的确没有什么太多的出奇之处,起首说缘由并夸耀对方的官位与威仪,中间写所去之地与所经之路,最后的确有些巧笔,汪、沈二人所去为汉唐国都长安,可如今的国都却已成南京,"知尔西行定回首,如今江左是长安",既是对当今皇上的歌颂,又是对二人恋阙忠心的表露,同时也是实际情况的叙述,在台阁体中可谓得体。但仅有此不能说此诗有何过人之处,因为只有陈子龙所言的"音节气味,格律词华",甚至再加上布局巧妙也难成佳作。本诗的真正价值在于其中所言的天下统一与民族再兴是一个时代的共同心声,"宾从威仪尽汉官"的传统复归,"百年父老见衣冠"的喜悦兴奋,都是明初人关注的焦点与真实的心理感受。可以说此诗套子里所灌注的是真实的情感与真实的现实状况,才是其成功的关键。

登金陵雨花台望大江[1]

大江来从万山中,山势尽与江流东。钟山如龙独西上[2],欲破巨浪乘长风[3]。江山相雄不相让,形胜争夸天下壮。秦皇空此瘗黄金,佳气葱葱至今王[4]。我怀郁塞何由开,酒酣走上城南台[5]。坐觉苍茫万古意[6],远自荒烟落日之中来。石头城下涛声怒[7],武骑千群谁敢渡。黄旗入洛竟何祥[8],铁锁横江未为固[9]。前三国,后六朝,草生宫阙何萧萧[10]!英雄乘时务割据[11],几度战血流寒潮。我生幸逢圣人起南国[12],祸乱初平事休息,从今四海永为家[13],不用长江限南北。

【注释】

[1] 本诗选自《高青丘集》卷十一。

[2] "钟山"句:钟山即紫金山,在南京东,其势由东而西呈上升状,犹如巨龙。

[3] "欲破"句:本句化用《南史·宗悫传》"愿乘长风破万里浪"语。

[4] "秦皇"二句:《丹阳记》:"秦始皇埋金玉杂宝以压天子气,故名金陵。"瘗(yì),埋。葱葱,茂盛貌,此处指气象旺盛。

[5] 城南台:即雨花台。

[6] 坐觉:自然而觉。

[7] 石头城:古城名,故址在今南京清凉山,战国时楚国所建,三国时孙权重修改为石头城,以形势险要著称。

[8] 黄旗入洛:三国时吴王孙皓听术士说:"黄旗紫盖见于东南,终有天下者,荆、扬之君乎?"于是就率家人宫女西上入洛阳以顺天命。途中遇大雪,士兵怨怒,才不得不返回。此处说"黄旗入洛"其实是吴被晋灭的先兆,所以说"竟何祥"。

[9] 铁锁横江:三国时吴军为阻晋兵进攻,曾在长江上设置铁锥铁锁,均被晋兵所破。

[10] 萧萧:冷落,凄清。

[11] 英雄:指六朝的开国君主。务:致力,从事。

[12] "我生"句:圣人:指朱元璋。起南国:起兵于南方,朱元璋为濠州(今安徽凤阳)人,依郭子兴于家乡起兵。

[13] 四海永为家:用《史记·高祖本纪》"天子以四海为家"语。

【鉴赏】

　　这首七言歌行是高启在南京修史的洪武二年(1369)所作,当时恰逢朱元璋刚刚统一天下而建立明王朝,诗中免不了有颂扬新朝之意。他认为朱明政权结束了群雄割据、天下大乱的局面,使国家重新归于统一,百姓们得以休养生息,这的确是值得欣喜颂扬的。所以他才会在诗的开头极力渲染明初建都之地金陵南京的气势雄伟,在这"江山相雄不相让,形胜争夸天下壮"的虎踞龙蟠之地上建都,自然拥有了君临天下的帝王之气。但作者又不是一味地颂扬,而是依然怀有"郁塞"之情,那就是仅有此险要地势还是远远不够的,那些在历史上纷纷在金陵建都的割据英雄们,为何像走马灯似的变幻不定,成为历史的匆匆过客,原因就是他们只是为了个人的私利而称霸割据,而不顾百姓的死活。因此,重要的不是地势的险要,而是能够使百姓安乐,只要以德而治,百姓安宁,那就实现了四海为一家的太平局面,也就用不着长江的天险作用了。这样的担忧与劝诫体现了作者关注民生苦乐的仁者之心,也使诗作增加了深度,将其与一般的颂圣之作区别开来。而且这种立意也决定了该诗既气势豪迈又沉郁顿挫的风格特征。

　　全诗开头八句颂扬金陵的险要地势,言秦始皇埋金宝欲压其王气而不可得,使诗作起势不凡,颇有太白之风。中间八句是对历史的咏叹,作者回顾了发生在金陵的历史故事,指出如果单凭这险势、王气来满足个人的割据或称帝野心,则只能徒然成为历史的笑柄。这种感叹不仅使诗作具有悠长的历史感,也与前边的颂扬成为对照,从而引起读者的深思。最后又将上述两层的意思结合起来,既赞扬朱元璋平定战乱、统一天下的历史功绩,又暗含以德服人而不以险胜人的深层用意,从而使诗作的结尾显得意味深长,含蓄不尽。这种风格反映在结构上,则是大开大阖,多有转折,但又一气贯注,毫无阻隔之感。在表现方法上,则融咏物、抒情与议论于一体,遂构成奔放沉雄的诗风。

张 羽

张羽(1333—1385),字来仪,号附凤,九江(今属江西)人。元末移居苏州,为"吴中四杰"之一。明初任太常寺丞兼翰林院同掌文渊阁事,后因事谪岭南,途中投龙江死。张羽诗画俱佳,其画师法宋代米氏父子,笔意高妙;诗歌则体裁精密,情喻幽深,尤其诗中多寓沧桑之感。有《静庵集》。

题陶居士像[1]

五儿长大翟卿贤[2],解绶归来只醉眠。篱下黄花门外柳,风光不似义熙前[3]。

【注释】

[1] 本诗选自《四库全书》本《静庵集》卷四。
[2] 五儿:指陶潜的五个儿子,陶潜《责子》诗曰:"虽有五男儿,总不好纸笔。"翟卿:指陶潜之继室翟氏,卿乃对妻子的爱称。
[3] 义熙:东晋安帝之年号。

【鉴赏】

这是一首题画诗,其中既有对画面内容的描绘,也有对画面意蕴的引申。前二句说陶潜五个儿子均已长大而妻子又颇贤惠,因而他解官归来似乎可以心无忧虑地饮酒醉卧了。但后二句又荡开去,面前无论是黄花还是柳树,好像都不似义熙之前的光景了。这既是对陶潜心情的推测,更是自我情感的抒发,遂产生意味深长的效果。高启在《静居者记》中赞扬他"抱廉退之节,慎出处之谊,虽逐逐焉群于众人,而进不躁忽,视世之挥霍变态、倏往而倏来者,若云烟之过目,漠然不足以动之"。可见他的确有陶渊明的高韵,但同时也在心灵深处有陶渊明的不平。

刘 基

刘基(1311—1375),字伯温,青田(今属浙江)人。元至顺四年(1333)进士,曾先后任江西高安县丞、江浙儒学副提举、江浙行省都事等职,均郁郁不得志,遂归隐青田山著书以寄意。至正二十年(1360),朱元璋将其与宋濂等四人一起召至南京,刘基遂成为朱元璋之谋士,申陈时务,参与机要。入明后曾任太史令、御史中丞等职,封诚意伯。洪武四年(1371)以弘文馆学士致仕。因其性刚疾恶,颇受权贵忌恨与朱元璋猜疑,后终被丞相胡惟庸构陷而死。刘基博通经史,明天文历法及象纬之学,乃明朝开国勋臣,同时又诗文兼擅,是明初越派文坛的代表人物。他的诗以沉郁顿挫著称而与高启齐名,但又可分为前后二期,元末之诗多忧时愤世之作,酣畅雄浑,苍凉激越;入明后之诗则除了部分歌功颂德的应景之作外,大多诗作均嗟穷叹老,无复早年飞扬壮大之气。刘基的诗文集较完善的有《四部丛刊》影印隆庆本《太师诚意伯刘文成公文集》,今人林家骊将其整理成《刘基集》出版。

梁 甫 吟[1]

谁谓秋月明,蔽之不必一尺翳[2]。谁谓江水清,淆之不必一斗泥。人情旦暮有翻覆,平地倏忽成山溪。君不见桓公相仲父,竖刁终乱齐[3]。秦穆信逢孙,遂违百里奚[4]。赤符天子明见万里外,乃以薏苡为文犀[5]。停婚仆碑何震怒,青天白日生虹蜺[6]。明良际会有如此,而况童角不辨粟与稊[7]。外间皇父中艳妻,马角突兀连牝鸡[8]。以聪为聋狂作圣,颠倒衣裳行蒺藜[9]。屈原怀沙子胥弃[10],魑魅叫啸风凄凄。梁甫吟,悲以悽。岐山竹实日稀少[11],凤皇憔悴将安栖[12]?

【注释】

[1] 本诗选自《四部丛刊》本《诚意伯文集》卷十。

[2] 翳(yì):云雾。

[3] "君不"二句:春秋时齐桓公以管仲为相,"九合诸侯,一匡天下"而成霸业。可他又崇信竖刁等小人,以致身未死而国已乱,停丧六十日而尸虫于户。见《史记·管晏列传》。

[4] "秦穆"二句:秦穆公重用贤士百里奚,七年而霸秦。而后来听信大夫逢孙谗言,不听百里奚之言而袭郑,遂惨遭大败。见《史记·秦本纪》。

[5] "赤符"二句:赤符天子即东汉光武帝刘秀。薏苡(yì yǐ):一种多年生草本植物,果实可入药,叫薏仁米。文犀:文饰的犀角。史载东汉马援南征交趾时,曾食薏苡以祛除瘴气,后凯旋时带回一车欲用为种子。马援死后有人上书诬告其所带一车皆为明珠文犀等珍宝,而一向以明达著称的光武帝竟然大为震怒。见《后汉书·马援传》。

[6] "停婚"二句:虹蜺,亦作虹霓,为雨后或日出、日没之际天空中所现的七色圆弧。虹蜺常有内外二环,内环称虹,亦称雄虹;外环称蜺,亦称雌虹或雌蜺。"青天白日生虹蜺"即无中生有、平地生波的意思。唐太宗曾一度颇为尊重直言敢谏的魏徵,还曾经承诺将公主许配给魏徵之子,但魏徵死后太宗不仅中止婚约,还推倒了魏徵的墓碑。见《新唐书·魏徵传》。

[7] 童角:一种儿童发式,角即总角之意。稊(tí):一种野草,其形似粟。

[8] "外间"二句:唐肃宗时,宦官李辅国擅权,与肃宗所宠爱的张良娣内外勾结,祸国乱政。至代宗时,李辅国更被尊为"尚父",故言"外间皇父中艳妻"。又张良娣以女子干预朝政,故称"牝(pìn)鸡"亦即雌鸡;李辅国以宦官而擅作威福,被当时人讥讽为"马长角"。见《旧唐书》。

[9] 行蒺藜:蒺藜是一种有刺的野草,"行蒺藜"用以比喻路途艰辛。此句言由于崇信宦官,导致长安被吐蕃攻破,代宗不得不衣冠不整、路途艰辛地出逃至陕州。

[10] 屈原怀沙:屈原因愤国君之昏庸、小人之乱政,遂怀沙而沉于汨罗江中。见《史记·屈原贾生列传》。子胥弃:春秋时伍子胥辅佐吴王阖闾伐楚获胜,又辅佐吴王夫差打败越国。越国向吴国求和,伍子胥谏夫差拒绝越国请求,夫差却听信奸臣谗言而许和,并逼伍子胥自杀。见《史记·伍子胥列传》。

[11] 岐山：在今陕西岐山县，历史上为西周之发祥地。竹实：竹子的果实。据传凤凰只食竹实。在此比喻朝廷为贤才提供的待遇条件。

[12] 凤皇：即凤凰，在此比喻贤才高士。

【鉴赏】

"梁甫吟"本是乐府旧题，属相和歌楚调曲。郭茂倩《乐府诗集》卷四十一说："按梁甫，山名，在泰山下。《梁甫吟》，盖言人死葬此山，亦葬歌也。又有《泰山梁甫吟》，与此类同。"现存最早的《梁甫吟》作品属名诸葛亮，是咏晏婴二桃杀三士之事，以哀悼忠臣之遭谗被杀，后来诗人写此旧题也多从此义发挥。刘基本诗所写除沿袭旧题外，也是有为而发。刘基原来本有为元朝出力的打算，也有足够的智慧与能力，但却多次出仕都遭遇挫折，最后在平定方国珍起义时，又与上司意见不合，遂被罢官羁管绍兴，刘基甚至感愤欲自杀。正是在此种悲愤情绪下，他创作了这首《梁甫吟》。

诗作开头先用云翳蔽月、泥混江水起兴而笼罩全诗，然后通过对各种历史事件的回顾与评论，来突出贤者常为小人昏君所害的事实。尤其是他所提及的齐桓公、秦穆公、汉光武帝、唐太宗，都是历史上有名明君，却还会使贤者遭诬蔑，小人多得志，更不要说像唐肃宗、唐代宗、楚怀王、吴王夫差那样的平庸昏愦之辈了。所以他最后总结说，"岐山竹实日稀少，凤皇憔悴将安栖"，为贤者提供的环境越来越恶劣，他们还能到哪里去找安身之处呢？这不仅是对历史上贤者所受不公的感叹，更是自我悲愤心情的表现。他本来是可以为朝廷所用的，但如今连存身之处都难以找到，更不要说像历史上的周公那样去大展宏图了。于是，他要遵循"良禽择木而栖"的古训，另觅新主而一展抱负了。由此诗不仅能够体会刘基在元末时的真情实感，也可清楚了解他何以投向朱元璋的心理动机。沈德潜《明诗别裁》评此诗说："拉杂成文，极烦冤愤乱之致，此《离骚》遗音也。"此语用以形容刘基情感愤激而文字劲健则可，言其语无伦次、诗无章法则不可。因为诗作由兴而史，由史而感，章法分明，结构俨然也。

感　兴[1]

百年强半已无能[2]，愁入膏肓病自增。千里江山双白鬓，五更风雨一青灯。繁弦急管谁家宅？废圃荒窑昔代陵。不寐坐听鸡唱尽，素光穿牖日华升。

【注释】

[1] 本诗选自《四部丛刊》本《诚意伯文集》卷十六。
[2] 百年强半:指50岁左右。据此知该诗当作于至正二十年(1360)左右。又据"已无能"之意,刘基此刻尚未被朱元璋所召。

【鉴赏】

本诗作于至正二十年(1360)左右,乃元朝将亡而明朝将兴的转折时期。诗中表达了作者孤独寂寞的处境与心情,揭露了权贵们身处危境中却依然醉生梦死的荒淫腐朽,同时也暗示了一个新王朝的即将兴起。诗中感叹自身命运,概括历史兴衰变迁,寄托希望,体现了作者政治家的深刻预见与诗人身处孤独之境而不消沉的健康乐观情调。

题太公钓渭图[1]

璇室群酣夜[2],璜溪独钓时[3]。浮云看富贵[4],流水淡须眉。偶应非熊兆[5],尊为帝者师。轩裳如固有[6],千载起人思。

【注释】

[1] 本诗选自《四部丛刊》本《诚意伯文集》卷十五。
[2] 璇(xuán)室:美玉装饰的房子。此处指商纣王的荒淫奢靡。
[3] 璜(huáng)溪:即磻溪,在今宝鸡市渭水之滨。相传太公望在此垂钓而得璜玉,故又称璜溪。
[4] "浮云"句:轻视富贵之意,语出《论语·述而》:"不义而富贵,于我如浮云。"
[5] "偶应"句:相传周文王将出猎,使人占卜曰:"将大获,非熊非罴,天遣汝师以佐昌。"果然出猎时遇吕尚于渭水之滨。本句意为偶然间应合了文王非熊的梦兆。
[6] "轩裳"句:轩为车,裳为衣,轩裳指卿大夫所用的车与衣。本句说当太公官高位贵时,又像本来就拥有它们一样。

【鉴赏】

本诗虽是一首题画诗,但却是由题画、咏史与述志这三层内涵而构成的。前四句是对太公隐居生活的描绘,也是所题画面的实有内容。当殷纣王在宫中荒淫无度而弄得朝政一片黑暗时,吕尚却正在渭水边隐居垂钓。他此刻超然自适,无意于富贵,以自在悠闲的心境安度岁月。后四句是对太公出仕后生活情调的叙述,这是画面未提供的,如果说上四句为实写的话,此四句便是虚写。在一个偶然的机会里,吕尚遇到了文王这位明主,转眼间便被尊为帝王之师,并辅佐他建立了不世之功。面对着高官贵爵与赫赫功业,太公犹如对待隐居生涯一样坦然,就像自己本来就是如此似的。当然,作者对吕尚这位历史人物的咏叹并不是没有目的的,在他那"千载起人思"的诗句里,分明包含了他自己对太公此种境界与风度的向往之情,并暗示了他渴求君臣遇合、做帝王之师的志向,所以沈德潜说此诗"通首格高,隐然有王佐气象"。但渴望建立功业还并不是本诗的核心,其主旨在于求得一种安之若素的人生态度,不固执于一途,而要视有无合适的机遇来定。用传统的儒家术语说,就叫做"素"。《中庸》里说:"素富贵行乎富贵,素贫贱行乎贫贱,素夷狄行乎夷狄,素患难行乎患难,君子无入而不自得也。"就像吕尚一样,隐居时就安然垂钓,得志时就安然"轩裳"。这才是高人的自得境界。刘基通过对太公人生模式的回顾,认为应根据有无机遇而定,无机会时便安然隐居,有机会时便大展雄图。

古　戍[1]

古戍连山火[2],新城殷地笳[3]。九州犹虎豹,四海未桑麻。天迥云垂草[4],江空雪覆沙。野梅烧不尽,时见两三花。

【注释】

[1] 本诗选自《四部丛刊》本《诚意伯文集》卷十五。

[2] 古戍:古代所留军队戍守营地。连山火:相连的烽火。古代的烽火台多设于山上或高处,有敌情时山山相传,故言连山火。

[3] 殷(yǐn):震,震动。《旧唐书·昭宗纪》:"恸哭之声,殷动山谷。"笳:胡笳,北方少数民族的一种乐器,常用于行军号令。

［4］迥:遥远。汉班彪《北征赋》:"野萧条以莽荡,迥千里而无家。"云垂草:云与草相连,形容天地空远荒凉。

【鉴赏】

　　本诗是作者描写战乱的五言律诗,格调雄浑,骨力遒劲。首联从总体上写战乱之频仍,古戍与新城互文,言到处皆为战火;"连山火"与"殷地筇"对举,言战乱程度之烈。次联言战乱所导致之结果,正因"九州"依然虎豹遍地,所以"四海"未得及时农耕。第三联为作者眼中所见,大地荒凉故显天远而云与草相接,江面空阔乃因无船只来往而只有雪覆两岸黄沙。前六句极写战乱之祸害,显荒凉凄然之景象。而尾联却翻出新意,在荒凉空阔的画面里,犹有顽强之野梅花朵盛开,给人以生机,给人以活力,给人以希望,给人以力量。于是全诗遂由凄凉而转向昂扬,形成其悲壮遒劲的风格。

林　鸿

林鸿(生卒年不详),字子羽,福清(今属福建)人。洪武初年因荐授将乐县训导,历官礼部精膳司员外郎,年未四十而自免归。与周玄、郑定、黄玄、王褒、唐泰、高棅、王恭、陈亮、王偁号称"闽中十子",林鸿居其首,开闽诗派的先河。《四库全书总目提要》称"其论诗唯主唐音,所作以格调胜",但同时又引李东阳《怀麓堂诗话》说他"盖能极力摹拟,不但字面句法,并其题目亦效之,开卷骤视,宛若旧本。然细味之,求其流出肺腑、卓尔自立者,指不能一再屈也"。明人常用才思藻丽、气色高华来形容其诗风,大都是从形式格律着眼。究其实则写景咏物多有工丽之句,而亦时有失之浮泛之处。有《鸣盛集》。

夕　阳[1]

抹野衔山影欲收,光浮鸦背去悠悠。高城半落催鸣角,远浦初沉促系舟。几处闺中关绣户,何人江上倚朱楼。凄凉独有咸阳陌[2],芳草相连万古愁。

【注释】

[1] 本诗选自《四库丛书》本《鸣盛集》卷三。
[2] 咸阳陌:咸阳,秦代之都城,今属陕西,咸阳陌即咸阳的小道。

【鉴赏】

这是一首写景咏物的七律诗,最能体现闽中诗人的创作风格。其好处在于咏物之工丽,全诗紧扣夕阳的变化来写典型的景象。首联"抹野衔山"与"光浮鸦背"是对夕阳的具体描写,而"影欲收"与"去悠悠"则写出了夕阳的渐渐下山消逝。中间两联是写夕阳中人的活动。夕阳西下而高城鸣角,红日初沉而远浦系舟,闺中纷纷关上绣楼之门，而江边朱楼上正有关心远去亲人的少妇倚栏伫望。这些意象都是唐诗中反复出现过的，读来多有似曾相识之感。尾联的"凄凉独有咸阳陌，芳草相连万古愁"，尽管"凄凉独有"与"万古愁"的下语分量很重，却又很难找到具体所指以及与作者的具体联系，因而也就显得比较浮泛。有人以为尾联有元明之际的易代沧桑之感，但与林鸿本人的遭际并不相合。造景工丽而抒情浮泛乃是当时闽中诗人的共同特征，而且影响很大。

杨士奇

杨士奇(1365—1444),名寓,字士奇,以字行,泰和(今属江西)人。少时家贫力学,以教授生徒为生,曾到武昌游历。建文初以荐入翰林,充编纂官。明成祖即位,授编修,不久被荐入内阁典机务。历官少师,华盖殿大学士。卒赠太师,谥文贞。他与杨荣、杨溥同掌国政,极受仁宗、宣宗信任,世称"三杨"。他不仅在政治上历仕五朝,而且在诗文创作上亦为当时文坛领袖,以他为代表的诗风被称为"台阁体"。钱谦益《列朝诗集小传》评其诗曰:"大都词气安闲,首尾停稳,不尚藻饰,不矜丽句,太平宰相之风度,可以想见。以词章取之则未也。"其诗之特点为平易工稳,但缺乏激情与词采,部分写景之作也颇清新可喜。有《东里诗集》。

发 淮 安[1]

岸蓼疏红水荇青[2],茨菰花白小如萍[3]。双鬟短袖惭人见,背立船头自采菱。

【注释】

[1] 本诗选自《四库全书》本《东里诗集》卷三。
[2] 蓼(liǎo):一种水草,花淡红色或白色,生长在水边。荇:亦为水草,绿叶常常浮于水面。
[3] 茨菰(cí gū):又作"慈姑",一种水草,亦可作蔬菜食用。萍:浮萍。

【鉴赏】

本诗作于杨士奇晚年归乡探亲后的回京途中。此次还乡朝廷给了他很高的待遇,作者也实现了多年的心愿,所以心情、兴致极好,有闲情逸致一路欣赏山水景色。诗中所写是他从淮安出发时所见,格调清新,画面生动,是一首具有民歌风味的小诗。

前两句写景,以疏淡笔调写岸边水中的水草野花,红、白、青三种颜色构成一种清丽的色调。后两句写人,虽未触及人面,但"双鬟短袖"的装束,背身采菱的动作,已生动传神地活画出一位水乡少女,读来清新自然,饶有兴味。

于 谦

于谦(1398—1457),字廷益,号节庵,钱塘(今浙江杭州)人。永乐十九年(1421)进士,官至兵部尚书,在"土木堡之变"时抗击蒙古也先部入侵,有再造社稷之功。英宗复辟后遭诬被杀。有《忠肃集》。

咏 煤 炭[1]

凿开混沌得乌金[2],藏蓄阳和意最深[3]。爝火燃回春浩浩[4],洪炉照破夜沉沉。鼎彝元赖生成力[5],铁石犹存死后心[6]。但愿苍生俱饱暖,不辞辛苦出山林。

【注释】

[1] 本诗选自《四库全书》本《忠肃集》卷十一。
[2] 混沌:本指天地未分时的状态,此处指大地。乌金:即煤炭。
[3] 阳和:温暖与光明。
[4] 爝火:火把,小火。《庄子·逍遥游》:"日月出矣,而爝火不息;其于光也,不亦难乎?"此处指煤炭燃烧之火。
[5] 鼎彝:鼎为古时的三足烹煮器具,彝为古时盛酒器具。在此二者泛指烹饪工具。
[6] "铁石"句:古人认为煤炭为铁石所变,故言"犹存死后心"。

【鉴赏】

本诗乃托物言志之作。于谦为明代著名的志节之士,具有强烈的儒家入世情怀与责任心,本诗借煤炭以寄寓自己的此种情感。首联以"藏蓄阳和"为煤炭之深意,实则写自我关心国家百姓之志向。次联以一热一光来突出煤炭之作用,从中寄托了作者希望承担天下重任的理想。三联写世人对煤炭的依赖与煤炭对世人的拳拳深情,突出的是作者本人执着的责任感。尾联则直接说出了自己强烈的入世之情。诗的好处是将咏物与言志紧密结合起来,句句是言煤炭,紧紧抓住煤炭热与光的特性,而又句句是突出自我为百姓天下而勇于承担责任的远大志向。此外,本诗既流畅自然,又对仗工整,从而产生一种深沉的力量美。

李东阳

李东阳(1447—1516),字宾之,祖籍茶陵(今属湖南),其曾祖因戍兵籍而移居京师,居京城之西涯,故东阳又自号西涯。天顺八年(1464)进士,选翰林庶吉士,授编修。弘治八年(1495)以礼部右侍郎升文渊阁大学士,累官少师兼太子太师、吏部尚书、华盖殿大学士等职。正德间为首辅,虽在宦官刘瑾专权乱政时对所迫害之正直官员多有庇护,但也被当时许多士人视为疲软因循。卒后谥文正。李东阳为茶陵诗派之首领,以大学士身份领导文坛四十年,是从台阁体到前七子之间的过渡人物。他的诗因其生活内容的狭窄而尚未摆脱台阁体肤泛的诗风,但不少诗已有真实感受,在艺术上重视音节风调,因而显得声律谐畅,典雅明丽。其诗文集有今人整理的《李东阳集》及《李东阳续集》。

寄彭民望[1]

斫地哀歌兴未阑[2],归来长铗尚须弹[3]。秋风布褐衣犹短,夜雨江湖梦亦寒。木叶下时惊岁晚,人情阅尽见交难。长安旅食淹留地[4],惭愧先生苜蓿盘[5]。

【注释】

[1] 本诗选自《四库全书》本《怀麓堂集》卷十二。
[2] 斫地:表示愤恨貌,语出杜甫《短歌行赠王郎司直》:"王郎酒酣拔剑斫地歌莫哀。"斫,砍。阑:止,尽。
[3] 长铗:铗为剑柄,长铗即长剑。"弹铗"表示怀才不遇。战国时冯谖为孟尝君客,左右贱之,遂倚柱弹剑而歌曰:"长铗归来乎,食无鱼。……"孟尝君闻后即善待之。见《战国策·齐策》。
[4] 长安:国都之代称,此处指北京。

［5］苜蓿盘：盘中惟有苜蓿，喻生活清苦。唐薛令之生活清贫，遂作诗自嘲曰："朝日上团圆，照见先生盘。盘中何所有？苜蓿长阑干。"见五代王定保《唐摭言·闽中进士》。

【鉴赏】

　　本诗是作者致朋友彭泽的。彭泽，字民望，湖南攸县人。景泰间举人，曾官应天通判。能诗，有《老葵集》。诗中对朋友的不幸遭遇寄予了深切的同情，对其怀才不遇的命运深致不满。诗由彼及己，情真意切，对仗工整而又不失流畅，富有气势而又描写精致。《怀麓堂诗话》载该诗本事曰："彭民望始见予诗，虽时有叹赏，似未犁然当其意。及失志归湘，得予所寄诗云云，乃潸然泪下，为之悲歌数十遍不休，谓其子曰：'西涯所造一至此乎？恨不得尊酒重论文耳！'盖自是不越岁而卒，伤哉！"

李梦阳

李梦阳(1473—1530),字天赐,又字献吉,号空同子,庆阳(今属甘肃)人,后徙家汴梁。弘治六年(1493)进士,授户部主事,升郎中。弘治时因弹劾外戚不法而被系锦衣卫狱,正德间又因代韩文起草弹劾宦官刘瑾的奏疏而再次下狱。刘瑾伏诛后,任江西提学副使,又因与上司不合而罢官。宁王朱宸濠叛乱时,因替宁王作《阳春书院记》而被牵连下狱,后被人营救而卒于家中。有《空同集》传世。李梦阳为复古派前七子领袖人物,倡言"文必秦汉,诗必盛唐",故其诗作多有模仿前人之处,但也有许多情感真挚、气魄豪迈之作。清人沈德潜《明诗别裁集》评其诗曰:"空同五言古宗法陈思、康乐,然过于雕刻,未极自然;七言古雄浑悲壮,纵横变化;七言近体开合动荡,不拘故方,准之杜陵,几于具体。故当雄视一代,邈焉寡俦。"

秋　望[1]

黄河水绕汉边墙[2],河上秋风雁几行。客子过壕追野马[3],将军韬箭射天狼[4]。黄尘古渡迷飞挽[5],白月横空冷战场。闻道朔方多勇略[6],只今谁是郭汾阳[7]?

【注释】

[1] 本诗选自《四库全书》本《空同集》卷三十二。

[2] 汉边墙:实指明朝当时在大同府西北所修的长城,它是明王朝与鞑靼部族的界限。由于李梦阳追求复古,喜在诗文中用古地名,故言"汉边墙"。另一本子则作"汉宫墙"。

[3] "客子"句:"客子"指离家戍边的士兵;"过壕"指越过护城河;"野马"本意是游气或游尘,语出《庄子·逍遥游》,在此指北风卷起的尘埃。

[4] 韬(tāo)箭：将箭装入袋中，就是整装待发之意。韬，装箭的袋子。天狼：指天狼星，古人以为此星出现预示有外敌入侵，"射天狼"即抗击入侵之敌。

[5] 飞挽(wǎn)：快速运送粮草的船只。

[6] 朔方：唐代方镇名，治所在灵州(今宁夏灵武西南)，此处泛指西北一带。

[7] 郭汾阳：即郭子仪，唐代名将，曾任朔方节度使，以功封汾阳郡王。

【鉴赏】

　　本诗典型地代表了李梦阳诗歌的风格特点，因为他论诗力主盛唐，追求一种雄浑阔大的境界，而王世贞曾称该诗为"雄浑流丽"，可见是合乎其追求的理想风格的。全诗围绕"秋望"二字落笔，首二句先构画一幅宏大景象：黄河奔流不息地围绕于长城之墙边，大雁飞翔于秋日之高空，起笔不仅点出季节特征，更描绘出了空阔苍凉的境界，显得极有气势。三四句写戍边将士之形象，士兵越濠过沟迅疾如追野马，将领腰弓携箭严阵以待，他们时刻准备痛击入侵之敌，写来颇有劲健之力量。五六句则是两幅对比的画面：长城之内，一片繁忙，飞扬的尘土几乎笼罩了繁多的运粮船只；而长城之外，则是白月横空、清冷空阔的古战场。两幅画面拼接在一起，则预示了战争的漫长与残酷。最后两句则意味深长地指出，听说西北一带多有勇武才智之士，但是有谁能够像唐代的郭子仪那样，立下平定叛乱、大破吐蕃的赫赫战功呢？诗作从绘写西北景象落笔，然后再叙写戍边将士的行为，又进一步论及战争的残酷，最后以感叹收尾，可谓一气呵成，的确显得雄健而又流丽。当然，该诗有明显的拟古痕迹，其结尾的方式，令人有似曾相识之感，具体地讲，其实也就是王昌龄"但使龙城飞将在，不教胡马度阴山"之意。但在对郭子仪的怀念中，同时也体现了作者渴慕汉唐盛世的复古心态，更表露了他对明代边患的忧虑和重振朝威的决心。应该说这是将复古与抒情结合较好的作品。

何景明

何景明(1483—1521),字仲默,号白坡,又号大复山人,信阳(今属河南)人。弘治十五年(1502)进士,授中书舍人。正德中因得罪宦官刘瑾而被免职,刘瑾伏诛后复原官,后官至吏部员外郎、陕西提学副使等职。三十九岁病逝。何景明亦为前七子首领,与李梦阳齐名,他在创作上虽不反对模仿古人,但更强调舍筏登岸,不露形迹。在诗歌风格上他更欣赏初唐,以清新流丽为主,故黄清甫曰:"大复诗因意著词,就词成篇,故情兴冲逸,兴象闲雅。曩与李公共骤词坛,并崇雅道。李则气势为盛,公则风度为优。"其诗文集较完善者有今人李淑毅等所整理的《何大复集》。

秋 江 词[1]

烟渺渺[2],碧波远,白露晞[3],翠莎晚[4]。泛绿漪[5],蒹葭浅[6],浦风吹帽寒发短[7]。美人立,江中流,暮雨帆樯江上舟,夕阳帘栊江上楼[8]。舟中采莲红藕香,楼前踏翠芳草愁。芳草愁,西风起,芙蓉花[9],落秋水,鱼初肥,酒正美。江白如练月如洗[10],醉下烟波千万里。

【注释】

[1] 本诗选自李淑毅等点校《何大复集》卷六。
[2] 烟渺渺:烟波浩渺。形容水面宽阔,无边无际。
[3] 晞(xī):干。此乃点出时间为早上。
[4] 翠莎晚:翠绿的莎草已经成熟。莎草是一种草本植物,俗称香附子,可入药。
[5] 漪(yī):涟漪,细微的波纹。
[6] 蒹葭(jiān jiā):《诗经·秦风·蒹葭》:"蒹葭苍苍,白露为霜。所谓伊人,在

水一方。"蒹,荻草;葭,芦苇。

[7]"浦风"句:"浦风"指水边的风。吹帽:用晋朝孟嘉典故。《晋书·孟嘉传》载,桓温集群僚宴会,孟嘉被风吹帽落地,却浑然不觉。后以"吹帽"为重九登高雅集的典故。何景明《九日》诗:"吹帽他时兴,登台此日情。"在本诗中是暗用此典,并有潇洒随意之意。

[8]帘栊:悬挂竹帘的窗户。

[9]芙蓉花:即荷花。

[10]"江白"句:化用南齐谢朓《晚登三山还望京邑》"澄江静如练"之语。练,白绢。

【鉴赏】

本诗是何景明的代表作,内容主要是写江上之所见。作者以秋为背景,以江为中心,通过时间的推移来表现景色的变幻,并由此而引起情感的波动。在语言上三言、七言句相间使用,从而产生强烈的节奏感。全诗显示了一种既清新流丽又含蓄朦胧的美,故而清人沈德潜以"美人娟娟隔秋水"形容之。

唐　寅

唐寅(1470—1523),字伯虎,一字子畏,号六如居士等,吴县(今江苏苏州)人。年轻时才气奔放,与文徵明、祝允明及徐祯卿一起被称为"江南四才子"。弘治十一年(1498)举乡试第一,大受詹事程敏政赏识,并被招致程氏门下往还。次年唐寅至京参加会试,因受主考官程敏政科场舞弊案株连而下诏狱,被黜为吏,耻不就。自此遂无意于功名,致力绘事,以卖画为生。并筑室桃花坞,自号桃花坞主,诗酒自放。文采风流,辉耀江南,因刻石章,号称"江南第一风流才子"。晚好禅学,归心佛氏,故又号六如居士。年五十四而卒。唐寅博学多才,又精于书画,善山水人物花鸟,与沈周、文徵明、仇英合称"江南四家"。诗文初尚才情,晚年颓然自放。诗中多表现及时行乐与玩世不恭的内容,实则为真实地抒写自我性灵;艺术上则自由挥洒,不假外饰,无意于工拙。王世贞称其诗为"乞儿唱莲花落",指其不避俚俗、节奏明快、韵脚流转的民歌特点。此虽与传统诗歌有异,却已开晚明公安派"独抒性灵,不拘格套"之先河。今有周道振、张月尊辑校的《唐伯虎全集》。

把酒对月歌[1]

李白前时原有月,惟有李白诗能说[2];李白如今已仙去,月在青天几圆缺。今人犹歌李白诗,明月还如李白时;我学李白对明月[3],月与李白安能知?李白能诗复能酒,我今百杯复千首;我愧虽无李白才,料应月不嫌我丑。我也不登天子船,我也不上长安眠[4];姑苏城外一茅屋[5],万树桃花月满天。

【注释】

[1]本诗选自《唐伯虎全集》卷一。

［2］李白诗能说：此指李白多以月为题写诗，如《峨眉山月歌》《月下独酌》《望月有怀》《雨后望月》《静夜思》等等。

［3］对明月：即与月问答，如"青天有月来几时，我今停杯一问之"（《把酒问月》），"举杯邀明月，对影成三人"（《月下独酌》）。

［4］"我也"二句：化用杜甫《饮中八仙歌》之句，杜诗为："李白一斗诗百篇，长安市上酒家眠。天子呼来不上船，自言臣是酒中仙。"作者在此化用其意，表示自己比待诏翰林的李白更旷达。

［5］姑苏：即今江苏苏州市。一茅屋：指桃花坞。《明史·唐寅传》载："筑室桃花坞，与客日般饮其中。"

【鉴赏】

在诗中，唐寅用月、诗、酒三种媒介将作者自我与诗人李白联系在一起，在广袤的时空中展开对比性联想，最终收归到"我也不登天子船，我也不上长安眠"的独立狂傲上来，从而突出了诗人与李白的呼应共鸣。用笔挥洒自如，情感豪放不羁，从中显示了作者的才气与风采。

祝允明

祝允明(1460—1526),字希哲,因右手生有枝指,故号枝山、枝指生,长洲(今江苏苏州)人。弘治五年(1492)举人,后连试进士皆不第,除广东兴宁知县,迁应天府通判,不久谢病归乡。祝允明自幼多才多艺,尤工书法,为人任诞狂傲,不羁礼法,好酒色六博,善度新声,曾粉墨登场,梨园子弟相顾不如,乃明代中期出名的狂放士人。他的诗也以狂放自如而著称,最突出者为哲理诗与抒情诗,往往表现出狂放之论与不羁人格,同时又饱含激情。所以明人顾璘称其诗"吐词命意,迥绝俗界"(《国宝新编》)。但也往往存有拣择不精之弊。有《怀星堂集》传世。

秋宵不能寐[1]

官街彻夜鼓声悲[2],万古浑无至静期。百事生来酒醒处,七情伤向梦回时。红颜交代将人误[3],青史升沉与世移。独起挑灯映窗坐,秋光月色共参差。

【注释】

[1] 本诗选自《四库全书》本《怀星堂集》卷六。
[2] 官街:都市中的大街。
[3] 红颜:此谓青春。交代:转移,更换。

【鉴赏】

作品由官街鼓声引发出对历史、现实与人的生命价值的思考,感叹人世的纷扰、青春的短暂,以及历史评判的反复无常,并产生出与月光秋色共融于一体的超然追求。这是明代较早留意人生个体价值的诗作。

王守仁

王守仁(1472—1529),字伯安,因其曾创办阳明书院,故世称阳明先生,余姚(今属浙江)人。弘治十二年(1499)进士,授刑部主事,改兵部。正德元年(1506)因上疏救御史戴铣而触怒宦官刘瑾,被廷杖四十后谪贵州龙场驿丞。刘瑾伏诛后先移官庐陵知县,后又擢右佥都御史巡抚南赣、两广,其间平定南中之乱与朱宸濠叛乱,因功升南京兵部尚书,封新建伯。嘉靖八年(1529)又奉命出征广西,途中病死于南安。王守仁是明代心学的开创者,创良知学说,成为明代中后期广为流行的一大学派。其主要精力用于讲学与思辨,诗文乃其余事。但他又是具有较高美学修养的诗人,早年曾与李梦阳等文学之士交往密切。他的散文博大畅达,有类苏轼。其诗部分有讲学诗倾向,缺乏形象与情感。但也有许多诗情理兼备,意趣高远,具有较高的审美价值。今有吴光编校《王阳明全集》。

龙潭夜坐[1]

何处花香入夜清?石林茅屋隔溪声。幽人月出每孤往[2],栖鸟山空时一鸣。草露不辞芒屦湿[3],松风偏与葛衣轻[4]。临流欲写猗兰意[5],江北江南无限情。

【注释】

[1]本诗选自《王阳明全集》卷二十。
[2]幽人:幽隐之人,亦即隐士。语出《易·履》:"履道坦坦,幽人贞吉。"
[3]芒屦(jù):芒为一种草本植物,芒屦即芒鞋,亦即草鞋。
[4]葛衣:葛是一种可用于织布的草本植物,葛衣即用葛布制的夏衣。
[5]猗兰:古琴曲《猗兰操》的省称。《乐府诗集》卷五十八引《琴操》曰:"《猗兰操》孔子所作。……(孔子)自卫反鲁,隐谷之中见香兰独茂,喟然叹曰:

'兰当为王者香,今乃独茂,与众草为伍。'乃止车援琴鼓之,自伤不逢时,托词于香兰云。"此处所言"猗兰意"有圣者生不逢时的意思。

【鉴赏】

本诗作于王阳明在安徽滁州时。阳明年谱正德八年条目下载:"冬十月,至滁州。滁山水佳胜,先生督马政,地僻官闲,日与门人遨游琅琊、瀼泉间。月夕则环龙潭而坐者数百人,歌声振山谷。诸生随地请正,踊跃歌舞。旧学之士皆日来臻。于是从游之众自滁始。"道出了滁州的山水之美与心情的闲适自得。但本诗乃作者一人独赏美景,诗中以花香、溪声、月光、栖鸟、空山、松风,构成一种幽静的环境,烘托出一位情趣高雅的幽人,可谓一种情景交融、余韵悠长的艺术境界,而"猗兰"典故的运用,又寄寓了作者高洁的圣者情怀,是一首值得品味的好诗。

山中漫兴[1]

清晨急雨度林扉,余滴烟梢尚湿衣。雨水霞明桃乱吐,沿溪风暖药初肥。物情到底能容懒,世事从前顿觉非。自拟春光还自领,好谁歌咏月中归。

【注释】

[1] 本诗选自《王阳明全集》卷二十。

【鉴赏】

正德十六年(1521),王阳明由于朝廷的不公与官场的混乱而辞职归越,决定去过退隐的生活。他在家乡的主要活动是聚徒讲学与漫游山水,在领略自然风光中使自己的心灵得到了放松与调整。本诗便是此种心情的表露。诗的首联将自己安置在一个雨后清新的环境里,次联极为鲜明地描绘了山中美好的景色,同时作者也将自己融化在明霞红桃里。在自然美景中,他是如此的从容自得,因而第三联便突出他的这种满足感,以致使他深感从前官场忙碌的失算。最后在饱赏春光之后,一路歌咏而归,其人生的满足感可谓溢于言表。

杨　慎

杨慎(1488—1559),字用修,号升庵,新都(今四川成都新都区)人。正德六年(1511)进士第一,授翰林院修撰,充经筵讲官。嘉靖初年,世宗因武宗死时没有子嗣而以藩王身份继皇帝位,在如何尊称其父上与大臣产生分歧,史称"大礼议"。杨慎等联合朝臣二百余人跪于左顺门撼门大哭,声震阙廷,结果被世宗廷杖两次,削去官职,谪戍云南永昌卫,投荒三十余年,于嘉靖三十八年(1559)卒于戍所。杨慎登第出李东阳门下,并在诗学上得其指授,为明代第一博雅君子。在创作上博采汉魏唐宋众长而不规模于一家一派,于前七子之外自成一格。其诗歌风格以谪戍永昌为界限分前后两期,正如陈田《明诗纪事》所说:"升庵诗,早岁醉心六朝,艳情丽曲,可谓绝世才华。晚乃渐入老苍,有少陵、谪仙格调,亦间入东坡、涪翁一派。"杨慎于诗各体兼善,但尤于七言近体最有特色,雄浑绮丽,情韵高华,并能汲取西南民歌笔调,得其清新流丽之长。有《升庵集》。

丙午除夕口占[1]

六十头颅雪满簪,老狂犹作少年吟。已消湖海元龙气[2],只有沧浪渔父心[3]。俯仰乾坤吾道泰,逍遥岁月主恩深。屠苏饮罢椒花暖[4],错料梅花冷不禁。

【注释】

[1] 本诗选自《升庵遗集》卷十三。

[2] 湖海元龙气:语出《三国志·魏志·陈登传》。东汉陈登字元龙,许汜曾到陈登处谈论求田问舍的话题,陈登听后感到言无可采,就很久不和许汜说话。后来许汜对刘备说:"陈元龙湖海之士,豪气不除。"因而"湖海元龙

气"指胸有大志的豪气。作者此句说他已经没有早年的豪情壮志。
- [3] 沧浪渔父心:指归隐之心。《楚辞·渔父》:"渔父莞尔而笑,鼓枻而去。乃歌曰:'沧浪之水清兮,可以濯吾缨;沧浪之水浊兮,可以濯吾足。'"后来以"沧浪渔父"或"沧浪老人"指隐居者。
- [4] 屠苏、椒花:皆酒名。古时风俗,正月初一进屠苏酒、椒花酒。

【鉴赏】

　　本诗作于嘉靖"丙午"即二十五年(1546)的除夕,本年杨慎五十九岁(诗中言六十是取其整数),自嘉靖三年(1524)被谪戍以来,他已经整整在云南此一偏远之地度过了二十二个年头。全诗的内涵比较复杂,其中既显示了因长期的谪戍生活对其济世热情的消磨,同时又体现着作者狂傲个性的始终如一。

　　首联言自己虽已年近六十满头白发,而犹有年轻人的狂放精神。颔联突然一转,称自己已消尽早年陈元龙那样的豪情壮志,所拥有的只是隐居自保的念头。这似乎与首联所言不一,其实并不矛盾。他所称的"元龙气"除了狂傲外,更主要的是大济天下苍生的政治追求,但当他年近六十时,他自知已经不会再有机会,同时也兼有向皇上表白自己已无他念的意思。可没有政治追求并不等于没有道德人格,所以颈联说自己俯仰乾坤,无愧于天地,故能泰然自若。当然之所以能够如此,也与皇上圣恩宽厚密切相关,此名为颂圣而实则语含讥讽,因为将其置于此地的不就是当今圣上吗,又谈何"主恩"？尾联又回到首联的狂放格调中,你们错误估计我会经不起恶劣环境折磨,但我喝了屠苏、椒花酒后却正意气风发,犹如梅花在寒风中傲然开放。这就是杨升庵先生,朝廷可以将其罢官,可以将其流放,却始终不能消除他的一身傲气。

徐　渭

　　徐渭(1521—1593),字文清,又字文长,号天池山人、青藤道士、田水月等,山阴(今浙江绍兴)人。嘉靖十九年(1540)为诸生,后屡试举人不中。嘉靖三十七年(1558)入浙闽总督胡宗宪幕佐其平定倭乱,大受胡氏信任。后胡宗宪因严嵩倒台而下狱,徐渭受到牵连,遂发狂自残,又杀其继妻,被下狱论死。获救出狱后曾漫游南北,以卖书画为生。晚景凄凉,于七十三岁时忧愤而卒。有《徐文长集》《樱桃馆集》等传于世,今人编为《徐渭集》。徐渭诗文书画俱精,还擅长于戏曲创作与批评。其散文以议论通达、自然流畅为特征,受唐顺之本色论的文学思想影响较大。诗歌亦颇具个性,其奔放自然似李白,怪异奇特似李贺,而诙谐通脱又似苏轼。其风格对晚明公安派有较大影响,袁宏道、陶望龄均曾作传记叙其人而评其诗。《四库全书总目提要》评其诗曰:"欲出入李白、李贺之间,而才高识僻,流为魔趣,选言失雅,纤佻居多,譬之急管幺弦,凄清幽渺,足以感荡心灵,而揆以中声,终为别调。"

葡萄五首(其一)[1]

　　半生落魄已成翁,独立书斋啸晚风。笔底明珠无处卖,闲抛闲掷野藤中。

【注释】

　　[1]本诗选自《徐渭集》卷十一。

【鉴赏】

　　本诗是徐渭为自己的画所题的诗,原诗共有五首,此为第一首。但保留至今的画上,却只题有此一首诗,也许此首是作者最满意的吧。原因很清楚,它是徐渭本人的自画像。前二句是直写,说自己半生功名无成,而今已成老翁,只有独立书斋而长啸。后二句则一语双关,"明珠"既指画中水墨所画葡萄,又指自己超人才能,"闲抛闲掷野藤中"既是实写,又寄寓着自己不幸的命运。

李攀龙

　　李攀龙(1514—1570),字于鳞,号沧溟,历城(今山东济南)人。嘉靖二十三年(1544)进士,初授刑部主事,历员外、郎中。嘉靖三十二年(1553)迁顺德知府,三年后升任陕西提学副使。不久托病归乡,建白雪楼啸饮其中。隆庆元年(1567)起为浙江副使,迁参政,拜河南按察使。因母丧返乡,哀伤过甚而病逝于家中。有《沧溟先生集》传世。李攀龙继李梦阳后而倡言复古,与王世贞同为后七子领袖,以性情狂傲著称。其诗总体上均有模拟重复之弊,但其中乐府诗最为人所诟病,近体诗情形稍好,尤以七言律最为人所称道。

岁杪放歌[1]

　　终年著书一字无,中岁学道仍狂夫。劝君高枕且自爱,劝君浊醪且自沽[2]。何人不说宦游乐?如君弃官复不恶。何处不说有炎凉?如君杜门复不妨[3]。纵然疏拙非时调[4],便是悠悠亦所长[5]。

【注释】

[1] 本诗选自包敬第点校《沧溟先生集》卷五。岁杪(miǎo):岁尾。

[2] 浊醪(láo):浊酒。沽:买酒。

[3] 杜门:闭门不出。王世贞《艺苑卮言》卷七:"于鳞归杜门,自两台监司以下请见不得。去亦无所报谢,以是得简倨声。"知李攀龙在此为实写其行为。

[4] 疏拙:疏于礼法,拙于世事。时调:流行风气。此句言其不合时宜。

[5] 悠悠:悠然,安闲貌。

【鉴赏】

　　本诗应作于李攀龙嘉靖三十八年(1559)至隆庆元年(1567)隐居家乡白雪楼时。

《明史·李攀龙传》载:"攀龙既归,构白雪楼,名日益高。宾客造访率谢不见,大吏至亦然,以是得简傲声。"在本诗中,即形象地刻画出了作者狂傲不羁、高视自我的文人品格。作者在诗中处处写自己与世人俗情相对之个性:他人著书为传之久远,而自己终年著书却一字不留;他人学道为增加修养,自己学道已至中年却仍是一介狂夫;他人觉得做官有无穷之乐,自己却感到弃官也别有味道;他人深通世态炎凉之道而极重交往,自己却认为杜门不出也没有什么不好。尽管自己也知道如此做法不合于时,但却获得了悠然自得的安宁平静。所以才会高吟"劝君高枕且自爱,劝君浊醪且自沽"的诗句。钱锺书《谈艺录》曾引唐人张谓《赠乔琳》之诗以作对照:"去年上策不见收,今年寄食仍淹留。羡君有酒能便醉,羡君无钱能不忧。如今五侯不爱客,羡君不慕五侯宅。如今七贵方自尊,羡君不过七贵门。丈夫会应有知己,世上悠悠何足论。"认为二诗在章法上多有相同之处,却又能自达其意,所谓"亦步亦趋,而自由自在"。前后七子摹拟古人是其相同处,但能够如此不露形迹却并不容易,这大概与作者此时感情充沛、见解深刻有直接的关系。

王世贞

王世贞(1526—1590),字元美,号凤洲,又号弇(yǎn)州山人,太仓(今属江苏)人。嘉靖二十六年(1547)进士,曾任刑部主事、山东兵备副使等职,因父亲获罪被杀而解官。隆庆初年,其父之案得以平反,复起为大名兵备副使,并先后任山西按察使、湖广按察使、广西布政使、太仆寺卿等职,最后官至刑部尚书。著有《弇州山人四部稿》及《弇州山人续稿》等。王世贞为复古派后七子领袖,为诗文力主秦汉盛唐,当时名气极大,尤其是李攀龙病逝后,独主文坛二十余年。但他却反对一味模仿古人,主张博采众长,善于变化。加上他学识渊博,才力雄健,因而在诗歌创作上取得的成就比李攀龙更大。其诗风格以高华秀逸为主,然各体又自有特色,朱彝尊《静志居诗话》评其诗曰:"乐府变奇奇正正,易陈为新,远非于鳞生吞活剥者比。七律高华,七绝典丽,亦未遽出于鳞下。"其缺点主要是驳杂不纯。

哭梁公实十首(其四)[1]

草色罗浮满[2],茫茫不可寻。乾坤闻笛赋[3],山水断弦心[4]。大业中途阻,雄才半陆沉。呼儿检书札,读罢细沾襟。

【注释】

[1] 本诗选自《四库全书》本《弇州四部稿》卷二十五。

[2] 罗浮:即罗浮山,在广东东江北岸,以风景优美著称。钱谦益《列朝诗集小传》丁集上记载,梁有誉曾经"与黎民表约游罗浮,观沧海日出。海飓大作,宿田舍者三夕,意尽赋诗而归,中寒病作,遂不起,年三十六"。

[3] 笛赋:梁有誉有《霜夜楼中闻笛有感》(《兰汀存稿》卷二),为当时传诵名作,在此代指梁之诗作。又臧荣绪《晋书》与向秀《思旧赋序》均记嵇康死

后,好友向秀过其旧庐,闻笛声嘹亮,触发对旧友的怀念之情,乃作《思旧赋》。此处暗用此典,以抒发对挚友的深沉之思。

[4]"山水"句:《吕氏春秋·本味》记载,伯牙善弹琴,钟子期为知音。钟子期死,伯牙破琴绝弦,终身不复鼓琴。此处寓挚友逝去悲伤难抑之情。

【鉴赏】

本诗是作者对其诗友梁有誉的悼念之作。梁有誉,字公实,号兰汀,顺德(今属广东)人。嘉靖二十九年(1550)进士,授刑部主事,后因病归乡,病逝于家。他是后七子成员之一,著有《兰汀存稿》。诗中抒发了对梁有誉逝世的沉痛之情,及二人之间深厚的情谊,并进一步发出"雄才半陆沉"的感叹与不满。诗歌情感真挚,意境浑厚,寄意深远,是复古派作品中的佳作。

登太白楼[1]

昔闻李供奉[2],长啸独登楼。此地一垂顾,高名百代留。白云海色曙[3],明月天门秋[4]。欲觅重来者,潺湲济水流[5]。

【注释】

[1]本诗选自沈德潜《明诗别裁集》卷八。

[2]李供奉:即李白。他在天宝初年被唐玄宗召见,令其"供奉翰林",后来便称其为李供奉。

[3]"白云"句:此处既是实指当时景色,也是再现李白诗境。李白《鲁郡东石门送杜二甫》:"秋波落泗水,海色明徂徕。""海色"指将晓的天色。

[4]"明月"句:与上句用法同。李白《游泰山》:"天门一长啸,万里清风来。"泰山有南、中、西数处天门,此处是泛指。

[5]潺湲(chán yuán):指水缓缓流动的样子。济水:水名,发源于河南济源县王屋山,经山东与黄河并流入海。

【鉴赏】

诗作出自复古派领袖王世贞的笔下,所表现的是一种对于李白精神风采的仰慕与向往。其好处在于作者那种大处落笔、虚实结合的手法。前四句突出李白当年的风采:当年的李白独自一人登楼长啸,经他这一垂顾,这座楼便成为百代相传的名胜古迹。作者写李白的风采并不从具体事件入手,而是将其襟怀风度与太白楼同笔写出,从而显得既传神又精练。五、六二句是虚实结合的写法:黎明曙光中白云飘动,明月当空时辽阔无际,这既是王世贞登楼时的所见景象,也是李白当年在山东时常常写到的诗境。也正是通过这种高远阔大的意境,将作者与李白的精神连接起来。最后两句是作者的深深感叹:当他凭楼远望时,景还是这样的景,楼还是同一座楼,但是却再也没有李白那样的人物来登临长啸,再也没有人能写出像李白那样意境高超的诗作了,所见到的,只有那日夜缓缓流动的济水,默默无言,长久不息。至此,一种向往、思慕、惆怅的复杂情感,便通过这一幅"潺湲济水流"的画面生动形象地表现出来了。本诗充分说明王世贞在创作上是深得唐人笔法的,他不仅用笔灵活多变,而且决不直接将情写出,而是在叙事与写景中见出情来,给人意味深长的美的享受。

谢 榛

谢榛(1495—1575),字茂秦,号四溟山人,临清(今属山东)人。明后期布衣诗人,后七子成员之一。谢榛早年即有诗名,李攀龙、王世贞初在京城结诗社时,曾推其为盟长。待李攀龙名声大盛后,论诗与谢榛不合,遂致书信与谢榛绝交,而王世贞等人皆袒护李攀龙,以致削谢榛名于"七子""五子"之列,但终于难掩其诗名。谢榛论诗以融汇古人为旨归,重视神气声调的揣摩。钱谦益《列朝诗集小传》评其诗说:"茂秦今体,工力深厚,句响而字稳,七子、五子之流皆不及也。"虽难免有夸大失实之处,但谢榛的近体诗的确有自己的风格。有《四溟山人集》《四溟诗话》等。

大梁冬夜[1]

坐啸南楼夜,孤灯客思长。人吹五更笛,月照万家霜。归计身多病,生涯鬓易苍。征鸿向何许[2],春日遍湖湘[3]。

【注释】

[1] 本诗选自朱其铠等校点《谢榛全集》卷八。
[2] 征鸿:远飞的大雁。何许:何处,什么地方。
[3] 湖湘:指湖南的洞庭湖与湘江一带。传说大雁南飞至衡阳回雁峰而止,故言湖湘。

【鉴赏】

诗中所写为作者客居大梁时的感受。大梁乃是战国时魏国的都城,后七子作诗喜用古地名,此处应是借指开封。本诗的好处在于情景交融,意境高远。首联以情起,南楼孤灯,客思深长,不禁坐而长啸。次联写景,"人吹五更笛"写其所听,"月照万家霜"写其所见,闻笛声知其不寐,见月霜则显其凄凉,虽为写景而凄冷之情已包含其中。第三联为抒情，欲归则身多疾病，生涯坎坷则两鬓易白。中间两联是情景交融之佳句，景为情中之景，情乃景起之情，可谓意象鲜明，情思悠远。尾联以雁回湖湘作结，是意在言外的笔法，作者推测那远飞的大雁会至何处呢？它一定会到春意盎然的湖湘之地，而自己却依然身处大梁感受这凄凉的处境，岂不更增一重感伤。但作者并不将这层意思说出，而是寄己意于雁回湖湘的意象之中，从而具有言有尽而意无穷的艺术效果。

李 贽

李贽(1527—1602),字宏甫,号卓吾,又号温陵居士,泉州晋江(今福建泉州)人,明代杰出的思想家与文学家。嘉靖三十一年(1552)中福建乡试举人,因家境贫寒,不再参加进士考试而直接入仕,先后做过教谕、礼部司务等中下级官员,最后官至云南姚安知府。万历八年(1580)辞官至湖北黄安耿家相聚讲学,后因与耿定向进行学术论争而关系破裂,迁至麻城龙湖芝佛院,并剃发以示与世俗决绝,继续进行著述与讲学。万历三十年(1602)以"敢倡乱道,惑世诬民"的罪名被朝廷逮捕,并最终在狱中自杀身亡。其诗文主要收于《焚书》《续焚书》中。李贽在文学思想上提倡"童心说",强调思想情感的真实自然与艺术表现的流畅不拘。其诗歌创作情感充沛,表达自如,往往在诗中真实地袒露自我,具有鲜明的个性色彩。

初到石湖[1]

皎皎空中石[2],结茅俯青溪[3]。鱼游新月下,人在小桥西。入室呼尊酒,逢春信马蹄[4]。因依如可就[5],筑竹正堪携[6]。

【注释】

[1] 本诗选自《焚书》卷六。

[2] "皎皎"句:皎皎,洁白的样子。空中石,因潭为石底,非常清澈,所以石头犹如在空中一样。

[3] "结茅"句:临着清澈的溪水建造茅舍。

[4] 信马蹄:任凭马随意所至。信,听任,任凭。

[5] "因依"句:意为如果朋友可以前去拜访。因依,本意为依靠、依倚,此处引申为朋友、施主等意。

［5］筇（qióng）竹：即筇都筇山所产之竹。由于其宜于作杖，所以便成为竹杖的称呼。

【鉴赏】

　　本诗大约作于李贽刚到芝佛院时。题目中所称"石湖"即龙湖，因该湖为石底而清澈，故又名石湖。李贽于万历十六年（1588）秋到龙湖，但诗中已有"逢春"之语，则显然已在此过了春季，而既言"初到"，又不可能太久，因此具体时间当是在万历十七年（1589）春。这首五律具有清新自然、空灵闲逸的风格。李贽在辞官后本来住在耿定向家中，与志趣相投的老二耿定理谈禅论道，非常融洽。万历十二年（1584）耿定理病逝后，为学观念逐渐与耿定向发生分歧，耿定向因担心本家子弟受李贽禅学思想的影响而妨碍做官，故对李贽多方限制、劝说，甚至加以人身攻击，以致最后李贽不得不从耿家出来搬到龙湖芝佛院中。但他也由此而得到了解脱，具有了肉体与心灵的自由自在，本诗正反映了他刚到龙湖时的生活情调与心理感受。在诗中，湖石、青溪、游鱼、新月、小桥诸般景物，构成了一幅安静悠闲的画面，主人公置身其中，既可以饮酒，又可以游春；既适于携杖拜访朋友，又能够独立小桥观鱼而乐。整首诗的情调乃是自由随意，毫不勉强。"呼"显示出其无拘无束，"信"表现出悠然自得；而"如可就"与"正堪携"则透露出其无可无不可的随遇而安。而将这安静悠闲的画面与无可无不可的人生态度相合，正是南宗禅所追求的物我两忘的浑然境界，从而使本诗具有了与王维、苏轼的某些诗篇相同的境界。

汤显祖

汤显祖(1550—1617),字义仍,号海若、若士、清远道人等,临川(今属江西)人。早年颇有文名,但由于其正直自负的个性而在科举仕途上多次受挫,直至万历十一年(1583)才得中进士。曾任南京太常博士、南京礼部主事等职。万历十八年(1590)因上疏抨击时政而被贬为广东徐闻典史,后又迁遂昌县令,因不满官场混乱、政治黑暗而弃官归隐,家居而卒。汤显祖以创作戏曲剧本"临川四梦"而享誉文坛,在诗歌创作上也别具一格。钱谦益《列朝诗集小传》说他"少熟文选,中攻声律,四十以后,诗变而之香山、眉山",也就是从六朝的华丽到唐代的格律谨严再到白、苏的晓畅平易。陈田《明诗纪事》说:"义仍与袁中郎善,舍七子而另辟蹊径,趣向则一。"这就又将其归入性灵诗派。清人王夫之则认为汤显祖的诗有汉魏的雄浑而对其大为赞赏。这些说法均道出汤诗之一面,而贯穿汤诗始终的乃是重情的特征与突出的个性。今有《汤显祖集》《汤显祖集全编》。

听说迎春歌[1]

帝里迎春春最近[2],年少寻春春有分。可怜无分看春人,忽听春来闲借问。始知帘户即惊春,夹道妆楼相映新。楼前子弟多春目,楼上春人最著人[3]。

【注释】

[1] 本诗选自《汤显祖诗文集》卷七。

[2] 帝里:此处指南京。明代有南北二都,南京为陪都。作者当时在此任职。迎春:古代祭祀之一,在立春日天子率百官出东郊祭青帝,迎接春季的到来。见《礼记·月令》。

[3]楼上春人:指楼上赏春的少女,与上句"子弟"相对而言。

【鉴赏】

王夫之在《明诗评选》中评此诗说:"不知是姹女,是婴儿,是河车,但一片明窗尘耳。临川此种,直是绝人跻扳。"就是说诗中所写人与事均很难落实,所以也不必妄加猜测。他认为汤显祖所以如此写是因为不让他人超过,其实情况远非如此简单。本诗采取了一种独特的叙述角度,即从"听"来写迎春。也许现实中作者确实未能参与,只是艺术化的方法,但无论如何,这种写法所取得的效果都是有别于实写的,可以说化实为虚是本诗最突出的特色。他只写人们纷纷开户推窗的惊喜,夹道妆楼的焕然一新;楼下弟子的放光"春目",楼上春人的招人眼目,甚至可以令人想象到弟子与春人的互送秋波。总之,在春天的感召下,人们心情喜悦,情感振奋,充满了生机与活力。至于子弟为何人物,春人为何身份,则不必写出,给读者留下充分的想象空间比在诗中说尽要更有力量。这种空灵的笔法与流畅的节奏相配合,的确颇有六朝初唐的韵味。

袁宏道

袁宏道(1568—1610),字中郎,又字无学,号石公,又号六休,公安(今属湖北)人。万历二十年(1592)进士,先后任吴县知县、顺天教授、国子博士、吏部员外郎等职,四十三岁病逝于家乡。他是公安派的领袖人物,在"三袁"中成就与影响都最大。受王阳明心学尤其是李贽思想的影响,在文学上反对前后七子的复古主张,提出"独抒性灵,不拘格套"的创作理论,其文学成就主要表现在小品文与诗歌创作上。其诗歌尽管有时显得浅露而缺乏深意,但却能任性而发,不避俚俗,显得自由活泼、清新自然,具有独特的趣味与神韵。尤其是在《锦帆集》与《解脱集》中,仿效民歌体,大量吸收俗语入诗,率直浅易,清新活泼,形成了在当时影响甚大的"公安体",被许多诗人所仿效。其小品文主要包括山水、尺牍与传记等,具有生动传神、活泼幽默的特点。有《袁中郎全集》传世,今人将其整理为《袁宏道集笺校》。

横 塘 渡[1]

横塘渡[2],临水步[3]。郎西来,妾东去[4]。妾非倡家人[5],红楼大姓妇。吹花误唾郎,感郎千金顾[6]。妾家住虹桥[7],朱门十字路。认取辛夷花[8],莫过杨梅树。

【注释】

[1]本诗选自《袁宏道集笺校》卷八。

[2]横塘:在吴县西南。

[3]水步:即水埠,水边用石块砌成供人洗涤或泊船的码头。

[4]妾:古代女子的自称,在民歌中尤其多见。

[5]倡家:即娼家。

［6］"感郎"句:《乐府诗集》卷四五《碧玉歌》之二:"感郎千金意,惭无倾城色。"此句化用其意。顾,回视。

［7］虹桥:状如彩虹的桥,也就是拱桥。

［8］辛夷:香木名,又名木笔,开白花者名玉兰。

【鉴赏】

　　本诗描述的是一位女子在一个偶然的场合所遭遇到的一次爱情经历。她在横塘的水埠边与对面的一位男子擦肩而过。在吹花时偶然误唾了对方,引得那位男子也回首相视。就在如此情景下,展开了对这位女子言行的刻画:她既担心对方将自己行为视作轻浮的举措,因而一再强调自己并不是低贱轻浮的娼家女子,而是深居红楼的贵族之女,"唾郎"只不过是一个小小的失误。但她又不能放弃对男子的好感,于是将责任推到对方身上,说自己不能忘情于他是由于"郎"那珍贵的回首一看。然后便大大方方地叮嘱对方:我就住在拱桥旁边,十字路口的朱红大门就是我家;你要认准门前有一株放香的辛夷花,千万不要走过了那棵杨梅树。诗作表现女子的爱情追求是大胆的,因为整首诗都是以女子的口吻叙述的,则她的"唾郎"到底是误举还是有意也就很难判断了。尤其是在这偶然相遇中便把自己的住处明白无误地告诉对方,更给人一种爽朗开放的印象。但同时她又是机智的,她不仅向对方表白了自己高贵的身份,而且还巧妙地将自己的行为说成是误举,而把引起自己爱慕之情的责任推给了对方,真是写活了这位女子狡黠之中透露出些许"无赖"的爱情行为。这样的场面本来是极其普通平凡的,但由于作者抓住了这位女子微妙的心理与大胆的个性,因而写来依然造成了活泼有趣的艺术效果。尤其是将这细腻优美的女子柔情,与水埠虹桥的江南水乡风物结合起来,再加上通俗的口语、长短句相间的明快节奏,颇似南朝的民歌,给人一种清新美丽的审美享受。

戏题飞来峰二首(其一)[1]

　　试问飞来峰[2],未飞在何处? 人世多少尘,何事不飞去? 高古而鲜妍,杨雄不能赋[3]。

【注释】

　　［1］本诗选自《袁宏道集笺校》卷八。

[2]飞来峰:也称灵鹫峰,在杭州西湖西北,与灵隐寺隔溪相对,高二百余米。《咸淳临安志》卷二十三:"晏元献公《舆地志》云:'晋咸和元年西天僧慧理登兹山,叹曰:此是中天竺国灵鹫山之小岭,不知何年飞来。佛在世日,多为仙灵所隐,今此亦复尔邪?因挂锡造灵隐寺,号其峰曰飞来'。"
　　[3]杨雄:又作扬雄,字子云,蜀郡成都(今四川成都)人,汉代辞赋家。

【鉴赏】

　　按袁宏道的学识,尤其是以其居士身份的禅学修养,他未必不知道飞来峰的典故,可是他在本诗中却完全置此于不顾,而是另辟蹊径,劈头便问:这飞来峰未飞前是在何处?其实这里边隐含着为何要飞来的意思。然后更突发奇想地进一步追问,人世间如此俗气污浊,飞来峰你为何不飞走呢?在这些疑问里,好像不着边际,可依然有袁宏道本人的主观情感在,因为作者刚刚从疲惫俗气的吴县县令的位置逃出来,犹如从火坑出来而进入清凉佛国,所以当他看到这美丽的飞来峰时,不免产生为何飞到这俗气的人间而不飞去的念头。等自己的感慨发完了,才回过头来补上一句,这飞来峰既高古又鲜妍,就是杨雄那般的大辞赋家恐怕也描画不来。从艺术上看,这是典型的袁中郎式的诗歌,论诗体,非古体非近体;论句式,诗歌非散文;论格调,非唐体非宋体。尤其是从审美意象上讲,高古与鲜妍是很难协调一致的,可袁宏道并不管这些,他只就所见而写,只凭感觉来写,而这正是其"独抒性灵,不拘格套"创作主张的最好体现。

袁中道

袁中道(1570—1623),字小修,晚年自号凫隐居士,公安(今属湖北)人,公安派成员之一,袁宏道之弟。万历四十四年(1616)进士,官至南京礼部主事。袁中道论诗以抒发自我性灵为核心,主张自然流畅的风格。袁宏道在《叙小修诗》中称道其诗:"大都独抒性灵,不拘格套,非从自己胸臆流出,不肯下笔。"其创作成就比不上袁宏道,其佳作有清新自然之风,而亦时有浅白平易之失。有《珂雪斋集》。

张 相 坟[1]

牛眠童起嘻,共捽石人耳[2]。竖子莫狂喧[3],江陵公在此[4]。

【注释】

[1] 本诗选自《珂雪斋集》卷七。

[2] 捽(zuó):揪。

[3] 竖子:本为对人的鄙称,犹言"小子"。此处是对童子的喝斥。

[4] 江陵公:指张居正。张居正,明代湖广江陵(今属湖北)人,字叔大,号太岳。嘉靖间进士,万历前期为首辅大学士,执政十年,大力推行改革,整饬吏治,综核名实,推行许多新法,使国库渐充,内外安宁。然亦致使物议飞腾,多以为刻厉操切。万历十年(1582)病卒,死后被朝廷抄家籍没。张居正生前曾进太师、太傅,位至三公,又因其为江陵人,故称江陵公。

【鉴赏】

本诗选自《珂雪斋集》卷七。袁中道的五绝一向被人认为是其成就最高的诗体,本诗即为一例。诗作在形式上似乎直白通俗,有类于民谣,其实却饱含着深沉的历史沧桑感。这种历史沧桑感是由张居正生前与死后的巨大反差所烘托出来的。诗的前两句写其死后,牧牛儿童在牛眠后一起揪抓坟前石人耳朵以为游戏,可谓一语道尽了这位生前地位显赫的权臣死后的落寞与凄凉。诗的后两句写其生前,尽管我们不能指实这位叙述人便是作者袁中道,但从对"竖子"喝斥的语气里,能够明白他长者的身份。"竖子莫狂喧,江陵公在此",既写出了江陵公的余威犹在,更写出了那一代人的心有余悸。但随着历史迁转,岁月流逝,新一代已对江陵公的威严恍如隔世了。没有永保的权势,没有永恒的威名,哪怕是雕成石人也不能。孩童对石人的戏弄就是对权威的无知与嘲弄。

钟 惺

钟惺(1574—1625),字伯敬,号退谷,竟陵(今湖北天门)人。万历三十八年(1610)进士,授行人。先后任南京礼部祠祭主事、仪制郎中、福建提学佥事等职。天启三年(1623)因父丧而归,卒于家。有《隐秀轩集》。钟惺身处晚明腐败混乱的官场,郁郁而不得志,遂形成其严冷孤傲的性格,并影响到其诗文创作。他与谭元春是竟陵派首领,不满于七子的复古与公安派的浅俗,并希望以幽深孤峭的风格以矫正之。其诗文有局促奥涩之弊,受到后世的批评。其小品文精于构思,讲究运笔,字锤句炼。其诗作后世争议颇多,钱谦益等人咒骂其诗为"鬼趣""兵象",近人多指责其取径狭窄而格调清苦。陈田《明诗纪事》曰:"伯敬苦心吟事,雕镂镌削,不遗余力。五古游览之篇,犹有佳作;近体力矫王、李之弊,舍崇旷而入莽榛,薄亮音而矜细响,所谓以小智破大道者也。"可代表一般人的评价。以实而论,竟陵派之诗的确有以奇字险韵而显幽深孤峭的弊病,但亦有冷隽清幽之佳作。

秋 海 棠[1]

墙壁固我分,烟霜亦是恩。光轻偏到蒂,命薄幸余根。笑泣谁能喻,荣衰不敢论。年年秋色下,幽独自相存。

【注释】

[1]本诗选自《隐秀轩集》卷八。

【鉴赏】

这是较能体现作者幽深风格的一首五言律诗。其主旨是末句的"幽独自相存",欲独相存则须能"幽",即耐得寂寞与孤独。前面三联均为此而展开:首联为守"分",

有了守分的准备，则生于墙壁下是当然，领受烟霜是恩泽。光能到蒂，尚可余根，已为幸事，更有何求？荣衰任天，且莫理论，这是中间两联的守分。惟如此，方能于秋色下幽独自存。是咏物，也是自志。幽人对幽花，遂成其幽清风格。

陈子龙

陈子龙(1608—1647),字卧子,号大樽,松江华亭(今上海松江区)人。崇祯十年(1637)进士,选绍兴推官,进兵科给事中。见朝廷腐败,辞职还乡,与夏允彝结几社以振作士气。清兵攻陷南京后,在故乡起兵抗清,失败后又暗中联络太湖义军,继续其抗清事业。顺治四年(1647)在苏州被捕,乘间投水而死。有《陈忠裕公全集》传世,今有《陈子龙全集》。他是明末诗坛最有成就的作家之一,论诗主张继承前后七子的复古传统,强调效法汉魏盛唐,同时也重视忧时托志的用世情怀。其早期作品讲究辞采,尤好拟古乐府;后期更加关注现实,多有感慨时事之作,内容充实丰满,风格苍凉悲壮。陈田《明诗纪事》曰:"忠裕虽续何、李、李、王之绪,自为一格,有齐梁之丽藻,兼盛唐之格调。早岁少过浮艳,中年骨干老成,殿残明一代诗,当首屈一指。"

小 车 行[1]

小车班班黄尘晚[2],夫为推,妇为挽[3]。出门茫然何所之[4]?青青者榆疗我饥[5],愿得乐土共哺糜[6]。风吹黄蒿,望见垣堵[7],中有主人当饲汝[8]。扣门无人室无釜[9],踯躅空巷泪如雨[10]。

【注释】

[1]本诗选自《陈忠裕公全集》卷五。

[2]小车:即独轮车,北方称为小车。班班:车行之声。

[3]挽:牵拉的意思。

[4]之:去、往的意思。

[5]疗我饥:也就是充饥。

[6]"愿得"句:本句多有融化前人诗句之意。乐土,安乐之地。《诗经·魏

风·硕鼠》:"逝将去女,适彼乐土。"共哺糜(bǔ mí),一起喝粥。汉乐府《东门行》:"他家但愿富贵,贱妾与君共铺糜。"

[7] 垣堵:即屋墙。

[8] 饲汝:给你吃。

[9] 釜(fǔ):铁锅。

[10] 踯躅(zhí zhú):徘徊不前。

【鉴赏】

本诗作于崇祯十年(1637),是陈子龙诗作的名篇。首先是作者善于吸取乐府诗的优点,选取一个典型的事件,抓住一个特写的镜头,从而给读者以具体深刻的印象。本诗对明末百姓的流离失所并未作全面的描述,它显示的只是一对夫妇的具体画面,但给人的印象却是极为鲜明的。其次是作者善于抓住人物的心理与神态进行深入细致地刻画,从而取得了形象传神的艺术效果。作者先写他们心中茫然、无路可走的神态;然后写他们以青榆充饥、一起喝粥的最低希望;再写他们在绝望之中突然萌生一丝希望的喜悦:风吹草低,露出了房屋的土墙,那里边的主人一定会给我们东西吃;最后写他们的失望痛苦、不知所从的悲伤心情:原来那是座空房,既无主人,也无锅灶,前边的希望所造成的是更大的失望。通过这种大起大落的心理变化过程的描写,便将饥民的真实情状表现得深刻入微。再次,作者在色调的配置上也非常讲究,因为作品是要表现灾民饥饿的惨状,所以为诗作设置了黄色的背景:天空中飞扬的是黄尘,晚风吹动的是黄蒿,黄蒿中显露的土墙虽未明写色调,但毫无疑问也是黄色的。这黄色的背景与"班班"的小车之声相配,再加上丈夫后推与妻子前拉的造型,以及黄昏的时间与残破无人的空荡村落,都为表现主人公凄伤绝望的心情作出了有力的烘托,使整首诗情景交融,浑然一体,成为一首不可多得的名篇。

夏完淳

夏完淳(1631—1647),初名复,字存古,号玉樊,松江华亭(今上海松江区)人。明末爱国志士,曾从陈子龙起兵抗清,被捕后不屈被杀。夏完淳早慧,七岁即能诗文,十三岁仿庾信作《大哀赋》。后师事陈子龙,论诗推崇汉魏盛唐。其诗作早年文辞宏丽,遭国变后格调转为慷慨悲凉,多有情深气雄之作。有《夏完淳集》。

别 云 间[1]

三年羁旅客[2],今日又南冠[3]。无限山河泪,谁言天地宽?已知泉路近[4],欲别故乡难。毅魄归来日[5],灵旗空际看[6]。

【注释】

[1] 本诗选自《夏完淳集》卷四。
[2] 羁旅客:离家在外漂泊之人。此处指作者转战于吴越的三年抗清生涯。
[3] 南冠:南人所戴的帽子。春秋时楚人仲仪被晋国所俘,晋侯问:"南冠而絷者为谁?"侍者答曰:"郑人所献楚囚也。"见《左传·成公九年》。后遂以南冠喻指囚犯。
[4] 泉路:即黄泉路,指死亡。
[5] 毅魄:即英灵。《楚辞·九歌·国殇》:"身既死兮神以灵,魂魄毅兮为鬼雄。"
[6] 灵旗:战旗。出征前必祭祷之,以求旗开得胜。《汉书·礼乐志》:"招摇灵旗,九夷宾将。"颜师古注:"画招摇于旗以征伐,故称灵旗。"

【鉴赏】

南明永历元年(1647),夏完淳因上表鲁王事泄,在家乡被清兵所捕,此诗就是在被押往南京前临行所作。松江古称云间,故以"别云间"为诗题。首联概括三年来艰苦卓绝之经历,转战漂泊已属不易,而今又成阶下之囚。次联抒写亡国之痛,国破家亡令人悲痛欲绝,眼看河山陷落怎不肠断心碎!"已知泉路近,欲别故乡难"一联是全诗核心,他早已抱定慷慨赴义的决心,正如他自己所言:"我得归骨于高皇帝孝陵,千载无恨!"但是忠孝同为儒者大节,自己为国尽忠可以不惧死,可家有老母少妻却不能不心有所系,所谓"嫡母慈惠,千古所难。大恩未酬,令人痛绝!"(《狱中上母书》)正是"欲别故乡难"的最好注脚。忠孝两全,自古所难。最后他不仅能视死如归,且死后亦当为鬼雄,其魂魄也还要举灵旗以征伐凶顽。全诗气势沉雄,格调慷慨,可谓掷地有金石声!

【清代诗】

钱谦益

钱谦益(1582—1664),字受之,号牧斋,晚号蒙叟、东涧老人,江南常熟(今属江苏)人。万历三十八年(1610),中一甲第三名进士,授翰林院编修。天启元年(1621),出任浙江乡试主考官,转右春坊中允,参修《神宗实录》。明亡,任弘光朝礼部尚书。清顺治二年(1645)五月,在南京率诸大臣开城迎降,授礼部右侍郎管秘书院事,充《明史》副总裁。平生博览群籍,精于史学,诗文久负盛名。富藏书,尤以多收明代史籍著称。著有《牧斋诗钞》《有学集》《初学集》《投笔集》。辑有《列朝诗集》。

金陵后观棋绝句六首(其三)[1]

寂寞枯枰响泬寥[2],秦淮秋老咽寒潮[3]。白头灯影凉宵里,一局残棋见六朝[4]。

【注释】

[1] 钱谦益降清后,写了许多追念明朝的诗。此诗作于顺治四年(1647),借观棋寄寓世道沧桑之感、故国之思。金陵:今江苏南京。
[2] 枰(píng):棋盘。泬(xuè)寥:冷落、空旷貌。
[3] 秦淮:秦淮河,流经南京市西南,两岸歌台舞榭密布,素为烟花繁华之所。
[4] 六朝:金陵历史上共有孙吴、东晋、宋、齐、梁、陈六个朝代在此定都。

【鉴赏】

自从杜甫《秋兴八首》用"闻道长安似弈棋"来比喻沧桑陵谷之变,后人递相沿袭,几成俗套。但钱谦益因其特殊的经历,以曾经的局内人抽身而作局外观,言下遂有无穷的感慨,形诸文字也让人觉得更有不寻常的意味。诗起句就用"寂寞"和"泬寥"两个词勾画出一个局终人散的冷落环境,暗喻败亡的明朝。"泬寥"一词出自宋玉《九辩》"泬寥兮天高而气清",本是形容天空高爽旷远的词,钱谦益这里却用来形容声响岑寂,平添一层冷清气息。正值秦淮秋深,不说秋尽而说秋老,自然地和人事形成对照。更续以"咽寒潮"三字,一股萧条衰飒之气弥漫全诗。第三句"白头"承"秋老","凉宵"承"寒潮",令人联想到唐司空曙的名句"雨中黄叶树,灯下白头人",此联上句的荒凉之景反衬出白头相对的温情,而钱谦益的"白头灯影凉宵里"却更衬托出一局残棋暗示的绝望。六朝这一富含历史兴亡之感的名词,既提示了历史情境的反复相似,同时又寄寓着作者晚年洞悟的世事无常的佛教观念。全诗仅二十八个字,却蕴含着深厚的政治阅历和人生况味,无限感慨尽在言外,给人无穷回味。

吴伟业

吴伟业(1609—1672),字骏公,号梅村,江南太仓(今属江苏)人。少聪敏,年十四能属文,为同里张溥所知。崇祯四年(1631),年二十三,中殿试第二名榜眼,授翰林院编修,充实录纂修官。历官南京国子司业、左中允、左谕德、左庶子,皆未尝赴任,肆力于诗。明社既屋,福王称帝于南京,召拜少詹事,不数月引去。顺治十年(1653),慎交、同声两社大会十郡士人五百余名于虎丘,被推为盟主。清廷因亟物色之,地方官逼迫万状,不得不入都。授秘书院侍讲,迁国子监祭酒,以丁忧告归。卒时遗命以僧装殓,题墓曰"诗人吴梅村之墓"。著述今存《绥寇纪略》《梅村集》《梅村家藏稿》及戏曲《秣陵春》《临春台》《通天台》。诗尤长于七言歌行,"格律本乎四杰而情韵为深,议论类乎香山而风华为胜"(《四库全书总目》),号"梅村体"。

过淮阴有感(其二)[1]

登高怅望八公山[2],琪树丹崖未可攀[3]。莫想阴符遇黄石[4],好将鸿宝驻朱颜[5]。浮生所欠止一死,尘世无由识九还[6]。我本淮王旧鸡犬[7],不随仙去落人间。

【注释】

[1] 此诗为顺治十一年(1654)应诏赴京途中眺望八公山而作。淮阴:今江苏清江市。

[2] 八公山:在安徽省寿县北,有淮南王刘安庙。刘安信道术,门客八公能炼丹化金,后随刘安登此山,埋金于地,白日升天。见郦道元《水经注·淝水》。

[3] 琪树:玉树。丹崖:红色的石崖。都指八公山的树木和山石。

[4] 阴符:即《阴符经》,古代兵法。黄石:秦汉间隐士黄石公。张良在下邳(今

属江苏)遇见黄石公,获传授《太公兵法》,见《史记·留侯世家》。

[5] 鸿宝:淮南王刘安门下宾客所纂讲道术的书,见《汉书·刘向传》。

[6] 九还:道家炼丹,九经循环而成。

[7] 淮王旧鸡犬:据葛洪《神仙传》载,刘安升天时,剩下的丹药被鸡犬吃了,也得升天。

【鉴赏】

　　同为贰臣,钱谦益一直遭人唾弃,而吴伟业却多获原谅。这不能不说与吴梅村晚年诗中萦绕不绝的忏悔之情有关。虽说仕清前后仅两年,但对于吴梅村来说,这段经历却是生命中永远的耻辱。无论他置身于稠人广众之中,还是惊觉于夜半梦回之际,这段岁月的所经所历都会蓦然浮现于脑海,强制他重复体验那生不如死的屈辱感觉。于是,他生命残余的时间,就成了羞耻感不断拷问灵魂的精神炼狱。本诗以淮南王刘安升天的故事为依托,将崇祯帝喻为淮南王,将自己比作鸡犬,而反用原典之义,真诚地吐露了改朝换代之际未能殉国而沦为贰臣的悔咎和痛苦之情。"浮生所欠止一死"一句,语气决绝而更显得绝望;"我本淮王旧鸡犬",比喻巧妙而又紧扣八公山,使悔咎之情表达得深沉而浓烈。

黄宗羲

黄宗羲(1610—1695),字太冲,号南雷,学者称梨洲先生,余姚(今属浙江)人。十八岁上书请诛阉党余孽许显纯、崔应元等,刑部会审出庭对证时,出袖中锥刺许显纯,痛击崔应元,拔其须归祭父灵,人称"姚江黄孝子"。受业于刘宗周,传蕺山之学。明亡后变卖家产集众抗清,曾被鲁王授兵部职方司主事之职,升左副都御史,兵败后屡遭通缉。后隐居乡里,于慈溪、绍兴、宁波、海宁等地设馆讲学,著述不辍。康熙十七年(1678),清廷诏开博学鸿儒试,学生代为力辞。十九年(1680),朝廷礼聘入京修《明史》,复以年老多病坚辞,讲学而终。毕生笃学不懈,著述广博,识见深邃,与顾炎武、王夫之并称明末清初三大思想家。诗学宋人,曾参与吴之振《宋诗钞》的编纂,是清初提倡宋诗的代表人物之一。著有《宋元学案》《明儒学案》《明夷待访录》《南雷文定》等,又编有《明文海》《明文授读》等。

山居杂咏[1]

锋镝牢囚取次过[2],依然不废我弦歌[3]。死犹未肯输心去,贫亦岂能奈我何!廿两棉花装破被,三根松木煮空锅。一冬也是堂堂地[4],岂信人间胜著多。

【注释】

[1] 这首诗作于顺治十六年(1659),作者五十岁,是对前半生经历的回顾。

[2] 锋镝:刀锋箭镞,代指抗清战斗。取次过:一一经历。

[3] 弦歌:原指伴着琴瑟的音乐咏诗,《史记·孔子世家》称"三百五篇孔子皆弦歌之,以求合韶武雅颂之音",《淮南子·俶真》也有"弦歌鼓舞,缘饰诗书,以买名誉于天下"的说法。这里是说自己在武装抗清中也不废诗书。

[4] 堂堂:气概不凡。《论语·子张》:"堂堂乎张也!"宋黄庭坚有诗赞苏轼:"堂堂复堂堂,子瞻出峨眉。饱吃惠州饭,细和渊明诗。"这句说虽然生活贫困,一冬天也意气昂扬,过得很舒畅。

【鉴赏】

黄宗羲论诗推崇宋诗,自己写作也学宋人。这一首七律便有着浓厚的宋调气息,所谓以文为诗是也。具体地说,就是全诗明显带有散文化的倾向,语法符合口语习惯,没有跳跃、省略、倒装等典型的属于诗歌独有的异常语序;再就是各句多用副词、连接词等细化语法结构的虚字,如取次、依然、犹、未肯、亦、岂能、也是、岂信,全诗由这些虚字转递、承接,一股堂堂正气奔涌在文字间,读起来格外流畅,给人意气亢爽的感觉。开头,锋镝牢囚乃是出生入死的惊险经历,偏偏说得很轻漫;再追加一句不废弦歌,就让人联想到这个意象关联的另一出典——《吕氏春秋·察贤》所载"宓子贱治单父,弹鸣琴,身不下堂而单父治"的从容不迫。尽管黄宗羲抗清不敌,这不废弦歌的形象终究不失其英雄的光彩,更为此后的抒写定下了豪迈的基调:不仅死犹未甘,贫无足伤,就是二十两(十六两制)棉花装一床破被,三根松木煮一口空锅的白描,也以极度的夸张尽显其浑不论(读赁lìn)的诙谐倔强,使末句的"一冬也是堂堂地"更添几分苏东坡式的豁达豪迈!若非怀有如此风骨和气概,黄宗羲一辈遗民、烈士又怎能始终坚守自己的信念,在入清后的漫长岁月,以坚韧的毅力创造出令后人高山仰止的学术和文学成就呢?在这个意义上,也可以说这首诗凝聚了他们伟岸的情怀,浓缩了他们执着的人生。

顾炎武

顾炎武(1613—1682),本名绛,字忠清,明亡后因慕文天祥学生王炎午之风义,改名炎武,字宁人,号亭林,又署蒋山佣,江南昆山(今属江苏)人。明季诸生,夙以"博学于文,行己有耻"八字自励,毕生致力于经世致用之学。曾参加抗清义军,失败后漫游南北。康熙十七年(1678),清廷开博学鸿词科,以死坚拒推荐。曾十谒明孝陵,晚卒于山西曲沃。后世将他与黄宗羲、王夫之并称为清初三大儒。著有《日知录》《天下郡国利病书》《肇域志》《金石文字记》《音学五书》《亭林诗文集》等。

海上(其一)[1]

日入空山海气侵,秋光千里自登临。十年天地干戈老[2],四海苍生吊哭深。水涌神山来白鸟[3],云浮仙阙见黄金[4]。此中何处无人世,只恐难酬烈士心。

【注释】

[1] 这是顾炎武集中著名的一组七言律诗,共四首,这里选的是第一首,是组诗的总纲,写深秋登高眺远所感所思。海上:沿海之地。

[2] 干戈:两种长兵器,代指兵事、战乱。

[3] "水涌"句:疑指郑成功军自海口入长江之时。白鸟,传说海上仙山鸟兽俱白色。《史记·封禅书》载:"此三神山(方丈、蓬莱、瀛洲)者,其传在渤海中……诸神山及不死之药在焉。其物禽兽尽白,黄金银为宫阙。"

[4] 黄金:见上注。疑指退于海上抗清的鲁王、福王旧部。

【鉴赏】

公元1644年,清军攻陷北京,崇祯帝自缢殉国,弘光帝绍统于南京,以光复明室自任,但覆水难收,恢复无望,继之而起的鲁王和福王一败再败,使天下奉明朝正朔、抱光复之望的人们信念日灰。此诗首联总写登临所在、节候,颔联叙述明亡十年自己虽在战乱中垂老,但黎民百姓眷怀故国的感情却未淡化。纵目远眺,海上云飞浪涌,白鸟回翔,传说中的海上仙山恍如浮现眼前,不禁让诗人想到退守海上的南明余部,即如郑成功据守台湾,也足以开辟一方疆土,自成一片天地。可是那种偏安苟且的生活,对于胸怀光复之志的诗人来说,又岂是他们所甘心的选择?诗由苍凉、旷远的景象开始,经中间低沉、凝重的情感浑涵,最后在惘惘不甘的悲慨情调中结束,通篇回旋着激荡人心的力量。

龚鼎孳

龚鼎孳(1616—1673),字孝升,号芝麓,合肥(今属安徽)人。明崇祯七年(1634)进士,官兵科给事中,先后弹劾周延儒、陈演、王应熊、陈新甲、吕大器等权臣。李自成攻陷北京,仕为直指使。复迎降清军,迁太常寺少卿,累官至礼部尚书。虽反复履新,品格有污点,但因功能保全善类,奖掖后进,仍颇得士林礼敬。为人狂放不羁,以千金纳名妓顾横波为妾,倾动一时。诗与钱谦益、吴伟业齐名,世称"江左三大家"。有《定山堂集》传世。今有《龚鼎孳全集》。

上巳将过金陵三首(其二)[1]

倚槛春风玉树飘[2],空江铁锁野烟销[3]。兴怀何限兰亭感[4],流水青山送六朝。

【注释】

[1] 这是作者在三月过金陵(今江苏南京)时所作,文字简洁而寄托深重。上巳,古代节日,原为每年三月第一个巳日,人们临水修禊,袚除不吉,后逐渐固定为三月三日。

[2] 玉树:南朝陈后主荒淫亡国,他填词的乐府曲《玉树后庭花》也成为亡国之音的代表。这里以曲名双关植物。

[3] 铁锁:三国时吴末帝孙皓命人在江中轧铁锥,又用大铁锁横于江面,试图拦截晋军战船,但王濬船队从武昌顺流而下,势如破竹,孙皓最终投营门请降。

[4] 兰亭感:王羲之《兰亭集序》云:"向之所欣,俯仰之间,已为陈迹,犹不能不以之兴怀,况修短随化,终期于尽……后之视今,亦犹今之视昔,悲夫!"王羲之表达的更多是人寿有限的推移之悲,而龚鼎孳则将它引向了国祚无常的兴亡之感。

【鉴赏】

　　金陵作为六朝古都，从唐代就成为怀古诗偏爱的题材。到明清之交，它又作为明代盛世繁华的象征出现在诗歌中，成为过来之人凭吊亡明的寄托。龚鼎孳虽然先降李自成，后再仕清，成为贰臣中更为人不齿的一类，平时竭力以诗征酒逐的热闹聚会冲淡独自面对内心耻辱的痛苦，但诗中还是挥不去给他人生带来巨大冲击的鼎革之变及相伴的世事沧桑之感。这首绝句仿佛是局外人以置身事外的超然态度，面对金陵历史上演出的一幕幕改朝换代的史剧，以流水青山的永恒衬托人世的无常，反而更加重了"后之视今，亦犹今之视昔"的传统兴亡之感的分量，因而传诵一时，脍炙人口。

朱彝尊

朱彝尊(1629—1709)，字锡鬯，号竹垞，又号醧舫，晚号小长芦钓鱼师，又号金风亭长，秀水(今浙江嘉兴)人，明代大学士朱国祚曾孙。清康熙十八年(1679)，举博学鸿词，与李因笃、严绳孙、潘耒同以布衣身份授翰林院检讨，参与修撰《明史》。康熙二十年(1681)，充日讲起居注官。后因编《瀛洲道古录》，私自抄录地方所贡书籍，被学士牛钮弹劾，康熙二十九年(1690)告归。博学多才艺，诗与王士禛并称"南朱北王"；词作风格清丽，开创"浙西词派"，与陈维崧并称"朱陈"；又精于金石文史，购钞古籍图书不遗余力，为清初著名藏书家之一。著有《经义考》《曝书亭集》，编选《明诗综》《词综》。

玉带生歌并序[1]

玉带生，文信国所遗砚也[2]。予见之吴下，既摹其铭而装池之[3]，且为之歌曰：

玉带生，吾语汝：汝产自端州[4]，汝来自横浦[5]。幸免事降表，金名谢道清[6]，亦不识大都承旨赵孟頫[7]。能令信公喜，辟汝置幕府。当年文墨宾，代汝一一数：参军谁？谢皋羽[8]；寮佐谁？邓中甫[9]；弟子谁？王炎午[10]。独汝形躯短小，风貌朴古；步不能趋，口不能语：既无鸜之鹆之活眼睛[11]，兼少犀纹彪纹好眉妩[12]；赖有忠信存，波涛孰敢侮？是时丞相气尚豪，可怜一舟之外无尺土，共汝草檄飞书意良苦。四十四字铭厥背[13]，爱汝心坚刚不吐。自从转战屡丧师，天之所坏不可支。惊心柴市日[14]，慷慨且诵临终诗，疾风蓬勃扬沙时。传有十义士，表以石塔藏公尸[15]，生也亡命何所之？或云西台上[16]，晞发一叟涕涟洏[17]。手击竹如意[18]，生时亦相随。冬青成阴陵骨朽[19]，百年踪迹人莫知。会稽张思廉[20]，逢生赋长句。抱遗老人阁笔看[21]，七客寮中敢吒怒[22]？吾今遇汝沧浪亭[23]，漆匣初开紫衣露。海桑陵谷又经三百秋[24]，以手摩挲尚如故。洗汝池上之寒泉，漂汝林端之霏雾；俾汝长留天地间，墨花恣洒鹅毛素。

【注释】

[1] 玉带生：古砚名。宋末文天祥所藏端砚，后归谢翱。入元后又归杨维桢，以砚有白纹如带，名之曰"玉带生"。清于敏中《西清砚谱》卷九载："砚高五寸许，宽一寸七分，厚如之。形长而圆，旧端溪子石也。下砚面三分许，周界石脉一道，莹白如带。墨池上高寸许，镌'玉带生'三字篆书；侧面石脉下周，镌宋文天祥铭三十八字；末署'庐陵文天祥制'六字。"

[2] 文信国：指文天祥。祥兴元年（1278），宋廷封文天祥为少保、信国公。

[3] 装池：装裱。

[4] 端州：以产端砚著名。端砚是中国四大名砚之一，与甘肃洮砚、安徽歙砚、山西澄泥砚齐名。出产于唐代初期端州（今广东肇庆市东郊端溪），故名端砚，距今已有一千三百多年的历史。唐李肇《唐国史补》："内丘瓷瓯，端州紫石砚，天下无贵贱通用之。"

[5] 横浦：古水名，即今广东北江翁源浈水。

[6] 谢道清：临海（今属浙江）人，右丞相谢深甫孙女，宋理宗皇后。德祐元年（1275），其孙恭弟继位，以年幼由谢道清垂帘听政。德祐二年（1276）二月，元军兵逼临安，谢道清求和不成，派左丞相吴坚等，赴元大都（今北京）向元世祖忽必烈递降表。谢道清由太皇太后降为寿春郡夫人，七年后于元至元二十年（1283）去世，享年73岁。

[7] 赵孟頫（1254—1322）：字子昂，号松雪道人，浙江吴兴（今浙江湖州）人。宋亡后仕于元，工书画，世祖忽必烈赏其才貌，颇为礼敬，累官翰林学士承旨、荣禄大夫。

[8] 谢皋羽：南宋诗人谢翱（1249—1295），字皋羽，一字皋父，号宋累，又号晞发子，建宁浦城（今属福建）人。宋度宗咸淳间应进士试，不第。德祐二年（1276）右丞相文天祥改任枢密使同都督诸路兵马，传檄诸州、郡，举兵勤

王。谢翱倾其家产募乡兵数百人,投奔文天祥,被委为谘议参军。兵败后避地浙东,与方凤、吴思齐、邓牧等结"月泉吟社"。著有《天地间集》《晞发集》《浦阳先民传》等。

[9] 邓中甫:名光荐,青原(今江西吉安)人。宋元之际词人,为文天祥幕中文士,曾为文天祥撰《文信公墓志》。与宋末丞相陆秀夫交好,秀夫曾手书日记授之,曰:"足下若后死,以此册传故人。"遂著《填海录》,记宋亡厓山英烈事迹。

[10] 王炎午(1252—1324):初名应梅,字鼎翁,别号梅边,安福舟湖(今江西安福县洲湖镇)人。淳祐间太学生,临安陷落,谒文天祥,竭家产助勤王军饷,文天祥留置幕府,以母归归。文天祥被执,作生祭文以励其死。入元改名炎午,杜门不出,名其集曰《吾汶稿》。

[11] 鹳:水鸟,羽毛灰白色或黑色,嘴长而直,形似白鹤,捕食鱼虾等。鹬(yù):一种长尾小鸟,嘴短而尖,毛羽美丽。

[12] 彪纹:虎身上的斑纹。

[13] "四十"句:砚底并有小篆铭:"紫之衣兮绵绵,玉之带兮卷卷。中之藏兮渊渊,外之泽兮日宣。呜呼!磨尔心之坚兮,寿吾文之传兮。庐陵文天祥造。"赵翼《汪水云砚歌》:"昔文丞相有砚玉带生,至今四十四字传其铭。"厥,其。

[14] 柴市:元大都刑场,文天祥于此就义。元王恽《中堂事记》载"戮于燕南城柴市",则在今宣武门南、广安门内外一带。一说在今北京市东城区府学胡同西口。

[15] "传有"二句:《帝京景物略》云:"文信公之死,江南十义士异公藁葬都城小南门外五里道旁。大德二年,继子升至都,顺城门内见石桥织绫户妇,公旧婢也,为升语刘牢子,乃引到葬处,大小二僧塔,其大塔小石碑刻信公二字,遂以归葬庐陵。"《江西富田文氏族谱》云:"元世祖屡诱以大用,不屈,至元壬午十二月初九死节,年四十七。夫人欧阳氏与十义士收殡于都城小南门外,后张弘毅奉柩归里,葬于八十一都鹜湖大坑虎形。"

[16] "或云"以下六句:文天祥就义后八年,即元世祖至元二十七年(1290),谢翱与友人登西台祭拜,并作《登西台恸哭记》以记其事,文中以唐代忠烈之臣颜真卿隐喻文天祥,寄托不胜悲恸之情。这里写传闻谢翱西台哭祭文天祥时携带着玉带生砚。

[17] 晞发:披着湿漉漉的头发,谢翱又号晞发子,撰有《晞发集》。涟洏(ér):泪

流不止。

[18] 谢翱《登西台恸哭记》载:"乃以竹如意击石,作楚歌招之曰:'魂朝往兮何极? 莫归来兮关塞黑。化为朱鸟兮有咮焉食?'"

[19] "冬青"句:元江南释教都总统杨琏真迦,盗掘钱塘、绍兴宋陵,窃取珍宝,弃尸骨于荒野草莽间,绍兴义士唐珏等以假骨易诸帝后遗骸葬于兰亭,植冬青树为识,谢翱作《冬青树引》云:"愿君此心无所移,此树终有开花时!"这里暗用其事。

[20] 张思廉:元代诗人,也曾作《玉带生歌》,已佚。

[21] 抱遗老人:元末明初著名文学家杨维桢(1296—1370),字廉夫,号铁崖、铁笛道人,又号铁心道人、铁冠道人、梅花道人等,晚年自号老铁、抱遗老人、东维子。绍兴路诸暨(今属浙江)人。著有《东维子集》。

[22] 七客寮:据《玉带生传》载,杨维桢在回诸暨途中,于月泉书院偶得玉带生砚,"载与俱东,以上客居七客寮"。吙(ào)怒:发怒。

[23] 沧浪亭:苏州著名园林,为北宋诗人苏舜钦的私人花园,占地面积1.08公顷,是苏州现存历史最悠久的古典园林,与狮子林、拙政园、留园并称苏州宋、元、明、清四大园林。

[24] 海桑陵谷:语出《太平广记》卷六十引葛洪《神仙传·麻姑》:"接待以来,已见东海三为桑田。"《诗经·小雅·十月之交》:"高岸为谷,深谷为陵。"后以比喻改朝换代的历史变易。

【鉴赏】

　　笔砚为古代文人最亲近的日常用品,当南窗吟诗作赋,每以砚北自号。玉带生因系文天祥所用,砚以人重,历来传为宝物。自杨维桢去世,三百年间下落不明,直到清康熙年间,"性嗜古、精鉴赏"的收藏家、苏州巡抚宋荦在沧浪亭宴客,出以示客,这才重现于世,引得许多诗人赋诗作歌,传为盛事。朱彝尊也是当时席上一睹神物的幸运客,面对这方历尽沧桑的名砚,不禁浮想联翩。对文天祥的景仰追怀重新唤起渐已淡忘的自己昔年抗清斗争的记忆,名砚流传中的故事、人物让他感同身受,不觉沉浸于自身经历与当下感慨的复杂交织中。全诗分为三段,起首到"爱汝心坚刚不吐",写玉带生砚的来历;从"自从转战屡丧师"到"七客寮中敢吙怒",写文天祥就义后砚失传的经过及相关传说;"吾今遇汝沧浪亭"以下写观摩名砚引发的沧桑之感。三段笔法各异,写砚的来历叙事详明,写砚的流传用笔隐约,而写观感则出以赋笔,寄情言外。配合全诗长短错落、奇偶兼综的多变句式,于是造就此诗不同寻常的淋漓格调。

屈大均

屈大均(1630—1696),字翁山、介子,号莱圃,番禺(今广东广州番禺区)人。父入赘邵家,儿时随父居南海,崇祯十三年(1640)归原籍,复屈姓。曾参与其师陈邦彦及陈子壮、张家玉等的反清活动,失败后于番禺县雷峰海云寺削发为僧,法名今种,字一灵。中年复改儒服。生平慕屈原、李白之为人,喜漫游。诗与陈恭尹、梁佩兰齐名,有"岭南三大家"之称。著有《广东新语》,诗文后人辑为《翁山诗外》《翁山文外》。

旧京感怀(其二)[1]

内桥东去是长干[2],马上春人拥薄寒。三月风光愁里度,六朝花柳梦中看。江南哀后无词赋[3],塞北归来有羽翰[4]。形势只余抔土在[5],钟山何必是龙蟠[6]?

【注释】

[1] 此诗作于康熙七年(1668)冬,屈大均携妻子王华姜南归,渡江至金陵,侨居秦淮河畔,有感而作。旧京:指南京(今属江苏)。明成祖迁都北京,改应天府为南京。

[2] 内桥:故址在今南京市中山南路。长干:即长干里,古建康里巷名,故址在今南京市南。左思《吴都赋》:"长干延属,飞甍舛互。"刘逵注:"江东谓山冈间为干。建邺之南有山,其间平地,吏民居之,故号为干。中有大长干、小长干,皆相属。"古乐府有《长干曲》。

[3] 江南哀:南朝梁庾信出使西魏被留,乃仕周,梁亡后作《哀江南赋》以悼。

[4] "塞北"句:暗用汉苏武故事。《汉书·苏武传》载:苏武使匈奴被拘,后汉使至,其属官常惠夜见汉使,教使者谓单于,言天子射上林中,得雁,足有系帛书,言武等在荒泽中。使者语单于,单于视左右而惊,谢汉使曰:"武等实

在。"武乃得归汉。此言自己在北方从事抗清活动,失败南归,只有友人的书信可以证明自己的志节。

[5] 抔土:代指皇陵。语出《汉书·张释之传》:"今盗宗庙器而族之,有如万分一;假令愚民取长陵一抔土,陛下且何以加其法乎?"

[6] "钟山"句:钟山即紫金山,位于南京市东,明太祖与马皇后所葬孝陵在南麓独龙阜玩珠峰下。龙蟠,形容钟山形势雄伟。晋张勃《吴录》:"刘备曾使诸葛亮至京,因睹秣陵山阜,叹曰:'钟山龙蟠,石头虎踞,此帝王之宅。'"此用其语。

【鉴赏】

诗从早春踏青写起,薄寒既点明气候,又暗喻诗人的心境。颔联更寄托了"国破山河在"(杜甫《春望》)的悲怆:三春烟景适足触发无边愁绪,物是人非的强烈感受更让诗人沉浸于历尽沧桑的幻灭感而不能自拔。在这里,旧京的繁华虽只用"花柳"二字轻轻带过,但"六朝"所背负的改朝换代的历史镜像仍赋予它深厚而复杂的情感内容。四句写尽心头的兴亡之感,并牵引出颈联庾信和苏武的典故,表明自己的志节和无奈。结联套用李商隐《咏史》"三百年间同晓梦,钟山何处有龙蟠?"说自古号为形胜的钟山只剩下个明孝陵,何曾捍卫过明朝的天下?言外流露一丝对明末朝政腐败导致覆亡的憾恨。这种哀恨交加的复杂情绪是当时士大夫痛定思痛的典型心态。

王士禛

王士禛(1634—1711),字子真,又字贻上,号阮亭,又号渔洋山人,新城(今山东桓台)人。生于簪缨世家,叔祖王象春与钟惺、钱谦益为同科进士,诗有盛名。与兄士禄、士祜时号"三王"。顺治十五年(1658)登进士第,授扬州府推官,与邹祗谟同编《倚声初集》,对于清初填词之复兴颇有推动。康熙三年(1664)回朝,迁礼部主客司主事,累官至刑部尚书。其诗学由盛唐王、孟清雅一派入手,中年出入两宋、金元诸家,以"神韵"为旨归,门庭之广一时无出其右。所著诗文别集有《渔洋诗集》《渔洋诗续集》《蚕尾集》等,晚年门人汇编为《带经堂集》。另有《渔洋精华录》及多种小集散行于世。此外,词有《阮亭诗余》《衍波词》,诗话、词话尚有《五代诗话》《花草蒙拾》及门人所记诗论《师友诗传录》《然灯纪闻》等。

再过露筋祠[1]

翠羽明珰尚俨然[2],湖云祠树碧于烟。行人系缆月初堕,门外野风开白莲。

【注释】

[1] 顺治十七年(1660)春,作者赴任扬州推官,途经露筋祠,作有五律一首,夏间往来淮、扬两地,再作这首七绝,故题作"再过"。露筋祠俗称仙女庙,故址在今江苏高邮市南三十里处,旁有贞女墓。其来历传说不一,清徐昂发《畏垒笔记》曾有辨正。后世主要根据宋王象之《舆地纪胜》的记载,说有姑嫂夜行至此,天阴蚊盛,近有耕夫农舍,其嫂前往投宿,姑以男女之嫌,曰:"吾宁死不失节。"因被蚊虻啮食,露筋而死。后人立祠以表彰贞节,往来行人多有题咏。

[2] 翠羽明珰:祠中供奉贞女塑像的头饰和耳环。

【鉴赏】

　　这首七绝在清代非常有名,"论者推为此题绝唱",陆以湉认为它的好处在于"不即不离,天然入妙,故后来作者皆莫之及"(《冷庐杂识》卷一)。这个评语稍嫌抽象,不易理解,质言之就是避免正面描写而取言外之意。像这样的题材是很难写的,歌颂女子的贞节,容易流于陈腐,况且到了清代,以王士禛那么通达的人,也未必赞许她这种固执的念头;而哀叹年轻生命的凋零,赞美青春芳华,又容易显得轻佻,不够庄重。王士禛的策略是放弃叙述故事和议论评价,避实就虚,以求神韵之美。因而仅在首句约略描写贞女塑像的庄重明洁,以见祠庙为人恭敬珍护,马上就将视线投向祠周围的景色。湖上的云,祠外的树,用一个古代既可指绿又可指蓝的"碧"字着色,然后又以既无确定颜色也无确定形体的"烟"来作比较对象,使本来明确的东西转而变得不明确起来,这就给读者设置了玩味的空间。第三句回到写实,将自己登舟与月初堕这特定时刻相连接,突出了一种瞬间性,自然地引出仿佛是偶然一瞥所见的白莲。这个显然象征着明艳高洁的意象,为第一句的外貌描写注入了道德内涵。夜色中静开的白莲,正如这荒僻而孤独的贞女庙,在久远的岁月中淡化了故事的血腥色彩,只剩下一个贞静的形象供人凭吊。这个野风中的白莲很可能是虚构场景,现存明清之交的作者如谢肇淛、熊文举等人的作品都没有写到白莲,而自从王士禛诗成为此题绝唱,后人的诗思就常与白莲相连了。

王 慧

王慧(生卒年不详),字兰韫,江南太仓(今属江苏)人。生活在十七世纪中后期。学使王长源之女,常熟诸生朱方来妻。有隽才,读书秉礼,中年而寡,至七十余卒。工诗,不轻示人,而声名甚著。唐孙华称"长律或至千言,古体辄成数十韵。吐属风华,气体清拔",沈德潜称"清朗疏洁,其品最上"。族叔王摅为选《凝翠楼集》四卷,兄王吉武梓以行世。

海上观潮日出[1]

我家沧海滨,十里尽东岸。潮来与日出,耳闻目未看。秋晴动奇怀,一苇指浩瀚[2]。横棹借田家[3],甫至日已旰[4]。少焉明月起,清晖可耽玩。天宇浩无涯,长空悬镜烂。光景固自佳,尚未穷壮观。坐而暂假寐[5],倏忽夜过半。隐隐天鸡鸣,早潮发将旦。亟起肩舆行[6],未至势已悍。喧訇震雷鼓[7],澎湃落银汉。喷薄六鳌倾[8],奔腾万马散。自然应嘘噏[9],不知谁输灌。混混乾坤浮,望洋默惊叹。空阔风露重,昏黑那复辩!俄顷天水际,一线红光绽。幽阴豁然开,万象自昭焕。曈昽火轮捧[10],倒影金柱贯。朝霞相破碎,倏忽生变幻。玲珑玻璃塔,层层云间断。奇观得未有,抚掌口难赞。可怪图利者,水宿如凫雁[11]。性命等鸿毛,冲波略无惮。我生苦跼蹐[12],眼不越里闬[13]。海山多梦游,觉后增怅惋。异境怀自昔,贾勇得今段[14]。安得踵徐生[15],乘桴游汗漫[16]。

【注释】

[1] 此诗为女诗人往海边漫游观潮并见日出而作。

[2] 一苇:指驾船。《诗经·卫风·河广》:"谁谓河广,一苇航之。"

[3] 檥(yǐ)棹:泊船。棹,船桨。

[4] 甫:刚刚。旰(gàn):天色近晚。

[5] 假寐:不脱衣服打盹。

[6] 肩舆:轿子。

[7] 喧訇(hōng):声响轰鸣。

[8] 六鳌:典出《列子·汤问》:"渤海之东,不知几亿万里,有大壑焉。实惟无底之谷,其下无底,名曰归墟。八纮九野之水,天汉之流,莫不注之,而无增无减焉。其中有五山焉:一曰岱舆,二曰员峤,三曰方壶,四曰瀛洲,五曰蓬莱……所居之人皆仙圣之种,一日一夕飞相往来者,不可数焉。而五山之根无所连著,常随波上下往还,不得暂峙焉。仙圣毒之,诉之于帝。帝恐流于西极,失群仙圣之居,乃命禺强使巨鳌十五,举首而戴之,迭为三番,六万岁一交焉。五山始峙而不动。而龙伯之国有大人,举足不盈数步而暨五山之所,一钓而连六鳌。合负而趣,归其国,灼其骨以数焉。于是岱舆、员峤二山流于北极,沉于大海,仙圣之播迁者巨亿计。"鳌,传说海中的巨龟。

[9] 嘘噏(xī):呼吸、吐纳。《文选》木华《海赋》:"嘘噏百川,洗涤淮汉。"李善注:"嘘噏,犹吐纳也。"

[10] 瞳昽(tóng lóng):太阳初出由黯变亮的光景。陆机《文赋》:"情瞳昽而弥鲜。"

[11] 凫雁:两种栖息在浅水边的水鸟。

[12] 踢躇(jú jí):拘束不舒畅。《后汉书·循吏传》:"奸吏踢躇,无所容诈。"谢朓《京路夜发》:"勑躬每踢躇,瞻恩唯震荡。"

[13] 里闬(hàn):代指乡里。闬,里巷的门墙。

[14] 贾勇:乘势鼓起勇气。《左传·成公二年》:"齐高固入晋师,桀石以投人,禽之,而乘其车,系桑本焉。以徇齐垒,曰:'欲勇者,贾余余勇。'"杜预注:"贾,卖也。言己勇有余,欲卖之。"

[15] 徐生:秦始皇时方士徐福,字君房,齐琅琊郡人。鬼谷子先生的关门弟子,博学多才,通晓医学、天文、航海知识,曾被秦始皇派遣,携童男女数千人出海寻仙采药。

[16] 汗漫:浩瀚无际,此指大海。

【鉴赏】

中国古代女性受礼教束缚,平时不能随便出门,更不要说漫游、观光。是故从事文学写作的女性虽多,作品中却少见旅行、游历的题材,更鲜见描写名山大川的诗歌作品。到清代这种情形有所改变,女性的生活空间日益扩大,社交、游览、旅行的机会空前增多,文学写作的题材也愈益广泛。王慧这首到海边观潮看日出的长篇五古,正是清代女性文学特有的作品。全诗分为四段,起首十六句叙写乘船抵海边、赏月至夜半不寐的经过;第二段十四句写早出观潮;第三段十二句写日出景象;末段十二句写同时感受到的商旅谋生之艰,及对渡海出游的期待。随着月升、潮来、日出景观的迭变,诗人的情绪从"尚未穷壮观"进而到"望洋默惊叹",再到"抚掌口难赞",自然景象的描绘与作者感受的抒发两条线交织并进,结构层次非常清楚。眼前这平生壮观和难得的经历,虽然也让女诗人体会到商旅往来海上的危险,但更多的还是激发了她渡海出游的豪迈情怀。"安得踵徐生,乘桴游汗漫"是急切的期待,也是自知无望的空想,为我们留下了那个时代女性被压抑的渴望走出家门、向往自由生活的浪漫情怀。

查慎行

查慎行(1650—1727),初名嗣琏,字夏重,号查田;后改名慎行,字悔余,号他山。晚年居于初白庵,又称初白先生。海宁(今属浙江)人。康熙四十二年(1703)进士,授翰林院编修,入直内廷。五十二年(1713)乞归,家居十余年。雍正四年(1726),因弟查嗣庭讪谤案株及,被逮入京,次年放归,不久去世。诗学苏东坡、陆放翁,尝补注苏诗,为康熙朝宋诗派代表诗人,继朱彝尊之后为东南诗坛领袖。著有《得树楼杂钞》《敬业堂诗集》,后人辑其评诗语为《初白庵十二种诗评》。

中秋夜洞庭对月歌[1]

长风霾云莽千里[2],云气蓬蓬天冒水[3]。风收云散波乍平,倒转青天作湖底。初看落日沉波红,素月欲升天敛容[4]。舟人回首尽东望,吞吐故在冯夷宫[5]。须臾忽自波心上,镜面横开十余丈。月光浸水水浸天,一派空明互回荡。此时骊龙潜最深[6],目眩不得衔珠吟。巨鱼无知作腾踔[7],鳞甲一动千黄金[8]。人间此境知难必,快意翻从偶然得[9]。遥闻渔父唱歌来[10],始觉中秋是今夕。

【注释】

[1] 康熙二十一年(1682)秋,作者由贵州返海宁,道经湖南洞庭湖,正值中秋佳节,游湖上成此诗。

[2] 霾云:阴云。

[3] 蓬蓬:茫茫覆盖貌。冒:覆盖。

[4] 敛容:收敛面部表情,显出严肃的神情。《汉书·霍光传》:"光每朝见,上虚己敛容,礼下之已甚。"白居易《琵琶行》:"整顿衣裳起敛容。"这里形容天色转阴沉。

[5] 冯(píng)夷：河伯，传说中的河神，宫殿在湖水深处。唐陆德明《经典释文》："冯夷，华阴潼乡隄首人也。服八石，得水仙，是为河伯。"

[6] 骊龙：黑色的龙。《尸子》卷下："玉渊之中，骊龙蟠焉，颔下有珠。"

[7] 腾踔(chuō)：跳跃。韩愈《岳阳楼别窦司直》："巍峨拔嵩华，腾踔较健壮。"

[8] "鳞甲"句：言月下巨鱼腾跃，鳞片如黄金闪烁。

[9] 翻：同"反"，反而。

[10] 渔父：《史记·屈原列传》载屈原被放，游于江潭，逢渔父鼓枻而歌曰："沧浪之水清兮，可以濯吾缨；沧浪之水浊兮，可以濯吾足。"这里暗用其事。

【鉴赏】

古来赋咏自然景象的诗歌之多，无过于月亮。相比光芒炽热的太阳，古人显然更偏爱澄莹皎洁的月色。查慎行值中秋之夜，放舟洞庭，满月当空，水天一色，更有难得的无穷快意！起四句写近晚风收云散、波平浪静的湖面，接连三句用"云"字勾连回环，而以"倒转青天作湖底"一句描绘水天相映的景象，异常新颖而生动。"初看"四句写日落，"须臾"四句写月升，本来很普通的景象却写出意外的新奇感觉。"此时"四句糅合神话想象与现实所见，一动一静，更兼比喻夸张而生动，给人留下深刻印象。末四句以无限流连之笔，写偶然快意之情，借助于渔父这一古老的人文意象，历史与现实达成沟通，作者与伟大前辈诗人屈原的精神产生了共鸣。

纳兰性德

纳兰性德(1655—1685),叶赫那拉氏,原名成德,避太子保成讳改名为性德,字容若,号楞伽山人,满洲正黄旗人。生于豪门,父明珠为当朝宰相,乃以门荫出任侍卫,三十一岁亡于寒疾。生性恬淡,无心名利,乐与汉族士大夫游,曾刊行《通志堂经解》。工于填词,词风明快而真挚,哀感顽艳,王国维许为"以自然之眼观物,以自然之舌言情"。著有《通志堂集》《侧帽集》《饮水词》等。

浣 溪 沙[1]

谁念西风独自凉,萧萧黄叶闭疏窗[2],沉思往事立残阳。被酒莫惊春睡重[3],赌书消得泼茶香[4],当时只道是寻常。

【注释】

[1] 纳兰性德娶卢氏,琴瑟和谐,不幸婚后三年妻子即亡故,性德沉溺于伤悼之情不能自拔,这首词即为悼念亡妻所作。

[2] 萧萧:风吹叶落的声音。《古诗十九首》:"白杨多悲风,萧萧愁杀人。"疏窗:装饰有花纹的窗户。

[3] 被酒:醉酒,为酒所困。

[4] 赌书:用李清照夫妇嬉乐的典故。李清照《金石录后序》:"余性偶强记,每饭罢,坐归来堂,烹茶,指堆积书史,言某事在某书某卷第几页第几行,以中否角胜负,为饮茶先后。中即举杯大笑,至茶倾覆怀中,反不得饮而起,甘心老是乡矣!故虽处忧患困穷而志不屈。"

【鉴赏】

夫妇间平常的家庭生活,一旦失去才体会到那是可遇不可求的幸福。古来士人奉父母之命、媒妁之言成婚,难得称心如意的佳偶。性德幸得卢氏为妇,琴瑟和谐,伉俪情深,颇似赵明诚得李清照为妻。身处幸福之中,只道一切都是寻常,一朝人天永隔,昔日生活的一点一滴都变成无比美好的回忆。但作者没有罗列许多细节,只选取眼前西风、黄叶、疏窗、残阳的寒寂之景,与昔日被酒、春睡、赌书、泼茶的温馨氛围相对照,那永失吾爱的凄惘和绵绵不绝的追忆,就成为无声的伤叹落在读者心头,让人再三品味。这种抒情的力量让人联想到李煜词那直达人心的穿透力。

沈德潜

沈德潜(1673—1769),字确士,号归愚,长洲(今江苏苏州)人。师事名诗人叶燮,论诗主格调,提倡温柔敦厚的诗教。乾隆元年(1736)举博学鸿词科,四年(1739)以六十七岁的高龄中进士,成为乾隆帝最尊宠的文臣,数年间官至礼部侍郎。十四年(1749)告老还乡,优游林下二十年,加礼部尚书衔,成为清代名诗人中地位最高、享寿最久的一位。著有《沈归愚诗文全集》《说诗晬语》,编有《古诗源》《唐诗别裁集》《明诗别裁集》《国朝诗别裁集》等。

刈 麦 行[1]

前年麦田三尺水[2],去年麦田半枯死[3]。今年二麦俱有秋[4],高下黄云遍千里。磨镰霍霍割上场,妇子打晒田家忙。纷纷落硙白于雪[5],瓦甑时闻饼饵香[6]。老农食罢吞声哭,三年乍见今年熟[7]。

【注释】

[1] 沈德潜曾十六次应乡试不售,长年坐馆为生,诗歌中对乡村田家生活多有描绘,如《田家杂兴》《田家》《见水中刈稻者》等。这首《刈麦行》作于康熙四十九年(1710)夏,写出了累经灾害而初获丰收的农人悲喜交集的复杂心情。刈(yì)麦:割麦。

[2] "前年"句:沈德潜《竹啸轩诗钞》卷四戊子诗有《愁霖叹》,描绘吴中"连旬霪雨如盆倾,河渠泛溢决堤岸,平畴新秧没强半"的灾情。

[3] "去年"句:沈德潜《竹啸轩诗钞》卷五己丑诗有《夏日述感七首》,记载吴中"旱潦频仍后,三吴风景殊""瘠土农皆散,平田麦已芜""空村多鬼语,茅屋少炊烟"的惨状。

［4］二麦:大麦、小麦。有秋:有收成。《尚书·盘庚上》:"若农服田力穑,乃亦有秋。"

［5］硙(wèi):石磨。

［6］瓦甑(zèng):陶制炊器。

［7］"三年"句:沈德潜《竹啸轩诗钞》卷四丁亥诗即有《忧旱》之作,可见从康熙丁亥到己丑三年间都旱涝无收。

【鉴赏】

沈德潜虽然晚境腾达,成为皇帝最礼遇的文臣和诗歌导师,也写过不少歌功颂德的诗文,难免给人留下褒衣大袑的纱帽气印象,但本质上他始终是个传统的文人,有着正当的价值观和古典色彩的美学倾向,诗歌创作也继承了杜诗民胞物与的情怀,对世间的苦难多有体会和书写。这首《刈麦行》便是一个很好的例子。吴中旱涝频仍、累经天灾之后,终于盼到丰年,二麦登场,农忙食足,本应一派喜庆气象,但诗的结尾却独捕捉到一个"老农食罢吞声哭"的镜头。这喜极而泣的复杂情绪,不仅写出了特殊年代农人的特殊心态,也加重了首联灾难记忆的分量,使诗的重心由喜庆而转为悲悯,让读者在为农人庆幸之余又不能不为其毫无保障的命运唏嘘不已。

郑　燮

郑燮（1693—1765），字克柔，号理庵，又号板桥，兴化（今属江苏）人。家贫力学，多才艺，性洒脱不羁。乾隆元年（1736）中进士，先后任山东范县、潍县知县，有政声。乾隆十八年（1753），因请赈忤上司而被罢官。客居扬州，卖画度日，为"扬州八怪"之一。工诗文词曲，惟取道性情，而不拘体格。书法楷隶杂糅，创为"六分半书"。又擅画兰、竹、石，自称"四时不谢之兰，百节长青之竹，万古不败之石，千秋不变之人"，当时有"郑虔三绝"之誉。刊有《板桥诗钞》《词钞》《家书》《题画诗》等，后人辑为《郑板桥集》。

竹　石[1]

咬定青山不放松，立根原在破岩中。千磨万击还坚劲，任尔东西南北风。

【注释】

[1] 这是一首题于自画竹石上的题画诗，在对竹石顽强精神的赞美中，寄托了苏世独立、不从流俗的品格志向。

【鉴赏】

题画诗自宋代开始流行，作者不必善丹青，名画家也未必工诗文。元代以后，文人多兼擅绘事，工书画者鲜不能诗文，诗书画"三绝"代有其人。郑板桥是清代中叶诗书画印俱臻极高造诣的全才，平生作有大量的题画文字，或寄托志趣，或论说艺道，言近旨远，深为后人宝重。这首题于自写竹石上的题画诗，一句写石，二句写竹，三四两句合写石竹，文字浅白，近乎口语，而作者坚持自我、不趋附流俗的独立品格跃然纸上。

袁 枚

袁枚(1716—1798),字子才,号简斋,晚年自号仓山居士、随园老人,钱塘(今浙江杭州)人。乾隆四年(1739)进士,选翰林院庶吉士。以不娴于满文,乾隆七年(1742)外放江苏知县,历知溧水、江宁、江浦、沭阳等县,政治勤勉,颇有能名。以仕途失意,于乾隆十四年(1749)辞官,于江宁(今江苏南京)小仓山修筑随园,交接南北名流,广收诗弟子,女子拜师受业者多至五十余人,为时人所瞩目。论诗主性灵,与赵翼、蒋士铨并称为"乾隆三大家"。诗古文之外,骈文与笔记也负有盛名。著有《小仓山房文集》《随园诗话》《子不语》等,编有《随园女弟子诗选》。

同金十一沛恩游栖霞寺望桂林诸山[1]

奇山不入中原界,走入穷边才逞怪[2]。桂林天小青山大,山山都立青天外。我来六月游栖霞,天风拂面吹霜花。一轮白日忽不见,高空都被芙蓉遮[3]。山腰有洞五里许,秉火直入冲乌鸦。怪石成形千百种,见人欲动争谽谺[4]。万古不知风雨色,一群仙鼠依为家[5]。出穴登高望众山,茫茫云海坠眼前。疑是盘古死后不肯化[6],头目手足骨节相钩连。又疑女娲氏[7],一日七十有二变,青红隐现随云烟。蚩尤喷妖雾[8],尸罗袒右肩[9]。猛士植竿发[10],鬼母戏青莲[11]。我知混沌以前乾坤毁,水沙激荡风轮颠[12]。山川人物熔在一炉内,精灵腾踔有万千,彼此游戏相爱怜。忽然刚风一吹化为石[13],清气既散浊气坚[14]。至今欲活不得,欲去不能,只得奇形诡状蹲人间。不然造化纵有千手眼,亦难一一施雕镌。而况唐突真宰岂无罪[15],何以耿耿群飞欲刺天?金台公子酌我酒,听我狂言呼否否。更指奇峰印证之,出入白云乱招手。几阵南风吹落日,骑马同归醉兀兀[16]。我本天涯万里人,愁心忽挂西斜月。

【注释】

[1] 乾隆元年(1736),二十一岁的袁枚远走桂林,探望供职于广西巡抚金䥣幕中的叔父,夏间与金沛恩同游桂林城外栖霞山而作此诗。金十一:金沛恩,行十一,事迹未详。桂林:秦始设桂林郡,唐为桂州,明清为桂林府,今为广西壮族自治区桂林市。栖霞:山名,在桂林城外,山腰有寺,寺后为洞,均以栖霞名。

[2] 穷边:僻远的边疆地区。穷,极尽。

[3] 芙蓉:即莲花,这里形容栖霞山的峰峦形状。

[4] 谽谺(hān xiā):山谷张口的样子,这里形容怪石狰狞。

[5] 仙鼠:即蝙蝠。扬雄《方言》:"蝙蝠,自关而东或谓之仙鼠。"

[6] 盘古:古代神话中开天辟地的人物。《述异记》:"盘古氏之死也,头为四岳,目为日月,脂膏为江海,毛发为草木。"

[7] 女娲氏:神话中炼石补天的女神。《楚辞·天问》王逸注:"女娲人头蛇身,一日七十化。"

[8] 蚩尤:传说为九黎族首领,曾与黄帝战于涿鹿(今河北境内)之野,蚩尤作大雾,黄帝作指南车破之。

[9] 尸罗:传说沐胥国有术士名尸罗,"善眩惑之术,喷水为氛雾,暗数里间",见祖冲之《述异记》。

[10] 猛士:传说中勇士夏育、乌获"植发如竿",见张衡《西京赋》。

[11] 鬼母:祖冲之《述异记》:"南海小虞山中有鬼母,能产天地鬼,一产十鬼,朝产之,暮食之。"

[12] 风轮:佛教观念,众生居住的器世间,其形成之初,先有风轮,后有水轮、金轮,最后出现大地。《大楼炭经》则说,地深九亿万里,第四是冰轮,第五是水轮,第六是风轮。

[13] 刚风:即罡(gāng)风,道家指高空中的风。

[14] "清气"句:徐整《三五历记》:"天地开辟,阳清为天,阴浊为地。"

[15] 唐突:冒犯。真宰:宇宙的主宰。《庄子·齐物论》:"若有真宰,而特不得其眹。"

[16] 兀兀:神志昏昏沉沉的样子。

【鉴赏】

桂林山水秀美奇异,夙有"甲天下"之誉,但古来形于诗篇者,自韩愈《送桂州严大夫同用南字》以降,多为狭篇短制,少有排奡铺陈的淋漓之作。青年诗人袁枚来游,以这首诗四十七句的长歌尽情描绘了桂林地貌的诡异、山形的神奇,成为前摄影时代留下的最生动神奇的桂林群峰图景。诗分为四段:第一段四句以奇警的笔调总写桂林山形之奇;第二段十句转韵,游栖霞洞所见;第三段再转韵二十五句,驰骋想象,铺叙出洞远眺所见山峦之奇,并为这奇异景观的由来给出一个奇妙的解释;第四段八句又两度转韵,写日暮乘兴归去。通篇用长短错落的歌行体,借助于丰富的想象,编织起一连串的古代神话传说与佛典道籍中的神怪灵异,为桂林群山涂抹上一层奇谲神异的色彩;同时,又以灵活多变的转韵自然地划分段落,用奇偶杂出的句式和押韵方式构成变幻莫测的节奏和韵律,充分表现了年轻诗人非凡的才华。

蒋士铨

蒋士铨(1725—1784),字心余,一字苕生,号藏园,又号清容居士,铅山(今属江西)人。乾隆二十二年(1757)进士,选庶吉士,授翰林编修。乾隆二十九年(1764)辞官,主蕺山、崇文、安定三书院讲席。工诗擅曲,其诗抒写性情,质朴而有骨力;戏曲学汤显祖,与袁枚、赵翼并称为"乾隆三大家"。著有《忠雅堂诗文集》,又有《藏园九种曲》。曾评点《四六法海》,盛行于清代。

万年桥觞月[1]

飞梁跨水一千步[2],空际行人自来去。乱山中断走虹霓[3],下有蛟龙不敢怒。青天片月海底来,琉璃万顷空明开。风露泠泠波浩浩[4],此时天地无氛埃。中流二十三明镜[5],秋河上下横天影。江风吹客一登桥,脚踏寒光不知冷。流辉注水射千尺,波面游鳞时一掷[6]。放眼宁知世上人,飞觞不记今何夕[7]。相看冰雪莹聪明,但恨有客无笛声[8]。渔灯不动野鸭睡,寺钟欲出栖鸟惊。胜游佳会良可数,胸次先生独千古。名宦谁能乐山水[9],诗人我或惭龙虎[10]。深杯入手须尽欢,夜凉歌笑动波澜。耳目俱从静时净,风月莫惜忙中看。俯瞰前滩落星斗,跳掷双丸亦乌狗[11]。吾徒一夕桥万年,达者风流原不朽。

【注释】

[1] 此诗当作于作者从督学金德瑛游历途中。万年桥:原名溢洋渡,明建,在今江西南城县东北,石拱结构,二十三孔。觞:酒器。觞月指对月饮酒。

[2] 飞梁:凌空飞架的桥,指万年桥。

[3] 虹霓:雨后或日出没之际天空所现的彩虹,比喻万年桥。

[4] 泠(líng)泠:形容水的清澈。

[5] 二十三明镜:喻万年桥的二十三孔。

[6] 游鳞:游鱼。潘岳《闲居赋》:"游鳞瀺灂,菡萏敷披。"一掷:一跃。

[7] "飞觞"句:用《诗经·唐风·绸缪》:"今夕何夕?见此良人。"宋张孝祥《念奴娇·过洞庭》:"扣舷独啸,不知今夕何夕。"

[8] "但恨"句:暗用苏轼《前赤壁赋》"客有吹洞箫者,倚歌而和之。其声呜呜然,如怨如慕,如泣如诉,余音袅袅,不绝如缕"之意。这里或许是想到这一情景,遗憾没有佳客为奏乐。

[9] "名宦"句:暗用《论语·雍也》句:"智者乐水,仁者乐山。"

[10] 龙虎:喻才华彪炳之人。苏轼《九日黄楼作》:"诗人猛士杂龙虎,楚舞吴歌乱鹅鸭。"自注:"坐客三十余人,多知名之士。"王十朋注:"崔班《灼灼歌》:'坐中之客皆龙虎。'"

[11] 双丸:喻日月。宋方夔《春日杂兴》诗:"双丸不肯驻颓光,宇宙悠悠万物长。"元朱德润《题陈直卿一碧万顷》:"日月双丸吐,江山万古愁。"刍狗:古代祭祀时,以草结为狗形充祭品,礼毕即弃之。《老子》:"天地不仁,以万物为刍狗。"

【鉴赏】

月是古代文人反复吟咏、书写不绝的题材,名作累累,不胜枚举。但蒋士铨这首七言歌行仍独开生面,堪称名作。诗以四句一转韵的齐梁体写成,但以八句为一解,意脉随着换韵层层展开:起首八句写登桥待月,次八句写与客登桥,又八句写夜景之寂静与游兴之豪迈,最后八句写舫月。通篇以桥、月、水、天构成神奇空明的境界,点缀以游鳞、渔灯、野鸭、栖鸟,而更以主客的豪迈意兴贯穿其间,动静相映,声色交融,俯仰水天,思接千载,一篇不落窠臼、出人意表的杰作挥洒纸上。"空际行人自来去""琉璃万顷空明开""秋河上下横天影"等句固然足见写景的功力,而"江风吹客一登桥""夜凉歌笑动波澜""风月莫惜忙中看""俯瞰前滩落星斗"诸句更尽显"胸次先生独千古"的不凡襟抱,令读者千载之下犹为作者"吾徒一夕桥万年,达者风流原不朽"的豪迈自信击节不已!

赵　翼

　　赵翼(1727—1814),字云崧,一字耘崧,号瓯北,又号裘萼,晚号三半老人,阳湖(今江苏常州)人。乾隆二十六年(1761)进士,历官至贵西兵备道。旋辞官,主讲安定书院。平生长于史学,考据精赅。论诗主独创,反摹拟,最擅长议论。与袁枚、蒋士铨并称为"乾隆三大家",又与袁枚、张问陶并称为"性灵派三大家"。著有《瓯北集》《瓯北诗话》,笔记《廿二史札记》与王鸣盛《十七史商榷》、钱大昕《二十二史考异》并称为清代三大史学名著。今有《赵翼全集》。

论诗(选二)[1]

　　满眼生机转化钧[2],天工人巧日争新。预支五百年新意,到了千年又觉陈。

　　李杜诗篇万口传,至今已觉不新鲜。江山代有才人出,各领风骚数百年。

【注释】

　[1] 这组论诗绝句(共四首)作于乾隆四十九年(1784),表达了那个时代诗人的一种普遍感受和作者独特的解悟,是清代最著名的以诗论诗的作品。
　[2] 化钧:谓自然的化育如转轮,变化无穷。化,造化,即自然。钧,陶瓷匠所用的转轮。

【鉴赏】

　　自从杜甫《戏为六绝句》首开以诗论诗的风气,论诗绝句成为中国古代诗歌批评的一种独特形式。赵翼这两首,前者痛切地表达了封建时代晚期诗人们对创新的一种深刻绝望。从根本上说,赵翼认为自然是与人相待而交发其蕴的,诗人的创造必日新无已。既然"化工日眼前,触处无非是"(《园中即事》),那么诗文也必日新月异,像陆游作品那样"直罄造物无尽藏,不许天公稍自秘"(《读陆放翁诗后》)。可是他由此不仅未激发起创造的自由和豪迈感,反而无奈地体认了艺术生命的短促及其悲剧性。因为"诗文无尽境,新者辄成旧"(《删改旧诗作》其二),在自然的无尽藏和创造的无尽境面前,个别作品的"新"终究是短暂而有限的。这样一种悲观意识在《论诗》中达到了顶峰,同时又使"新"变得愈益需要追求。正像当今时尚更替的速度加快、周期缩短以后,人们不是放弃追逐时尚,反而要制造更多的时尚。在袁枚颠覆所有文学经典的可模仿性之后,赵翼进一步对经典的永恒价值做了否定性的判决。后者乍看一派前无古人、舍我其谁的豪迈气概,细味之其实也夹杂一丝悲观无奈的弦外之音:置身于生生不息的自然运化中,没有人能够永葆艺术生命常青,顶多只能引领一时的风骚而已。这听起来颇有点当下时尚理论的味道,的确,赵翼诗学的核心理念便是唯新,而唯新正是时尚的本质属性。如此说来,前现代的诗人赵翼,诗歌观念中已洋溢着一股现代的气息。

黎 简

黎简(1747—1799),字简民,一字未裁,号二樵,顺德(今属广东)人。乾隆五十四年(1789)拔贡,将赴廷试,值父丧守制。服阕,自此淡于仕进,以课徒为生。工诗善书画,有南州"三绝"之称。诗学李贺、黄庭坚,字句洗练,刻意求新。书法得晋人意,又喜画山水,与张如芝、谢兰生、罗天池并称为"粤东四大家"。著有《五百四峰草堂诗文钞》《药烟阁词钞》等。

夜 酌[1]

余花袅幽风[2],病香暗无影[3]。寒空破纤月[4],怨禽齐作警。离心对愁杯,安得不独醒[5]。绿苔入户湿,凉露在眸冷。春去如云飞,一夜人间静。

【注释】

[1] 离家前夕,夜深独酌,作此诗以抒愁怀。

[2] 余花:残花。谢朓《游东田诗》:"鱼戏新荷动,鸟散余花落。"袅:随风摇曳。

[3] 病香:欲残之花。崔橹《暮春对花》诗:"病香无力被风欺,多在青苔少在枝。"

[4] 纤月:未弦之月,月牙。杜甫《夜宴左氏庄》诗:"林风纤月落,衣露净琴张。"

[5] 独醒:《楚辞·渔父》:"举世皆浊我独清,众人皆醉我独醒。"

【鉴赏】

黎简是清代中叶一位风格非常独特的诗人,其诗题材并不奇特,下字也很平常,但用意极隽永奇警,尤其善于渲染一种幽冷、孤寂的意趣。这首古调诗正是很能体现他创作特色的作品。通篇没什么奇文异字,但每个名词都有修饰,或多层次的形容,毫无虚浮松懈之处,由是意思绵密,耐人玩味。余花、幽风、病香、寒空、纤月、怨禽、离心、愁杯、凉露、绿苔,这些带有特定修饰的名词共同营造出全诗衰飒凄冷的基调;破、袅两个形容词用作动词,再给寻常景致点染一抹新异的感觉;而齐作警、入户湿、在眸冷这取意颇为奇特的描写,则更加重了全诗语言的生新趣味,使"春去如云飞,一夜人间静"这化静为动、上下衔接本有点生硬的结联,变得水到渠成,十分自然。通篇绵密的修辞和句法的锤炼真可以说到了前人所谓"几令读者为之窒"(屈向邦《粤东诗话》)的地步,而深夜独酌的诗人因寂静而体验的不同寻常的孤独感也由此得到深刻的表现。

黄景仁

黄景仁(1749—1783),字汉镛,一字仲则,号鹿菲子,武进(今属江苏)人。四岁而孤,母屠氏课之读,刻苦倍于常童。十六岁补府学附生,从邵齐焘学,与洪亮吉、杨伦、杨梦符并为高弟。乾隆三十六年(1771),入太平知府沈业富幕为掌书记,复入安徽学使朱筠幕。筠尝集文士于采石矶之太白楼,景仁赋长句,激昂壮丽,众咸谓谪仙复生,一日纸贵。四十一年(1776)召试列二等,为四库誊录生。在京从翁方纲、王昶、朱筠、蒋士铨游。期满以议叙例得主簿,入赀为县丞,未官而卒。所著《两当轩集》,乾隆间论诗者推为第一。又工书能画,兼擅篆刻,间仿翻沙法治铜印,直逼汉人气韵。

杂 感[1]

仙佛茫茫两未成,只知独夜不平鸣。风蓬飘尽悲歌气,泥絮沾来薄倖名[2]。十有九人堪白眼,百无一用是书生。莫因诗卷愁成谶[3],春鸟秋虫自作声。

【注释】

[1] 黄景仁自幼体弱多病,其师邵齐焘虽劝以学,却"又不欲其汲汲发愤以罢敝其精神,而第劝以博观泛览,优游而自得焉"(邵齐焘《跋所和黄生汉镛〈对镜行〉后》)。在当时不治经就等于自绝于仕途,诗人最终八应乡试不售,落魄而殁。这首诗作于弱冠之年,初入名利之场,却仿佛已洞见自己与世俗不可调和的对立,更对日后的仕途感到绝望。

[2] 薄倖:旧指男子薄情,易负心。

[3] 谶:一种无意中说出而后来应验不幸结局的预言。

【鉴赏】

中国古代文人,自幼读经书,通儒学,莫不以修身齐家治国平天下为人生理想。及长无所遇,濩落失意,则或逃于习禅,或遁于修道,从中寻求安身立命之所,以为人生无奈的归栖。而黄景仁起句即言"仙佛茫茫两未成",等于从终局宣告了人生的失败和绝望,实在很像是饱经人生忧患和失意的中年人所发,而其时诗人只不过二十岁,还根本未经历世事的坎坷,却仿佛已洞见自己与世俗不可调和的对立,更预感到日后路途的艰辛。于是"十有九人堪白眼,百无一用是书生"两句,就成了对自身与群体命运的终极体认,像是一个谶言,不仅预示了他的未来,也引发日后无数不遇才人的深深共鸣,成为《两当轩集》中最早为人传诵的名篇。到乾隆时代,清廷凭借经学和科举,已完全捏住汉族士大夫的文化命脉,不再需要文人来装点政治。这时,像黄景仁一辈不治经学的文人,便面临一个前所未有的生存困境,不仅政治上毫无出路,在文坛上也难以为主流社会所认可,于是其人生意义就无处可找寻,人生价值也无处可寄托。"百无一用是书生"绝不只是个人的慨叹,它道出了当时整个文人群体对政治前途和社会声望的双重绝望。"风蓬飘尽悲歌气,泥絮沾来薄倖名"一联所传达的过早地消磨功名志向、过早地咀嚼爱情失意的惫倦心态,定下了他日后生活和诗歌创作的基调,正像他最亲密的朋友洪亮吉所形容的"如咽露秋虫,舞风病鹤"(《北江诗话》)。而这首弱冠之年写下的《杂感》,似乎已画好了诗人成年的自画像。

宋　湘

宋湘(1757—1826),字焕襄,号芷湾,嘉应(今广东梅州梅县区)人。嘉庆四年(1799)进士,选翰林院庶吉士,授编修。嘉庆十八年(1813),知云南曲靖府。道光五年(1825),调任湖北粮道,卒于任。与顺德黎简同为清中叶广东诗坛巨擘,诗作多为山川纪行及题赠之类,风格清隽自然,描绘自然景物,常有独到手眼。著有《红杏山房诗钞》《不易居斋集》等。

黄鹤楼题壁[1]

笛声吹裂大江流,天上星星历历秋[2]。黄鹤白云今夜别[3],美人芳草古时愁[4]。我行何止半天下,此去休论八督州[5]。多少烟云都过眼,酒杯还置五湖头[6]。

【注释】

[1] 此诗作于晚年任湖北粮道时,在吟咏历史遗迹中流露出厌倦仕途奔波之意。黄鹤楼:位于今湖北武汉长江南岸的蛇山之上,始建于三国吴黄武二年(223),原为戍楼,经盛唐诗人崔颢题咏而名扬后世。旧毁,今为移地重建。

[2] 历历:崔颢《黄鹤楼》:"秦川历历汉阳树。"原指清晰可辨,这里用以形容时间的流逝。

[3] "黄鹤"句:化用崔颢《黄鹤楼》"黄鹤一去不复返,白云千载空悠悠"之句。

[4] 芳草:崔颢《黄鹤楼》:"芳草萋萋鹦鹉洲。"

[5] 八督州:晋陶侃,字士行,鄱阳郡枭阳县(今江西都昌)人。初任县吏,后出任郡守。曾平定苏峻之乱,战功赫赫,官至太尉、荆江二州刺史,都督八州诸军事,封长沙郡公。

[6] 五湖:越国大夫范蠡,辅佐越王勾践灭吴后,泛轻舟隐于五湖。后以"五湖"指隐遁之所。

【鉴赏】
　　黄鹤楼自李白留下"眼前有景道不得,崔颢题诗在上头"的传说,就成为后代诗人与前贤角胜的竞技场,往来作者题咏之作日积月累。宋湘这首题壁之作,虽用崔颢原韵,也因袭了原诗的个别字词,但立意完全不落窠臼,别写一种超迈的胸襟。首句用笛声暗溯名楼故事,而取意至为奇特;次句变换历历的用法以见时间流逝。颔联黄鹤、白云绾合古今情境,美人、芳草点出异代同怀,让人感觉前人"后之视今,亦犹今之视昔"的感慨竟如为我而发。颈联视线投向个人身世,奔波行役的倦怠和无可作为的失望感溢于言外,自然地将诗意引向传统的借酒浇愁结尾模式。但"多少烟云都过眼"的写法毕竟显得轻松和超然,再配上"酒杯还置五湖头"的取境样式,就使诗作结束在相对洒脱的情调中,不至过于黯淡。

王 昙

王昙(1760—1817),又名良士,字仲瞿,号蠡舟,秀水(今浙江嘉兴)人。屡试不第,至乾隆五十九年(1794)方中举人,会试复不第,为和珅幕僚。及和珅被诛,不齿于士林,乃益纵情放诞,有狂怪之名。工诗擅词曲,又以骈文名。诗风骏利豪放,与孙原湘、舒位并称"嘉庆三家"或"江左三君"。著有《烟霞万古楼诗文集》,传奇剧本《回心院》《万花缘》等。

项 王 庙[1]

立马一呼千人号,咸阳大火不足烧[2]。十八诸侯作臣子[3],如何不舞鸿门刀[4]?陈平美奴张良女[5],淮阴之少小儿乳[6]。功臣反面见君王,吾亦伤心老亚父[7]。君王如玉妾如花,君马一走天下瓜[8]。赤蛇不死白蛇死[9],妾骨空阗垓下沙[10]。儿女英雄两不足,水庙山烟吾来宿。八千子弟大风来[11],父老江东到今哭。

【注释】

[1] 项羽兵败自刎于垓下,后人建有祠庙,在今安徽和县东北乌江边。王昙经过而题此诗。

[2] 咸阳大火:《史记·项羽本纪》:"项羽引兵西屠咸阳,杀秦降王子婴,烧秦宫室,火三月不灭。"

[3] 十八诸侯:项羽灭秦后自立为西楚霸王,分封天下,共封十八位诸侯王。

[4] "如何"句:项羽于鸿门宴刘邦,席间范增数次暗示项羽除刘邦,项羽不应。

[5] "陈平"句:《史记》载陈平身长有美色,张良"状如妇人好女"。

[6] 小儿乳:乳臭未干的小儿,指韩信。《史记·淮阴侯列传》:"(萧)何曰:'王素慢无礼,今拜大将如呼小儿耳,此乃(韩)信所以去也。'"

[7] 亚父:范增为项羽谋臣,倍受礼敬,拜为亚父。后因陈平离间之计,渐失信

任,恚愤而终。

[8] 瓜:瓜分,分裂。

[9] "赤蛇"句:刘邦有醉斩白蛇的传说,这里用赤蛇指刘邦,白蛇指项羽。

[10] "姜骨"句:项羽兵败,被围垓下,虞姬自刎以殉。阗(tián),填塞。

[11] 八千子弟:《史记·项羽本纪》:"项王笑曰:'且籍与江东子弟八千人渡江而西,今无一人还,纵江东父兄怜而王我,我何面目见之?'"大风:即《大风歌》,刘邦击破英布军后,途经故乡,会饮父老,歌曰:"大风起兮云飞扬,威加海内兮归故乡。安得猛士兮守四方?"

【鉴赏】

　　在刘、项之争中,失败者更像是一个英雄。刘邦的无情无义和阴险狡诈,衬托了项羽的意气和光明磊落,甚至他的缺点也与英雄的品质相连。因此在后人的咏史诗中,项羽通常赢得更多的同情。项羽自刎后,首级传到鲁地,后以鲁公礼葬于谷城。王昙道经谷城,曾以牛酒琵琶祭项羽墓,作七律三首,传诵于世。然而在项羽兵败途穷的垓下,宿于供奉英雄项羽的祠庙中,王昙的现地感触融入了更多的历史反思。回顾项羽生平,其实他性格中的诸多缺陷,如优柔、刚愎、多疑、褊狭,都与英雄的品质相去甚远。不能坦然面对失败,归江东图谋再起,以至于连心爱的宝马、爱姬也不能保有,最终落得个"儿女英雄两不足"的结局!当年送走八千子弟,迎来的却是高唱《大风歌》的汉高祖,王昙恍然听到江东父老千年不绝的哭声。最后这个虚拟的表现再清楚不过地表明了作者对项羽的态度和评价。

张问陶

张问陶(1764—1814),字仲冶,一字柳门,号船山、蜀山老,遂宁黑柏沟(今四川蓬溪)人。乾隆五十五年(1790)中进士,在同科进士中诗才卓异,被洪亮吉称"为长安第一"。乾隆五十九年(1794)任翰林院检讨,转都察院监察御史、吏部郎中。嘉庆十五年(1810)出任山东莱州知府,因忤上官,辞官寓居苏州,后病卒于寓所。其诗抒写性灵,才调隽朗,继袁枚、赵翼、蒋士铨之后为性灵派诗后劲,又被誉为"蜀中诗人之冠"。撰有《船山诗草》。

芦 沟[1]

芦沟南望尽尘埃,木脱霜寒大漠开。天海诗情驴背得[2],关山秋色雨中来。茫茫阅世无成局[3],碌碌因人是废才[4]。往日英雄呼不起,放歌空吊古金台[5]。

【注释】

[1] 乾隆四十九年(1784),作者赴北京应进士试,经卢沟桥而作此诗。芦沟:即桑乾河,为永定河上游,有芦沟桥,今名卢沟桥,在今北京丰台区,是北京现存最古老的石造联拱桥。

[2] "天海"句:暗用晚唐郑綮语。郑綮尝称自己"诗思在灞桥风雪中驴子上",见孙光宪《北梦琐言》卷七。

[3] "茫茫"句:指看不清世事和国运而感到迷茫。

[4] 碌碌:形容平庸无成就。

[5] 金台:即燕台,故址在今河北易县易水南。相传战国时燕昭王尝置千金于台上,延请天下士,故又名黄金台。

【鉴赏】

　　卢沟桥为进京应试必经之地,"卢沟晓月"系燕京八景之一,来往士人多赋诗题咏。张问陶过桥上,凭栏南望,苍茫秋色尽收眼底,抚今吊古别具怀抱。诗的起联写桥上远眺,勾勒出荒凉广漠的华北平原给他的最初印象;颔联点明季候,突出雨中的秋色和诗意;颈联引出身世之感,交织着对世道的迷茫和不甘碌碌无为的英挺之气;尾联即地怀古,以"空吊"二字暗示了英雄已矣、贤君不出的失望之意。时值乾隆末年,大清帝国的繁盛中已显露衰变的迹象,年轻的张问陶虽怀不甘平庸、渴望用世之志,但有限的阅历已让他对现实倍感失望。这种希望与失望交织的复杂心情构成了本诗慷慨悲凉的情感基调。

舒　位

舒位(1765—1816)，字立人，号铁云山人，小字犀禅，直隶大兴(今北京市)人，生长于吴县(今江苏苏州)。乾隆五十三年(1788)举人，九试进士不第，寄身馆幕，游食四方。在京尝客礼亲王府，以戏曲受知。后入王朝梧河间知府幕，王任黔西道，从至贵州。博学工书画，诗尤有盛名，擅长乐府歌行，与王昙、孙原湘并称为嘉庆间，法式善为作《三君咏》。著有《瓶水斋诗集》《瓶水斋诗话》《乾嘉诗坛点将录》等。又撰有戏曲《桃花人面》《琵琶赚》及《卓女当垆》《樊姬拥髻》《酉阳修月》《博望访星》等，后四种合刻为《瓶笙馆修箫谱》。

杭州关纪事[1]

杭州关吏如乞儿，昔闻斯语今见之。果然我船来泊时，开箱倒箧靡不为。与吏言，呼吏坐，所欲吾肯从，幸勿太琐琐。吏言君果然，青铜白银无不可。又言君不然，青山白水应笑我。我转向吏白，百货我无一。即有八斗才[2]，量之不能盈一石。但有万斛愁，卖之未尝逢一客。其余零星诸服物，例所不征君其勿。却有一串飞青蚨[3]，赠君小饮黄公垆[4]。吏睨视钱摇手呼，手招楼上之豪奴。奴年约有三十余，庸恶陋劣兼有须。不作南语作北语，所语与吏无差殊。我且语奴休怒嗔，我非胡椒八百元宰相[5]，亦非牛皮十二郑商人[6]；且非贩茶去浮梁[7]，更非大贾来瞿唐[8]。况不比西域之胡，珊瑚木难璀璨生辉光[9]。问我来何国？但作宾客，不作盗贼。身行万里半天下，不记东西与南北。问我何所有？笛一枝，剑一口，帖十三行诗万首[10]，尔之仇敌我之友。我闻榷酒税[11]，不闻搜诗囊；又闻报船料[12]，不闻开客箱。请将班超所投笔[13]，写具陆贾归时装[14]。看尔意气颇自豪,九牛何惜亡一毛?尔家主人官不小,岂肯悉索容汝曹!况今十一除矿税[15],捐弃黄标复紫标。监察御史开口椒[16],尔何青天白日鹿覆蕉[17]!奴闻我言惨不骄,吏取我钱缠在腰。斯时吏去奴欲去,槟榔满口声哜嘈[18]。彼哜嘈,我欻乃[19],见奴见吏如见鬼。作歌当经自忏悔,辎轩使者采不采[20]?

【注释】

[1] 嘉庆四年(1799)春,诗人自黔归,过杭州榷关,被关吏敲诈,以辛辣诙谐的笔调写下这首纪事诗,成为古代讽刺诗中的杰作。

[2] 八斗才:指绝世天才。南朝诗人谢灵运曾说:"天下才共一石,曹子建独占八斗,我得一斗,天下共分一斗。"

[3] 青蚨(fú):形似蝉而稍大的一种虫,取其子,母必飞来。晋干宝《搜神记》言以母青蚨或子青蚨血涂钱上,钱花出去又会回来。后用为钱的代称。唐寒山诗:"囊里无青蚨,箧中有黄绢。"

[4] 黄公垆:垆为酒肆放酒坛的土台,代指酒家。刘义庆《世说新语·伤逝》载:晋王戎与阮籍、嵇康等号"竹林七贤",嵇、阮亡故后,已官尚书令的王戎乘车经过以前诸人经常畅饮的黄公酒垆,顾谓后车客曰:"今日视此虽近,邈若山河。"这里借指酒店。

[5] 元宰相:唐代宗时宰相元载,以贪婪著闻,后败落被贬,抄家时光胡椒就抄出八百石。

[6] 郑商人:公元前627年,郑国商人弦高往成周经商,途经滑国,遇到偷袭郑国的秦师。他冒充郑国的使者,以四张皮革和十二头牛犒军,同时火速派人报郑。秦帅孟明以为郑已知秦军来袭,有所防备,于是灭滑国而返。郑穆公要奖赏弦高,辞而不受。事见《左传·僖公三十三年》。

[7] 浮梁:唐县名,在今江西景德镇,历来为陶瓷之都,也是茶叶贩卖的集散地。敦煌遗书《茶酒论》有"浮梁歙州,万国来求"之说,白居易《琵琶行》也提到"商人重利轻别离,前月浮梁买茶去"。

[8] 瞿唐:长江三峡之一,唐时经商多往来三峡,故诗文中每称瞿唐贾。李益《江南曲》:"嫁得瞿塘贾,朝朝误妾期。早知潮有信,嫁与弄潮儿。"

[9] 珊瑚木难:代指珠宝。曹植《美女篇》:"明珠交玉体,珊瑚间木难。"《文选》

李善注引《南越志》："木难,金翅鸟沫所成碧色珠也。"珊瑚是珊瑚虫群体或骨骼形成的化石,其名源于古波斯语 sanga。

[10] 帖十三行:王献之传世小楷《洛神赋》,墨迹久佚,仅存十三行刻石。

[11] 榷酒税:古代盐、酒、茶等通常由国家专卖,课以专门的税率。榷,专卖之义。

[12] 报船料:货船过税关时按船的长度缴纳税金。

[13] 班超:东汉史学家班彪幼子,班固弟,字仲升,扶风平陵(今陕西咸阳东北)人。少有大志,博览群书。不甘于为官府抄写文书,一日投笔叹道:"大丈夫当效傅介子、张骞立功异域,以取封侯,安能久事笔砚乎!"(《东观汉记》)于是投笔从戎,随窦固出击北匈奴,又奉命出使西域,三十一年间平定西域五十余国。

[14] 陆贾:汉初楚国人。早年追随刘邦,以能言善辩常出使诸侯,为安定汉初局势做出极大的贡献。吕后掌权时曾辞官归隐。著有《新语》。

[15] 十一除矿税:免去原先百分之十的矿业税。

[16] 开口椒:唐朝监察御史的俗称。唐封演《封氏闻见记·风宪》:"其里行员外试者,俗名为合口椒,言最有毒。监察为开口椒,言稍毒。"

[17] 鹿覆蕉:《列子·周穆王》:"郑人有薪于野者,遇骇鹿,御而击之,毙之。恐人见之也,遽而藏诸隍中,覆之以蕉,不胜其喜。俄而遗其所藏之所,遂以为梦焉。"苏轼《次韵刘贡父所和韩康公忆持国二首》:"梦觉真同鹿覆蕉。"这里比喻将朝廷法令视同儿戏。

[18] 槟榔:原产马来西亚,中国云南、海南及台湾等热带地区多有种植。果实为中药材,南方不少民族有咀嚼槟榔的嗜好。唩嘈(jì cáo):口中有物,声音呜噜不清。

[19] 欸(ǎi)乃:摇橹声。

[20] 輶(yóu)轩使者:輶轩,轻车,多由使臣乘坐。汉代扬雄著有《輶轩使者绝代语释别国方言》。传周朝有采诗之官,乘车往四方采集歌诗,供君主考察四方民情,此指采诗之官。

【鉴赏】

中国古代诗人多为上流社会人士,到明清时代,即便是生员也属于 gentleman,食国家廪饩,所以诗中一向颂世之作多,非议之作少,描写社会黑暗面的作品更是少而又少。舒位却引人注目地作有讽刺关吏敛财的《芦沟桥行》,讽刺奸僧王树勋蓄发谋官的《和尚太守谣》等刺世诗。这首《杭州关纪事》的妙处是活生生地再现了关吏的贪婪嘴脸。诗一上来先不写关吏如何凶恶,反说"杭州关吏如乞儿",不过他敛财时绝非可怜兮兮地讨要,而是"开箱倒箧靡不为"!他敲竹杠的逻辑是:你乖乖给钱,"青铜白银无不可";若不给,"青山白水应笑我"。惟妙惟肖一句话,无赖嘴脸毕现纸上。而当关吏见诗人只拿得出一吊钱时,又顿现穷凶极恶的本色。遭到诗人一番斥责,这才"奴闻我言惨不骄,吏取我钱缠在腰",悻悻而去。这么看来,读书人在当时尚有一定的身份优势,关吏也不敢逼迫强索。诗的内容本来没什么特别之处,妙就妙在诗中的一长段诘难,既义正辞严,又诙谐嘲谑,给作品平添几分喜剧色彩,如此富有幽默感的作品在古来诗歌中还真不多见。

龚自珍

龚自珍(1792—1841),字璱人,号定庵,仁和(今浙江杭州)人。母为著名学者段玉裁之女,十二岁即从外祖父学,打下经学基础,又能作诗填词。嘉庆二十三年(1818)中浙江乡试举人,大挑授内阁中书,历官宗人府主事和礼部主事等职,参与编纂《大清一统志》。道光九年(1829)中进士,殿试对策从施政、用人、治水、治边多个方面提出改革主张,主试者以"楷法不中程"抑之,不得入翰林,仍为内阁中书。此后因揭露时弊,触动时忌,不断遭受权贵排挤和打击,终于在十年后辞官归里。他是清代中叶很重要的思想家、文学家,极力主张"更法""改图",被柳亚子誉为"三百年来第一流"。著有《定庵文集》,今人辑存其诗文,编为《龚自珍全集》。

己亥杂诗(其一二五)[1]

九州生气恃风雷[2],万马齐喑究可哀[3]。我劝天公重抖擞,不拘一格降人才。

【注释】

[1] 这首七绝选自道光十九年(1839)写作的组诗《己亥杂诗》。这一年龚自珍四十八岁,因厌恶官场的腐朽黑暗,辞官返回杭州。途中回顾年来行迹,更推及平生出处、交游、著述,所思所感,尽记于诗章,前后写作七绝315首,编为《己亥杂诗》。其中涉及的内容非常广泛,是继承古代咏怀、感遇传统而又具有浓厚自叙色彩的大型组诗。

[2] 九州:古代最早地志《尚书·禹贡》将天下分为九州,后人遂以九州代称中国全境。

[3] 喑(yīn):哑,不能发声。

【鉴赏】

　　龚自珍是中国十九世纪诗人中具有近代民主思想的第一人,1841年去世的他很自然地被视为旧时代终结的哀挽者,同时又是呼唤新时代的预言家。这组写作于鸦片战争爆发(1840)——被史家视为中国近代史的起点——前夕的七绝更成了新时代的号角。尽管时光过去一百多年,我们仍能感受到诗人对古老帝国沉闷现实的无比厌倦和对社会变革的强烈渴望。近代以来,它一直是清代诗歌中最激动人心的篇章,激励着一代又一代仁人志士挺身而起,走上推翻封建专制的革命道路。

汪　端

汪端(1793—1838),字允庄,号小韫,钱塘(今浙江杭州)人。出身于书香门第,祖汪宪振绮堂藏书之富,甲于杭州;父汪瑜博学工诗,隐居不仕。姨母梁德绳,则为当时女诗人领袖。汪端母早逝,幼年由梁德绳抚养,七岁对客赋《咏春雪》诗,被许为不减"柳絮因风"之作。后归著名文学家陈文述之子裴之,时有金童玉女之目。著有《自然好学斋诗钞》十卷,编有《明三十家诗选》。还曾撰著八十万字历史小说,最终自焚其稿。她是中国历史上少见的女诗人、小说家和诗评家,成就可媲美宋代女诗人李清照、朱淑真。

夜　坐[1]

明河清浅浴疏星[2],风定珠栊度冷萤[3]。一剪秋花凉影瘦,月波扶上画罗屏[4]。

【注释】

[1] 这是一首秋夜即景之作,写出闺中寂静而冷清的氛围和感受。
[2] 明河:天河、银河。
[3] 珠栊:珠饰的窗棂。
[4] 画罗屏:用绘有图案的丝织品装饰的屏风。

【鉴赏】

汪端婚姻虽然美满,但家庭生活颇多不幸:长子孝如早夭;丈夫仕途不顺,客死汉皋;次子身体孱弱,因丧父惊悸失常,久治不愈。这些人生的艰辛,不能不在她文雅悠闲的书香生活中投下一道阴影,在闺阁情境的描写中渗透一抹清冷失意的况味。这首七绝,首句描写星河虽极清丽明净,但次句"冷萤"二字立即打上幽冷的底色。三句取李清照"人比黄花瘦"之意更加雕镂,用影代花而冠以凉字,再将动词"一剪"作名词用,就赋予这花枝图案一个剪影式的效果,很自然地引出第四句的"罗屏",仿佛是为花枝配了个框,使它纤柔而寂寞的姿态在月光映照下显现出来。"扶"字既点明了月光的作用,又状出花枝的柔弱,异常生动而又极为自然。通篇给人的感觉是,用字造语十分精致,有着玲珑剔透的美感,让人不能不佩服女诗人细腻的艺术感觉和精致的艺术表现力。

郑 珍

郑珍(1806—1864),字子尹,晚号柴翁,遵义(今属贵州)人。道光十七年(1837)举人,任荔波县训导,咸丰年间告归。长于经学、小学,与独山莫友芝并称为"西南巨儒"。诗学杜甫、韩愈、黄庭坚,主要描写西南山川景物和自己的穷困生活,是近代宋诗派的重要作家,深受晚近诗论家的推崇,张裕钊《国朝三家诗钞》将他与施闰章、姚鼐并列为清代三大诗人。著有《巢经巢全集》。

荔农叹[1]

八月获尽不事犁,春深垄草深没畦。年年立夏方下种,今年小满未落泥[2]。水要从天倒田内,誓不巧取江与溪。邑中之黔杜牧之[3],斋洁为祷城隍祠。一夜雨声达明日,明日九龙还浴佛[4]。官吏腾腾为民喜,会见犁耙一齐出。先生旧是耕田夫[5],食饱无事行村墟。行尽城南复城北,水满翻塍耕者无[6]。怪问道旁叟:此岂犹不足?四月不耨田[7],何以望秋熟?叟鼓咙胡前致词[8],今朝牛生公不知。家家栏内饲乌饭[9],不许牧竖加鞭笞[10]。终年妇子食其力,谁忍生日劳渠为?古老复传言,田家谨雷忌[11]。宁令冻饿死,不得动锄耒。牛即不生忌还值,雨要活人雷要毙。嗟汝荔农吁可叹,作尔官难天更难。待汝祖传生忌毕,水渗田干怨天日。

【注释】

[1] 郑珍《荔波县志稿》:"农家以四月八日为牛生日,不令出力,饲以乌饭。余初至此,郭外田自获后,田犁不及十一。已小满,家无秧水。四月初七,偕县令祷城隍祠,其夕达旦如注,田陇水溢。明日行村,乃无一人在田者。问之,乃更值忌雷。又终日,水皆渗漏,固不悔也。"又云:"农家雷忌最严。

其忌日以立春某建日闻雷为率,其月间七日,次月间五日,又次月间三日,其后一日,为忌。其日不动锄犁,云动则犯忌,必为雷击。田圃虽干极而值甘雨,亦袖手听之。必栽插毕,始不忌。"黔中地区农业灌溉主要靠雨水,可是荔波当地值牛生日和雷忌日等民俗禁忌日,都不事耕作,往往错过耕种时节。诗中记述此事表达了自己的惋惜和感慨。

[2] 落泥:作者自注:"黔人谓播稻为落泥。"

[3] 黔:即首,代指百姓。《史记·秦始皇本纪》:"二十六年……更民曰黔首。"

[4] 浴佛:每逢农历四月八日释迦牟尼诞生日,佛教徒要为佛像洗浴,俗称浴佛日。

[5] 耕田夫:即农夫。苏轼《庆源宣义王丈以累举得官为洪雅主簿雅州户掾》:"吏民莫作官长看,我是识字耕田夫。"

[6] 塍(chéng):田坎。

[7] 耢(lào):一种整田工具,这里指用耢平整土地。

[8] 鼓咙胡:亦作"鼓龙胡",指不敢公开言说,私下传语。《后汉书·五行志一》:"桓帝之初,天下童谣曰:'小麦青青大麦枯,谁当获者妇与姑。丈人何在西击胡,吏买马,君具车,请为诸君鼓咙胡。'"

[9] 乌饭:用南天竺草汁浸煮的米饭。

[10] 牧竖:放牛人。

[11] 雷忌:南方多供奉雷神,或以惊蛰,或以正月二十五日祭祀雷神,各有宜忌之日。荔波则以四月八日为雷忌日。

【鉴赏】

　　古代文献多记载南方好淫祀,俗多事巫鬼。这首诗记载了诗人亲历的荔波农人因牛生日和雷忌日不事耕耒以致耽误农时的荒唐现象。诗分三段:第一段十二句写夏旱晚种,吏民祈雨成功,喜明日耕耒可出,不误农时;第二段二十句,记农人在牛生日、雷忌日不出耕种的习俗及其民俗理由;第三段四句,感叹民俗信仰的顽固及作为地方官员的无奈。全诗以通俗的语言记录了近代贵州乡间民俗力量的顽固和农耕技术知识的滞后,以批判的眼光表达了开明文人对愚昧的民俗信仰的不满和遗憾。这是中国现代化进程中很有代表性的题材,郑珍诗歌被海外学界从现代性的角度加以关注,不是没有道理的。

江湜

江湜(1818—1866),字持正,又字弢叔,长洲(今江苏苏州)人。诸生,累应乡试不第,后得亲戚资助,捐浙江候补县丞。咸丰十年(1860),奔走避兵,最终忧愤而死。诗有盛名,宗法宋人,内容多涉及战乱时代民生疾苦。有《伏敔堂诗录》。

哀流民 宁化道中作[1]

寒风飒飒溪声哀,山日下地城门开。居人妇子走相避,云有湖北流民来。流民来街衢,暗惨飞尘埃,累累乎负者负拎者拎,破锅敝席肩挑轻。流民入城我出城,可怜满眼流离形。寒者鼻涕长垂膺,馁者瘦骨高峥嵘。病者喘息喉作声,老者足惫儿扶行。前男后妇同伶俜[2],探怀更哺啼饥婴。嗟尔流民之穷有如此,益见父子骨肉夫妻情。中一老生行来前,曰我襄汉之今年[3],秋霖十日江吞天,三十州县空人烟,吾属幸脱蛟龙涎。吁嗟乎!田园闾井村坞庄,门扉厨灶几案床。种成桑麻黍稻粱,养得鹅鸭鸡猪羊。是皆付水非吾有,独办两肩持一口,万水千山挈群走。昨者天子施恩膏,疆吏散赈招亡逃。恨身不如水归壑,还望乡国仍嗷嗷。我闻去年秋,枯旱遍河洛[4]。今兹湖北水灾作,水旱连年气参错。况吾淮海亦遍荒[5],何处哀鸿免飘泊?呜呼!安得青山为铜高嵯峨,大钱一铸百万多,资尔归去毋奔波,亦使腐儒不用空悲歌!

【注释】

[1] 本诗收录在《伏敔堂诗录》卷六,作于道光二十八年(1848)。当时湖北水灾严重,流民四野,诗人在宁化道中目睹惨状而作诗纪事。宁化:初名黄连

县,天宝元年(742)取"宁靖归化"之意更名,今属福建。

[2] 伶俜(líng pìng):形容孤单的样子。

[3] 襄汉:湖北境内的襄阳与汉水。汉水为长江支流流入襄阳境内的一段。

[4] 河洛:河南境内的黄河和洛水流经地区。

[5] 淮海:指今江苏苏北地区。

【鉴赏】

　　这首诗的体式明显是模仿杜甫《兵车行》的新乐府,以写实的笔法记述时事,借人物的口语化述说来展开铺叙,最后表达一个善良的愿望。诗也相应地分为三段,先写湖北流民逃荒的惨状,较杜甫作品更细致地描绘了寒者、馁者、病者、老者、哺妇的群像;次借老者之口,细致述说襄汉秋霖致涝的具体情形;最后总述河南、湖北、江苏等地连年旱涝、哀鸿遍野的现实,仿杜甫"安得广厦千万间,大庇天下寒士俱欢颜"之意,抒发空有济世之志而实际无补于世的一腔憾恨。全诗虽以纪实性的叙述为主,但"何处哀鸿免飘泊"一句还是使"昨者天子施恩膏,疆吏散赈招亡逃"的补救措施显得微不足道,加重了结句怀才不遇、徒有悲歌的言外之慨。

黄遵宪

黄遵宪(1848—1905),字公度,别号人境庐主人,汉族客家人,出生于嘉应(今广东梅州)。光绪二年(1876)举人,翌年同乡翰林院侍讲何如璋出为首任驻日公使,被荐为参赞官,随行日本。后累任美国旧金山总领事、驻英参赞、新加坡总领事,被誉为"近代中国走向世界第一人"。戊戌变法期间署湖南按察使,助巡抚陈宝箴推行新政。变法失败后,被革职放归故里,郁郁而终。政余作诗甚富,喜以新事物入诗,且提倡"吾手写吾口",被丘逢甲推为"诗世界之哥伦布"。著有《人境庐诗草》《日本国志》《日本杂事诗》等。

登巴黎铁塔[1]

塔高法国三百迈突[2],当中国千尺。人力所造,五部洲最高处也[3]。

拔地崛然起,崚嶒矗百丈[4]。自非假羽翼,孰能蹑履上[5]?高标悬金针[6],四维挂铁网[7]。下竖五丈旗[8],可容千人帐[9]。石础森开张[10],露阙屹相向[11]。游人企足看[12],已惊眼界创。悬车倏上腾[13],乍闻辘轳响[14]。人已不翼飞,迥出空虚上[15]。并世无二尊,独立绝依傍。即居最下层,高已莫能抗。苍苍覆大圜[16],森芒列万象。呼吸通帝座[17],疑可通朌蠁[18]。自天下至地,俯察不复仰。但恨目力穷,更无外物障。离离画方罫[19],万顷开沃壤。微茫一线遥,千里走河广[20]。宫阙与城垒,一气作苍莽。不辨牛马人[21],沙虫纷扰攘[22]。我从下界来,小大顿变相。未知天眼窥[23],么么作何状[24]?北风冰海来[25],秋气何飒爽。海西数点烟,英伦郁相望[26]。缅昔百年役[27],裂地争霸王。驱民入锋镝[28],倾国竭府帑[29]。其后拿破仑[30],盖世气无两。胜尊天单于[31],败作降王长。欧洲古战场,好胜不相让。即今正六帝[32],各负天下壮。等是蛮触争[33],纷纷校得丧[34]。嗟我稊米身[35],尫弱不自量[36]。一览小天下[37],五洲如在掌。既登绝顶高,更作凌风想。何时御气游[38],乘球恣来往[39]。扶摇九万里[40],一笑吾其傥[41]。

【注释】

[1] 此诗作于光绪十七年(1891)秋离驻英赴新加坡总领事任途经巴黎时。

[2] 迈突:法语公尺 mètre 的音译。

[3] 五部洲:即五大洲。

[4] 崚嶒(léng céng):高耸险峻貌。

[5] 蹑履:穿鞋,这里指步登。

[6] 高标:塔尖,用杜甫《同诸公登慈恩寺塔》:"高标跨苍穹。"金针:避雷针。

[7] 四维:四个角。

[8] 五丈旗:大旗。暗用《史记·秦始皇本纪》:"作阿房宫,上可以坐万人,下可以建五丈旗。"

[9] 千人帐:言铁塔底座面积广大。暗用《北史·宇文忻传》:"炀帝北巡,欲夸戎狄。令恺为大帐,其下坐数千人。"

[10] 石础:柱子底部的石磴。森开张:石础排列井然。杜甫《天育骠骑图歌》:"卓立天骨森开张。"

[11] 露阙:指铁塔底层的大门。屹相向:杜甫《丹青引》:"榻上庭前屹相向。"

[12] 企足:踮脚。

[13] 悬车:电梯。自注:"登塔者皆坐飞车,旋引而上。"

[14] 辘轳(lù lu):牵引电梯的滑轮钢索。

[15] "迥出"句:凌空而起。此句反用高适《同诸公登慈恩寺浮图》"言是羽翼生,迥出虚空上"之意。

[16] 苍苍:天色。《庄子·逍遥游》:"天之苍苍。"大圜(yuán):指天。《管子·内业》:"乃能戴大圜而履大方。"尹知章注:"大圜,天也。"

[17] 帝座:天帝的宝座,又为星名,属武仙座。此句用李白故事。唐冯贽《云仙

散记》:"李白登华山落雁峰,曰:'此山最高,呼吸之气,想通天帝座矣。恨不携谢朓惊人诗来,搔首问青天耳!'"

[18] 肸蠁(xī xiǎng):弥漫散布。左思《吴都赋》:"光色炫晃,芳馥肸蠁。"

[19] 方罫(guà):方格。

[20] 河广:《诗经·卫风》有《河广》篇:"谁谓河广,一苇航之。"这里指塞纳河。

[21] "不辨"句:《庄子·秋水》:"两涘渚涯之间,不辨牛马。"

[22] 沙虫:喻街市嘈杂。《艺文类聚》卷九十引葛洪《抱朴子》:"周穆王南征,一军尽化,君子为猿为鹤,小人为虫为沙。"

[23] 天眼:上天的眼光,或曰佛教五眼之一,即天趣之眼,能透视六道四方未来。《大智度论》:"天眼通者,于眼得色界四大造清净色,是名天眼。天眼所见自地及下地六道中众生诸物,若远若近,若覆若细,诸色无不能照见。"

[24] 幺么:微细事物。

[25] 冰海:似指北冰洋。

[26] 英伦:指英伦三岛英格兰、苏格兰、爱尔兰。

[27] 缅昔:回忆往昔。百年役:作者自注:"西历一千三百余年,法国绝嗣,英王以法王四世非立外孙,欲兼王法国,法人不允,遂开战争。凡九十余年,世谓之百年之役。"

[28] 锋镝:刀刃和箭头,代指战争。

[29] 府帑(tǎng):国库的财富。

[30] 拿破仑:拿破仑·波拿巴(1769—1821),出生于科西嘉岛,法国大革命期间参加革命,获少将军衔。1799年发动雾月政变,建立执政府,自任第一执政,1804年加冕称帝,将共和国变成帝国。对内多次镇压反对势力的叛乱,对外多次发动扩张战争,形成了庞大的帝国体系。1814年欧洲反法联军攻陷巴黎,流放拿破仑至厄尔巴岛。1815年率军再返巴黎,建立百日王朝。滑铁卢之役战败后被流放,病逝于圣赫勒拿岛。

[31] 天单于:汉时匈奴称其首领为天单于。

[32] 六帝:指当时欧洲英维多利亚女王、德威廉二世、意维陀罗伊曼纽尔三世、俄亚历山大三世、奥佛兰约瑟一世及法六强国君主。法国属共和国体,实无皇帝。

[33] 蛮触:《庄子·则阳》:"有国于蜗之左角者曰触氏,有国于蜗之右角者曰蛮氏,时相与争地而战,伏尸数万,逐北旬有五日而后反。"这是比喻欧洲各国间的战争全都是触、蛮似的小国之争。

[34] 校得丧:争胜负。

[35] 稊(tí)米:小米。《庄子·秋水》:"计中国之在海内,不似稊米之在太仓乎?"

[36] 尪(wāng)弱:瘦弱。

[37] "一览"句:语本《孟子·尽心上》:"孔子登东山而小鲁,登泰山而小天下。"又,杜甫《望岳》:"一览众山小。"

[38] 御气游:古代传说仙人能御气而行。御,驾驭。

[39] 乘球:乘坐热气球。

[40] 扶摇:飓风。《庄子·逍遥游》:"抟扶摇而上者九万里。"

[41] 倘:同"倘",倘或。

【鉴赏】

黄遵宪未必是第一个看到埃菲尔铁塔的华人,但可能是第一位为铁塔写诗的中国诗人。埃菲尔铁塔竣工于1889年,最初是为庆祝法国大革命100周年而建,后来逐渐成为旅游名胜,被法国人爱称为"铁娘子",是巴黎的标志建筑之一,与东京铁塔、帝国大厦并称为西方三大著名建筑。在塔的四个面上,铭刻有为保护铁塔不被摧毁而从事研究的72位科学家的名字。但黄遵宪似乎不太清楚这段历史,或者说也不关心这方面的内容。作为一位来自前工业社会的文人官员,他的观感停留在对铁塔的物理属性的惊叹赞美和欧洲历史的陈腐评论上。

全诗分为五段:第一段十二句,写塔底所见,包括铁塔底部的结构;第二段十六句,从"悬车倏上腾"到"更无外物障",写乘电梯到达铁塔底层的高旷感觉;第三段十六句,从"离离画方罫"到"英伦郁相望",写远近眺望所见;第四段十四句,由英、法地理的毗邻引起对欧洲一个世纪争战历史的回忆;最后一段十句,由登塔而生发乘热气球周游列国的幻想。应该说,诗的主题和取材对于中国诗歌来说,都是很新鲜的,可我们读起来却感觉不到什么异国情调。归根到底,黄遵宪与眼前的巴黎是格格不入的,所以非但一大段对欧洲历史的回顾与铁塔毫不相关,那种出自天朝意识的睥睨姿态和议论也显得有点陈腐。语言表现则过于中国化、古典化,除少数专有名词,几乎看不出什么法国色彩。而且他的艺术思维显然受杜甫等《同诸公登慈恩寺塔》的影响太深,语词也用得太熟,因此全诗给人的感觉,就像徐志摩的《再别康桥》一样,是纯然用古典针线缝制的一袭洋装。不过,这并不妨碍本诗成为近代诗歌中有特殊意义的作品,它毕竟记录了最初走出国门的近代文人面对西洋物质文明的巨大成就产生的巨大惊讶和新奇感觉,尽管他只能利用古典诗歌的传统资源来模塑和传达这种感觉,但"乘球自来往"这有点让人产生动漫联想的愿景,终究刷新了"吾当乘云螭"(《古风》十一)、"乘云驾轻鸿"(《古风》二十八)之类的李白式幻想模式,给古典诗歌的幻想带来一种新的感觉经验。

谭嗣同

谭嗣同(1865—1898),字复生,号壮飞,浏阳(今属湖南)人。湖北巡抚谭继洵子,光绪二十二年(1896)奉父命捐江苏候补知府,翌年与唐才常等倡办时务学堂,主办《湘报》,倡言开矿山、修铁路,宣传变法维新。所著《仁学》为维新派第一部哲学著作。光绪二十四年(1898)六月应诏入京,与林旭、刘光第、杨锐同授四品卿衔军机章京,参与变法。失败后被杀,年仅三十三岁。著有《谭嗣同全集》《远遗堂集外文》等。

狱中题壁[1]

望门投止思张俭[2],忍死须臾待杜根[3]。我自横刀向天笑[4],去留肝胆两昆仑[5]。

【注释】

[1] 光绪二十四年(1898)戊戌变法失败后,作者拒绝亲友的劝告,慨然赴义。本诗即在狱中所作。

[2] 投止:投宿。张俭:东汉末年人,因被诬告结党营私而逃亡,时人敬仰他的为人,都舍命保护他。诗人用这一典故,寄望康有为、梁启超也能像张俭一样受到保护。

[3] 杜根:东汉人,因上书请邓太后还政权于安帝,而被太后下令装入麻袋摔死。执刑者同情他,不忍下手,杜根装死三日后逸去,隐身于酒馆为佣。及邓太后被诛,官复御史。谭嗣同借用这个典故,激励维新志士勿失斗志,暂时隐忍,以待异日东山再起。

[4] 横刀:刀搁在脖子上。

[5] "去留"句:去指流亡海外的康有为和梁启超,留指诗人自己。不论流亡者还是持守者,同样都是肝胆相照的伟丈夫。

【鉴赏】

　　光绪二十四年(1898)九月二十一日,慈禧太后发动政变,连发谕旨捉拿维新志士。谭嗣同闻讯,不顾自身的安危,多方筹划,营救光绪皇帝。但不幸计划均告失败。本有机会逃离的他,决心一死以殉变法事业,用生命向封建势力作最后的抗争。他这样回答劝说他逃离的人:"各国变法无不从流血而成,今日中国未闻有因变法而流血者,此国之所以不昌也。有之,请自嗣同始!"年轻的谭嗣同因此被梁启超称为"中国为国流血第一士"。这首狱中题壁之作,大义凛然,视死如归,同时也不傲视流亡的友人,其光明磊落的节操和肝胆相照之情,今天读来仍震撼人心,令人热血沸腾。往古自今,这样的志士仁人,这样的诗歌,都是中华民族的脊梁和所有的希望。

朱祖谋

朱祖谋(1857—1931),原名孝臧,字藿生,一字古微,号沤尹,又号彊村,浙江归安(今浙江湖州)人。光绪九年(1883)进士,选庶吉士,后官至礼部右侍郎,因病告归,寓居上海。精于词学,与王鹏运、况周颐、郑文焯并称为"晚清四大词人"。王国维称其词"学梦窗而情味较梦窗犹胜"。著有《彊村语业》,编有《彊村遗书》《宋词三百首》等。

鹧 鸪 天

九日丰宜门外过裴村别业[1]

野水斜桥又一时,愁心空诉故鸥知[2]。凄迷南郭垂鞭过,清苦西峰侧帽窥[3]。　新雪涕,旧弦诗,愔愔门馆蝶来稀[4]。红萸白菊浑无恙[5],只是风前有所思。

【注释】

[1] 这首词据龙榆生《词学季刊》第一卷记载,是戊戌变法失败刘光第就义后作,表达了对故友的悼念。九日:即九月九日重阳节。丰宜门:北京南面的城门。裴村:刘光第(1859—1898),字裴村,富顺(今属四川)人。光绪九年(1883)进士,授刑部候补主事。光绪二十四年(1898)9月,与谭嗣同等四人授四品卿衔军机章京,参预新政。变法失败后与林旭等六人同被处斩,世称"戊戌六君子"。有《衷圣斋诗文集》《诗拟议》传世。别业:即别墅,刘光第宅邸在北京丰宜门(即右安门)外。

[2] 故鸥:《列子·黄帝》:"海上之人有好沤鸟者,每旦之海上,从沤鸟游,沤鸟之至者百住而不止。其父曰:'吾闻沤鸟皆从汝游,汝取来,吾玩之。'明日之海上,沤鸟舞而不下也。"沤,同"鸥"。后多以鸥鸟指同心不欺之友。

[3] "清苦"句:用姜夔《点绛唇》:"数峰清苦,商略黄昏雨。"西峰,指北京西山。

侧帽,《周书·独孤信传》:"信在秦州,尝因猎,日暮,驰马入城,其帽微侧。诘旦,而吏民有戴帽者,咸慕信而侧帽焉。其为邻境及士庶所重如此。"后以喻举止倜傥,为人仿效。纳兰性德词集名《侧帽集》,其《踏莎行》有句云:"倚柳题笺,当花侧帽,赏心应比驱驰好。"

[4] 愔(yīn)愔:幽深寂静的样子。

[5] 红萸:即茱萸,旧俗重阳节必登高,折茱萸插头上,认为可辟恶气而御初寒。

【鉴赏】

过亡友故居最是人生一种不堪之境,向秀《思旧赋》即以善达此情而竟成名作。本篇也是一首思旧赋,不过是以词体写成的。起首"野水斜桥"略状荒凉之景,"又一时"隐含此一时彼一时之意,顿启重游亡友故居的悲绪。故人已矣,衷情何诉,唯有付之故鸥。而鸥鸟又岂能解会?故知为空诉。怅惘之情,至此已满纸上。经行城南旧径,无非沉浸于伤悼凄迷;远眺西山群峰,却引发故人丰仪的追忆。多少情愁哀思都在垂鞭过、侧帽窥这两个动作中尽数传达。过片"新雪涕""旧弦诗"两个短句,将"雪""弦"两个名词用作动词,使今日之情与昔日之事交相叠加,更强化了眼前的门馆冷落、物是人非之感。"红萸白菊浑无恙"一句乃是以乐景写哀的表现手法,不仅花的无恙反衬了人的凋谢,花的浑然无知也反衬了人的创痛,但作者只用了"只是风前有所思"一句貌似轻漫的表达,压抑了沉重的悲哀。其实这轻轻的着笔,留下的是更深长的回味。词学家朱彊村自然深明"词之言长"这个道理。

王国维

王国维(1877—1927),字静安,一字伯隅,号观堂,浙江海宁(今属浙江)人。清诸生,青年时代热心学习西洋哲学、美学,后复留意于古典文学和语言文字。所著《人间词话》对当时文艺美学影响极大。曾留学日本,归国后历任通州、苏州等学校教习。辛亥革命后,以遗老自居,潜心研究甲骨文、殷周金文和上古史,任清华大学国学院教授。著有《静庵文集》《观堂集林》《人间词》《人间词话》《宋元戏曲考》等,门人赵万里等编为《海宁王静安先生遗书》。

鹧鸪天[1]

列炬归来酒未醒[2],六街人静马蹄轻[3]。月中薄雾漫漫白,桥外渔灯点点青。　从醉里,忆平生。可怜心事太峥嵘[4]。更堪此夜西楼梦[5],摘得星辰满袖行。

【注释】

[1] 这首词作于1905年前后在苏州任教时。

[2] 列炬归来:打着灯笼火把回家。杜甫《杜位宅守岁》:"盍簪喧枥马,列炬散林鸦。"

[3] 六街:泛指城中街道。唐长安有六条大街,故司空图《省试》云:"闲系长安千匹马,今朝似减六街尘。"韦庄《秋霁晚景》云:"秋霁禁城晚,六街烟雨残。"

[4] 峥嵘:棱角分明的样子。形容心志锐利,求知的渴望太急切,对人生目标的追求太执着。

[5] 更堪:哪堪,岂堪。

【鉴赏】

　　月色朦胧中宴归,半醉半醒之间,竟回忆起平生志业。作为前半生的总结,"可怜心事太峥嵘"道出王国维愈益强烈地感觉到的理想与现实的矛盾,那就是哲学与文学的难以取舍。1902年从日本回国后,他感觉身体是如此虚弱,而性格又是如此忧郁,"人生之问题,日往复于胸臆,自是始决计从事于哲学的研究",涉猎康德、叔本华哲学,希望从哲学中获得真理,挣脱人生的痛苦和无奈。可事与愿违,不久他就深感"哲学上之说,大都可爱者不可信,可信者不可爱",从而陷入两难的境地中。为此他不得不放弃哲学的研究,另寻解脱之路,注意力开始转向文学,企求在文学中寻觅自己的人生境界与理想目标。他意识到,这种迷茫和彷徨的心态,正是自己求知的渴望太急切、对人生目标太执着的结果。所以"摘得星辰满袖行"的潇洒超脱绝对是杳不可寻的梦境,同时也是生命中难以承受之轻。由此我们就不难明白,这篇幅短小的即事之作,其实包含着一个绝大的象征,那"月中薄雾"的景物描写,也是作者内心茫然无着的感觉的印象化表现。

【现当代诗】

刘半农

刘半农(1891—1934),江苏江阴人。中国新文化运动先驱,文学家、语言学家和教育家。1911年参加辛亥革命。1917年任职于北京大学法科,成为杂志《新青年》的主要撰稿人与编辑者之一,积极投身文学革命,反对文言文,提倡白话诗文。1920年赴英国、法国深造。1925年获法国国家文学博士学位,同年秋回国任北京大学国文系教授。1934年因感染"回归热"病逝世。代表诗作是《相隔一层纸》《教我如何不想她》《情歌》等,著有诗集《扬鞭集》《瓦釜集》。

教我如何不想她[1]

天上飘着些微云,
地上吹着些微风。
啊!
微风吹动了我头发,
教我如何不想她?

月光恋爱着海洋,
海洋爱恋着月光。
啊!
这般蜜也似的银夜,

教我如何不想她？

水面落花慢慢流，
水底鱼儿慢慢游。
啊！
燕子你说些什么话？
教我如何不想她？

枯树在冷风里摇，
野火在暮色中烧。
啊！
西天还有些儿残霞，
教我如何不想她？

一九二〇，九，四，伦敦

【注释】

[1]选自《新诗歌集》，商务印书馆1928年版。

【鉴赏】

《教我如何不想她》是诗人刘半农客居伦敦时创作的一首情诗，曾由赵元任谱曲成歌，在青年一代中广为传唱。刘半农作为中国白话新诗代表诗人之一，在新诗发展初期，以真切朴素的诗风，革新了诗歌的内容、语言和格律，推动了中国白话诗的发展进程。这首诗中使用"她"字作为第三人称是刘半农的首创，诗人爱慕和想念的"她"往往被理解为一个具体的女子，将坠入爱河中的青年对恋人绵长的思念表现得淋漓尽致。但结合此诗的创作背景来看，"她"更象征着客居他国的诗人深深思念与眷恋的母国。全诗韵律的优美和谐，源于其遵循格律且不乏新诗的自由。整首诗的语言简单自然，每节的第三句、尾句相同，每一小节都以"教我如何不想她"直白抒情结束，循环往复，有一咏三叹之美。此诗重在以情动人，触景生情和直抒胸臆相结合，既含蓄自然又真切动人，极易引起读者的强烈共鸣。而在抒情意象的选择上，风吹云动、月光与海洋相互映衬、落花浮动鱼儿潜游以及暮色中如野火般燃烧的残霞,增添了全诗的古典韵味,生发出漂泊之人去国怀乡时的孤单和对亲人、祖国的深深思念之情。现在看来,这首情诗尽管在语言上还稍显稚嫩和浅白,但是在白话诗初创之时的确是一次大胆的尝试,一次有益的实践与革新。

郭沫若

郭沫若(1892—1978),原名郭开贞,四川乐山人。中国现代著名文学家、历史学家、中国新诗奠基人之一。1914年赴日本九州帝国大学学医,开始诗歌创作。1919年"五四运动"爆发,在日本福冈发起组织救国团体夏社,投身新文化运动。1921年发表第一本新诗集《女神》,成为中国新诗的奠基之作。同年,与成仿吾、郁达夫等人一同创立"创造社"。1923年,从日本帝国大学毕业后归国,提倡无产阶级文学。新中国成立后,曾担任多个政府要职。1978年于北京逝世。代表诗作是《凤凰涅槃》《天狗》《炉中煤》《天上的街市》等,著有诗集《女神》《星空》《瓶》《前茅》《恢复》《蜩螗集》《战声集》等。

天上的街市[1]

远远的街灯明了,
好像闪着无数的明星。
天上的明星现了,
好像点着无数的街灯。

我想那缥渺的空中,
定然有美丽的街市。
街市上陈列的一些物品,
定然是世上没有的珍奇。

你看,那浅浅的天河,
定然是不甚宽广。

那隔河的牛郎织女,
定能够骑着牛儿来往。

我想他们此刻,
定然在天街闲游。
不信,请看那朵流星,
那怕是他们提着灯笼在走。

1921 年 10 月 24 日

【注释】

[1] 选自诗集《星空》,上海泰东图书局 1923 年版。

【鉴赏】

诗人郭沫若在"五四运动"时期,以充满生命激情的喷张式的诗歌创作闻名于世,被视为中国新诗运动的奠基者之一。诗人在这一时期却也不乏恬淡清丽之作,收录于诗集《星空》的这首《天上的街市》正是郭沫若早期抒情诗的代表。这首诗创作于 1921 年诗人在日本留学期间,不同于《天狗》《凤凰涅槃》中强烈的情感宣泄和渴望毁旧立新、冲破枷锁的热烈情绪,这首诗中更多的是一份清新质朴,一份对自由的憧憬和对祖国的怀念之情。诗人将人间街灯的明与天上明星的亮相联系,使视角转向缀满明星的飘渺的星空,将读者引入到诗人对天空中那美丽繁华的街市的想象之中:那里珍奇琳琅满目,神话中的牛郎织女骑着牛儿在浅浅的天河之间往来相会。在诗人的笔下,牛郎织女颠覆了以往悲剧式的遥遥相望不得见,幻化为一幕美好的生活图景。诗人由人间的街市联想到天上的街市,以平和优美的意境的渲染,勾勒出一幅人间天上交相呼应的美好愿景。整首诗节奏舒缓,韵律和谐,意境优美又清新自然,在对天上的街市的美好想象与憧憬之外,也流露出诗人客居他国时的淡淡乡愁。这份淡淡的孤单背后,恰恰是诗人对祖国最真切的思念。

徐志摩

徐志摩(1897—1931),浙江海宁人。中国现代著名诗人、散文家、新月派代表诗人之一。1921年春,赴英国剑桥大学学习,同年开始诗歌创作,受西方文学思潮的影响较深。1923年在北京参与组织文学团体"新月社",加入文学研究会。1924年,与胡适、陈西滢等创办《现代评论》周刊,1925年出版诗集《志摩的诗》。1926年主编《晨报副刊·诗镌》,与闻一多、朱湘等人倡导新诗格律化运动。1928年创办《新月》月刊,时任总编辑。1931年与陈梦家等人创办《诗刊》季刊,同年11月,因飞机失事身亡。代表诗作是《再别康桥》《沙扬娜拉(赠日本女郎)》《雪花的快乐》等,著有诗集《志摩的诗》《翡冷翠的一夜》《猛虎集》《云游集》。

再别康桥[1]

轻轻的我走了,
　正如我轻轻的来;
我轻轻的招手,
　作别西天的云彩。

那河畔的金柳,
　是夕阳中的新娘;
波光里的艳影,
　在我的心头荡漾。

软泥上的青荇,
　油油的在水底招摇;

在康河的柔波里,
　　我甘心做一条水草!

那榆荫下的一潭,
　　不是清泉,是天上虹
揉碎在浮藻间,
　　沉淀着彩虹似的梦。

寻梦?撑一支长篙,
　　向青草更青处漫溯,
满载一船星辉,
　　在星辉斑斓里放歌。

但我不能放歌,
　　悄悄是别离的笙箫;
夏虫也为我沉默,
　　沉默是今晚的康桥!

悄悄的我走了,
　　正如我悄悄的来;
我挥一挥衣袖,
　　不带走一片云彩。

11月6日,中国海上

【注释】

　　[1]选自《猛虎集》,上海新月书店1931年版。

【鉴赏】

　　新月派代表诗人徐志摩最脍炙人口的诗歌当属名篇《再别康桥》。这首写景抒情诗创作于诗人第三次欧游归国途中,记录了他重返康桥时内心的欢喜、留恋与感伤。在诗人眼中,康河之美是河畔如新娘般娇媚的金柳,是水底油油地招摇着的青荇,是沉淀着彩虹似的梦的拜伦潭……今夜的康桥因再一次的分别显得分外美丽,诗人留恋着康河的柔波,留恋曾在此地留学寻梦的少年时代。但一切对昨日的回溯终归于今夜别离的沉默,诗人不忍打扰康河的宁静,尽管从始至终都以轻柔的脚步、惆怅的叹息和轻轻的挥手与它道别,却处处流露出诗人对康桥难舍的深情,难掩诗人心中对在剑桥的往昔时光的真切眷恋。《再别康桥》不仅美在真情,更美在形式,它蕴含着徐志摩推崇的新月派对诗歌"三美"(音乐美、绘画美、建筑美)的文学主张,尤其凸显了诗歌的音乐美。全诗七节,每节四行,首节与尾节遥相呼应,循环往复,形成复沓循环之美。整首诗讲求押韵而不拘一格,每节或两顿或三顿,优美自然而又抑扬顿挫,"轻轻""悄悄"等大量叠词的使用增强了诗歌诵读时的节奏感。语言清新自然,意象的选用也极具色彩感和画面感,另赋诗歌一番柔情。因此,读者能够在惆怅与感伤的情绪之外,感受到诗人乐观的天性以及对自由、理想、美的无限渴盼和追寻。

偶　　然[1]

我是天空里的一片云,
偶尔投影在你的波心——
你不必讶异,
更无须欢喜——
在转瞬间消灭了踪影。

你我相逢在黑夜的海上,
你有你的,我有我的,方向;
你记得也好,
最好你忘掉,
在这交会时互放的光亮!

1926.5

【注释】

[1] 初载1926年《晨报副刊·诗镌》第9期。

【鉴赏】

　　《偶然》是徐志摩与陆小曼合写剧本《卞昆冈》第五幕中老瞎子弹三弦时唱的歌词。诗人卞之琳称其是徐志摩所作诗中在形式上最完美的一首。《偶然》呈现出明显的欧化诗风，与其他几首诗一起，奠定了徐志摩后期的诗歌创作风格。徐志摩在《偶然》中一反相遇与缘分之间的常规联想，强调个体生命之间交错的偶然与分离的必然。有人称其为简单的爱情诗，说它是为林徽因而作，祭奠那份苦苦追求却终未能得的真挚爱情。但突破爱情诗解读的桎梏，《偶然》所蕴含的哲理似乎更值得回味。你我的相逢不过是云与影的无心投射，不过是黑夜海上交会时短暂的光亮，相逢只一瞬，相逢即偶然。诗人纯真的浪漫、对美的热切渴求在这首诗中化作沉静而清醒的生命哲学：生命中的那些交错与分别，都是人与人之间凑巧的藤葛，不必因相遇而欣喜，亦无须因分离而伤悲。徐志摩以劝慰似的口吻抒情，以"不必讶异""无须欢喜""你有你的""我有我的"拉伸出一种强烈的个体生命间的距离感和孤独感，这使全诗暗藏一股情感的外推力，将生命相逢瞬间产生的情绪能量阻隔在情感之外。然而真正的偶然从来无须被提起，一句"你记得也好，最好你忘掉"看似是对情感的释然，却也恰恰暴露了诗人对那"投影"与"光亮"的想忘而终不能忘。

闻一多

闻一多(1899—1946),原名闻家骅,湖北浠水人。中国现代坚定的民主战士、著名学者、新月派代表诗人之一。提出"三美"诗歌主张,是新格律诗派的理论奠基人和实践者。1912年考入北京清华留美预备校,在学期间曾任《清华周刊》等刊编辑,参加过"五四运动",开始发表诗文。1921年与梁实秋等创建清华文学社,次年赴美深造。1923年9月出版第一部诗集《红烛》,奠定了他在新诗诗坛上的地位。1925年回国任北京艺术专科学校教务长,参与编辑《晨报副刊·诗镌》。1928年与徐志摩、梁实秋等人创办《新月》月刊。抗日战争爆发后,迁往昆明西南联大任教,积极投身抗日民主运动。1946年7月15日被国民党特务暗杀。代表诗作是《死水》《祈祷》《太阳吟》等,著有诗集《红烛》《死水》。

死 水[1]

这是一沟绝望的死水,
清风吹不起半点漪沦。
不如多扔些破铜烂铁,
爽性泼你的剩菜残羹。

也许铜的要绿成翡翠,
铁罐上锈出几瓣桃花;
再让油腻织一层罗绮,
霉菌给他蒸出些云霞。

让死水酵成一沟绿酒,

漂满了珍珠似的白沫;
小珠们笑声变成大珠,
又被偷酒的花蚊咬破。

那么一沟绝望的死水,
也就夸得上几分鲜明。
如果青蛙耐不住寂寞,
又算死水叫出了歌声。

这是一沟绝望的死水,
这里断不是美的所在,
不如让给丑恶来开垦,
看他造出个什么世界。

1925 年 4 月

【注释】

[1] 原载 1926 年 4 月 15 日《晨报副刊·诗镌》第 3 号。

【鉴赏】

现在看来,《死水》这首诗的意义,更大程度上在于它是闻一多践行其"三美"新格律体诗的一次"最满意的实验"。所谓"三美"指的是诗歌应呈现音乐美、绘画美和建筑美。从整体上看,《死水》全诗共五节,每节四行,每行九字,达到了结构上的均匀和整齐。诗人在这首诗中每行采用三个"双音组"和一个"三音组",以双音节结尾的协调形成了和谐的韵律和节奏,使全诗流动着极强的音乐般的美感。诗人在词藻的选用上极尽优美且富有色彩,用"翡翠""桃花""罗绮""云霞"等色彩鲜艳的美的意象,去刻画丑恶污秽到极致的"死水",美与丑形成强烈的色彩冲击和视觉反差,使诗歌呈现出一种独特的视觉效果。这种以美喻丑的方式不仅践行了诗人自己的美学主张,同时也给读者带来强烈的视觉震撼。"死水"在这首诗中被闻一多赋予了更深层次的含义:象征着灾难深重的中国。连清风都无法吹起半点涟漪来的这"一沟绝望的死水"正代表了黑暗腐败的旧中国,在外敌的践踏蹂躏中依然满目疮痍。在对"死水"的丑恶与污秽的极致"美化"的背后,是诗人对祖国深深的忧思,将丑刻画到极致,是渴盼旧的彻底毁灭和真正的美的诞生,诗人强烈的爱国情怀不言自明。

冰　心

冰心(1900—1999),原名谢婉莹,福建长乐人。中国现代著名散文家、小说家、诗人、儿童文学家、翻译家,文学研究会重要成员。"五四"时期,开始以写"问题小说"引人注目。1923年出版的诗集《繁星》《春水》开"五四运动"以后小诗的先河,在诗坛影响很大。翻译出版《飞鸟集》《吉檀迦利》等多部印度诗人泰戈尔的诗集,诗风颇受其影响。新中国成立后,曾任中国文联副主席等职,1999年在北京逝世,被称为"世纪老人"。诗风恬淡柔和,多以母爱、童真、自然为诗歌主题。代表诗作是《纸船——寄母亲》等。

春水(一〇五)[1]

造物者——
倘若在永久的生命中
只容有一极乐的应许。
我要至诚地求着:
"我在母亲的怀里,
母亲在小舟里,
小舟在月明的大海里。"

【注释】

[1]《春水》最初于1922年3月至5月陆续发表在《晨报副镌》,后结集由春潮社于1923年5月出版。

【鉴赏】

冰心在诗集《繁星》《春水》中的诗歌创作,很大程度上受到印度诗人泰戈尔《飞鸟集》的影响,呈现出哲理小诗的独特韵味。整体而言,母爱、童心和自然是冰心小诗的核心主题,她的小诗于脉脉温情之中,浸透着诗人的哲理思考。节选自《春水》的这首小诗,正集中表现出了诗人的这一"爱的哲学"。在这首小诗中,从前半部分对"造物主"至诚祈求永久生命中的一次"极乐",不难发现诗人将基督教和佛教思想相融合,增添了小诗本身的神圣感与神秘色彩。诗人紧接着以孩童的视角展开了一个纯真美好的心愿:祈愿能够依偎在母亲的怀抱,渴望与母亲相互依偎于大海之上明月高悬的一叶扁舟之中,并将此视为生命中最珍视的"极乐"。"我"—"母亲"—"小舟"—"月明的大海",画面由小渐大,层层推进,一个祈愿者的孩童形象跃然纸上,一种恬淡、令人心驰神往的宁静与美好,被诗人渲染得恰到好处。诗人在展现纯真的童心、表露对母爱的呼唤与渴求的同时,也表达了对恬静的自然的渴慕。小诗凝练却不乏韵味、淡雅之中犹见深沉的特点,在此诗中就显现得极为分明了。

李金发

李金发(1900—1976),原名李淑良,广东梅县人。中国现代著名诗人,现代象征诗派开山鼻祖。早年就读于香港圣约瑟中学,后至上海进入南洋中学留法预备班,1919年赴法国勤工俭学,1921年就读于第戎美术专门学校和巴黎帝国美术学校,深受法国象征派诗歌的影响。1923年,编定诗集《微雨》和《食客与凶年》,因诗风"怪异"一度被称为"诗怪",其诗作被周作人誉为"国内所无,别开生面"。1925年,加入文学研究会,为《小说月报》和《新女性》撰稿。1926年创办《美育杂志》,介绍西方美学思潮。1928年任教于国立西湖艺术院,1936年任广州市立美术学校校长。1945年全家移居美国。代表诗作是《弃妇》《温柔》《有感》等,著有诗集《微雨》《为幸福而歌》《食客与凶年》《古希腊恋歌》等、诗文集《异国情调》《飘零阔笔》等。

弃 妇[1]

长发披遍我两眼之前,
遂隔断了一切羞恶之疾视,
与鲜血之急流,枯骨之沉睡。
黑夜与蚊虫联步徐来,
越此短墙之角,
狂呼在我清白之耳后,
如荒野狂风怒号:
战栗了无数游牧。

靠一根草儿,与上帝之灵往返在空谷里。

我的哀戚唯游蜂之脑能深印着；
或与山泉长泻在悬崖，
然后随红叶而俱去。

弃妇之隐忧堆积在动作上，
夕阳之火不能把时间之烦闷
化成灰烬，从烟突里飞去，
长染在游鸦之羽，
将同栖止于海啸之石上，
静听舟子之歌。

衰老的裙裾发出哀吟，
徜徉在丘墓之侧，
永无热泪，
点滴在草地
为世界之装饰。

【注释】

[1] 最初收录于《微雨》，北新书局1925年版。

【鉴赏】

《弃妇》创作于20世纪20年代初诗人李金发留学法国期间，作为其首部诗集《微雨》的首篇，它的意象怪诞而阴森，气氛沉郁而诡谲。朱自清评李诗时曾说："他的诗没有寻常的章法，一部分一部分可以懂，合起来却没有意思。他要表现的不是意思而是感觉或情感；仿佛大大小小红红绿绿一串珠子，他却藏起那串儿，你得自己穿着瞧。"作为一个具体的意象，"弃妇"本身充满了质感和画面感，前两节以一个长发遮目、形容枯槁、哀戚诡异的女人的登场，首先给读者带来强烈又可怖的形象冲击。其后伴随"弃妇"的一系列动作，她的哀戚的倾吐、烦忧的飞逝、哀吟中的徘徊，暗示了"弃妇"的愁苦与烦闷。而从整体上看，"弃妇"又是一个抽象的形象，犹如一团浓雾，破碎繁杂的意象拼合成对其完整情绪的呈现，她在某种程度上映射了其时诗人内心深处的孤寂情绪。在20世纪20年代的中国新诗诗坛,这种隐喻、暗示及联想等诗歌创作的"新潮"手法,以及对常规新诗内容与逻辑联系的疏离,形成了李金发独特的诗歌风格,这与法国象征派诗歌对他的影响密不可分。当然,除欧化语言及象征手法的运用之外,《弃妇》作为一首白话新诗尚未完全摆脱中国古典文言的影子,因此读来仍不失中国古典味道。

林徽因

  林徽因(1903—1955),原名林徽音,福建闽侯人。中国现代著名建筑师、作家、新月派代表女诗人。1919年随父到伦敦读书,游历欧洲。1921年回国从事小说和诗歌创作。1923年参与北京"新月社"活动。次年赴美攻读建筑学和戏剧舞台布景。30年代曾在东北、北平、四川和昆明等地大学任教,从事中国古代建筑研究。新中国成立后任清华大学建筑系教授。1931年开始发表诗歌作品,诗风前期恬静婉约,后期苍凉惆怅。代表诗作是《你是人间四月天》《别丢掉》《深笑》等,著有诗集《林徽因诗集》。

别 丢 掉[1]

别丢掉
这一把过往的热情,
现在流水似的,
轻轻
在幽冷的山泉底,
在黑夜 在松林,
叹息似的渺茫,
你仍要保存着那真!
一样是月明,
一样是隔山灯火,
满天的星,
只使人不见,
梦似的挂起,

你问黑夜要回
那一句话——你仍得相信
山谷中留着
有那回音!

三十二年夏

【注释】

[1] 原载 1936 年 3 月 15 日《大公报·文艺副刊》第 110 期。

【鉴赏】

　　《别丢掉》是民国才女林徽因为悼念挚友徐志摩遇难一周年而作。1931 年,徐志摩因从上海赶往北京听取林徽因的演讲,所乘飞机在白马山撞毁不幸遇难。二人之间曾经的情感纠葛和多年深厚的情意使林徽因在徐志摩逝世一年后仍难掩内心的悲痛,不忍更不愿相信徐志摩的离去。而这份对旧友的怀念始终不能明晰透彻地言说,诗人将自己与徐志摩的过往回忆和对其人的怀念之情融入全诗,情绪点到即止,显而不透。因此,《别丢掉》全诗萦绕着一种隐晦、耐人寻味的朦胧之美。《别丢掉》短小简洁,语言清丽柔和,诗人以流水的轻,山泉、黑夜和松林的阴冷,勾勒出徐志摩所乘飞机坠毁时的凄惨场景,也渲染出全诗幽静清冷的意境和悲凉伤感的基调。细细品读全诗,那一句轻轻的"别丢掉"既是对旧友的深深怀念,也是诗人对自己依然无法面对徐志摩已然亡故的自我劝慰。尽管诗中只出现一个人称"你",但其两次出现所指称的对象却发生了转换:第八句的"你"指的是徐志摩,诗人怀念那个怀揣着过往热情的徐志摩,尽管现在只剩下深幽冰冷的黑夜松林间渺茫的叹息,仍希望他保存着那份"真",别丢掉。第十四行的"你"则是诗人在安慰自己,尽管明月星火依旧,尽管一切如梦,但故友已逝,唯有那曾经的过往和真挚的情感,别丢掉。

戴望舒

戴望舒(1905—1950),浙江杭县人。中国现代著名诗人、翻译家、现代派象征主义诗人。1923年赴上海求学。1926年与施蛰存等人合编旬刊《璎珞》,开始发表诗歌。1929年出版诗集《我的记忆》,包含名作《雨巷》,又被称为"雨巷诗人"。1930年加入"左联"。1932年夏,参与编辑杂志《现代》,同年赴法国留学。1933年出版诗集《望舒草》。1935年回国,次年参与创办《新诗》月刊。1937年出版诗全集《望舒诗稿》。抗战爆发后到香港,主编《星岛日报》副刊《星座》和英文刊物《中国作家》等。1941年香港沦陷,因抗日罪名被捕,于狱中写下名诗《我用残损的手掌》。1948年出版诗集《灾难的岁月》,两年后于北京病逝。

雨　巷[1]

撑着油纸伞,独自
彷徨在悠长,悠长
又寂寥的雨巷,
我希望逢着
一个丁香一样地
结着愁怨的姑娘。

她是有
丁香一样的颜色,
丁香一样的芬芳,
丁香一样的忧愁,
在雨中哀怨,

哀怨又彷徨。

她彷徨在这寂寥的雨巷,
撑着油纸伞
像我一样,
像我一样地
默默彳亍着,
冷漠,凄清,又惆怅。

她默默地走近
走近,又投出
太息一般的眼光,
她飘过
像梦一般地,
像梦一般地凄婉迷茫。

像梦中飘过
一枝丁香地,
我身旁飘过这女郎;
她默默地远了,远了,
到了颓圮的篱墙,
走尽这雨巷。

在雨的哀曲里,
消了她的颜色,
散了她的芬芳,
消散了,甚至她的
太息般的眼光,

丁香般的惆怅。

　　撑着油纸伞,独自
　　彷徨在悠长,悠长
　　又寂寥的雨巷,
　　我希望飘过
　　一个丁香一样地
　　结着愁怨的姑娘。

【注释】

　　[1]原载《小说月报》1928年8月第19卷第8号。

【鉴赏】

　　因《雨巷》这篇成名作,戴望舒被称作"雨巷诗人",而诗中那位撑着油纸伞、独自彷徨于悠长雨巷之中的丁香似的姑娘,也成为中国现当代诗歌中一个朦胧凄婉、富有古典韵味的独特诗歌意象。《雨巷》全篇笼罩着一种不易言说的朦胧而哀愁的古典意境之美。飘着雨的悠长的雨巷,独撑的油纸伞,一位流溢着淡淡的忧愁与哀怨、丁香似的姑娘,整个画面如水墨画般铺展开来。"雨巷"可以被视为诗人心灵深处构想出来的一个幽谧的空间,诗人通过不断地重复使用"寂寥""悠长""愁怨""梦"等词语,建构出一个下着清冷细雨、如梦如幻、让人感到淡淡忧伤的意境,而这种意境恰恰是诗人内心情绪的投影。不仅如此,"我"渴望的、能够在这寂寥的雨巷中与"我"擦肩而过却只留下太息般的眼光的姑娘,诗人也赋予她丁香似的、忧愁又哀怨、冷漠而惆怅、凄婉且迷茫的特质。语言的重复、叠字的使用、规则的韵脚以及起结复见等,都是在强化诗人营造的凄清孤冷的氛围,渲染诗人彷徨又孤寂的哀怨情绪。整首诗给人带来的这种朦胧的美感,既可以将其视为一首单纯的爱情抒情诗,是诗人借以抒发青年时代追寻爱情而不得的惆怅;同时也应看到,《雨巷》创作于1927年"四一二"大屠杀后,深受西方象征主义影响的戴望舒,在创作中势必会以"雨巷"为隐喻,来抒发面对黑暗恐怖的社会现实时内心的凄婉忧愁,以及对国家和革命走出这彷徨迷茫的困局的渴望。

烦　忧[1]

说是寂寞的秋的清愁，
说是辽远的海的相思。
假如有人问我的烦忧，
我不敢说出你的名字。

我不敢说出你的名字，
假如有人问我的烦忧：
说是辽远的海的相思，
说是寂寞的秋的清愁。

【注释】

[1]初收录于《望舒草》，现代书局1933年版。

【鉴赏】

《烦忧》最引人注目的是它采用了"回文诗体"，即正读反读皆成诗，这使它成为中国现代诗歌中独特的存在。全诗字句韵律整齐，实际上是四行诗首尾颠倒重复为八行，相同四句诗排列次序上的变化同时带来了不同的解读方式。诗人给"秋"与"海"冠以"寂寞"与"辽远"的修饰，为全诗奠定了伤感惆怅的基调，也平添了几分肃杀的气氛，第三句引出诗眼"烦忧"——你的名字里饱含我对你的清愁与相思。前四句的诗歌排列方式是以比兴手法引出烦忧之所在，颠倒后的后四句则呈现出的是：面对直接的"烦忧"的难题，"我"刻意地顾左右而言它，以"辽远的海的相思"和"寂寞的秋的清愁"来掩盖"不敢说出你的名字"的羞涩和胆怯。作为现代象征主义诗人，戴望舒在《烦忧》中跳出了隐喻与意象氛围的刻意营造，代之的是一种平实的惆怅忧伤之美。这烦忧，无论源自爱情，或者来自政治，本就是说不清、道不明的，戴望舒将其放置在虚与实之间往复交错，为全诗另添一种"不可说，不可说，一说即是错"的朦胧质感。

冯　至

冯至(1905—1993),原名冯承植,河北涿县人。中国现代著名诗人、作家和翻译家,曾被鲁迅誉为"中国最为杰出的抒情诗人"。早年就读于北京大学。1923年参与创立"浅草社",并在其季刊上发表诗歌、散文。1925年参与创立"沉钟社",参与出版《沉钟》周刊、半月刊和丛刊。1930年到1935年赴德国攻读文学和哲学,深受诗人里尔克的影响,回国后先后于多所高校任教。新中国成立后,曾任北京大学西语系主任、中国社会科学院外国文学研究所所长等职。代表诗作是《我是一条小河》《蛇》《南方的夜》等,著有诗集《昨日之歌》《北游及其他》《十四行诗》《西郊集》《十年诗抄》等,译作有《海涅诗选》《德国,一个冬天的童话》等。

我是一条小河[1]

我是一条小河,
我无心由你的身边绕过——
你无心把你彩霞般的影儿
投入了我软软的柔波。

我流过一座森林——
柔波便荡荡地
把那些碧翠的叶影儿
裁剪成你的裙裳。

我流过一座花丛——
柔波便粼粼地

把那些凄艳的花影儿
编织成你的花冠。

无奈呀,我终于流入了,
流入那无情的大海——
海上的风又厉,浪又狂,
吹折了花冠,击碎了裙裳!

我也随了海潮漂漾,
漂漾到无边的地方——
你那彩霞般的影儿
竟也同幻散了的彩霞一样!

1925 年

【注释】

[1]选自《昨日之歌》,北新书局 1927 年版。

【鉴赏】

冯至被鲁迅称为"中国最为杰出的抒情诗人",《我是一条小河》堪称其抒情诗的代表。作为中国现代抒情诗经典,《我是一条小河》是一首纯粹的爱情诗。不同于单纯的对甜蜜爱情的颂咏,冯至的情诗罕见热烈喷涌的高涨情绪,却更多浸透着几分理性、几分沉静的思考。诗歌前三节就描绘出青年男女间看似无心实则有意的情愫暗生,将爱恋中的抒情主人公喻为缓缓流淌的小河,以软软的柔波作比男子的一腔柔情,时刻挂念着心上人"彩霞般的影儿",渴望为她献上碧翠的裙裳和多彩的花冠。无论是描绘对自由爱情的向往,抑或是两情相悦心心相印的情愫,炙热的爱情被诗人收束放缓,如小河流水一般波澜不惊地静静流淌,显得极为沉静恬淡。第四节蜜般的柔情眷恋之感戛然而止——无情的海风吹折了花冠,狂暴的海浪击碎了裙裳,就连心上人"彩霞般的影儿"也随之涣散。甜蜜的爱情之梦被现实击碎,使读者从美好的两情相悦的爱恋情愫顿入暴风骤雨的摧残狂虐之中,产生了情节上的转折和情绪上的落差。冯至在这首诗中既表现了对现代青年男女能够自由恋爱的希冀和憧憬,也展现了无情摧毁这一美好向往的封建礼教和守旧势力的无形枷锁。整首诗节奏舒缓,起伏有致,自由而不失约束,浓烈的色彩和恬淡的情感相得益彰,沉淀出一份感伤、一抹淡淡的悲剧色彩。

臧克家

臧克家(1905—2004),山东诸城人。中国现代著名诗人、爱国主义者。1930年至1934年,读书期间开始发表诗作。1933年夏,出版诗集《烙印》,获得诗坛好评。1934年出版诗集《罪恶的黑手》,随后陆续出版诗集《运河》和长诗《自己的写照》。抗战爆发后,参加革命,著有诗集《从军行》《泥淖集》。1942年参加中华全国文艺界抗敌协会,著有诗集《泥土的歌》《呜咽的云烟》和长诗《古树的花朵》《淮上吟》。1946年到上海,主编《文讯》月刊,著有诗集《宝贝儿》《生命的零度》《冬天》等。新中国成立后,著有诗集《一颗新星》《春风集》《凯旋》《欢呼集》《李大钊》《落照红》《臧克家诗选》等。代表诗作是《老马》《答客问》《有的人》等,被誉为"农民诗人"。

老 马[1]

总得叫大车装个够,
他横竖不说一句话,
背上的压力往肉里扣,
它把头沉重地垂下!

这刻不知道下刻的命,
它有泪只往心里咽,
眼里飘来一道鞭影,
它抬起头望望前面。

1932年4月

【注释】

［1］选自《烙印》，开明书店1933年版。

【鉴赏】

　　在中国现当代诗坛中，诗歌创作总是能与最广大的农民和最底层的贫苦民众在精神上相契合的，当属诗人臧克家。臧克家的诗歌严峻有力，源于他将诗歌视为反映社会现实的利器的诗歌主张。他认为诗歌不应该仅仅吟咏风花雪月，而应该是现实主义的，能够揭示社会疾苦和底层人民悲惨的生存状态。《老马》是臧克家早期代表诗作之一，全诗两节，共八句，语言质朴直白，情感内敛深沉。诗人在目睹一匹悲惨生存苦苦挣扎的老马时，内心涌起一种同情而又沉重的情绪，由此便有了《老马》这首诗的创作。整首诗刻画了一匹任劳任怨的老马，身压重负却从不抱怨，面对重压只"把头沉重地垂下"，对不时落下的皮鞭只能抱以隐忍。臧克家对旧中国农村和农民的熟悉，使这首诗自然而然地与旧中国农民被压迫的生存状态联系在一起，呈现出浓厚的象征意味。在这匹老马的身上，臧克家似乎也看到了自己的身影，全诗沉重悲凉的气氛也正是诗人内心愤懑情绪的真实写照。当然，在刻画老马默默承受一切生存苦难的形象的同时，诗人也被它坚忍不屈、顽强奋进的精神所鼓舞。因此，即使对未知命运充满恐惧与无奈，在诗的最后，诗人还是用"它抬起头望望前面"使《老马》保留了一份对新的、光明的世界的期待。

艾 青

艾青(1910—1996),原名蒋海澄,浙江金华人。中国现代著名文学家、诗人。1928年考入杭州国立西湖艺术院绘画系,翌年赴巴黎学习绘画。1932年回国后,在上海因组织革命文艺活动被密探逮捕入狱,狱中创作了轰动诗坛的《大堰河——我的保姆》,于1935年出狱。1941年赴延安,任《诗刊》主编,次年参加了延安文艺座谈会和延安整风运动。50年代曾被错划为"右派"赴边疆劳改,1979年得以平反。代表诗作是《大堰河——我的保姆》《雪落在中国的土地上》《我爱这土地》等,著有诗集《大堰河》《北方》《他死在第二次》《向太阳》《献给乡村的诗》《反法西斯》《旷野》《黎明的通知》《雪里钻》《欢呼集》《宝石的红星》《海岬上》《黑鳗》《春天》《彩色的诗》《雪莲》等,诗论集《诗论》《艾青谈诗》等。

雪落在中国的土地上[1]

雪落在中国的土地上,
寒冷在封锁着中国呀……

风,
像一个太悲哀了的老妇,
紧紧地跟随着
伸出寒冷的指爪
拉扯着行人的衣襟,
用着像土地一样古老的话
一刻也不停地絮聒着……

那从林间出现的，
赶着马车的
你中国的农夫
戴着皮帽
冒着大雪
你要到哪儿去呢？

告诉你
我也是农人的后裔——
由于你们的
刻满了痛苦的皱纹的脸
我能如此深深地
知道了
生活在草原上的人们的
岁月的艰辛。

而我
也并不比你们快乐啊
——躺在时间的河流上
苦难的浪涛
曾经几次把我吞没而又卷起——
流浪与监禁
已失去了我的青春的
最可贵的日子，
我的生命
也像你们的生命
一样的憔悴呀

雪落在中国的土地上,
寒冷在封锁着中国呀……

沿着雪夜的河流,
一盏小油灯在徐缓地移行,
那破烂的乌篷船里
映着灯光,垂着头
坐着的是谁呀?
——啊,你
蓬发垢面的少妇,
是不是
你的家
——那幸福与温暖的巢穴——
已被暴戾的敌人
烧毁了么?
是不是
也像这样的夜间,
失去了男人的保护,
在死亡的恐怖里
你已受尽敌人刺刀的戏弄?

咳,就在如此寒冷的今夜,
无数的
我们的年老的母亲
都蜷伏在不是自己的家里,
就像异邦人
不知明天的车轮
要滚上怎样的路程……

——而且
中国的路
是如此的崎岖
是如此的泥泞呀。

雪落在中国的土地上,
寒冷在封锁着中国呀……

透过雪夜的草原
那些被烽火所啮啃着的地域,
无数的,土地的垦殖者
失去了他们所饲养的家畜
失去了他们肥沃的田地
拥挤在
生活的绝望的污巷里:
饥馑的大地
朝向阴暗的天
伸出乞援的
颤抖着的双臂。

中国的苦痛与灾难
像这雪夜一样广阔而又漫长呀!
雪落在中国的土地上,
寒冷在封锁着中国呀……

中国,
我的在没有灯光的晚上
所写的无力的诗句

能给你些许的温暖么?

1937年12月28日,夜间

【注释】

［1］原载《七月》1938年1月16日第1卷第7期。

【鉴赏】

　　诗人艾青的诗作向来不是游离于时代环境之外的,正如他在《我爱这土地》一诗中所写的那样:"为什么我的眼里常含泪水?/因为我对这土地爱的深沉……"艾青的诗歌往往展现的都是一种与祖国、民族息息相关的大情怀。《雪落在中国的土地上》是艾青1937年在武汉时写下的,时值抗日战争的硝烟正弥漫在中华大地,苦痛正蹂躏着中华儿女。在这首诗中,诗人强调的是一个民族的苦难,但他却是以自身、以具体的个体的苦难为视角去展现的。他写脸上刻满痛苦皱纹的中国农民,写流离失所、胆战心惊的少妇,写蜷缩在寒冷黑夜里无助的母亲们,写那些因战争而惶恐的生命的疼痛……这些个体的疼痛构成了中华大地千千万万中华儿女灰色的生命状态,这灰暗和肃杀的恐怖正如这雪在中国的土地上铺展开来。正是在这种悲愤的情绪之中,艾青反复地强调着"雪落在中国的土地上,/寒冷在封锁着中国呀……"这寒彻心扉的雪夜充满了苦难的疼痛和绝望,充满着对当时黑暗社会状态的暗喻。整首诗情绪沉郁,笔调悲凉,是艾青以一个诗人的视角表达对身处苦难之中的祖国和同胞们前途命运的忧思与关切。

郭小川

郭小川(1910—1976),原名郭恩大,河北丰宁人。中国当代著名诗人。1933年,随全家避难北平,随后即积极参加抗日救亡运动,开始诗歌创作。1937年参加八路军。1941年至1945年,在延安马列学院和中央党校学习,参加了延安整风运动。其后从事党的新闻宣传工作,先后参与《群众日报》《大众日报》《天津日报》等报刊的编辑。新中国成立后曾任中国作家协会书记处书记兼秘书长、《诗刊》编委、《人民日报》特约记者等职。代表诗作是《望星空》《甘蔗林——青纱帐》《白雪的赞歌》《团泊洼的秋天》等,著有诗集《致青年公民》《投入火热的斗争》《月下集》《将军三部曲》《甘蔗林——青纱帐》《昆仑行》及《郭小川诗选》《郭小川诗选续集》等,诗论集《谈诗》,报告文学集《时代风云录》等。

祝 酒 歌[1]
——林区三唱之一

三伏天下雨哟,
雷对雷;
朱仙镇交战哟,
锤对锤;
今儿晚上哟,
咱们杯对杯!

舒心的酒,
千杯不醉;
知心的话,

万言不赘；
今儿晚上啊，
咱这是瑞雪丰年祝捷的会！

酗酒作乐的
是浪荡鬼；
醉酒哭天的
是窝囊废；
饮酒赞前程的
是咱们社会主义新人这一辈！

财主醉了，
因为心黑；
衙役醉了，
因为受贿；
咱们就是醉了，
也是因为生活的酒太浓太美！

山中的老虎呀，
美在背；
树上的百灵呀，
美在嘴；
咱们林区的工人啊，
美在内。

斟满酒，
高举杯！
一杯酒，

开心扉；
豪情，美酒，
自古长相随。

祖国是一座花园，
北方就是园中的腊梅；
小兴安岭是一朵花，
森林就是花中的蕊。
花香呀，
沁满咱们的肺。

祖国情呀，
春风一般往这儿吹；
同志爱呀，
河流一般往这儿汇。
党是太阳，
咱是向日葵。

广厦亿万间，
等这儿的木材做门楣；
铁路千百条，
等这儿的枕木铺钢轨。
国家的任务是大旗，
咱是旗下的突击队。

骏马哟，
不用鞭催；
好鼓哟，

不用重锤;
咱们林区工人哟,
知道怎样答对!

且饮酒,
莫停杯!
三杯酒,
三杯欢喜泪;
五杯酒,
豪情胜似长江水。

雪片呀,
恰似群群仙鹤天外归;
松树林呀,
犹如寿星老儿来赴会。
老寿星啊,
白须、白发、白眼眉。

雪花呀,
恰似繁星从天坠;
桦树林呀,
犹如古代兵将守边陲。
好兵将啊,
白旗、白甲、白头盔。

草原上的骏马哟,
最快的是乌骓;
深山里的好汉哟,

最勇的是李逵；
天上地下的英雄啊，
最风流的是咱们这一辈！

目标远，
大步追。
雪上走，
就像云里飞；
人在山，
就像鱼在水。

重活儿，
甜滋味。
锯大树，
就像割麦穗；
扛木头，
就像举酒杯。

一声呼，
千声回；
林荫道上，
机器如乐队；
森林铁路上，
火车似滚雷。

一声令下，
万树来归：
冰雪滑道上，

木材如流水；
贮木场上，
枕木似山堆。

且饮酒，
莫停杯！
七杯酒，
豪情与大雪齐飞；
十杯酒，
红心和朝日同辉！

小兴安岭的山哟，
雷打不碎；
汤旺河的水哟，
百折不回。
林区的工人啊，
专爱在这儿跟困难作对！

一天歇工，
三天累；
三天歇工，
十天不能安生睡；
十天歇工，
简直觉得犯了罪。

要出山，
茶饭没有了味；
快出山，

一时三刻拉不动腿；
出了山，
夜夜梦中回。

旧话说：
当一天的乌龟，
驮一天的石碑；
咱们说：
占三尺地位，
放万丈光辉！

旧话说：
跑一天的腿，
张一天的嘴；
咱们说：
喝三瓢雪水，
放万朵花蕾！

人在山里，
木材走遍东西南北；
身在林中，
志在千山万水。
祖国叫咱怎样答对，
咱就怎样答对！

想昨天：
百炼千锤；
看明朝：

千娇百媚;
谁不想干它百岁!
活它百岁!

舒心的酒,
千杯不醉;
知心的话,
万言不赘;
今儿晚上啊,
咱这是瑞雪丰年宣誓的会……

1962年12月,记于伊春
1963年2月1日—28日,写于北京

【注释】

[1] 原载《诗刊》1963年第2期。

【鉴赏】

"林区三唱"是诗人郭小川在20世纪60年代初期深入东北深山雪林采风,为赞颂林区工人而作,《祝酒歌》是其中流传甚广的名篇。郭小川的诗中总是洋溢着革命的热情和建设的激情,这首自然也不例外。诗人以"咱这是瑞雪丰年的会"为饮酒主题,将林区工人如火如荼的日常劳作场面与描摹祖国边疆壮美山河结合在一起,先以祝酒为由赞美作为社会主义新一辈的林区工人建设美好祖国的热情,再描摹具有浓厚地域特色的东北林区景貌,赞叹祖国壮美山河。火热的生活和劳作场景的描写,与当下饮酒场面回环交错同时又不疏离"祝酒"的主题。《祝酒歌》通篇气势恢弘,情绪热烈,洋溢着林区工人们豪迈朴实的情感,使读者不自觉地被带入到酒席的情景之中,被诗中饱含的真诚、亢奋的生命激情所感染。这真诚来自情景和语言的平实,整首诗的语言直白晓畅,以日常口语入诗,一方面贴合真实的林区生活,另一方面也提升了广大民众阅读时的亲切感。这亢奋则来自情感的直抒胸臆,祝酒歌,祝酒歌,祝的什么酒?祝的是建设伟大祖国的酒,祝的是歌颂美好幸福的新生活的酒。

卞之琳

卞之琳(1910—2000),江苏海门人。中国现当代著名诗人、评论家、翻译家,新月派和现代派代表诗人之一。1929 年考入北京大学,开始诗歌创作。1936 年任杂志《新诗》编委,出版诗集《芦叶船》,同年出版与李广田、何其芳的诗歌合集《汉园集》,与二者并称"汉园三诗人"。1938 年秋至 1939 年到延安和太行山区抗日根据地访问,创作诗集《慰劳信集》。1940 年后在西南联大任教。新中国成立后在大学任教,曾任《世界文学》《文学评论》《诗刊》等刊编委。代表诗作是《断章》《距离的组织》《古镇的梦》《鱼化石》等,著有诗集《三秋草》《鱼目集》《十年诗草》等,诗论集《人与诗:忆旧说新》。

断 章[1]

你站在桥上看风景,
看风景人在楼上看你。

明月装饰了你的窗子,
你装饰了别人的梦。

1935 年 10 月

【注释】

[1] 选自《鱼目集》,文化生活出版社 1935 年版。

【鉴赏】

哲理诗《断章》是诗人卞之琳流传甚广的诗歌佳作,整首诗只两节四句。据说,这四句原本在一首长诗之内,因只有这四句最合诗人心意,便被截取,独立成诗,篇名《断章》正是由此而来。《断章》上下两节采用景中景的构图手法描绘出两重画面:上节中站在桥上看风景的"你"独立成画,同时又成为立于高楼之上欣赏着"你"的人的视觉点缀;下节中,一轮明月装饰着你房间的窗子,而在这明月高悬的房间内的你,也可能出现在别人的睡梦之中。尽管卞之琳在《断章》中的用词平淡朴素,但其中却蕴含着深刻的生活哲理:每个人都有可能于不经意间成为他人风景之中的点缀,这世间万事万物都处在相互关联、彼此影响之中。《断章》之所以呈现出一种欲说还休、难以穷极意蕴的古典气韵,主要在于卞之琳在诗句中大量留白,只勾勒出如水墨画般最简单的线条,更深层的意境则需要读者在审美的过程中不断地衍生想象。也正是在这不断地填白和想象中,哲理意蕴的深刻与诗歌本身的含蓄婉转在《断章》之中的恰切融合,就慢慢地显露出来了。

何其芳

何其芳(1912—1977),重庆万州人。中国现当代著名诗人、散文家、文学评论家。1930年考入清华外国文学系,半年后转入北大哲学系。毕业后先后任教于天津南开中学和山东莱阳乡村师范学校。1936年与卞之琳、李广田出版诗歌合集《汉园集》,内收何其芳《燕泥集》诗作十六首,与二人并称为"汉园三诗人"。1938年到延安鲁迅艺术学院任教,同年加入中国共产党。新中国成立后担任过全国政协委员、全国人大代表、中国文联委员、中国科学院文学研究所所长,并担任《文学评论》杂志主编。"文革"时期被打为"走资派",1977年在北京病逝。代表诗作是《预言》《回答》《我为少男少女们歌唱》《生活是多么广阔》等,著有诗集《汉园集》《预言》和《夜歌》。

预　言[1]

这一个心跳的日子终于来临!
你夜的叹息似的渐近的足音
我听得清不是林叶和夜风私语,
麋鹿驰过苔径的细碎的蹄声!
告诉我,用你银铃的歌声告诉我,
你是不是预言中的年轻的神?

你一定来自那温郁的南方
告诉我那儿的月色,那儿的日光,
告诉我春风是怎样吹开百花,
燕子是怎样痴恋着绿杨。

我将合眼睡在你如梦的歌声里,
那温暖我似乎记得,又似乎遗忘。

请停下,停下你疲劳的奔波,
进来,这儿有虎皮的褥你坐!
让我烧起每一个秋天拾来的落叶,
听我低低唱起我自己的歌。
那歌声将火光一样沉郁又高扬,
火光一样将我的一生诉说。

不要前行!前面是无边的森林,
古老的树现着野兽身上的斑纹,
半生半死的藤蟒一样交缠着,
密叶里漏不下一颗星。
你将怯怯地不敢放下第二步,
当你听见了第一步空寥的回声。

一定要走吗?请等我和你同行!
我的脚知道每一条平安的路径,
我可以不停地唱着忘倦的歌,
再给你,再给你手的温存。
当夜的浓黑遮断了我们,
你可以不转眼地望着我的眼睛。

我激动的歌声你竟不听,
你的脚竟不为我的颤抖暂停!
像静穆的微风飘过这黄昏里,
消失了,消失了你骄傲的足音!

呵,你终于如预言中所说的无语而来,
无语而去了吗,年轻的神?

一九三一年

【注释】

[1] 初收录于诗歌合集《汉园集》,商务印书馆1936年版。

【鉴赏】

《预言》是何其芳19岁时创作的现代抒情诗,代表了诗人早期的诗歌风格。他以朦胧而梦幻的柔软语调,讲述了青年对爱的等待、追求和承诺,以及爱而无果的失落,弥漫着醉人的温柔和爱的怜惜。全诗以对话式的、私语般的倾诉,将情节慢慢推进,娓娓道来。诗人以一阵陷入爱恋狂喜中的心跳开启全诗,描绘出青年内心的激荡起伏,一腔的热忱与柔情赋予等待,等待那拥有摄人心魄之美的年轻的"神"。当她真的来临,青年炽热的爱情被唤起,此间声色,热闹非凡。当这个甘愿匍匐于她裙下的年轻人,这个渴望守护她度过空寂长夜、走出可怖森林的青年说出"当夜的浓黑遮断了我们,/你可以不转眼地望着我的眼睛"时,爱的许诺使全诗如蜜也般的柔情达到了极致。但爱的愿景却在"神"不愿停留的骄傲中,在少年失落的颤抖中戛然而止了。"神"自始至终都未曾开口,她"无语而来",又"无语而去",一切的一切,皆是这青年的爱的理想,随着神的离去,少年亦从自己营造的温柔乡中惊醒。诗人借助声音的描写侧面呈现《预言》前后情绪的转折和反差,全诗以凝神屏气的静的等待开始,又以青年静穆地伫立在微风轻拂的黄昏中而止,加重了爱却终不可得的失落与惆怅。诗人对青年在爱恋中情绪的细腻捕捉,以及纯美的诗意表达,为中国现代新诗增添了一抹温柔的苦涩。

田　间

　　田间(1916—1985),原名童天鉴,安徽无为人。中国现当代著名诗人。1933年赴上海读书,次年加入"左联",参加《新诗歌》和《文学丛报》的编辑工作。1937年赴日深造,抗战爆发后回国,同年发表著名诗篇《给战斗者》。1938年发起并组织了抗日的街头诗运动,创作《假使我们不去打仗》等街头诗,被闻一多誉为"时代的鼓手"。新中国成立后历任察哈尔文联主任、中国作协党组成员、《诗刊》编委等职。代表诗作是《假使我们不去打仗》《给战斗者》、叙事诗《戎冠秀》《赶车传》等。著有诗集《未明集》《中国牧歌》《给战斗者》《抗战诗抄》《誓词》《汽笛》《马头琴歌集》《火颂》《清明》《天山诗草》等,长诗集《英雄战歌》《云南行》和《赶车传》的续篇第2至第7部,诗论集《海燕颂》《新国风赞》等。

假使我们不去打仗[1]

假使我们不去打仗,
敌人用刺刀
杀死了我们,
还要用手指着我们的骨头说:
"看,
这是奴隶!"

1938年

【注释】

[1] 选自《抗战诗抄》,新华书店1950年版。

【鉴赏】

　　诗人田间被称为"时代的鼓手",因其创作的街头诗以鼓的声律和鼓的情绪,燃起一个民族积极反抗的强烈斗志,激起了广大人民共度危亡的民族自尊心和生活欲。田间的街头诗之所以具有独特的魅力,源自两个方面:其一是诗歌内容往往富于战斗性和现实性,语言质朴,琅琅上口,便于诵记;其二是形式上短小凝练,句子短促,有极强的节奏感和鼓动性。这首《假使我们不去打仗》创作于抗战前夕,也是田间广为流传的街头诗名篇。在这首诗中,田间用词朴素,简洁凝练却寓意深长。尽管篇幅短小,却真实地道出了侵略者的冷酷残暴、被侵略民族的屈辱悲惨,饱含着强烈的民族自尊心和爱憎感情。诗人以不去战斗作为"假设",揭示出一个民族怯懦不抵抗的下场——被敌人用刺刀杀死,还要被嘲讽地视作"奴隶"。而这种"假设"给予读者心灵的直接的震撼与深层的屈辱感,极易激荡起一股强烈的爱国主义情怀,以及在民族生死存亡时刻仍要顽强抵抗的凛然气节。结合此诗的创作背景来看,它体现出的极强的鼓动性与战斗性,实际上正配合了激烈、急迫的斗争需要,号召广大人民团结一心抵抗外敌,增强了民族凝聚力和战斗力以及广大人民共同抵抗侵略者的决心。

穆　旦

穆旦(1918—1977),原名查良铮,浙江宁海人。中国现当代著名诗人、翻译家、"九叶诗派"代表诗人之一。1929年在天津南开中学读书,开始写诗。1935年入清华大学学习。"七七事变"之后先后发表诗作《合唱》《防空洞里的抒情诗》《赞美》《诗八首》等。1947年参与"九叶诗派"的创作活动。1948年赴美留学。1953年回国后,在南开大学外文系任教。1958年因政治迫害暂停诗歌创作,直至1975年恢复。著有诗集《探险者》《旗》《穆旦诗选》等。译作有《唐璜》《普希金抒情诗集》《济慈诗选》《拜伦抒情诗选》等。

赞　美[1]

走不尽的山峦的起伏,河流和草原,
数不尽的密密的村庄,鸡鸣和狗吠,
接连在原是荒凉的亚洲的土地上,
在野草的茫茫中呼啸着干燥的风,
在低压的暗云下唱着单调的东流的水,
在忧郁的森林里有无数埋藏的年代。
它们静静地和我拥抱:
说不尽的故事是说不尽的灾难,沉默的
是爱情,是在天空飞翔的鹰群,
是忧伤的眼睛期待着泉涌的热泪,
当不移的灰色的行列在遥远的天际爬行;
我有太多的话语,太悠久的感情,
我要以荒凉的沙漠,坎坷的小路,骡子车,

我要以槽子船,蔓山的野花,阴雨的天气,
我要以一切拥抱你,你,
我到处看见的人民呵,
在耻辱里生活的人民,佝偻的人民,
我要以带血的手和你们一一拥抱。
因为一个民族已经起来。

一个农夫,他粗糙的身躯移动在田野中,
他是一个女人的孩子,许多孩子的父亲,
多少朝代在他的身边升起又降落了
而把希望和失望压在他身上,
而他永远无言地跟在犁后旋转,
翻起同样的泥土溶解过他祖先的,
是同样的受难的形象凝固在路旁。
在大路上多少次愉快的歌声流过去了,
多少次跟来的是临到他的忧患;
在大路上人们演说,叫嚣,欢快,
然而他没有,他只放下了古代的锄头,
再一次相信名辞,溶进了大众的爱,
坚定地,他看见自己移进死亡里,
而这样的路是无限的悠长的
而他是不能够流泪的,
他没有流泪,因为一个民族已经起来。

在群山的包围里,在蔚蓝的天空下,
在春天和秋天经过他家园的时候,
在幽深的谷里隐着最含蓄的悲哀:
一个老妇期待着孩子,许多孩子期待着

饥饿,而又在饥饿里忍耐,
在路旁仍是那聚集着黑暗的茅屋,
一样的是不可知的恐惧,一样的是
大自然中那侵蚀着生活的泥土,
而他走去了从不回头诅咒。
为了他我要拥抱每一个人,
为了他我失去了拥抱的安慰,
因为他,我们是不能给以幸福的,
痛哭吧,让我们在他的身上痛哭吧,
因为一个民族已经起来。

一样的是这悠久的年代的风,
一样的是从这倾圮的屋檐下散开的
无尽的呻吟和寒冷,
它歌唱在一片枯栖的树顶上,
它吹过了荒芜的沼泽,芦苇和虫鸣,
一样的是这飞过的乌鸦的声音。
当我走过,站在路上踟蹰,
我踟蹰着为了多年耻辱的历史
仍在这广大的山河中等待,
等待着,我们无言的痛苦是太多了,
然而一个民族已经起来,
然而一个民族已经起来。

一九四一,十二

【注释】

[1] 原载《文聚》1942 年 2 月 16 日第 1 卷第 1 期。

【鉴赏】

　　《赞美》是穆旦在 20 世纪 40 年代初,以抗日战争进入最为艰苦的"相持阶段"为背景写作的一首抒情诗。诗体规模宏大且意象繁复,每节均已"因为一个民族已经起来"做结,奠定了诗歌赞美坚韧、顽强、乐观的伟大民族精神的总基调。穆旦在首节描绘了祖国壮丽的山河被战争的苦难暗淡了色彩,在繁密意象的罗列之后,诗人赞美了在苦难时代依旧顽强生存的最朴实的劳动人民,以拥抱凸显自己与人民之间的血脉联系。随后,诗人着重刻画了一个老实、纯朴的农民,为保卫家园毅然决然地告别妻子儿女,献身到抗日救亡的斗争中去。这样一个具体的农民形象,实际上象征着千千万万个为反抗外敌侵略而奋起的劳苦大众,正因为有这些在祖国危亡时刻挺身而出的人民,中华民族才有了真正起来的力量。《赞美》尽管贯穿着悲壮苍凉之感,但在情感上,穆旦始终真切地赞美着充满战斗力和凝聚力的伟大民族精神,赞颂苦难深重的中华民族在这团结一心的抗争精神中已经起来。因此,读者依旧能够体味出诗人对祖国深沉的热爱、对同胞的真诚赞颂、对即将摆脱苦痛的未来怀抱的美好憧憬与期待。

陈　辉

　　陈辉(1920—1944),原名吴盛辉,湖南常德人。中国现代诗人、革命烈士。1937年加入中国共产党,次年奔赴延安。1939年到晋察冀敌后抗日根据地的通讯社工作。曾在《晋察冀日报》《群众文化》《诗建设》《鼓》《子弟兵》等抗日根据地报刊上发表过很多诗作。1944年春,遇敌人围困,壮烈牺牲。代表诗作是《为祖国而歌》《红高粱》,著有诗集《十月的歌》。

为祖国而歌[1]

　　我,
　　埋怨
　　我不是一个琴师。

　　祖国呵,
　　因为
　　我是属于你的,
　　一个大手大脚的
　　劳动人民的儿子。

　　我深深地
　　　深深地
　　　爱你!

　　我呵,

却不能，
像高唱马赛曲的歌手一样，
在火热的阳光下，
在那巴黎公社战斗的街垒旁，
拨动六弦琴丝，
让它吐出
震动世界的，
人类的第一首
最美的歌曲，
作为我
对你的祝词。

我也不会
骑在牛背上，
弄着短笛。
也不会呵，
在八月的禾场上，
把竹箫举起，
　轻轻地
　轻轻地吹，
让箫声
飘过泥墙，
落在河边的柳荫里。

然而，
当我抬起头来，
瞧见了你，
我的祖国的

那高蓝的天空，
那辽阔的原野，
那天边的白云
　　悠悠地飘过，
或是
那红色的小花，
笑迷迷的
从石缝里站起。
我的心啊，
多么兴奋，
有如我的家乡，
那苗族的女郎，
在明朗的八月之夜，
疯狂地跳在一个节拍上，
你搂着我的腰，
我吻着你的嘴，
而且唱：
——月儿呀，
　　亮光光……

我们的祖国呵，
我是属于你的，
一个紫黑色的
年轻的战士。

当我背起我的
那枝陈旧的"老毛瑟"，
从平原走过，

望见了
敌人的黑色的炮楼，
和那炮楼上
飘扬的血腥的红膏药旗，
我的血呵，
它激荡，
有如关外
那积雪深深的草原里，
大风暴似的，
急驰而来的，
祖国的健儿们的铁骑……

祖国呵，
你以爱情的乳浆，
养育了我；
而我，
也将以我的血肉，
守卫你啊！

也许明天，
我会倒下；
也许
在砍杀之际，
敌人的枪尖，
戳穿了我的肚皮；
也许吧，
我将无言地死在绞架上，
或者被敌人

投进狗场。
看啊,
　　那凶恶的狼狗,
　　磨着牙尖,
　　眼里吐出
　　绿色莹莹的光……

祖国呵,
在敌人的屠刀下,
我不会滴一滴眼泪,
我高笑,
因为呵,
我——
你的大手大脚的儿子,
你的守卫者,
他的生命,
给你留下了一首
无比崇高的"赞美词"。
我高歌,
祖国呵,
在埋着我的骨骼的黄土堆上,
也将有爱情的花儿生长。

　　　　　　　　　1942年8月10日

【注释】

　[1]选自《十月的歌》,作家出版社1958年版。

【鉴赏】

　陈辉是一名为祖国革命事业献身的烈士,也是一个用诗歌赞颂伟大祖国的诗人。

他的诗歌,总是澎湃着年轻生命的激情,溢满了对祖国深沉的热爱和依恋。这首《为祖国而歌》是诗人在参与抗日革命根据地建设的过程中,感受到了祖国光明的未来和希望,渴望将满腔的热忱和自己的全部都贡献到争取伟大祖国的自由和民族解放中去。诗人以"一个大手大脚的劳动人民的儿子"的质朴视角,展开对祖国美丽山河的由衷感叹和赞美。年轻的生命面对祖国壮美的山河,渴望去歌唱,渴望去祝福,渴望去赞美这美好而自由的生活。面对敌人铁蹄的蹂躏、民族的危亡,"我"迅速成长为一个"紫黑色的战士",誓死守卫祖国。一句"而我,/也将以我的血肉,/守卫你啊!"简单的承诺,凸显了革命战士的自豪感和使命感,塑造出甘愿为保卫祖国抛头颅洒热血的鲜活革命者形象,也影射出青春的梦想因战争而破碎,年轻的生命因战争而消亡。整首诗在情绪上存在明显的反差,前半部分"我"赞美的情感有多么欢喜、热烈,后半部分"我"守护祖国的决心就有多么坚定、"我"的被毁灭就有多么悲壮。《为祖国而歌》情感真诚炙热,激荡着强烈的爱国主义情怀,贯穿全诗的是一个最朴实、最平凡的战士对祖国和人民浓厚而真挚的情感和深沉的热爱。

闻　捷

闻捷(1923—1971),原名赵文节,江苏丹徒人。中国现当代著名诗人。抗日战争爆发后流亡武汉,1938年加入中国共产党,其后从事编辑和记者工作。1949年随部队抵达新疆,1952年任新华社新疆分社社长,1955年在《人民文学》上陆续发表诗作《吐鲁番情歌》《博斯腾湖滨》《果子沟山谣》等。创作多为描写边疆人民生活的诗歌,其诗被誉为"劳动和爱情的赞歌"。著有长诗《复仇的火焰》,诗集《天山牧歌》《生活的赞歌》。

苹果树下[1]

苹果树下那个小伙子,
你不要、不要再唱歌;
姑娘沿着水渠走来了,
年轻的心在胸中跳着。
她的心为什么跳啊?
为什么跳得失去节拍?……

春天,姑娘在果园劳作,
歌声轻轻从她耳边飘过,
枝头的花苞还没有开放,
小伙子就盼望它早结果。
奇怪的念头姑娘不懂得,
她说:别用歌声打扰我。

小伙子夏天在果园度过，
　　一边劳动一边把姑娘盯着，
　　果子才结得葡萄那么大，
　　小伙子就唱着赶快去采摘。
　　满腔的心思姑娘猜不着，
　　她说：别像影子一样缠着我。

　　淡红的果子压弯绿枝，
　　秋天是一个成熟季节，
　　姑娘整夜整夜地睡不着，
　　是不是挂念那树好苹果？
　　这些事小伙子应该明白，
　　她说：有句话你怎么不说？

　　……苹果树下那个小伙子，
　　你不要、不要再唱歌；
　　姑娘踏着草坪过来了，
　　她的笑容里藏着什么？……
　　说出那句真心的话吧！
　　种下的爱情已该收获。

1952—1954年，乌鲁木齐—北京

【注释】

　　[1] 选自《人民文学》1955年第3期。

【鉴赏】

　　《苹果树下》是诗人闻捷最具代表性的生活抒情诗之一，诗人以简洁的叙事展现了边疆少数民族青年人对美好爱情的热烈追求，赞颂了爱情的甜蜜和边疆人民美满幸福的生活。全诗构思精巧,叙事简单,以苹果树下一个歌唱着的年轻小伙,等待着心爱的姑娘缓缓从水渠走来为背景,借用苹果树在春、夏、秋历经含苞、结果和收获等过程,暗示了甜蜜爱情的萌芽、发展与成熟,用倒叙的手法记录了一对少数民族青年男女在收获的季节里辛勤劳动和甜蜜爱情的双丰收。本诗展现了闻捷诗歌长于心理描写的特点,无论是对小伙子在追求过程中炙热急切的心情的表露,还是对含蓄纯真的姑娘的心理变化的刻画,诗人都剖析得细腻而真实。在这首诗中,闻捷将爱情表现得朴素直白而又委婉含蓄,全诗语言单纯直白,节奏轻快;在刻画细腻的情愫、描绘恋爱中男女间百转千回的柔情时又委婉含蓄,真挚的情感时含时露,使人读罢既能感受到爱情的炙热,又能感受到边疆劳动人民面对爱情时的那份含蓄羞涩。孕育收获喜悦和甜蜜爱情的苹果园,一对追求真挚爱情的少数民族青年男女,诗人将劳动场面和爱情生活交织在一起,使全诗饱含浓郁的地域特色,使之成为一曲描绘新时期边疆地区新生活的时代颂歌。

贺敬之

贺敬之(1924—),山东峄县人。中国现当代著名诗人、剧作家。1938年因日寇入侵,流亡到湖北读中学。次年随校赴四川参加救亡运动,开始诗歌创作。1940年进延安鲁迅艺术文学院学习。其间创作的新诗、歌词结集为《并没有冬天》《笑》。与丁毅合作创作的新歌剧《白毛女》,曾获1951年斯大林文学奖。抗战胜利后,在华北联合大学文学院工作。新中国成立后曾任中国戏剧家协会书记处书记、中国文艺研究院院长和文化部代部长等职。代表诗作是《回延安》《桂林山水歌》《西去列车的窗口》《雷锋之歌》等。著有诗集《乡村之夜》《朝阳花开》《放歌集》《贺敬之诗选》《回答今日的世界》等。

桂林山水歌[1]

云的神呵,雾中的仙,
神姿仙态桂林的山!

情一样深呵,梦一样美,
如情似梦漓江的水!

水几重呵,山几重?
水绕山环桂林城……

是山城呵,是水城?
都在青山绿水中……

呵！此山此水入胸怀，
此时此身何处来？

……黄河的浪涛塞外的风，
此来关山千万重。

马鞍上梦见沙盘上画：
"桂林山水甲天下"……

呵！是梦境呵，是仙境？
此时身在独秀峰！

心是醉呵，还是醒？
水迎山接入画屏！

画中画——漓江照我身千影，
歌中歌——山山应我响回声……

招手相问老人山，
云罩江山几万年？

——伏波山下还珠洞，
宝珠久等叩门声……

鸡笼山一唱屏风开，
绿水白帆红旗来！

大地的愁容春雨洗，

请看穿山明镜里——

呵！桂林的山来漓江的水——
祖国的笑容这样美！

桂林山水入胸襟，
此景此情战士的心——

江山多娇人多情，
使我白发永不生！

对此江山人自豪，
使我青春永不老！

七星岩去赴神仙会，
招呼刘三姐呵打从天上回……

人间天上大路开，
要唱新歌随我来！

三姐的山歌十万八千箩，
战士呵,指点江山唱祖国……

红旗万梭织锦绣，
海北天南一望收！

塞外的风沙呵黄河的浪，
春光万里到故乡。

红旗下:少年英雄遍地生——
望不尽:千姿万态"独秀峰"!

——意满怀呵,情满胸,
恰似漓江春水浓!

呵！汗雨挥洒彩笔画——
桂林山水——满天下！……

1959年7月初稿,1961年8月整理于北戴河

【注释】

[1] 原载《人民文学》1961年10月号。

【鉴赏】

常言道"桂林山水甲天下",《桂林山水歌》是贺敬之描写桂林山水的抒情诗名篇。山水之美本是不易描写的,实写缺灵动,虚写显空泛。《桂林山水歌》的可贵之处在于诗人将桂林山水之美虚化,又将对祖国壮美山河的赞叹之情实化。诗歌前半部分以奇绝的比喻和想象勾勒山河之美,开篇即以"神姿仙态"喻桂林的山,又以"如情似梦"赞漓江的水,将读者带入到桂林山水如梦如幻、宛若仙境的想象之中,顿生"此时此身何处来"之感。醉心山水之后,诗人紧接着在诗歌的后半部分直抒对社会主义伟大祖国的赞颂与热爱,生发"江山多娇人多情,/使我白发永不生！/对此江山人自豪,/使我青春永不老！"的慨叹,显示了仙境虽美仍偏爱人间桂林山水之情。贺敬之将桂林山水的梦幻空灵与对伟大祖国壮美山河的赞叹结合在一起,虚实相生,尽管诗作仍带有时代颂歌的意味,但其将赞颂之情融入桂林山水如梦般壮阔的景色之中,读来全然不显勉强、造作。在诗歌结构上,《桂林山水歌》诗行简短,诗体虽长但讲究节奏韵律,体现了新山水诗的艺术风貌。

洛　夫

洛夫(1928—2018),原名莫洛夫、莫运端,湖南衡阳人。中国现当代著名诗人,被诗坛誉为"诗魔"。1949年离乡赴台湾。1953年与纪弦创办诗刊《现代诗》。1954年与张默、痖弦共同创办诗刊《创世纪》。2001年凭借长诗《漂木》获诺贝尔文学奖提名。1996年从台湾迁居加拿大温哥华。代表诗作是《边界望乡》《与李贺共饮》《长恨歌》《烟之外》等,出版诗集《时间之伤》《灵河》《石室之死亡》《众荷喧哗》《因为风的缘故》《月光房子》《漂木》等。

边界望乡[1]

说着说着
我们就到了落马洲

雾正升起,我们在茫然中勒马四顾
手掌开始生汗
望远镜中扩大数十倍的乡愁
乱如风中的散发
当距离调整到令人心跳的程度
一座远山迎面飞来
把我撞成了
严重的内伤

病了病了
病得像山坡上那丛凋残的杜鹃

只剩下唯一的一朵
蹲在那块"禁止越界"的告示牌后面
咯血。而这时
一只白鹭从水田中惊起
飞越深圳
又猛然折了回来

而这时,鹧鸪以火发音
那冒烟的啼声
一句句
穿透异地三月的春寒
我被烧得双目尽赤,血脉贲张
你却竖起外衣的领子,回头问我
冷,还是
不冷?

惊蛰之后是春分
清明时节该不远了
我居然也听懂了广东的乡音
当雨水把莽莽大地
译成青色的语言
啊!你说,福田村再过去就是水围
故国的泥土,伸手可及
但我抓回来的仍是一掌冷雾

后记:
  1979年3月中旬应邀访港,16日上午余光中兄亲自开车陪我参观落马洲之边界,当时轻雾氤氲,望远镜中的故国山河隐约可见,而耳边正响起数十年未闻的鹧鸪啼叫,声声扣人心弦,所谓"近乡情怯",大概就是我当时的心境吧。

一九七九·六·三

【注释】

[1] 选自《因为风的缘故》,台北:九歌出版社 1988 年版。

【鉴赏】

顾名思义,《边界望乡》是一首怀乡诗,记录了诗人洛夫在余光中的陪伴下,于香港边界落马洲参观时的"近乡情怯"。洛夫开篇直白,以"说着说着/我们就到了落马洲"猝不及防地将读者直接带入诗境,毫不矫饰拖沓。掌心的微汗、于风中凌乱如散发的乡愁,无一不在强调诗人眺望故乡时内心涌动着的期许与激动。望远镜中远山的冲撞,搅扰着诗人心中的慌乱与不安。如血般的杜鹃花、猛然折回的白鹭、鹧鸪火般的啼叫带来了视觉与听觉双重感受的交织,使诗人内心如燃火一般激起对故乡的热烈渴望。然而,同伴的一句"冷,还是/不冷?"又将诗人拉回到彼时的现实之中,他随之想到春分之后的清明节和依旧能听得懂的广东的乡音,此间种种,皆与故乡有关。故乡在望远镜中仿若伸手可及,诗人猛然伸出手去,试图再一次亲近朝思暮想的故乡,抓回来的却仍是一掌的冷雾。洛夫在《边界望乡》中先将乡愁实化为可看、可听、可感的具体意象,在结尾又将其虚化为一掌冷雾,在乡愁的一实一虚中,饱含着诗人面对故乡可望而不可即、可得而终不得的惆怅和感伤。

余光中

余光中(1928—2017),福建永春人。中国当代著名诗人、批评家和散文家。1950年赴台,两年后毕业于台湾大学外文系,1959年获美国爱荷华大学艺术硕士。1953年,与覃子豪、钟鼎文等共同创办"蓝星诗社"。自1956年起先后任教于台湾东吴大学、台湾师范大学、台湾大学和台湾政治大学。受美国国务院邀请,两次赴美大学任客座教授。代表诗作是《乡愁》《等你,在雨中》等,著有诗集《舟子的悲歌》《莲的联想》《在冷战的年代》《白玉苦瓜》《天狼星》《紫荆赋》《守夜人》等。

乡 愁[1]

小时候
乡愁是一枚小小的邮票
我在这头
母亲在那头

长大后
乡愁是一张窄窄的船票
我在这头
新娘在那头

后来啊
乡愁是一方矮矮的坟墓
我在外头
母亲在里头

而现在
乡愁是一湾浅浅的海峡
我在这头
大陆在那头

1972 年 1 月 21 日

【注释】

[1] 选自《白玉苦瓜》，台北：大地出版社 1974 年版。

【鉴赏】

《乡愁》是中国当代诗歌中颇负盛名的怀乡诗，余光中也因此被誉为"乡愁诗人"。整体上四节诗体式、字数相同，语言简而不浅，不仅呈现出结构上的整齐划一，也达到了韵律上的和谐统一。与余光中其他诗作相比，《乡愁》之美不在语言之精巧，不在形式之独特，而在于乡愁情思之真切。诗人每节都以乡愁作喻，使全诗情绪层层递进，将不易言说的、抽象的思乡之情，寄托在具象化的意象之上，"邮票""船票""坟墓"简单意象的选用极易引发读者的联想与共鸣，每一小节实际上都体现出阻隔与分离的主题。"母亲"这一意象在整首诗中既代表着真实的具象的母亲，也象征着与台湾骨肉分离的祖国母亲。伴随抒情主人公的成长，阻隔的痛与怀乡的思在最后一节全面爆发并升华到一个新的高度——从对个体、小家的思念和怀恋上升到对故乡的渴盼。一抹淡淡的乡愁背后是诗人对故乡浓浓的眷恋与深情，以及渴盼台湾早日回归母亲的怀抱、祖国能够早日统一的美好愿望与憧憬。余光中在《乡愁》中以小时候—长大后—后来啊—而现在四个节点作为时间线索，以"现在"收束全诗，正隐喻了诗人对乡愁能在今朝得以疏解的期待。

郑愁予

郑愁予(1933—),原名郑文韬,山东济南人。中国当代著名诗人。少年时随母亲辗转各地避难。15岁开始创作新诗。1949年随父到台湾。1955年在台湾出版第一本诗集《梦土上》,1956年参与创立现代派诗社。1958年毕业于台湾中兴大学。1985年获耶鲁大学无限期续聘。1990年至1992年任台湾《联合文学》总编辑。现居美国,于耶鲁大学任教。代表诗作是《错误》《雨说》《寂寞的人坐着看花》《梦土上》《衣钵》《窗外的女奴》《雪的可能》《燕人行》等。著有诗集《郑愁予诗选》《郑愁予诗集Ⅰ》。被称为"浪子诗人"。

错　误[1]

我打江南走过
那等在季节里的容颜如莲花的开落

东风不来,三月的柳絮不飞
你底心如小小的寂寞的城
恰若青石的街道向晚
跫音不响,三月的春帷不揭
你底心是小小的窗扉紧掩

我达达的马蹄是美丽的错误
我不是归人,是个过客……

1954年

【注释】

[1]选自《台湾现代诗选》,春风文艺出版社1987年版。

【鉴赏】

能够以现代诗歌的语言和形式,使诗歌呈现出极致的东方意蕴和古典意境之美的中国现当代诗歌,相信很多人首先想到的,该是多次出现在教科书中的《错误》。郑愁予的《错误》并不是一首简单的抒情诗,准确地说,它是一首闺怨诗。诗人以一句"我打江南走过"将读者带入一个充满古典韵味的情境之中:三月的江南,闺中女子依旧苦苦等待良人归来,不顾容颜和青春的易逝。诗人以东风和跫音指代女子等待的良人,而柳絮不飞、春帷不揭、窗扉紧掩则侧面描写出女子等待中难掩的枯寂。当"我"以达达的马蹄声再一次唤起女子心中的希望和期盼时,诗人以"我不是归人,是个过客"使闺中女子的期盼再次落空,使这美丽的错误之中包含着温柔的感伤。这种现代诗中的古典氛围的营造,一方面得益于诗人对"莲花""东风""柳絮""跫音""春帷"等唯美古典意象的选用,以及仿古的、小令般的句子结构的使用——例如"恰若青石的街道向晚"实际上是"恰若向晚的青石街道";另一方面,则是整首诗影射的思妇和浪子的诗歌主题,极易使读者将其与古体诗词中的闺怨思妇诗相联结,进而将一种蕴含着淡淡哀怨的古典韵味带入到对整首诗的感受之中。

食　指

　　食指(1948—　)，原名郭路生，山东鱼台人。中国当代著名诗人，朦胧诗代表诗人之一，被誉为"朦胧诗鼻祖"。1965年开始诗歌写作。1968年，创作代表诗作《相信未来》《这是四点零八分的北京》，第二年离开北京到杏花村插队。1973年被确诊为精神分裂。1978年，开始使用笔名食指，次年创作诗歌《热爱生命》。1990年因精神疾病入院直至2002年出院。著有诗集《相信未来》《食指　黑大春现代抒情诗合集》《诗探索金库·食指卷》《食指的诗》。2001年获第三届人民文学奖诗歌奖。

相信未来[1]

当蜘蛛网无情地查封了我的炉台，
当灰烬的余烟叹息着贫困的悲哀，
我依然固执地铺平失望的灰烬，
用美丽的雪花写下：相信未来。

当我的紫葡萄化为深秋的露水，
当我的鲜花依偎在别人的情怀，
我依然固执地用凝霜的枯藤
在凄凉的大地上写下：相信未来。

我要用手指那涌向天边的排浪，
我要用手掌那托起太阳的大海，
摇曳着曙光那枝温暖漂亮的笔杆，
用孩子的笔体写下：相信未来。

我之所以坚定地相信未来，
　　是我相信未来人们的眼睛——
　　她有拨开历史风尘的睫毛，
　　她有看透岁月篇章的瞳孔。

　　不管人们对于我们腐烂的皮肉，
　　那些迷途的惆怅，失败的苦痛，
　　是寄予感动的热泪，深切的同情，
　　还是给以轻蔑的微笑，辛辣的嘲讽。

　　我坚信人们对于我们的脊骨，
　　那无数次的探索、迷途、失败和成功，
　　一定会给予热情、客观、公正的评定。
　　是的，我焦急地等待着他们的评定。

　　朋友，坚定地相信未来吧，
　　相信不屈不挠的努力，
　　相信战胜死亡的年轻，
　　相信未来，热爱生命。

1968 年

【注释】

　　[1] 原载《今天》第 2 期，《诗刊》1981 年第 1 期。

【鉴赏】

　　食指写下这首《相信未来》的时候二十岁，或许那时的他未曾料想到在那段特殊的岁月里，这首诗安慰和鼓舞了多少失去人生方向、倍感失落与迷茫的青年人。整首诗语言生动质朴，意象鲜明，情感真挚浓烈，具有极强的节奏感。诗人借用结满蛛网的炉台、叹息贫困的灰烬、化作露水的紫葡萄以及依偎在他人情怀的鲜花,暗示过往生命中的美好已经遭到无情的剥夺和摧毁,但"我"却依旧固执地用雪花、用枯藤、用摇曳着的曙光写下:相信未来。孩子般口吻的诗语之下是诗人超越年龄的理性与成熟——对当前社会状态有着清醒认识,但不甘心就此消沉和颓废,即便身处困境,也仍要怀揣理想和希望,永不屈服。被摧毁怎样?惆怅苦痛怎样?被同情被嘲讽又怎样?去日不可改,明朝犹可期,只要坚定不移地相信未来,那"未来"里定会有对被剥夺被摧毁的美好事物、探索之中的牺牲、迷途中流逝的青春等等价值的追认,要相信时间和未来会给予一代人最公允的评价。因此,在全诗最后,诗人以口号式的口吻鼓励人们去相信美好的明天终将到来,同时发出真挚热烈的呼喊:热爱生命,相信未来!

北　岛

北岛(1949—　)，原名赵振开，浙江湖州人。中国当代著名诗人、作家，朦胧诗代表诗人之一。1978年前后，和诗人芒克共同创办民间诗刊《今天》。1987年后旅居国外近二十年，先后获瑞典笔会文学奖、美国西部笔会中心自由写作奖等，被选为美国艺术文学院终身荣誉院士。2007年回国，现为香港中文大学讲座教授。代表诗作是《回答》《一切》等，著有诗集《北岛诗歌集》《太阳城札记》《北岛顾城诗选》《陌生的海滩》《开锁》《时间的玫瑰》。

回　答[1]

卑鄙是卑鄙者的通行证，
高尚是高尚者的墓志铭。
看吧，在镀金的天空中，
飘满了死者弯曲的倒影。

冰川纪过去了，
为什么到处都是冰凌？
好望角发现了，
为什么死海里千帆相竞？

我来到这个世界上，
只带着纸、绳索和身影，
为了在审判之前，
宣读那些被判决的声音：

告诉你吧,世界,
我——不——相——信!
纵使你脚下有一千名挑战者,
那就把我算作第一千零一名。

我不相信天是蓝的;
我不相信雷的回声;
我不相信梦是假的;
我不相信死无报应。

如果海洋注定要决堤,
就让所有苦水都注入我心中;
如果陆地注定要上升,
就让人类重新选择生存的峰顶。

新的转机和闪闪的星斗,
正在缀满没有遮拦的天空。
那是五千年的象形文字,
那是未来人们凝视的眼睛。

1976年4月

【注释】

[1] 原载《诗刊》1979年第3期。

【鉴赏】

《回答》是新时期朦胧诗最具代表性的诗作之一,开篇两句"卑鄙是卑鄙者的通行证,高尚是高尚者的墓志铭"以高度抽象化的概括,为诗人北岛赢得了不少赞誉。

《回答》称朦胧实不朦胧,它情真而语直。诗人以悲愤的情绪指出那些追求正义、勇于追求真理的人遭遇死亡和毁灭,而那些邪恶的、卑鄙的狂徒却在这世间肆意横行。面对着黑白颠倒、卑鄙压倒高尚的世界,诗人难掩心中的愤慨,接连发问为什么在崭新的世界里仍有旧的恶的存在?整首诗的情绪也随发问而高涨。实际上,诗人始终在自问自答,前半部分的连续发问在开篇两句中就已经给出了答案。尽管如此,北岛依旧在内心的绝望之中迸发出反抗这绝望的呼喊,以强烈的反叛精神和质疑口吻向整个世界发起了挑战——"告诉你吧,世界,/我——不——相——信!",这呼喊既是向世界发问,也是以呐喊聊以自慰。诗人不相信正义会臣服于邪恶,他愿意承担一切质疑的后果,也要呼吁世界对恶的审判,期盼崭新的秩序的建立。《回答》节奏铿锵有力,情感热烈,体现出北岛的批判意识和抗争精神。在诗的结尾,北岛留下一个美好的憧憬,崭新的世界终究会到来,相信未来的世界也将充满着光明与希望。

舒 婷

舒婷(1952—),原名龚佩瑜,福建龙海人。中国当代著名女诗人、朦胧诗代表诗人之一。1969年下乡插队,1972年返城。1979年开始发表诗歌作品,1980年到福建省文联工作,从事专业写作,诗作曾多次获奖。代表诗作是《致橡树》《双桅船》《神女峰》《祖国呵,我亲爱的祖国》等,著有诗集《双桅船》《舒婷顾城抒情诗选》《会唱歌的鸢尾花》《始祖鸟》。

致 橡 树[1]

我如果爱你——
绝不像攀援的凌霄花,
借你的高枝炫耀自己;
我如果爱你——
绝不学痴情的鸟儿,
为绿荫重复单调的歌曲;
也不止像泉源,
长年送来清凉的慰藉;
也不止像险峰,
增加你的高度,衬托你的威仪。
甚至日光。
甚至春雨。
不,这些都还不够!
我必须是你近旁的一株木棉,
作为树的形象和你站在一起。

根,紧握在地下,
叶,相触在云里。
每一阵风过,
我们都互相致意,
但没有人
听懂我们的言语。
你有你的铜枝铁干
像刀、像剑,
也像戟;
我有我红硕的花朵,
像沉重的叹息,
又像英勇的火炬。
我们分担寒潮、风雷、霹雳;
我们共享雾霭、流岚、虹霓。
仿佛永远分离,
却又终身相依。
这才是伟大的爱情,
坚贞就在这里:
爱——
不仅爱你伟岸的身躯,
也爱你坚持的位置,足下的土地。

1977年3月

【注释】

［1］原载《诗刊》1979年第4期。

【鉴赏】

　　定位诗人舒婷,倘若只视其为中国当代朦胧诗的代表,就显得过于局限了,应该说,她是中国当代诗坛杰出的女诗人之一。强调舒婷作为诗人的女性性别,实际上也是在强调根植在舒婷诗作中强烈的女性意识。尽管《致橡树》只是一首单纯的爱情诗,并没有过多的引申义,但它的诗歌风格和其倡导的两性平等的爱情观念,在20世纪70年代末曾一度引起诗坛和社会的瞩目。诗人将橡树喻为男性,木棉喻为女性,使用拟人化的艺术手法借木棉对橡树的真情告白,来阐释新时代女性在爱情中的价值和地位:不是攀借男性的高枝的炫耀,也不止于单调的赞颂,更不应是男性权威和尊严的陪衬。真正坚贞而伟大的爱情是"我必须是你近旁的一株木棉,/作为树的形象和你站在一起"的人格上的平等,是平淡生活中的携手同行和困苦面前的并肩作战。诗人的浪漫主义情怀使全诗流溢着浓重的抒情色彩,相似句子的或间歇或连续的不断重复加强了诗歌整体的音乐性与节奏感,优美朴素的语言和精巧新颖的意象之间燃烧着的热烈而真诚的情感,更为诗歌增添了极强的感染力。《致橡树》展现的现代女性对独立、平等的爱情地位的追求,以及不卑不亢的爱情观念,时至今日依然能够引起女性读者的精神共鸣,影响着她们对自身爱情观念的思考。

杨　炼

杨炼(1955—　)，祖籍山东，生于瑞士，6岁时回到北京。中国当代著名诗人。1974年高中毕业后在北京昌平县插队，70年代后期开始写诗，是《今天》杂志的主要作者之一。1983年因长诗《诺日朗》轰动大陆诗坛，随后其作品被推介到海外。1987年被中国读者推选为"十大诗人"之一。1988年与芒克、多多等创立"幸存者诗歌俱乐部"，同年赴澳洲访问一年并开始世界性写作。1999年获意大利Flaiano国际诗歌奖。2012年获意大利诺尼诺国际文学奖。代表诗作是《大海停止之处》《诺日朗》《同心圆》《叙事诗》等。著有诗选集《礼魂》《荒魂》《黄》，诗文集《人景·鬼话》。出版中德双语诗集《中国日记》，中英双语诗选《无人称》《大海停止之处》等。

诺　日　朗[1]

一　日潮

高原如猛虎，焚烧于激流暴跳的万物的海滨
哦，只有光，落日浑圆地向你们泛滥，大地悬挂在空中

强盗的帆向手臂张开，岩石向胸脯，苍鹰向心……
牧羊人的孤独被无边起伏的灌木所吞噬
经幡飞扬，那凄厉的信仰，悠悠凌驾于蔚蓝之上

你们此刻为哪一片白云的消逝而默哀呢
在岁月脚下匍匐，忍受黄昏的驱使

成千上万座墓碑像犁一样抛锚在荒野尽头
互相遗弃,永远遗弃:把青铜还给土、让鲜血生锈
你们仍然朝每一阵雷霆倾泻着泪水吗
西风一年一度从沙砾深处唤醒淘金者的命运
栈道崩塌了,峭壁无路可走,石孔的日晷是黑的
而古代女巫的天空再次裸露七朵莲花之谜

哦,光,神圣的红釉,火的崇拜火的舞蹈
洗涤呻吟的温柔,赋予苍穹一个破碎陶罐的宁静
你们终于被如此巨大的一瞬震撼了么
——太阳等着,为陨落的劫难,欢喜若狂

二　黄金树

我是瀑布的神,我是雪山的神
高大、雄健,主宰新月
成为所有江河的唯一首领
雀鸟在我胸前安家
浓郁的丛林遮盖着
　　　那通往秘密池塘的小径
我的奔放像大群刚刚成年的牡鹿
欲望像三月
聚集起骚动中的力量

我是金黄色的树
收获黄金的树
热情的挑逗来自深渊
毫不理睬周围怯懦者的箴言

直到我的波涛把它充满

流浪的女性,水面闪烁的女性
谁是那迫使我啜饮的唯一的女性呢

我的目光克制住夜
十二支长号克制住番石榴花的风
我来到的每个地方,没有阴影
触摸过的每颗草莓化作辉煌的星辰
　　在世界中央升起
占有你们,我,真正的男人

三　血祭

用殷红的图案簇拥白色颅骨,供奉太阳和战争
用杀婴的血,行割礼的血,滋养我绵绵不绝的生命
一把黑曜岩的刀剖开大地的胸膛,心被高高举起
无数旗帜像角斗士的鼓声,在晚霞间激荡
我活着,我微笑,骄傲地率领你们征服死亡
——用自己的血,给历史签名,装饰废墟和仪式

那么,擦去你的悲哀!让悬崖封闭群山的气魄
兀鹰一次又一次俯冲,像一阵阵风暴,把眼眶啄空
苦难祭台上奔跑或扑倒的躯体同时怒放
久久迷失的希望乘坐尖锐的饥饿归来,撒下呼啸与赞颂
你们听从什么发现了弧形地平线上孑然一身的壮丽
于是让血流尽:赴死的光荣,比死更强大

朝我奉献吧！四十名处女将歌唱你们的幸运
晒黑的皮肤像清脆的铜铃,在斋戒和守望里游行
那高贵的卑怯的、无辜的罪恶的、纯净的肮脏的潮汐
辽阔记忆,我的奥秘伴随着抽搐的狂欢源源诞生
宝塔巍峨耸立,为山巅的暮色指引一条向天之路
你们解脱了——从血泊中,亲近神圣

四 偈子[2]

为期待而绝望
为绝望而期待

绝望是最完美的期待
期待是最漫长的绝望

期待不一定开始
绝望也未必结束

或许召唤只有一声——
最嘹亮的,恰恰是寂静

五 午夜的庆典

开歌路

领:午夜降临了,斑斓的黑暗展开它的虎皮,金灿灿地闪耀着绿色。遥远。青草的芳香使我们感动,露水打湿天空,我们是被谁集合起来的呢?
合:哦,这么多人,这么多人!
领:星座倾斜了,不知不觉的睡眠被松涛充满。风吹过陌生的

手臂,我们紧紧挤在一起,梦见篝火,又大又亮。孩子们也睡了。

合:哦,这么多人,这么多人!

领:灵魂颤栗着,灵魂渴望着,在漆黑的树叶间寻找一块空地。在晕眩的沉默后面,有一个声音,徐徐松弛成月色,那就是我们一直追求的光明吗?

合:哦,这么多人,这么多人!

穿　花

诺日朗的宣谕:
唯一的道路是一条透明的路
唯一的道路是一条柔软的路
我说,跟随那股赞歌的泉水吧
夕阳沉淀了,血流消融了
瀑布和雪山的向导
笑容荡漾袒露诱惑的女性
从四面八方,跳舞而来,沐浴而来
超越虚幻,分享我的纯真

煞　鼓

此刻,高原如猛虎,被透明的手指无垠的爱抚
此刻,狼藉的森林蔓延被踩躏的美、灿烂而严峻的美
向山洪、向村庄碎石累累的毁灭公布宇宙的和谐
树根像粗大的脚踝倔强地走着,孩子在流离中笑着
尊严和性格从死亡里站起,铃兰花吹奏我的神圣
我的光,即使陨落着你们时也照亮着你们
那个金黄的召唤,把苦涩交给海,海永不平静
在黑夜之上,在遗忘之上,在梦呓的呢喃和微微呼喊之上

> 此刻,在世界中央。我说:活下去——人们
> 天地开创了。鸟儿啼叫着。一切,仅仅是启示

【注释】

[1] 原载《上海文学》1983年第5期。诺日朗:藏语,男神。四川著名风景区九寨沟,地处川甘交界高原区,有一座瀑布、一座雪山以此命名。

[2] 偈子:佛经中一种体裁,短小类似于格言,意译为"颂"。

【鉴赏】

《诺日朗》是诗人杨炼一举成名的组诗,它的出现曾在诗坛引起巨大争议。"诺日朗"本是中国四川省九寨沟的著名瀑布,意为雄伟壮阔,但这首《诺日朗》却绝不是一首单纯的写景诗。全诗由五个独立的片段构成,由壮阔的诺日朗瀑布的雄浑之美为始,展开一场带有巫神文化色彩的祭祀与庆典,奇诡的想象与繁复的意象相罗列,展现了史诗般的非凡气魄。杨炼以文人的癫狂,引领读者进入他狂放不羁的想象的世界,进入神秘的、带有宗教色彩的神的世界:他想象着一个令人震撼的神,瀑布的神、雪山的神,掌控日月星河,凌驾于自然之上,人类显示出对自然之神的屈服和敬畏。《诺日朗》通篇弥漫着浓重而神秘的宗教色彩,无论从结构还是内容来看都呈现出荡气回肠的恢弘气势。然而,在磅礴的气势之外,读者也会感受到繁复意象和诗歌语言革新带来的解读的困惑。意象间联系的阻隔和诗句间语义的破碎散乱,也为它贴上了晦涩难懂的标签。但从整体而言,《诺日朗》对原始的人类生命力的思索与呈现,铺展的雄浑壮阔的史诗性画卷,使它仍不失为中国当代诗歌中的一篇佳作。

顾 城

顾城(1956—1993),上海人。中国当代著名诗人、朦胧诗代表诗人之一。"文革"期间开始写作。创作初期诗风明丽纯净,后期诗风更为梦幻。1988年隐居新西兰激流岛。代表诗作是《一代人》《我是一个任性的孩子》《远和近》等,著有诗集《白昼的月亮》《舒婷顾城抒情诗选》《北方的孤独者之歌》《铁岭》《黑眼睛》《北岛顾城诗选》《顾城诗集》《顾城童话寓言诗选》《顾城新诗自选集》。被誉为"童话诗人"。

远 和 近[1]

你,
一会儿看我,
一会儿看云。

我觉得,
你看我时很远,
你看云时很近。

1980年6月

【注释】

[1] 原载《诗刊》1980年10月号。

【鉴赏】

"童话诗人"对顾城而言或许只是一个文化标签,童话诗尽管不能全然代表他的诗歌成就,但童话色彩和孩童视角却始终是顾城创作中极为突出的特色。这首《远和近》是顾城的代表作之一,整首诗简洁凝练,短短六行,杂糅着清丽梦幻与伤感苦涩之感。顾城以孩童般纯粹的视角勾勒出一个简单的视觉场景:"你""我"和"云"构成了诗歌中的三个视点,"你"的视点在"云"和"我"之间游移,而"我"在被"你"观望的同时,也在静静地观望着"你"。云在天边我在旁,三者之间的"远"与"近"本来是极其分明,然而,作为感受唯一言说者的"我"却觉得在"你"眼中云比我更近。在这种感受的反转之中,顾城体察到了距离的真正意义,"远"和"近"不单纯指代的是实际的距离,更指代抽象的人与人之间心灵的阻隔、个体生命的孤独感。相比于人与人之间难以跨越的心理戒备和彼此情感上的阻绝,人与自然之间与生俱来的亲密感却始终不曾改变。如果说人与人之间是一种难以防备的冷漠,那么自然带给人类的就是一种无需言说的舒适和安慰。可以看出,顾城的《远和近》在天高云淡的宁静祥和之下是个体生命之间难掩的失落,童话色彩、孩童视角和自然元素的使用则使这份感伤显得更为简单而纯粹。

海　子

海子(1964—1989),原名查海生,安徽怀宁人。中国当代著名诗人。1979年15岁考入北京大学法律系。大学期间开始诗歌创作。1984年使用"海子"笔名,创作成名作《亚洲铜》《阿尔的太阳》。七年时间创作了近二百万字作品。著有短诗集《春天,十个海子》《黑夜的献诗》《面朝大海,春暖花开》;长诗集《太阳·断头篇》《太阳·土地篇》《太阳·弑》《太阳,你是父亲的好女儿》《太阳·诗剧》《太阳·弥赛亚》《土地篇》《太阳,天堂和唱》和《太阳·大札撒》(残稿)等。出版诗集《小站》《河流》《新娘》《活在珍贵的人间》《传说》《房屋》《五月的麦地》《如一》《村庄》《祖国》《麦地之瓮》。被誉为"麦地诗人"。

面朝大海,春暖花开[1]

从明天起,做一个幸福的人
喂马,劈柴,周游世界
从明天起,关心粮食和蔬菜
我有一所房子,面朝大海,春暖花开

从明天起,和每一个亲人通信
告诉他们我的幸福
那幸福的闪电告诉我的
我将告诉每一个人

给每一条河每一座山取一个温暖的名字
陌生人,我也为你祝福

愿你有一个灿烂的前程
愿你有情人终成眷属
愿你在尘世获得幸福
我只愿面朝大海,春暖花开

1989.1.13

【注释】

[1]选自《海子诗全编》,上海三联书店1997年版。

【鉴赏】

读过这首诗的人,似乎很难将这个期盼"从明天起,做一个幸福的人"的诗人海子和那个二十五岁便选择卧轨自杀的年轻人联系在一起。这首诗或许并不是海子写得最好的一首,但却是影响最大的一篇。他的一句"我只愿面朝大海,春暖花开"所表达的自由宁静的生活理想,不知曾让多少读者心驰神往、憧憬和传颂。整首诗明丽清澈,基调纯净、欢快而明媚。诗人的第一句诗就阐明了抒情主人公的生活理想——做一个幸福的人。诗人渴望通过喂马、劈柴、周游世界、关心粮食和蔬菜、一所面朝大海的房子等简单而普通的行为和事物,发掘自然而真实的生命状态。尽管诗人描绘的是再简单不过的生活场景,但其中却蕴藏着主人公真切的幸福感。于是在第二节和第三节,抒情主人公以书信的形式试图告诉每一个人自己幸福的感受,并向陌生人、向整个世界送上由衷的祝福,祝福他们能够获得世俗的幸福:灿烂的前程和美好的爱情。但这尘俗的幸福与诗人无关,诗人想在这个未知的"明天"里追寻一份远离世俗的自由、质朴而简单的幸福。然而,"面朝大海,春暖花开"似乎也只能成为诗人"只愿"而难以实践的憧憬,它给了全诗主题一个温暖的诠释,同时也埋下了一个伤感的伏笔。

姜涛《今夜,我们又该如何关心人类——海子〈日记〉重读》(《读书》2019年第9期)认为此诗通过语体挪用,一系列语气口吻的调动,构造了一个相当曲折的情感模式;在他祝福之时,我们也看到了他决绝的转身。可参阅。